Laurell K. Hamilton est née en 1963 en Arkansas. En 1993, elle crée le personnage d'Anita Blake, auquel elle consacrera un roman chaque année. Portées par un formidable bouche-à-oreille, les aventures de sa tueuse de vampires sont aujourd'hui d'énormes best-sellers.

Du même auteur, chez Milady, en poche :

Anita Blake :
1. *Plaisirs Coupables*
2. *Le Cadavre Rieur*
3. *Le Cirque des Damnés*
4. *Lunatic Café*
5. *Le Squelette Sanglant*
6. *Mortelle Séduction*
7. *Offrande Brûlée*
8. *Lune Bleue*
9. *Papillon d'Obsidienne*
10. *Narcisse Enchaîné*
11. *Péchés céruléens*
12. *Rêves d'Incube*
13. *Micah*
14. *Danse Macabre*

Ravenloft – L'Alliance :
Mort d'un sombre seigneur

Aux éditions Bragelonne, en grand format :

Anita Blake – L'Intégrale de la trilogie

Anita Blake :
10. *Narcisse Enchaîné*
11. *Péchés céruléens*
12. *Rêves d'Incube*
13. *Micah*
14. *Danse Macabre*
15. *Arlequin*
16. *Sang Noir*

www.milady.fr

Laurell K. Hamilton

Danse Macabre

Anita Blake – 14

Traduit de l'anglais (États-Unis) par Isabelle Troin

Bragelonne

Milady est un label des éditions Bragelonne

Cet ouvrage a été originellement publié en France par Bragelonne

Titre original : *Danse Macabre*

Suivi d'un extrait de : *The Harlequin*

ISBN : 978-2-8112-0843-1

Bragelonne – Milady
60-62, rue d'Hauteville – 75010 Paris

E-mail : info@milady.fr
Site Internet : www.milady.fr

Pour Jonathon qui me réconforte quand je pleure ;
qui me serre contre lui pendant que je hurle ;
qui comprend pourquoi j'enrage.
Parce qu'il sait pleurer lui aussi,
qu'il comprend que le plaisir peut venir dans un cri
et qu'il a sa propre rage à combattre.
On dit que les opposés s'attirent ; ce n'est pas le cas pour moi.

Remerciements

À Laura Gentry (1911-2005), ma grand-mère, qui m'a élevée.

À Darla Cook, qui a aidé ce livre à venir au monde. C'est grâce à elle que tant de choses se passent bien. À Rett MacPherson ; puissent ces mots te trouver serein et heureux. À Deborah Millitello, en espérant qu'on aura l'occasion de se voir plus souvent. À Mark Sumner : cesse de nous faire baver et finis ce bouquin ! À Sharon Shinn, amie et merveilleuse auteure. À Tom Drennan : tant d'enfants, si peu de temps… À Marella Sands, désolée que ta vision n'ait pas trouvé son public. J'ai hâte de découvrir le prochain monde que tu bâtiras.

Chapitre premier

Nous étions à la mi-novembre. J'aurais dû être dehors, en train de faire mon jogging. Au lieu de ça, bien au chaud dans ma cuisine, je discutais de mecs, de loups-garous, de vampires et de cette chose que les célibataires sexuellement actives redoutent entre toutes : un retard de règles.

Veronica Sims, surnommée « Ronnie », détective privé et accessoirement ma meilleure amie, était assise en face de moi à la petite table de quatre places qui occupait une alcôve surélevée près de la baie vitrée. Le matin, généralement, je prends mon petit-déjeuner en admirant ma terrasse et le paysage boisé. Mais ce jour-là, la vue ne me paraissait pas aussi belle que d'habitude : des visions hideuses se bousculaient dans ma tête – conséquence directe de ma panique.

— Tu es sûre d'avoir loupé octobre ? Tu n'as pas pu te tromper dans tes comptes ? demanda Ronnie.

Je secouai la tête en regardant fixement le fond de ma tasse de café.

— J'ai deux semaines de retard.

Ronnie tendit un bras au-dessus de la table et me tapota la main.

— Deux semaines ? Tu m'as fait peur. Deux semaines, c'est rien du tout, Anita. Le stress peut facilement te décaler de deux semaines, et Dieu sait que tu n'en as pas manqué ces derniers temps. (Elle me pressa la main.) Ta dernière affaire de tueur en série remonte justement à deux semaines. (La pression de ses doigts s'accentua.) Ce que j'ai lu dans les journaux et vu à la télé avait l'air assez épouvantable.

Ça fait des années que j'ai cessé de raconter à Ronnie les trucs vraiment épouvantables qui m'arrivent – depuis que mon boulot d'exécutrice de vampires est devenu infiniment plus sanglant que son job de détective privé. Et maintenant, je suis marshal fédéral de surcroît, comme la plupart des autres exécuteurs de vampires licenciés aux États-Unis. Ce qui signifie que je suis assignée à des affaires encore plus atroces. Des trucs que ni Ronnie, ni mes autres amies n'ont envie d'entendre parler. Je ne leur en veux pas : j'aimerais avoir moins de souvenirs cauchemardesques.

Non, je n'en veux pas à Ronnie, mais ça signifie que je ne peux pas partager le pire avec elle. Ce matin-là, je me réjouissais quand même qu'on se soit réconciliées après une brouille assez longue, juste à temps pour que je puisse lui confier cette angoisse très particulière. Je peux discuter des aspects les moins ragoûtants de mon boulot avec certains des hommes de ma vie, mais je ne pouvais pas parler avec eux de mon retard de règles. Essentiellement parce que l'un d'eux était beaucoup trop concerné par la question.

Ronnie me pressa encore la main et s'adossa de nouveau à sa chaise. Ses yeux gris étaient pleins de compassion… et de contrition. Elle culpabilisait encore d'avoir laissé ses problèmes d'engagement compromettre notre amitié.

Bien avant que je la rencontre, Ronnie a été mariée très brièvement, et ça ne s'est pas bien passé. Ce jour-là, elle était venue pleurer sur mon épaule parce qu'elle emménageait avec son petit ami, Louie Fane – le docteur Louie Fane, s'il vous plaît. Titulaire d'un doctorat en biologie, il enseigne à l'université de Washington. Et il vire poilu une fois par mois. Il est l'un des lieutenants du rodere local : l'équivalent d'une meute chez les rats-garous.

— Si Louie ne se cachait pas de ses collègues, nous pourrions aller à la soirée, se lamenta Ronnie.

— Il enseigne à des gamins, Ronnie. Il ne veut pas que ses supérieurs et les parents d'élèves apprennent qu'il est atteint de lycanthropie. Il pourrait perdre son boulot.

— Les étudiants ne sont plus des gamins. Ce sont des adultes.

— Leurs parents ne le verront pas de cet œil. (Je dévisageai Ronnie.) Serais-tu en train d'essayer de changer de sujet ?

— Ça ne fait que deux semaines, Anita. Deux semaines après l'une des affaires les plus violentes sur lesquelles tu aies jamais bossé. À ta place, je n'en perdrais pas le sommeil.

— Oui, mais tu as toujours été irrégulière de ce côté-là. Pas moi. Je n'ai encore jamais eu deux semaines de retard.

Ronnie repoussa une mèche blonde derrière son oreille. Sa nouvelle coupe encadrait joliment son visage, mais ses cheveux lui tombaient constamment dans les yeux. Elle passait son temps à les écarter.

— Jamais ?

Je secouai la tête et bus une gorgée de café. Il était froid. Je me levai et allai le jeter dans l'évier.

— Quel est le plus long retard que tu aies eu ? demanda Ronnie.

— Deux jours. Peut-être cinq, une fois. Mais à l'époque, je ne couchais avec personne, donc je ne me suis pas inquiétée. À moins qu'il y ait eu une étoile à l'orient, je ne risquais pas grand-chose.

Je me resservis à la cafetière à piston, que je vidai. J'allais avoir besoin de plus de café.

Pendant que je remettais de l'eau à chauffer, Ronnie se leva et me rejoignit près de la cuisinière. Calant ses fesses contre les placards du bas, elle continua à boire son propre café sans me quitter des yeux.

— Récapitulons. Tu n'as encore jamais, jamais eu deux semaines de retard, et tu n'as encore jamais sauté tout un mois, c'est bien ça ?

— Pas depuis que ce merdier a commencé quand j'avais quatorze ans, non.

— Je t'ai toujours enviée d'être réglée comme une pendule, avoua Ronnie.

Je me mis à démanteler la cafetière à piston, ôtant le couvercle et son filtre montés sur un axe central.

— Eh bien, apparemment, la pendule est cassée.

— Merde, souffla Ronnie.

— Tu peux le dire.

— Il faut que tu fasses un test de grossesse.

— Sans déconner ? (Je jetai le marc à la poubelle et secouai la tête.) Je ne peux pas en acheter un ce soir.

— Tu ne peux pas t'arrêter à la pharmacie en allant rejoindre Jean-Claude pour votre petit tête-à-tête ? Le grand jour, ce n'est que demain.

Jean-Claude, Maître de la Ville de Saint Louis et l'un des hommes de ma vie, organisait une des soirées les plus fastueuses de l'année pour souhaiter la bienvenue dans le Missouri à la première compagnie de danse essentiellement composée de vampires. Il est l'un de ses mécènes, et apparemment, donner autant d'argent à des artistes vous confère le droit d'en dépenser bien davantage pour célébrer le fait que leur tournée nationale recueille des critiques dithyrambiques. La presse américaine et internationale serait là. Cette soirée s'annonçait comme un événement majeur, et en tant que petite amie de Jean-Claude, je devrais être à son bras, sur mon trente et un et souriant de toutes mes dents.

Mais ce ne serait que le lendemain. Ce soir-là aurait lieu une séance de répétition. Sans avertir les médias, deux des Maîtres de la Ville conviés pour l'occasion étaient arrivés en avance. Jean-Claude les avait qualifiés « d'amis. » En principe, un maître vampire n'a pas d'amis parmi ses semblables. Des alliés, des partenaires, oui… mais pas des amis.

— C'est vrai, mais j'y vais avec Micah et Nathaniel. Même si je m'arrête en chemin, Nathaniel insistera pour m'accompagner à la pharmacie, ou pour savoir pourquoi je refuse qu'il vienne. Je préférerais qu'il ne soupçonne rien avant que j'aie fait le test et que je sois fixée. Si c'est juste le stress ou les nerfs, le test sera négatif, et je n'aurai pas besoin de dire quoi que ce soit à qui que ce soit.

— Où sont tes deux charmants colocataires ?

— Dehors, en train de courir. J'aurais dû y aller avec eux, mais je leur ai dit que tu m'avais appelée et que tu avais besoin de parler parce que tu flippais à l'idée d'emménager avec Louie.

— Ce qui est le cas, admit Ronnie en sirotant son café. Mais soudain, vivre avec un homme pour la deuxième fois de ma vie ne me paraît plus si effrayant. Louie n'a rien de commun avec le connard que j'ai épousé quand j'étais jeune et stupide.

— Louie te voit comme tu es vraiment, Ronnie. Il ne veut pas d'une potiche. Il veut une vraie partenaire.

— J'espère que tu as raison.

— Je ne suis pas sûre de grand-chose en ce moment, mais je sais que Louie n'est pas à la recherche d'une poupée Barbie.

Ronnie m'adressa un faible sourire, puis se rembrunit.

— Merci, mais c'est moi qui suis censée te réconforter. Tu as l'intention de leur dire ?

Je posai mes mains sur le bord de l'évier et dévisageai Ronnie à travers le rideau de mes cheveux noirs. Ils sont beaucoup trop longs à mon goût en ce moment, mais Micah m'a menacée : si je les coupe, il coupe aussi les siens, parce que lui aussi préfère les porter plus courts. Résultat, pour la première fois depuis le collège, mes cheveux me tombent presque jusqu'à la taille, et ça commence à me porter sur les nerfs. D'accord : en ce moment, tout me porte sur les nerfs.

— Pas avant d'être certaine.

— Même si le test est positif, Anita, tu n'es pas obligée de leur dire. Je fermerai l'agence pendant quelques jours.

On partira se faire un week-end prolongé entre filles, et tu rentreras débarrassée de ton problème.

Je repoussai mes cheveux en arrière pour mieux voir Ronnie. Ce que je pensais dut se lire sur mon visage, car elle demanda :

— Quoi ?

— Tu me suggères vraiment de ne rien dire à personne ? De juste m'absenter un moment et de reprendre le cours de ma vie comme si de rien n'était ?

— C'est ton corps.

— Oui, et en ayant des rapports sexuels réguliers avec autant d'hommes à la fois, je savais les risques que je prenais.

— Tu prends la pilule.

— Oui, mais si j'avais voulu être sûre à cent pour cent, j'aurais quand même utilisé des capotes. Et je ne l'ai pas fait. Si je suis… enceinte, je gérerai. Mais pas comme ça.

— Tu ne veux quand même pas dire que tu garderais cet enfant ?

Je secouai la tête.

— Il n'est même pas dit que j'attende un bébé, mais si c'était le cas, je ne pourrais pas le cacher au père. J'ai une relation sérieuse avec plusieurs hommes en même temps. Nous ne sommes pas mariés, mais je vis avec deux d'entre eux. Nous partageons notre vie. Je ne pourrais pas faire un choix aussi important sans leur en parler d'abord.

Ronnie secoua la tête.

— Quand tu es dans une relation sérieuse, aucun homme n'accepte que tu avortes. Ils te veulent tous à la maison et grosse comme une baleine.

— Ça, c'est l'opinion de ta mère, pas la tienne. Ou en tout cas, pas la mienne.

Ronnie détourna les yeux, refusant de soutenir mon regard.

— Je peux te dire ce que moi je ferais. Et ça n'impliquerait pas d'en parler à Louie.

Je soupirai et regardai par la petite fenêtre au-dessus de l'évier. Des tas de réponses possibles défilèrent dans ma tête. Aucune n'était particulièrement aimable. Je finis par opter pour :

— Oui, mais ce n'est pas toi et Louie qui avez ce problème. C'est moi et…

— Et qui ? Qui t'a engrossée ?

— Merci pour cette formulation si élégante.

— Je pourrais te demander : « Qui est le père ? », mais je trouve ça beaucoup plus flippant. Si tu es enceinte, pour l'instant, ce n'est qu'un minuscule amas de cellules… pas un bébé. Pas une personne. Pas encore.

Je secouai la tête.

— Admettons que nous ne sommes pas d'accord sur ce point et n'en parlons plus.

— Tu es pour le droit à l'avortement.

— Oui, mais je pense aussi qu'une IVG équivaut à un meurtre. Je veux que les femmes puissent disposer de leur propre corps ; n'empêche que pour moi, avorter, c'est prendre une vie.

— Ça revient à dire que tu es pour le droit à l'avortement et pour le droit à la vie. Tu ne peux pas défendre les deux en même temps.

— Je suis pour le droit à l'avortement parce que je n'ai jamais été une gosse de quatorze ans enceinte de son père incestueux, une femme qui risque de mourir si sa grossesse se poursuit, une victime de viol ou même juste une ado qui a fait une bêtise. Je veux que les femmes puissent choisir, mais je pense aussi qu'un fœtus est déjà une personne… une vie.

— Catholique un jour, catholique toujours, commenta Ronnie.

— Peut-être, mais on aurait pu croire que mon excommunication m'aurait guérie.

Le pape a décrété que tous les réanimateurs – c'est-à-dire les gens qui relèvent des zombies – seraient excommuniés jusqu'à ce qu'ils cessent leurs pratiques maléfiques et se repentent. Ce que Sa Sainteté n'a pas l'air de comprendre, c'est que relever les morts est une capacité psychique, et que si nous ne le faisions pas régulièrement pour de l'argent, nous le ferions accidentellement pour rien.

Quand j'étais gamine, j'ai sans le vouloir relevé ma chienne défunte ; et plus tard, quand j'étais à la fac, un prof qui venait de se suicider m'a rendu visite dans ma chambre. Je me suis toujours demandé s'il y en avait eu d'autres qui ne m'avaient pas trouvée. Les zombies qu'on découvre parfois en train d'errer sans but sont sans doute le produit de capacités psychiques incontrôlées.

Tout ce que je sais, c'est que si le pape s'était un jour réveillé avec son chien mort roulé en boule près de lui, il chercherait à maîtriser son pouvoir. Ou peut-être pas. Peut-être penserait-il que c'est une énergie maléfique, et peut-être parviendrait-il à l'éradiquer à coups de prière. Il faut croire que les miennes ne sont pas assez balèzes.

— Tu ne veux quand même pas dire que tu garderais ce… cette chose, ce bébé, ou quelque nom que tu veuilles lui donner ? s'exclama Ronnie.

Je soupirai.

— Je n'en sais rien. Mais je sais que je ne pourrais pas juste disparaître, me faire avorter et ne jamais en parler à mes petits amis. Ne jamais leur dire que l'un d'eux m'avait peut-être fait un enfant. Je ne pourrais pas.

Ronnie secouait la tête si fort que ses cheveux tombèrent devant sa figure et en couvrirent toute la moitié supérieure. Elle les peigna en arrière avec ses doigts d'un geste un peu brutal, comme si elle tirait dessus.

— J'ai essayé de comprendre que tu puisses être heureuse de vivre avec non pas un, mais deux hommes. J'ai essayé de comprendre que tu sois amoureuse de ce fils de pute de vampire. J'ai essayé, mais si tu envisages sérieusement de te reprod… d'avoir un bébé avec l'un d'eux, je n'arriverai pas à comprendre. Je n'en serai pas capable.

—Très bien. Alors, fous le camp. Si tu ne peux pas l'accepter, dégage.

—Ce n'est pas ce que je voulais dire. C'est juste que… je ne comprends pas pourquoi tu voudrais te compliquer la vie à ce point.

—Me compliquer la vie. J'imagine que c'est une façon de voir les choses.

Ronnie croisa les bras. Elle est blonde, grande et mince… tout ce dont je rêvais quand j'étais gamine. Contrairement à moi, elle a des seins assez petits pour pouvoir croiser les bras dessus plutôt que dessous. Mais ses jambes paraissent interminables quand elle porte une jupe, et les miennes, non. On ne peut pas gagner à tous les coups.

—D'accord. Si tu as l'intention de leur dire, fais-le et va acheter un test de grossesse.

—Je t'ai dit que je ne voulais en parler à personne avant d'être sûre.

Elle leva la tête vers le plafond, ferma les yeux et soupira.

—Anita, tu vis avec deux de ces hommes, et tu couches parfois chez deux autres. Tu n'es jamais seule. Quand vas-tu avoir le temps de passer à la pharmacie, et à plus forte raison, comment vas-tu trouver l'intimité nécessaire pour faire ton test sans qu'ils s'en aperçoivent ?

—Je n'aurai qu'à m'échapper du boulot pendant la journée de lundi.

Elle me dévisagea.

—Lundi ! On est jeudi. Je deviendrais cinglée si je devais attendre aussi longtemps. Toi aussi, tu deviendras cinglée. Tu ne peux pas attendre presque quatre jours.

—Si ça se trouve, mes règles arriveront d'ici à lundi, et je n'aurai plus besoin de test.

—Anita, tu ne m'en aurais pas parlé si tu n'étais pas quasi sûre d'en avoir besoin.

— Quand Nathaniel et Micah rentreront, ils sauteront dans la douche, on s'habillera et on filera chez Jean-Claude. Je n'aurai pas le temps de m'en occuper ce soir.

— Vendredi, alors. Promets-moi d'y aller vendredi.

— J'essaierai, mais…

— Et puis, quand tu demanderas à tes amants de se mettre à utiliser des capotes, ils se douteront de quelque chose, non ?

— Doux Jésus !

— Oui, je t'ai entendue dire que si tu avais utilisé des capotes, tu ne te poserais pas tant de questions. N'essaie pas de me faire croire que tu ne vas pas leur demander d'en mettre pendant un moment. Tu pourrais vraiment avoir des rapports non protégés et prendre ton pied quand même ?

Je secouai la tête.

— Non.

— Alors, comment vas-tu expliquer ce subit besoin de préservatifs ? Micah s'était fait faire une vasectomie avant même de te rencontrer. De son côté, tu ne risques absolument rien.

Je soupirai de nouveau.

— Et merde, tu as raison. Je déteste ça, mais tu as raison.

— Alors, achète ce foutu test en chemin tout à l'heure.

— Non. Je ne veux pas gâcher la réception de Jean-Claude. Il organise ce truc depuis des mois.

— Tu ne m'en avais pas parlé.

— Parce que ce n'était pas moi qui l'organisais, mais lui. Le ballet, ce n'est pas trop mon truc.

En vérité, Jean-Claude ne m'en avait pas parlé avant que ses amis débarquent à Saint Louis, mais je me gardai bien de le mentionner. Ça ne ferait que donner une autre raison à Ronnie de penser que mon amant vampire me cachait des choses.

Jean-Claude m'avait avoué que l'arrivée prématurée des autres Maîtres de la Ville n'était pas planifiée… du moins, pas depuis le début. Il avait juste négocié avec eux pour que les danseurs vampires puissent traverser leurs différents territoires sans problème. Il pensait que la rencontre préliminaire était une bonne idée, mais il angoissait quand même un peu. Ce serait le plus grand rassemblement de Maîtres de la Ville dans toute l'histoire des États-Unis. Et on ne réunit pas une telle quantité de gros poissons sans envisager une attaque de requins.

— Et comment réagira M. Face-de-Crocs en apprenant qu'il va peut être devenir père ?

— Ne l'appelle pas comme ça.

— Désolée. Comment réagira Jean-Claude en apprenant qu'il va peut-être devenir père ?

— Ce n'est probablement pas son bébé.

Ronnie me dévisagea.

— Tu couches avec lui. Souvent. Pourquoi ça ne pourrait pas être le sien ?

— Parce que Jean-Claude a plus de quatre cents ans, et que les vampires aussi vieux ne sont plus très fertiles. Ça vaut aussi pour Asher et pour Damian.

— Oh, mon Dieu ! J'avais complètement oublié. C'est vrai que tu as couché aussi avec Damian.

— Ouais.

Elle se couvrit les yeux.

— Je suis désolée, Anita. Désolée de flipper parce que la plus monogame et la plus coincée de mes amies couche soudain avec non pas un, mais trois vampires.

— Ce n'était pas prémédité.

— Je sais.

Ronnie me prit dans ses bras, et je me raidis contre elle. Elle ne se montrait pas assez réconfortante pour que je me laisse aller. Elle me serra plus fort.

— Je m'excuse, je me conduis comme une connasse. Mais si ce n'est pas l'un des vampires, c'est forcément un de tes boys.

Je m'écartai.

— Ne les appelle pas comme ça. Ils ont un nom. Ce n'est pas mon problème si j'aime vivre avec quelqu'un et pas toi.

— Très bien. Ça ne laisse que Micah ou Nathaniel.

— Micah s'est fait stériliser, tu te souviens ? Donc, ça ne peut pas être lui.

Elle écarquilla les yeux.

— Ce qui laisse Nathaniel. Seigneur, Anita, Nathaniel ? Futur père ?

Un instant plus tôt, j'aurais sans doute acquiescé, mais sa réaction me gonflait. Qui était-elle pour prendre mes petits amis de si haut ?

— C'est quoi le problème avec Nathaniel ? demandai-je sur un ton pas franchement aimable.

Ronnie posa les mains sur ses hanches et me jeta un regard entendu.

— Il a vingt ans, et il est stripteaseur. Un stripteaseur de vingt ans, c'est une distraction pendant une soirée d'enterrement de vie de jeune fille. Pas un père pour ton bébé.

Je laissai voir ma colère.

— Nathaniel m'a dit que tu ne le considérais pas comme une vraie personne. Je lui ai répondu qu'il se trompait. Que tu étais mon amie, et que tu ne lui manquerais pas de respect de cette façon. Apparemment, c'est moi qui me trompais.

Ronnie ne revint pas sur ce qu'elle avait dit, et elle ne s'excusa pas non plus. Elle était remontée à bloc, et elle entendait le rester.

— La dernière fois que j'ai vérifié, Nathaniel était censé te nourrir, pas être l'amour de ta vie.

— Je n'ai pas dit qu'il était l'amour de ma vie, et c'est vrai qu'à la base, il devait juste me servir de pomme de sang, mais…

— Si tu étais un vampire, interrompit Ronnie, tu boirais le sang de ton petit stripteaseur, mais grâce à cette saloperie de sangsue avec qui tu sors, tu dois te nourrir de sexe. De sexe, pour l'amour de Dieu ! D'abord, ce bâtard a fait de toi sa pute de sang, et maintenant, tu n'es plus qu'une…

Elle s'interrompit brusquement avec une expression surprise et presque effrayée, comme si elle savait qu'elle était allée trop loin.

Je la dévisageai sans broncher, de ce regard qui dit que ma colère brûlante a viré au glacial. Croyez-moi, quand je lance ce regard à quelqu'un, ce n'est jamais bon signe.

— Vas-y, Ronnie, dis-le.

— Je ne le pensais pas, chuchota-t-elle.

— Bien sûr que si, tu le pensais. Maintenant, je ne suis plus qu'une pute tout court.

Ma voix était aussi glaciale que mon regard. J'étais trop fâchée et trop blessée pour qu'il en soit autrement. Une colère brûlante, ça peut faire du bien, mais une colère froide protège mieux.

Ronnie se mit à pleurer. Je la regardai fixement, hébétée. Que diable se passait-il ? Nous étions au beau milieu d'une dispute ; elle n'avait pas le droit de se mettre à pleurer quand c'était elle qui se comportait comme une garce cruelle. Je pourrais compter sur une seule main les fois où j'avais vu Ronnie pleurer avant ça… et il me resterait encore des doigts. J'étais toujours furieuse, mais la perplexité qui se mêlait à ma colère en émoussait quelque peu le tranchant.

— C'est plutôt moi qui devrais fondre en larmes, non ? lançai-je parce que je ne trouvais rien d'autre à dire.

J'en voulais à Ronnie, et il n'était pas question que je cherche à la réconforter.

— Je suis désolée, Anita, bredouilla-t-elle de cette voix hoquetante et étranglée que donnent les vrais gros sanglots. Mais je suis tellement jalouse !

Je haussai les sourcils.

— De quoi tu parles ? Jalouse de quoi ?

— De tes mecs, répondit-elle de la même voix hésitante, frissonnante. (C'était comme si elle était devenue quelqu'un d'autre, ou peut-être, comme si elle me révélait une partie d'elle-même qu'elle cachait soigneusement en temps normal.)

De tous tes putains de mecs. Je suis sur le point de renoncer à l'ensemble de la gent masculine, à l'exception de Louie. Et il est génial au pieu, mais merde, j'ai connu des tas d'hommes avant lui. J'ai atteint un nombre à trois chiffres.

Je n'étais pas certaine qu'avoir un nombre d'amants à trois chiffres soit une bonne chose, mais Ronnie et moi avions accepté depuis longtemps notre désaccord sur ce point. Je ne répliquai pas : « Alors, qui de nous deux est la pute en fin de compte ? », ni rien d'aussi blessant. Pourtant, ce n'étaient pas les idées qui me manquaient. Je les laissai filer : c'était Ronnie qui pleurait.

— Et maintenant, je vais renoncer à tous les autres hommes pour un seul d'entre eux.

Elle s'agrippa au bord du plan de travail comme si elle avait besoin de soutien.

— Tu m'as dit que le cul avec Louie était génial. Je crois que tu as employé les adjectifs « renversant » et « grandiose ».

Elle acquiesça, et ses cheveux tombèrent autour de son visage, si bien que je ne pus voir ses yeux pendant quelques instants.

— C'est vrai que c'est fantastique, mais… que se passera-t-il si je commence à m'ennuyer avec lui, ou s'il en vient à se lasser de moi ? Comment peut-on se contenter d'un seul partenaire ? La dernière fois, mon ex et moi nous sommes mis à nous tromper mutuellement un mois après le mariage.

Elle releva la tête, me montrant des yeux gris écarquillés et effrayés.

— Tu t'adresses à la mauvaise personne, Ronnie. Moi, j'avais l'intention de rester monogame. Ça me paraissait une bonne idée.

— C'est exactement ce que je veux dire. (Elle essuya ses larmes avec des gestes brusques et rageurs, comme si le seul fait de les sentir mouiller ses doigts la mettait encore plus en rogne.) Comment se fait-il que toi, qui jusqu'ici n'avais eu que trois amants dans toute ta vie, tu te retrouves à sortir et à coucher avec cinq hommes à la fois ?

Je ne savais pas quoi répondre à ça, aussi me concentrai-je sur l'exactitude des faits.

— Six hommes, rectifiai-je.

Ronnie fronça les sourcils, et son regard se fit légèrement flou tandis qu'elle comptait dans sa tête.

— Non, cinq, insista-t-elle.

— Tu oublies quelqu'un.

— Je ne crois pas. (Et elle se mit à compter sur ses doigts.) Jean-Claude, Asher, Damian, Nathaniel et Micah. Ça fait cinq.

Je secouai la tête.

— J'ai eu des rapports non protégés avec un autre homme durant le mois qui vient de s'écouler.

J'aurais pu formuler ça différemment, mais revenir à ma situation détournerait peut-être la conversation de la jalousie de Ronnie. Elle avait besoin d'un psy, et je ne me sentais pas capable de jouer ce rôle. Je n'ai jamais été très douée pour ça, et je le deviens de moins en moins au fil du temps.

Ronnie se rembrunit davantage, et soudain, la lumière se fit jour dans son esprit.

— Oh, non, protesta-t-elle. Non, non, non.

J'opinai, ravie de voir à son expression qu'elle pigeait l'ampleur de la catastrophe.

— Tu n'as couché avec lui qu'une seule fois, pas vrai ?

Je secouai de nouveau la tête, à plusieurs reprises.

— Non, pas qu'une seule fois.

Ronnie me regardait si intensément que je ne pouvais pas soutenir son regard. Malgré les larmes séchées sur ses joues, elle était redevenue Ronnie, capable de dévisager quelqu'un assez durement pour le mettre mal à l'aise. Je détournai les yeux.

— Combien ? demanda-t-elle.

Je sentis le feu me monter aux joues et ne pus pas l'en empêcher. Et merde.

— Tu rougis, constata Ronnie. Ce n'est pas bon signe.

Je détaillai le plan de travail en me planquant derrière mes cheveux longs.

D'une voix plus douce, Ronnie redemanda :

— Combien, Anita ? Combien de fois au cours du mois dernier ?

— Sept, répondis-je sans la regarder.

Ça me faisait mal de l'admettre, parce que ce nombre seul disait mieux que des mots combien j'aimais partager le lit de Richard.

— Sept fois en un mois. Ouah. C'est…

Je levai les yeux, et cela suffit.

— Hum, désolée. Désolée.

Ronnie semblait partagée entre l'envie de rire et l'auto-apitoiement. Mais elle parvint à se maîtriser, et ce fut sur un ton presque compatissant qu'elle lâcha :

— Oh, mon Dieu. Richard.

Je hochai la tête en silence.

— Richard.

Elle chuchota son nom, l'air dûment horrifiée. Il faut dire qu'il y avait de quoi.

Richard Zeeman et moi ne cessons de rompre et de nous remettre ensemble depuis des années. Nous étions fiancés jusqu'à ce que je le voie bouffer quelqu'un. Richard est l'Ulfric – le chef – de la meute de loups-garous locale. Par ailleurs, il enseigne la biologie dans un collège, et c'est un parfait boy-scout. Un boy-scout d'un mètre quatre-vingt-deux, musclé et incroyablement séduisant, doté d'une stupéfiante capacité d'autodestruction.

Richard déteste être un monstre, et il me déteste d'être plus à l'aise que lui parmi les monstres. Il déteste des tas de choses, mais nous nous sommes réconciliés juste assez pour retomber dans les bras l'un de l'autre durant les dernières semaines. Et comme me le répétait souvent grand-maman Blake : « Une seule fois, ça suffit. »

De tous les hommes de ma vie, Richard serait le pire géniteur pour mon enfant, parce qu'il serait le seul qui insisterait pour acheter une jolie maison avec une barrière blanche et tenter de mener une vie de famille normale. Une chose impossible pour moi, et pour lui aussi, mais je me rends compte et lui ne le mesure pas encore. Pas vraiment.

Même si j'étais enceinte, même si je gardais le bébé, il n'était pas question que j'épouse qui que ce soit. Pas question non plus que je change mon mode de vie. Mon quotidien me convient très bien en l'état, et je ne partage pas les idées de Richard sur la félicité domestique.

Ronnie partit d'un rire brusque, qu'elle ravala très vite parce que je la foudroyais du regard.

—Allez, Anita. J'ai le droit d'être impressionnée que tu aies réussi à coucher avec lui sept fois en l'espace d'un mois. Vous ne vivez même pas ensemble, et vous faites l'amour plus souvent que certains couples mariés de ma connaissance.

Je continuai à la fixer de ce regard qui fait s'enfuir les méchants à toutes jambes, mais Ronnie est mon amie, et c'est toujours plus difficile d'impressionner ses amis. Ils savent que vous n'oserez pas leur faire de mal, pas vraiment. Cette dispute était en train de mourir sous la pression de notre amitié, et du fait que mon problème était plus urgent à résoudre que ses névroses.

Ronnie me toucha le bras.

—Ça ne peut pas être Richard. Tu couches avec Nathaniel au moins une fois tous les deux jours.

—Parfois, deux fois dans la même journée.

Elle sourit.

—Eh bien, eh bien… (Puis elle agita la main comme pour ne pas se laisser distraire.) Donc, les probabilités penchent plutôt du côté de Nathaniel, pas vrai ?

Je lui rendis son sourire.

— Ça a l'air de te faire plaisir tout à coup.

Elle haussa les épaules.

— Tu connais l'expression : « Entre deux maux… »

— Merci beaucoup, Ronnie.

— Tu vois ce que je veux dire.

— Non, je ne crois pas.

J'étais sur le point de me fâcher parce que Ronnie considérait tous les hommes de ma vie comme des poisons d'une toxicité variable, mais je n'eus pas l'occasion de le faire, parce que deux d'entre eux choisirent ce moment pour rentrer.

J'entendis la clé tourner dans la serrure avant que la porte s'ouvre, et leurs voix un peu essoufflées résonner dans le couloir. Sans moi pour les ralentir, ils avaient pu courir plus vite et plus longtemps. Après tout, je ne suis encore qu'une humaine.

De là où nous nous trouvions, entre le plan de travail central et les placards, Ronnie et moi ne pouvions pas voir le vestibule, mais nous entendîmes les deux hommes se diriger vers la cuisine en riant.

— Comment peux-tu faire ça ? interrogea Ronnie à voix basse.

— Faire quoi ? demandai-je en fronçant les sourcils.

— Sourire.

Je la dévisageai sans comprendre.

— Malgré tout ce qui se passe, tu as souri rien qu'en entendant leurs voix.

Je l'arrêtai en posant une main sur son bras. Si j'étais sûre d'une chose, c'est que je ne voulais pas que Micah et Nathaniel découvrent mon éventuelle grossesse en surprenant une conversation qui ne leur était pas destinée. Or, ils ont l'ouïe très développée.

Mes deux amours à domicile entrèrent dans la cuisine. Micah marchait devant, la tête tournée vers Nathaniel qui le suivait, continuant à parler et à rire avec l'autre métamorphe. Micah fait la même taille que moi, ce qui est petit pour un homme, mais il a le corps mince et musclé d'un nageur. Du coup, il est obligé de faire tailler ses costumes sur mesure, parce qu'il a besoin d'une coupe XS superathlétique – le genre de truc qu'on ne trouve pas en prêt-à-porter.

Quand je l'ai rencontré, Micah était bronzé, et il l'est resté en courant torse nu pendant tout l'été et une bonne partie de l'automne. Ce jour-là, exceptionnellement, il avait enfilé un tee-shirt par-dessus son microshort. Ses cheveux ont ce brun riche et nuancé des gens qui sont nés très blonds. Il les avait attachés en une queue-de-cheval basse sans parvenir à dissimuler à quel point ils étaient bouclés, presque autant que les miens.

Il avait ôté ses lunettes de soleil, et quand je m'approchai de lui, je pus voir ses yeux vert-jaune briller dans son visage délicat. Des yeux de léopard. Autrefois, un homme abominable a forcé Micah à conserver sa forme animale jusqu'à ce qu'il ne puisse plus reprendre complètement son apparence humaine.

Nous nous embrassâmes, et nos bras glissèrent automatiquement autour de nos tailles respectives, pour presser nos corps l'un contre l'autre aussi étroitement que possible sans nous déshabiller. Micah me fait cet effet depuis l'instant où j'ai posé les yeux sur lui. Nous nous sommes désirés au premier regard. On dit que ce genre de chose ne dure pas, mais ça fait six mois, et jusqu'ici, ça ne faiblit pas.

Je fondis dans son étreinte et l'embrassai fougueusement, profondément. Un peu parce que c'est ce que j'ai toujours envie de faire quand je le vois ; un peu parce que j'avais peur, et que toucher et être touchée me réconfortait. Il n'y a pas si longtemps, j'aurais été plus pudique en présence de tierces personnes, mais désormais... Mes nerfs n'étaient pas assez solides pour que je m'en soucie.

Micah n'en fut pas gêné, et il ne protesta pas : « Pas devant Ronnie ! » comme l'aurait fait Richard. Non ; il me rendit juste mon baiser avec la même intensité dévorante. Il me tenait comme s'il n'allait jamais me lâcher. Nous nous écartâmes l'un de l'autre, essoufflés et souriants.

— C'était pour moi, le petit numéro ? lança Ronnie sur un ton aigre.

Je pivotai dans les bras de Micah, vis son regard irrité et m'apprêtai à me fâcher de nouveau.

— Tu n'es pas seule au monde, Ronnie.

— Ne me dis pas que tu l'embrasses comme ça chaque fois qu'il rentre à la maison, fit-elle sur un ton cinglant. Il s'est absenté quoi, une heure ? Je t'ai vue l'accueillir à la fin d'une journée de travail, et tu ne l'as pas embrassé comme ça.

— Comme quoi ? demandai-je, la voix descendant dans les graves.

Si elle voulait qu'on se dispute, on allait se disputer.

— Comme s'il était ton oxygène et que tu ne pouvais pas le respirer assez vite.

— Nous tombons mal, peut-être ? intervint Micah sur un ton aimable, conciliant.

Je fis face à Ronnie.

— J'ai le droit d'embrasser mon petit ami comme j'en ai envie sans demander ta permission.

— N'essaie pas de me faire croire que tu ne retournais pas le couteau dans la plaie.

— Va voir un psy, Ronnie. Parce que j'en ai franchement marre que tu m'emmerdes avec tes problèmes.

— Je me suis confiée à toi, insista-t-elle, la voix étranglée par une émotion que je ne comprenais pas, et tu oses te donner en spectacle devant moi. Comment peux-tu me faire ça ?

— Oh, ce n'était pas un spectacle, lança Nathaniel depuis le seuil de la pièce. Mais si c'est un spectacle que tu veux, on peut t'en donner un.

Il s'avança en glissant sur la pointe des pieds, avec une grâce due à la fois à sa formation de danseur et à sa nature de léopard. D'un geste fluide, il ôta son débardeur et le laissa tomber sur le sol.

Instinctivement, je fis un pas en arrière. Jusque-là, je n'avais pas mesuré à quel point Nathaniel était fâché contre Ronnie. Quelles remarques blessantes avait-elle bien pu lui faire pendant que je n'écoutais pas ? En me disant qu'elle ne le considérait pas comme une vraie personne, il essayait de me faire passer un message que je n'avais pas entendu. Quelque chose de sérieux m'avait échappé ; je le voyais à présent dans ses yeux pleins de colère.

Il arracha l'élastique qui maintenait sa queue-de-cheval et laissa ses cheveux auburn qui lui tombaient jusqu'aux chevilles se déployer autour de son corps presque nu. Son microshort de jogging ne dissimulait pas grand-chose.

J'eus le temps de dire : « Nathaniel… ». Puis il fut devant moi, et cette énergie surnaturelle qu'irradient tous les lycanthropes frissonna le long de mon corps.

Nathaniel mesure un mètre soixante-dix – juste assez pour que je doive lever la tête si je veux le regarder dans les yeux. Sa rage avait fait virer ses prunelles mauves au lilas foncé. Mais aucune fleur n'aurait pu exprimer tant de colère. Toute la personnalité de Nathaniel était dans ce regard, ce regard qui me mettait au défi de le repousser.

Je n'en avais aucune envie. Bien au contraire, je voulais m'envelopper de son corps et de son énergie rampante comme d'un manteau. Depuis quelque temps, le moindre stress semble alimenter ma soif de sexe. J'ai peur ? Je me sentirais mieux si je couchais avec quelqu'un. Je suis en colère ? Coucher avec quelqu'un me calmerait. Je suis triste ? Coucher avec quelqu'un me rendrait le sourire.

Suis-je devenue accro au sexe ? Peut-être. Mais Nathaniel ne me proposait pas de coucher avec lui. Il réclamait juste la même attention que celle que j'avais accordée à Micah, ce qui me paraissait équitable.

Je comblai la distance entre nous de mes mains, de ma bouche et de mon corps. L'énergie de sa bête se déversa sur moi comme si je venais de me plonger dans un bain tiède et légèrement électrique. Nathaniel était l'un des membres les moins puissants de mon pard jusqu'à ce qu'un accident métaphysique l'élève du statut de pomme de sang à celui d'animal à appeler. Je suis la première servante humaine qui ait jamais acquis la capacité vampirique d'invoquer un animal. Je peux appeler tous les léopards, mais il existe un lien spécial entre Nathaniel et moi. Un lien dont nous bénéficions tous les deux, mais Nathaniel en profite plus que moi.

Il me souleva en se servant juste de ses mains posées sur mes hanches. Il se débrouilla pour que, même à travers mon jean, je me rende compte qu'il était heureux de me serrer contre lui – si heureux que cela m'arracha un petit bruit de gorge.

La voix de Ronnie s'éleva, dure et hideuse comme si la colère était en train de l'étrangler.

— Et quand le bébé sera là, vous allez baiser aussi devant lui ?

Nathaniel se figea contre moi. Et derrière nous, Micah répéta :

— Le bébé ?

Chapitre 2

Le mot s'abattit dans la pièce comme un éclair, à ceci près qu'après coup, personne ne dit rien. Le silence était si complet que j'entendais le sang battre dans mes oreilles. Nathaniel était tellement immobile contre moi que si je n'avais pas senti son pouls, j'aurais eu l'impression qu'il n'était pas là. J'avais peur de bouger, peur de respirer. C'était comme l'instant précédant une fusillade, quand vous savez que quelqu'un va ouvrir le feu, que le moindre mouvement suffira à tout déclencher et que vous ne voulez pas être responsable de ce qui suivra.

Nathaniel baissa les yeux sur moi, et son regard suffit à briser le silence surnaturel. Des sons se déversèrent autour de nous.

— Ronnie a bien dit « le bébé » ? demanda Micah.

— Oui, c'est bien ce que j'ai dit, répondit l'intéressée d'une voix toujours déformée par la colère.

Nathaniel me laissa glisser à terre et fit remonter ses mains jusqu'à mes épaules. Son regard était si grave que je dus lutter pour le soutenir. J'y parvins, mais mes paupières frémirent comme si l'intensité de ses questions était une lumière éblouissante.

— Tu es enceinte ? interrogea-t-il d'une voix douce.

— Je n'en suis pas sûre, répondis-je en fusillant Ronnie du regard comme elle le méritait. Je voulais attendre d'être certaine avant de vous en parler. Mais il fallait que je le dise à quelqu'un. J'ai pensé : « Hé, c'est à ça que servent les meilleures amies ! » Mais je suppose que j'avais tort.

— Ton baiser avec Micah ne m'était peut-être pas destiné, répliqua Ronnie de cette voix hideuse que je ne reconnaissais pas, mais le numéro de ton stripteaseur préféré, si.

Tournant le dos à Nathaniel, je lui fis face.

— Tu es jalouse des hommes de ma vie. C'est bon, j'ai pigé.

Elle ouvrit la bouche, la referma et grinça :

— Je suppose que je l'ai cherché. Je révèle ton secret, tu révèles le mien.

Je secouai la tête.

— Dire à Micah et à Nathaniel que tu es jalouse du nombre de mes partenaires, ce n'est pas la même chose que leur apprendre que je suis peut-être enceinte. (Une idée vicieuse me passa par la tête, et cette fois, je ne la gardai pas pour moi.) En revanche, dire à Louie que tu es jalouse du nombre de mes partenaires… ça s'en rapprocherait peut-être. Il sait qu'avant lui, tu as eu un nombre d'amants à trois chiffres ?

Oui, c'était dégueulasse, mais Ronnie l'avait mérité. Seuls les membres d'une même famille peuvent se porter des coups aussi bas que deux meilleures amies fâchées l'une contre l'autre.

Ronnie pâlit légèrement, et ce fut une réponse suffisante.

— Il ne sait pas, devinai-je.

— Je crois qu'il a le droit de savoir, déclara Nathaniel, la voix toujours frémissante de cette colère dont j'ignorais l'origine.

— J'avais l'intention de lui dire, se défendit Ronnie.

— Quand ? insista Nathaniel en me contournant pour lui faire face.

Je jetai un coup d'œil à Micah, qui secoua la tête comme s'il ne savait pas non plus ce qui se passait. Ça me rassura de découvrir que nous étions largués tous les deux.

— Quand tu vas emménager avec lui, quand tu vas l'épouser, ou jamais ?

— Je ne vais pas épouser Louie, protesta Ronnie avec, dans la voix, une pointe de désespoir, comme si la peur était en train de dissiper sa colère. (Puis elle se ressaisit.) Tu as fait ce petit numéro avec Anita pour retourner le couteau dans la plaie, parce que je suis sur le point de devenir monogame. Tu fais toujours ce genre de conneries devant moi.

— Et toi, combien de fois t'es-tu exclamée en me voyant : « Tiens, c'est le petit stripteaseur d'Anita ! » Combien de fois m'as-tu traité de chien-chien ? Combien de fois m'as-tu demandé s'il faisait bon sur le trottoir ? Et – mon préféré – combien de fois m'as-tu dit que j'étais drôlement appétissant pour un steak sur pattes ?

— Doux Jésus, Nathaniel ! (Je dévisageai Ronnie.) Tu lui as vraiment dit toutes ces horreurs ?

Sa colère se calma, faisant enfin place à de la gêne.

— Peut-être, mais pas sur ce ton-là.

— Alors, pourquoi ne l'as-tu pas fait devant moi ? Si ça n'avait rien d'insultant, pourquoi ne l'as-tu pas fait devant moi ?

— Ou devant moi, intervint Micah. Si je l'avais entendue dire ce genre de choses à Nathaniel, je t'en aurais parlé, Anita.

— Pourquoi ne m'as-tu rien dit, Nathaniel ? demandai-je en tournant la tête vers lui.

Il me rendit un regard coléreux.

— Je t'ai dit qu'elle ne me considérait pas comme une vraie personne.

— Mais tu ne m'as pas répété ses propos exacts. Tu aurais dû.

Il haussa les épaules.

— C'est ta meilleure amie, et vous veniez juste de vous réconcilier après être restées en froid pendant plusieurs mois. Je ne voulais pas que vous vous disputiez à nouveau.

— Je plaisantais, fit Ronnie sur un ton qui manquait distinctement de conviction.

Je reportai mon attention sur elle.

— Comment réagirais-tu si je parlais à Louie de la même façon ?

— Tu ne peux pas le traiter de stripteaseur ou d'ex-prostitué, parce qu'il n'en est pas un.

À peine les mots avaient-ils franchi ses lèvres que Ronnie se décomposa. Elle se rendait compte qu'elle n'aurait pas dû les prononcer.

— Je ne voulais pas..., commença-t-elle.

Mais ce ne fut pas moi qui la remis à sa place : ce fut Nathaniel.

— Je sais pourquoi tu passes ton temps à m'insulter, dit-il en s'approchant d'elle, sans la toucher, mais en envahissant son espace personnel. Je vois bien la façon dont tu me regardes. Tu me désires, mais pas comme Anita. Tu me veux juste pour une nuit, ou un week-end, ou un mois, et après ça, tu me jetterais comme tu as toujours jeté tous tes amants. Je sais pourquoi tu ne veux pas t'engager avec Louie.

Jamais je ne l'avais vu aussi déterminé, aussi impitoyable.

Je fis un geste dans sa direction, comme pour l'arrêter, mais Micah croisa mon regard et secoua la tête. Son expression était grave, presque funeste. Je suppose qu'il avait raison. Nathaniel avait mérité de dire ce qu'il avait sur le cœur – et Ronnie avait mérité de l'entendre. Mais ça allait mal se finir.

— Je sais pourquoi tu ne veux pas t'engager avec Louie, répéta Nathaniel.

— Pourquoi ? couina faiblement Ronnie.

— Parce que ça te torture de savoir que tu ne coucheras jamais avec moi.

— Oh, lâcha-t-elle d'une voix presque normale. Donc, je rechigne à emménager avec Louie parce que tu es tellement irrésistible ?

— Pas moi, Ronnie, mais le prochain mec comme moi. Le prochain type qui t'obsédera. Pas sur un plan affectif, mais sur un plan sexuel. Tu es assez belle et assez sexy pour avoir toujours eu tous les mecs que tu voulais, pas vrai ?

Ronnie regarda fixement Nathaniel comme s'il s'était changé en une horrible créature.

— Pas vrai ? insista-t-il.

Elle acquiesça et chuchota :

— Oui.

— Tu savais qu'Anita ne couchait pas avec moi, et tu pensais que si elle ne voulait pas de moi, tu pourrais peut-être tenter ta chance. Mais je n'ai pas réagi. J'ai ignoré toutes tes allusions. Alors, tu es devenue méchante. Peut-être ne t'es-tu même pas rendu compte de ce que tu faisais.

Il se pencha vers elle, la forçant à reculer jusqu'à ce que ses fesses heurtent le bord du plan de travail et qu'elle n'ait plus nulle part où aller.

— Tu ne cesses de me rabaisser devant Anita, et tu fais pire encore derrière son dos, comme pour la convaincre qu'elle n'a pas envie de me garder. Que je ne suis pas digne d'être gardé. Pas assez réel pour être gardé. Ça t'est déjà arrivé de jeter ton dévolu sur quelqu'un et de ne pas réussir à le baiser, juste une fois ?

Ronnie se mordit la lèvre inférieure et secoua brièvement la tête. Elle tremblait un peu, et des larmes brillaient dans ses yeux.

— Puis tout à coup, Anita couche avec moi, et je deviens intouchable. On ne pique pas le petit ami de ses copines : c'est la règle, pas vrai ? Tu croyais qu'Anita se servait juste de moi pour se nourrir et que tu pourrais m'avoir au moins une fois. Mais maintenant, je sors avec elle. Tu n'as plus le droit de me draguer alors que tu me désires toujours. Que tu brûles toujours de me sentir en toi…

Je me sentis obligée d'intervenir.

— Ça suffit, Nathaniel. Ça suffit.

Ma voix tremblait. Ça avait tellement dégénéré, si vite ! Comment avais-je pu ne m'apercevoir de rien ?

Lentement, Nathaniel s'écarta de Ronnie.

— Avant, je croyais aux femmes comme toi. Je croyais que toutes celles qui me désiraient à ce point devaient m'aimer au moins un peu. (Il secoua la tête.) Mais les gens comme toi n'aiment personne – à commencer par eux-mêmes.

— Nathaniel ! s'exclama Micah comme si lui aussi était choqué par cette déclaration.

Nathaniel l'ignora.

— Tu dois découvrir ce que tu fuis, Ronnie, avant que ça détruise la meilleure chose qui te soit jamais arrivée.

— Tu parles de Louie ? demanda-t-elle dans un murmure rauque.

Il acquiesça.

— Oui, je parle de Louie. Il t'aime. Il t'aime vraiment, pas juste pour une nuit ou un mois, mais pour toute la vie. Et une partie de toi veut lui rendre la pareille ; sans quoi, tu ne serais pas avec lui.

Ronnie déglutit assez fort pour que ça ait l'air douloureux.

— J'ai peur.

Nathaniel opina.

— Que se passera-t-il si tu te laisses aller à l'aimer ? Si tu lui donnes ton cœur et qu'il te plaque comme tu as plaqué tant d'autres hommes ?

De nouveau, elle hocha la tête en tremblant.

— C'est ça.

— Tu as besoin d'aide, Ronnie. Il faut que tu voies un professionnel. Je peux te recommander quelqu'un.

Je savais que Nathaniel suivait une thérapie, mais je ne l'avais jamais entendu en parler avec personne auparavant – pas de cette façon.

— Je vois cette spécialiste depuis plusieurs années, poursuivit-il plus gentiment. Elle est douée. Elle m'a beaucoup aidé.

Ronnie le dévisageait comme s'il était un serpent et elle un petit oiseau vulnérable.

Nathaniel se dirigea vers le panneau en liège accroché au-dessus du téléphone. Des cartes de visite, des numéros importants, de petits messages étaient épinglés dessus. Il prit une des cartes, revint vers Ronnie et la lui tendit.

— Si elle ne peut pas te recevoir, elle t'enverra à un de ses collègues.

Ronnie prit la carte prudemment, juste par le coin, comme si elle craignait que le rectangle de bristol la morde. Ses yeux étaient écarquillés par la frayeur, mais elle glissa la carte dans la poche de son jean. Puis elle poussa un gros soupir et se tourna vers moi.

— Je suis désolée, Anita. Désolée pour tout. (Elle jeta un coup d'œil à Nathaniel avant de reporter son attention sur moi.) Et maintenant, je vais m'en aller en abandonnant toute cette merde derrière moi et en vous laissant le soin de nettoyer, comme d'habitude. Pardonnez-moi.

Et elle s'en fut.

Nous attendîmes tous sans bouger jusqu'à ce que la porte d'entrée se referme. Puis nous patientâmes encore quelques secondes, le temps que les ondes de choc se dissipent. Mais bien entendu, nous avions d'autres problèmes sur les bras que les névroses de Ronnie.

Micah se tourna vers moi et demanda :

— Est-ce qu'on est dans la merde ?

— Je n'en suis pas encore sûre.

— Mais tu penses que tu es enceinte ?

Je hochai la tête.

— Je n'ai pas eu mes dernières règles. Je voulais vérifier avant d'en parler à qui que ce soit. (Je soupirai et croisai les bras sous ma poitrine.) Mais je n'ai pas fait de test, parce que je ne voyais pas comment m'y prendre sans que vous soyez au courant.

Nathaniel me rejoignit, se plaçant sur le côté pour ne pas m'empêcher de voir Micah.

— Anita, tu ne devrais pas avoir à traverser ça toute seule. Au moins l'un d'entre nous devrait te tenir la main pendant que tu attends que les petites bandes changent de couleur.

Je levai les yeux vers lui.

— On dirait que tu as déjà fait ça.

— Une fois. Elle n'était pas sûre que le bébé soit de moi, mais j'étais son seul ami.

— Je croyais que j'étais ta première petite amie.

— Elle avait découvert que je n'avais jamais couché avec une fille, alors, elle a décidé d'y remédier. (Il disait ça sur un ton très prosaïque.) Je n'ai pas fait d'étincelles, mais elle est tombée enceinte. Sans doute d'un de ses clients, mais ça aurait aussi bien pu être de moi.

— Un de ses clients ? répéta Micah sur un ton interrogateur.

— Elle était dans la partie, comme moi à l'époque.

Je savais que « la partie », c'était la prostitution, mais je savais aussi que cette période de la vie de Nathaniel s'était terminée quand il avait seize ans.

— Tu avais quel âge ? demandai-je.

— Treize ans.

Mon expression le fit rire.

— Anita, je n'avais jamais été avec une fille, mais j'avais déjà connu des tas de mecs. Elle pensait que je devais savoir comment ça se passait avec une fille. C'était mon amie. Elle me protégeait parfois, quand elle le pouvait.

— Quel âge avait-elle ? s'enquit Micah.

— Quinze ans.

— Seigneur, soufflai-je.

Nathaniel eut ce sourire légèrement condescendant qui me rappelle quelle adolescence protégée j'ai eue.

— Et elle est tombée enceinte, dit doucement Micah.

Nathaniel acquiesça.

— Il était peu probable que ce soit de moi. Nous n'avions fait l'amour que deux fois : la première, pour voir si ça me plaisait ; la seconde, pour que je puisse m'améliorer.

Son expression se fit très douce, plus douce que je ne l'avais encore jamais vue.

— Tu l'aimais, dis-je gentiment.

Il acquiesça.

— C'était mon premier béguin.

— Comment s'appelait-elle ? demanda Micah.

— Jeanie. Elle s'appelait Jeanie.

Je faillis ne pas poser la question, mais c'était la première fois que Nathaniel nous révélait tant de choses sur cette période de sa vie.

— Que s'est-il passé ?

— Je lui ai tenu la main pendant que le test devenait positif. Son mac lui a payé une IVG. Je l'ai accompagnée avec une autre fille. (Il haussa les épaules, et la lueur tendre s'estompa de ses yeux.) Elle n'aurait pas pu le garder, je le savais. Nous le savions tous.

Soudain, il eut l'air triste et perdu. Je n'aimais pas le voir comme ça ; alors, je le pris dans mes bras. Il se laissa faire et me rendit mon étreinte.

— Qu'est devenue Jeanie ? s'enquit Micah.

Nathaniel se raidit contre moi, et je sus que la réponse n'allait pas être gaie.

— Elle est morte. Une nuit, elle est montée dans la mauvaise voiture, et son client l'a tuée.

Je le serrai plus fort.

— Je suis vraiment désolée, Nathaniel.

Il s'agrippa farouchement à moi, puis s'écarta juste assez pour me dévisager.

— J'avais treize ans et elle en avait quinze. Nous faisions tous les deux le tapin, et nous nous droguions. Il n'était pas question de garder un bébé dans ces conditions. (Son regard était si grave...) Mais aujourd'hui, j'ai vingt ans et tu en as vingt-sept. Nous avons tous les deux un bon boulot, de l'argent, une maison. Je n'ai rien pris depuis trois... presque quatre ans.

Je me dégageai.

— Qu'est-ce que tu veux dire ?

— Je veux dire que nous avons le choix, Anita. Un choix que je n'ai pas eu la dernière fois.

Mon pouls battait dans ma gorge, et il menaçait de m'étrangler.

— Même si je suis… (et je dus m'y reprendre à deux fois pour le dire) enceinte, je ne suis pas sûre de vouloir garder le bébé. Tu comprends ?

Un étau me comprimait la poitrine ; j'arrivais tout juste à respirer.

— C'est ton corps. Je respecte ça. Je dis juste qu'il existe plusieurs possibilités, c'est tout. Mais la décision finale t'appartiendra.

— Oui, acquiesça Micah. Que ça nous plaise ou non, c'est toi la femme.

— C'est ton corps et ton choix, résuma Nathaniel. Mais il faut faire un test de grossesse. Nous devons savoir de quoi il retourne.

— Nous sommes déjà en retard, contrai-je. Vous devez vous doucher avant qu'on parte chez Jean-Claude.

— Tu pourras vraiment assister à un cocktail avec ce nuage qui plane au-dessus de nous ? s'étonna Nathaniel.

— Il le faudra bien.

Il secoua la tête.

— Ça fait toujours bien d'arriver en retard, et quand il apprendra pourquoi, Jean-Claude ne t'en voudra pas.

— Mais…

— Il a raison, intervint Micah. Si je dois passer la soirée à faire des sourires et la conversation avec une seule question en tête, ça va me rendre dingue – pas vous ?

Je serrai les bras autour de mon torse.

— Mais si le test est positif, si je suis… ?

Je ne pus finir ma phrase.

— Alors, on gérera, répondit simplement Micah.

— Quoi qu'il arrive, tout ira bien, je te le promets, renchérit Nathaniel.

Ce fut à mon tour de le dévisager en me disant combien il avait l'air jeune. Nous n'avons peut-être que sept ans d'écart, mais ce sont sept années importantes. Et il existe des promesses qu'on ne parvient pas à tenir malgré tous nos efforts.

Quelque chose de chaud me noua la gorge et se déversa par mes yeux. Je me mis à pleurer sans pouvoir m'arrêter. Nathaniel me prit dans ses bras, me serra contre lui, et l'instant d'après, Micah vint se plaquer contre mon dos. Ils me tinrent tous les deux pendant que je sanglotais de peur, de confusion et de colère envers moi-même. Dire que je m'en voulais de n'avoir pas été plus prudente serait un doux euphémisme.

Quand mes pleurs se calmèrent et que je pus de nouveau respirer sans hoqueter, Nathaniel dit :

— Je vais à la pharmacie chercher un test. Micah pourra se doucher pendant mon absence. Je me préparerai en revenant, et nous n'aurons qu'un léger retard.

Je m'écartai suffisamment pour voir son visage.

— Mais si c'est positif ? Comment je pourrai aller à la soirée si c'est positif ?

Micah posa son menton sur mon épaule et appuya sa joue contre la mienne.

— Tu ne veux pas savoir parce que tu auras moins de mal à faire semblant ce soir si tu ne sais pas.

J'acquiesçai.

— Je vais acheter une boîte de tests, et on en fera un plus tard, après la soirée. Mais on en emporte un avec nous – ou deux, dit Nathaniel sur un ton qui n'admettait aucune réplique.

Et c'était très étrange d'entendre ça de la bouche d'un soi-disant dominé.

— Et si quelqu'un le trouve dans nos affaires ? m'inquiétai-je.

— Anita, à un moment ou à un autre, il faudra que tu le dises à Jean-Claude et à Asher.

— Seulement si c'est positif.

Nathaniel me regarda d'un drôle d'air mais acquiesça.

— D'accord, seulement si c'est positif.

« Positif ». Le terme me semblait particulièrement mal choisi. Parce qu'une grossesse serait vraiment quelque chose de négatif – un événement effrayant qui bouleverserait toute ma vie.

Chapitre 3

Une heure et demie plus tard, nous étions garés dans le parking des employés derrière le *Cirque des Damnés*. Nathaniel m'avait aidée à appliquer mon ombre à paupières. Il est capable de mélanger une douzaine de couleurs différentes tout en donnant l'impression que je n'en porte aucune – que j'ai juste des yeux naturellement magnifiques. Il se maquille lui-même pour ses spectacles, il a donc de l'expérience.

Ma robe était en fait un tailleur confectionné dans un tissu noir et assez raide pour que le flingue planqué dans le creux de mes reins ne se voie pas – et le couteau que je portais entre les omoplates, non plus. Mes cheveux dissimulaient le manche.

J'avais laissé ma croix dans la boîte à gants, parce que la probabilité que personne n'utilise « accidentellement » de pouvoirs vampiriques sur moi ce soir-là était comprise entre zéro et rien. Oui, ces gens étaient nos « amis », mais c'étaient aussi des Maîtres de la Ville, et petite amie de Jean-Claude ou pas, je restais l'Exécutrice. Quelqu'un ne résisterait pas à l'envie de me tester, juste pour voir – de la même façon que certaines personnes vous serrent la main un peu trop fort. Mais cette « poignée de main »-là pourrait faire brûler ma croix contre ma peau, et j'avais déjà bien assez de cicatrices.

Mes deux hommes portaient des costumes italiens sur mesure. Nathaniel était en noir, avec une chemise mauve un ou deux tons plus claire que ses yeux et une cravate de soie pourpre. Il avait tressé ses cheveux de telle façon que de face, on pouvait croire qu'ils étaient courts – alors qu'en réalité, ils lui descendent jusqu'aux chevilles.

Micah était en gris anthracite avec de fines rayures noires. Sous sa veste, il portait une chemise vert doré quasiment de la même teinte que ses yeux. En fonction de l'angle où la lumière touchait le tissu, cela faisait ressortir soit le vert, soit le jaune de ses prunelles, si bien que la couleur de ces dernières changeait presque à chacune de ses inspirations. C'était du plus bel effet.

J'étais en baskets, mais j'avais des escarpins à talons aiguilles de dix centimètres dans mon baise-en-ville. Ils étaient ouverts derrière, avec des lacets qui se nouaient autour de mes chevilles. Voyant qu'il ne parviendrait pas à me convaincre de porter une tenue plus sommaire ce soir-là, Jean-Claude avait négocié ces chaussures aussi peu pratiques que possible – mais curieusement pas inconfortables. Pourtant, elles en avaient l'air… À moins que je commence à prendre l'habitude de marcher avec des talons hauts. Tout ça, c'est la faute de Jean-Claude. J'avais l'intention d'enfiler les escarpins quand nous atteindrions le bas de l'escalier, juste avant de rejoindre nos invités.

J'ai la clé de la nouvelle porte de derrière du *Cirque des Damnés*. Plus besoin d'attendre que quelqu'un nous fasse entrer, youpi ! Je venais juste d'entendre cliqueter le pêne quand le battant pivota vers l'intérieur. La sécurité a été renforcée ces derniers temps – depuis que nous avons conclu un accord avec le rodere local. Pourtant ce ne fut pas un rat-garou qui m'ouvrit la porte, mais un loup.

Graham était assez grand et assez costaud pour donner l'impression que personne n'arriverait à entrer tant qu'il se tiendrait sur le seuil. Il me toisa un moment – *nous* toisa, devrais-je dire, même si son regard me parut plus personnel. Ses cheveux noirs parfaitement raides lui tombaient devant les yeux de manière esthétique, mais ils étaient coupés très court derrière, dénudant la ligne de son cou et lui donnant l'air étrangement appétissant. Graham a des yeux marron légèrement bridés ; je sais désormais qu'il les tient de sa mère japonaise – tout comme ses cheveux. Mais le reste de sa personne ressemble à un copier-coller de son père, un Viking qui a servi dans la marine.

Graham est l'un des seuls lycanthropes de ma connaissance dont les parents sont venus lui rendre visite sur son lieu de travail. Comme il s'occupe de la sécurité au *Plaisirs Coupables*, un club de striptease spécialisé dans les vampires et les bêtes à poil, ce fut une soirée assez intéressante.

Un instant, je crus que Graham allait rester planté là et m'obliger à le bousculer pour passer. Et à un moment, il dut le croire aussi. Je suis presque sûre qu'il aurait fini par s'écarter de lui-même, mais Micah n'attendit pas. Il fit un pas en avant.

— Laisse-nous passer, Graham, réclama-t-il.

Il n'avait pas dit ça méchamment, et n'avait pas conjuré le plus petit soupçon d'énergie surnaturelle pour appuyer sa requête. Pourtant, le visage de Graham s'assombrit.

Je l'observai pendant qu'il réfléchissait – qu'il envisageait de ne pas bouger. Il portait déjà la tenue de tous les lycanthropes qui assureraient notre sécurité ce soir-là : un pantalon noir et un tee-shirt assorti, qu'il aurait sans doute dû prendre dans la taille du dessus. Le sien semblait avoir du mal à contenir son torse musclé ; une flexion de trop, et il risquait de se déchirer. À côté de lui, Micah avait l'air fragile.

Jusque-là, celui-ci s'était soigneusement dominé. Il laissa échapper une simple bouffée du pouvoir qui vivait en lui, et je la sentis frissonner sur ma peau.

— Nous sommes Nimir-Raj et Nimir-Ra, dit-il d'une voix basse, légèrement grondante. Laisse-nous passer.

— Je suis un loup, pas un léopard. Tu n'as aucune autorité sur moi, répliqua Graham en se raidissant comme s'il s'apprêtait à se battre.

J'en avais assez.

— Micah, non. Mais moi, si, lançai-je.

Graham ne quitta pas Micah des yeux. Apparemment, il ne me considérait pas comme une menace. Il existe plus d'une raison pour laquelle il n'a pas été promu de simple garde du corps au rang d'en-cas occasionnel.

Le fait qu'il m'ignore me mit en rogne, et la première étincelle de colère fit jaillir ma propre version de la bête. Un souffle de pouvoir tiède me picota la peau et dansa sur celle des trois hommes qui m'entouraient.

Je ne suis pas vraiment une métamorphe puisque je ne peux pas me transformer, mais je porte dans mon sang quatre souches différentes de lycanthropie. En principe, quand vous attrapez une forme du virus, elle vous immunise contre les autres. Donc, je suis une contradiction médicale ambulante – mais les analyses de sang ne mentent pas. Je suis porteuse du type loup, du léopard, du lion et d'un mystérieux quatrième type que les médecins ne sont pas parvenus à identifier. Couplé avec quelques improbabilités métaphysiques, cela signifie que je dispose de beaucoup de pouvoirs. Des pouvoirs que je peux invoquer et plier à ma volonté – jusqu'à un certain point.

Nathaniel se frotta les bras.

— Calme-toi, Anita.

Il avait raison. Dans la mesure où je ne peux pas me transformer, il m'est possible d'appeler la bête mais pas de la faire sortir de moi. C'est l'équivalent d'une attaque cardiaque : une expérience très désagréable, et qui pourrirait mon ensemble. Mais je commençais à en avoir marre de Graham. Marre de lui sur beaucoup de points. La libération d'énergie l'avait forcé à me regarder, et je le vis prendre conscience que je n'étais pas juste une petite nana qu'il avait envie de sauter et avec laquelle il ne parvenait pas à ses fins.

— Jusqu'à ce que Richard se choisisse une nouvelle partenaire, je suis la lupa de ta meute, Graham.

Je m'avançai, et Micah s'écarta pour me laisser passer. Je marchai sur Graham en poussant mon pouvoir contre son grand corps musclé, si bien qu'il fut obligé de s'effacer devant moi.

— Mais même quand il se sera choisi une nouvelle partenaire, je resterai le Bolverk du clan de Thronnos Rokke, poursuivis-je. Je resterai l'exécutrice des basses œuvres de ton Ulfric, ton roi-loup. Je continuerai à châtier les vilains petits loups-garous qui ne savent pas rester à leur place. Il me semble que tu l'oublies un peu vite.

Je l'avais forcé à reculer jusqu'aux caisses entreposées dans le vestibule. Sa tête heurta le plafonnier, qui se balança en remplissant la pièce d'ombres et de ténèbres.

Je sentais cette partie de moi qui, au départ, était une émanation de la bête de Richard mais que j'avais fini par m'approprier, faire les cent pas sous la surface de mon esprit. Comme si mon corps était une cage de zoo et que ma bête mécontente arpentait les confins étroits de sa prison, cherchant un moyen de s'en échapper.

Je titubai. Micah et Nathaniel me rattrapèrent avant que Graham puisse m'atteindre.

— Bas les pattes ! gronda Micah.

— Elle a appelé son loup, ajouta Nathaniel. Si un autre loup la touche maintenant, ça rendra le sien plus difficile à maîtriser.

Je m'agrippai à eux – mes deux fauves. J'enfouis mon nez dans la tiédeur du cou de Micah et m'emplis les poumons de son odeur. Sous le parfum douceâtre de son eau de Cologne, je humai le musc âcre du léopard. Cela m'aida à repousser le loup, à me détacher de lui avant que la situation dérape.

Graham tomba à genoux, tête baissée.

— Pardonne-moi, lupa. Je me suis oublié.

— Ce n'est pas la taille ou la masse musculaire qui font un dominant, Graham : c'est le pouvoir. Au sein de notre meute, tu m'es soumis. Et tu es soumis à Micah en toutes circonstances, parce qu'il est le chef d'une autre espèce qui a conclu un traité avec les loups. Si tu ne le traites pas comme tel, la prochaine fois que je m'adresserai à toi, ça ne sera pas en tant que lupa, mais en tant que Bolverk.

Graham leva les yeux vers moi – surpris comme s'il ne s'attendait pas à m'entendre dire une chose pareille. Il avait voulu jouer, mais j'avais fait monter les enjeux si haut qu'il souhaitait se retirer de la partie. Si je n'avais pas été aussi tendue à cause du bébé, peut-être n'aurais-je pas invoqué mon statut de Bolverk. Ou peut-être en avais-je tout simplement marre de Graham.

Quand Nathaniel est devenu mon animal à appeler, j'ai eu besoin d'une nouvelle pomme de sang : désormais, mon léopard chéri était lié à moi trop étroitement pour que je le considère simplement comme de la nourriture. Jean-Claude et quelques autres vampires ont longuement débattu de la question, et ils ont enfin compris pourquoi les rôles d'animal à appeler, de serviteur humain et de pomme de sang sont généralement tenus par trois personnes différentes. Les deux premiers partagent avec leur maître un lien métaphysique si étroit que pour ce dernier, se nourrir d'eux revient plus ou moins à manger son propre bras : c'est possible, mais pas conseillé. Ça apaise la faim, mais en prélevant de l'énergie dans d'autres endroits vitaux.

Au final, c'est Élinore, une des vampires venus d'Angleterre pour rejoindre notre baiser, qui a compris pourquoi je devais me nourrir si souvent. Presque tous les hommes dont je me servais pour rassasier l'ardeur étaient liés à moi métaphysiquement : Jean-Claude, mon maître, Richard, mon Ulfric et l'animal à appeler de Jean-Claude. Nous formons un triumvirat de pouvoir, mais parfois, nous avons besoin d'énergie extérieure.

J'ai accidentellement créé un second triumvirat avec Nathaniel comme animal à appeler et Damian comme serviteur vampire (encore une chose théoriquement impossible) ; du coup, eux non plus ne peuvent pas me nourrir de manière satisfaisante. J'ai beau pomper leur énergie, je ne reste jamais pleine très longtemps.

Asher, le bras droit de Jean-Claude et notre amant à tous deux, compte comme un repas entier. Requiem aurait sans doute constitué un repas entier si je m'étais autorisée à aller jusqu'au bout avec lui. Byron m'a fourni un en-cas en urgence, mais il ne me plaît pas assez pour devenir un membre permanent de mon harem. Même s'il a pris son pied avec moi, il préfère les garçons. Ça ne me dérange pas de n'être pas la partenaire principale de quelqu'un, mais être une partenaire du mauvais sexe… ça me file mal à la tête.

Jason, la pomme de sang de Jean-Claude, est génial, mais il ne peut pas nourrir à la fois son maître et moi – du moins, pas tous les jours. Donc, j'ai besoin de trouver un autre homme (ou peut-être deux…) pour occuper ce poste jusqu'à ce que je maîtrise mieux l'ardeur.

Graham fait partie des candidats auxquels Jean-Claude m'a encouragée à faire passer un « entretien d'embauche ». D'après lui, si j'avais mis un peu plus de cœur à l'ouvrage – et quand il dit « cœur », je me doute bien qu'il pense à une autre partie de mon anatomie –, j'aurais déjà trouvé ma nouvelle pomme de sang. Il m'a traitée de tête de mule. Et Asher m'a dit que j'étais une idiote de ne pas vouloir goûter à un tel festin de chair. Il a peut-être raison.

Je n'ai pas raconté à Ronnie que les hommes de ma vie m'ont fourni une liste d'autres mâles à essayer. Elle aurait flippé encore plus, parce que si Louie se montrait aussi généreux avec elle, elle serait aux anges. Mais Ronnie n'est pas moi, et ce qui aurait fait son bonheur me plonge dans une extrême confusion.

De tous les hommes qui sont venus dans mon lit pour dormir contre moi, Graham s'est montré le plus insistant. Il a exprimé très clairement qu'il espérait davantage de moi. Bien entendu, si je n'avais pas été aussi tête de mule, il serait sur la liste des pères potentiels. Cette pensée me glaça jusqu'à la moelle. Ne pas baiser tous les gens qui viennent passer la nuit à la maison n'était pas une si mauvaise idée, en fin de compte.

— J'implore ton pardon, lupa.

Il semblait toujours choqué de m'avoir entendue invoquer Bolverk, mais ses paroles n'avaient rien d'implorant. Pas vraiment. Chez les loups, implorer le pardon d'un dominant implique quelque chose de beaucoup plus intime que ce que j'étais prête à partager avec Graham. Mais si je refusais ses excuses, cela constituerait une offense susceptible de nuire à la cohésion de la meute. Et merde.

— Alors, vas-y, Graham. Implore, dis-je avec rage.

La colère a toujours été mon bouclier le plus efficace. J'essaie de développer d'autres défenses, mais la colère reste mon rempart le plus sûr. Et dans les circonstances présentes, elle convenait très bien.

Graham se releva. Debout, il me dominait telle une montagne humaine. Si grand, si large d'épaules, si musclé… et pourtant de la frayeur se lisait sur son visage. Il comprenait enfin que s'il me poussait suffisamment à bout, je pourrais lui faire mal. Et que j'en aurais le droit. Ce n'était pas une mauvaise chose qu'il ait peur de moi. Je dirais même qu'il était temps. Nous avions essayé d'être gentils, Micah, Nathaniel et moi, mais certaines personnes ne comprennent pas la gentillesse. Auquel cas, il existe toujours d'autres solutions.

Pour témoigner sa soumission, Graham aurait pu me prendre dans ses bras, mais il procéda de la façon qu'on m'avait montrée. Il me toucha la joue du bout des doigts, juste assez pour se stabiliser. Si nous avions été en public, il se serait contenté d'effleurer mes lèvres. Mais nous n'étions pas en public, aussi pouvait-il aller un peu plus loin.

Il se pencha vers moi comme pour m'embrasser, et j'eus envie de reculer. Mais j'étais sa dominante. Une dominante ne recule pas devant un soumis, si costaud soit-il. Ce n'est pas une question de taille ou de force. C'est une question de cran, et malgré tous ses muscles, Graham n'était pas celui qui en possédait le plus dans cette pièce – loin de là.

Il se pencha jusqu'à ce que sa bouche touche presque la mienne et que je sente son haleine chaude contre mes lèvres. Je crois que jusqu'à la dernière seconde, il envisagea de me voler le baiser que je ne lui avais jamais accordé. Mais il finit par se raviser et se contenter de faire ce qu'il était censé faire. Franchement, un baiser eût été moins embarrassant – par certains côtés, du moins.

Graham était censé lécher ma lèvre inférieure, comme un loup soumis le fait envers un dominant – une version adulte du geste qu'ont les louveteaux pour réclamer de la nourriture. En connaître l'origine ne changeait rien au fait que ses doigts étaient doux contre ma joue et que son souffle était tiède sur ma bouche. Il toucha ma lèvre de la pointe de sa langue et glissa le long de celle-ci – sensuelle et beaucoup plus humide qu'un vrai baiser devrait l'être. Je dirais même « mouillée », comme si je venais de boire du vin et d'en laisser échapper quelques gouttes. Juste assez pour que je doive me lécher la lèvre en écho au geste de Graham ; juste assez pour me donner l'impression de boire à sa bouche.

Il frissonna, et son souffle trembla dans l'air entre nous.

— C'était bon.

— Ce n'était pas supposé être bon, répliquai-je d'une voix pas assez ferme à mon goût. C'était supposé témoigner ta contrition à la lupa de ta meute.

Graham eut un sourire bref, ce sourire qui gâche complètement son image de gros dur et rappelle son âge réel : pas encore vingt-cinq ans.

— Oh, je suis contrit. Mais quand même. Jamais encore tu ne m'avais laissé te toucher de cette façon.

Je secouai la tête et le dépassai. Micah et Nathaniel m'emboîtèrent le pas. Nathaniel portait le sac contenant nos affaires pour la nuit – avec, entre autres, les tests de grossesse. Quand il était rentré de la pharmacie avec, j'avais compris pourquoi j'avais tant repoussé le moment de les acheter. Parce qu'ils rendaient le problème beaucoup plus réel. Je sais, c'est idiot.

— Tu as déjà dormi avec moi, Graham, lui jetai-je par-dessus mon épaule en me dirigeant vers la porte massive qui donnait sur les souterrains.

— Dormir, ce n'est pas ce que je veux faire avec toi, répliqua-t-il.

Je m'arrêtai et pivotai vers lui. Micah et Nathaniel s'écartèrent pour me permettre de mieux le voir.

Graham me dévisagea à travers la frange soyeuse qui lui tombait devant les yeux, et qui me fait toujours penser à un animal m'épiant dans l'herbe. Ses cheveux n'étaient pas aussi longs sur le devant quand je l'avais rencontré.

— Je n'ai pas de temps à perdre avec toi ce soir, Graham.

— Pourquoi tu es toujours fâchée contre moi ?

— Je ne suis pas toujours fâchée contre toi.

— Si tu n'es pas fâchée, pourquoi tu me détestes ?

— Je ne te déteste pas, Graham. Je n'ai tout simplement pas envie de coucher avec toi. J'ai le droit de refuser tes avances, tu sais.

— Alors, ne couche pas avec moi. Utilise-moi juste pour nourrir l'ardeur, comme tu as utilisé Nathaniel pendant des mois sans coucher avec lui.

Je secouai la tête.

— Je ne veux pas faire subir la passion de l'ardeur à quelqu'un que je n'ai pas l'intention de garder. C'est trop cruel.

— L'ardeur est l'expérience la plus orgasmique que n'importe quelle lignée vampirique puisse procurer à un mortel.

Graham avait une expression avide ; ses mains tendues devant lui remuaient comme s'il pouvait saisir l'ardeur dans l'air qui l'entourait et l'attirer à lui.

— Je veux juste la vivre – la vivre tout entière, pas seulement ramasser les miettes que tu m'as jetées par accident. En quoi est-ce mal, Anita ? En quoi est-ce mal de désirer ça ?

— Elle craint que tu deviennes accro, expliqua gentiment Micah.

Graham secoua la tête.

— Je n'ai jamais été accro à quoi que ce soit de toute ma vie.

— Petit veinard, commenta Nathaniel.

— Je t'en prie, Anita, ne t'adresse pas à des étrangers pour nourrir l'ardeur. Pas quand tu connais des gens qui feraient presque n'importe quoi pour que tu la nourrisses avec eux.

Avec un son exaspéré – un cri de frustration étranglé –, je tournai le dos à Graham. J'ouvris la porte, et nous descendîmes l'escalier de pierre qui conduisait à la demeure souterraine du Maître de la Ville.

Les marches de cet escalier sont trop larges, comme si elles avaient été taillées pour des créatures qui ne marchaient pas sur deux jambes. Je les ai toujours trouvées un peu difficiles à négocier ; d'où les baskets.

Micah me prit la main, et je le laissai faire. Si Graham en concluait que j'avais besoin d'aide, qu'il aille se faire foutre – mais pas par moi. Ce soir-là plus que jamais, le contact de Micah m'apportait un réconfort bienvenu.

Nathaniel demeura à ma droite, mais il n'essaya pas de prendre ma main : il savait que je voudrais la garder libre pour dégainer si nécessaire. Oui, ces vampires étaient censés être les amis de Jean-Claude, mais ils n'étaient pas les miens – pas encore.

Nous atteignîmes le palier juste avant que l'escalier amorce un tournant. Impossible de voir au-delà. Mais, à condition de se plaquer contre le mur extérieur, on ne reste pas aveugle trop longtemps.

— Attends, s'écria Graham. S'il te plaît, attends. Je dois passer devant.

Nous pivotâmes tous les trois pour le regarder descendre les dernières marches qui le séparaient de nous. Il m'adressa un sourire presque nerveux.

— C'est moi le garde du corps, tu te souviens ?

Je le détaillai de la tête aux pieds.

— Tu es armé ?

Il soupira.

— Non. Richard a dit que nous étions déjà assez dangereux sans flingues.

Je secouai la tête.

— Pas si tous les autres en ont et qu'ils sont chargés avec des balles en argent.

Graham haussa ses épaules massives.

— Richard est l'Ulfric de la meute. Si tu veux changer les règles, adresse-toi à lui. Moi, je me contente d'exécuter les ordres.

Je soupirai. J'aime Richard, sincèrement. Mais nous avons de sérieuses divergences d'opinion.

Graham nous dépassa mais s'arrêta sur la première marche en dessous du palier. Il leva vers nous un regard préoccupé.

— J'espérais que Jean-Claude nous aurait déjà rejoints.

Je le dévisageai.

— Comment ça, « rejoints » ? Jean-Claude nous attend en bas avec ses invités, pas vrai ?

Graham secoua la tête.

— Il y a eu une urgence en haut.

— C'est Asher qui s'occupe du *Cirque*. Il devrait être capable de gérer les urgences.

Il s'humecta les lèvres.

— Je ne connais pas les détails parce qu'on m'a dit de rester ici pour t'attendre, mais Meng Die a fait quelque chose. Quelque chose qui a poussé Asher à réclamer l'intervention de Jean-Claude.

Meng Die est une petite poupée chinoise, ou du moins, elle en a l'air. Mais comme avec moi, les apparences sont trompeuses. Elle était le bras droit du Maître de la Ville de San Francisco jusqu'à ce que Jean-Claude rappelle à lui tous les vampires qu'il a créés dans ce pays pour renforcer ses défenses. Le maître de Meng Die n'a été que trop heureux de la voir partir : quelques nuits de plus, et elle aurait provoqué une révolte qui se serait terminée par la mort de son maître, dont elle avait l'intention de prendre la place. En fait, même quand Jean-Claude a proposé de la lui renvoyer, son maître n'a pas voulu la reprendre.

Dès son arrivée, Meng Die a visé le poste de bras droit de Jean-Claude – poste déjà occupé par Asher. Puis un tas d'autres vampires sont arrivés de Londres quand leur ancien maître, devenu fou, a dû être exécuté. Tout à coup, elle s'est retrouvée perdue au sein d'un baiser grouillant d'autres maîtres vampires. Elle est assez puissante pour devenir numéro trois dans la hiérarchie de Saint Louis, ou peut-être même numéro deux, mais elle n'a pas le genre de personnalité qu'un souverain souhaite voir approcher de son trône. Elle est trop ambitieuse, trop dangereuse.

— Que diable a-t-elle encore fait ? demandai-je.

— Je n'en sais rien, répondit Graham.

— Je croyais que tu étais presque sa pomme de sang, intervint Nathaniel.

— Je l'étais.

— Tu n'as pas l'air de t'inquiéter beaucoup pour elle.

Graham haussa ses épaules massives.

— Elle ne cesse de promettre qu'elle fera bientôt de moi ou de Clay sa pomme de sang officielle, mais elle ne prend jamais de décision. En plus de ça, elle baisait toujours avec Requiem jusqu'à ce qu'il la repousse.

— Requiem ne partage plus le lit de Meng Die ?

— Non.

Je fronçai les sourcils.

— Il s'est trouvé une nouvelle copine ?

Graham se passa la langue sur les lèvres.

— En quelque sorte.

— Je connais cette tête, Graham. C'est celle que tu fais quand tu as d'autres mauvaises nouvelles en réserve et que tu n'as aucune envie de les annoncer. Vas-y, crache le morceau.

Il soupira.

— Et merde. Tu n'es même pas ma petite amie. Tu ne devrais pas pouvoir lire en moi aussi facilement.

Ce fut à mon tour de hausser les épaules.

— Je t'écoute.

— Requiem pense que la raison pour laquelle tu n'as pas voulu de lui comme pomme de sang, c'est qu'il couchait avec Meng Die. Il a dit que tu n'étais pas femme à partager tes hommes.

Je ne sus pas si je devais hurler, jurer ou éclater de rire.

— Il a dit ça à Meng Die ?

— Aucune idée. Mais il me l'a dit à moi, et il l'a dit à Clay.

— Et vous, vous l'avez répété à Meng Die ?

Graham secoua la tête.

— Je ne suis pas assez stupide. Elle réagit encore plus mal que toi aux mauvaises nouvelles.

— Et Clay, il est assez stupide ?

— Requiem l'a dit à Meng Die, lança Micah d'une voix douce.

Nous nous tournâmes tous vers lui.

— Tu en es sûr ? demandai-je.

Il fit un signe de dénégation.

— Non, mais ce serait tout à fait son genre. Pas pour foutre la merde, juste pour se montrer honnête.

Je réfléchis et fus forcée d'acquiescer.

— Merde alors, tu as raison. Je me demande quand il lui a dit…

— Et toi, tu l'as repoussée ? demanda Nathaniel à Graham.

Le loup-garou grimaça.

— Non. Elle ne détient peut-être pas l'ardeur, mais c'est quand même un sacré bon coup. J'avais déjà couché avec des vampires avant elle, mais jamais avec une femelle de la lignée de Belle Morte. Si Meng Die est un bon exemple de ce qu'elles ont à offrir au lit, mon nouvel objectif dans la vie est de devenir la pomme de sang de l'une d'elles.

— Je croyais que tu voulais être celle d'Anita, objecta Nathaniel.

Graham sursauta, comme s'il en avait dit plus qu'il ne le voulait.

— Si Anita nourrissait l'ardeur avec moi, juste une fois, je ne regarderais peut-être plus jamais une autre femme. En attendant…

Il n'acheva pas sa phrase, mais son silence suffit à justifier le peu d'attention que j'accordais à sa candidature. Ce n'était pas moi que Graham désirait : c'était l'ardeur. Si une des vampires venues de Londres l'avait détenue, c'est elle qu'il aurait courtisée à ma place… ou en plus de moi. Ce n'était pas très flatteur… ni pour lui ni pour moi.

— En attendant, tu restes ouvert à toutes les options, finis-je pour lui.

Il haussa les épaules.

— Je me suis entièrement consacré à Meng Die, et elle a continué à coucher avec Clay et Requiem. Je l'ai partagée avec Clay comme je n'avais jamais partagé personne. (Un peu de tristesse passa très vite sur son visage – parce que son chagrin n'était que superficiel, ou parce qu'il s'était ressaisi ?) Anita ne renoncera pas à vous tous pour moi. Pourquoi devrais-je renoncer à toutes les autres femmes pour avoir une chance de partager son lit ? Et une simple chance, pas même une certitude !

— Je n'ai pas demandé à Requiem de sacrifier sa libido, protestai-je.

— Tu ne demandes jamais à aucun de tes hommes de renoncer à ses autres partenaires, mais s'il ne le fait pas, tu refuses de coucher avec lui, rétorqua Graham.

Ce qui était un peu trop proche de la vérité pour que j'aie plaisir à l'entendre. Je n'avais pas demandé à Requiem de rompre avec Meng Die, mais qu'il couche avec elle avait joué en sa défaveur. Pourquoi ? Premièrement, parce que je n'aime pas du tout Meng Die. Deuxièmement, parce que

Graham a raison : je ne partage pas mes hommes. Pas avec d'autres femmes, en tout cas. Le fait que je leur demande de me partager avec une demi-douzaine d'autres hommes est… injuste. Complètement injuste, je sais.

Chapitre 4

L'escalier donnait sur une petite pièce au fond de laquelle se découpait une lourde porte en bois bardée de métal comme on en trouve à l'entrée d'un donjon. Devant cette porte se tenait Clay, loup-garou et garde du corps. Il s'approcha de nous précipitamment, ce qui n'était pas bon signe – pas plus que son expression inquiète.

Aussitôt, Graham remit son masque de garde du corps, et tout le reste disparut. Quand il se concentre sur son boulot au lieu d'essayer de s'infiltrer dans ma culotte, c'est l'un des meilleurs loups de Richard. Il demanda :

— Que se passe-t-il ?

Clay secoua la tête.

— Jean-Claude n'est pas avec vous ?

— Tu vois bien que non.

— Que se passe-t-il ? m'enquis-je à mon tour, pensant qu'à force de répéter la question, nous finirions par obtenir une réponse.

— Rien. (Clay me regarda et m'adressa un sourire d'excuse.) Rien sinon que nous avons une pièce pleine d'invités et pas de maître de maison. Il n'y a que moi et quatre autres gardes du corps là-dedans. Nous ne sommes même pas autorisés à proposer des rafraîchissements sans la présence d'un des dominants.

— Et tu flippes à ce point parce que ça nous fait passer pour des hôtes négligents ? interrogea Micah.

Clay parut réfléchir, puis il acquiesça et eut un nouveau sourire contrit.

— Je suppose que oui.

Clay est aussi grand que Graham, mais il a des cheveux blonds bouclés toujours en bataille. Graham soigne son apparence ; Clay semble se foutre de la sienne. Il n'est pas négligé, juste… détendu. Ce soir-là, il portait la même tenue entièrement noire que son collègue, mais avec des baskets noires plutôt que des chaussures de soirée. Ça lui allait bien, même s'il paraissait un peu mal à l'aise sorti de son jean habituel. Je compatissais.

— Je sais, c'est idiot, admit-il. Mais je pense que la soirée commence mal. Jean-Claude a reçu un message et a dû filer. Les deux Maîtres de la Ville ne font pas d'histoires pour le moment, mais les deux femmes sont déjà en train de se balancer des piques. Les autres, gardes du corps et pommes de sang, restent plantés là avec un air menaçant ou boudeur. J'ai comme l'impression que les choses pourraient très vite dégénérer sans quelqu'un pour les maintenir sur les rails.

Je pris cette remarque au sérieux. Clay bosse à la sécurité du *Plaisirs Coupables* ; il est très doué pour repérer les problèmes avant qu'ils se présentent, ce qui le rend particulièrement précieux.

— Qu'est-ce que Meng Die a fait au juste, pour qu'Asher appelle Jean-Claude un soir comme celui-là ? demandai-je.

Clay soupira.

— Je n'en suis pas cent pour cent certain, mais ça doit être grave.

J'aurais pu ouvrir les marques vampiriques entre nous et découvrir ce que fabriquait Jean-Claude, mais il m'avait demandé de ne pas le faire pendant que nous recevrions nos invités. D'abord, nous tentions de dissimuler certains de mes pouvoirs. Ensuite, Jean-Claude n'était pas complètement sûr que certains Maîtres de la Ville ne puissent pas espionner « ce type de communications », pour reprendre l'expression qu'il avait lui-même employée. Donc, à moins d'une urgence avérée, pas de télépathie jusqu'à ce que nos invités aient quitté la ville.

Jean-Claude avait-il besoin de mon aide ? Non. Pas contre Meng Die. Elle est vicieuse et puissante, mais pas à ce point. Et puis, je ne la pensais pas assez stupide pour provoquer un incident d'une gravité telle qu'il entraînerait la peine de mort en cas d'échec. Comme la plupart des très vieux vampires, Meng Die est une survivante dans l'âme.

Micah me dévisageait comme s'il pouvait suivre mon raisonnement. À voix haute, il déclara :

— Jean-Claude et Asher sont capables de gérer.

— Dis-moi que tu n'as pas lu dans mes pensées, réclamai-je.

Il eut ce sourire très doux.

— J'ai lu sur ton visage.

— Génial.

Il haussa les sourcils et secoua légèrement la tête comme pour s'excuser.

— Comment pouvez-vous désirer devenir la pomme de sang de Meng Die, tous les deux ? lança Nathaniel. Elle n'est pas fiable.

Graham éclata d'un rire brusque qui me fit presque sursauter.

— Fiable ? Je ne veux pas devenir sa pomme de sang parce que je la trouve fiable. Je le veux parce qu'elle baise incroyablement bien.

Clay haussa les épaules.

— Moi, je l'aime. Du moins, je croyais l'aimer.

— Tu n'as pas l'air très sûr de toi, fit remarquer Nathaniel.

— Jean-Claude nous a fait dormir avec Anita et vous deux ou trois fois. Meng Die était contrariée, mais pas tant que ça. J'ai cru que c'était parce qu'elle savait qu'on reviendrait – que je tenais suffisamment à elle pour ne pas me laisser séduire par quelqu'un d'autre. Puis Requiem a rompu parce qu'il pensait que c'était à cause d'elle qu'Anita ne voulait pas de lui comme nouvelle pomme de sang. (Quelque chose qui ressemblait à de la douleur crispa le visage de Clay.) Là, elle a pété les plombs. Jean-Claude nous arrache à son lit et nous force à dormir avec vous, et ça ne la dérange pas. Perdre Requiem l'a bien plus perturbée.

Je scrutai ses yeux clairs et vis combien il était blessé. Il tenait vraiment à elle. Et merde.

— Certaines personnes, surtout si ce sont des vampires de la lignée de Belle Morte, ne réagissent pas bien quand on les rejette, expliquai-je. Graham et toi, vous n'aviez pas le choix. Jean-Claude vous avait donné un ordre ; vous étiez forcés d'obéir. Mais Requiem a quitté Meng Die de son propre chef. C'est particulièrement blessant pour un certain type de femmes – ou d'hommes, d'ailleurs.

Clay me dévisagea de ses yeux perplexes, remplis de douleur.

— Tu veux dire que ça l'a blessée dans sa fierté.

J'opinai.

— Et crois-moi, c'est un trait de caractère très développé chez la plupart des maîtres vampires.

Il secoua la tête.

— Je sais que tu essaies de me réconforter, Anita, mais en réalité, tu viens de dire que sa fierté compte plus que les sentiments que je peux lui inspirer. Merci quand même.

— Pourquoi me remercies-tu alors que j'ai échoué lamentablement ?

Il me pressa l'épaule en un geste typiquement masculin, mais qui me surprit. Il est très rare que Clay me touche de son plein gré.

— Ouais, tu es plutôt nulle pour consoler les gens, fit-il en grimaçant. Mais tu sais ce qu'on dit : c'est l'intention qui compte.

Clay n'a jamais été du genre tactile, et depuis qu'il a dormi avec moi et senti l'ardeur se manifester dans mon lit, il ne me touche plus qu'en cas d'absolue nécessité. Je crois qu'il a peur de ce que mon contact pourrait lui faire. Autrement dit, tout le contraire de Graham. Le paradis d'un homme peut très bien être l'enfer d'un autre.

— Nous devons nous présenter à nos invités, intervint Micah. Et il faut que tu changes de chaussures.

Je soupirai.

— Donc, nous sommes seuls pour gérer ce cocktail.

Je m'agenouillai en faisant attention à ne pas filer mes bas sur le sol de pierre et ôtai mes baskets.

— Je le crains, répondit Clay.

— Génial. Vraiment génial.

Je me relevai et laissai Nathaniel m'enfiler le premier escarpin, puis Micah me tenir pendant que Nathaniel me mettait le second. Des talons de dix centimètres, où avais-je la tête quand j'avais accepté ?

Je n'ai jamais aimé les bavardages mondains, mais cette fois, ça n'allait pas être le problème. Je peux feindre l'intérêt si nécessaire. Le problème, c'est que les deux maîtres qui nous attendaient avaient amené des candidats désireux de devenir ma pomme de sang.

Tout ça, c'était ma faute. Je n'avais choisi personne parmi les autochtones. Et j'avais exprimé mon inquiétude à la pensée d'inviter plusieurs autres Maîtres de la Ville sur notre territoire. Ça ne me paraissait pas très sage, du point de vue de la sécurité. C'est alors qu'Élinore, une de nos vampires anglaises, avait eu une idée. Une idée merveilleusement horrible. Puisque des maîtres vampires allaient affluer depuis les quatre coins du pays, pourquoi ne pas organiser une sorte de compétition en leur proposant d'amener des volontaires ?

J'avais refusé en des termes peu polis, mais sans équivoque. Jean-Claude m'avait fait remarquer que je n'aurais qu'à les éconduire tous. Les chances que je trouve quelqu'un qui me plaise suffisamment étaient très minces de toute façon. Et Élinore avait raison : c'était un bon moyen d'obliger les maîtres vampires à se tenir correctement pendant toute la durée de leur visite. En règle générale, on essaie de se montrer poli envers sa belle-famille putative. Je ne pouvais pas réfuter cet argument, mais ça me donnait l'impression d'être une tête de bétail primée dans une foire.

Pourquoi « primée » ? Parce que je suis la servante humaine de Jean-Claude, et que Jean-Claude est le premier vampire américain qui soit jamais devenu un sourdre de sang. En gros, il a atteint un tel niveau de pouvoir qu'il est désormais le maître de sa propre lignée. C'est extrêmement rare qu'un tel événement se produise, et ce n'était encore jamais arrivé aux États-Unis.

Nous ne nous en sommes pas vantés, mais le Conseil vampirique qui siège en Europe l'a découvert quand même, et apparemment, il n'en a pas fait un secret. Ces dernières semaines, nous avons reçu des tas d'ouvertures amicales. D'accord : en fait, c'étaient plutôt des offres d'alliances. Ce n'est pas tout à fait la même chose, mais ça reste préférable aux autres options.

Le truc, c'est qu'en acceptant tout ce pataquès, je n'avais pas envisagé une seule seconde que je ferais les présentations sans Jean-Claude à mon bras. Merde, merde, merde.

Micah prit ma main entre les siennes.

— Ça va aller.

Nathaniel me serra contre lui.

— Nous t'aiderons à leur faire du charme.

— Je ne suis pas douée pour jouer les Cendrillon, me lamentai-je.

— Normal. Tu n'es pas Cendrillon, Anita, tu es le prince. Le Prince Charmant.

Je scrutai les yeux lavande de Nathaniel et sentis la main froide de la peur m'agripper les entrailles. Moi, le Prince Charmant ? Il devait y avoir une erreur. Mais je suppose qu'à choisir entre la femme qui essaie désespérément d'attirer l'attention du prince, et le prince qui ne veut pas se laisser capturer, je préfère encore être le prince. Du moins, c'est ce que je me dis tandis que Clay nous ouvrait la porte et nous précédait dans le salon, écartant les draperies qui en constituaient les murs.

Je laissai Micah et Nathaniel me prendre un bras chacun. C'est vrai que ça m'empêcherait de dégainer rapidement, mais ce qui m'attendait n'était pas le genre de problème qu'on peut résoudre avec un flingue ou un couteau. C'était le genre de problème dont seules la diplomatie, les reparties spirituelles et la séduction subtile permettent de venir à bout. Autrement dit, sans Jean-Claude et Asher, nous étions foutus.

Chapitre 5

Le salon était entièrement blanc, doré et argenté, depuis les draperies jusqu'au canapé en passant par la bergère et les deux fauteuils qui encadraient l'âtre vide. Le mur au-dessus de la cheminée paraissait nu sans le portrait de Jean-Claude, d'Asher et de leur amour perdu Julianna qui y est accroché d'habitude – un portrait peint près de cinq siècles avant ma naissance.

Oui, ce mur semblait nu, mais tel n'était pas le cas du reste de la pièce. Celle-ci grouillait positivement de vampires et de métamorphes. Je n'avais vraiment pas envie de jouer les hôtesses pour eux en l'absence de Jean-Claude. Vraiment, vraiment pas envie.

Pourtant, j'entrai en les gratifiant du sourire que j'ai appris à dédier à mes clients, ce sourire éblouissant qui ne monte jusqu'à mes yeux que si je fournis un gros effort. Et je fis un gros effort, mais mes mains agrippaient celles de Micah et de Nathaniel comme s'ils étaient les deux derniers morceaux de bois flotté à la surface de l'océan.

Je pris conscience que j'avais peur. Peur de quoi ? Des bavardages oiseux ? Sûrement pas. Personne ici n'allait essayer de me tuer. D'habitude, si personne n'essaie de me tuer et si je ne suis obligée de tuer personne, je considère qu'il s'agit d'une bonne soirée. Alors, pourquoi étais-je si nerveuse ?

Micah nous présenta tandis que je tentais d'endiguer ce brusque accès de timidité maladive. Ça ne me ressemblait pas. Je n'aime pas faire la conversation à des inconnus, mais je ne suis pas du genre timide, loin de là. Clay et Graham se postèrent derrière nous. Nous avions d'autres gardes du corps dans la pièce, mais aucun d'eux ne pouvait m'aider à surmonter ma frayeur.

Micah se pencha vers moi et chuchota :

— Anita.

Je clignai lentement des yeux, comme quand je réfléchis trop fort et que j'essaie de ne pas le montrer. Franchement, à moins de très bien me connaître, personne ne peut s'en apercevoir.

— Bienvenue à Saint Louis, et j'espère que notre hospitalité va s'améliorer à partir de maintenant.

Voilà. Je n'avais rien dit de stupide. Un bon point pour moi.

Un des vampires s'approcha de nous en souriant. Il n'était pas beaucoup plus grand que moi, mais avait des épaules si larges qu'il paraissait presque difforme, comme beaucoup de culturistes de petite taille quand ils portent un costard.

— Nous sommes tous des Maîtres de la Ville, mademoiselle Blake. Nous savons que certaines affaires passent avant les mondanités.

Il resta planté face à moi avec son sourire affable. Il ne faisait rien : il attendait. À moi de lui prouver que nous n'étions pas de vulgaires bouseux et que nous connaissions les usages en vigueur. Lâchant Micah et Nathaniel, je lui tendis la main.

— Bienvenue, Augustin, Maître de la Ville de Chicago.

Jean-Claude m'avait décrit tous ses invités ; du moins savais-je à qui je m'adressais. Malheureusement, je ne savais pas grand-chose d'autre.

La plupart des maîtres vampires essaient d'avoir l'air effrayant, ou mystérieux, ou sexy. Celui-ci sourit assez largement pour révéler ses crocs et répondit :

— Auggie. Mes amis m'appellent Auggie.

Il avait des cheveux blonds coupés courts mais très bouclés et sculptés à grand renfort de gel. Des cheveux qui n'allaient pas du tout avec son costume et son attitude.

Il prit ma main entre les deux siennes, avec autant que douceur que si j'étais une poupée de porcelaine. Certains types costauds font ça. D'habitude, ça m'énerve, mais ce soir-là, ça me convenait.

Retournant ma main, il porta mon poignet à sa bouche. Je me gardai bien de lever le bras : c'eût été le meilleur moyen de lui donner une beigne sans le vouloir. Je me suis entraînée avec Jean-Claude et Asher. Aussi ma main demeura-t-elle inerte entre celles d'Auggie. Il était un Maître de la Ville et moi j'étais une simple servante humaine. Si Jean-Claude avait été là, c'est Auggie qui lui aurait offert son poignet. Mais il avait un rang supérieur au mien, alors…

Il inclina la tête vers mon pouls tout en levant les yeux vers moi. Ses prunelles étaient d'un gris très sombre, presque noir. Mais je pouvais soutenir leur regard sans problème. La plupart des maîtres vampires ne connaissent aucun humain qui en soit capable.

Auggie écarquilla les yeux, et mon sourire chaleureux dut se parer d'une pointe d'arrogance. Pouvoir soutenir son regard en toute impunité me rassura et m'aida à me ressaisir.

Les lèvres d'Auggie s'incurvèrent en un sourire mystérieux, très différent de celui avec lequel il m'avait saluée. Il posa ses lèvres sur mon poignet, à l'endroit où le sang affleure sous la peau. Comme il m'embrassait, une petite décharge me parcourut le corps, contractant mon bas-ventre – le contractant si vite et si fort que mon souffle s'étrangla dans ma gorge et que je titubai.

Je perçus un mouvement dans mon dos et secouai la tête. D'une voix essoufflée mais ferme, je dis :

— Non, pas la peine. Tout va bien.

Je sentis plus que je ne vis tout le monde reculer. Je n'avais d'yeux que pour le vampire toujours penché sur mon poignet. Au lieu de me dégager, je scrutai ses yeux. Ils étaient comme un ciel assombri par d'énormes nuages noirs, juste avant que l'orage éclate et que des cataractes emportent tout ce que vous possédez.

Mais je ne suis pas une simple servante humaine qui tient tous ses pouvoirs de ses liens avec son maître. Quand j'ai connu Jean-Claude, je possédais déjà une immunité partielle au regard hypnotique des vampires. Ce que je fis ensuite prit sa source dans mon propre pouvoir, ma propre magie – ma nécromancie.

Je laissai couler un peu d'énergie surnaturelle le long de mon bras, à travers ma main et sur la peau d'Auggie, de la façon dont vous repousseriez quelqu'un qui a envahi votre espace personnel. En clair : je lui demandai métaphysiquement de reculer. Il hoqueta et me lâcha en baissant ses étranges yeux gris.

— Je m'excuse si ma petite décharge de pouvoir vous a incommodée, mademoiselle Blake, mais je tente de me contenir. Me forcer à en révéler davantage ne serait pas très avisé de votre part.

Et ce disant, il leva la tête, me révélant un visage qui n'était plus seulement agréable à regarder dans un registre juvénile, ou mignon bien que relativement ordinaire. Désormais, il était d'une beauté radieuse. Sa structure osseuse paraissait plus délicate que quelques instants auparavant ; une dentelle de cils noirs ourlait ses paupières. Si je n'avais pas passé les années précédentes à me noyer dans les yeux de Jean-Claude, j'aurais pu dire que jamais encore je n'avais vu des cils pareils chez un homme. Seule la couleur de ses iris demeurait inchangée – ce gris charbonneux extraordinaire.

Je reculai assez pour le détailler de la tête aux pieds. Son corps était à la fois identique et différent. Il restait petit pour un homme, mais son costume lui allait mieux. J'ai fait les magasins avec suffisamment de mecs pour reconnaître un costard cher quand j'en vois un. Le sien était sur mesure, parce que quand un homme de petite taille soulève assez de fonte pour obtenir une carrure pareille, il ne peut plus s'habiller en prêt-à-porter. Mais la veste tombait désormais de manière impeccable et lui donnait une allure très chic, très raffinée.

Je secouai la tête.

— J'ai déjà vu des vampires dépenser de l'énergie pour avoir l'air plus effrayants, mais jamais pour avoir l'air plus quelconques.

— C'est vrai, lança une voix de femme. Pourquoi tiens-tu autant à te dissimuler, Augustin ?

Je tournai la tête vers celle qui venait de parler. Elle était assise sur la bergère blanche, collée contre le seul autre vampire présent dont le regard me fit frissonner quand il croisa le mien. Il avait des cheveux bruns, des yeux sombres, et il était séduisant dans le genre ordinaire. Difficile de le juger avec équité après avoir contemplé le vrai visage d'Augustin. Mais je devinais son identité.

— Salut à vous, Samuel, Maître de la Ville de Cape Cod. En tant que servante humaine de Jean-Claude, je vous souhaite la bienvenue à Saint Louis, à vous et aux vôtres.

Le vampire se leva. Rien ne l'y obligeait : il aurait pu attendre que je vienne à lui. Ses cheveux étaient d'un brun très foncé, presque noir, mais j'ai passé trop d'années à me regarder dans le miroir pour confondre les deux teintes. Ses boucles courtes, qui tombaient négligemment autour de son visage, me rappelaient celles de Clay. Même si elles étaient coupées proprement, on voyait qu'il n'avait pas passé des heures à se coiffer.

Samuel n'était pas beaucoup plus grand que Nathaniel : un mètre soixante-huit à tout casser. Il avait l'air mince et bien bâti, mais sans musculature excessive pour déformer son costume noir tout simple. Sous sa veste, il portait un chouette tee-shirt vert. Si Jean-Claude s'était chargé de l'habiller, le tee-shirt aurait été en soie et beaucoup plus moulant. Là, comme le reste de sa tenue, il laissait deviner la silhouette de son porteur tout en cachant beaucoup plus de choses qu'il n'en révélait.

Au cou de Samuel pendait une très vieille pièce en or suspendue à une fine chaîne du même métal. On aurait dit une de ces pièces que les plongeurs remontent parfois des épaves de navires coulés il y a des siècles. Ou peut-être cette image ne s'était-elle imposée à mon esprit que parce que je connaissais l'animal que Samuel pouvait appeler : les sirènes. Non, je ne plaisante pas. De ce point de vue, le Maître de la Ville de Cape Cod est unique parmi les vampires actuellement en vie.

Son épouse était justement une sirène – tout comme l'homme et la femme qui se tenaient derrière la bergère, supposai-je. Difficile à dire : c'était la première fois que je rencontrais des représentants de ce peuple aquatique.

Je me forçai à concentrer mon attention sur le vampire qui venait à ma rencontre. Je connais des tas de suceurs de sang, mais des sirènes… Il s'agissait d'une nouveauté pour moi.

Je tendis la main à Samuel. Il la prit plus fermement qu'Auggie ne l'avait fait, comme s'il avait une poigne plus solide. Puis il porta mon poignet à sa bouche – et comme Auggie, il leva les yeux pour me regarder en même temps. Ses iris étaient noisette, brun très clair avec un cercle gris-vert autour de la pupille. La couleur de son tee-shirt faisait ressortir ce vert et donnait une nuance olivâtre à ses yeux, mais ceux-ci étaient définitivement noisette et pas verts. D'un autre côté, je suis très pointilleuse sur la question des yeux vraiment verts.

Le regard de Samuel ne me fit pas d'effet particulier, et le baiser qu'il posa sur mon poignet fut tout ce qu'il y a de plus chaste. Je récompensai sa retenue d'un sourire.

—Ah, Samuel. Toujours aussi chevaleresque, commenta Auggie.

—Tu ferais bien de prendre exemple sur lui, lança la femme en blanc qui devait être l'épouse de Samuel.

—Théa, dit ce dernier sur un ton d'avertissement, mais moins prononcé qu'on n'aurait pu s'y attendre.

Jean-Claude nous avait tous prévenus que l'unique faiblesse de Samuel était son épouse. Le Maître de Cape Cod cédait à la plupart de ses caprices ; donc, quand on voulait négocier avec lui, on devait passer par elle aussi.

— Non, elle a raison, concéda Auggie. Tu as toujours été mieux éduqué que moi.

— Peut-être, répliqua Samuel d'une voix frémissante de colère, mais ces choses-là ne se disent pas en public.

Théa inclina le buste et la tête pour dissimuler son visage – parce qu'elle ne parvenait pas à prendre un air suffisamment contrit, je l'aurais parié. Même assise, elle semblait beaucoup plus grande que son mari. Elle portait une robe entre le blanc et le crème, assortie à son teint nacré et à ses cheveux d'un blond très clair. Au premier abord, on aurait pu la prendre pour une albinos. Mais quand elle releva la tête, je vis que ses yeux étaient noirs, si noirs qu'on ne pouvait distinguer la pupille de l'iris, et qu'elle avait des cils et des sourcils dorés.

Les muscles de ses bras déliés roulèrent sous sa peau comme elle se levait et lissait sa robe. Ses cheveux lui tombaient jusqu'à la taille. Son seul bijou était un diadème d'argent orné de trois perles, une grosse au milieu et deux plus petites sur les côtés, encadrées par des diamants minuscules qui étincelaient au moindre mouvement de sa tête. Nulle branchie ne se découpait sur son cou lisse et nu. Jean-Claude m'avait dit que quand elles le souhaitaient, « les demoiselles de la mer » (c'était l'expression qu'il avait employée) pouvaient paraître très humaines.

— Puis-je vous présenter ma femme, Leucothéa. Théa.

Samuel la prit par la main et l'entraîna dans une profonde révérence.

Devais-je m'incliner moi aussi ? Devais-je leur demander de se redresser ? Du diable si je le savais. Qu'avait bien pu faire Meng Die pour que Jean-Claude mette si longtemps à revenir ? Je ne l'aimais déjà pas beaucoup à la base ; là, c'était sûr, j'allais garder une dent contre elle.

À tout hasard, je tendis une main à Théa. Elle la prit et leva vers moi un visage à l'expression étonnée. Ses doigts étaient froids entre les miens.

— Votre geste est-il celui d'une reine qui prend pitié d'une manante, ou me reconnaissez-vous comme votre supérieure ?

Je l'aidai à se relever, même si elle n'en avait pas besoin : elle bougeait avec la grâce d'une danseuse. Je lâchai sa main et dis ce que je pensais – comme chaque fois que je suis dans le doute.

— Je ne voulais pas vous insulter. En vérité, j'ignore laquelle de nous deux surpasse l'autre en termes de statut. Si Jean-Claude avait été là, vous auriez pu lui offrir votre poignet, mais en son absence… J'avoue ne pas connaître parfaitement l'étiquette vampirique.

Théa semblait de plus en plus surprise, mais Samuel affichait une mine satisfaite.

Auggie partit d'un rire un peu abrupt et typiquement humain qui m'incita à me tourner vers lui.

— Jean-Claude nous avait prévenus que vous étiez une bouffée d'air frais, Anita. Mais je ne suis pas sûr que nous puissions encaisser tant de fraîcheur *et* d'honnêteté.

— Moi, ça me plaît, déclara Samuel.

— Parce que tu es nul quand il s'agit de mentir et de manipuler les gens, répliqua Auggie.

Samuel lui jeta un regard entendu.

— Aucun de nous ne s'est hissé jusqu'au rang de Maître de la Ville sans fourberie, mon vieil ami.

La gaieté d'Auggie s'évanouit instantanément. Je pris conscience que de tous les maîtres vampires que j'avais connus, il était celui qui avait les traits les plus mobiles et les plus expressifs. Ce qui ne l'empêchait pas de pouvoir adopter le même masque de neutralité que les plus âgés de ses semblables.

— C'est exact, mais admets que tu préfères la franchise.

Samuel hocha la tête.

— Je te le concède.

— Vous aimez la franchise ? Alors, vous allez m'adorer, promis-je.

Cela me valut des rires en provenance d'au moins deux coins de la pièce. Le premier était occupé par Fredo, artistiquement affalé contre le mur, son tee-shirt noir formant des bosses aux nombreux endroits où il dissimulait des couteaux. Il arborait d'autres lames : un énorme coutelas sur chaque hanche, comme les cow-boys portaient leurs pistolets autrefois. Son rire creusait deux rides profondes autour de sa bouche, et ses yeux brillaient d'amusement derrière les cheveux noirs qui tombaient devant son visage bronzé.

L'autre rire provenait du coin opposé. Il appartenait à Claudia, qui avec son mètre quatre-vingt-quinze est la femme la plus grande que j'aie jamais rencontrée. La plus musclée, aussi. À côté d'elle, Fredo a l'air d'un freluquet. Comme d'habitude, ses cheveux noirs étaient relevés en une queue-de-cheval haute. Claudia ne se maquille jamais, et même sans fard, son visage est d'une beauté stupéfiante. Elle se moque d'avoir l'air d'une fille ou pas, et malgré toute la fonte qu'elle soulève, son corps reste décidément féminin. Si elle n'était pas si grande et si musclée, elle ne pourrait pas sortir de chez elle sans se faire draguer ou siffler par tous les hommes qu'elle croise. Oh, certains la sifflent quand même, mais la plupart d'entre eux ont peur d'elle – et à juste titre. Ce soir-là, elle devait être la seule autre femme présente à porter un flingue.

Mais pour l'heure, le rire qui continuait à cascader de sa gorge adoucissait son expression. Elle avait un rire légèrement grave, très agréable. Il me sembla que c'était la première fois que je l'entendais.

— Qu'y a-t-il de si drôle ? demandai-je aux deux gardes du corps.

— Désolée, Anita, dit Claudia en s'efforçant de se ressaisir.

Fredo acquiesça.

— Ouais, désolé, mais… franche, toi ? C'est ce qu'on appelle un doux euphémisme.

Micah dut se racler la gorge, et même Nathaniel eut beaucoup de mal à contenir un gloussement.

Éviter de me fâcher tout rouge me coûta un gros effort, je l'admets, mais j'y parvins. Un bon point pour moi.

— Je peux mentir s'il le faut, me défendis-je d'un ton boudeur… et merde.

— Mais ce n'est pas dans ta nature, argua Fredo, qui est un peu trop sagace pour un garde du corps.

— Il a raison, approuva Claudia en reprenant son sérieux. Mais je m'excuse pour ma réaction.

— Elle est comme toi, Samuel, commenta Théa. Un cœur honnête.

Son époux sourit.

— Ce n'est pas moi qui m'en plaindrai si nous venons à nous rapprocher.

Et la façon dont il avait dit cela m'incita à observer enfin les autres membres de sa suite.

Visiblement, je n'étais pas tombée si loin de la plaque avec ma théorie de la belle-famille. Samuel et Théa m'offraient leurs trois fils comme pommes de sang putatives. Personnellement, je trouvais ça un peu flippant, mais tous les vampires m'avaient dit et répété que les plus âgés d'entre eux avaient grandi à une époque où les mariages arrangés pour des raisons diplomatiques étaient la norme et non l'exception.

Les jumeaux étaient faciles à repérer, car identiques. Je connaissais leurs noms : Thomas et Cristos. Ils avaient les cheveux blonds presque blancs de leur mère et les courtes boucles en désordre de leur père. Ils semblaient plus grands que ce dernier : à vue de nez, environ un mètre soixante-quinze comme Théa. Mais leurs corps restaient frêles, encore inachevés.

Je scrutai leurs visages pleins de curiosité. Oui, ils étaient jeunes – très jeunes. Certainement majeurs, sans quoi

Jean-Claude aurait refusé l'offre de Samuel, mais ils n'en avaient pas l'air. Les sirènes vieillissent peut-être plus lentement que les humains.

Impossible de dire qui était leur frère, parce que deux hommes bruns se tenaient derrière la bergère. L'un d'eux soutint effrontément mon regard ; l'autre baissa les yeux et rougit. J'aurais parié que c'était lui, le troisième fils, et que toute cette scène le mettait aussi mal à l'aise que moi.

— Mes fils sont très beaux, n'est-ce pas ? lança Théa.

Je reportai mon attention sur elle. Ne sachant que répondre, j'optai finalement pour :

— Oui, je suppose que oui, mais ce n'était pas pour ça que je les regardais.

Je sentis mes joues s'embraser, et je m'en voulus à mort.

Théa sourit.

— Commençons par décider laquelle de nous est d'un rang supérieur à l'autre, pour que je puisse faire les présentations dans les règles de l'art.

Je réfléchis et jetai un coup d'œil à Micah et à Nathaniel. Tous deux secouèrent la tête : ils ne savaient pas non plus.

— J'ai une idée, dit Théa.

Et au ton qu'elle avait employé, je devinai que ça n'allait pas me plaire. Elle avait une voix mélodieuse, presque chantante.

— Je vous écoute.

— Nous sommes respectivement l'animal à appeler d'un Maître de la Ville, et la servante humaine d'un autre. Mais je suis mariée avec le mien, et pas vous. Cela ne compte-t-il pas ?

— Théa, intervint Samuel.

— Non, elle a raison, concédai-je. C'est un bon moyen de trancher. Une épouse surpasse une simple petite amie. Ça ne me pose pas de problème.

Samuel fronça les sourcils.

— On nous avait dit que vous aviez du tempérament, mademoiselle Blake.

Je haussai les épaules.

— C'est le cas. Mais l'argument de Théa en vaut un autre pour décider laquelle de nous deux offrira une partie de son corps.

— Vous ne trouvez pas insultant de la reconnaître comme votre supérieure ? insista Samuel.

Je secouai la tête.

— Non.

Il me dévisagea comme s'il essayait de voir à travers moi et jusqu'à ma colonne vertébrale. Il n'utilisait aucun pouvoir vampirique ; il tentait juste de décider ce que j'étais ou n'étais pas. Il fut un temps où je me serais tortillée d'embarras face à lui, mais cette époque est révolue. Aussi me contentai-je de soutenir calmement son regard.

Théa fit un petit geste qui ramena mon attention vers elle. Elle attendait, très patiemment en apparence, mais je devinai son impatience. Le moment était venu de m'exécuter ou de la fermer.

Je lui offris mon poignet.

Elle prit ma main entre les siennes. Ses doigts étaient toujours aussi froids. Quand elle m'attira vers elle, je compris qu'elle ne comptait pas me mordre le poignet. Elle visait mon cou.

Je ne me dégageai pas, mais je résistai un peu. Théa hésita, me scrutant de ses étranges yeux noirs.

— Si je vous suis supérieure, Anita, je peux choisir où vous toucher.

Je secouai la tête.

— Non. Le fait que vous vouliez prendre mon cou plutôt que le poignet que je vous offre signifie l'une des trois choses suivantes. Un, vous ne me faites pas confiance ; deux, vous cherchez à m'impressionner ; trois, vous voulez donner à ce contact une connotation sexuelle. Alors, Théa, laquelle de ces trois hypothèses est la bonne ?

— La deuxième, répondit-elle.

Elle continuait à me tirer vers elle, et je cessai de résister. La force de sa poigne me disait que si j'essayais de me dégager, ça ne serait pas gagné d'avance. Elle semblait aussi costaude qu'une métamorphe.

Tout en continuant à me tenir le poignet d'une main, Théa utilisa l'autre pour m'amener contre elle – pas pour que nous soyons collées serrées, mais de façon que nos deux corps se touchent depuis la poitrine jusqu'aux cuisses.

Je dus parler en regardant son épaule. Théa était beaucoup plus grande que moi.

— Pourquoi cherchez-vous à m'impressionner ?

— Mon épouse a un esprit de compétition très développé, Anita, répondit Samuel. Surtout vis-à-vis des autres femmes. Je suis sûr que Jean-Claude vous en a parlé, tout comme il nous a parlé de votre tempérament.

— Il me semble qu'il l'a mentionné, mais…

Théa lâcha mon poignet pour pouvoir glisser son bras dans mon dos et me serrer plus étroitement contre elle. Son autre main remonta vers ma nuque et mes cheveux. *Mais je n'avais pas compris ce que signifiait « esprit de compétition »*, pensai-je.

Je dus faire un gros effort pour ne pas me raidir tandis que Théa m'enlaçait comme une amante. Ses seins étaient petits et fermes, et elle ne portait pas de soutien-gorge. Huuuuu. Je me sentais un peu conne les bras ballants, et je n'avais aucune envie de l'encourager, mais… je finis par lui rendre son étreinte juste pour ne pas perdre l'équilibre sur mes fichus talons aiguilles.

Approchant son visage de mon oreille, Théa chuchota :

— Je veux vous faire sentir ma supériorité, Anita, mais ce n'est pas la seule raison.

À ces mots, mon pouls accéléra légèrement. Je voulus tourner la tête vers elle, mais elle m'empoigna par les cheveux pour m'en empêcher. Mon regard se posa sur l'homme qui avait rougi tout à l'heure. Il me dévisageait sans s'en cacher, et à présent, je voyais qu'il ressemblait à une version plus jeune de Samuel. Comment avais-je pu ne pas m'en rendre compte plus tôt ?

Ses lèvres bougèrent. « Je suis désolée », articula-t-il en silence.

J'avais une boule dans la gorge désormais et l'impression que quelque chose était sur le point de se produire. Quelque chose qui n'allait pas me plaire du tout.

— Et quelle est l'autre raison ? demandai-je d'une voix essoufflée, frémissante de nervosité et dans laquelle perçait une pointe de peur.

— Je veux savoir ce que vous êtes, Anita, chuchota Théa, et son souffle me parut plus chaud que quelques secondes auparavant.

Ses mains aussi étaient chaudes, comme si elle avait brusquement attrapé la fièvre. Cela me rappelait les transformations qui se produisent chez certains métamorphes à l'approche de la pleine lune.

— Que se passe-t-il ? demandai-je à peine plus fort qu'un murmure.

Les doigts de Théa s'insinuèrent dans mes boucles jusqu'à ce que sa main puissante m'immobilise la tête, et que je sente la chaleur de sa paume à travers mes cheveux. Elle écarta son visage de mon cou et me toisa en me renversant la tête en arrière.

— Est-ce vrai, ce qu'on dit de vous ?

Je luttai pour déglutir et articuler :

— Et que dit-on de moi ?

— Que vous êtes un succube, susurra-t-elle en s'inclinant vers moi.

À cet instant, je sus qu'elle allait m'embrasser.

— Je cherche quelqu'un de semblable à moi, Anita. Êtes-vous cette personne ?

Et sans attendre de réponse, elle posa sa bouche sur la mienne.

Chapitre 6

Ses lèvres étaient chaudes, si chaudes contre les miennes. Chaudes comme un délicieux café italien – un breuvage qui vous donne envie d'ouvrir la bouche pour le boire.

L'idée d'entrouvrir les lèvres ne venait pas de moi, mais de Théa. D'une façon ou d'une autre, ses pensées s'étaient insinuées dans ma tête. Ça ne me plaisait pas du tout, et mon aversion m'aida à garder la bouche fermée. Théa s'écarta de moi juste assez pour chuchoter :

— Ne me résistez pas.

J'entendis des éclats de voix autour de nous. Les secours arrivaient. Il fallait que je tienne bon, que je garde mon bouclier dressé et que je ne laisse pas faire Théa. Tenir bon, et rien d'autre. J'avais réussi à tenir bon quand les secours se trouvaient encore à des kilomètres ; cette fois, quelques mètres seulement les séparaient de moi. Je pouvais y arriver.

Théa avait essayé la persuasion douce et la manipulation mentale, et ça n'avait pas fonctionné. Alors, elle se rabattit sur la force brute. Elle m'embrassa avec tant de violence que j'eus le choix entre ouvrir la bouche ou me couper les lèvres avec mes propres dents.

Si elle avait été un homme, je me serais laissé faire. Étais-je homophobe à ce point ? Et si elle n'avait pas chuchoté dans mon esprit pour que j'ouvre ma bouche, je l'aurais peut-être fait, mais elle en avait trop envie à mon goût. Mon refus découlait en partie de mon obstination naturelle, et en partie d'une peur diffuse.

Pourquoi Théa voulait-elle à ce point m'embrasser ? Je savais qu'elle était une mériale, une sorte de reine parmi les sirènes. Je savais qu'une partie de ses pouvoirs était fondée sur la séduction et le sexe. Je savais qu'elle pouvait dominer les autres sirènes. Je savais des tas de choses pour avoir souvent discuté d'elle avec Jean-Claude. Ce que j'ignorais, c'était la raison pour laquelle elle voulait que j'ouvre la bouche.

Son baiser me meurtrissait. Je sentis le goût métallique et douceâtre du sang sur ma langue – et à l'instant où je le sentis, je commençai à avoir mal. Elle m'avait coupé l'intérieur des lèvres sur mes propres dents.

Elle s'écarta de moi.

— Pourquoi lutter si fort pour ne pas me rendre mon baiser ? Haïssez-vous donc tant les femmes ?

Je voulus secouer la tête, mais elle me tenait toujours dans sa poigne semblable à un étau.

— Pourquoi tenez-vous tant à ce que j'ouvre la bouche ? Quelle différence cela fait-il pour vous ?

— Vous êtes forte, Anita, si forte ! Les murs de votre tour intérieure sont hauts et épais, mais pas impénétrables.

Ma colère commençait à monter, et j'ignorais quel effet elle aurait sur ma tour intérieure et ses murs. Je ne voulais pas que ma bête remonte à la surface alors que nous n'avions même pas fini les présentations. Alors, je pris une grande inspiration et la relâchai lentement. Avec beaucoup de calme, je dis ce que ma colère me dictait :

— Enfoncez ces murs ou lâchez-moi, mais finissons-en.

— Quelle impétuosité !

— J'ai fait tout ce que l'étiquette exigeait de moi. Si vous refusez de me lâcher, j'appellerai mes gardes pour qu'ils vous y obligent.

— Avez-vous donc besoin d'aide pour m'échapper ? demanda Théa de sa voix chantante.

— Tant que je ne suis pas prête à vous tirer dessus, oui.

Graham s'approcha juste assez pour me dire tout bas :

— Un seul mot de ta part, Anita, et on se charge d'elle.

Il semblait excité ou en colère. Je ne pouvais l'en blâmer. La démonstration de pouvoir de Théa avait basculé dans la grossièreté pure et simple.

Samuel nous rejoignit.

— Théa, ce n'est pas le bon moyen.

Son épouse tourna la tête vers lui.

— Alors, quel est le bon moyen ?

— Tu pourrais peut-être demander gentiment.

Une drôle d'expression passa sur son visage, comme si cette idée ne lui serait jamais venue spontanément. Puis elle éclata d'un rire aigu et sauvage, un rire qui résonna à mes oreilles tel le cri des goélands.

— C'est si simple, mon cher Samuel, si simple !

Théa me lâcha les cheveux, et je pus de nouveau bouger la tête. Et elle continua à me serrer contre elle, mais moins fort. Son étreinte me mettait toujours mal à l'aise, mais je la sentais moins agressive.

— Mes excuses les plus sincères, Anita. Ça fait si longtemps que je n'ai rencontré personne capable de me résister ! J'ai pris l'habitude de m'emparer par la force de ce que je désire. Pardonnez-moi.

— Lâchez-moi, et j'envisagerai peut-être de le faire.

Elle rit de nouveau. Cette fois, j'eus la certitude que ce n'était pas un tour de mon imagination. Dans son rire, j'entendais le cri des goélands argentés, et aussi le murmure du ressac.

Elle me libéra et fit un pas en arrière. À cet instant, la tension qui régnait dans la pièce retomba d'un coup. Les gardes des deux camps avaient cru qu'une bataille allait éclater. Pour être honnête, moi aussi.

Théa s'inclina devant moi.

— Mes excuses les plus sincères, répéta-t-elle. Je vous ai sous-estimée, et j'ai honte de moi.

— J'accepte vos excuses.

Elle se redressa et me dévisagea de ses étranges yeux noirs sertis dans son visage pâle et doré – une délicate poupée de porcelaine avec les yeux d'un démon de cinéma.

— Vous savez que nous avons amené nos fils pour vous les offrir comme pommes de sang ?

Je hochai la tête.

— Jean-Claude me l'a dit, et j'en suis honorée.

En fait, ça me faisait flipper, mais je comprenais que c'était censé être un honneur.

— Mais savez-vous pourquoi ?

— Selon Jean-Claude, vous souhaitez renforcer l'alliance entre nos deux baisers.

— C'est le cas, acquiesça Samuel. Mais il y a une autre raison pour laquelle ma femme a insisté afin que nous amenions nos trois fils à votre table.

— Et de quoi s'agit-il ?

J'aurais voulu repousser cette conversation jusqu'à l'arrivée des renforts vampiriques, mais mon petit doigt me disait que Théa n'allait pas me laisser le choix.

Soudain, Micah fut à mes côtés, et il me prit la main. Je me sentis tout de suite mieux. Je n'étais plus seule. Nous arriverions à faire face. Nous n'avions pas de renforts vampiriques, mais nous étions tous les deux.

Nathaniel s'approcha derrière moi. Il ne prit pas mon autre main au cas où j'en aurais besoin pour dégainer, mais il s'arrêta assez près de moi pour que je sente sa chaleur dans mon dos. De mieux en mieux.

— Je suis une mériale, déclara Théa.

Je hochai la tête.

— Jean-Claude me l'a dit.

— Savez-vous ce que ça signifie parmi les miens ?

— Je sais que la plupart des sirènes qui manifestent des capacités de mériale sont tuées par les autres sirènes avant de pouvoir réaliser leur potentiel.

— Mais en connaissez-vous la raison ?

— Parce qu'une fois en possession de vos pleins pouvoirs, vous pouvez maîtriser magiquement les autres sirènes.

Théa opina.

— De la même façon qu'en tant que nécromancienne, vous pouvez maîtriser tous les types de morts-vivants.

Je haussai les épaules.

— C'est un peu exagéré. Disons que j'en gouverne une partie, et pas toujours parfaitement.

— Mes pouvoirs non plus ne fonctionnent pas sur toutes les sirènes. Il y a des exceptions. Mais savez-vous sur quoi se fonde cette emprise ?

Je fis un signe de dénégation.

— Sur le sexe, révéla Théa. Ou plutôt, sur la séduction.

Je levai un sourcil.

— Que voulez-vous dire exactement ?

— Je veux dire que je détiens une chose semblable à l'ardeur que Jean-Claude et vous partagez. Une chose qui attire à moi aussi bien les mortels que les sirènes, comme votre ardeur attire à vous les mortels, les lycanthropes et les morts-vivants, d'après ce que j'ai cru comprendre.

Je me rembrunis.

— Ouais. Une fois qu'ils ont goûté à l'ardeur, ils deviennent insatiables. (Je luttai pour ne pas jeter un coup d'œil à Graham en disant ça.) Mais ils ne sont pas attirés par moi à cause de ça.

De nouveau, Théa éclata de ce rire qui faisait très « bande-son de bord de mer ».

— Vous ignorez ce que vous êtes, Anita. L'ardeur seule ne fait pas de vous un succube, ni de Jean-Claude un incube. J'ai rencontré d'autres gens qui détenaient l'ardeur, mais très peu qui avaient atteint ce niveau supérieur de pouvoir. Ce niveau auquel vous êtes parvenus, vous et votre maître. C'est lui qui attire les gens à vous. Le simple contact de votre peau peut engendrer une dépendance.

Je la dévisageai.

— Comme le simple contact de votre peau est censé engendrer une addiction ?

— Oui.

Je luttai pour réprimer un sourire et n'y parvins pas tout à fait. Léchant la coupure à l'intérieur de mes lèvres, je répliquai :

— Sans vouloir vous offenser, je n'ai aucune envie de vous toucher.

— En effet. Vous m'avez combattue, et vous avez gagné.

— Que voulez-vous de moi ?

— Je crois que mes fils ont hérité de mes pouvoirs, mais il n'existe qu'un seul moyen pour un mérial de s'épanouir complètement. Un autre mérial doit déverrouiller son potentiel.

Je voyais très bien où elle voulait en venir – ou du moins, je le craignais.

— Laissez-moi deviner : pour cela, il faut qu'ils couchent ensemble.

Théa acquiesça.

— Vous ne pouvez pas trouver quelqu'un d'autre pour vous rendre ce service ?

— Je suis la dernière de mon espèce, Anita. La dernière mériale. À moins que vous puissiez éveiller le pouvoir de mes fils.

Micah serra ma main plus fort. Nathaniel se rapprocha de façon que nos deux corps se touchent de l'épaule jusqu'à la hanche.

— Pour être honnête, je suis un peu perturbée que vous jouiez les mères maquerelles pour vos fils. Sans mauvais jeu de mots.

— C'est quoi, « une mère maquerelle » ? s'enquit Théa.

Je soupirai. Je n'avais vraiment pas envie de me lancer dans une explication. Nathaniel vint à mon secours.

— C'est quelqu'un qui vend quelqu'un d'autre à des fins d'exploitation sexuelle.

Théa fronça les sourcils.

— Je ne suis pas vraiment en position de contester. Je souhaite que vous couchiez avec mes fils afin que nous renforcions notre alliance et que vous leur donniez plus de pouvoir. Si cela fait de moi une « mère maquerelle », soit, j'accepte cette appellation.

— Mais si vous n'êtes qu'une simple porteuse de l'ardeur et non un véritable succube, vous ne pouvez pas exaucer le vœu de Théa, ajouta Samuel.

Mon regard fit la navette entre eux.

— Et comment pouvons-nous vérifier si je suis bien un succube ? demandai-je sans réussir à dissimuler ma méfiance.

Nathaniel me caressa l'épaule comme on tente de calmer une pouliche nerveuse, mais je ne le repoussai pas. Je commençais à me sentir tendue, et je devais faire de gros efforts pour ne pas me mettre en colère.

— Baissez vos boucliers et laissez mon pouvoir goûter le vôtre, répondit Théa comme si c'était une chose facile et de peu d'importance.

Je secouai la tête.

— Je ne sais pas trop…

— L'idée que je joue les « mères maquerelles » pour mes fils vous perturbe, n'est-ce pas ?

— Oui.

— Si votre pouvoir n'est pas suffisamment proche du mien, nous resterons pour assister au ballet et aux autres des réjouissances, mais vous n'aurez pas à considérer mes fils comme des pommes de sang potentielles. Nous les ramènerons à la maison, et vous n'aurez plus de raison d'être perturbée.

Ça paraissait trop simple.

— Présenté comme ça…, commençai-je poliment. Mais avant que j'accepte, dites-moi : quels pourraient être les effets secondaires d'un contact entre votre pouvoir et le mien ?

Théa parut perplexe.

— Je ne suis pas certaine de comprendre la question.

— Anita veut savoir si ce que vous vous proposez de faire pourrait avoir des conséquences néfastes, reformula Micah.

Théa réfléchit presque une minute avant de répondre :

— Nos pouvoirs devraient juste s'effleurer tels deux léviathans qui se croisent dans les grands fonds marins, faisant glisser leurs flancs l'un contre l'autre, puis s'éloignent chacun de leur côté à travers les ténèbres liquides.

Tout à coup, je me sentis plus calme, comme enveloppée par les profondeurs obscures et paisibles qu'elle venait d'évoquer.

— « Devraient », répéta Micah. Ça, c'est la théorie. Et en pratique, qu'est-ce qui pourrait déraper ?

— Je pourrais déclencher l'ardeur d'Anita, qui serait alors forcée de se nourrir.

Les profondeurs obscures paisibles se dissipèrent comme de la fumée dans le vent, et je me raidis de nouveau.

— Non.

Nathaniel chuchota à mon oreille :

— Tu peux te nourrir de moi sans qu'on couche ensemble. Ce serait un moyen de se débarrasser d'eux.

Micah me dévisagea.

— Toi seule peux décider si le risque de devoir nourrir l'ardeur ici et maintenant en vaut la peine, Anita.

Je reportai mon attention sur les fils de Samuel et de Théa. Les jumeaux me regardaient en souriant, l'air mi-amusé mi-gêné, mais pas plus que n'importe quels adolescents dont la mère leur fout la honte en public. En revanche, leur frère aîné – celui qui se tenait derrière la bergère – semblait prier pour que la terre s'ouvre et l'engloutisse. Un peu comme moi, donc.

— Vous devez être Sampson, lançai-je.

Il sursauta avant d'opiner.

— Oui.

— Que pensez-vous de tout cela ? Avez-vous vraiment envie que quelqu'un éveille vos pouvoirs de mérial ?

Il baissa les yeux, puis les releva.

— Savez-vous que vous êtes la première personne à me demander mon avis ?

Je laissai ma surprise transparaître sur mon visage.

— Ce n'est pas la faute de mes parents. Ils m'aiment. Ils *nous* aiment. Mais père a plus d'un millénaire, et mère est plus âgée encore. Les unions arrangées ne les choquent pas, et ils aimeraient tous les deux que l'un de nous soit aussi puissant que mère. Cela consoliderait notre base de pouvoir tout le long de la côte est de ce pays. Je comprends cela ; sans quoi, je ne me tiendrais pas devant vous.

— Mais…, devinai-je.

Sampson sourit. Il avait le même sourire que son père.

— Mais je ne vous connais pas. L'idée de me forcer à coucher avec quelqu'un me… ça me déplaît beaucoup.

Je reportai mon attention sur les jumeaux.

— Et vous – Thomas et Cristos, c'est bien ça ?

Ils acquiescèrent.

— Que pensez-vous de tout ça ?

Ils échangèrent un regard, puis l'un des deux rougit et l'autre non. Ce fut ce dernier qui répondit :

— Je suis Thomas, ou Tom, quand maman n'est pas là pour râler. (Il adressa à Théa un sourire affectueux qui monta jusqu'aux yeux noisette hérités de Samuel.) J'ai vu des photos de vous avant de venir. Je vous ai trouvée jolie, et…

Il hésita, se mordit la lèvre et reprit :

— J'adorerais avoir une excuse pour coucher avec vous. Désolé, mais c'est la vérité.

— Quel âge avez-vous ? demandai-je.

Il jeta un coup d'œil à ses parents.

— Ne les regardez pas. Répondez à la question.

Ce fut Sampson qui lança :

— Ils ont dix-sept ans.

— Dix-sept ans ? Doux Jésus, ils ne sont même pas majeurs !

— Mais ils ont l'âge du consentement sexuel dans le Missouri, répliqua Théa. Nous avons consulté vos lois avant de les amener ici.

Je la dévisageai, et j'ignore quelle tête je faisais, mais ça ne devait pas être beau à voir.

— Je ne couche pas avec des ados. Je ne couchais pas avec eux quand j'en étais une moi-même ; alors, maintenant…

— Dans ce cas, laissez mon épouse goûter votre pouvoir, Anita, insista Samuel. Il est probable que vous ne soyez pas ce que nous cherchons. Les succubes sont assez proches des mériales, mais pas identiques. Si votre pouvoir ne reconnaît pas celui de Théa, Sampson pourra rentrer à la maison sans avoir enfreint son code moral – et Thomas finira par se remettre de sa déception.

Ce qui me rappelait que…

— Cristos, vous ne nous avez jamais dit ce que vous pensiez de tout ça.

Le jumeau qui avait rougi leva les yeux vers moi. Son expression me suffit. Ce mélange de gêne, voire de crainte, et d'avidité… Il était puceau, et je refusais d'être celle qui prendrait sa virginité. C'était hors de question, et le fait que ses parents m'encouragent à le faire me dégoûtait encore plus.

— Cris. Appelez-moi Cris, fit-il d'une voix trop grave pour être encore celle d'un enfant.

Contrairement à son expression. J'avais envie de lui dire : « La première fois que tu feras l'amour, ça devrait être avec quelqu'un que tu aimes. » Mais il avait déjà suffisamment honte ; inutile que j'en rajoute une couche.

— D'accord, acquiesçai-je simplement.

Je me tournai vers Théa.

— Vous pouvez goûter mon pouvoir.

Je me retins d'ajouter que j'espérais bien qu'il ne lui plairait pas, parce que rien au monde n'aurait pu m'obliger à coucher avec un de ses fils.

Fils. Enfants. Bébé. Cela me fit penser aux tests de grossesse que nous avions apportés. Moi aussi, négocierais-je un jour la virginité de mon propre enfant ? Qu'importe l'identité du père, aucun de nous n'était tout à fait humain, et nous détenions pour la plupart un pouvoir effrayant. Et merde. J'aurais préféré ne pas penser à ça.

Plantée devant moi, la tête penchée sur un côté, Théa me dévisageait.

— Vous semblez inquiète, Anita. Très inquiète, comme si vous veniez de découvrir une nouvelle raison d'angoisser.

Elle était un peu trop perspicace sur ce coup-là. Il allait vraiment falloir que je me donne un peu plus de mal pour dissimuler mes émotions jusqu'à la fin de la soirée. J'optai pour une vérité partielle.

— Samuel n'est que le second maître vampire de ma connaissance qui ait des enfants adultes. Je n'ai pas l'habitude, c'est tout.

Micah s'appuya contre mon bras, et Nathaniel se pressa un peu plus fort contre mon dos, même si la présence de mon flingue l'empêchait de se montrer aussi réconfortant que je l'aurais voulu. Ils savaient tous les deux à quoi je venais de songer, ou peut-être avaient-ils tous les deux pensé à la même chose.

Théa pencha la tête de l'autre côté, et cette fois, elle ne me rappela aucune créature marine, mais plutôt un rapace jaugeant la distance qui le sépare de sa proie.

Je frissonnai. *Mon Dieu, je vous en prie, faites que je ne sois pas enceinte.*

Théa me toucha le visage de ses doigts encore chauds.

— Ce n'est pas moi qui ai tracé ce pli soucieux entre la ténébreuse beauté de vos yeux.

Je reculai ma tête pour me soustraire à sa caresse.

— Très poétique. Finissons-en, Théa. Nous sommes en train de gaspiller du clair de lune.

Elle eut un sourire qui me rappela celui de Tom juste avant qu'il hésite et admette qu'il avait envie de coucher avec moi. Les jumeaux lui ressemblaient vraiment beaucoup, à l'exception des yeux qu'ils tenaient de leur père.

— Très bien, mais vos compagnons vont devoir s'écarter. J'ignore ce qui se passerait s'ils étaient en contact physique avec vous quand je toucherai votre pouvoir. Cela pourrait réveiller l'ardeur à coup sûr, ou bien…

— Ou bien ? demandai-je.

— Ou bien, cela pourrait renforcer vos défenses et m'empêcher d'accéder à votre pouvoir. (Elle eut un mouvement d'épaules qui était presque un haussement, mais pas tout à fait.) Je vais vous traiter comme je traite Samuel : je vais être franche avec vous. Je n'en sais tout simplement rien. Si vous étiez une vampire, j'aurais peut-être des certitudes, mais vous êtes plus et moins que cela. Vous n'êtes pas juste une chose ou l'autre, mais les deux à la fois et bien d'autres encore. Je pense que cela doit modifier les règles qui régissent la magie et le pouvoir autour de vous.

Je pris une grande inspiration, la relâchai lentement et acquiesçai. Puis je fis un pas en avant tandis que Micah et Nathaniel reculaient, me faisant la place que je leur réclamais implicitement. À mon avis, aucun de nous trois ne pensait que c'était une bonne idée. Mais si jamais Théa ne me trouvait pas à son goût, c'étaient trois pommes de sang fort peu appétissantes qui disparaîtraient de la table. Youpi.

Théa m'enlaça à nouveau, et je ne résistai pas. Je passai même mes bras autour d'elle. Cette fois, elle ne tenta pas d'immobiliser ma tête : j'avais accepté de la laisser faire ; il était donc inutile de me contraindre.

Je poussai la bonne volonté jusqu'à me dresser sur la pointe des pieds pour lui faciliter la tâche – autrement dit, elle devait être plus proche du mètre quatre-vingt que je ne le soupçonnais. Je me surpris à poser une main sur sa joue comme si je désirais qu'elle m'embrasse. Parfois, on touche le visage d'un partenaire parce que c'est plus intime, et parfois, on le touche parce que ça permet de maîtriser le baiser si les choses ne se passent pas comme on le voudrait. Devinez pourquoi je le faisais avec Théa ? Vous avez droit à deux essais, et le premier ne compte pas.

Chapitre 7

Théa m'embrassa, et cette fois, je ne résistai pas. Je me laissai aller contre elle, la laissai se nourrir de moi. Il y a un moment dans un baiser, surtout un baiser à pleine bouche, où la caresse des lèvres et de la langue de votre partenaire franchit une ligne invisible au-delà de laquelle vous êtes obligé de répondre. Je rendis son baiser à Théa ; je l'embrassai comme elle méritait d'être embrassée, c'est-à-dire sans retenue.

Je m'écartai d'elle juste assez pour chuchoter :

— Vous avez le goût du sel.

Elle souffla sa réponse dans ma bouche en m'attirant de nouveau contre elle.

— Et vous avez le goût du sang.

Son souffle emplit ma bouche et caressa le fond de ma gorge. Il était frais et vivifiant telle une brise marine. Ses lèvres pleines avaient un goût iodé, comme si elle venait juste de boire de l'eau de mer. Je leur donnai un petit coup de langue et découvris qu'elles étaient couvertes d'une fine pellicule blanchâtre. Ce n'était donc pas une illusion.

Je déglutis le sel de sa bouche et levai les yeux pour la dévisager sans dissimuler ma surprise.

— Comment… ?

Mais je n'achevai jamais ma question, parce qu'en avalant son sel, je venais aussi d'avaler son pouvoir.

J'entendis l'océan murmurer en caressant la grève. C'était un son semblable à une douce musique. Voulant savoir si quelqu'un d'autre l'entendait, je jetai un coup d'œil à la ronde. Je cherchais Micah ou Nathaniel, mais ce fut une autre personne qui retint mon attention.

Thomas me regardait fixement, les yeux écarquillés et l'air avide. Son jumeau s'était écroulé sur la bergère ; les mains plaquées sur ses oreilles, il se balançait d'avant en arrière. Quel que soit ce phénomène, Cristos luttait et pas Thomas. Sampson agrippait le dossier de la bergère si fort que ses jointures avaient blanchi, et ses yeux devenus entièrement noirs lui donnaient l'air aveugle.

L'autre homme et la femme que Samuel avait amenés avec lui tournèrent leur regard vers moi. La femme s'était enveloppée de ses bras comme si elle avait froid ou peur. Une des mains de l'homme était crispée sur son poignet opposé – une pose typique de garde du corps, mais qui semblait plutôt destinée à contenir ses mouvements. On aurait dit qu'il craignait de faire quelque chose de regrettable si ses mains n'étaient pas occupées.

Enfin, je croisai le regard de Samuel. Un feu vampirique flamboyait dans ses yeux noisette mouchetés de vert. Chacun d'eux entendait ce son envoûtant. L'océan appelait, et je ne savais pas comment lui répondre.

Je scrutais toujours les yeux de Samuel lorsque je sentis une main glisser le long de mon épaule. Je pivotai. Thomas nous avait rejointes. Théa entreprit de se dégager tout en me passant à son fils. À aucun moment l'étreinte ne fut brisée ; seuls changèrent les bras qui me tenaient.

Je perçus du mouvement autour de nous. J'aperçus Micah et vis ses lèvres bouger, mais ne pus entendre ce qu'il disait. Seuls les soupirs de l'océan emplissaient mes oreilles.

Thomas posa une main sur mon visage et tourna ma tête vers lui. Quand il parla, un grondement de vagues se brisant sur des rochers résonna dans sa voix.

— Mais moi, vous m'entendez, n'est-ce pas ?

J'acquiesçai, la joue pressée contre sa paume. Sa main était assez grande pour couvrir tout un côté de mon visage. Il se pencha, et je me dressai sur la pointe des pieds pour l'aider à m'embrasser. À cet instant, je ne pensais plus qu'il avait dix-sept ans. Je ne pensais plus que nous avions des spectateurs, parmi lesquels ses parents et deux hommes que j'aimais. Je ne voyais que son visage ; je ne sentais que sa main sur ma joue, son autre bras qui glissait le long de mon dos. Je n'entendais que le murmure apaisant du ressac, et tout était calme dans mon esprit.

Ce ne fut pas moi qui brisai l'enchantement. Ce fut Thomas qui gâcha tout. En arrivant au creux de mes reins, sa main trouva la crosse du flingue passé dans ma ceinture. Il hésita, et sa magie trébucha comme si elle avait des pieds qui venaient de se prendre dans le tapis.

Je m'écartai légèrement de Thomas. Il était toujours séduisant, et le murmure de l'océan dans ma tête m'incitait toujours à le toucher, mais il avait les yeux écarquillés et ne paraissait plus du tout sûr de lui. Brusquement, il me semblait jeune et naïf, comme un garçon qui enlaçait une fille pour la première fois et venait de découvrir qu'elle était armée.

Le bruit du ressac reflua, et je pus de nouveau entendre les voix dans le salon. Les gens se demandaient ce qu'ils devaient faire, s'il fallait intervenir.

— Vous avez un flingue, dit Thomas d'une voix aussi hésitante que son expression.

Je hochai la tête. J'avais reposé les pieds par terre : plus question de l'aider à me séduire avec la magie de sa mère – ou la sienne.

Il avait réussi à louper le grand couteau que je portais dans le dos, parce que sa main était restée sur le côté avant d'atteindre le creux de mes reins. Mais quand même. Ça prouvait bien qu'il n'était encore qu'un bébé. Et j'aurais pensé la même chose s'il avait eu vingt-sept ans plutôt que dix-sept. Ce n'est pas une question d'âge, mais d'expérience. Dans mon monde, si vous n'arrivez pas à remarquer un couteau long comme un avant-bras, vous ne survivez pas longtemps.

Je scrutai le visage de Thomas. Le noir de ses yeux commençait à refluer, révélant ses prunelles noisette humaines. Il était le fils d'un maître vampire et d'une mériale, mais il vivait dans un monde plus doux et plus tendre que le mien. Je préférais le laisser à cette douceur et à cette tendresse.

Je me dégageai de son étreinte.

— Retournez vous asseoir, Thomas.

Il hésita et consulta sa mère du regard. Mais c'était moi que Théa observait, moi qu'elle dévisageait de ses yeux noirs. Elle semblait pensive, comme si elle ne savait pas trop quelle conclusion tirer de ce qui venait de se passer.

— Obéis à Anita, Thomas, dit-elle enfin.

Le jeune homme regagna la bergère et s'assit à côté de son frère. Théa et moi restâmes face à face.

— Il n'a hésité qu'un instant, commenta-t-elle. Et pourtant, ça a suffi.

— Ce n'est pas son pouvoir, répliquai-je. Pas encore. Vous lui avez prêté juste assez du vôtre pour rouler mon esprit.

Elle haussa les épaules tout en écartant les mains – un geste qui signifiait « Peut-être » ou « Vous m'avez démasquée. » Je ne savais pas laquelle des deux hypothèses était la bonne, et je m'en fichais.

— Vous avez salué Thomas, mais nous avons deux autres fils.

Micah s'approcha de moi et me prit la main.

— Par souci d'équité envers nos autres invités, nous devrions d'abord saluer d'autres membres de la suite d'Auggie.

— Il n'a amené que des serviteurs et sa maîtresse. Nous vous avons amené notre chair et notre sang, le fruit de nos entrailles, objecta Théa sur un ton hautain.

Micah acquiesça en souriant.

— Et nous vous en sommes reconnaissants. Néanmoins...

Je l'interrompis.

— C'est bon, Micah. Merci d'essayer d'être poli et accueillant, mais j'ai mon compte de tours de passe-passe mentaux pour la soirée.

Il me pressa la main comme pour dire : « Sois sage. » Et je pressai sa main en retour, mais j'en avais assez d'être sage. Je n'avais pas l'intention d'insulter nos invités, mais…

— Maintenant, je vais saluer Auggie et sa suite parce qu'ils n'ont pas tenté de me manipuler. Vous et vos fils devrez attendre l'arrivée de Jean-Claude pour être salués.

— Voulez-vous dire que la catin d'Augustin est d'un rang supérieur à celui de mes fils ? s'emporta Théa.

Quelqu'un poussa une exclamation outrée à l'autre bout de la pièce. J'entendis une femme protester, et Auggie tenter de la calmer. Jetant un coup d'œil dans leur direction, je découvris une brune sculpturale vêtue d'une robe minuscule. Elle était furieuse, et je ne pouvais pas lui en vouloir.

Je reportai mon attention sur Samuel.

— Parlez à votre femme, et expliquez-lui qu'elle est passée à un cheveu d'abuser de notre hospitalité.

— Si nous avions abusé de votre hospitalité, Jean-Claude pourrait révoquer notre sauf-conduit, dit le maître vampire d'une voix grave mais étrangement douce.

— En effet.

— Nous avons-vous effrayée à ce point ?

— J'ai accepté que Théa goûte mon pouvoir – pas que Thomas le fasse. Ce n'était pas ce dont nous étions convenus. On m'a dit que vous étiez quelqu'un d'honorable. Se livrer à ce genre de substitution sournoise n'a rien d'honorable.

— As-tu entendu ce que nous disions pendant que Thomas te touchait ? s'enquit Micah.

Je lui jetai un coup d'œil et secouai la tête.

— Je n'entendais que sa voix et le bruit du ressac. Rien d'autre.

— J'ai fait remarquer à Samuel que Thomas ne figurait pas dans votre accord.

— Et qu'a-t-il répondu ?

— Que pour qu'une mériale puisse vraiment goûter ton pouvoir, il fallait que tu sois sexuellement excitée, et que puisque tu n'aimes pas les femmes, il était nécessaire de faire appel à un des garçons.

Je secouai la tête.

— Maintenant, je vais saluer Auggie et sa suite, répétai-je. Quant à la probabilité que je me laisse de nouveau toucher par n'importe lequel de vos enfants… (je regardai Théa) elle est très faible. Je n'aime pas qu'on me force la main ou qu'on tente de me manipuler. Si vous voulez que vos fils aient une chance d'accéder à mon lit, à mon corps ou à mon pouvoir, vous feriez bien de ne pas l'oublier.

— J'ai vu dans votre esprit quand je vous ai enlacée. J'ai vu ce que vous pensez de mes fils. Vous ne voulez pas d'eux. Sans magie pour vous convaincre, ils n'ont de toute façon aucune chance d'accéder à votre lit, à votre corps ou à votre pouvoir.

Soudain, j'eus le cœur dans la gorge. Je luttai pour conserver une expression neutre et ne fus pas sûre d'avoir réussi. Qu'avait-elle vu exactement dans ma tête ? Était-elle au courant que je craignais d'être enceinte ?

Théa me dévisageait très attentivement. Elle voyait que j'avais peur, mais elle ne saisissait pas pourquoi. Ce qui signifiait soit qu'elle n'avait capté que les pensées relatives à ses fils, soit qu'elle ne comprenait pas que la perspective d'une grossesse puisse m'effrayer. Dans le premier cas : youpi. Dans le second : cette femme était vraiment trop bizarre pour que je continue à lui faire la conversation.

Je me tournai vers Auggie et sa petite amie furieuse. C'était la seule femme de ce côté de la pièce. Avec ses talons aiguilles, elle culminait à plus d'un mètre quatre-vingt. Mais contrairement à Claudia, elle était très mince et pas du tout athlétique. On ne voyait pas rouler de muscles sous la peau de ses bras ou de ses jambes.

Elle agitait ses grandes mains aux ongles vernis de bordeaux foncé. Un diamant brillait à sa main droite. Sa robe était rouge avec des paillettes argentées ; elle la moulait ainsi qu'une seconde peau scintillante. Et elle était si courte que quand la femme se mit à faire rageusement les cent pas autour du canapé, tout le monde put voir qu'elle ne portait rien dessous. Misère.

Auggie la fit pivoter vers moi. Elle avait un visage aux pommettes bien ciselées, parfait dans le genre anguleux, et si bien maquillé qu'on n'aurait jamais dû penser au mot « anguleux » pour le décrire. Ses cheveux longs étaient trop crêpés sur le dessus, comme si elle vivait encore dans les années 1980, mais ils étaient bruns, et on aurait dit qu'il s'agissait de leur couleur naturelle.

Les fines bretelles de sa robe n'auraient pas dû suffire à soutenir sa poitrine. Des seins de cette taille ne tiennent pas si haut perchés par l'opération du Saint-Esprit. Du moins, pas s'ils sont vrais. Elle s'approcha de moi en tenant la main d'Auggie. Elle avait une démarche sexy et élastique, mais ses seins ne suivaient pas le mouvement. Ils étaient gros et bien ronds, mais ils ne remuaient pas d'un iota sous sa robe, comme s'ils étaient coulés dans du béton.

Il fallut que Micah tire sur ma main pour me faire comprendre que je venais de louper quelque chose, à force de lorgner la poitrine de la brune. Secouant la tête, je croisai le regard d'Augustin.

— Désolée, qu'avez-vous dit ?

— Je vous présente Bunny, ma maîtresse.

Bunny ? Je me demandai si c'était son vrai nom. Je l'espérais pour elle : qui peut bien choisir de s'appeler Bunny ? Je lui adressai un signe de tête.

— Bonsoir, Bunny.

Auggie fronça les sourcils et fit un petit signe de tête dans ma direction. La femme tourna son visage maussade vers moi.

— Au moins, je ne fais la pute que pour un seul homme, pas pour une douzaine.

Micah me tira à l'écart, et je le laissai faire. J'étais si stupéfiée par la grossièreté de Bunny que j'en restai sans voix. Je n'étais même pas en colère – pas encore. C'était trop inattendu, trop outrancier.

Auggie lui ordonna de se mettre à genoux, et comme elle ne s'exécutait pas assez vite, il la força à le faire.

— Excuse-toi immédiatement !

Son pouvoir emplit la pièce comme de l'eau glaciale, frissonnant sur ma peau.

— Pourquoi c'est moi qu'on traite de catin alors que la femme de Samuel prostitue ses fils et qu'Anita baise tous les hommes qui veulent bien se tenir tranquilles assez longtemps ? protesta la brune.

— Benny ? demanda Auggie très doucement.

Je connaissais ce ton – le ton calme et prudent qu'on prend quand on redoute ce qu'on pourrait faire si on se mettait à hurler.

Le seul vampire qu'Auggie avait amené avec lui contourna le canapé pour le rejoindre.

— Oui, patron ?

— Fais-la sortir d'ici. Mets-la dans un avion, ramène-la à Chicago et aide-la à boucler ses valises. Assure-toi qu'elle n'emporte que ce qui lui appartient.

La brune écarquilla les yeux.

— Non, Auggie, non, je ne le pensais pas. Je suis désolée.

Il s'écarta pour qu'elle ne puisse pas le toucher. Elle voulut le suivre, mais Benny lui saisit le bras.

— Viens, Bunny. Nous avons un avion à prendre.

Elle était humaine, et elle portait des talons de douze centimètres ; pourtant, elle résista. Benny aurait du mal à la faire sortir sans la blesser. Et elle avait déjà révélé à toute la pièce qu'elle ne portait pas de culotte sous sa robe microscopique.

— Claudia, appelai-je.

La rate-garou s'approcha de moi, sérieuse et impassible comme la meilleure des gardes du corps.

— Choisis une ou deux personnes pour aider notre ami Benny.

Elle inclina légèrement la tête.

— Fredo, Clay, raccompagnez notre invitée.

Fredo s'écarta du mur avec la grâce fluide d'un félin sombre et mortel. Clay se contenta de prendre l'autre bras de Bunny pour aider Benny à la soulever. Elle fit bon usage de ses talons aiguilles, et j'imagine que du sang coula sous le pantalon de Clay. Mais celui-ci ne ralentit pas, et Benny non plus malgré les griffures sanguinolentes qui lui balafraient le visage. Fredo prit Bunny par les chevilles, et à eux trois, ils la portèrent dehors.

Auggie s'inclina très bas devant moi.

— Je ne sais pas quoi dire, Anita. Je suis désolé de l'avoir amenée. Je savais qu'elle était jalouse, mais à ce point...

— Jalouse ? répétai-je.

— Comme la Théa de Samuel, elle se sent extrêmement en compétition avec les autres femmes.

Je fronçai les sourcils.

— Vous voulez dire que Théa et elle jouaient à laquelle des deux se montrerait la plus garce ?

Auggie me dévisagea.

— Vous ne comprenez vraiment pas pourquoi elle vous a détestée dès l'instant où vous avez mis les pieds dans cette pièce, n'est-ce pas ?

Micah m'attira contre lui et me serra avec un seul bras. Mon regard fit la navette entre les deux hommes.

— Quoi ?

— Non, répondit Micah à ma place. Elle ne comprend pas.

— Je ne comprends pas quoi ? m'impatientai-je.

— Vous êtes une beauté naturelle, expliqua Auggie. Le visage comme la silhouette de Bunny sont artificiels. Tout ce qu'elle a de plus beau lui vient du scalpel d'un chirurgien esthétique. Vous arrivez, cent pour cent nature et beaucoup plus habillée qu'elle, et c'est quand même vous qui mobilisez l'attention de tous les hommes dans cette pièce. Lorsque Théa et Thomas vous tenaient dans leurs bras, nous ne pouvions pas vous quitter du regard. Nous vous désirions tous. Nous avions tous envie de vous toucher d'une façon… très inhabituelle.

Je sentis le rouge me monter aux joues et tentai de l'arrêter – sans succès, comme d'habitude.

—Vous dites n'importe quoi.

—Nous vous regardions, vous et cette mériale – ces mérials, si vous comptez le garçon. Nous regardions le couple formé par deux créatures dont le désir est l'essence, et ce n'était pas la plus pâle des deux que la plupart d'entre nous admiraient, Anita. C'était la plus ténébreuse.

Je me rembrunis.

—Je n'ai pas besoin qu'on me passe de la pommade, Auggie. Contentez-vous d'en venir au fait. Du moins, s'il y a un fait.

Nathaniel s'approcha.

—Je vais traduire.

—Comment ça, traduire ? demandai-je en me tournant vers lui.

Il me prit la main et secoua la tête. Il avait cette expression qui signifie : « Je t'aime, mais qu'est-ce que tu peux me faire marrer parfois ! »

—Tu as outrevampé les mérials.

J'aurais pu lui faire remarquer que le verbe « outrevamper » n'existe pas, mais je voyais ce qu'il voulait dire.

—Comment ? Pourquoi ?

—Sans doute parce que votre pouvoir concerne les morts et les morts-vivants, avança Auggie. On m'avait dit que votre seul animal à appeler était le léopard.

Je hochai la tête.

—C'est le cas. Mais à travers les marques de Jean-Claude, je suis également liée aux loups.

—Oui, mais mes hommes ne sont ni l'un ni l'autre. Ce sont des lions. Pourtant, ils ont entendu votre appel.

Par-dessus son épaule, je jetai un coup d'œil aux deux hommes qu'il avait amenés pour lui servir à la fois de gardes du corps et de nourriture. Selon Jean-Claude, Auggie comptait me soumettre leur candidature pour le poste de pomme de sang. Mais comme Samuel, il avait une définition bien particulière de ce boulot. Il espérait convaincre une de nos nouvelles vampires venues de Londres de l'accompagner à Chicago pour s'installer avec lui. Il voulait une femelle de la lignée de Belle dans son lit. Peut-être était-ce sa faute si Bunny ne se trouvait pas précisément dans de bonnes dispositions. Après tout, il était venu ici dans l'intention de la remplacer.

En résumé, Auggie proposait d'échanger un de ses lions-garous contre une partenaire issue de la lignée de Belle. Je me demandai ce qu'en pensaient les deux hommes. Désiraient-ils s'installer à Saint Louis ? Voulaient-ils vraiment quitter Chicago ? Leur avait-on demandé leur avis ? J'aurais parié que non.

Ils étaient tous les deux grands et musclés. Il ne leur manquait qu'une enseigne clignotante « garde du corps » au-dessus de la tête. Leur costume sur mesure dissimulait à la perfection les armes qu'ils devaient forcément porter. L'un était brun, l'autre non. Cela mis à part, on aurait dit qu'ils sortaient du même moule et avaient été fabriqués par un pâtissier sans imagination qui n'avait changé que la couleur du glaçage.

Celui des deux qui n'était pas brun avait des cheveux bleus, courts et hérissés sur son crâne. La teinture était bien faite, pas uniforme mais bleu ciel par endroits et bleu foncé à d'autres, avec ces différences de nuance qu'on trouve systématiquement dans les cheveux naturels et presque jamais dans les cheveux teints. À ceci près que personne n'a naturellement des cheveux couleur Cookie Monster. Par association, le bleu pâle de ses yeux paraissait plus riche et plus intense. Il avait les épaules un peu plus étroites et mesurait deux ou trois centimètres de plus que son collègue.

Les cheveux du brun semblaient du genre à boucler si on les laissait faire, mais ils étaient coupés trop court pour en avoir la possibilité. Le renflement de ses épaules le désignait comme quelqu'un qui passe la plupart de son temps libre à soulever de la fonte. Peut-être pas un haltérophile professionnel, mais pas loin. Il était assez grand pour bien porter sa carrure.

Un léger sourire flottait sur le visage de Cookie Monster et montait jusqu'à ses prunelles bleues, comme si toute la scène le faisait bien marrer. Le brun, lui, me regardait comme s'il s'attendait à ce que je fasse quelque chose de mal et se tenait prêt à intervenir. Je ne me faisais pas d'illusions : c'étaient tous les deux des combattants professionnels, des types dangereux. Donc, inacceptables comme pommes de sang. Trop dominants, trop inflexibles. Je sais, je jugeais peut-être un peu vite, mais j'aurais parié presque n'importe quoi que j'avais raison.

Je tournai mon attention vers l'autre homme qui se tenait encore derrière le canapé. *A priori*, j'aurais dit qu'il était humain, mais le pouvoir tapi sous cette surface noire et élégante me fit penser que je me trompais peut-être. Je savais qu'il s'agissait d'Octavius, le serviteur humain d'Auggie. J'aurais voulu saluer les deux gardes du corps et laisser leur pouvoir me dire si oui ou non ils étaient trop dominants pour nous convenir, mais techniquement, puisque le lion n'était pas l'animal à appeler d'Auggie, Octavius jouissait d'un rang supérieur.

Comme s'il avait lu dans mes pensées, le maître vampire lança :

— Saluez-les d'abord, mademoiselle Blake. Voyons si vous aimez nos candidats. Moi aussi, je trouve que nous perdons du temps.

Je hochai la tête et le remerciai. Mais ça ne me plaisait pas qu'il ait lu en moi si facilement.

Je contournai le canapé, Micah et Nathaniel derrière moi, Graham et Claudia nous encadrant tous les trois. À mon avis, eux aussi se méfiaient des lions-garous.

— Vous avez un nom ? demandai-je.

Le Cookie Monster se fendit d'un large sourire qui fit pétiller ses yeux. Sans savoir pourquoi, j'eus l'impression qu'il sourirait de la même façon en éventrant quelqu'un.

— Haven. Je m'appelle Haven.

J'acquiesçai et me tournai vers le brun.

— Et vous ?

— Je suis Pierce.

— Vous n'avez qu'un nom chacun ? Comme Madonna ?

Le dénommé Pierce fronça les sourcils. Mais Haven éclata de rire, un grand rire à gorge déployée qui lui fit rejeter la tête en arrière. Si je n'avais pas senti les petits cheveux sur ma nuque se hérisser, j'aurais probablement souri.

Auggie s'approcha d'un pas glissant et posa très légèrement une main dans le dos de chacun des deux hommes. Ceux-ci plissèrent les yeux. Ils ne frémirent pas tout à fait, mais je me demandai quand même ce qu'Auggie venait de leur faire en les touchant.

Auggie eut ce sourire ravi qui emplissait ses yeux gris de lumière.

— Mes lions sont comme des vampires, Anita : s'ils le souhaitent, ils peuvent se faire appeler par un seul nom quand ils sont parmi nous. Pierce et Haven ont un prénom, mais je crois qu'ils le garderont pour eux jusqu'à ce qu'ils sachent s'ils restent ici ou pas.

— Vous croyez vraiment que je ne pourrai pas me servir d'un ordinateur pour vérifier leurs antécédents si vous ne me donnez pas leur nom complet ?

— Si c'est leur casier judiciaire qui vous préoccupe, laissez-moi vous rassurer tout de suite : ils en ont un chacun, dit Auggie sans se départir de son sourire.

Tout ça devenait un peu trop bizarre. Ces gens étaient nos amis ; pourtant, j'avais l'impression qu'on m'avait jetée dans le grand bassin sans m'apprendre à nager au préalable. *Jean-Claude, où êtes-vous ?* songeai-je.

Je l'entendis penser que réclamer de l'aide à proximité d'autres vampires qui le sentiraient peut-être risquait de passer pour un signe de faiblesse. *Faire usage de vos ressources, ce n'est pas de la faiblesse : c'est de la gestion avisée*, répliquai-je.

Je le sentis appeler les loups qui se trouvaient en surface, et je sentis ces derniers converger vers lui. Bientôt, ils seraient trop nombreux pour que Meng Die puisse encore se défendre. Quant à savoir ce qu'ils feraient d'elle une fois qu'ils l'auraient neutralisée... c'était une autre histoire.

Une pensée affreuse me traversa l'esprit. Je me tournai vers Claudia.

— Tu peux joindre télépathiquement les rats-garous qui sont là-haut ?

Elle sortit un portable de sa poche.

— Par téléphone, ça marche bien aussi.

— L'animal à appeler de Meng Die est le loup. Je préférerais qu'ils aient quelques rats en renfort.

Sans poser de question, Claudia composa un numéro. C'est très agréable d'être obéie sans discuter.

— Et quel est donc ce problème qui donne tant de fil à retordre à Jean-Claude ? demanda Auggie.

— Une femelle de la lignée de Belle, répondis-je. Vous la voulez ?

Il éclata de rire.

— Pas si c'est une dangereuse rebelle.

— Auggie n'aurait pas besoin d'aide pour maîtriser un de ses vampires, commenta Pierce.

— Jean-Claude pourrait la maîtriser ou même la tuer, mais elle a choisi un lieu public pour leur affrontement. Commettre un meurtre devant des civils n'est pas envisageable, expliquai-je.

— Mais une fois qu'ils seront en privé, Jean-Claude la tuera ? s'enquit Haven.

Je soupirai.

— Probablement pas, admis-je.

— Encore un signe de faiblesse, lâcha Pierce.

Auggie tapota le dos des deux métamorphes, et de nouveau, ils plissèrent les yeux.

— Allons, allons, les garçons. Certains maîtres auraient tué Bunny pour le manque de respect dont elle a fait preuve tout à l'heure. Chacun gère son territoire à sa façon.

Il était toujours aussi jovial et charmeur, mais sa voix avait pris un certain tranchant.

— À quoi pensez-vous, Auggie ?

Je ne m'attendais pas à recevoir de réponse. Pourtant…

— Je pense que parfois, Jean-Claude est trop sentimental pour son propre bien.

J'esquissai un sourire qui ne monta pas jusqu'aux yeux.

— « Sentimental » ne fait pas partie des adjectifs que j'utiliserais pour le décrire.

— Alors, c'est qu'il a changé.

— Tout le monde change au fil du temps, non ?

Auggie acquiesça, et son sourire se flétrit aux commissures.

— Goûtez-les, Anita. Goûtez vos nouveaux jouets.

— D'accord, à condition que vous vous écartiez. Je détesterais confondre votre pouvoir et le leur.

Il s'inclina légèrement et recula. Il alla même s'asseoir sur le canapé, où Octavius le rejoignit.

Pour ma part, je m'éloignai de mon escorte en faisant de gros efforts pour ne pas regarder du côté d'un de nos gardes du corps. Les lions de Saint Louis sont dirigés par Joseph, qui se tenait justement dans un coin du salon. Il nous aiderait en cas de besoin, mais je savais qu'il était essentiellement venu pour jauger les autres lions-garous. J'aurais parié que ces deux-là lui plaisaient encore moins qu'à moi.

Je levai les yeux vers Pierce et Haven.

— Est-ce que ce boulot vous intéresse ?

Ma question les surprit tous les deux, même si Haven fut plus prompt à se ressaisir.

— Si on arrive à se mettre d'accord, ça me va, répondit-il en souriant.

Mais ses yeux étaient froids désormais, comme si son masque de décontraction commençait à fondre. En continuant à poser les bonnes questions, peut-être réussirais-je à apercevoir le véritable Haven dessous.

Par-dessus son épaule, Pierce jeta un coup d'œil à Auggie. Je lui dis la même chose qu'aux jumeaux.

— Ne regardez pas votre maître. Regardez-moi, et répondez-moi sincèrement. Voulez-vous être échangé et vous installer ici à Saint Louis ?

Il voulut se tourner vers le canapé. Je lui saisis le bras. Une décharge de pouvoir me traversa et me fit lâcher prise. Pierce s'interrompit au milieu de son geste et reporta son attention sur moi, son pouls battant follement dans son cou.

— C'était quoi, ça ?

Je réprimai une forte envie de frotter ma main sur ma jupe.

— Je ne sais pas trop. Du pouvoir. Un genre de pouvoir.

— Vous ne savez pas trop ? répéta-t-il, soupçonneux.

— Honnêtement, j'ignore ce qui s'est passé quand je vous ai touché, et ça ne me plaît pas plus qu'à vous.

— Je veux rentrer à la maison, lâcha-t-il tout de go. Je n'ai pas envie d'être échangé, et je n'aime pas qu'on offre mes services sexuels comme si j'étais un prostitué.

Il laissa la colère monter dans sa voix et faire enfler son pouvoir comme un souffle de chaleur sur ma peau.

— Fais attention à toi, gros chat, lui conseilla Octavius.

— Non. Je ne veux pas de politesse hypocrite : je veux de l'honnêteté. J'ai vu ce qui arrive quand quelqu'un est forcé d'intégrer un groupe dont il n'a pas envie de faire partie. La fierté locale fonctionne bien ; je refuse de gâcher la bonne entente qui règne en son sein.

Une fierté est aux lions ce qu'une meute est aux loups et un rodere aux rats.

— Donc, j'imagine que vous allez refuser de goûter Pierce ? demanda Auggie depuis le canapé.

— Tout à fait. Ramenez-le à la maison. Je suis étonnée que vous l'ayez conduit ici contre son gré.

— Bunny a dit qu'il était l'un des meilleurs amants qu'elle avait jamais eus. Je pensais que vous l'apprécieriez.

Je ne pus me ressaisir assez vite.

— Pourquoi grimacez-vous ? s'enquit Auggie.

— L'idée que Bunny… (Je fis le geste de repousser quelque chose d'invisible.) Je ne veux même pas l'imaginer.

— Elle pouvait être vulgaire, mais elle était très douée pour son boulot.

Je le dévisageai.

— Et c'était quoi, son boulot ?

— Le sexe.

— C'était votre maîtresse, pas votre pute. Une maîtresse n'offre pas seulement du sexe.

— J'ai l'impression d'entendre parler Jean-Claude.

— Peut-être, mais c'est la vérité.

Auggie haussa ses larges épaules.

— Vous l'avez rencontrée. Pensez-vous vraiment que j'avais des conversations stimulantes avec elle ?

J'éclatai de rire. Je fus incapable de m'en empêcher.

— Non, j'imagine que non. (Une autre idée me traversa l'esprit.) Pourquoi sortir avec quelqu'un à qui vous ne pouvez pas parler ?

Il me regarda avec une expression que je ne parvins pas à déchiffrer.

— C'est une question sincère, pas vrai ? (Il sourit presque tristement et secoua la tête.) Oh, Anita. Vous me donnez l'impression d'être très vieux et très blasé.

— Dois-je m'en excuser ?

— Non, mais la sincérité de votre question me fait remettre en cause mon choix de candidats. J'ai cherché de bons amants qui soient aussi des dominants, parce que tout le monde a l'usage d'un peu de muscles. Je n'ai pas cherché des hommes capables de vous faire la conversation ou partageant vos intérêts. Je ne vous cherchais pas un compagnon : je vous cherchais un repas et un partenaire sexuel.

— Vous avez vraiment besoin d'une femme dans votre organisation, Auggie. En ne vous entourant que d'hommes, vous limitez vos horizons.

— Une femme, c'est justement ce que je suis venu chercher ici.

— Je sais, et dans toute la lignée de Belle, il n'y en a pas une seule qui vous accompagnera juste pour être votre catin. Quand elles sont venues ici, nous leur avons promis qu'elles auraient toujours le choix de leur destinée.

— Voulez-vous dire que je devrai les courtiser ?

— Exactement.

— Et Jean-Claude est d'accord avec ça ? intervint Octavius.

Je hochai la tête.

— Il a donné sa parole à tous ses gens qu'aucun d'eux ne serait forcé à avoir des rapports sexuels.

— Ah. (Auggie éclata de rire.) Je n'ai pas fait la cour à une femme depuis plusieurs décennies. Je me demande si je saurais encore m'y prendre.

— Le Maître de la Ville n'a pas à courtiser qui que ce soit, protesta Octavius. Il ordonne, et on lui obéit.

— Vous n'êtes pas dans la bonne ville pour afficher ce genre d'attitude.

— En êtes-vous si certaine ?

— Absolument.

— Goûtez Haven, me pressa Auggie. S'il ne vous plaît pas, je devrai appeler à la maison et me faire livrer un repas moins dominant.

Je levai les yeux vers le grand homme qui se tenait devant moi. Il me toisait avec son expression gentiment souriante – son expression à laquelle je ne croyais pas une seconde. C'était sa version d'un masque de flic, un moyen de dissimuler ses véritables sentiments.

Il se laissa tomber gracieusement à genoux devant moi, et sa tête ne se retrouva pas tellement plus bas que la mienne. J'ajoutai deux ou trois centimètres à sa taille estimée. Il éclata de ce rire joyeux qui paraissait si sincère.

— Vous devriez voir votre tête – si méfiante ! Je pensais juste que comme ça, vous pourriez choisir : le poignet ou le cou. Si j'étais resté debout, vous n'auriez pas pu atteindre mon cou.

C'était logique, alors, pourquoi cela ne me plaisait-il pas ? Je n'avais pas de réponse à cette question. Mais sa proximité faisait réagir cette partie primitive du cerveau qui vous maintient en vie si vous lui obéissez. Je sentais que c'était dangereux de le toucher ; simplement, je ne comprenais pas pourquoi. Le problème avec le cerveau reptilien, c'est qu'il ne raisonne ni n'explique : il se contente de ressentir.

Je n'avais qu'à toucher Haven et décliner sa candidature. Il rentrerait à Chicago, et personne ne serait blessé dans l'histoire.

Je lui pris la main. Je craignais vaguement de recevoir une nouvelle décharge d'énergie en le touchant, mais non. Sa main était juste chaude et abandonnée dans la mienne. Lorsque je relevai la manche de sa veste, je découvris que dessous, il portait une chemise à poignets mousquetaire avec de vrais boutons de manchette.

— Et merde.

— Vous n'aimez pas les boutons de manchette ?

Je fronçai les sourcils.

— C'est chiant à défaire.

Il me sourit à nouveau, mais à présent, ses yeux n'étaient plus aussi joyeusement pétillants. J'apercevais un soupçon de froideur dans ses prunelles, et allez comprendre pourquoi, cela me rassura un peu. J'aime la vérité – la plupart du temps.

— Pourquoi souriez-vous ? demanda-t-il avec une hésitation à peine perceptible.

De mieux en mieux.

Je secouai la tête.

— Pour rien.

Posant une main sur sa joue, je lui fis tourner la tête pour étirer la ligne de son cou au-dessus du col de sa chemise de soirée. Puis je me penchai vers lui en mettant mon autre main sur son épaule pour garder mon équilibre.

Je comptais juste toucher sa peau de mes lèvres. Mais le cou, c'est forcément beaucoup plus intime que le poignet. Lorsque je fus assez près pour sentir l'odeur du métamorphe, toutes mes bonnes intentions s'évanouirent. Il avait un parfum si tiède, si incroyablement tiède ! Je voulais plaquer ma bouche sur cette tiédeur, et pas simplement pour l'embrasser.

J'approchai mon visage de la chair lisse et tiède de son cou jusqu'à ce que seul un souffle m'en sépare encore. Sans le toucher, j'inspirai profondément. Sous son odeur humaine, je décelai un soupçon de musc félin – moins âcre que celui des léopards, mais définitivement pas l'odeur d'un canidé ou d'un loup. Je me remplis les poumons du parfum de lion qui émanait de sa peau comme si mon souffle l'en faisait jaillir.

Mes bras glissèrent en travers de ses épaules et le long de son dos. Jusque-là, il était resté sage, les bras ballants. Mais lorsque je l'enlaçai, il me rendit mon étreinte, m'enveloppant de ses bras musclés. Ses doigts puissants pétrirent ma chair à travers mes vêtements.

Je l'entendis chuchoter :

— Oh, mon Dieu…

Je déposai le plus doux des baisers sur sa peau tiède, un baiser léger comme une plume – et cela ne me suffit pas. Je sentais ce que je voulais, là, juste sous la surface. Je humais l'odeur douceâtre et métallique de son sang. Je lui léchai le cou, léchai la veine palpitante sur le côté, et il frissonna contre moi.

J'entendis une voix.

— Anita, Anita, ne fais pas ça.

Je ne savais pas à qui elle appartenait, ni à quoi elle faisait allusion. J'avais besoin de goûter le pouls de Haven, de le sentir frémir entre mes dents jusqu'à ce que son sang chaud jaillisse dans ma bouche.

Un poignet apparut près de mon visage. Une odeur de léopard me chatouilla les narines. Micah me rappela du bord du précipice.

— Anita, qu'est-ce que tu fais ?

Sans décoller mon corps de celui de Haven, je levai légèrement la tête.

— Je le goûte, répondis-je d'une voix rauque que je ne reconnus pas.

— Lâche-le, Anita.

Je secouai la tête. Les mains de Haven continuaient à me pétrir le dos. Je regrettais presque qu'il n'ait pas de griffes à y enfoncer.

Graham fut le suivant à tenter sa chance. Son poignet s'interposa entre moi et le bonbon palpitant que je convoitais. Mais le musc du loup n'était pas ce que je désirais à cet instant.

Nathaniel lui succéda. Il sentait toujours la vanille, mais ce soir-là, ça ne me faisait pas envie. Je secouai la tête.

— Non.

— Quelque chose cloche, Anita. Il faut que tu t'arrêtes.

Je secouai de nouveau la tête, et mes cheveux se répandirent sur le visage de l'homme agenouillé devant moi. Leur caresse lui arracha un grognement sourd, qui me fit repousser Nathaniel pour plaquer ma bouche sur son pouls frémissant. Je ne voulais pas l'embrasser, non : ma bouche était trop grande ouverte pour ça.

Je m'apprêtais à refermer la mâchoire quand deux choses se produisirent simultanément. Quelqu'un m'empoigna par les cheveux, et un poignet que je ne reconnus pas apparut soudain devant mon visage.

— Si c'est un lion que tu veux, me voilà, dit une voix déjà grondante.

Je levai la tête pour remonter à la source de l'odeur tandis qu'une main me tirait en arrière. Joseph se tenait au-dessus de moi avec sa chevelure dorée et ses yeux ambrés comme ceux d'un lion.

L'homme agenouillé resserra son étreinte sur moi. À présent, il ne pétrissait plus mon corps : il s'y agrippait comme à une bouée de sauvetage.

— Non, protesta-t-il. Non ! Elle est à moi, à moi !

— Pas à toi, gronda Joseph.

Il leva son poignet, et mon corps suivit automatiquement le mouvement. Ce n'était pas Haven que je désirais : c'était un lion. N'importe lequel ferait-il l'affaire ? Peut-être. Je n'en avais pas après une personne, mais après une odeur.

Haven se redressa si vite que je ne le vis pas faire. Mais l'instant d'après, Joseph et lui s'écrasèrent contre le mur à l'autre bout de la pièce. Une des draperies leur tomba dessus, révélant la pierre nue et le couloir éclairé par des torches qui s'étendait au-delà du salon.

Les gardes s'avancèrent pour les séparer. Je restai plantée là, le regard fixe, pas vraiment sûre de comprendre ce qui venait de se passer. Joseph m'avait sauvée de quelque chose, quelque chose de…

Du tissu se déchira bruyamment. Haven se redressa au milieu des lambeaux de la draperie, puis vola à travers la pièce et alla s'écraser parmi les tentures d'en face. Celles-ci s'affaissèrent autour de lui, mais cette fois, le métamorphe ne tenta même pas de se relever. Il n'était plus qu'une masse indistincte sous le tas de tissu.

Joseph émergea de la cascade blanc et doré. Une bonne partie de sa chemise lui avait été arrachée. Ses mains s'étaient à moitié changées en griffes, et son visage commençait à perdre sa forme humaine, comme si son corps était en train de se muer en argile molle. Ses cheveux s'allongeaient, devenant une crinière dorée.

Auggie fit un pas vers le bord de la mare de tissu répandu sur le sol, et sa voix résonna à travers la pièce ainsi que le murmure d'un géant – à la fois douce, intime et semblable à un coup de tonnerre.

—Lion, c'est moi le maître ici, pas toi.

Joseph grogna en découvrant ses crocs de prédateur. Sa voix était si basse et si grondante qu'on avait du mal à comprendre ce qu'il disait.

—Je suis le Rex de la fierté de Saint Louis. J'ai été invité à juger les lions que vous avez amenés, et je ne les trouve pas à la hauteur.

Octavius rejoignit Auggie et posa une main sur son dos. Le niveau de pouvoir dans la pièce fit exploser le compteur. Ce fut comme un séisme métaphysique, à ceci près que rien ne bougea – du moins, rien de visible à l'œil nu. Mais je vacillai sur mes talons hauts, et Joseph tituba en arrière. Les autres regardèrent Auggie d'un air étonné, mais ils n'étaient pas aussi affectés que Joseph.

—As-tu jamais rencontré un maître vampire capable d'appeler ton animal, Rex ? demanda Auggie.

Joseph haletait, mais il parvint à grogner :

—Non.

—Laisse-moi te montrer ce que tu as manqué.

Auggie ne dit rien et ne fit pas le moindre geste, mais tout à coup, l'air devint difficile à respirer, si chargé de pouvoir qu'il aurait dû tous nous suffoquer. Cependant cette petite démonstration n'était destinée qu'à un seul d'entre nous.

Joseph tomba à genoux, rugissant et se débattant, mais en vain. Il ne pouvait pas tenir debout face à un tel pouvoir.

—Fais-moi voir tes yeux humains, Rex.

La crinière dorée raccourcit. Le poil qui avait commencé à couvrir la peau de Joseph se rétracta. Son visage se remodela. Lorsqu'il eut repris son apparence humaine, la pression de l'air se relâcha quelque peu.

—Que voulez-vous, vampire ? demanda-t-il d'une voix humaine mais essoufflée.

— Ton obéissance, répondit Auggie sur un ton qui n'avait plus rien d'amical. (L'homme affable s'était envolé, cédant la place à un maître vampire.) Viens à moi, Rex. Je veux te voir ramper.

Joseph résista. Je vis sur son visage combien il luttait pour ne pas céder, mais finalement, il se laissa tomber à quatre pattes.

— Arrêtez, Auggie, intervins-je. Laissez-le tranquille.

— Il est mon animal, pas celui de Jean-Claude. Il n'existe pas de lien entre lui et mon hôte.

— Mais il en existe un entre lui et moi. C'est moi qui l'ai invité à venir ici ce soir.

Auggie ne me regarda même pas, mais Octavius, si. Il braqua sur moi ses yeux couleur de chocolat avec une expression d'arrogance pure. Ce qui eut le don de me mettre en rogne. La colère n'est pas toujours une bonne solution, mais parfois, elle peut se révéler utile.

Je m'avançai pour m'interposer entre eux et Joseph. Ce fut comme si je recevais un coup-de-poing. Heureusement, Nathaniel était là pour me rattraper, et à l'instant où il me toucha, je me sentis mieux. À présent, il est vraiment mon animal à appeler : pas seulement le type d'animal que je domine, mais mon animal individuel, comme Richard l'est pour Jean-Claude. Il joue le rôle d'un serviteur humain poilu et me confère une partie des avantages inhérents à ce lien – autrement dit, un surplus de pouvoir.

— Joseph et les siens sont nos alliés. Mes léopards et moi avons conclu un traité avec eux. S'attaquer à l'un ou l'autre groupe, c'est s'attaquer aux deux.

Alors, Auggie reporta son attention sur moi. Ses yeux étaient devenus entièrement gris, comme des nuages au ventre chargé de foudre.

— Si c'était Jean-Claude qui avait conclu ce traité, je l'aurais honoré. Mais vous n'êtes que sa servante humaine, Anita. Je n'ai pas les mêmes obligations envers vous qu'envers votre maître. De la même façon, si vous nous rendez visite à Chicago, Jean-Claude ne sera pas tenu de respecter les traités conclus par Octavius seul.

— Pourquoi voulez-vous faire du mal à Joseph – juste parce qu'il m'a empêchée de faire des conneries métaphysiques avec Haven ? C'est ça ?

— C'est un lion, et aucun lion ne peut me résister.

— Il est le Rex de Saint Louis, Auggie. Vous n'avez aucune autorité sur lui.

— Oseriez-vous me défier alors qu'Octavius se tient près de moi ? Vous dresseriez-vous contre moi alors que votre maître est occupé ailleurs ?

Je hochai la tête.

— Oui.

— Je vais le punir pour l'insulte qu'il vient de faire à moi et aux miens, Anita. Je vais le punir. Ou vous y consentez gentiment, ou je serai forcé de vous maîtriser comme je maîtrise Joseph.

— Si vous pensez pouvoir me maîtriser, Auggie, allez-y : faites-vous plaisir.

Soudain, j'eus de nouveau du mal à respirer. Micah vint lui aussi près de moi. Il était mon Nimir-Raj, et cela m'aida à réfléchir, mais pas à lutter contre le pouvoir d'Auggie.

— Graham, appelai-je.

Le garde du corps prit la main que je tendais vers lui, et à l'instant où je le touchai, je sentis les loups ; je sentis la meute à travers mon lien avec Richard. Cette odeur musquée qui me hérissait la nuque ; la sérénité verdoyante des champs et des bois…

Je titubai. Si Nathaniel et Graham ne m'avaient pas retenue, je serais tombée. Pierce le lion-garou avait rejoint Auggie.

Je voulais appeler Jean-Claude, mais j'avais peur de le faire. Même si Auggie était son ami, le pouvoir qui épaississait l'air et pesait sur moi était plus puissant que tout ce que j'avais jamais éprouvé venant de Jean-Claude. Si je perdais face à Auggie, j'en subirais seule les conséquences. En revanche, si Jean-Claude perdait face à lui, il devrait peut-être renoncer à son titre de Maître de la Ville.

À cet instant, je compris enfin pourquoi, depuis le début, je m'opposais à la visite de ces salopards. Je craignais que nous ne soyons pas assez forts.

Je ne nous coûterais pas la direction de Saint Louis. Je ne provoquerais pas notre perte à tous. Je m'y refusais. J'essayais de combattre Auggie comme si j'étais moi aussi un maître vampire. Le problème, c'est que je n'en étais pas un. J'étais une nécromancienne, censée commander à tous les morts. Hum. Peut-être y avait-il là une idée à creuser.

Lâchant les deux hommes qui me tenaient debout, je m'écartai des vivants et ouvris cette part de moi que je dois dissimuler sous un bouclier en temps normal. Cette part de moi que je dois garder serrée comme un poing par crainte de ce qu'elle pourrait faire, accidentellement ou pas.

C'est très rare que je libère ma nécromancie hors d'un cimetière. Mais ici, il n'y avait pas de cadavres à animer : juste des vampires. Mon pouvoir s'exhala de mon corps tel un vent glacial et trouva sa cible.

— Qu'est-ce que c'est ? demanda Auggie, les sourcils froncés.

Le visage d'Octavius perdit sa belle arrogance. Pierce s'écarta de son maître comme s'il ne supportait pas de rester près de lui.

— Si vous ne me respectez pas en tant que servante humaine et que Nimir-Ra, je peux invoquer d'autres titres – et les pouvoirs qui vont avec.

Auggie s'humecta nerveusement les lèvres.

— Quels pouvoirs ?

— Vous n'êtes pas au courant ? Je suis une nécromancienne.

— Il n'existe plus de véritables nécromanciens, contra Octavius sur un ton qui manquait de conviction.

— Si vous le dites. Mais je vous garantis que vous allez laisser Joseph et les siens tranquilles pendant votre séjour dans ma ville.

— Sinon ? lança Auggie, les yeux toujours remplis de lumière grise.

— J'ai un autre titre parmi la communauté vampirique ; le connaissez-vous ?

— L'Exécutrice. On vous appelle « l'Exécutrice ».

— En effet.

— Êtes-vous en train de menacer de me tuer ?

Malgré le pouvoir glacial qui soufflait autour de lui, cette idée parut beaucoup l'amuser.

— Je vous informe simplement des règles. Vous n'avez pas le droit de vous en prendre à nos gens. Et tous les vampires, tous les métamorphes et toute autre créature surnaturelle que je nommerai ultérieurement entrent dans cette catégorie.

— Nous avons été agressés, fit valoir Octavius.

— Et vous avez riposté. Vous avez forcé Joseph à retenir sa bête. Maintenant, ça suffit.

— Je suis un maître vampire ; je gouverne une ville. Vous n'avez pas d'ordres à me donner.

— Si vous êtes assez puissant pour me forcer à reculer, approchez donc, Auggie. Je me tiens seule devant vous, sans animal à appeler, sans Nimir-Raj ni vampire pour m'aider. Je me tiens devant vous sans rien d'autre que mon propre pouvoir. Êtes-vous assez fort pour faire de même ?

Il sourit.

— Que voulez-vous, que je laisse ici Octavius et mon lion, et que je vous rejoigne au milieu de la pièce pour disputer un duel ? Vous mourriez.

— Un affrontement de volontés, alors.

— Vous n'avez aucun espoir de gagner.

— Dans ce cas, vous n'avez rien à perdre, pas vrai ?

— Anita, intervint Claudia. Je ne suis pas sûre que ce soit une bonne idée.

— Venez à moi, Augustin. Venez à moi.

Je mis tout mon pouvoir dans cette injonction. Je voulais qu'il vienne maintenant, avant que Jean-Claude arrive.

Auggie s'écarta de son serviteur humain et de son lion. Il se dirigea vers moi ainsi que je le lui avais ordonné.

— Augustin, protesta Octavius. Ne faites pas ça.

— Venez à moi, Auggie, venez à moi, répétai-je.

Le vampire fit encore deux pas avant de froncer les sourcils.

— Vous me forcez à venir. Vous m'appelez pour de bon.

— Je vous avais prévenu.

Il secoua la tête.

— Je ne ferai pas un pas de plus.

— Vous avez peur ?

— Disons que je suis prudent.

— Dans ce cas, je vais vous rejoindre au milieu. Ce sera plus équitable.

— Anita, dit Graham.

Je l'ignorai et me dirigeai vers le vampire immobile.

— Continuez jusqu'au milieu de la pièce, Auggie, lui ordonnai-je.

Il se remit en mouvement avec raideur, comme si ses articulations étaient rouillées. Il s'arrêta avant de m'avoir atteinte, mais avec une expression qu'on ne voit pas souvent sur le visage d'un maître vampire : de la nervosité.

— Que se passera-t-il quand nous nous rejoindrons au centre ? demanda-t-il.

— Si vous arrivez à me dépasser, vous gagnez. Dans le cas contraire, c'est moi qui gagne.

— Ça ne me paraît pas très juste. Il vous suffit de ne pas bouger. C'est à moi de faire tous les efforts.

Nous nous arrêtâmes à cinquante centimètres l'un de l'autre. Je cajolai mon pouvoir, lui chuchotai ce que j'attendais de lui. Je voulais qu'Auggie m'obéisse. Jamais encore je n'avais tenté de dominer un vampire aussi ouvertement. C'était sans doute présomptueux de ma part de commencer par un Maître de la Ville, mais il était trop tard pour faire marche arrière.

Auggie vacilla dans ses chaussures luxueuses.

— Non. Je ne le ferai pas.

— Vous ne ferez pas quoi ? demandai-je, la voix chargée du même pouvoir qui soufflait autour de nous.

Je m'attendais à voir Auggie résister. J'aurais dû me souvenir qu'il existait d'autres options.

— Si vous me voulez, Anita, vous pouvez m'avoir. J'obtiendrai ce que je désire depuis le début, et Jean-Claude ne pourra même pas s'en offusquer.

J'hésitai, et comme je trébuchais mentalement, mon pouvoir chancela.

— Que… ?

Trop vite pour que je puisse réagir, Auggie franchit la distance qui nous séparait encore et me prit dans ses bras. Soudain, je me retrouvai plaquée contre lui, les bras immobilisés contre mes flancs. Mon pouvoir tenta de le repousser et fut contré par le sien.

— Dieu, vous êtes puissante, commenta Auggie. Si vous n'étiez qu'une nécromancienne, vous auriez peut-être même une chance de gagner. Mais vous n'êtes pas que ça, pas vrai ?

Il pencha la tête vers moi comme pour m'embrasser.

— Arrêtez. Je vous ordonne de vous arrêter.

Il hésita, déglutit et ferma les yeux. Mais quand il les rouvrit, ce fut comme si son pouvoir avait fait un bond en avant catastrophique. Son regard étrangla mon souffle dans ma gorge.

— Puissante, mais pas assez.

Il fléchit son propre pouvoir comme un muscle invisible. Une décharge me traversa le corps, et j'arquai le dos. Seuls les bras d'Auggie m'empêchèrent de partir à la renverse. Nous tombâmes à genoux comme si ma réaction l'avait pris par surprise.

Auggie venait de tailler en pièces la maîtrise que j'exerçais sur l'ardeur – plus vite et plus efficacement que Théa n'en avait jamais rêvé. Il la fit jaillir à la surface alors qu'il me tenait dans ses bras, la fit jaillir à la surface en sachant très bien que lorsqu'elle me posséderait, je ferais de lui ma nourriture. Évidemment, c'était ce qu'il voulait depuis le début. Il allait assouvir son désir le plus cher, et Jean-Claude ne pourrait même pas lui en tenir rigueur.

Chapitre 8

Une passion presque solide, tangible, jaillit de mon corps et se déversa en torrent sur le sien. Un désir semblable à une peinture épaisse nous couvrit et nous emprisonna.

Je me figeai. J'avais peur de respirer, peur de parler, et plus peur encore de bouger. J'avais d'abord trouvé Auggie séduisant, puis arrogant, puis antipathique – et maintenant, je n'aspirais plus qu'à presser mon corps nu contre le sien. Même sous l'effet de l'ardeur, c'était un revirement un peu brutal.

Je voulus lui demander ce qu'il m'avait fait, mais je n'osais même pas remuer les lèvres et encore moins attirer son attention sur moi. J'avais trop peur de ce qu'il me ferait. Non, c'est faux : j'avais trop peur de ce que *je* ferais. J'étais littéralement terrifiée.

Aussi demeurai-je parfaitement immobile dans ses bras. Seul mon pouls battait la mesure. Si je parvenais à ne pas faire le moindre geste, je ne perdrais pas le contrôle. J'avais remporté la bataille. Auggie s'offrait à moi comme nourriture, ce qui faisait de moi la gagnante de notre duel. C'est la règle chez les vampires : celui qui accepte de nourrir l'autre a perdu.

Il ne me restait plus qu'à tenir jusqu'à ce que Jean-Claude arrive. Je pouvais le faire. Il était tout près ; je le sentais descendre l'escalier. Plus que quelques minutes avant que les secours débarquent. Mais combattre l'ardeur en ne réagissant pas ne fonctionne que si l'autre personne impliquée le veut aussi. Il faut être deux à lutter. Or, Auggie ne voulait pas lutter : il voulait perdre et se soumettre.

Il ferma les yeux et renversa la tête en arrière comme si le plaisir l'emportait déjà. D'une voix rauque, il dit :

— J'avais presque oublié ce que ça fait d'être consumé par la passion. (Il baissa la tête pour me regarder en face.) J'ai essayé d'oublier, Anita. J'essaie encore chaque jour. Mais chaque fois que je parviens presque à me convaincre que ça n'était pas réel, que rien au monde ne peut procurer des sensations aussi bouleversantes, elle m'envoie un rêve.

Je n'eus pas besoin de demander de qui il parlait. Quand un vampire de la lignée de Belle dit « elle » sans autre précision, c'est toujours de Belle Morte qu'il parle : leur maîtresse ténébreuse, leur créatrice à tous.

— Vous m'avez entendu, Anita ? Vous m'avez entendu ?

Auggie m'agrippa les épaules. Nos corps étaient toujours pressés l'un contre l'autre, mais j'avais de la marge pour tenter de me dégager et de dégainer une arme. Malheureusement, il était trop tard pour ça. Je n'étais pas sûre de pouvoir forcer mes mains à saisir un flingue ou un couteau. Elles avaient trop soif du contact d'Auggie. Je ne pouvais pas leur faire confiance. Je voulais hurler mentalement pour appeler Jean-Claude, mais l'ardeur était si forte que je doutais d'y parvenir.

Auggie me secoua.

— Vous m'entendez, Anita ?

Je perçus un mouvement, entrevis quelque chose de noir sur le côté. Si quelqu'un nous touchait, il serait contaminé par l'ardeur. Ce serait mauvais, très mauvais.

— Recule, chuchotai-je. Dis-leur.

— Ne touchez ni Anita ni Auggie, ordonna Micah d'une voix forte. Ça se propage au contact.

— Si tu la touches, je te descends, Graham, ajouta Claudia.

— Regardez-moi, Anita, réclama Auggie. Moi.

J'avalai la boule dans ma gorge et, très lentement, tournai la tête vers lui. Je soutins le gris charbonneux de son regard, et ce qu'il vit dans mes yeux parut le satisfaire.

— Elle m'envoie de ces rêves, Anita… Des rêves pareils à ça, où le désir est quelque chose de tangible, quelque chose qu'on peut serrer contre soi et caresser, quelque chose qui se déverse sur la peau et dans lequel on se noie.

De nouveau, il se pencha vers moi comme pour m'embrasser. Je baissai et détournai la tête très lentement, très prudemment. L'ardeur est comme un prédateur, excitée par les mouvements brusqucs.

— Ne vous détournez pas. Laissez-moi vous embrasser. Laissez-moi faire éclater sur nous cette bulle de chaleur. Noyons-nous dedans ensemble.

Je gardai obstinément la tête sur le côté et serrai les poings parce que je n'arrivais plus à penser : seulement à imaginer le contact de sa peau sous mes mains. Je voulais les faire courir sur ses épaules et sa poitrine, contempler la promesse musclée de sa nudité. C'était comme l'effet cumulatif de plusieurs semaines ou plusieurs mois passés à sortir avec quelqu'un sans jamais lui faire l'amour.

Requiem, un de nos vampires récemment importés d'Angleterre, est capable de produire des réactions corporelles instantanées : des heures de très bons préliminaires concentrées en quelques secondes de pouvoir. Auggie était-il en mesure d'appuyer sur tous les boutons émotionnels de quelqu'un aussi vite que Requiem pouvait appuyer sur ses boutons physiques ? *Sainte Marie, mère de Dieu, aidez-moi.*

À peine cette pensée s'était-elle formée dans mon esprit que je me sentis plus calme, de nouveau à même de réfléchir. Pendant des années, je n'avais pas osé prier dans ce genre de circonstances : je trouvais ça trop embarrassant. J'ai fini par prendre conscience que ma foi est réelle, et qu'elle ne s'évapore pas quand je m'écarte trop des normes sociales.

— Non, dit Auggie. Non. Je refuse d'échouer si près du but. Vous ne pouvez pas me repousser.

Il me serra contre lui, et je luttai pour rester raide et immobile dans ses bras alors que la seule chose dont j'avais envie, c'était de le toucher. Il posa sa joue contre mes cheveux.

— Je sens la proximité de votre maître, Anita. Vous attendez qu'il vienne vous sauver. Mais souvenez-vous : à moins de vous nourrir de moi, vous n'aurez pas remporté ce duel. (Je sentis la pression douce et chaude de ses lèvres sur ma tempe.) Pensez-vous vraiment que Jean-Claude prévaudra contre moi ? Nourrissez-vous, et vous gagnerez – et lui aussi.

Il insinuait ce que j'avais pensé un peu plus tôt : si Jean-Claude entrait avant que j'aie gagné, nous perdrions, et ça ne serait pas beau à voir. J'avais senti le pouvoir d'Auggie, et je connaissais celui de Jean-Claude. En cas de bataille rangée, nous perdrions. Je ne pouvais permettre cela.

La voix de Micah s'éleva derrière moi.

— Il existe d'autres appétits, Anita, dit-il sans me toucher. D'autres motivations.

Il parlait en détachant bien les syllabes, comme s'il n'était pas certain que je le comprendrais.

Il avait raison. L'ardeur tend à engloutir tout ce qui m'entoure – et ma logique avec. Mais il existe d'autres appétits, d'autres faims pareillement tapies en moi. Autrefois, je pensais que pour les conjurer, je devais ouvrir les marques entre moi et Richard, ou Micah, ou Nathaniel. J'ai fini par me rendre compte de mon erreur. Ma bête n'est pas quelque chose que je tiens d'eux : elle vit en moi. Le fait qu'elle n'ait pas de moyen d'en sortir, qu'elle ne puisse pas transformer mon corps pour assouvir sa faim, ne la rend pas moins réelle.

Je fermai les yeux et fouillai en moi comme une main métaphysique plongée à l'intérieur d'un sac. Je fouillai en quête de ce dont j'avais besoin. Et Auggie m'aida sans le vouloir. J'étais toujours à genoux ; les mains crispées sur mes épaules, il me souleva brutalement. Cela me fit mal, mais la douleur ne brisa pas ma concentration, bien au contraire.

Ma bête aime que je sois en colère. Ça signifie que nous allons nous battre, et c'est une activité dans laquelle nous excellons.

Jusqu'ici, éveiller la bête avait toujours été un processus plus ou moins long. Cette fois-ci, ce fut comme si j'avais appuyé sur un interrupteur. En un clin d'œil, je basculai de moi à une créature qui ne pensait ni au sexe ni à la nourriture. Elle ne voulait qu'une chose : s'échapper.

Je hurlai au visage d'Auggie – un cri inarticulé et plein de rage. D'une secousse, le vampire me rapprocha de lui. Il m'empoigna par les cheveux et tenta de m'embrasser. Mais il était trop tard pour ça. Trop tard pour beaucoup de choses.

Je le mordis. Je plantai mes dents dans sa lèvre inférieure. Il resserra sa prise sur mes cheveux pour essayer d'immobiliser ma tête. Mais il ne pouvait pas me tirer en arrière sans que je lui arrache la lèvre, et il devait s'en rendre compte, parce que son autre main me saisit la mâchoire au niveau des articulations et pressa. Les vétérinaires font ça pour empêcher les animaux de mordre complètement. S'ils sont assez costauds, ils peuvent même leur faire lâcher prise.

Auggie était assez costaud pour m'empêcher de lui arracher la lèvre, mais rien de plus, à moins d'être prêt à me broyer la mâchoire. Je continuai à essayer de le mordre, et il continua à m'en empêcher. S'il y avait eu encore assez d'humanité en moi, j'aurais tenté de dégainer mon flingue ou mon couteau, mais j'avais renoncé à tous ces accessoires en m'abandonnant à ma bête. Je ne pensais plus que griffes et crocs. De mes ongles, je déchiquetai le dos des mains d'Auggie en rubans sanguinolents pour tenter de me dégager.

Il allait devoir me lâcher ou me faire vraiment mal. Je n'avais pas pensé qu'il existait une troisième option – et bien entendu, ce fut pour celle-ci que le vampire opta. Il projeta une autre décharge de pouvoir en moi. Il excita de nouveau l'ardeur, noyant ma bête dans le désir et dans des impulsions qui n'étaient que partiellement sexuelles.

S'il ne m'avait affectée que sur un plan physique, comme certains vampires de la lignée de Belle, ma bête ne serait pas partie pour autant. Malheureusement, sa version du pouvoir de Belle Morte était plus… humaine. Elle ne suscitait pas juste le désir, mais l'amour. Auggie avait le pouvoir de vous forcer à l'aimer de manière totale et absolue. « Maléfique » est un doux euphémisme pour décrire ce qu'il me fit à cet instant. La partie de moi qui était encore saine d'esprit ne put que prier : *Mon Dieu, faites que ça ne soit pas permanent.*

Je me dressai sur les genoux, me tendant vers ces lèvres pleines que j'avais voulu déchirer quelques secondes plus tôt. Et je lui donnai le baiser qu'il voulait. Le sang frais ne me dégoûtait pas : Auggie était un vampire et…

Des roses. Un parfum de roses dans l'air, douceâtre et écœurant. Il m'enveloppa et se mêla au goût du sang tandis que j'embrassais Auggie.

Le vampire se rejeta en arrière.

— Les roses. Oh, mon Dieu, vous avez un goût de roses. (Il s'écarta suffisamment pour me regarder, et je vis de la peur s'inscrire sur son visage.) Vos yeux, Anita, vos yeux !

J'avais déjà contemplé les yeux de Belle Morte dans mon visage, ces yeux brun clair couleur de miel et flamboyants. Je scrutai Auggie, et je sus que Belle Morte le voyait aussi, comme elle voit tout ce que je vois chaque fois que sa lumière ténébreuse emplit mes prunelles.

— *Pensais-tu vraiment que le fait que Jean-Claude soit devenu un sourdre de sang te protégerait contre moi, Anita ?* chuchota-t-elle dans ma tête.

En fait, oui. Elle le savait, et elle trouvait ça monstrueusement drôle.

— *Que voulez-vous ?* demandai-je.

Une peur pétillante comme le plus fin des champagnes déferla dans tout mon corps, emportant l'ardeur, la bête et tout le reste. Belle leva les yeux vers Auggie agenouillé au-dessus de nous, et je sus ce qu'elle voulait. Je sentis du regret en elle, le regret qu'Auggie ait déserté son lit et son corps.

— *Mais c'est vous qui l'avez exilé*, fis-je remarquer.

— *Tiens-toi à l'écart de mes pensées, Anita.*

Elle était assise au bord de son immense lit à baldaquin, un lit que j'avais déjà vu une fois dans les souvenirs de Jean-Claude. Une chemise de nuit blanche passée de mode depuis plusieurs siècles couvrait ses courbes voluptueuses, lui donnant l'air d'une enfant boudeuse adossée à l'un des montants de bois sculpté. Sa chevelure était une cascade de vagues sombres, plus longue encore que la mienne. Pour la première fois, je pris conscience que nous nous ressemblions vaguement : nous étions toutes deux petites et très brunes, avec une peau pâle et des yeux marron.

— *J'étais la plus grande beauté de toute l'Europe ; comment oses-tu te comparer à moi ?*

Son pouvoir claqua en moi telle la lanière d'un fouet.

— *Pardonnez-moi*, dis-je, parce que je n'avais pas voulu l'offenser.

Je ne pensais pas être aussi belle qu'elle, je trouvais juste que nous partagions certaines caractéristiques physiques.

Cette pensée la radoucit, mais la laissa également libre de se concentrer sur la raison pour laquelle elle m'avait possédée à la base. Ce qui n'était pas bon du tout.

— Augustin, ronronna-t-elle d'une voix grave – une voix qui n'était pas la mienne, mais qui n'était pas non plus tout à fait la sienne parce qu'elle devait utiliser ma gorge pour s'exprimer.

En tout cas, elle lui ressemblait suffisamment pour qu'Auggie écarquille les yeux et devienne plus pâle que la mort en personne. Je ne me souvenais pas d'avoir jamais vu blêmir un vampire de la sorte.

— Comment est-ce possible ? chuchota-t-il.

— Tu m'as appelé, répondit Belle Morte par ma bouche. Ton pouvoir et ton sang m'ont appelée.

Auggie déglutit, et le léger mouvement de ses lèvres fit couler son sang plus vite à l'endroit où je l'avais mordu. Les traces de dents cicatrisaient à vue d'œil, mais elles saignaient encore.

— Je ne voulais pas…

— Tu l'as contrainte à t'aimer, Augustin, comme tu as tenté de me forcer à t'aimer. Mais personne ne force Belle Morte à quoi que ce soit – personne.

— Pardonnez-moi. J'ignorais ce dont mes pouvoirs étaient capables, souffla-t-il.

Il me tenait toujours par les bras, mais il ne serrait plus. J'aurais sans doute pu me dégager facilement, mais il était trop tard pour ça. Nous avions désormais de plus gros problèmes que l'ardeur.

— Mais je peux à nouveau profiter de toi, ici et maintenant, et ça ne sera pas moi qui tomberai amoureuse : ce sera elle. Ça la fera souffrir ; ça fera souffrir Jean-Claude et peut-être même que ça te fera souffrir, toi. (Assise sur son lit à des milliers de kilomètres de là, Belle éclata de rire.) Car lorsque Requiem suscite le désir de ses victimes, il déclenche également le sien. Et de la même façon, quand tu obliges une femme à t'aimer, tu tombes amoureux d'elle en retour. C'est dans la nature de notre lignée d'avoir des pouvoirs à double tranchant.

De nouveau, je sentis du regret en elle. Et je compris que le plein effet des pouvoirs d'Auggie n'était pas temporaire.

— *En effet, Anita*, dit Belle Morte dans ma tête, me parlant depuis le bord de son lit éclairé par la lumière d'un feu de cheminée. *Il est tout à fait permanent, je puis te l'assurer.*

— *Donc, vous êtes amoureuse…*

Son pouvoir me cingla une nouvelle fois, m'empêchant de poursuivre.

— *Tout le monde aime Belle Morte. Tout le monde m'adore. Il est dans ma nature d'être aimée.*

J'avais trop souvent été proche de son esprit pour ne pas la comprendre mieux que ça.

— Tout le monde désire Belle Morte, rectifiai-je à voix haute.

— *Désir, amour, seuls les mots diffèrent*, répliqua-t-elle. *Ils désignent la même chose.*

Mais nous sommes liées trop étroitement. Elle connaît mon opinion sur le sujet. Je suis convaincue que le désir et l'amour ne sont pas du tout la même chose, et je le pensais si fort que je la sentis trébucher dans ma tête. L'espace d'une demi-seconde, je la sentis douter. Et ce n'était pas moi qui avais semé la graine du doute dans son esprit. Elle s'y trouvait déjà. Elle s'y trouvait depuis le jour où Jean-Claude et Asher l'avaient volontairement quittée, des siècles plus tôt.

— *Ils me sont revenus, Anita, ne l'oublie pas. Ils ne pouvaient pas vivre sans Belle Morte !*

À présent, elle était à genoux sur son lit, le visage flamboyant d'une rage sublime. Mais j'étais mieux placée que beaucoup pour savoir ce que cette rage dissimulait : de la peur.

— *Assez !* s'exclama-t-elle.

Et son cri résonna à travers mon esprit et mon corps avant de frapper Auggie comme un coup-de-poing. Le vampire chancela et lutta pour rester à genoux, pour ne pas me lâcher. Mais le pouvoir de Belle jaillit – la version originale de l'ardeur, la source dont ses descendants ne possédaient que des reflets fragmentés. Il déferla sur moi en rugissant et arracha à ma bouche un hurlement auquel Auggie fit écho.

Puis il tenta de se déverser hors de nous pour emplir la pièce et contaminer tous ses autres occupants. Mais Auggie dressa un mur autour de lui. Il mobilisa sa volonté et son pouvoir de Maître de la Ville pour le contenir. Je savais cependant qu'il s'épuiserait vite. Alors, je tentai de conjurer ma nécromancie. Je m'en étais déjà servie pour repousser Belle. Malheureusement, je ne parvenais pas à réprimer l'ardeur. Tant qu'elle me dominerait, je ne serais bonne à rien.

Auggie recouvra l'usage de la parole avant moi.

— Tout le monde dehors. Vite. Nous ne pourrons pas la contenir longtemps, et quand nous perdrons l'avantage, elle remplira la pièce.

— Elle se propage au contact, objecta Micah.

Auggie secoua la tête.

— Ce n'est pas l'ardeur de Jean-Claude, mais celle de Belle. La proximité physique lui suffit. (Il frissonna et courba le dos comme si quelque poids immense commençait à l'écraser.) Samuel, fais sortir ta famille. Tu ne mesures pas ce qu'elle pourrait te forcer à faire.

Une voix s'éleva derrière nous, son accent français plus prononcé que d'habitude.

— Augustin, qu'as-tu fait à ma petite ? Le pouvoir…

Je lui jetai un coup d'œil, et il s'interrompit.

— Belle Morte, dit-il d'une voix atone, comme s'il venait de ravaler toutes ses émotions.

Il était vêtu de ses couleurs favorites, le noir et le blanc. Sa veste de velours noir descendait à peine jusqu'à sa taille. La dentelle blanche de sa chemise se déversait entre les pans de la veste, retenue au cou par le camée que je lui avais offert – un de mes premiers cadeaux. Son pantalon de cuir semblait peint sur sa peau. Ses bottes noires au genou comptaient parmi les plus simples qu'il possédait. Mais à le voir glisser vers nous, aucune de nous deux n'aurait pu le qualifier de quelconque. Nous connaissions son corps de manière trop intime pour nous laisser berner par un camouflage aussi grossier.

« Nous », oui. Parce que nos esprits étaient si étroitement liés que Belle Morte savait aussi bien que moi pourquoi Jean-Claude avait attaché ses boucles noires en queue-de-cheval, pourquoi il portait des vêtements élégants mais choisis parmi les moins coûteux de sa garde-robe, pourquoi il n'arborait presque aucun bijou. Il voulait apparaître tel que les maîtres en visite l'avaient vu pour la dernière fois. Il avait l'intention de dissimuler ce qu'il était vraiment, de les laisser s'interroger sur son pouvoir réel.

C'était un pari qui ne me plaisait guère, et auquel je m'étais vigoureusement opposée. Pour moi, ça ressemblait à une provocation. « Voyez comme je suis inoffensif. N'êtes-vous pas tentés de vous en prendre à moi ? » Jean-Claude avait répliqué qu'il n'avait jamais rencontré de problèmes en traitant avec les autres maîtres de la sorte ; que bien au contraire, c'était une stratégie qui lui avait plusieurs fois sauvé la vie par le passé.

— Je te vois, Jean-Claude, dit Belle Morte par ma bouche. Tous ces artifices ne suffisent pas à te dissimuler à mes yeux. Mais tu as raison de te présenter humblement devant moi. C'est ainsi que j'aime mes hommes.

Je regardai Jean-Claude avec les yeux de Belle Morte pendant que celle-ci riait à gorge déployée sur son grand lit vide. *Vide ?* songeai-je. *Depuis quand Belle Morte dort-elle seule ?* Et cette pensée la fit de nouveau flancher – un simple instant d'hésitation, mais que Jean-Claude saisit au vol. Passant derrière moi, il se laissa tomber à genoux pour plaquer tout ce velours et ce cuir contre mon dos. Ainsi Auggie et lui se retrouvèrent-ils face à face, et moi j'étais coincée entre eux.

Belle Morte rugit à travers moi. Trop tard : elle avait laissé passer la seule occasion que nous lui laisserions. Jean-Claude était désormais le sourdre de sang de sa propre lignée, et j'étais sa servante humaine. Du moment que nous nous touchions, elle ne pouvait pas me retourner contre lui. Mais elle se retira en nous laissant un cadeau d'adieu, un chuchotement empoisonné qui résonna dans ma tête.

— *Vous pouvez me chasser, mais vous ne pouvez pas revenir sur ce qu'Augustin a commencé. Quand je quitterai l'esprit d'Anita, l'ardeur demeurera. Elle se propagera à vous trois, et vous serez forcés de faire ensemble des choses que Jean-Claude et Augustin n'ont pas faites depuis des siècles.*

Belle était dans ma tête ; du coup, impossible de lui dissimuler que j'ignorais que les rapports de Jean-Claude et d'Augustin avaient un jour dépassé la simple amitié. Elle éclata de rire dans sa chambre chauffée par un feu de cheminée et située si loin de nous.

— Oh, Jean-Claude, ronronna-t-elle par ma bouche avec cet alto qui n'était pas du tout ma voix habituelle. Tu ne lui as pas dit qu'Augustin et toi aviez été amants.

Jean-Claude était parfaitement immobile contre moi, comme s'il retenait son souffle. Je compris qu'il attendait que je réagisse aux propos de Belle – que je me mette en colère et que j'aggrave encore le désastre qui était sur le point de se produire. Mais je surpris tout le monde (moi la première) en demeurant impassible.

Je n'étais pas choquée. Dieu seul sait pourquoi, mais je ne l'étais pas. Je savais que Jean-Claude n'était pas puceau quand je l'avais connu. Je savais même qu'il avait eu d'autres amants qu'Asher. Bien entendu, savoir une chose de façon abstraite et contempler le fait agenouillé devant vous ne reviennent pas au même.

Je levai les yeux vers Auggie. Je m'attendais à lui en vouloir, mais non. Peut-être était-ce parce que ses pouvoirs agissaient sur moi, parce que je captais les émotions de Jean-Claude ou même celles de Belle. Quoi qu'il en soit, je détaillai l'homme qui me tenait dans ses bras, et la courbe de son visage depuis la tempe jusqu'à la mâchoire m'apparut comme le coup de pinceau d'un maître.

Ses prunelles charbonneuses ne flamboyaient plus ; la peur et un effort de volonté avaient éteint le feu de ses pouvoirs vampiriques. Mais même s'ils ne contenaient plus rien de surnaturel, ses yeux gardaient quelque chose d'hypnotique. Pas seulement à cause de leur épaisse frange de cils noirs, ni de leur couleur qui me faisait penser pour la première fois que le gris pouvait être aussi beau que le bleu, mais à cause de leur regard. Auggie me regardait comme un homme qui se noie, avec un chagrin si vif qu'il me serra la gorge.

Je compatissais à sa peine – mais pas Belle. Bien au contraire, elle se réjouissait qu'après tous ces siècles, la vision de ses yeux puisse encore causer une douleur si terrible à Augustin. Elle voulait qu'il souffre ; elle voulait qu'il se sente rejeté, chassé du paradis par la main d'un dieu vengeur – ou, dans le cas présent, d'une déesse.

À cause du pouvoir d'Augustin, je réagissais à son chagrin comme une femme qui vient juste de tomber amoureuse, une femme encore en proie à ce vertige aveuglant qui pousse à dire ou à faire n'importe quoi pour rendre l'autre heureux. Je voulais juste réconforter Augustin, l'embrasser pour chasser sa peine.

— *Non*, protesta Belle. *Ils t'ont menti. Tu devrais te sentir trahie. Tu devrais avoir le cœur brisé.*

— *Navrée de vous décevoir*, dis-je sur un ton indiquant clairement que je n'en pensais pas un mot.

— *Je te trouve bien calme, Anita. Mais regarde à travers mes yeux, et tu ne le resteras pas longtemps.*

Je savais que mon corps était toujours agenouillé entre Jean-Claude et Augustin, mais mon esprit, lui, était prisonnier de la mémoire de Belle. Nous nous trouvions dans une immense pièce sombre, éclairée par de rares torches. Augustin était attaché à un chevalet de métal qui exposait son corps nu à la vue de tous. Il était venu supplier Belle de le reprendre. Elle avait refusé, mais lui avait offert une dernière dose d'ardeur.

Tout cela, je ne le lisais pas dans les pensées de Belle : je l'éprouvais. Nous étions liées si étroitement que je partageais ses souvenirs. Elle voulait humilier Auggie. Il l'avait fait tomber amoureuse de lui, et elle ne pouvait pas le lui pardonner.

Jean-Claude et Asher apparurent face au trône sur lequel nous étions assises. Ils portaient de longues capes qui les dissimulaient entièrement à l'exception de leur visage. Celui d'Asher était encore intact, sans la moindre cicatrice. Cela se passait donc avant que Jean-Claude et lui quittent Belle pour sauver Julianna, la femme qu'ils aimaient tous les deux, de la jalousie de leur créatrice. Ils étaient toujours la parfaite paire d'amants de Belle Morte, les beautés assorties qui exécutaient le moindre de ses désirs. Je savais qu'ils ne portaient rien sous leur cape, et je savais ce que Belle voulait qu'ils fassent.

La voix d'Augustin s'éleva près de mon oreille, me faisant sursauter sans rompre l'emprise du souvenir de Belle.

— Tu es son maître, Jean-Claude. Ne laisse pas Belle lui montrer ça.

Sa voix m'aida à me ressaisir, parce que l'homme qui venait de parler n'était pas l'homme attaché devant moi. Et le Jean-Claude auquel il s'adressait n'était pas le serviteur qui se tenait debout devant le trône. Tout cela s'était passé il y a bien longtemps. Ce n'était pas réel.

— *Mais ça l'a été, Anita. C'est arrivé tel que je vais te le montrer.*

— Ma petite, appela Jean-Claude, tu m'entends ?

Clignant des yeux, je vis le visage des deux hommes penché sur moi, mais le pouvoir de Belle rugit à travers ma tête.

— *Non, Anita. Tu dois voir la réalité.*

Et instantanément, je fus de retour dans la grande salle éclairée par des torches. Je sentais encore les mains de Jean-Claude et d'Auggie sur moi, mais je ne voyais que ce que Belle me montrait.

— Touche sa peau nue, ordonna Auggie dans le présent.

Jean-Claude et Asher se mirent à tourner autour de l'homme ligoté. Le balancement de leurs capes, la grâce de leurs gestes donnaient à toute la scène l'allure d'une danse.

Des mains glissèrent le long de mes bras. À l'instant où la peau de Jean-Claude entra en contact avec la mienne, le souvenir commença à s'assombrir. Ce fut comme si les lumières diminuaient pour me cacher ce qui s'était produit.

— *Non !* hurla Belle en m'attirant de nouveau dans sa salle du trône, des siècles auparavant.

Les capes avaient disparu. Jean-Claude et Asher étaient nus, pâles et parfaits. J'entendis Auggie protester :

— Vous m'aviez promis l'ardeur.

— Je tiens toujours mes promesses, Augustin.

Jean-Claude étincelait telle une étoile noire. Il se contenta de poser sa main sur le dos nu de l'autre homme.

— Ah. Maintenant, je comprends, lâcha Auggie.

Il se tordit le cou pour regarder Jean-Claude. Celui-ci s'agenouilla devant lui pour lui épargner cette peine. Prenant le menton d'Auggie dans sa main, il parla trop bas pour que Belle puisse l'entendre.

— Je ne t'ai donné qu'un avant-goût. Si mon contact te répugne, je peux m'arrêter.

Il approcha son visage de celui d'Augustin comme s'il voulait l'embrasser dans le cou, donnant à l'autre homme une chance de lui souffler sa réponse à l'oreille.

— Tu maîtrises si bien l'ardeur, après si peu de temps.

— Oui.

— Si ce n'est qu'un avant-goût, et si elle ne m'en accorde pas davantage, alors, je le veux.

Jean-Claude s'écarta suffisamment pour regarder Auggie et prit son visage entre ses mains. Alors, je m'aperçus que je voyais Jean-Claude à travers les yeux d'Auggie. Je sentis le second déceler l'incertitude dans les yeux du premier.

— Risquerais-tu son courroux pour m'épargner ?

— Je n'aime pas faire usage de la force.

Asher s'agenouilla près de Jean-Claude. Il arborait une expression que je ne lui avais encore jamais vue, un mélange d'arrogance, de fougue, de férocité et de quelque chose d'autre – quelque chose de dangereux et de déplaisant.

Sa voix tomba à l'intérieur du souvenir.

— Jean-Claude, ne laisse pas Anita me voir ainsi.

Jusque-là, je ne m'étais pas rendu compte qu'il se trouvait dans la pièce, attendant que nous remportions ou que nous perdions cette bataille. Lui aussi voyait ce que Belle me forçait à voir. Comment faisait-elle ?

— *Vous êtes tous le sang de mon sang, Anita. Je peux faire beaucoup de choses à ceux qui m'appartiennent.*

Des mains sur moi. Mes vêtements déchirés avec tant de force que tout mon corps en est secoué. La fraîcheur de l'air sur ma peau nue. La poitrine et le ventre de Jean-Claude pressés contre mon dos, la dentelle de sa chemise blanche encadrant notre chair exposée.

Mais à l'instant où nous nous retrouvâmes ainsi collés l'un à l'autre, le souvenir vira au noir, et Belle se retrouva assise au bord de son grand lit, dans la lumière vacillante des bougies. La colère emplissait ses yeux de flammes couleur de miel sombre. Elle venait seulement de découvrir que Jean-Claude avait laissé le choix à Auggie, toutes ces années auparavant.

Les bras de Jean-Claude enveloppaient mon torse presque nu, me serrant contre lui aussi étroitement que mon flingue et le couteau niché entre mes omoplates l'y autorisaient. Auggie me tenait toujours les mains, comme s'il ne pouvait pas ou ne voulait pas me lâcher. Mais c'était le contact de Jean-Claude qui avait repoussé Belle et mis un terme au souvenir.

— *Ton corps peut m'arrêter… mais je vais vous laisser deux cadeaux d'adieu, à toi et à Augustin. Le premier est l'ardeur qui s'emparera de vous trois et, si je pousse suffisamment, se propagera à tous les autres occupants de la pièce. Je sens qu'Asher est là, et…* (Belle ferma les yeux et se passa la langue sur les lèvres) *Requiem aussi. Ils tenteront de la contenir. Peut-être y parviendront-ils, et peut-être pas.*

Puis elle nous regarda bien en face, et ce fut comme si elle pouvait vraiment nous voir par-delà la distance et les murs. Tant de concentration se lisait dans ses yeux !

— *Mon second cadeau est une question pour toi et un présent pour Anita. As-tu réalisé qu'entre autres talents, elle possède la capacité d'emprunter les pouvoirs utilisés contre elle ? Aussi, je lui fais don de la capacité de créer des souvenirs vivants – juste pour cette fois. Je veux qu'elle l'ait à sa disposition, et je ne lutterai pas contre sa magie quand elle tentera de me prendre la mienne. Je la laisserai s'emparer de ce pouvoir et réfléchir à cette question : pense-t-elle vraiment que Jean-Claude et Augustin n'ont fait l'amour que cette fois-là, ou qu'il y en a eu d'autres ?*

Encore du tissu déchiré pour augmenter la surface de contact entre le corps de Jean-Claude et le mien.

— *Je te ferme cette porte, Belle. Anita est à moi, pas à toi.*

— *Je m'en vais, je m'en vais. Profitez bien de mes cadeaux.*

Mais j'étais toujours liée assez étroitement à son esprit pour savoir que Belle n'avait pas le choix. Elle faisait semblant de se retirer de son plein gré ; en réalité, Jean-Claude la chassait. La dernière chose que je sentis émaner d'elle fut du regret, du regret parce qu'elle m'abandonnait des hommes qu'elle aurait voulu garder pour elle.

Je pris une grande inspiration hoquetante, comme si j'avais failli me noyer. Je ne portais plus que mes sous-vêtements. Ma jupe avait disparu, et mon holster avec. Les vêtements de Jean-Claude manquaient eux aussi à l'appel, pour la plupart.

— Les vampires de votre lignée peuvent-ils faire quoi que ce soit sans se désaper ? grommelai-je.

Jean-Claude éclata de ce merveilleux rire presque palpable. Et je ne fus pas la seule à y réagir. Auggie frissonna tandis que ses mains se crispaient sur les miennes. Il portait toujours son beau costume ; sa cravate n'était même pas de travers. Il s'était admirablement bien tenu.

Je promenai un regard à la ronde. Il ne restait plus personne dans le salon, à l'exception d'Asher et de Requiem. Le premier se tenait du côté le plus proche de la porte d'entrée ; le second, non loin du tunnel qui s'enfonçait plus profondément dans les souterrains. Le premier avec ses cheveux dorés qui dissimulaient les cicatrices infligées par l'eau bénite dont des fanatiques religieux l'avaient aspergé pour tenter de chasser le démon en lui. Le second grand et pâle, avec des cheveux presque aussi foncés que les miens et ceux de Jean-Claude, assortis à sa moustache et à sa petite barbe soigneusement taillées.

On aurait dit que quelqu'un l'avait frappé en pleine figure. Asher et lui avaient tous deux écarté les bras sur les côtés, et je sentais du pouvoir irradier d'eux. Je compris qu'ils avaient dressé l'équivalent vampirique d'un cercle de pouvoir pour tenter de contenir l'ardeur et les souvenirs – pour les empêcher de se propager au reste de nos invités et de nos gardes du corps.

Je me détendis dans les bras de Jean-Claude et pressai les mains d'Auggie. Un murmure résonna dans mon esprit : *« Y a-t-il eu d'autres fois ? »* J'ignorais si cette pensée venait de moi ou de Belle, et ça n'avait pas d'importance. La question avait été posée – cela suffisait.

Brusquement, je fus projetée au milieu d'un souvenir qui me fit griffer l'air de mes doigts recourbés. Auggie était dessus ; il pressait le corps de Jean-Claude contre un lit.

— Non, ma petite, non.

Jean-Claude se plaqua plus étroitement contre moi, mais en vain. Cette fois, ce n'était pas Belle qui m'imposait son pouvoir. Elle avait compris ce que je n'ai moi-même découvert que très récemment : à savoir, que je peux emprunter la magie d'un vampire après que celui-ci l'a utilisée contre moi. Certains pouvoirs sont plus durables que d'autres, qui s'évanouissent presque immédiatement. Celui-ci semblait décidé à rester avec moi, et je ne pouvais pas l'en empêcher.

Je hurlai. Les bras d'Auggie étaient nus sous mes mains, mais ça ne m'aidait pas. Ça ne m'aidait pas du tout.

— Dans ce cas, prenez tout le souvenir, dit Auggie. Voyez la suite.

Nous nous trouvions dans une chambre petite mais élégante. Auggie était assis dans un fauteuil. Jean-Claude avait mis un genou en terre devant lui ; il tenait un chapeau à la main et avait la tête inclinée. Les cheveux d'Auggie lui descendaient jusqu'aux épaules ; il portait des vêtements bleu et argenté, avec beaucoup trop de dentelle à mon goût.

— Ainsi, les rumeurs disent vrai. Tu es parti volontairement.

Jean-Claude acquiesça et leva les yeux.

— En effet.

Auggie éclata de rire.

— Tu quittes le paradis de ton plein gré alors que je pleure en enfer pour l'apercevoir une dernière fois. (Il secoua la tête et soupira, toute bonne humeur envolée.) Mais si tu es assez fort pour quitter le paradis, je ferai en sorte que tu parviennes à gagner la côte. Je connais un navire et un capitaine de confiance.

— Vers où voguent-ils ?

— Vers les colonies anglaises. Les États-Unis d'Amérique, comme on les appelle maintenant. Mais franchement, Jean-Claude, que t'importe ta destination du moment qu'elle se trouve loin du continent et de Belle ?

Jean-Claude inclina de nouveau la tête, comme s'il refusait de laisser voir à Auggie ce qui passait dans ses yeux.

— Je ne peux pas te payer, Augustin. Je suis parti les mains vides.

— C'est un cadeau pour te récompenser de ta bravoure. Tu as quitté le paradis, non pas une fois, mais deux, alors que je donnerais tout pour pouvoir y retourner.

Jean-Claude leva vers Auggie son visage sublime et inexpressif, le masque qu'il arbore quand il ne veut pas qu'on sache à quoi il pense.

— Est-ce Belle qui te manque, ou l'ardeur ?

— Les deux.

— Je ne peux pas te donner Belle, mais je peux partager l'ardeur avec toi.

Un instant, une avidité poignante passa sur le visage d'Auggie, un besoin si vif qu'il fit étinceler ses yeux comme des nuages gris éclairés par la foudre de l'intérieur. Puis ses traits se figèrent, dissimulant son appétit. Mais Jean-Claude l'avait vu. Nous l'avions vu. Car je n'assistais plus à la scène comme un fantôme flottant dans les airs : j'étais dans la tête de Jean-Claude, comme j'avais été dans sa tête et dans celle de Belle lors du souvenir précédent.

D'une voix dénuée d'inflexion, Auggie répondit :

— C'est un cadeau, Jean-Claude. J'aimerais être ton ami. Les amis ne comptabilisent pas les services qu'ils se rendent.

Cette réaction nous surprit. Nous avions passé trop de temps auprès de Belle Morte pour croire encore en la générosité d'autrui.

— Je t'aurais donné mon corps en échange de ce que tu m'offres gratuitement, Augustin.

— Et c'est justement pour ça que je te l'offre. Oui, je brûle de retrouver Belle. Je l'aimerai jusqu'à la fin des temps, mais je n'approuvais pas toujours ce qu'elle faisait ni ce qu'elle nous forçait à faire. (Ses souvenirs assombrirent son visage, mais le vampire les chassa d'un geste et sourit.) Je serais resté auprès d'elle à jamais ; j'aurais fait ses quatre volontés comme un esclave docile, tout en sachant très bien qu'elle était maléfique. J'étais trop… (il parut chercher le mot juste) immergé en elle pour souhaiter me sauver, ou sauver ceux qu'elle voulait que je réduise en esclavage pour elle. Si elle ne m'avait pas chassé, jamais je n'aurais eu la force de partir.

— Tu as refusé d'obéir à ses ordres directs. Certains à la cour en parlent encore.

Auggie acquiesça.

— Même quelqu'un d'aussi faible que moi a des limites qu'il se refuse à franchir.

Tant de chagrin dans son expression, tant de peine…

Nous posâmes une joue contre sa main sur l'accoudoir du fauteuil, et nous roulâmes des yeux pour les lever vers son visage. Sa main était parfaitement immobile sous notre joue, comme s'il avait cessé de respirer.

— Laisse-moi partager le seul don que je possède avec mon seul ami.

Auggie lutta pour ne pas paraître affreusement tenté, et n'y parvint qu'à moitié.

— Tu n'es pas obligé de faire ça, Jean-Claude. Je suis sincère. Je veux te faire ce cadeau.

Mais nous perçûmes de la tension dans sa main, comme si son corps luttait pour demeurer immobile.

— Je sais que tu préfères les femmes.

— Tout comme toi.

— Oui, mais Belle ne partage pas ses hommes avec d'autres femmes.

Auggie eut un sourire amical, qui ne collait pas avec la tension grandissante de sa main sous notre joue, et ce fut sur un ton presque détaché qu'il répliqua :

— À l'exception des femmes qu'elle veut que nous séduisions.

Nous lui rendîmes son sourire.

— Pour de l'argent, pour des terres ou pour des raisons politiques, oui. (Nous savions bien comment tout cela fonctionnait. Nous avions passé des siècles dans le lit de Belle, à lui servir de pions dans ses plans de conquête.) Je suis le seul de sa lignée qui ait hérité du plein pouvoir de l'ardeur, Augustin, et il n'y a encore personne de notre sang en Amérique.

— Donc, ce soir est ma dernière chance de goûter l'ardeur, et ta dernière chance d'être intime avec un autre maître de la lignée de Belle.

Nous acquiesçâmes en frottant notre joue contre sa main. Très doucement, il la retira.

— Tu as peur, constata-t-il avec étonnement.

— Oui.

— Alors, pourquoi la quitter ?

— Parce que je ne pourrais pas rester, pas alors qu'ils me haïssent tous les deux.

— Tous les deux ?

Nous ne pûmes cacher nos larmes qu'en détournant la tête. Auggie se laissa glisser à bas de son fauteuil et s'agenouilla près de nous. Il nous prit dans ses bras et nous serra contre lui tandis que nous pleurions.

— Ce n'est pas Belle qui t'a brisé le cœur, comprit-il. C'est Asher.

Pour la première fois depuis des mois, nous pleurâmes. Nous pleurâmes dans les bras d'Auggie, qui but nos larmes en les embrassant, et nous trouvâmes du réconfort auprès de la seule personne en qui nous avions confiance – notre seul ami.

Le souvenir de Jean-Claude et Auggie au lit ensemble revint à la charge. Mais cette fois, je ne fus pas choquée. J'étais prête à le recevoir. Je savais que ce Jean-Claude était celui qui venait de passer vingt années de bonheur avec Julianna et Asher, jusqu'à ce que la première soit brûlée vive en tant que sorcière et le second ravagé par l'eau bénite. Depuis, Asher haïssait Jean-Claude de n'être pas arrivé à temps pour sauver la femme qu'ils aimaient tous les deux. Et Jean-Claude lui-même culpabilisait atrocement. Il avait ramené Asher blessé à la cour de Belle Morte, et pour que cette dernière consente à le sauver, il avait dû accepter de devenir son esclave pendant un siècle.

Oui, le Jean-Claude qui se trouvait dans le lit d'Auggie avait perdu toutes les choses et tous les gens qu'il aimait. Il ne lui restait que cet ultime réconfort. Je ne pouvais pas lui en vouloir de s'y abandonner.

Le souvenir commença à s'estomper, parce que ce n'était pas la mécanique du sexe qui comptait pour moi, les gestes exacts de Jean-Claude et d'Auggie : c'était l'émotion qui les accompagnait.

J'émergeai haletante, le cœur battant la chamade.

— Si ce n'est qu'un souvenir, pourquoi cela fait-il presque mal de s'y arracher ?

— Je l'ignore, ma petite, mais nous n'avons pas beaucoup de temps. Je n'ai pas réussi à arrêter le souvenir ; toutefois, j'ai pu le diriger. Je voulais que tu comprennes ce qui s'est passé entre nous parce que je ne puis empêcher ce qui est sur le point de se produire. Nous avons combattu Belle pour me donner le temps d'atténuer le coup.

— Nous ?

Je levai les yeux vers Auggie. Ses prunelles débordaient de chagrin de la même façon que celles de Jean-Claude peuvent déborder de désir.

— Nous tiendrons aussi longtemps que possible, Jean-Claude, mais quoi que tu aies l'intention de faire, dépêche-toi.

C'était Asher qui venait de parler, et sa voix frémissait d'une peine identique à celle que je lisais dans les yeux d'Auggie. Tournant la tête vers lui, je distinguai sur ses joues les traces rougeâtres des larmes de vampire. Alors, je pris conscience que tous les occupants de la pièce avaient partagé ce souvenir.

— Je suis désolé, Anita, dit Auggie. (Par-dessus ma tête, il regarda Jean-Claude.) Désolé pour vous deux.

— Désolé à cause de quoi, exactement ? demandai-je.

— À cause de ça, répondit-il d'une voix très douce.

Ce fut comme si Jean-Claude et lui avaient tous les deux retenu leur souffle jusqu'à cet instant, et qu'ils expiraient brusquement à l'unisson. Baissant leurs boucliers, ils laissèrent s'ouvrir le barrage de leur volonté. Et soudain, l'ardeur déferla sur nous.

Il me sembla entendre l'écho d'un rire étouffé dans le lointain – le rire de Belle résonnant quelque part au fond de ma tête.

CHAPITRE 9

L'ardeur débarqua, et nos vêtements mirent les voiles. Mon fourreau de dos fabriqué sur mesure fut arraché en même temps que le reste. Jean-Claude, Auggie et moi nous écroulâmes nus sur le sol. Nos bouches et nos mains étaient partout à la fois. La lourde table basse en métal et en verre fut poussée sur le côté comme si elle ne pesait rien.

Je pressai le corps musclé d'Auggie sur le tapis et m'allongeai sur lui. Je sentais qu'il était déjà dur et prêt, mais je voulais commencer à l'autre bout. Nous nous embrassâmes. Ses lèvres étaient aussi pleines et fermes qu'elles en avaient l'air. Il me rendit mon baiser avec délicatesse, malgré l'ardeur qui devait lui inspirer des pulsions beaucoup plus brutales.

Je fis courir ma langue le long de son cou, descendis vers sa poitrine et atteignis ses mamelons pâles et durs au milieu du renflement de ses pectoraux. Jamais encore je n'avais couché avec quelqu'un qui faisait autant de muscu. Sa peau paraissait tendue à craquer sur ses muscles. Du coup, j'eus du mal à trouver une prise avec mes dents.

Mes efforts furent récompensés. Lorsque je commençai à sucer un de ses mamelons, le haut du corps d'Auggie se souleva. Il poussa un cri et, les yeux écarquillés, tendit les mains en quête de quelque chose à quoi s'agripper. Quelqu'un lui en prit une, et je sus de qui il s'agissait avant qu'Auggie l'attire dans mon champ de vision.

Tandis que je continuais à descendre le long de son corps, Auggie se rallongea en amenant Jean-Claude à lui pour l'embrasser. Je léchai et mordillai son ventre avec application. Je dus toucher un endroit particulièrement sensible, car il se souleva de nouveau, me permettant d'observer le spectacle qui se jouait au-dessus de moi.

Jamais encore je n'avais vu deux hommes s'embrasser. Pas comme ça. Pas à pleine bouche, avec la langue. Asher partageait mon lit et celui de Jean-Claude depuis quelques mois. Pendant cette période, je les avais parfois vus se rapprocher l'un de l'autre – mais toujours ils s'arrêtaient au dernier moment. Jamais je ne leur avais demandé qui ils s'efforçaient de ménager : moi ou eux.

À présent, je regardais Jean-Claude serrer Auggie dans ses bras en l'embrassant avec fougue, et cette vision contracta mon bas-ventre si vite et si fort que ce fut comme un mini-orgasme. Un ami très clairvoyant m'a dit, il n'y a pas si longtemps, que continuer à prétendre que je n'aime pas coucher avec deux hommes à la fois devient un peu ridicule – que je proteste avec trop de véhémence pour être crédible.

Mon corps, lui, ne fait pas dans l'hypocrisie. Sa réaction immédiate m'apprit combien il appréciait le spectacle. Il paraît que des tas de mecs décollent littéralement en voyant deux femmes s'embrasser ; pourquoi ne serait-ce pas valable dans l'autre sens ?

Je poursuivis ma descente le long du corps d'Auggie, les yeux levés vers les deux hommes pour continuer à les observer. Enfin, j'atteignis la saillie longue, dure et incurvée qui revenait gracieusement vers son ventre. Il bandait si fort que son gland avait jailli de la peau soyeuse de son prépuce. Je le pris doucement dans ma bouche, puis engloutis le reste de son membre aussi vite et aussi fort que je pus.

Je me redressai en m'étranglant à moitié. Auggie s'arracha à la bouche de Jean-Claude pour me toiser, les yeux écarquillés. Je le pris à nouveau dans ma bouche, plus lentement cette fois, savourant le contact de cette turgescence épaisse et la façon dont sa courbe glissait le long de ma langue. Et pendant tout ce temps, je ne quittai pas des yeux les deux hommes qui m'observaient : Auggie, le regard fou de plaisir, Jean-Claude, avec une expression de… oui, de fierté. Ses marques vampiriques étaient assez ouvertes pour que je sache qu'il pensait combien il avait travaillé dur pour m'amener à ce point.

Il voulut fermer les marques autant que l'ardeur l'y autorisait, mais je me redressai légèrement pour protester :

— Non, ne faites pas ça. Allons jusqu'au bout. C'est lui qui a déclenché cette bagarre, pas nous. Finissons-en.

— Comprends-tu ce que tu me demandes, ma petite ?

Je hochai la tête puis la secouai, serrant toujours d'une main la base du sexe d'Auggie.

— Pas vraiment, mais je vous promets que je ne vous le reprocherai pas plus tard.

— Pitié, réclama Auggie d'une voix implorante. Pitié, ne vous arrêtez pas.

Jean-Claude et moi nous observâmes. Un instant, il me jaugea du regard. Puis il acquiesça et dit :

— Comme il te plaira, ma petite. Car tu as raison : il a outrepassé les limites de l'hospitalité. (Il baissa les yeux vers Auggie.) Vilain Augustin qui a imposé l'ardeur à ma petite.

Auggie opina, une main crispée sur le bras de Jean-Claude.

— Ça fait si longtemps, Jean-Claude, si longtemps… Et il n'est pas question de retourner auprès d'elle.

— Nous devons nous nourrir de toi, Augustin, de telle façon qu'aucun autre maître en visite n'osera tenter le même coup par la suite.

Auggie hocha la tête même si, à mon avis, il ne comprenait pas vraiment ce que Jean-Claude voulait dire. Jean-Claude retenait l'ardeur – juste un peu, de quoi nous permettre de réfléchir. Quand il la libérerait, elle nous emporterait telle une lame de fond, et il n'y aurait aucun retour en arrière possible.

— Il doit servir d'avertissement à nos autres visiteurs, Jean-Claude, insistai-je. Sans quoi, nous ne survivrons pas à cette petite réunion. Ces gens sont vos amis, et ils nous ont pratiquement roulés.

Je dévisageai Jean-Claude, concentrée sur la part de moi qui me permet de tuer et de faire le nécessaire en toutes circonstances. Je sais que ça peut paraître bizarre, mais c'était une décision politique que nous devions prendre, une décision dont dépendrait peut-être notre survie. J'étais sûre que nous pouvions tromper Auggie ; il était plus puissant que Jean-Claude, mais je le sentais. Je sentais que nous pourrions nous nourrir de lui de telle manière que la différence de pouvoir n'aurait pas d'importance. Pas le tuer, mais le prendre, nous l'approprier d'une façon que je peinais à m'expliquer.

— Je le sens aussi, ma petite, dit Jean-Claude comme s'il avait lu dans mes pensées (ce qui était probablement le cas). Mais…

— Il n'y a pas de « mais » qui tienne, coupai-je. Nous pouvons le prendre, je le sais.

— Peut-être Belle Morte s'attarde-t-elle encore dans ton esprit.

C'était Asher qui venait de parler, d'une voix étranglée par l'effort. Nous levâmes les yeux vers lui. Ses mains tremblaient dans l'air comme s'il soutenait quelque monstrueux fardeau invisible.

— Dépêche-toi, Jean-Claude, dépêche-toi. Nous ne parviendrons pas à maintenir le cercle beaucoup plus longtemps.

— C'est lui qui a commencé, intervint Requiem, mais c'est nous qui allons finir.

Ses mains à lui ne tremblaient pas, mais je percevais la tension dans sa voix.

Jean-Claude baissa les yeux vers Auggie.

— Comprends bien ceci, Augustin. Jamais encore nous ne nous sommes nourris de la sorte. Je ne suis pas certain de ce qui arrivera. Te satisfais-tu de cette incertitude ? Parce que si les choses tournent mal, c'est toi qui en pâtiras.

Je pris de nouveau son sexe dans ma bouche, agaçant son prépuce avec ma langue. Auggie frissonna et répondit simplement :

— Oui.

— Ma petite, arrête ça. Tu l'empêches de réfléchir.

Je me redressai sur les genoux en lâchant Auggie et posai mes mains dans mon giron en une attitude de petite fille sage. D'accord, c'était sans doute de la triche.

— Augustin, es-tu d'accord pour que nous le fassions ?

Auggie acquiesça en tendant ses mains à Jean-Claude.

— Oui, oui, pour l'amour de Dieu ! Avec vous deux, oui !

Il agrippa le bras de Jean-Claude d'une façon qui me parut presque douloureuse. De sa main libre, Jean-Claude lui caressa les cheveux en un geste apaisant.

— Dans ce cas, il en sera fait selon ton désir.

Il me regarda, et ce fut comme si une porte s'ouvrait dans mon esprit. Le garde-fou intérieur qu'il avait dû utiliser pour empêcher les marques de s'ouvrir complètement s'évanouit. Je chancelai et me retins à la cuisse d'Auggie.

À l'instant où je le touchai, l'ardeur revint à la charge en rugissant, mais cette fois, je sentais Jean-Claude à l'autre bout du corps d'Auggie. Je percevais les deux ardeurs différentes comme deux parfums de feu bien distincts. Auggie était notre bois. Nous allions le consumer avec son consentement.

J'entendis Jean-Claude chuchoter dans ma tête :

— *Je relâche mon emprise, ma petite. Tu es prête ?*

Je hochai la tête.

Il lâcha prise, et je tombai dans l'abysse en hurlant – un abysse de peau, de mains, de bouches et de sexes. Mon corps n'était plus qu'un gigantesque besoin, palpitant et exigeant. Je me fichais bien de la façon dont il serait satisfait.

Je finis allongée par terre, sous Auggie. Son membre raide et incurvé se mit à aller et venir en moi tandis que je criais son nom – criais mon besoin, mon plaisir et mon avidité. Il se tenait en appui sur ses coudes pour que je puisse observer les va-et-vient de son sexe, mais lorsque Jean-Claude nous rejoignit, il fut forcé de modifier son angle de pénétration.

Jamais encore nous n'avions mis quelqu'un entre nous pendant que nous nourrissions l'ardeur. Pendant tous ces mois passés à coucher avec Asher, Micah, Nathaniel, Richard et Jason, j'avais toujours été au milieu. Jean-Claude et moi nous étions nourris l'un de l'autre. Il s'était nourri de moi pendant que je me nourrissais de l'autre homme qui me touchait, mais durant toutes ces nuits, jamais il n'avait été touché par quelqu'un d'autre que moi pendant que nous étions nus tous ensemble.

Avec les marques complètement ouvertes entre nous, je sentais combien cela lui avait coûté. Quelle maîtrise il avait dû exercer sur lui-même en des moments où il n'aspirait qu'à se laisser aller. Combien il avait eu peur de m'effrayer, de me dégoûter, de me faire fuir. Toute cette prudence l'avait torturé… mais à présent, il pouvait la jeter aux orties. Je sentis l'horrible tension en lui se relâcher peu à peu tel un souffle trop longtemps retenu.

Il commença par explorer Auggie avec ses doigts, utilisant l'humidité de mon corps pour lubrifier d'autres endroits qui ne mouillent pas par eux-mêmes. Comme les marques étaient grandes ouvertes, j'aperçus des bribes de souvenirs – d'autres hommes, d'autres fois. Des images aléatoires qui défilaient dans son esprit, et qu'il s'efforça pourtant de chasser par crainte de ma réaction.

Mais Auggie était en moi, et je sentais le plaisir que lui procurait cette exploration intime. Tout ce que Jean-Claude lui faisait – le moindre contact, la moindre caresse – aiguisait la fougue avec laquelle il me besognait, si bien que je ne pensais plus qu'à une chose, n'avais plus envie que d'une chose : le sentir me donner des coups de boutoir pendant que Jean-Claude le chevaucherait.

Jean-Claude le pénétra lentement, et Auggie s'immobilisa au-dessus de moi pour mieux se concentrer sur la sensation.

Il n'avait pas éprouvé ça depuis longtemps. Comme il l'avait dit lui-même, il préférait les filles, ce qui signifiait que malgré l'avidité de notre désir à tous les deux, Jean-Claude devait se montrer d'une prudence extrême. Rien ne gâche une bonne partie de sexe aussi sûrement qu'une douleur non intentionnelle.

Mais finalement, tout ce qui pouvait être introduit le fut, et Auggie se détendit au-dessus de moi. Il s'abandonna à la cadence que Jean-Claude lui imprimait. Les deux hommes se synchronisèrent, Auggie allant et venant en moi avec lenteur, mais poussant très fort sur la fin pour m'arracher un petit gémissement tandis que Jean-Claude allait et venait en lui au même rythme. Ainsi la voix d'Auggie se mêlait-elle à la mienne chaque fois que leurs sexes arrivaient en bout de course.

Jean-Claude nous chevauchait tous les deux ; Auggie conservait assez de liberté de mouvement pour s'occuper de moi, mais leurs poids combinés me clouaient au sol. La seule façon pour moi de participer, c'était de contracter mes muscles intimes autour du membre d'Auggie. J'avais passé mes jambes autour de ce dernier, et à chacune de ses allées et venues, le corps de Jean-Claude effleurait la plante de mes pieds.

Je sentis la pression familière et délicieuse grandir dans mon bas-ventre. L'orgasme arrivait, et nous ne pouvions pas le laisser nous surprendre. Mais je n'eus pas besoin de le dire à Jean-Claude : il savait déjà.

Il me regarda par-dessus l'épaule d'Auggie, les yeux changés en deux lacs de feu marine, comme si un ciel nocturne pouvait brûler. Ses cheveux s'étaient détachés ; la sueur en collait quelques mèches à son visage. Je sus sans les voir que, même si je n'étais pas un vampire, mes propres yeux étaient remplis de flammes brunes. Ça m'était déjà arrivé plusieurs fois.

Jean-Claude et moi nous dévisageâmes par-dessus l'épaule d'Auggie, et je sentis la pression enfler, enfler, enfler.

— Ton souffle a changé, chuchota Auggie.

Je jouis en hurlant. Ce fut comme si les deux hommes n'attendaient que ce moment, comme s'ils avaient bataillé dur pour ne pas venir et que soudain, je leur accordais la permission.

Auggie donna encore un, deux, trois coups de reins aussi vite et aussi fort que possible. Il me fit jouir une deuxième fois, et pendant que je me tordais sur le sol, il se répandit en moi. Je sentis un spasme le parcourir, et son sexe tenter de plonger en moi plus profondément encore. Un râle monta de ma gorge tandis que Jean-Claude rejetait la tête en arrière, arquait le dos et fermait les yeux au-dessus de nous.

Alors, nous nous nourrîmes.

Nous ne nous nourrîmes pas seulement d'Auggie, mais de tous ceux de ses gens qui se trouvaient sur notre territoire. Je sentis Haven le lion-garou se rouler par terre au milieu des rideaux arrachés parmi lesquels il gisait encore. Je sentis Benny perdre le contrôle de la voiture qu'il conduisait et s'arrêter sur le bas-côté dans un crissement de pneus. Je sentis Pierce glisser le long d'un mur et s'affaisser sur le sol, le corps parcouru de spasmes. Je sentis Octavius s'écrouler dans l'escalier, griffer la pierre et se casser tous les ongles dans un vain effort pour se maîtriser.

Mais rien ne pouvait les sauver. Si nous avions été à Chicago, nous aurions pu nous nourrir de tous les vampires et de tous les métamorphes qui avaient prêté allégeance à Auggie, et il nous aurait laissé faire. Pour ce plaisir infernal, il aurait vendu ce qui restait de son âme, et l'âme de tous ceux qui travaillaient pour lui par-dessus le marché.

Nous les bûmes tous. Nous nous nourrîmes longuement tandis qu'Auggie continuait à s'agiter en moi, perpétuant le cercle de notre orgasme à tous les trois. Nous continuâmes à jouir jusqu'à ce qu'Auggie s'écroule entre Jean-Claude et moi, le corps encore frémissant.

Par-dessus son épaule luisante de sueur, Jean-Claude m'adressa un sourire triomphant. Le feu marine de ses prunelles éclairait tout son visage. Il irradiait du pouvoir que nous avions bu. Comme un écho lointain, je sentis Richard adossé à un mur quelque part, ébranlé par le pouvoir que nous venions de nous approprier et de partager avec lui.

Et pas seulement avec lui, mesurai-je soudain. À l'extérieur du salon, Micah et Nathaniel étaient assis par terre dans le couloir. Nathaniel riait de plaisir et d'excitation. Jean-Claude et moi avions partagé le pouvoir avec tous nos gens, tous ceux qui étaient liés à nous. Que nous les aimions, que nous les méprisions ou qu'ils nous soient indifférents, chacun d'eux était ivre de pouvoir et brillait dans la nuit. S'il y avait eu un satellite métaphysique quelque part dans le ciel, notre territoire lui serait apparu comme un océan de lumières.

CHAPITRE 10

Il nous fallut environ une heure pour répartir tout le monde et envoyer chacun à un endroit où il pourrait se laver. Claudia avait réclamé des renforts, si bien qu'un véritable mur de métamorphes en tee-shirt noir se dressait désormais au milieu du salon sens dessus dessous. Loups, rats et hyènes – toutes les espèces avec qui nous avions conclu des accords pour ce genre de boulot – avaient répondu présents pour contenir la crise d'hystérie d'Octavius.

S'il avait eu plus de gardes avec lui et que nous en ayons eu moins à notre disposition, ça aurait pu dégénérer. Mais quand vous êtes en infériorité numérique et musculaire, et que votre maître vous dit : « Laisse tomber »... Octavius n'eut pas d'autre choix que de contenir sa fureur. Cela ne lui plut pas – et à Pierce non plus. Mais Haven, le lion-garou aux cheveux couleur de Cookie Monster, se rangea sans problème à l'avis d'Auggie. Ils nous aimaient bien, tous les deux.

Jean-Claude et moi nous retirâmes dans son énorme baignoire. Mes fringues étaient foutues, mais j'avais posé mon flingue et mon couteau à portée de main. Tout le reste était bon pour la poubelle. Nous nous étions frottés et rincés ; à présent, nous marinions dans l'eau chaude juste pour le plaisir.

Auggie avait probablement fini de se laver dans la salle de bains au bout du couloir, mais Requiem et Asher avaient reçu pour mission de veiller à ce que nos invités ne prennent aucune autre initiative fâcheuse. En tant que maîtres vampires âgés de plus de quatre siècles, ils étaient capables de gérer. Et j'avais eu plus que mon content de relations publiques pour la soirée.

Jean-Claude était adossé au bord de la baignoire. J'étais calée entre ses jambes, à moitié allongée contre sa poitrine. Il fit courir une main le long de mon bras et me serra plus fort contre lui. Son corps était parfaitement immobile. Je crois que lui aussi avait eu sa dose pour ce soir-là.

— À quoi penses-tu, ma petite ? me demanda-t-il avec cette voix traînante des gens qui ont sommeil.

— Si vous n'aviez pas verrouillé les marques si fort, vous ne seriez pas forcé de poser la question. (Je nichai ma tête dans le creux de son épaule.) Vous les avez refermées dès que nous en avons eu terminé avec Auggie. Pourquoi ?

Je sentis son corps se raidir contre mon dos, et même son étreinte ne me parut plus aussi réconfortante tout à coup.

— Peut-être avais-je peur de ce que tu lirais dans mes pensées.

Sa voix n'était plus ensommeillée, mais prudemment atone comme quand il cherche à dissimuler ses émotions.

— Et qu'aurais-je lu dans vos pensées ? interrogeai-je, sur le qui-vive.

La tension est une chose contagieuse.

— Si j'avais voulu que tu connaisses la réponse à cette question, je n'aurais pas verrouillé les marques.

Je voulus protester, mais une autre idée m'arrêta. Seule la chance avait voulu que je ne pense pas au bébé pendant que les marques étaient grandes ouvertes. La chance, et le fait que l'ardeur tend à oblitérer tout ce qui n'est pas pertinent sur le moment.

La peur revint à la charge, nouant mon estomac et contractant mes muscles. *Pitié, mon Dieu, faites que je ne sois pas enceinte.*

— Qu'est-ce qui ne va pas, ma petite ?

Je poussai une expiration tremblante et répondis :

— En temps normal, j'insisterais pour vous faire avouer, mais je crois que j'ai eu mon content de révélations pour ce soir. Alors, quoi que vous ayez pensé, ça me va.

— Ça te va même si tu ignores de quoi il s'agissait ? s'étonna-t-il.

Je me détendis entre ses bras et laissai le contact de son corps dissiper cette affreuse tension.

— Oui.

Il me déplaça légèrement sur le côté pour pouvoir me dévisager.

— Oui ? répéta-t-il, sceptique. C'est aussi simple que ça ?

Je levai les yeux vers lui. Ses cheveux mouillés étaient lissés en arrière, de sorte que rien ne détournait l'attention de son visage. J'admirai ses yeux aussi bleus qu'ils pouvaient l'être sans devenir noirs ; ses cils sombres et épais – je couchais avec lui depuis plusieurs mois déjà quand, le détaillant à la lumière des bougies, j'avais enfin remarqué qu'il en avait deux rangées en haut, comme Elizabeth Taylor. Pour qu'on le voie, il fallait que sa tête soit tournée selon un certain angle, et que la lumière l'éclaire d'une façon très précise. Jusque-là, j'avais toujours comparé ses cils à une incroyable dentelle qui soulignait ses yeux.

Je suivis du regard les courbes de son visage jusqu'au renflement de ses lèvres, et je lui laissai voir dans mes yeux ce que j'éprouvais en le contemplant de la sorte. Il se pencha et m'embrassa. Puis il me serra de nouveau contre sa poitrine, comme avant le début de l'interrogatoire. Nous en avions fini avec les questions personnelles pour ce soir, mais il me restait d'autres mystères à éclaircir.

— Pourquoi Requiem semble-t-il avoir été jeté tête la première contre un mur ?

— Parce que c'est ce qui s'est produit.

Je pivotai dans l'étreinte de Jean-Claude pour le dévisager.

— Qui lui a fait ça ?

— Meng Die, répondit-il doucement, l'air grave.

— C'était ça, l'urgence ?

— Oui. Merci d'avoir envoyé des renforts, ma petite. C'était très sage de ta part.

Je haussai les épaules et pivotai encore jusqu'à me retrouver assise face à lui, les mains sur sa poitrine et ses bras toujours autour de moi.

— Comment les choses en sont-elles arrivées là ?

— J'ai été appelé un peu tard. En vérité, ma petite, j'ignore comment Requiem et Meng Die ont laissé leur querelle s'envenimer de façon si terrible, et surtout si publique. En tant que gérant du *Cirque*, Asher est venu mettre un terme à leur affrontement, ou du moins les emmener en coulisses. Ça aurait dû s'arrêter là.

Son expression se fermait pour me dissimuler ce qu'il pensait de cette bagarre et de ses conséquences.

— Pourquoi ça a continué quand même ?

— Parce que Meng Die a décidé de se battre contre eux deux.

Je me redressai légèrement.

— Pourquoi en voulait-elle à Asher ? Il n'a jamais été son amant.

— Mais il est le tien.

Je fronçai les sourcils.

— Et alors ?

— Je pense que si le maître vampire qui était intervenu n'avait jamais couché avec toi, la bagarre se serait calmée au lieu de dégénérer.

— Je suis totalement paumée, Jean-Claude.

Il planta son regard dans le mien, mais son visage était si inexpressif que je ne pus deviner à quoi il pensait.

— Tu n'as pas encore posé la bonne question, ma petite.

— Quelle est la bonne question ?

— Quel était le sujet de la bagarre ?

Je me rembrunis davantage.

— D'accord, je capitule. Quel était le sujet de la bagarre ?

— Toi.

Je ne pigeais vraiment plus rien.

— Moi ? Mais… pourquoi ?

— Meng Die pense que tu lui as volé Requiem.

Je m'écartai suffisamment de Jean-Claude pour me retrouver agenouillée face à lui, et non plus assise sur ses jambes. La baignoire était assez profonde pour que l'eau m'arrive aux épaules.

— Requiem n'est pas mon amant. Je me suis donné beaucoup de mal pour qu'il ne le devienne pas.

— Mais tu t'es servie de lui pour nourrir l'ardeur.

— Dans un cas d'urgence extrême, oui. Si je ne l'avais pas fait, j'aurais drainé la vie de Damian. Il fallait que je me nourrisse. Mais nous n'avons pas couché ensemble. Nous n'avons même pas enlevé nos fringues.

Je réfléchis et rectifiai :

— Enfin, pas toutes. Requiem était toujours complètement habillé.

Je me sentis rougir et ne pus pas m'en empêcher. Mieux valait interrompre les explications avant de m'enfoncer davantage.

— Il a offert de te nourrir plus complètement.

— Je sais.

— Pourquoi as-tu refusé ?

Je dévisageai Jean-Claude, essayant de voir par-delà son masque de parfaite neutralité.

— Sans doute parce que j'ai eu l'impression que je couchais déjà avec suffisamment de monde.

Ses lèvres frémirent. Il luttait pour ne pas sourire.

— Ce n'est pas drôle, protestai-je.

Il s'autorisa à sourire.

— Ma petite, au fil des siècles, des femmes ont renoncé à des terres, à des titres, à leur honneur, à tout ce qu'elles possédaient pour une nuit avec Requiem. Son maître de Londres l'utilisait de la même façon que Belle Morte nous utilisait, Asher et moi. Même s'il n'était pas aussi conciliant que nous, étant donné qu'il n'aime que les femmes.

Je laissai filer cette dernière remarque. Je n'étais toujours pas sûre d'apprécier que Jean-Claude couche avec Auggie. Sur le coup, ça ne m'avait pas dérangée… bien au contraire. J'avais aimé que nous le baisions tous les deux en même temps, à la fois physiquement et métaphysiquement. Ça m'avait vraiment fait grimper au plafond… et c'était sans doute ce que j'allais avoir le plus de mal à accepter par la suite. Mais un seul désastre à la fois.

— Donc, vous êtes surpris que j'aie commencé par le repousser ?

— Non. Au premier abord, tu repousses toujours les hommes qui te font des avances.

— Au premier abord ? répétai-je, indignée.

Jean-Claude éclata de ce rire tangible qui est pour moi le son du sexe à l'état brut. Son rire se répercuta dans ma tête et à travers tout mon corps.

— Arrêtez, ordonnai-je.

Il sourit, le visage illuminé par son rire contenu, mais obtempéra.

— À ma connaissance, ton Nimir-Raj, Micah, est le seul homme auquel tu n'as jamais dit non. Mais l'ardeur venait juste de s'éveiller en toi à l'époque ; par conséquent, je ne suis pas certain que ça compte. Et quand bien même… c'était une exception pour toi, pas la règle.

— Soit, mais ça ne m'explique pas pourquoi je suis la cause de cette bagarre. Graham m'a dit que Requiem avait rompu avec Meng Die à cause de moi, mais ça fait des semaines que je l'évite !

— Apparemment, Requiem a dit à Meng Die qu'il ne voulait plus être son amant parce que tu ne partages pas tes hommes avec d'autres femmes. Il semblait croire que sa liaison avec elle était la raison pour laquelle tu refusais son offre de devenir ta nouvelle pomme de sang.

— Il se trompait.

Jean-Claude opina d'un air entendu.

— Ce n'est pas pour ça que tu l'as repoussé, n'est-ce pas ?

Je secouai la tête assez fort pour faire clapoter l'eau du bain autour de moi.

— Non. Et si Requiem m'avait demandé pourquoi, je lui aurais dit que ça n'était pas parce qu'il couchait avec Meng Die.

— Pour quelle autre raison, alors ?

— Qu'est-ce que ça peut bien vous faire ?

— Ça me fait que Requiem a rompu avec sa maîtresse dans l'espoir que tu ferais de lui ton amant. Or, parmi tous mes vampires, il est troisième en termes de rang, et deuxième ou troisième en termes de pouvoir. Meng Die est assez puissante pour devenir mon bras droit, mais elle n'a pas le tempérament qui conviendrait à ce poste – comme elle nous l'a démontré aujourd'hui. Autrement dit, tu as monté l'un contre l'autre deux de mes vampires les plus puissants, ma petite. J'ai besoin de savoir pourquoi.

— Ce n'est pas moi qui ai déclenché cette bagarre, protestai-je.

— Non, mais tu en as été la cause. Si tu veux convaincre Requiem que tu ne le prendras pas comme pomme de sang, tu dois lui donner une raison indépendante de sa liaison avec Meng Die. Son raisonnement était logique, ma petite. Tu as rejeté tous les candidats qui avaient déjà une partenaire.

— Graham, Clay et Requiem couchent tous avec Meng Die.

Jean-Claude eut ce merveilleux haussement d'épaules qui signifie tout et rien à la fois – un geste typiquement français, ai-je toujours pensé.

— Dois-je en déduire que tu refuses de te contenter des restes de Meng Die ?

Je fis un signe de dénégation.

— Non, ce n'est pas ça. Pour Graham, vous savez bien pourquoi : il peut convenir pour un repas par-ci par-là, mais pas comme membre de ma maisonnée. Il ne s'intégrerait pas du tout.

— Je suis d'accord.

— Clay est amoureux de Meng Die ; elle vient de lui briser le cœur mais il veut la récupérer, et c'est son droit le plus strict.

— Et Requiem ?

Je m'adossai à l'autre bord de la baignoire, hors de portée de Jean-Claude. L'eau chaude ne me réconfortait plus.

— Faut-il vraiment que nous ayons cette conversation ce soir ?

— Meng Die a projeté Asher et Requiem dans tous les sens comme des poupées de chiffon, et elle l'a fait en présence d'humains. Nous aurons de la chance si la police ne débarque pas ici pour nous interroger. Elle a tenté de tuer Requiem, ma petite, pas juste de le blesser. Elle se fichait bien du public – contrairement à Requiem et à Asher, qui ne voulaient pas la tuer devant des témoins humains. J'ai eu le même problème quand je suis arrivé sur scène.

Jean-Claude était en colère à présent ; je le voyais à la lumière qui commençait à éclairer ses yeux de l'intérieur.

— En ce moment même, poursuivit-il, elle est enfermée dans un cercueil bardé de croix. Mais ce n'est qu'une mesure temporaire. Demain soir, je devrai la libérer ou la tuer. Une nuit d'emprisonnement lui semblera un châtiment approprié. Au-delà, elle se sentira insultée, et elle est trop puissante pour encaisser les insultes sans se rebeller. (Il me fixa de ses yeux brillants.) Aussi, je te le demande de nouveau : que répondras-tu à Requiem quand il t'annoncera qu'il est libre de tout engagement envers Meng Die ? Quelle excuse lui donneras-tu pour ne pas le prendre comme pomme de sang ?

— Je sors avec trois hommes, je vis avec deux autres, et je couche occasionnellement avec deux de plus. Ça fait sept. Je suis la Blanche Neige du porno. Sept, ça me paraît bien suffisant.

— Tu te trompes, ma petite. D'un point de vue émotionnel, ça fait peut-être trop pour toi ; mais d'un point de vue métaphysique et politique, ce n'est pas encore assez. Tu dois prendre un autre amant qui n'a pas de lien métaphysique avec toi, et tu dois choisir une nouvelle pomme de sang maintenant que Nathaniel est ton animal à appeler.

— Je croyais que c'était optionnel, mais à vous entendre, on dirait presque qu'il y a urgence. Et… vous avez bien parlé d'un amant *et* d'une pomme de sang ? Si je me décidais à rallonger la liste, je pensais que ce serait d'une seule personne !

— J'ai goûté ton pouvoir ce soir, ma petite. Il a besoin d'être nourri, et bien nourri. Tu es comme l'une de ces femmes qui pensent pouvoir survivre en ne mangeant que des feuilles de laitue et en buvant de l'eau. Elles ont l'impression de s'alimenter suffisamment, mais leur corps dépérit.

— Je ne suis pas en train de dépérir.

— Non, mais ton pouvoir cherche une nouvelle pomme de sang. Ne comprends-tu pas ce qui est en train de se passer, ma petite ? Puisque tu te refuses à choisir, l'ardeur a pris les choses en main à ta place.

— Vous avez raison : je ne comprends pas.

— Ça ne ressemble pas à Augustin de perdre le contrôle comme il l'a fait tout à l'heure. Il a plus de deux mille ans, ma petite. Il est l'un des premiers vampires créés par Belle. Aucun de nous ne peut vivre et prospérer si longtemps en commettant ce genre d'erreur.

— Il était sous l'influence de Belle. C'est elle qui l'a embrouillé – et moi avec.

Jean-Claude secoua la tête.

— Augustin a éveillé l'ardeur avant que Belle se manifeste, non ?

— Si. Il a dit que désormais, il pouvait faire ce dont il avait envie depuis le début, et que personne ne pourrait le lui reprocher.

Jean-Claude éclata de rire, et cette fois, ce fut juste une manifestation de bonne humeur. Il peut maîtriser son pouvoir quand il le veut.

— Il ne te connaît pas encore très bien. Mais quand je t'ai dit qu'Augustin était mon ami, je le pensais. Il n'aurait pas outrepassé les limites de mon hospitalité, pas à moins que quelque chose l'y ait poussé.

— Et qu'est-ce qui l'y a poussé ?

— L'ardeur réclame plus de nourriture, ma petite. Puisque tu ne la lui fournis pas spontanément, elle la chasse comme n'importe quel prédateur en quête d'une proie.

— C'est une capacité métaphysique, Jean-Claude, pas une entité indépendante.

Il me jeta un regard éloquent.

— Tu connais bien l'ardeur, ma petite. Tu sais qu'elle est douée d'une volonté propre, tout comme les bêtes que tu portes en toi sont indépendantes. Mais je la soupçonne de faire, en ce moment, une chose dont tes bêtes sont incapables. Je crois qu'elle a déroulé une banderole de bienvenue.

— Une banderole de bienvenue ?

Jean-Claude soupira et se laissa glisser dans l'eau jusqu'au menton.

— Meng Die t'est peut-être antipathique, mais… c'est une experte des jeux de l'amour. Je trouve inexplicable que Requiem ait renoncé à elle juste pour avoir une chance de devenir ton amant. Tout comme je trouve inexplicable qu'Augustin m'ait insulté sciemment en éveillant ton ardeur. Cela revenait à t'attaquer – et à m'attaquer à travers toi.

— Il m'a conseillé de me nourrir de lui en faisant valoir que je remporterais la bataille – alors que si j'attendais votre arrivée, nous perdrions.

Jean-Claude se redressa si brusquement qu'un peu d'eau m'éclaboussa la figure.

— Il a dit ça ? s'exclama-t-il pendant que je m'essuyais.

Je clignai des yeux pour finir d'en chasser l'eau.

— Oui.

— C'est bien ce que je craignais. L'ardeur s'est mise en chasse.

— Voulez-vous dire qu'elle… libère des phéromones ?

— Je ne connais pas ce mot.

— C'est une substance chimique que dégagent certains animaux et qui attire vers eux des partenaires potentiels. Je crois qu'elle a été découverte en premier chez les phalènes.

— Alors, oui, des phéromones.

— Je ne dis pas que je suis d'accord avec vous. Mais admettons que vous ayez raison. Pourquoi ça ne fonctionnerait que sur certaines personnes ? Apparemment, Clay y est insensible, et Graham a juste envie de baiser. Pourquoi seulement Requiem et Auggie ?

— Qu'ont-ils en commun ?

— Ce sont tous deux des maîtres vampires, et ils appartiennent tous deux à la lignée de Belle. Mais grâce à nos récentes importations londoniennes, ils ne sont pas les seuls dans ce cas à Saint Louis. Or, je ne vois pas les autres se bousculer autour de moi.

— Sans doute parce qu'aucun d'eux n'approche le niveau de pouvoir d'Augustin ou de Requiem.

— Voulez-vous dire que l'ardeur ne jette son dévolu que sur des proies puissantes ?

— C'est juste une suggestion.

Je réfléchis quelques instants, puis dévisageai Jean-Claude.

— Si c'est bien ce qui est en train de se passer – et je n'en suis toujours pas convaincue – les effets sont-ils limités aux maîtres vampires de la lignée de Belle, ou n'importe quel maître vampire assez puissant fera-t-il l'affaire ?

— Je l'ignore.

— Dans ce cas, nous devons le découvrir avant la soirée de demain. S'il y a ne serait-ce qu'un risque infime que l'ardeur se mette à déconner en présence de tout maître vampire d'un certain niveau, je ne peux pas assister à cette soirée. Ça va grouiller de Maîtres de la Ville. Vous imaginez le bordel s'ils décident tous qu'ils veulent devenir mon amant ?

Jean-Claude acquiesça.

— Requiem et Augustin ont encore un point commun, ma petite.

— Lequel ?

— Tous deux ont couché avec des vampires qui détenaient l'ardeur.

— « Des vampires », au pluriel ? Vous ne parlez pas seulement de Belle, j'imagine ?

— Requiem a eu jadis une maîtresse qui comptait autant pour lui que Julianna pour Asher et moi. Elle s'appelait Ligéia.

— Il m'a dit que Belle l'avait tuée par jalousie.

— En effet. Ligéia était la seule femme de sa lignée qui avait hérité de l'ardeur. Pas la pleine ardeur que Belle, toi et moi possédons. Mais à cause d'elle, Requiem a refusé de partager le lit de Belle.

— Et Belle l'a tuée pour se venger.

— Tu t'es trouvée dans sa tête, ma petite. Comment cette réaction peut-elle te surprendre venant d'elle ?

Bonne remarque.

— Quand même… ça paraît mesquin de la part d'une vampire vieille de plus de deux mille ans.

— Oui, mais beaucoup des plus vieux d'entre nous font preuve d'une tendance prononcée à la mesquinerie.

Jean-Claude me tendit une main. Je fixai un instant mon regard sur elle sans réagir, puis la pris. Je laissai Jean-Claude m'attirer contre lui et m'enlacer.

— Vous avez peur, constatai-je, ma joue pressée contre sa poitrine ferme.

— C'est exact.

— Pourquoi ?

— Il y a ici d'autres maîtres vampires qui ont goûté l'ardeur. Nous devons mettre notre théorie à l'épreuve, ma petite, mais je crains que cela te lie à quelqu'un – ou que cela lie quelqu'un à toi – de façon permanente.

—Auggie n'est pas lié à moi.

—Il ne voulait pas nous quitter tout à l'heure. S'il ne se remet pas durant les heures à venir, il deviendra comme les victimes de Belle. Il aura éternellement soif de nous, et sera prêt à tout pour partager de nouveau notre lit.

—Vous avez l'air triste.

—Augustin est mon ami. Je ne voulais pas le réduire en esclavage. J'ai vu les victimes de Belle renoncer à tout, trahir leurs proches et leurs serments pour goûter encore aux plaisirs qu'elle pouvait dispenser. (Il me serra plus fort contre lui.) Jamais je n'ai souhaité posséder un tel pouvoir.

—Vous détenez l'ardeur.

—Oui, mais jusqu'ici, je pensais que seule Belle l'avait développée à ce niveau. Nous le pensions tous.

—Vous ne voulez pas de ce pouvoir.

—Je veux être assez puissant pour que personne n'ose me défier ou s'en prendre à nos gens. Mais j'ai peur de ce pouvoir précis et des conséquences qu'il va entraîner.

Son cœur cognait trop fort contre mon oreille. Battait-il depuis le début, ou venait-il juste de commencer ?

—Quelles conséquences ?

—En Europe, nombreux sont ceux que mon pouvoir grandissant effraie déjà. Apprendre que je détiens l'ardeur au même niveau que Belle Morte risque d'influer sur les prochains votes du Conseil. Ses membres pourraient choisir de nous tuer plutôt que de courir le risque que j'établisse en Amérique une base de pouvoir aussi forte que celle dont Belle disposait jadis en Europe. Ou bien, les autres maîtres américains pourraient s'allier afin de se débarrasser de nous, de crainte que nous devenions semblables aux tyrans du Conseil européen.

—Dans quelle mesure cela vous semble-t-il probable ?

—C'est... possible.

— Mais possible à quel point ? insistai-je, mesurant soudain qu'une grossesse imprévue n'était pas la pire chose qui puisse nous arriver.

— Nous devons comprendre ces nouveaux pouvoirs, ma petite. Et vite. Nous devons les tester avec un maître en qui nous avons confiance avant de nous rendre à la soirée de demain. Nous devons savoir à quoi nous avons affaire.

Des voix s'élevèrent de l'autre côté de la porte.

— Tu ne peux pas entrer ! glapit Claudia.

— Ah ouais ? C'est ce qu'on va voir.

Richard. Et il était en colère.

Jean-Claude soupira. Je me renfonçai légèrement dans l'eau. Je n'avais aucune envie de me disputer avec Richard maintenant. Mais d'après ce que je percevais à travers la porte, nous n'allions pas avoir le choix.

— Laisse-le entrer, Claudia, lança Jean-Claude d'une voix forte.

La porte s'ouvrit, mais Claudia entra la première, comme si elle ne faisait pas suffisamment confiance à Richard pour le laisser seul dans la salle de bains avec nous. Le pouvoir de l'Ulfric s'engouffra dans la pièce tel le souffle brûlant d'un feu de forêt qui suffoque et tue toutes les créatures vivantes sur son chemin. Il avait augmenté en même temps que le nôtre, et je sentais que nous n'allions pas tarder à le regretter.

Chapitre 11

Claudia s'interposa entre Richard et la baignoire, et comme elle mesure douze centimètres de plus que lui, elle le dissimula à notre vue – du moins, partiellement. Même si elle fait plus de muscu, Richard a les épaules plus larges. Le peu que j'apercevais du reste de son corps semblait vêtu d'un jean et d'un tee-shirt rouge.

Plusieurs silhouettes en noir se massaient sur le seuil : celles des autres gardes qui s'efforçaient de décider ce qu'ils devaient faire. Certains d'entre eux étaient des loups-garous, et Richard était leur Ulfric. Ils ne pouvaient pas s'opposer à lui, pas s'ils voulaient voir le soleil se lever le lendemain.

Le pouvoir de Richard tourbillonnait dans la pièce tel un feu invisible. Il me semblait que l'eau de la baignoire aurait dû se mettre à bouillir en réaction. Puis je compris que cette force n'était pas seulement celle de Richard.

Claudia me servait occasionnellement de garde du corps depuis presque un an, et jusque-là, je n'avais pas mesuré la quantité de pouvoir que détenait cette grande femme musclée. Elle n'était pas puissante que du point de vue physique. C'était son pouvoir conjugué à celui de Richard qui rendait l'air brûlant, difficile à respirer, et me donnait envie de souffler dessus comme sur du café trop chaud avant de le laisser franchir mes lèvres.

J'ignorais ce que Richard avait bien pu faire dehors, mais il avait poussé Claudia à lui révéler l'ampleur de sa puissance comme un avertissement, un avant-goût de ce qui l'attendait s'ils en venaient aux mains.

— Tu n'iras pas plus loin avant de m'avoir prouvé que tu te domines.

La voix de Claudia avait résonné dans la pièce. La métamorphe se tenait les genoux fléchis, les coudes près du corps et le buste légèrement de biais, dans une position de combat. Seigneur.

— Écarte-toi ! aboya Richard d'une voix basse, grondante.

Ce n'était pas bon du tout.

Jean-Claude et moi échangeâmes un regard. Il haussa les épaules comme pour me dire « À toi de jouer, ma petite. »

— Richard.

Je dus lever la voix et m'y reprendre à trois fois avant qu'il me réponde.

— Dis-lui de s'écarter, Anita, grogna-t-il.

— Que feras-tu ensuite ?

Je sentis une partie de ce pouvoir brûlant vaciller et faiblir.

— Je ne sais pas, admit-il d'une voix toujours aussi peu humaine, mais plus hésitante, comme s'il n'y avait pas du tout réfléchi.

Ce qui ne lui ressemblait pas.

— Tu comptes essayer de nous faire du mal ? demandai-je en me redressant suffisamment dans l'eau pour le voir.

J'aperçus le visage de Richard. Ses cheveux avaient enfin repoussé suffisamment pour descendre jusqu'à ses épaules en vagues mousseuses et ondulantes. Ils étaient châtain foncé, pleins de reflets dorés et cuivrés qui auraient été encore beaucoup plus prononcés dans la lumière du jour. J'ai souvent l'impression qu'ils ont du mal à se décider entre le brun, le blond et l'acajou.

Les manches de son tee-shirt écarlate étaient tendues sur ses biceps, parce qu'il brandissait ses poings d'un air menaçant. On aurait dit que le tissu s'apprêtait à lâcher aux coutures. La couleur faisait ressortir son bronzage.

Je reçus de plein fouet le choc de son regard, et un frisson parcourut ma colonne vertébrale. Ses yeux étaient des yeux de loup, ambrés et plus du tout humains. Pas étonnant que Claudia soit sur la défensive.

Richard a une fossette au menton qui, en temps normal, adoucit la perfection aiguë de ses pommettes et la beauté masculine de ses traits. De tous les hommes de ma vie, il est incontestablement le plus viril. Personne ne le prendrait jamais pour une fille, même de dos, même avec les cheveux longs. Il est le mâle dans toute sa splendeur arrogante.

Mais ce soir-là, sa fossette n'adoucissait rien du tout : la colère qui se lisait sur son visage était trop intense. Avait-elle alimenté son pouvoir, ou était-ce l'inverse ? Peu importait : dans les deux cas, c'était dangereux.

— Domine-toi, Ulfric, gronda Claudia.

Richard tourna vers elle ses yeux ambrés.

— Et sinon ?

Pour la première fois depuis que je le connaissais, je m'aperçus qu'il cherchait la bagarre. Ce n'était pas son genre. Non : c'était le mien.

Jean-Claude et moi entreprîmes de sortir de la baignoire au même moment. Il saisit une des immenses serviettes blanches moelleuses et la drapa autour de sa taille tout en enjambant le rebord. Les métamorphes ne sont généralement guère pudiques, mais Richard n'avait sans doute pas envie de voir Jean-Claude nu, surtout ce soir-là. Il est un tantinet homophobe, et ce qu'il venait de nous sentir faire n'avait rien dû arranger.

Je laissai mon flingue et mon couteau sur le bord de la baignoire. Quoi qu'il advienne, je ne tuerais pas Richard, et il le savait. Premièrement, à cause des marques vampiriques qui nous liaient, il y avait un risque que la mort d'un des membres de notre triumvirat entraîne celle des deux autres. Deuxièmement, la plupart du temps, j'aime trop Richard pour souhaiter sa mort.

Ce soir-là faisait exception : je regrettai qu'il soit à ce point bourré de préjugés et qu'il ne voie pas son psy plus souvent. Richard est en thérapie, mais rien d'assez intensif pour lui permettre de gérer ce qu'il nous avait sentis faire avec Auggie. De tous les gens avec qui Jean-Claude et moi avions partagé notre pouvoir, il devait être, en tant que dernier tiers de notre triumvirat, celui qui avait éprouvé les sensations les plus vives, les plus concrètes – et aussi celui qui avait dû le plus détester ça. La vie est injuste parfois.

Jean-Claude resta près du mur du fond, celui qui est couvert par un grand miroir. Il n'y avait pas tellement de place pour se tenir debout dans cette salle de bains. Il me tendit une serviette, et en pivotant pour la prendre, je m'aperçus dans la glace. J'étais nue et dégoulinant, l'eau scintillait sur mon corps dans la lumière artificielle. Mes cheveux plaqués sur mon crâne faisaient paraître mes yeux encore plus grands et plus noirs dans la pâleur de mon visage.

Je suis incapable de résister à un de mes hommes quand il sort juste du bain ou de la douche. Voir l'eau ruisseler sur la peau nue… je trouve ça craquant. Pourvu que Richard pense comme moi !

— Pour la dernière fois : écarte-toi !

— Elle ne fait que son travail, mon ami.

— La ferme ! hurla Richard. Je ne veux surtout pas vous entendre !

Misère.

Je me faufilai dans l'étroit espace entre le bord de la baignoire et le mur, du côté le plus proche de la porte. Je m'arrêtai avant de descendre de la marche pour rester totalement encadrée par le marbre noir strié de veines blanc et argenté. J'avais le cœur dans la gorge, parce que plus je me rapprochais des deux métamorphes, plus leur pouvoir devenait brûlant autour de moi. C'était comme se forcer à avancer vers des flammes quand chaque pore de votre peau vous hurle au contraire de reculer.

— Richard, chuchotai-je.

Mais il m'entendit.

Il tourna vers moi son visage furieux, et à l'instant où il me vit, ses yeux s'emplirent d'une douleur atroce, comme s'il venait de recevoir un coup de couteau dans le cœur. J'étais désolée qu'il souffre, mais satisfaite de sa réaction. Chez les métamorphes, n'importe quelle émotion – ou presque – est préférable à la colère. La colère alimente leur bête trop vite. Et nous avions sérieusement besoin de calmer le jeu.

— Comment as-tu pu faire ça ? Comment as-tu pu faire ça avec lui ?

Je croyais qu'il parlait d'Auggie, mais il pointa un index rageur vers Jean-Claude.

— Je ne suis pas sûre de comprendre de quoi tu parles, Richard.

— Ne joue pas avec moi, Anita !

Richard se couvrit le visage de ses mains et tituba en arrière. Poussant un cri de rage inarticulé, il se laissa tomber à genoux. Son pouvoir emplit la pièce comme si nous avions tous été plongés dans de l'eau bouillante. J'eus l'impression de cuire instantanément. J'avais déjà éprouvé le pouvoir de Richard auparavant, mais jamais de cette façon. Jamais à ce niveau. Combien en avait-il gagné après que nous nous étions nourris d'Auggie ?

Claudia était toujours en posture de combat, et je ne pouvais pas lui en vouloir. Sur le seuil, Graham se frottait les bras, l'air tiraillé. En tant que membre de la meute, il devait obéissance à Richard, mais il était payé pour nous protéger. Il savait aussi que son Ulfric ne pardonnerait jamais à aucun des loups qui le laisseraient me faire du mal. Pour Jean-Claude, je n'étais pas sûre, mais pour moi, j'étais certaine qu'il le regretterait plus tard – et il est du genre à faire payer ses remords à tout le monde.

Lisandro se trouvait là aussi, debout près du lavabo. Nul conflit ne se lisait sur son visage basané. Il était grand, brun, séduisant, et de tous les rats-garous mâles, c'était celui qui avait les cheveux les plus longs. Si Claudia lui disait d'attaquer, il obéirait sans hésitation.

Clay se tenait derrière Graham, en proie au même dilemme que ce dernier. Nous avions besoin de moins de loups là-dedans, et de plus de rats ou d'hyènes – des gens sans loyautés conflictuelles.

Richard baissa les mains. Ses yeux étaient redevenus couleur chocolat. Il avait contenu une partie de cet horrible pouvoir brûlant.

— Tu l'as aidé à violer le Maître de Chicago.

Il ne criait plus à présent, et je le regrettais presque. Ça aurait été plus facile à supporter que le tourment dans sa voix. Mais ce qu'il disait n'avait pas de sens pour moi.

— Ce n'était pas un viol, Richard. Tu le sais. Tu as ressenti une partie de ce qu'Auggie ressentait. Putain, Richard, c'est lui qui a commencé. Il a cherché la bagarre avec moi et fait exprès de réveiller mon ardeur.

Richard me dévisagea. Je vis bien qu'il voulait me croire, mais qu'il avait peur de le faire.

— Tu me crois vraiment capable de violer quelqu'un ? insistai-je.

Il secoua la tête.

— Toi, non. Mais lui, oui.

Il désigna Jean-Claude, qui se tenait toujours immobile derrière moi. D'une voix parfaitement neutre, le vampire répliqua :

— J'ai fait beaucoup de choses méprisables au fil des siècles, Richard, mais jamais je n'ai été porté sur le viol.

Je repensai au souvenir qui se déroulait dans la salle du trône. Belle voulait que Jean-Claude viole Auggie, et Jean-Claude s'était débrouillé pour adoucir la sentence autant que possible alors que leur maîtresse les observait. J'ouvris la bouche pour dire quelque chose, puis songeai que parler à Richard des deux autres fois où Jean-Claude avait couché avec Auggie ne plaiderait pas nécessairement en notre faveur.

— Tu vois bien, Anita. Toi-même, tu ne peux pas le défendre.

— Bien sûr que si. Jean-Claude a des tas de défauts, mais ce n'est pas un violeur.

— Ce n'était pas ce que tu t'apprêtais à dire il y a cinq secondes.

Richard était toujours à genoux par terre, mais il se calmait peu à peu ; il ravalait ce pouvoir suffocant. Il faisait preuve de la maîtrise de soi qui lui avait permis de devenir l'Ulfric du clan de Thronnos Rokke.

Claudia se déplaça sur le côté pour pouvoir me jeter un coup d'œil sans qu'il sorte de son champ de vision. Je lui fis un petit signe de tête et ajoutai :

— Je crois que Clay et Graham ont à faire ailleurs.

Elle acquiesça et leur ordonna de sortir pour les remplacer par deux gardes qui n'étaient pas des loups. Elle avait suivi mon raisonnement. Quant à Richard, s'il avait pigé le but de la manœuvre, il n'en laissa rien paraître. À aucun moment il ne détourna son attention de moi.

— Je cherche ce que je pourrais dire pour ne pas t'énerver davantage, Richard. C'est tout.

Il prit une inspiration si profonde que ses épaules se soulevèrent.

— D'accord, je peux comprendre ça. (Sa voix était redevenue normale, humaine.) L'autre maître t'a-t-il vraiment provoquée ?

Je hochai la tête. J'attendrais que nous soyons seuls pour lui exposer la théorie de Jean-Claude sur la raison pour laquelle Auggie avait agi de la sorte.

— Tu as senti son pouvoir, Richard. Si ça avait dégénéré en bataille, en véritable bataille vampire contre vampire, crois-tu que nous aurions gagné ?

Il baissa les yeux vers ses mains posées bien à plat sur ses cuisses.

— Non, admit-il.

— Auggie a éveillé mon ardeur. Mais à partir du moment où je me nourrissais de lui, il perdait, expliquai-je.

Richard acquiesça.

— Celui qui se nourrit ne peut pas perdre. Je sais. (Pardessus mon épaule, il regarda Jean-Claude.) Alors, pourquoi a-t-il éveillé l'ardeur ? Pourquoi a-t-il choisi d'attaquer de la seule façon dont il pouvait perdre ?

— À mon avis, il ne souhaitait pas réellement gagner, répondit Jean-Claude.

— Ça n'a pas de sens, protesta Richard.

— Il est déjà le maître d'un territoire important. Nos lois l'auraient empêché d'en régenter un second n'ayant pas de frontière commune avec le premier. Donc, me vaincre ne lui aurait rien rapporté. Mais perdre face à l'ardeur lui a permis d'obtenir…

— Anita.

— Une femme de la lignée de Belle Morte qui détient l'ardeur, oui.

— Vous avez dit que ce maître était votre ami.

— C'est ce que je crois. (Jean-Claude soupira.) J'aimerais poursuivre cette discussion en privé. Claudia, vous voulez bien nous laisser ?

Ce fut moi, et non pas l'un des hommes, que la métamorphe consulta du regard. J'aime beaucoup cette fille.

— C'est bon.

Elle hocha la tête. Ça n'avait pas l'air de lui plaire, mais elle ne discuta pas.

— Nous resterons juste dehors. Et si le niveau de pouvoir recommence à monter, nous interviendrons.

— Ça me va, opinai-je.

— Je me maîtriserai, promit Richard.

— Je n'en doute pas, lâcha Claudia.

Puis elle se dirigea vers la porte.

Avant de lui emboîter le pas, Lisandro me jeta un coup d'œil qui n'avait rien de professionnel. C'était le coup d'œil d'un homme à une femme qu'il voit nue pour la première fois. Jusque-là, je n'avais même pas pensé aux autres hommes présents dans la pièce. J'étais si concentrée sur Richard qu'ils auraient aussi bien pu être des eunuques. Mais par ce simple regard, Lisandro venait d'enfreindre deux règles.

Un : les métamorphes ne font pas attention à la nudité – ils la pratiquent trop souvent. Votre chat s'inquiète-t-il de ne pas porter de slip ? Probablement pas. Deux : c'est contraire au code des gardes du corps de considérer leurs clients autrement que comme des cibles à protéger. Vous ne devez pas montrer à une cliente qu'elle vous excite, même si elle se balade à poil devant vous. C'est son problème, pas le vôtre. Et vous devez encore moins coucher avec elle, parce que vous ne pouvez pas la protéger pendant que vous la baisez. Je suppose qu'il y a des exceptions à ces règles, mais Lisandro n'avait pas mérité d'en bénéficier.

Je le regardai fixement pour lui faire savoir que j'avais remarqué son coup d'œil. Il se contenta de me sourire sans manifester le moindre remords. Génial, vraiment génial.

La porte se referma derrière les gardes du corps, et nous nous retrouvâmes seuls tous les trois. Aucun de nous ne bougea, comme si nous ne savions pas trop quoi faire ni par où commencer.

Ce fut Richard qui rompit le silence pesant.

— J'ai besoin que tu te couvres, Anita. Mets au moins une serviette, s'il te plaît.

Il avait ajouté le « s'il te plaît » comme si ça lui faisait mal de demander poliment. Je suppose qu'il était toujours en colère. Mais il avait contenu sa rage de la même façon qu'il avait appris à refréner sa bête.

Une part de moi commençait à se demander si un jour viendrait où il n'arriverait pas à contenir sa rage, et ce qui se passerait ce jour-là. Autrefois, je pensais que Richard ne me ferait jamais de mal. Aujourd'hui, je sais qu'il ne me ferait pas de mal volontairement… mais que sa volonté n'est pas toujours la force qui l'anime.

Jean-Claude me tendit une serviette avec une expression parfaitement neutre – rien qui puisse m'aider, mais rien qui risque d'offenser Richard. Nous faisions tous les deux preuve de la plus grande prudence.

C'était une grande serviette, plutôt un drap de bain. Je m'enroulai dedans : elle me couvrait des aisselles jusqu'aux chevilles. Encore mieux que des vêtements – ou en tout cas, que ceux avec lesquels j'étais arrivée au *Cirque*.

— Merci, dit Richard.

— De rien.

Je m'assis sur le bord de la baignoire en lissant le tissu-éponge sous moi. Le marbre, c'est toujours glacé sur la peau nue.

Jean-Claude me tendit une serviette un peu plus petite. Je la pris tandis qu'il en enroulait une autre autour de ses cheveux trempés. Il avait raison : si je ne me séchais pas les cheveux correctement ce soir, je ressemblerais à une sorcière le lendemain.

— Comment pouvez-vous faire ça ? lança Richard.

Je lui jetai un coup d'œil par en dessous tout en me confectionnant un turban.

— Faire quoi ?

— Vous occuper de vos cheveux comme si tout allait bien.

Je rentrai un coin de tissu-éponge sous le bord de la serviette, et me tournai vers Jean-Claude pour solliciter son aide du regard.

— Les laisser sécher n'importe comment ne changera pas ce qui s'est passé ce soir, Richard. Ce n'est pas parce que tout va mal qu'on doit brusquement se dispenser des gestes du quotidien.

Richard s'assit par terre et serra ses genoux repliés contre sa poitrine : un geste qui aurait mieux convenu à un soumis comme Nathaniel qu'à un dominant comme lui. Ce qu'il avait vécu avec nous ce soir l'avait sérieusement ébranlé.

Jean-Claude vint s'installer près de moi sur le bord de la baignoire en marbre. Il prit soin de ne pas me toucher ; ce fut à peine si nos serviettes s'effleurèrent au niveau des hanches. J'aurais voulu qu'il me prenne dans ses bras, mais il avait raison. Richard n'aurait sans doute pas apprécié que nous nous câlinions devant lui.

— Vous vouliez poursuivre cette discussion en privé. Allez-y ; je vous écoute.

Un des effets secondaires des marques vampiriques, c'est que nous partageons certains de nos traits de caractère. Richard semble avoir hérité d'une partie de mon impatience et de mes tendances colériques – une mauvaise combinaison pour un loup-garou. Mais ce n'est pas comme si on nous avait laissé le choix.

— Ma petite, et si tu nous racontais ce qui s'est passé avant mon arrivée ? suggéra Jean-Claude.

Je leur fis un résumé le plus complet possible. Tout en parlant, je m'appuyai contre Jean-Claude : je trouvais ça contre nature d'être si près de lui et de ne pas le toucher. Le vampire passa un bras autour de mes épaules.

Richard ne parut pas s'en apercevoir.

— Je croyais que Samuel et Augustin étaient vos amis ?

— Ils le sont, confirma Jean-Claude.

— Si vos amis se comportent ainsi, que vont faire les autres maîtres ?

C'était exactement ce que j'avais pensé plus tôt dans la soirée.

— Je me suis demandé la même chose tout à l'heure, acquiesçai-je. Si vos amis sont capables de nous faire ça, vos ennemis vont nous laminer !

— Une des raisons de la réunion de ce soir était de voir comment ma petite réagirait en présence d'autres Maîtres de la Ville.

— Mal, de toute évidence, commenta Richard.

— Pas nécessairement, contra Jean-Claude.

Il se pencha en avant, m'obligeant à me nicher au creux de son bras pour ne pas tomber du bord de la baignoire. Il commença à raconter le rôle qu'il avait joué dans le drame du jour, mais Richard l'interrompit.

— J'ai senti la plupart de ce qui est arrivé dès l'instant où vous avez touché Anita. Je n'ai pas besoin que vous me le rappeliez.

— Comme tu voudras. Mais l'important, c'est que nous avons peut-être roulé Augustin aussi totalement que Belle Morte aurait été capable de le faire.

— À votre place, je ne m'en vanterais pas, répliqua Richard.

Il s'était déplacé pour caler son épaule contre le bord de la baignoire. Il lui aurait suffi de tendre le bras pour nous toucher, mais il ne le fit pas, et nous nous gardâmes bien d'en prendre l'initiative.

— Si Augustin nous appartient désormais de la même façon que les esclaves de Belle lui appartiennent, aucun des autres maîtres n'osera plus s'attaquer à nous. Ils nous craindront, Richard. Ils craindront jusqu'au simple contact de nos mains.

Richard fronça les sourcils. Je voulais caresser les ondulations épaisses de ses cheveux, mais je gardai ma main gauche autour de la taille de Jean-Claude et l'autre dans mon giron.

— Mais avant que nous consentions à cette réunion, vous nous avez dit que tous les invités se tiendraient à carreau. Surtout s'ils pensaient qu'un membre de leur suite pouvait devenir la nouvelle pomme de sang d'Anita. Au lieu de ça, les deux premiers maîtres qui l'ont touchée ont enfreint les règles d'entrée de jeu.

— Je pense qu'il y a une bonne raison à cela.

Richard nous jeta un regard dans lequel je lus un scepticisme identique au mien.

— Laquelle ?

Jean-Claude lui exposa sa théorie. Selon lui, l'ardeur cherchait des proies puissantes.

— Cela signifie-t-il que tout Maître de la Ville qui entrera en contact avec elle tentera de rouler son esprit ? interrogea Richard.

— Pas seulement les Maîtres de la Ville. (Jean-Claude lui raconta ce qui s'était passé avec Meng Die et Requiem.) Mais c'est peut-être parce que ces deux-là sont de notre lignée, et qu'ils avaient déjà goûté l'ardeur plus d'une fois.

— Asher est dans ce cas lui aussi. Il n'a pas pété les plombs pour autant.

— Asher est attiré par ma petite depuis le début.

— Il voit en elle un moyen de recréer ce que vous aviez tous les deux avec Julianna, raisonna Richard.

Il s'était rapproché de nous autant qu'il pouvait le faire sans nous toucher. Je me demandai s'il en avait conscience.

— Il savait aussi que le seul moyen de revenir dans mon lit passait par ma petite. Mais… et si ce n'était pas tout ? insinua Jean-Claude.

Je me sentis tenue d'objecter :

— Requiem n'est pas le seul des vampires récemment arrivés de Londres qui ait goûté l'ardeur. Et ils appartiennent tous à la lignée de Belle. Pourtant, je n'ai pas l'impression de leur faire beaucoup d'effet.

— Ça ne marche peut-être que si tu leur as déjà donné un avant-goût de ton ardeur, suggéra Jean-Claude.

— À moins que vous vous trompiez complètement, et que ces gens ne soient pas vos amis, lança Richard. Depuis combien de temps ne les aviez-vous pas vus ?

Jean-Claude eut un gracieux haussement d'épaules.

— Je n'ai pas rencontré Augustin depuis presque un siècle, et je n'ai pas croisé Samuel depuis mon arrivée dans ce pays.

Je le dévisageai.

— Jean-Claude, les gens peuvent changer en l'espace d'un siècle.

Il acquiesça comme si je venais de marquer un point.

— Peut-être, mais j'ai senti quelque chose pendant que nous étions avec Augustin. Quelque chose d'incroyablement fort. Il me semble que l'ardeur vient d'atteindre un palier supérieur, de muter en un pouvoir nouveau – ou du moins, nouveau pour nous.

— Et si nous n'avons pas complètement roulé Auggie ?

— Dans ce cas, ce qui s'est passé ce soir ne sera pas aussi dissuasif pour les autres maîtres.

— Racontez le reste à Richard. Dites-lui que si nous avons vraiment roulé un Maître de la Ville, le Conseil européen pourrait saisir ce prétexte pour nous éliminer. Ou que nos voisins américains pourraient décider de nous tuer avant que nous tentions de nous emparer de leurs territoires.

Richard nous dévisagea, incrédule.

— Il ne peut vraiment rien ressortir de bon de tout ça, pas vrai ? Pourquoi avez-vous donc fait venir ces gens ici, Jean-Claude ?

— Parce que leur présence donnera de l'importance à la représentation de demain soir. C'est injuste qu'un artiste ne soit plus autorisé à monter sur scène sous prétexte qu'il est devenu un vampire. Je veux que les miens puissent s'adonner librement à celles de leurs passions qui n'ont rien à voir avec le sang et le pouvoir. Comme toi avec tes loups, j'espère que nous pouvons être autre chose que des monstres.

Je réfléchissais trop intensément à ce que Jean-Claude avait dit à propos de l'ardeur pour me laisser entraîner dans une discussion sur la danse classique.

— Vous savez que je me suis également nourrie de Byron. Pourtant, il ne me poursuit pas de ses assiduités.

— Byron n'est pas un maître vampire, ma petite, et il ne le sera jamais. Il en a conscience et il l'accepte.

— Si Anita ne produit cet effet que sur les membres de votre lignée, nous ne devrions pas avoir de problèmes demain soir, puisqu'il n'y aura pas d'autres Maîtres de la Ville qui descendent de Belle, fit remarquer Richard.

— Mais il y aura des maîtres vampires qui descendent d'elle, contra Jean-Claude. Certains font même partie de la troupe.

— Eh bien, je n'aurai qu'à rester à la maison, suggérai-je.

— Cendrillon doit assister au bal, ma petite.

— D'après Nathaniel, je ne suis pas Cendrillon mais le Prince Charmant.

Jean-Claude sourit et me serra légèrement contre lui.

— Si tu le dis, ma petite. (J'aurais pu m'offusquer de cette légère condescendance, mais je laissai courir.) Il n'en demeure pas moins que ta présence sera requise demain soir.

Le genou de Richard toucha ma jambe. Ses bras étaient toujours passés autour de ses jambes repliées contre sa poitrine ; ils les serraient si fort que ses mains en étaient marbrées de blanc.

— Elle ne peut pas y aller, pas s'ils doivent tous lui sauter dessus !

Il tendit une main vers moi, puis se ressaisit et l'attrapa de nouveau avec son autre main. Il faisait tant d'efforts pour ne pas me toucher, pour ne pas nous toucher…

Au sein de la lignée de Belle, les marques vampiriques poussent ceux qui les portent à se toucher les uns les autres. Ce n'est pas forcément sexuel ; ça nous donne juste l'impression d'être plus… complets. Je savais que Richard brûlait de me toucher chaque fois que nous étions en présence l'un de l'autre, mais je n'avais jamais eu le courage de lui demander s'il éprouvait les mêmes pulsions vis-à-vis de Jean-Claude. Si oui, cela expliquait peut-être pourquoi ce que nous avions fait avec Auggie l'avait plongé dans une telle fureur.

— Nous avons dans notre camp d'autres maîtres d'un niveau de pouvoir similaire à celui de Requiem et ayant déjà goûté l'ardeur, nous rappela Jean-Claude. L'un d'eux appartient même à la lignée de Belle.

Je secouai la tête.

— Si vous pensez à Londres, oubliez ça tout de suite. Il me fiche la frousse.

Richard aussi secouait la tête.

— Pas question.

— Franchement, Jean-Claude, je ne comprends pas pourquoi vous avez accepté de le recueillir. Son propre baiser l'a surnommé « le Chevalier Noir ». Je pense que ça en dit long sur lui.

Jean-Claude soupira et s'adossa au mur.

— Tu sais que quand leur maître a été exécuté, Belle a voulu rappeler à elle tous les membres de sa lignée. Comment aurais-je pu refuser de les soustraire à ses griffes ?

— Il me semble que Londres se sentirait parfaitement à l'aise à la cour de Belle. C'est tout à fait son genre d'endroit – sombre et pervers.

— Il ne voulait pas retourner auprès d'elle. Au téléphone, il m'a supplié de lui donner asile. Vois-tu, ma petite, Londres a été cédé à Belle dans le cadre d'un échange. Il est resté auprès d'elle jusqu'à ce qu'elle l'envoie en exil. Plus tard, elle a tenté de le rappeler, mais il a fait intervenir son nouveau maître.

— Pourquoi ? s'étonna Richard. Auggie donnerait n'importe quoi pour retourner auprès de Belle. J'ai senti combien elle lui manquait. (Il frissonna.) Elle est comme une drogue pour lui, une drogue à laquelle il serait accro.

— Oui, mon ami, exactement. C'est pour ça que Londres souhaite se tenir à l'écart d'elle. Il est comme un ancien alcoolique qui ne veut plus boire une seule goutte de vin de peur de replonger – et de ne plus jamais avoir la force de remonter à la surface. Comment aurais-je pu l'abandonner à Belle ?

— C'est une réaction très sentimentale de votre part, non ? fit remarquer Richard.

Jean-Claude lui jeta un regard hostile.

— Je m'efforce d'être miséricordieux chaque fois que les circonstances m'y autorisent.

Richard soupira et appuya son front sur ses genoux.

— Mon Dieu, quel bordel !

— Vous avez dit que nous disposions d'autres maîtres vampires qui avaient goûté l'ardeur mais qui n'appartenaient pas à la lignée de Belle, rappelai-je à Jean-Claude. De qui vouliez-vous parler ?

La liste des vampires loyaux envers Jean-Claude et correspondant à cette description était plus que brève.

— Vérité et Fatal, répondit-il.

Richard releva la tête.

— Non, pas question. (Il parut réfléchir.) Pas Fatal.

— Mais Vérité te semble acceptable ? interrogea Jean-Claude.

Richard rentra la tête dans les épaules, et serra les mains si fort que je crus qu'il allait se casser quelques doigts.

— Vous voulez que je partage Anita avec un autre homme. Comment pouvez-vous me demander de choisir lequel ?

— Avec combien d'autres femmes as-tu couché au cours du dernier mois, Richard ?

Son pouvoir flamboya telle une boule de feu à travers un mur en apparence solide et opaque. De nouveau, nous fûmes plongés dans la chaleur mordante de son énergie de lycanthrope.

— Ça va là-dedans ? appela Claudia depuis la chambre voisine.

Je dévisageai Richard, qui eut un bref hochement de tête.

— Oui, ça va, répondis-je.

— Tu en es sûre ?

— Oui, j'en suis sûre.

Silence de l'autre côté de la porte.

— Merci, fit Richard.

Puis il revint à la dispute en cours. Même sans voir la tête qu'il faisait, j'aurais su qu'il était furax.

— Nous sommes tombés d'accord sur le fait que je continuerais à sortir avec d'autres femmes. Anita est ma lupa et mon Bolverk, et elle le restera, mais elle ne veut pas se marier ni avoir des enfants. Moi, si. Nous en avons déjà parlé, et vous avez accepté que je continue à me chercher une partenaire. Ne me le reprochez pas maintenant.

— Tu vas te faire mal, Richard, dis-je d'une voix douce en regardant ses mains qui prenaient une couleur inquiétante.

Il lâcha ses genoux en poussant une expiration douloureuse. Enfin, il s'autorisa à passer une main autour de mon mollet, et son pouvoir courut sur ma peau tel un millier d'insectes aux mandibules acérées.

— Aïe.

Il posa sa joue sur mon genou.

— Désolé. Je suis désolé.

Son énergie se calma ; elle demeura assez chaude pour faire perler des gouttes de transpiration le long de ma colonne vertébrale, mais elle cessa de me faire mal.

— Quand vous vous êtes nourris d'Auggie, ça a augmenté mon niveau de pouvoir d'un coup, dit-il sans lever la tête. C'était si bon, si incroyablement bon ! Je savais ce que vous aviez fait pour obtenir ce résultat, et pourtant, ça m'a plongé dans une telle extase !

Ses épaules se mirent à trembler, et je compris qu'il pleurait. Alors, je touchai ses cheveux ; je m'autorisai à passer les doigts dans leurs ondulations épaisses.

— Richard, oh, Richard.

Il enserra mes jambes de ses bras et enfouit son visage dans mon giron.

Jean-Claude posa une main hésitante sur son dos, et voyant que Richard ne protestait pas, il se mit à lui frotter le dos en cercles, comme on le fait avec un proche affligé pour lui promettre silencieusement que tout va s'arranger. Pendant ce temps, je caressai les cheveux de Richard et essuyai ses larmes.

Nous le réconfortâmes parce que nous étions ses amis. Nous étions aussi tout un tas d'autres choses beaucoup plus compliquées, beaucoup plus délicates à gérer. Mais pour une fois, la marche à suivre était simple. Nous étions ses amis, et nous le réconfortions. Point.

Chapitre 12

Nous nous retrouvâmes par terre, Richard allongé en travers de mes cuisses et moi assise dos contre Jean-Claude comme dans un fauteuil tiède et soyeux. Le tee-shirt de Richard avait valsé ; son torse lisse et musclé reposait nu sur la serviette chiffonnée dans mon giron. Tant de contacts rapprochés avaient fait glisser le tissu-éponge, si bien que j'étais moi aussi nue jusqu'à la taille.

Richard gisait sur le dos, le regard serein, ses cheveux formant un halo brun et doré autour de son visage. Je lui caressais machinalement la poitrine, non pas pour l'exciter, mais pour le réconforter. Tous les lycanthropes aiment qu'on les touche ; c'est même indispensable à leur équilibre, comme si le besoin de contact des humains était décuplé, voire centuplé chez eux.

Une main en l'air, il jouait avec mes cheveux qui avaient commencé à sécher en formant des boucles serrées. Une des mains de Jean-Claude courait le long de son bras levé ; elle montait et descendait en suivant le dessin de ses muscles.

Nous ne disions rien. Les mots n'étaient pas nécessaires – le contact de nos peaux suffisait. L'autre main de Jean-Claude me caressait l'épaule et le bras en un geste presque symétrique à celui de sa première main sur le bras de Richard.

Je crois qu'au début, nous avions tous été surpris que Richard laisse Jean-Claude poser ne serait-ce que le petit doigt sur lui, après la manière dont il avait fait irruption dans la pièce. J'ai déjà vu des tas de lycanthropes se tripoter les uns les autres quelle que soit leur orientation sexuelle – pour la plupart d'entre eux, un câlin est un câlin – mais Jean-Claude inspire une réserve toute particulière à Richard.

Le regard du loup-garou glissa vers le vampire.

— Vos cheveux sont presque aussi bouclés que ceux d'Anita.

Ce commentaire me poussa à pivoter pour pouvoir, moi aussi, observer Jean-Claude. Richard avait raison. D'habitude, les cheveux de Jean-Claude forment des boucles assez détendues, à la limite des simples ondulations. Là, en ayant séché à l'air libre, ils ressemblaient à ce que j'arrive à faire des miens en les disciplinant avec tout un tas de produits de coiffage pour éviter qu'ils moussent autour de ma tête façon afro.

— Apparemment, je n'avais encore jamais vu vos cheveux au naturel, commentai-je.

Jean-Claude eut un sourire qui, venant de n'importe qui d'autre, m'aurait paru embarrassé.

— Je suppose que non.

Richard abandonna mes cheveux pour tendre la main vers ceux de Jean-Claude. Il frotta quelques-unes des boucles du vampire entre ses doigts avant de revenir vers les miennes pour comparer leur texture.

— Vos cheveux sont plus doux que ceux d'Anita ou que les miens, commenta-t-il. (Il se dressa sur ses genoux et prit une poignée de boucles de Jean-Claude dans une main et une poignée des miennes dans l'autre, comme pour les soupeser.) En temps normal, ils ont juste l'air plus soyeux, mais maintenant… Il faut les toucher pour sentir toute la différence avec ceux d'Anita.

Jean-Claude s'était figé contre moi. Il retenait son souffle, et son cœur qui battait jusque-là au même rythme qu'un cœur humain avait ralenti. Je savais que c'était parce que Richard le touchait volontairement, et qu'il ne voulait pas l'effrayer. Mais je crois aussi qu'il ignorait quoi faire. Cet homme qui était un amant fantastique depuis plus de quatre siècles avait perdu tous ses moyens pour la seule raison que quelqu'un lui touchait les cheveux.

Il ne voulait pas se montrer trop audacieux et faire rejaillir la colère de Richard, ni effrayer ce dernier qui a toujours eu des tendances homophobes. Si Richard avait été une femme, ou s'il n'avait pas été un métamorphe, Jean-Claude aurait considéré son geste comme une invitation. Mais les métamorphes sont accros au contact. Ils peuvent très bien toucher quelqu'un sans avoir l'intention de coucher avec lui. Un peu comme quand un chien lèche la sueur sur votre peau. Ça n'a rien de sexuel : il trouve que vous avez bon goût, c'est tout. Cela dit, même si ce n'est pas sexuel, c'est intime. Si vous ne plaisez pas à un métamorphe, il ne cherchera pas à vous toucher.

Jean-Claude était assis derrière moi, pressé contre mon dos, et son immobilité même me disait ce que le geste de Richard signifiait pour lui. Elle me disait aussi qu'il ne savait absolument pas comment y répondre. Il était un séducteur consommé depuis des siècles, et il avait choisi de se lier métaphysiquement aux deux seules personnes de son territoire dont il ne pigeait pas les réactions. Allez comprendre…

Quelqu'un frappa à la porte. Ceux d'entre nous dont le cœur battait encore sursautèrent. Richard laissa retomber ses mains et, toujours à genoux, pivota vers la porte. Jean-Claude se remit à bouger comme un humain reprend son souffle.

— Oui ? lança-t-il avec une pointe d'impatience dans la voix.

— Le Maître de Cape Cod et son fils aîné demandent à vous voir, répondit Claudia depuis la chambre voisine.

Jean-Claude et moi échangeâmes un regard. Richard fronça les sourcils.

— Pourquoi est-il revenu ?

— C'est à lui qu'il faut poser la question, répliqua Jean-Claude avec cette voix neutre et onctueuse qu'il prend quand il cache quelque chose et qu'il se donne du mal pour ne pas en avoir l'air.

Samuel saurait qu'une voix totalement dénuée d'inflexion dissimulait de la peur ou de la faiblesse. Aussi Jean-Claude avait-il opté pour un compromis. Tant de précautions… Mon petit doigt me disait que nous ne finirions pas le week-end sans provoquer un autre désastre. La combinaison politique-métaphysique était trop difficile à gérer, et trop explosive.

— Nous arrivons tout de suite, criai-je en direction de la porte.

Nous nous levâmes tous les trois. Richard ramassa son tee-shirt abandonné par terre et l'enfila. Jean-Claude et moi saisîmes les robes de chambre accrochées derrière la porte. Je connaissais bien celle de Jean-Claude, en lourd brocart noir bordée de fourrure sur le col, les revers et les manchettes. Je l'avais déjà vue délimiter un triangle pâle sur la poitrine du vampire ; je l'avais déjà sentie me caresser tout le corps. Le simple fait de voir Jean-Claude la porter me donnait des frissons.

Jean-Claude m'adressa un sourire qui m'informa qu'il s'en était rendu compte. Richard ne vit pas ce qui se passait ou choisit de ne pas y faire attention.

Ma propre robe de chambre était en réalité un peignoir de soie noire, sans fourrure ni broderies d'aucune sorte – un modèle tout simple.

Pour atteindre la porte, nous dûmes longer le miroir. Richard nous arrêta en posant une main sur mon épaule et l'autre sur celle de Jean-Claude. Il nous fit pivoter vers nos reflets. Jean-Claude et moi étions vêtus tout de noir, ce qui soulignait la pâleur de notre peau. Entre nous deux se tenait le métamorphe avec son tee-shirt rouge vif, sa peau bronzée, ses cheveux aux reflets chatoyants.

— Laquelle de ces trois personnes n'est pas à sa place dans ce tableau ? demanda-t-il à voix basse.

De nouveau, son regard s'assombrit.

Je glissai un bras autour de sa taille et l'étreignis. Mais dans la glace, j'eus l'impression de voir une statue sculptée dans l'os et les ténèbres s'accrocher à l'incarnation de la vie.

— Jean-Claude, Anita, vous venez ? appela Claudia sur un ton un peu hésitant qu'on n'entendait pas souvent sortir de sa bouche.

— Tout de suite, répondis-je.

— Si je pouvais te libérer, mon ami, je le ferais, dit Jean-Claude.

Richard me serra si fort qu'il me fit presque mal. Puis il se détendit contre moi et dévisagea Jean-Claude.

— Si vous possédiez ce genre de baguette magique, je vous laisserais l'utiliser sur moi. Mais ce n'est pas le cas.

Il se détourna, gardant un bras autour de mes épaules et tendant l'autre vers l'épaule de Jean-Claude, qu'il agrippa comme le font certains machos plutôt que de donner une accolade à un autre homme.

— Il y a des jours où je vous déteste, Jean-Claude. Mais si j'avais été avec Anita ce soir-là, si j'avais été là pour la toucher, Augustin n'aurait pas réussi à la rouler. Si j'avais été là où j'aurais dû être, rien de tout ce que j'ai détesté vivre à travers vous ne se serait produit. Je le sais. J'en ai pris conscience alors même que cela se produisait. Je me trouvais à des kilomètres d'ici, et j'ai senti qu'Anita se battait, mais je n'ai rien fait pour l'aider. C'était une question de politique vampirique, et la politique vampirique, ce n'est pas mon problème.

Il secoua la tête assez fort pour que ses cheveux volent autour de son visage.

— J'en ai fini de me mentir. Je suis votre animal à appeler, et je déteste ça, et parfois je vous déteste, vous, et parfois je déteste Anita, et la plupart du temps, je me déteste moi-même. Mais c'est terminé. Je ne ferai plus obstacle à notre pouvoir. Je ne serai plus un handicap pour ce triumvirat.

Jamais encore je n'avais vu Jean-Claude avec une expression aussi circonspecte.

— Et quelles seront les conséquences pratiques de cet éclair de lucidité, mon ami ?

— Quand vous vous entretiendrez avec Samuel, je serai à vos côtés – là où j'aurais dû me trouver plus tôt dans la soirée. (Richard me serra contre lui d'un bras et pressa de nouveau l'épaule de Jean-Claude.) Je n'ai même pas daigné envoyer de l'énergie à Anita pour l'aider. Micah et Nathaniel étaient avec elle ; j'ai pensé qu'elle n'avait pas besoin d'un autre animal à appeler. Mais elle en avait besoin, et vous aussi. Si elle et vous n'aviez pas réussi à conjurer un miracle métaphysique, le Maître de Chicago vous aurait vaincu. Il n'aurait sans doute pas pu s'emparer de votre territoire, mais il aurait fait couler votre sang, et cela aurait attiré les autres maîtres vampires comme des requins. S'il avait prouvé que vous étiez faible, une nuit ou l'autre – pas ce soir, mais bientôt – quelqu'un aurait débarqué et nous aurait tous tués.

— Je suis entièrement d'accord avec toi, dis-je lentement, mais ça ne te ressemble pas de parler ainsi.

— Je suppose que non. (Richard regarda Jean-Claude, et je sentis un filet de pouvoir tiède s'échapper de lui.) Êtes-vous de nouveau en train de me manipuler ?

— Je te jure que non, du moins, pas consciemment. Mais cela fait des mois, des années que j'espère t'entendre dire ces mots. Avec toi à nos côtés, je n'aurai rien à craindre d'aucun de nos visiteurs. Sans toi... Ce soir m'a fait douter du bien-fondé de ma décision d'inviter d'autres maîtres vampires sur nos terres.

Richard laissa retomber la main qu'il avait posée sur l'épaule de Jean-Claude.

— Alors, allons voir ce que veut Samuel. Je ne peux pas vous promettre de ne plus jamais péter les plombs. Je ne peux pas vous promettre que ça me plaira, mais je vous promets de faire tous les efforts possibles pour ne plus m'enfuir.

Il se dirigea vers la porte sans me lâcher.

Je jetai un coup d'œil à Jean-Claude par-dessus mon épaule, et ce dut être un regard éloquent, parce que le vampire haussa les épaules comme pour dire que lui non plus ne comprenait pas ce qui arrivait à Richard. Non que sa nouvelle attitude raisonnable nous déplût, bien au contraire. Simplement, ça paraissait trop beau pour être vrai. Ça ne ressemblait pas au calme après la tempête, mais plutôt à une de ces pauses pendant lesquelles le monde attend en retenant son souffle. Rien ne bouge, tout a l'air tranquille mais l'air est toujours chargé d'électricité, et la foudre ne va pas tarder à se déchaîner de plus belle.

Voilà comment nous ressentions la nouvelle attitude de Richard : comme quelque chose de fragile qui risquait de rompre sous la plus légère pression. J'applaudissais les efforts et les intentions de Richard, mais quand je tentais d'imaginer ce qui se passerait lorsque sa nouvelle attitude se heurterait à ses vieux problèmes, mon estomac se nouait.

Chapitre 13

Quelqu'un avait nettoyé et rangé le salon. Les tentures déchirées avaient disparu, et les draperies restantes avaient été tirées au maximum. Elles ne couvraient pas tout, mais l'effet produit était esthétique et entretenait l'illusion que la zone moquettée constituait un espace en soi plutôt qu'une simple portion de l'immense caverne souterraine. Les lumières électriques paraissaient étranges maintenant qu'on pouvait apercevoir les torches du couloir.

Nous entrâmes main dans la main, les deux hommes m'entouraient. La paume de Richard était légèrement moite. Il se sentait nerveux, mais ça ne se voyait pas sur son visage. J'aurais voulu lui demander ce qui le préoccupait au juste, mais même si nous avions été seuls, je ne l'aurais pas fait. Il se montrait courageux et coopératif; loin de moi l'idée de le faire revenir sur sa décision en disséquant ce qui se passait dans sa tête.

Asher se leva du fauteuil dans lequel il s'était assis pour tenir compagnie à nos invités. Une demi-douzaine de gardes du corps tout en noir s'étaient dispersés dans la pièce. Claudia et son équipe nous suivaient comme une garde d'honneur. À mon avis, elle avait décidé de ne plus courir le moindre risque ce soir-là. Nous disposions d'assez de monde pour remplir le salon, et elle n'allait pas s'en priver. Aucun de nous ne se sentait d'humeur à protester.

Asher glissa vers nous comme si ses pieds ne touchaient pas le sol – comme s'il flottait à quelques centimètres de celui-ci. Il a toujours été gracieux dans ses mouvements. De tous les vampires que je connais, il est l'un des plus doués pour la lévitation, au point qu'il arrive à voler comme dans les légendes. Mais là, on aurait dit qu'il se donnait un mal de chien pour marcher alors qu'il avait des ailes et n'aspirait qu'à les utiliser. Il était pareil à un ange tombé sur terre n'attendant qu'une occasion de s'élancer de nouveau vers le ciel, et ses vêtements renforçaient encore cette impression.

Il était tout de blanc vêtu, depuis sa redingote mêlée de fils dorés et cuivrés en passant par son pantalon de soie qui s'arrêtait aux genoux, dévoilant des collants assortis, et jusqu'à ses souliers à talons ornés d'une boucle dorée. Ces derniers me rappelèrent qu'à l'origine, les talons hauts avaient été conçus pour les hommes.

Ses cheveux avaient la couleur des fils d'or de sa redingote, comme si la couturière lui avait arraché quelques fines mèches et s'en était servie pour broder le tissu. Comme souvent, il les utilisait pour dissimuler les cicatrices sur la moitié droite de son visage. Il s'inquiétait tant de la réaction des autres maîtres vampires, dont beaucoup l'avaient connu du temps où il était encore indemne, qu'il nous avait demandé d'enlever tous les tableaux qui le montraient tel qu'il était avant.

La moitié gauche de son visage était celle d'un ange médiéval – le genre sensuel et déchu. Sa bouche aux lèvres pleines, faite pour les baisers, nous sourit à tous les trois. Ses yeux étaient d'un bleu à la fois clair et intense comme celui d'un ciel hivernal. Nous n'en voyions nettement qu'un seul; l'autre jetait parfois des éclats à travers la cascade dorée de ses cheveux, comme du verre bleu sur lequel la lumière se serait reflétée.

Tendant d'abord la main à Jean-Claude, Asher s'adressa à lui en utilisant un titre que ce dernier n'aime guère entendre dans sa bouche.

— Maître, notre ami de Cape Cod sollicite un entretien.

Il s'était exprimé avec la plus grande politesse, mais son visage brillait d'excitation. Quelque chose ravissait notre Asher d'ordinaire si solennel – mais quoi ?

Jean-Claude haussa un sourcil comme s'il se posait la même question, et la voix d'Asher résonna dans ma tête.

— *Ce nouveau niveau de pouvoir est stupéfiant.*

Je sentis Richard sursauter comme s'il venait de recevoir un coup. Je tournai la tête vers lui, et à ses yeux écarquillés, je devinai qu'il avait entendu lui aussi.

— *Désolé*, s'excusa Asher, sa voix mentale frémissant d'un rire contenu. *Je comptais ne m'adresser qu'à Jean-Claude, mais j'avoue avoir encore un peu de mal à maîtriser ces nouvelles capacités.*

Jean-Claude me pressa la main.

— *Du calme. Nous devons tous garder notre sang-froid devant nos invités*, nous ordonna-t-il en silence.

Richard expira lentement et hocha la tête. Ses pouvoirs ne sont pas en rapport avec les morts, donc, il n'a pas l'habitude que des vampires autres que Jean-Claude communiquent télépathiquement avec lui. Moi-même, je n'ai pas l'habitude qu'ils le fassent involontairement. Quelle quantité de pouvoir supplémentaire Asher venait-il d'acquérir ? Et qu'en était-il de nos autres vampires ? Quelques-uns d'entre eux étaient déjà bien assez puissants à mon goût – Meng Die, pour ne citer qu'elle.

Samuel et Sampson se tenaient devant la bergère. Asher nous guida vers le canapé qui leur faisait face. La moquette blanche semblait plus… vide qu'à l'ordinaire. Oh, la table basse avait disparu. L'avions-nous cassée sous l'emprise de l'ardeur ? Impossible de m'en souvenir.

J'affichais mon sourire le plus professionnel, celui qui est aussi lumineux qu'une ampoule – et à peu près aussi chaleureux. Mais c'était le mieux que je pouvais faire. J'en avais déjà ma claque de nos visiteurs.

— Samuel, Sampson, vous n'avez pas encore rencontré notre Richard.

Samuel s'inclina.

— Ulfric, je suis ravi de faire enfin votre connaissance.

Sampson s'inclina un peu plus bas que son père et laissa celui-ci se charger de la conversation. Tous deux avaient l'air bien trop graves à mon goût, comme si quelque chose d'autre avait merdé en notre absence.

— Samuel, qu'est-ce qui te ramène vers nous ce soir ? s'enquit Jean-Claude.

Si lui aussi en avait marre de nos invités, il n'en laissait rien paraître. Il était toujours aussi affable et accueillant – l'hôte parfait.

— D'abord, je vous dois des excuses de la part de ma femme. Je crains que quelque chose dans sa nature ait affecté ta servante et partiellement provoqué ce qui s'est passé ensuite.

Je clignai des yeux et sentis mon sourire se flétrir aux commissures. Toute la scène avec Auggie était-elle la faute de quelqu'un d'autre ? Allais-je pouvoir en rejeter la responsabilité sur Théa ?

Jean-Claude s'assit sur le canapé blanc. Il ne m'entraîna pas tant avec lui qu'il ne me guida comme un bon cavalier. Je me laissai faire, et Richard suivit le mouvement. Jean-Claude garda ma main dans la sienne ; Richard me lâcha et posa son bras sur le dossier du canapé, en travers de mes épaules. C'était surtout moi qu'il touchait, mais sa main alla se perdre dans la chevelure bouclée de Jean-Claude.

— Où sont ta délicieuse femme et vos deux autres fils ? demanda Jean-Claude.

Asher prit place dans le fauteuil le plus proche de nous. Tout de blanc et d'or vêtu, il était parfaitement assorti au mobilier. Et il paraissait beaucoup trop content de lui, comme le chat du proverbe qui vient de laper toute la crème.

Samuel s'assit sur la bergère, et Sampson l'imita.

— Ils sont à l'hôtel avec nos deux gardes. Il ne me semblait pas très prudent de remettre Théa et Anita en présence l'une de l'autre ce soir.

— Qu'a-t-elle pensé du spectacle ? lançai-je.

La main de Jean-Claude se crispa sur la mienne, qu'il avait posée dans son giron. C'était un geste assez éloquent. « Sois sage », signifiait-il. D'accord, je serais sage. Selon mes critères.

Richard s'était immobilisé contre moi, le bras raide contre mon dos. Mais ce n'était pas un avertissement, parce que sa température corporelle était montée en flèche comme s'il pensait la même chose que moi. Pouvions-nous blâmer quelqu'un à l'exception de nous-mêmes ? Nous mettre en colère contre une tierce personne ? Comme moi, Richard préfère en vouloir aux autres qu'à lui-même.

— Théa a été très impressionnée, répondit Samuel d'une voix totalement neutre.

— Dans ce cas, pourquoi n'est-elle pas là ?

Sampson sourit et dut détourner la tête pour le cacher.

— Qu'y a-t-il de si drôle ? lui demandai-je.

Son père lui jeta un coup d'œil mécontent. Sampson lutta pour se ressaisir mais finit par éclater de rire. Samuel le gratifia de toute la désapprobation qu'un vampire peut avoir accumulée au cours de plusieurs siècles d'existence.

— Je suis désolé, père, s'excusa Sampson d'une voix encore étranglée par l'hilarité, mais reconnais que c'est drôle. « Impressionnée » n'est qu'un doux euphémisme pour décrire la réaction de mère à ce que Jean-Claude et Anita ont fait ce soir.

Samuel demeura de marbre jusqu'à ce que son fils finisse par se calmer. Puis il lâcha sur un ton de dignité blessée :

— Sampson en a trop dit, mais il n'a dit que la vérité. Vous vous demandez pourquoi Théa et mes autres fils ne sont pas ici. Pour être franc, je n'osais pas la remettre en votre présence.

— Elle a apprécié le spectacle, devinai-je.

Samuel secoua la tête et décocha à son fils un nouveau regard désapprobateur.

— Elle l'a plus qu'apprécié, Anita. Elle s'est aussitôt mise à échafauder quantité de spéculations et de plans. Serait-il possible pour elle et moi de faire ce que vous avez fait tous les deux ? Cela m'étonnerait beaucoup, car même si Théa détient un pouvoir similaire à l'ardeur, tel n'est pas mon cas. Je pense que ce que vous avez fait à Augustin nécessite des dons identiques entre les deux dominants.

Jean-Claude hocha la tête, le visage toujours inexpressif.

— C'est aussi ce que je crois.

— Théa est désormais convaincue qu'Anita pourrait déverrouiller les pleins pouvoirs de mérials de nos fils. (Quelque chose passa sur le visage de Samuel, quelque chose de trop subtil pour être déchiffré, mais qui se remarqua étrangement au milieu de toute cette neutralité.) Je ne partage pas sa conviction. Ce que j'ai senti émaner de vous ce soir, Anita, est un tout autre genre de passion. C'est comme la différence entre le feu et l'eau : tous deux peuvent vous consumer, mais pas de la même façon.

Je reportai mon attention sur Sampson, qui affichait toujours un air légèrement amusé.

— Qu'a réellement dit votre mère ? lui demandai-je.

Avant de répondre, le jeune homme jeta un coup d'œil à son père, qui soupira et acquiesça.

— Je ne crois pas que vous vouliez vraiment savoir ce qu'elle a dit, fit Sampson en gloussant. Mais pour résumer, si ça n'avait tenu qu'à elle, Tom et Cris seraient là tous les deux avec nous. Et elle aussi. Elle nous offrirait à vous tous les trois, de toutes les façons dont vous voudriez nous prendre. (Il redevint grave.) Ma mère se laisse parfois emporter. Elle est pleine de bonnes intentions, mais elle ne réfléchit pas comme un être humain, vous voyez ce que je veux dire ?

— Je traîne souvent avec des vampires. Donc, oui, je vois.

Sampson secoua la tête et posa les mains sur ses genoux.

— Ce n'est pas tout à fait la même chose, Anita. Les vampires étaient humains à la base, tout comme les métamorphes et les nécromanciennes. (Il eut un bref sourire.) Mais mère n'a jamais été humaine. Elle pense comme…

Ne trouvant pas ses mots, il s'interrompit.

Ce fut Samuel qui finit à sa pace.

— Théa est différente. Sa façon de raisonner échappe complètement à ceux d'entre nous qui sont venus au monde en tant qu'humains.

Ça n'avait pas l'air de lui faire spécialement plaisir, mais je sentais qu'il disait la vérité.

— Ça doit rendre votre vie très intéressante, commenta Richard.

Samuel le regarda froidement, mais Sampson opina en souriant.

— Vous n'avez pas idée.

— Et toi, Samuel, qu'as-tu pensé du spectacle ? interrogea Jean-Claude.

L'autre vampire réfléchit avec une expression fermée, et ce fut sur un ton tout aussi prudent qu'il répondit :

— J'ai pensé que c'était l'une des plus grandes démonstrations de pouvoir dont j'aie jamais été témoin. Le genre de pouvoir qui m'a poussé à fuir les cours européennes, et en particulier celle de Belle Morte. Le genre de pouvoir qui m'a incité à me réfugier en Amérique de peur de devenir le simple vassal d'un grand seigneur vampire.

— As-tu peur de nous maintenant ?

— Oui.

— Jamais je ne te ferais de mal délibérément.

— Non, mais ton pouvoir grandit. Un pouvoir en pleine expansion est capricieux et imprévisible. Je ne veux pas que mes gens – et encore moins mes fils – se trouvent dans les parages avant que tu aies appris à le maîtriser. Je pense que, sans le vouloir, tu vas être incroyablement dangereux durant les années à venir.

— Pourtant, tu te présentes devant moi avec ton fils aîné. Pourquoi ? Pourquoi ne pas avoir tout simplement quitté mes terres ?

— Parce que Théa a raison sur un point. Si elle et moi parvenions à reproduire ce qu'Anita et toi avez fait… (Samuel s'humecta les lèvres) ça en vaudrait vraiment la peine. Et je l'admets, il existe une chance pour qu'Anita réussisse à déverrouiller les pouvoirs de nos fils – si pouvoirs ils possèdent réellement.

— Crois-tu donc qu'ils soient si humains ? s'enquit Jean-Claude.

— Sampson a largement dépassé les soixante-dix ans. Donc… pas si humains que ça, non.

Je dévisageai Sampson. Il semblait avoir entre vingt et vingt-cinq ans – trente à tout casser. Jamais personne ne lui en aurait donné soixante-dix.

— Vous êtes drôlement bien conservé, commentai-je.

Il eut un large sourire qui me le rendit encore plus sympathique. Il paraissait un peu embarrassé par tous ces jeux de pouvoir, comme s'il les trouvait ridicules.

— J'ai une bonne hygiène de vie, plaisanta-t-il.

Richard se rapprocha légèrement de moi. Je lui jetai un coup d'œil. Il s'était rembruni.

Un des plus gros défis que notre nouveau mode de vie pose à Richard, c'est la jalousie. De tous les hommes de ma vie, il est le seul que la multiplicité de mes partenaires gêne vraiment. Jusqu'à ce que je voie la tête qu'il faisait, j'avais réussi à ne pas prêter attention au fait que Jean-Claude et Samuel parlaient toujours de me faire coucher avec Sampson. Je deviens de plus en plus douée pour ignorer les choses qui me dérangent jusqu'à ce que je sois obligée de les affronter. Richard n'en est pas encore au même stade.

— Thomas et Cristos semblent vieillir à un rythme plus normal.

— Ils n'ont encore que dix-sept ans. C'est un peu trop tôt pour en être sûrs, fit remarquer Jean-Claude.

Samuel haussa les épaules. Il n'avait pas la grâce de Jean-Claude.

— Mais je pense qu'ils sont trop jeunes, trop humains pour faire ce que Théa attend d'eux.

— Il a peur que vous les brisiez, traduisit Sampson à mon intention.

Je ne pus m'empêcher de sourire, et Richard se rembrunit davantage.

— Et vous ? Votre père ne s'inquiète pas pour vous ? demandai-je.

— Sampson est mon aîné, dit Samuel comme si cela expliquait tout.

— Si vous me brisez, il lui restera encore deux fils, ajouta Sampson en souriant pour adoucir la dureté de ses paroles.

Samuel lui toucha le bras.

— Tous mes enfants me sont précieux, tu le sais bien.

Sampson lui tapota la main.

— Je le sais, père. Mais pour ce genre de pouvoir, vous seriez prêt à risquer l'un d'entre nous, et je suis le plus susceptible de survivre sans devenir son esclave.

— Mon esclave ? répétai-je. Je ne réduis pas les gens en esclavage. Ce n'est vraiment pas mon truc.

Sampson m'étudia avec un regard qui, sans être aussi pénétrant, ressemblait beaucoup à celui de son père.

— Si Augustin ne devient pas votre esclave, ce sera seulement parce que son pouvoir lui aura permis de s'en tirer. Ça ne sera pas faute d'efforts de votre part. Et je suis loin d'être aussi puissant qu'un Maître de la Ville.

J'ouvris la bouche et la refermai sans savoir quoi dire.

— C'était un accident. Je ne voulais pas faire ça, lâchai-je enfin.

— Alors, que vouliez-vous faire ? demanda Sampson en fixant son regard brusquement si grave sur moi.

Je clignai des yeux. Bonne question. Qu'avais-je voulu faire ?

— Gagner, répondis-je.

— Quoi ?

— Gagner. Je voulais gagner. Auggie et votre père sont censés être les amis de Jean-Claude. Mais votre mère venait d'essayer de me rouler, et elle avait bien failli réussir. Elle avait tenté d'éveiller l'ardeur pour m'inciter à coucher avec votre petit frère. Puis Auggie a éveillé l'ardeur pour de bon et utilisé contre moi la capacité spéciale de sa lignée. Si c'est ainsi que nous traitent les amis de Jean-Claude, que feront les autres Maîtres de la Ville à leur arrivée ?

Je secouai la tête et me penchai en avant sans lâcher la main de Jean-Claude. Pour ne pas rompre le contact avec Richard, je dus poser mon autre main sur sa cuisse.

— Nous devions remporter cette bataille. Il le fallait.

— Vous deviez la remporter de telle sorte que plus aucun d'entre nous ne s'avise de tester votre pouvoir, développa Samuel.

J'opinai.

— Oui.

Le regard du vampire se porta vers le couloir derrière nous. Richard et moi ne pûmes nous empêcher de tourner la tête, mais ni Jean-Claude ni Asher ne se donnèrent cette peine, comme s'ils savaient déjà qu'il n'y avait personne.

— Je crois que vous avez réussi, Anita. Si Augustin se met à vous suivre partout comme un chiot éperdu d'amour, tous les autres Maîtres de la Ville vous craindront. Certains retireront même leur offre de vous fournir une nouvelle pomme de sang, de peur que Jean-Claude et vous vous nourrissiez d'eux comme vous vous êtes nourris des gens d'Augustin.

— Nous nous sommes nourris des gens d'Augustin parce qu'il est leur maître, intervint Jean-Claude. Nul autre Maître de la Ville ne s'est proposé pour partager le lit de ma petite.

— Pour l'instant, rectifia Samuel. Mais s'ils savaient ce qui est arrivé à Augustin, ils pourraient être tentés. Anita exerce sur ceux qui l'approchent une attirance presque irrésistible. Même moi, je le sens – alors que je n'appartiens pas à la lignée de Belle Morte.

— À quel point t'attire-t-elle ? demanda Jean-Claude sur un ton désinvolte.

Les deux vampires se regardèrent. Soudain, je sentis quelque chose de presque tangible passer entre eux, pas de la magie, mais comme de la volonté.

— C'est une drôle de question, commenta Samuel.

— Tu trouves ? répliqua Jean-Claude, sa voix montant légèrement sur la fin de la question comme pour réprimander son interlocuteur.

Samuel s'adossa de nouveau à la bergère comme s'il comptait rester là un bon moment. Je compris que les deux vampires venaient d'engager une négociation.

— C'était très impoli de la part d'Augustin de déclencher une bagarre avec ta servante humaine. Venant de lui, ça m'a surpris.

— En effet, ça ne lui ressemblait pas, approuva Jean-Claude.

— C'est aussi ce que je pense.

La main libre de Richard trouva celle que j'avais posée sur sa cuisse. Du pouce, il se mit à me caresser les jointures comme si lui aussi avait perçu la tension. Quelque chose se préparait, mais quoi ? Que mijotait Jean-Claude ?

Je n'ai pas l'habitude d'être tenue à l'écart par les deux autres membres de notre triumvirat, surtout lorsque nous nous touchons. Mais pour une raison qui m'échappait, Jean-Claude avait dressé des boucliers hermétiques entre nous trois. Il ne fait ça que lorsqu'il craint ce qui se passerait si les marques s'ouvraient involontairement.

Après notre petit face-à-face avec Auggie, je n'avais aucune envie de protester, mais du coup, je me retrouvais psychiquement aveugle à Jean-Claude et à Richard. Et je me rendais compte combien j'avais pris l'habitude de me reposer sur les indications qu'ils m'envoyaient mentalement.

— J'ai besoin de conseils, Samuel. Des conseils d'un autre Maître de la Ville.

— Que pourrais-je bien t'apporter ? Tu es un sourdre de sang, et je ne suis qu'un Maître de la Ville ordinaire.

— Ce n'est pas ton pouvoir que je sollicite, mais ta sagesse.

Tous deux se mesurèrent du regard sans que leurs visages trahissent quoi que ce soit. *Note à moi-même : ne jamais jouer au poker avec un maître vampire.*

— Je suis toujours ravi de faire profiter mes amis de mon expérience.

— J'ai aussi besoin de ta confiance, Samuel.

— Il est naturel que des amis aient confiance les uns en les autres.

J'eus le temps de me demander si le terme « amis » signifiait pour eux la même chose que pour Jean-Claude et Auggie. Mais pas celui de poser la question.

— Ce soir, je t'ai fait confiance, Samuel, et Théa a tenté de soumettre ma servante humaine à sa volonté et à celle de votre Thomas. Ce n'est pas ainsi que se comporte un ami digne de confiance.

— Je ne puis que te présenter mes excuses les plus sincères, Jean-Claude. Théa fait parfois preuve d'un enthousiasme excessif quand il s'agit de révéler les pouvoirs de nos fils.

Sampson et moi éclatâmes de rire en même temps. Les deux maîtres vampires nous dévisagèrent.

— Désolée, mais c'est ce qu'on appelle un doux euphémisme.

— « Un enthousiasme excessif », s'esclaffa Sampson en secouant la tête.

Samuel fronça les sourcils d'un air désapprobateur, puis soupira et reporta son attention sur Jean-Claude.

— Autrefois, je t'ai aidé. Pas pour de l'argent, mais parce qu'Augustin était mon ami et qu'il m'avait réclamé cela comme un service.

— C'est ton navire qui m'a permis de m'échapper et de gagner le Nouveau Monde.

Dans le souvenir de Jean-Claude, Auggie avait mentionné un bateau et un capitaine de confiance. S'agissait-il de Samuel ?

— Je te propose que nous mettions notre méfiance de côté pour parler franchement, et que nous nous comportions en véritables amis et non en adversaires.

— Tous les maîtres vampires sont des adversaires naturels, rétorqua Jean-Claude.

Samuel sourit.

— Tu répètes ce qu'on t'a dit et non ce que tu crois personnellement. (Il jeta un regard entendu à Asher.) Il est assez puissant pour gouverner son propre territoire, mais il reste avec toi par amour. Vous n'avez pas peur l'un de l'autre.

— Non, mais toi et moi n'avons jamais été proches comme peuvent l'être des amants.

Samuel fit un geste désinvolte comme pour signifier que Jean-Claude était à côté de la plaque.

— Je ne convoite pas ton territoire. Convoites-tu le mien ?

Jean-Claude sourit.

— Non.

— Je ne convoite pas ta dame. Convoites-tu la mienne ?

Jean-Claude secoua la tête.

— Non.

— Et nous n'avons pas le même animal à appeler. Par conséquent, nous ne constituons pas une menace l'un pour l'autre. Nos pouvoirs sont trop différents. Cessons ce jeu qui ne peut rien nous rapporter ; choisissons plutôt de nous entraider dans l'amitié et la franchise.

Jean-Claude hocha brièvement la tête.

— Entendu. (Puis il eut un large sourire.) Toi d'abord.

Samuel éclata d'un rire assez brusque et assez fort pour révéler ses crocs – un rire semblable à celui de Sampson, comme s'il avait ressemblé à son fils aîné de son vivant.

Du coup, je m'interrogeai. Si j'étais enceinte, à qui ressemblerait le bébé ? Serait-il la copie conforme de quelqu'un – un petit Jean-Claude qui courrait partout dans la maison ?

La perspective d'avoir un enfant me terrifiait, mais celle d'une version miniature et vivante de Jean-Claude n'était pas si horrible.

Je secouai la tête assez fort pour que tout le monde me regarde.

— Qu'est-ce qui ne va pas, ma petite ?

— Désolée, je réfléchissais. Peut-être parce que je n'avais encore jamais entendu des maîtres vampires parler d'amitié et de franchise. Il va me falloir un peu de temps pour m'habituer.

Samuel me sourit.

— Je suppose que ce doit être un concept très étrange pour l'Exécutrice.

Je fis un signe de dénégation.

— Vous vous trompez. C'est un concept très étrange pour la servante humaine de Jean-Claude. En tant qu'Exécutrice, je me contente de tuer des vampires. Je ne leur fais pas la conversation.

Il me dévisagea longuement de ses yeux noisette, comme s'il me jaugeait. Puis il reporta son attention sur Jean-Claude.

— Je crois vraiment que nous pouvons nous entraider. Et puisque tu le désires, je vais commencer. (Il poussa un gros soupir.) Quand Sampson dit que Théa ne pense pas comme une humaine, il a tout à fait raison. Elle est la dernière des mérials, et cela la ronge. Elle décèle un grand potentiel chez chacun de nos fils, et elle est bien décidée à faire éclore leurs pouvoirs. (Samuel hésita, comme s'il se sentait encore mal à l'aise après tant de siècles passés à se maîtriser.) Théa vient d'une époque et d'un peuple au sein desquels des liens familiaux étroits ne constituaient pas un obstacle aux relations sexuelles, ni même au mariage. Les sirènes mâles et femelles étaient vénérées comme des dieux et des déesses. Connais-tu les mythes grecs ?

— Quiconque a reçu une éducation classique les connaît, répondit Jean-Claude.

— Tu tournes autour du pot, père, intervint Sampson.

Samuel lui jeta un coup d'œil.

— J'avoue que le moment venu d'être franc, je commence à regretter ma proposition.

Sampson lui toucha la main.

— Alors, laisse-moi raconter à ta place.

Samuel secoua la tête.

— Non. Je suis un Maître de la Ville et ton père. C'est à moi de le faire. (Il reporta son attention sur Jean-Claude.) Théa a tenté d'éveiller les pouvoirs de mérial de Sampson.

Jean-Claude et moi le regardâmes en clignant des yeux. À côté de nous, Richard était paumé parce que nous ne lui avions pas raconté de quelle façon les mérials entraient en pleine possession de leurs pouvoirs. À moins que… Je ne me souvenais plus si nous l'avions fait ou pas.

Ce fut moi qui demandai :

— Voulez-vous dire que votre femme a tenté de coucher avec votre fils ?

Samuel acquiesça.

— Sampson est venu m'en parler, et j'ai été très clair : j'ai dit à Théa que si elle refaisait ça, je la tuerais. Quand les jumeaux ont commencé à manifester des signes de pouvoir, je lui ai resservi le même discours.

— Serais-tu réellement capable de le faire ? s'enquit Jean-Claude.

Le masque de politesse de Samuel s'évanouit, et ses prunelles flamboyèrent un instant. Très vite, il baissa les yeux pour dissimuler sa colère.

— J'aime ma femme, mais j'aime aussi mes fils. Et ce sont des enfants. Ils ne peuvent pas se protéger contre elle.

— À la décharge de ma mère, lança Sampson, quand j'ai dit non, elle n'a pas insisté. Elle aurait pu. Je suis son fils, mais je ne suis pas encore un mérial. Si elle avait voulu me forcer, je n'aurais pas réussi à lui résister. Mais elle s'est interrompue en mesurant combien j'étais horrifié. Elle ne comprenait pas pourquoi cela me perturbait autant ; pourtant, elle a respecté mes souhaits.

Richard et moi échangeâmes un regard. Pour la première fois, je crois que nous pensâmes tous les deux : *Ça aurait pu être pire.* Il existait quelque part dans le monde une créature surnaturelle plus perturbante que Jean-Claude et Belle Morte sur le plan sexuel. Beurk.

— Mais je crains, reprit Samuel, que la retenue de Théa ne soit pas éternelle. Les jumeaux ont dix-sept ans ; ils sont assez vieux pour se marier et pour beaucoup d'autres choses. Je crains qu'elle soit tentée d'insister avec eux, et qu'ils ne fassent pas preuve de la même force morale que Sampson. Leur volonté et leurs appétits seront peut-être plus faciles à troubler.

— Dans ce cas, seras-tu capable de mettre ta menace à exécution ? insista Jean-Claude. Même si les agissements de Théa pouvaient faire de tes fils des mérials accomplis ?

Son expression et sa voix étaient de nouveau totalement neutres.

— Même s'ils devenaient des mérials accomplis, je ne suis pas certain que leur santé mentale y survivrait. Imagine quelqu'un d'aussi puissant que Théa – voire plus grâce à l'apport de ma lignée – mais complètement fou ? Je ne veux pas être forcé d'emprisonner ou d'exécuter mes propres enfants, Jean-Claude. Et il se pourrait bien que je doive en arriver là.

Samuel secoua la tête. Des rides d'inquiétude creusaient son visage telles des cicatrices profondes, comme s'il portait ce fardeau depuis longtemps.

— Ce serait un choix terrible, convint Jean-Claude.

Samuel se ressaisit. Son expression redevint affable et détachée.

— Mais si nous trouvons un moyen d'éveiller leurs pouvoirs sans impliquer Théa, le problème sera résolu de la façon la plus merveilleuse qui soit, et j'aurai une dette éternelle envers toi.

— Il n'est absolument pas certain que coucher avec ma petite permettra d'éveiller les pouvoirs de tes fils ainsi que tu le désires.

À ce stade, j'ouvris la bouche pour protester que je n'avais accepté de coucher avec personne, mais Jean-Claude me pressa discrètement la main comme pour me dire « Attends un peu ».

— Peut-être pas. Mais je pense pouvoir convaincre Théa que si Anita ne parvient pas à faire des garçons des mérials accomplis, personne n'y parviendra, pas même elle. Si Anita essaie et échoue, Théa acceptera probablement le fait que nos fils n'ont pas le potentiel de devenir des mérials, et elle se résignera.

Alors, Jean-Claude se tourna vers moi.

— Richard, ma petite, si vous avez des questions, c'est le moment de les poser.

— Vous avez bien dit « dix-sept ans » ? demanda Richard.

Samuel acquiesça.

Richard me jeta un coup d'œil éloquent.

— Pas la peine de me regarder comme ça. J'ai déjà refusé parce que Thomas et Cristos étaient trop jeunes, merci beaucoup.

Je retirai ma main de la sienne, je ne méritais pas ses soupçons.

— Mais Sampson n'est pas trop jeune. Tu pourrais coucher avec lui.

Je me levai, lâchant les deux hommes, et toisai Richard d'un air furieux.

— Excuse-toi immédiatement.

Je voyais de l'embarras sur son visage, mais aussi de la colère.

— Je n'aurais pas dû dire ça. Je suis désolé. Mais tu ne peux pas t'attendre à ce que je saute de joie en apprenant que tu envisages d'ajouter encore quelqu'un à la liste de tes amants. Je n'aime pas ça, Anita, un point c'est tout.

— T'ai-je demandé avec combien de femmes tu avais couché cette semaine ?

— Non, mais tu n'es pas obligée de faire leur connaissance.

Je ne pouvais pas dire le contraire.

— D'accord, tu as raison. Ça me foutrait en rogne si je devais fréquenter tes copines. (Je levai les mains au ciel.) Et merde, Richard. Si tu as sur toute cette histoire une opinion fondée sur autre chose que ta jalousie, je t'écoute. Sinon…

Il baissa les yeux, puis se leva du canapé et s'avança jusqu'au bord de la moquette.

— Tout ce que je vois quand je regarde Sampson, c'est qu'il n'est pas vilain, qu'il fait à peu près ma taille et que… je ne veux pas que tu couches avec lui. Mais ce que je voudrais vraiment, c'est que tu ne couches avec personne d'autre que moi, donc…

Il écarta les mains et haussa les épaules.

— Ai-je touché un point sensible sans le vouloir ? interrogea Samuel.

— Disons qu'il s'agit d'un désaccord persistant entre eux, répondit Jean-Claude.

— J'avais l'impression que tout le monde était d'accord pour qu'Anita ajoute un amant à sa liste, dit Sampson. Mais si ce n'est pas le cas, laissons tomber.

Richard croisa les bras sur sa poitrine.

— Si vous ne le faites pas pour la seule raison que je m'y oppose, et que votre mère… (Il ferma les yeux, et je vis plusieurs émotions contradictoires batailler sur son visage.) Que Dieu me vienne en aide, mais sexuellement, vos frères et vous êtes dans une situation encore plus perverse que la nôtre. Si je refuse et que le pire se produit… (Il se mit à faire les cent pas au bord de la moquette comme si les murs étaient encore là.) C'est à Anita de décider. Aucun de nous n'est monogame ; de quel droit protesterais-je ? Mais je ne resterai pas pour regarder.

Il se planta face à nous, les bras croisés et les épaules voûtées comme si quelque chose lui faisait mal.

— Anita ? demanda Samuel.

Toujours debout, je le dévisageai et soupirai.

— Pour être franche, je préférerais ne pas allonger la liste. Mais comme Jean-Claude me l'a expliqué, j'ai besoin d'une nouvelle pomme de sang dans les plus brefs délais. Je ne vous promets rien, mais j'accepte d'essayer.

J'avais prononcé la dernière phrase sans regarder personne parce que je me sentais trop mal. Trop mal de consentir à prendre un nouvel amant devant trois hommes avec lesquels je couchais déjà.

— Bien, dit Samuel.

Et j'entendis un tel soulagement dans sa voix que je ne pus m'empêcher de le regarder. Il souriait, les yeux brillants de bonheur et de larmes retenues.

À cet instant, je compris qu'il avait accepté comme une fatalité l'idée que sa femme séduirait un de leurs fils, qu'il la tuerait, que leur fils deviendrait fou et qu'il devrait le tuer aussi. Dans le genre œdipien, c'était assez atroce. Samuel s'était fait à l'idée que le pire se produirait un jour… et voilà qu'il était sauvé. Il ressemblait à un condamné à mort qui attend le bourreau et qui, à la place, reçoit un coup de fil du gouverneur lui signifiant sa grâce.

Ça ne me plaisait toujours pas d'allonger la liste de mes amants, mais pour une fois, j'étais contente de sauver quelqu'un plutôt que de provoquer sa perte. C'était autrement plus gratifiant.

Chapitre 14

Samuel sourit à Jean-Claude, et comme beaucoup de choses chez lui, ce fut un sourire très humain. Je pris alors conscience qu'à l'instar d'Auggie, Samuel pouvait se comporter bien plus normalement que la plupart des vampires que je connaissais.

S'agissait-il d'un tour de passe-passe mental, d'une manipulation psychique comme dans le cas d'Auggie ? Possible. Le cas échéant, m'appartenait-il de démasquer Samuel en exposant son secret ? Non. Finies les grandes révélations pour ce soir – ou en tout cas, plus aucune venant de moi. Je ne foutrais pas plus de bordel à moins d'y être obligée. Je voulais seulement finir cette conversation sans autre incident.

Pourquoi m'inquiétais-je à ce point ? Je m'étais rassise à côté de Jean-Claude, mais Richard se tenait toujours debout, les bras croisés et les épaules voûtées. Je connaissais bien cette expression. En général, elle signifie qu'une dispute particulièrement sanglante est sur le point d'éclater. Or, je n'avais aucune envie de me disputer avec quiconque, et surtout pas avec Richard.

Jean-Claude me toucha la main. Cela me fit sursauter. Je me tournai vers lui.

— Qu'est-ce qui ne va pas, ma petite ?

Je haussai les sourcils et jetai un coup d'œil entendu au troisième membre de notre triumvirat.

— Ah, dit-il.

Agrippant sa main, je tentai de désamorcer la bagarre.

— Richard ? appelai-je doucement.

Le loup-garou tourna vers moi ses yeux marron brûlants de colère.

— Quoi ? aboya-t-il. (La dureté de sa propre voix le fit frémir.) Désolé. Qu'est-ce qu'il y a, Anita ?

— Tu n'es pas obligé de te disputer avec moi pour pouvoir t'en aller, répondis-je aussi calmement et aussi franchement quc possible.

Il se rembrunit.

— Qu'est-ce que ça veut dire ?

— Ça veut dire que depuis que nous avons commencé à nous entretenir avec Samuel du problème de ses fils, ta tension est montée en flèche.

— Si nous discutions de la possibilité que je couche avec trois filles dont deux de dix-sept ans, tu ne serais pas en rogne, toi aussi ?

Je réfléchis avant d'acquiescer.

— Si.

— Alors, ne t'attends pas à ce que je le prenne bien.

— Que veux-tu que je fasse, Richard ? Que je m'excuse ? Je ne saurais même pas à quel sujet. Et quoi qu'il en soit, jc t'ai déjà dit que ma réponse était non pour les jumeaux.

— Je crois, Jean-Claude, que Sampson et moi allons nous retirer pour la nuit. (Samuel se leva.) Vous semblez avoir beaucoup de choses à régler entre vous.

Sampson imita son père. Debout, il le dépassait de cinq bons centimètres, comme s'il tenait de sa mère pour ce qui était de la taille. Je me demandai quels autres traits il avait génétiquement hérité d'elle. Je n'y connaissais pas grand-chose en sirènes et en mérials. Il serait sans doute bon que je remédie à mes lacunes avant de devenir trop intime avec l'un d'eux.

— Pas encore, mon ami, s'il te plaît, dit Jean-Claude. (Il tourna un visage serein vers celui mécontent de Richard.) Avant que j'introduise ma petite parmi nos semblables demain soir, nous avons encore besoin de résoudre quelques mystères.

Samuel opina et se rassit.

— Tu te demandes si mettre Anita en présence de presque une douzaine de Maîtres de la Ville pourrait produire une nuit encore plus intéressante que celle-ci, devina-t-il.

Jean-Claude acquiesça.

— Exactement.

— Sont-ce des questions auxquelles seul un maître vampire est en mesure de répondre ? interrogea Sampson.

— Un maître vampire comme ton père, rectifia Jean-Claude.

— Dans ce cas, je pourrais rentrer à l'hôtel pour voir comment vont mère et les jumeaux, suggéra Sampson.

— Je crois qu'ils ont assez de chiens de garde, répliqua Samuel.

Sampson le regarda comme s'il essayait de lui faire passer un message muet que son père refusait de comprendre.

— Vous partez parce que votre présence me perturbe, avança Richard.

Sampson tourna vers lui son visage ouvert, à l'expression si franche, et acquiesça.

— C'est…

Richard luttait contre ses propres émotions. Je savais que la bienveillance spontanée le touchait à tous les coups.

— C'est vraiment gentil de votre part.

— De toute évidence, vous n'aimez pas partager Anita, et voilà que je vous demande de la partager avec une personne de plus. Nous avons besoin de son aide. Je ne veux pas perdre ma mère et un de mes petits frères – ou les deux.

Sampson secoua la tête, le regard perdu dans le vide. Il ne voyait plus rien de ce qui se trouvait dans cette pièce. Il semblait hanté comme si, à l'instar de son père, il avait abandonné tout espoir d'éviter une tragédie. Comme s'il se représentait des scènes horribles depuis des mois et que cela lui brisait le cœur.

Il leva les yeux vers Richard.

— Je ne renoncerai pas à cette chance de sauver ma famille, mais je suis navré que cela vous fasse souffrir. (Il s'avança vers le milieu de la pièce.) Si je peux atténuer votre peine en me retirant, ce sera toujours ça de pris.

Richard baissa la tête, et ses cheveux dissimulèrent son expression. Quand il releva la tête, il la secoua tel un homme qui émerge de l'eau pour chasser ses cheveux trempés de sa figure.

— Et en plus, vous m'insultez, lâcha-t-il sans agressivité.

— J'ai dit quelque chose de mal ? s'étonna Sampson.

— Non, le détrompa Richard. (Il soupira et décroisa les bras avec raideur, comme si renoncer à sa colère lui était douloureux.) Non, c'est juste que j'aurais préféré vous trouver antipathique.

Sampson parut perplexe.

— Je ne comprends pas.

— Si vous m'étiez antipathique, je pourrais m'énerver et partir en claquant la porte. Si vous vous comportiez comme un connard libidineux, je pourrais me draper dans mon orgueil blessé et sortir en trombe sans un regard en arrière.

Je lui fis face. Jean-Claude prit bien soin de ne pas lâcher ma main tandis que je pivotais.

— Je te l'ai déjà dit, Richard : tu n'es pas obligé de te battre avec qui que ce soit pour pouvoir t'en aller.

— Bien sûr que si. En n'étant pas là quand vous avez besoin de moi, je sape notre pouvoir. Si j'avais été ici tout à l'heure, Augustin n'aurait pas pu te rouler. Je ne peux m'en prendre qu'à moi-même pour ce qui s'est passé entre lui, Jean-Claude et toi.

Sa voix s'échauffait, et quelques étincelles de son pouvoir crépitaient déjà à travers la pièce.

Lâchant la main de Jean-Claude, je fis quelques pas vers lui.

— Pourquoi serais-tu responsable de tout ? J'ai affaire à des morts-vivants plus souvent que toi ; j'aurais dû être capable de me protéger toute seule. Et peut-être aurais-je dû deviner les intentions d'Auggie. Mais ce qui est fait est fait. Je ne vais pas perdre de temps en vains remords : je vais gérer les conséquences.

— Est-ce vraiment si facile pour toi, Anita ? « C'est arrivé ; on va faire avec et tourner la page » ?

Je réfléchis et acquiesçai.

— Oui, parce que je n'ai pas d'autre solution. Ma vie serait un enfer si je ressassais tous mes mauvais choix, toutes les décisions discutables que j'ai prises. La remise en cause permanente est un luxe que je ne peux pas m'offrir.

— Un luxe ? répéta Richard. Ce n'est pas un luxe, Anita. C'est ce qu'on appelle la morale. La conscience. Ce n'est pas un luxe : c'est ce qui nous sépare des animaux.

Et c'est reparti pour un tour, songeai-je. À voix haute, je dis seulement :

— J'ai une conscience, Richard, et ma propre morale. Est-ce que j'ai peur d'être devenue trop dure, trop impitoyable ? Oui, parfois. Est-ce qu'il m'arrive de me demander si je n'ai pas vendu des morceaux de mon âme juste pour survivre ? Bien sûr. (Je haussai les épaules.) C'est le prix à payer pour s'adapter au monde réel.

— Ce n'est pas le monde réel, Anita. Pas pour la plupart des gens.

— Mais ça l'est pour nous.

Je me tenais face à lui maintenant. J'étais presque assez près pour le toucher. Il devait faire un gros effort pour se maîtriser, parce que son pouvoir n'était encore qu'une pression tiède dans l'air.

Il agita les mains pour désigner la pièce autour de nous.

— Ce n'est pas ici que j'ai envie d'être, Anita. Je ne veux pas que mes choix se réduisent à te partager avec d'autres hommes ou provoquer la mort de quelqu'un. Je déteste tout ça.

Je soupirai pour lui laisser voir à quel point j'étais lasse, et triste, et désolée.

— Il fut un temps où j'aurais dit la même chose que toi. Aujourd'hui… Il y a des parties de ma vie que j'aime beaucoup. Je déteste l'ardeur, mais je ne déteste pas tout ce qu'elle m'a apporté. J'aurais bien voulu tester l'option mariage-enfants-maison avec barrière blanche, mais même sans les marques vampiriques, je pense que ça n'aurait pas été ma tasse de thé.

— Et moi, je suis persuadé du contraire.

— Richard, je crois que tu me connais mal. Tu ne me vois pas telle que je suis vraiment.

— Comment peux-tu me dire ça ? Quand je ne dresse pas mon bouclier, je partage tes rêves et tes cauchemars.

— Mais tu tentes toujours de me ranger dans une case qui, à mon avis, n'était pas faite pour moi même à l'époque où nous nous sommes rencontrés. De la même façon que tu tentes de te ranger dans une case qui n'est pas faite pour toi.

Il secoua la tête.

— Ce n'est pas vrai. Ce n'est pas vrai du tout.

— Quelle partie de ce que je viens de dire n'est pas vraie du tout ?

— Je suis certain que sans lui… (il désigna Jean-Claude) nous aurions pu avoir une vie de couple normale.

Jean-Claude affichait son expression la plus sereinement vacante, comme s'il avait peur de dire ou de faire quoi que ce soit.

— N'essaie pas de rejeter toute la faute sur Jean-Claude.

— Pourquoi pas ? S'il nous avait fichu la paix – s'il ne nous avait pas marqués – aucun de nos problèmes actuels ne se poserait.

— Parce que tu serais mort, répliquai-je.

Richard fronça les sourcils.

— Quoi ?

— Sans le pouvoir supplémentaire que t'ont conféré les marques de Jean-Claude, jamais tu n'aurais pu tuer Marcus et devenir l'Ulfric de la meute.

— C'est faux.

Je le regardai sévèrement.

— Non, Richard, j'étais là. C'est la stricte vérité. Tu serais mort, et je vivrais encore seule. Toutes les nuits, je dormirais avec mes peluches et mes flingues. Tu serais mort pour de bon et je serais morte à l'intérieur. Je crèverais de solitude – pas juste à cause de ton absence, mais parce que ma vie serait toujours aussi vide. Avant, j'étais comme beaucoup de flics. Je n'avais que mon boulot, et rien d'autre. Mon existence était remplie de mort et d'horreur ; elle se résumait à essayer de leur faire face sans me laisser submerger. Et j'étais en train de perdre la bataille. De me perdre moi-même, bien avant que Jean-Claude me marque.

— Je t'ai demandé de cesser de travailler pour la police. Je t'ai dit que ça te bouffait.

Je secouai la tête.

— Tu ne m'écoutes pas, Richard. Ou du moins, tu ne m'entends pas.

— Peut-être que je n'ai pas envie de t'entendre. Ou peut-être que c'est moi qui ai raison et toi qui ne m'écoutes pas.

Moins d'un mètre nous séparait, mais nous aurions aussi bien pu nous trouver sur deux continents différents. Certaines distances sont faites de choses plus importantes et plus infranchissables que des kilomètres. Face à face, nous nous regardions par-delà un gouffre d'incompréhension, de douleur et d'amour.

Je fis une dernière tentative.

— Admettons que tu aies raison. Admettons que Jean-Claude nous ait fichu la paix. Je n'aurais quand même pas renoncé à bosser pour la police, et tu n'aurais toujours pas eu ta relation parfaite.

— Tu viens de dire toi-même que ce boulot te détruisait.

Je hochai la tête.

— Ce n'est pas parce que certaines choses sont difficiles qu'il faut y renoncer.

Quelque part, j'avais l'impression de ne pas parler seulement de mon boulot.

— Tu as dit que j'avais raison, insista Richard.

— J'ai dit : « Admettons que tu aies raison », rectifiai-je. Peut-être que sans Jean-Claude, nous aurions trouvé un moyen de faire fonctionner notre couple. Mais nous sommes liés à lui, Richard. Nous formons un triumvirat de pouvoir. Ce qui se passerait si nos vies étaient complètement différentes n'a pas la moindre importance.

— Comment peux-tu affirmer ça ?

— Ce qui compte, Richard, c'est de gérer la réalité, la situation telle qu'elle se présente ici et maintenant. Il est des choses que nous ne pouvons pas défaire. Autant collaborer pour en tirer le meilleur parti.

Une colère glaciale se lisait sur ses traits. Je déteste quand il fait cette tête, parce que je le trouve effrayant… et encore plus beau que d'habitude.

— Et quelle est cette réalité dont tu parles ?

Son pouvoir se mit à couler à travers la pièce telle une eau brûlante, trop chaude pour qu'on ait envie de s'y baigner. Les gardes s'agitèrent, mal à l'aise.

— Je suis la servante humaine de Jean-Claude. Tu es son animal à appeler. Nous formons un triumvirat de pouvoir. Nous ne pouvons rien y changer. Jean-Claude et moi sommes tous deux porteurs de l'ardeur. Nous avons tous deux besoin de nourrir cette faim, et il en sera toujours ainsi.

— Je croyais que tu espérais apprendre à te nourrir à distance dans les clubs, comme Jean-Claude le faisait du temps de Nikolaos.

— Ça diminuait son pouvoir – raison pour laquelle l'ex-Maître de la Ville l'y encourageait. Je ne vais pas laisser mes scrupules nous handicaper sur le plan magique. J'ai fini de me cacher, et j'ai fini de me raconter des histoires, Richard. L'ardeur ne s'en ira pas. J'ai besoin de la nourrir.

Il secoua la tête.

— Non.

— Comment ça, « non » ?

Alors, Richard baissa son bouclier. J'ignore s'il le fit exprès ou si ses émotions le submergèrent. Quoi qu'il en soit, j'entendis soudain ses pensées aussi clairement que des cloches sonnant dans ma propre tête. Il croyait qu'une fois que je maîtriserais l'ardeur, je plaquerais Micah et Nathaniel pour vivre avec lui. Pour être avec lui seul. Contre toute attente, il espérait encore qu'un jour, nous formerions un gentil petit couple monogame.

Il ne me fallut que quelques secondes pour appréhender le tableau dans son ensemble, mais en baissant son bouclier, Richard avait fait tomber le mien. Il perçut combien j'étais choquée et incrédule.

Je sentis ma pensée suivante prendre forme, et je tentai de l'en empêcher, de l'étouffer dans l'œuf ou de repousser Richard hors de mon esprit. Mais mes émotions étaient trop vives, et je ne pus réagir assez vite.

Même si je suis réellement enceinte, ça ne marchera jamais.

Ce fut au tour de Richard d'être choqué. Bouche bée, il me dévisagea et chuchota :

— Enceinte.

Je dis la seule chose qui me vint à l'esprit.

— Et merde.

Chapitre 15

Je dressai brutalement mon bouclier. Je pensai « métal », lisse, épais et inviolable, et je le verrouillai aussi hermétiquement que possible. J'avais baissé les yeux et les avais fixés sur le sol, incapable de soutenir le regard de quiconque. J'avais trop peur de ce que je lirais sur le visage des hommes de ma vie – et, peut-être, plus peur encore de ce que je n'y lirais pas.

— Anita, dit Richard.

Il tendit la main vers moi, mais je reculai hors de sa portée en secouant la tête. Je ne savais pas ce que j'attendais de ce moment, ne savais pas quelle réaction j'espérais de leur part et quelle attitude me mettrait instantanément en rogne. Je comptais garder le secret jusqu'à ce que je sois sûre. Je ne voulais pas ouvrir cette boîte de Pandore émotionnelle pour rien.

Ce fut Samuel qui rompit le silence.

— Félicitations à vous deux. Un bébé, c'est toujours une nouvelle réjouissante.

Je pivotai lentement vers lui, parce que de toutes les personnes présentes, il était celle dont l'opinion m'importait le moins. Lui, je pouvais le regarder – et me mettre en colère contre lui si j'en éprouvais le besoin.

Mais déjà, Sampson lui touchait l'épaule.

— Père, je crois vraiment que nous devrions prendre congé.

Samuel dévisagea d'abord son fils, puis moi, puis Jean-Claude, puis une grande partie des autres occupants de la pièce. Il semblait en proie à la plus grande confusion.

— Mais c'est merveilleux, et vous réagissez tous comme si quelqu'un était mort.

— Père, répéta Sampson à voix basse, sur un ton d'avertissement.

Il m'observait, et ce qu'il vit sur mes traits le poussa à prendre son père par le coude pour tenter de le faire se lever.

Samuel regarda la main de son fils jusqu'à ce que celui-ci la laisse retomber. Puis il leva les yeux vers moi. Son expression n'avait plus rien d'amical. Il semblait plus vieux à présent, plein d'une sagesse profonde – mais aussi de tristesse et de colère.

— Pourquoi êtes-vous si furieuse, Anita ?

Je commençai à compter jusqu'à vingt dans ma tête, devinai que ça ne suffirait pas et lançai tout de go, d'une voix étranglée par la fureur :

— Ne me dites pas ce que je dois ressentir, Samuel. Vous n'en avez pas le droit.

Il se leva, forçant son fils à s'écarter de lui.

— Songez quelle puissance pourrait détenir un enfant issu de vous et de Jean-Claude.

— Je n'ai aucune garantie que ce soit le sien, répliquai-je.

— Les probabilités veulent que, si tu es enceinte, ça ne soit d'aucun des vampires, intervint Richard d'une voix basse et circonspecte, dans laquelle je décelai toutefois quelque chose que je n'avais pas envie d'entendre : de l'excitation.

Je me tournai vers lui. J'ignore ce que j'aurais dit ou fait si Jean-Claude ne s'était pas soudain interposé entre nous.

— Maîtrise ton impulsivité, ma petite, me conseilla-t-il.

— Vous voulez que je me maîtrise ! (Je m'écartai de lui.) Il n'a pas l'air si mécontent de ce qui arrive, tandis que votre bouclier est si bien verrouillé que j'ignore complètement ce que vous pensez.

— Je pense que tu prendrais de travers tout ce que je pourrais dire ou faire en cet instant.

On ne m'avait jamais fait observer de manière plus diplomatique que j'étais une emmerdeuse.

Je réprimai une forte envie de hurler, et ce fut d'une voix tendue par l'effort que je réclamai :

— Dites quelque chose.

— Es-tu enceinte ? demanda-t-il sur un ton poliment neutre.

— Je ne sais pas, mais je n'ai pas eu mes règles en octobre.

Richard s'avança et tenta lui aussi une approche neutre. Sa voix le trahit, mais au moins, il essayait.

— T'est-il déjà arrivé de sauter un mois ?

Je secouai la tête.

— Non.

Plusieurs émotions luttèrent sur son visage, et il finit par se détourner comme s'il était certain que je ne voudrais pas voir celle qui allait l'emporter.

— Ne t'avise surtout pas d'être heureux, bordel !

Il pivota à nouveau vers moi. Il avait repris la maîtrise de son expression, mais ses yeux le trahissaient. Il avait ce regard doux et amoureux que je ne lui voyais plus beaucoup ces derniers temps.

— Préférerais-tu que je sois triste ou fâché ?

— Non. Oui. Je ne sais pas. (Là, voilà la vérité.) Je ne sais pas.

— Je suis désolé, dit-il, l'air en partie sincère. Désolé de te compliquer les choses, mais comment pourrais-je regretter que nous ayons fait un enfant tous les deux ?

Évidemment, il avait choisi la pire formulation possible – celle qui était le plus susceptible de me paniquer.

— Ce n'est pas un enfant, protestai-je. Pas encore. Pour l'instant, ce n'est qu'un amas de cellules pas plus gros que mon pouce.

— Que veux-tu dire, Anita ?

Je m'enveloppai de mes bras et baissai les yeux.

— Je n'en ai pas la moindre idée.

Mais je commençais à trouver que l'idée de Ronnie n'était pas si bête, que j'aurais peut-être dû ficher le camp pour faire mon choix loin des hommes de ma vie.

— Serais-tu vraiment capable de tuer notre bébé ? demanda-t-il.

Et je n'eus pas besoin de le regarder pour savoir qu'il avait l'air blessé. Ça s'entendait dans sa voix.

— Mon ami, tu mets la charrue avant les bœufs. Laisse-la vérifier si elle est enceinte avant de te mettre à faire des plans.

De nouveau, Jean-Claude tenta de s'interposer entre nous, comme si ça pouvait m'aider de ne plus voir Richard. Mais ce dernier le contourna.

— Anita, pourrais-tu vraiment tuer notre bébé ? insista-t-il.

J'avais envie de crier « Oui ! » juste pour lui faire mal. Mais je ne pouvais pas mentir. Pas à ce propos. Je connaissais déjà la réponse à sa question ; le problème, c'est qu'elle ne me plaisait pas.

— Non !

J'avais hurlé. Sans les tentures pour étouffer ma voix, les murs se chargèrent de répercuter mon cri.

L'expression de Richard s'adoucit, et il fit un pas dans ma direction. Il paraissait presque béat, comme si tous ses rêves venaient de se réaliser. Moi, j'avais l'impression de nager en plein cauchemar. Je suffoquais, et lui… Je ne supportais pas qu'il fasse cette tête. Je devais effacer cette expression de son visage ; je le devais.

— Et si ce n'est pas le tien ? sifflai-je d'une voix hideuse.

Je voulais vraiment lui faire mal.

Richard hésita, puis ébaucha un sourire presque arrogant.

— Les probabilités penchent en ma faveur, Anita.

Il semblait bien trop content de lui.

— Pourquoi ? Juste parce que Jean-Claude et Asher – et Damian, pendant qu'on y est – sont vieux de plusieurs siècles ?

Ça ne veut rien dire. Regarde Samuel. Il a eu trois fils, en deux grossesses distinctes.

Richard se rembrunit. Il avait cessé de se rapprocher de moi. Bien.

Jean-Claude soupira et recula comme s'il renonçait à nous empêcher de nous disputer.

— Et Micah et Nathaniel ? enchaînai-je. Ce ne sont pas des vampires, et ces deux derniers mois, j'ai couché avec eux plus souvent qu'avec toi.

Je fus ravie de le voir frémir. Je sais, ce n'est pas beau, mais c'est la vérité.

— Micah s'est fait stériliser, répliqua-t-il, l'air sinistre. Ça ne laisse que Nathaniel.

Tant de colère transparaissait dans ces cinq mots que je regrettai presque de l'avoir provoqué.

Comme s'ils n'avaient attendu que ce signal pour faire leur entrée en scène, Micah et Nathaniel émergèrent du couloir du fond. Ils nous dévisagèrent, et Micah demanda :

— Êtes-vous en train de parler de ce que je crois ?

— Tu étais au courant pour le bébé ? aboya Richard.

— Ça y est, on est sûrs ? interrogea Nathaniel.

Je secouai la tête.

— Non, toujours pas.

— Vous étiez au courant tous les deux ?

Le pouvoir de Richard recommença à flamboyer, et soudain, j'eus l'impression de me tenir beaucoup trop près d'un brasier.

— Oui, nous étions au courant, confirma Micah.

— Tu leur en as parlé avant de nous le dire ? s'exclama Richard avec un geste furieux en direction de Jean-Claude.

— Ils vivent avec moi, Richard. C'est plus difficile de leur cacher quelque chose. Je ne voulais en parler à aucun d'entre vous avant d'avoir fait un test. Je ne voulais pas avoir cette discussion si je pouvais l'éviter.

— Pour l'instant, nous ne sommes sûrs de rien, rappela Jean-Claude. Je suggère donc que nous nous calmions.

— Ça ne vous embête pas qu'ils aient su avant nous ?

— Non, mon ami, ça ne m'embête pas.

Richard foudroya du regard Micah et Nathaniel, mais ce fut ce dernier qu'il continua à dévisager d'un air furieux. Ça ne me disait rien qui vaille.

— Tu sais que si elle est enceinte, c'est sans doute de toi ou de moi.

Les mots étaient neutres. Le ton sur lequel Richard les avait prononcés ne l'était pas. C'était un avertissement aussi clair que la chaleur qui se déversait de son corps en vagues.

Nathaniel affichait l'une des expressions les plus étudiées que j'aie jamais vues sur son visage : neutre, mais ni désolée ni soumise. Jusque-là, chaque fois qu'il avait eu affaire à Richard, j'avais toujours senti des ondes serviles émaner de lui. Et là… plus du tout.

Il me laissait encore le dominer, mais de toute évidence, il avait décidé de ne plus courber l'échine devant Richard. Ça se voyait dans la ligne de ses épaules, dans son regard qui ne fuyait pas celui de Richard. Il ne se montrait pas agressif, mais il n'envoyait aucun des signaux de soumission habituels. Tout dans son attitude clamait qu'il ne reculerait pas.

D'un côté, ça me ravissait ; de l'autre, ça me faisait peur. J'avais déjà vu Richard se battre, et j'avais déjà vu Nathaniel se battre. Je savais sans l'ombre d'un doute lequel des deux l'emporterait.

Évidemment, si Richard déclenchait une bagarre, il gagnerait celle-ci, mais il me perdrait pour toujours. J'espérais qu'il en avait conscience.

Chapitre 16

J'ignore ce qui se serait passé – probablement quelque chose de terrible – mais les secours se manifestèrent juste à temps.

— Messieurs, vous vous comportez tous comme de parfaits connards.

C'était Claudia qui venait de parler. Tout le monde se tourna vers elle.

— Comment osez-vous transformer cette histoire en bataille d'ego ? Ne voyez-vous pas qu'Anita a peur ? Ulfric, si tu penses qu'avoir un bébé la fera renoncer à travailler pour la police et à exécuter des vampires ou à relever des zombies, tu te trompes. J'espère que tu es prêt à démissionner de ton boulot pour jouer les nounous, parce qu'une chose est certaine : Anita ne le fera pas.

Nous regardâmes tous Richard, qui foudroyait Claudia du regard.

— Alors ? insista-t-elle. Es-tu prêt à chambouler toute ta vie si le bébé est de toi ?

Richard se renfrogna davantage.

— Je ne sais pas, finit-il par admettre.

— Moi, je suis prêt à le faire, intervint Nathaniel. (Nous reportâmes notre attention sur lui.) Je joue déjà le rôle de l'épouse, pourquoi pas celui de la mère ?

— T'es-tu déjà occupé d'un bébé ? demanda Claudia.

Il haussa les épaules.

— Non.

— J'ai quatre petits frères. Crois-moi, c'est plus difficile que ça n'en a l'air.

— Moi, je le ferai, proposa Micah. Je ferai tout ce qu'Anita voudra, tout ce dont elle aura besoin.

— Cesse d'être parfait, gronda Richard.

— Richard, tu travailles dans la journée. Tu as un poste à temps plein et tu ne disposes d'aucune flexibilité au niveau de tes horaires, fit remarquer Nathaniel. Je peux passer à mi-temps au *Plaisirs Coupables* et continuer à gagner plus que n'importe quel prof.

— Donc, tu pourvoirais mieux que moi aux besoins matériels d'Anita, lâcha Richard sur un ton méprisant.

Nathaniel sourit et secoua la tête.

— Anita pourvoit elle-même à ses besoins matériels. Elle n'a pas besoin de mon fric. Ce que je veux dire, c'est que réduire mon temps de travail n'affectera pas beaucoup ma carrière, alors que ça pourrait détruire la tienne.

Richard refusait de se laisser amadouer. Il voulait rester en colère ; aussi se tourna-t-il vers Micah.

— Et toi ? Tu bosses autant qu'Anita.

— J'aurais besoin d'aide pour gérer la hotline et la Coalition. Mais j'aurais huit mois pour former quelqu'un à m'assister, voire à me remplacer si nécessaire.

— Ça ne peut pas être ton bébé.

— Biologiquement, non.

— Qu'est-ce que ça veut dire, « biologiquement » ?

— Ça veut dire que le fait qu'il ne possède pas mes gènes ne signifie pas qu'il ne peut pas être mon enfant. Notre enfant.

— Ton enfant et celui d'Anita, dit Richard.

Et ces mots me brûlèrent la peau. Ils contenaient tant de pouvoir, tant de colère qu'ils me firent physiquement mal.

— Non, le détrompa Micah. Mon enfant et celui d'Anita, celui de Nathaniel, celui de Jean-Claude, celui d'Asher, celui de Damian et le tien. Ce qui fait un père, ce n'est pas d'avoir donné quelques gouttes de sperme. C'est d'élever un enfant au quotidien.

— Un enfant ne peut pas être élevé par sept pères.

— Appelle ça comme tu veux, mais les deux seuls hommes dans cette pièce qui sont en mesure de chambouler complètement leur vie si Anita attend bien un bébé sont Nathaniel et moi. (Micah jeta un coup d'œil à Jean-Claude.) À moins que je me trompe…

Jean-Claude lui sourit.

— Non, mon chat, tu as tout à fait raison. Je ne crois pas qu'un enfant puisse passer tout son temps dans les souterrains du *Cirque des Damnés* et devenir quelqu'un… (il parut chercher le mot juste) d'équilibré. Des visites, oui, des tas de visites. Mais le monde que j'ai bâti ici n'est pas un environnement adapté à la croissance et à l'éducation d'un petit enfant.

— Je suis un petit enfant, lança une voix sucrée derrière nous.

Absorbés par notre conversation, nous n'avions pas entendu approcher la fillette. Bien sûr, Valentina est une vampire, et les vampires peuvent se montrer sacrément discrets quand ils le veulent.

Ses cheveux noirs bouclés s'arrêtaient sous ses oreilles. Elle les avait fait couper récemment pour se donner une apparence plus moderne. Elle avait un visage rond et doux, encore presque celui d'un bébé. Valentina a cinq ans, et elle les aura toujours – du moins, d'un point de vue physique.

Ce soir-là, elle portait une robe rouge, des collants blancs et de petites chaussures en cuir blanc verni. Quand elle s'est installée parmi nous, elle ne possédait aucun vêtement conçu après 1800. Elle refuse toujours de porter des pantalons et des shorts, parce qu'elle trouve que ce n'est pas assez féminin, mais pour le reste, elle s'est décidée à entrer dans le XXe siècle question mode.

Elle nous dévisagea en clignant de ses grands yeux noirs avec une expression de parfaite innocence. À la cour de Belle,

Valentina torturait les gens pour leur soutirer des informations, pour les punir ou juste pour s'amuser. Jean-Claude m'a expliqué que tous les enfants vampires finissent par devenir fous. Voilà pourquoi il est contraire à leurs lois de transformer un humain avant la puberté.

Valentina a été créée par un vampire pédophile. Il régnait sur un territoire isolé, et il en profitait pour se fabriquer ses propres petits compagnons de jeu. Un demi-siècle s'est écoulé avant que quelqu'un découvre ce qu'il faisait. Valentina a eu de la chance. Il l'avait transformée, mais il ne l'avait pas encore touchée. La plupart des autres enfants, garçons ou filles, qu'il avait mis dans son lit ont dû être détruits. Ils étaient trop incontrôlables pour qu'on les laisse vivre. Qu'un de ses descendants ait pu commettre pareille atrocité est l'une des rares choses qui semblent provoquer un sentiment de culpabilité chez Belle.

— Oui, dit Jean-Claude. Bien sûr que oui. Tu es notre petite fleur.

Il s'avança comme pour l'entraîner à l'écart des discussions d'adultes. Or, Valentina a peut-être l'air d'une fillette de cinq ans, mais elle a déjà vécu plus de trois siècles. Son corps est celui d'une enfant ; son esprit ne l'est pas. Mais à moins de faire très attention, la plupart d'entre nous la traitent en fonction de son apparence plutôt que de son âge réel.

Elle tourna vers moi son minuscule visage au regard solennel.

— Tu vas avoir un bébé ?

— Peut-être.

Elle sourit, révélant des crocs aussi délicats que des aiguilles.

— Ça me ferait un compagnon de jeu.

Jean-Claude fit mine de lui prendre la main et hésita au milieu de son geste. Valentina l'avait torturé plus d'une fois ; jamais il n'oubliait qu'elle était un monstre.

— Où est Bartolomé ? demanda-t-il. Il était censé te surveiller aujourd'hui.

— Je ne sais pas, répondit Valentina, le nez levé vers lui.

Jean-Claude lui toucha légèrement l'épaule. Sans lui prêter attention, elle me dévisagea. Il n'y avait pas la plus petite trace d'enfance dans son regard.

— Elle a plus de trois siècles, Jean-Claude. Ne la renvoyez pas comme si c'était une enfant.

Il se tourna vers moi.

— Valentina préfère qu'on la traite comme une enfant. C'est son choix. (Il baissa les yeux vers elle.) N'est-ce pas, ma douce ?

Sa voix mentait, mais pas sa main. Il ne la touchait pas comme il aurait touché une fillette.

Valentina acquiesça sans me quitter des yeux. Le pouvoir accumulé au fil des siècles est prisonnier d'un corps trop délicat pour faire la plupart des choses dont elle rêve. Parfois, j'ai pitié d'elle. Et parfois – comme en ce moment –, je ne suis pas sûre qu'elle aurait été saine d'esprit même si elle avait été transformée à l'âge adulte. Il y a quelque chose de profondément malsain en elle. Considérez ça comme la version mentale du problème de la poule et de l'œuf.

Valentina ne m'a jamais fait de mal. Elle n'a jamais délibérément tenté de m'effrayer. Mais elle figure sur la courte liste des gens en lesquels je n'aurais pas confiance si je me retrouvais seule avec eux et impuissante. J'ai mis plusieurs mois à comprendre que si elle me fait flipper, c'est en partie à cause de l'écart entre son âge apparent et son âge réel. Plusieurs mois à admettre qu'elle me fait plus peur qu'aucun des autres vampires de Jean-Claude.

— Je trouve que ce serait amusant d'avoir un bébé ici, dit-elle.

— Amusant ? Pourquoi ? demandai-je, même si je n'étais pas certaine de vouloir entendre la réponse.

— Parce que je ne serais plus la plus petite.

Ça semblait une raison assez innocente – alors, pourquoi éprouvais-je une envie presque irrépressible de lui rétorquer que si elle tentait de changer mon bébé en un vampire encore plus petit qu'elle, je la tuerais ? Était-ce de la paranoïa, ou juste de la prudence ? Parfois, c'est dur de faire la différence entre les deux.

Richard se rapprocha de moi, et je le laissai faire. Je n'étais pas la seule à avoir l'impression que quelque chose clochait terriblement chez Valentina. Il passa un bras autour de mes épaules, et je ne me dérobai pas. À cet instant, tandis que je soutenais le regard de Valentina, j'aurais laissé quasiment n'importe qui me réconforter – ou essayer.

— Non, dis-je lentement. Non, je ne crois pas qu'il serait bon pour un bébé de passer trop de temps au *Cirque.*

Micah se rapprocha de nous, mais se garda bien de me toucher parce qu'il sait que Richard déteste ça. Richard tolère que Jean-Claude me touche en même temps que lui, mais personne d'autre. Je sentis néanmoins que Micah venait de rejoindre le club des gens que Valentina mettait mal à l'aise.

Une main toujours sur l'épaule de la fillette, Jean-Claude reporta son attention sur nous.

— Je dois trouver Bartolomé et le sermonner pour ne pas avoir mieux surveillé Valentina.

Elle s'écarta de lui, et il ne chercha pas à la retenir. Elle s'avança dans la pièce. Richard me serra plus fort contre lui, et Micah vint se placer quasiment devant moi, de manière à empêcher la fillette de trop s'approcher. En temps normal, je lui aurais dit que ça n'était pas nécessaire, mais je n'aimais pas du tout l'intérêt qu'elle manifestait pour cette histoire de bébé.

Valentina nous contourna. Mes épaules s'affaissèrent de soulagement, et Richard poussa un gros soupir comme s'il avait retenu son souffle jusque-là. Seul Micah ne se détendit pas. Il resta planté où il était, comme s'il craignait que Valentina fasse un tour complet. Mais la fillette se dirigea vers Samuel et Sampson.

— Que fais-tu, ma douce ? s'enquit Jean-Claude.

Valentina exécuta une révérence parfaite, tenant sa jupe à deux mains et croisant les chevilles tandis qu'elle s'inclinait profondément.

— Salutations, Samuel, Maître de Cape Cod.

— Salutations, Valentina.

Elle lui tendit sa main minuscule. Il la prit et effleura son poignet des lèvres en un geste tout à fait conforme au protocole – tout à fait acceptable, mais exprimant mieux que n'importe quels mots combien elle le mettait mal à l'aise, lui aussi.

Valentina se tourna vers Sampson. Elle renversa la tête en arrière pour le dévisager. C'était une attitude très enfantine, mais j'aurais parié gros que son expression scrutatrice n'avait rien d'enfantin, elle. Je le savais, parce que Valentina m'avait déjà jaugée de la sorte, avec une intensité effrayante.

— C'est ton fils ? demanda-t-elle à Samuel.

— Oui. Il s'appelle Sampson.

Valentina lui tendit sa main minuscule. Sampson la prit mais ne parut pas savoir qu'en faire.

— Je ne suis pas un vampire, dit-il. Ni le serviteur humain de quelqu'un ou son animal à appeler.

— Mais tu es le fils de Samuel, son héritier. Et moi, je ne suis qu'une vampire ordinaire – pas même une maîtresse.

Valentina voulait dire que Sampson jouissait d'un rang supérieur au sien.

Sampson jeta un coup d'œil à son père. Le regard que celui-ci lui rendit dut être éloquent, car Sampson porta la main minuscule à sa bouche. Comme Samuel, il s'efforça de toucher Valentina le moins possible sans l'offenser, et comme Samuel, il continua à la dévisager tandis qu'il embrassait son poignet. Cela me rappela la façon dont on salue un adversaire au judo, sans jamais le quitter des yeux – juste au cas où.

Mais il y avait une différence entre le père et le fils. Le premier était un maître vampire. Le second n'était que moitié humain et moitié sirène. Peut-être serait-il davantage un jour, mais ce soir, il n'était que ça.

— Prends-moi dans tes bras, réclama Valentina de sa voix aiguë de fillette.

Sampson obtempéra et l'assit sur ses genoux. Elle se pelotonna contre sa poitrine tandis que, les sourcils froncés, il regardait droit devant lui en clignant des yeux. On aurait presque dit qu'il souffrait.

— Et merde, fis-je doucement.

Valentina l'avait roulé avec son regard.

— Valentina, la rabroua Jean-Claude, Sampson est notre invité.

Samuel leva une main.

— Je dirige mon baiser à l'ancienne. Sampson est mon fils, mon aîné. S'il ne parvient pas à se dégager de l'emprise d'une vampire qui n'est même pas une maîtresse…

Il n'acheva pas sa phrase.

— Tu le forces à mériter sa place constamment, devina Jean-Claude.

Samuel acquiesça.

Jusque-là, je n'avais jamais entendu parler de cette règle, et je ne me privai pas d'en informer tous les occupants de la pièce.

— C'est une version de la survie du plus fort, ma petite. Si Sampson n'est pas capable de se dérober aux manipulations de Valentina, ni de se libérer seul une fois prisonnier de son regard, il baisse d'un cran dans l'estime de son maître. C'est ainsi que certains Maîtres de la Ville font le tri entre les puissants et les faibles. Ceux qui échouent aux tests sont généralement dégradés, échangés ou tués. (Il s'exprimait sur un ton très factuel, mais je le connaissais assez bien pour percevoir un soupçon de désapprobation dans sa voix.) Très peu de maîtres américains gouvernent encore en utilisant cette règle.

— Je suis plus âgé que la plupart d'entre eux, se justifia Samuel.

Je regardai Jean-Claude.

— Mais Valentina est à nous, et nous ne suivons pas cette règle.

Richard me serra contre lui avec le bras passé autour de mes épaules comme s'il craignait ce que je pourrais dire ou faire.

— Si son père décrète que Sampson doit se libérer par lui-même du regard de Valentina, il en sera ainsi. Mais nous ne laisserons subsister aucun doute dans l'esprit de nos vampires : sur notre territoire, il est interdit de rouler l'esprit de quelqu'un. C'est considéré comme de la coercition, dit Jean-Claude en observant Valentina d'un air entendu.

La fillette avança la lèvre inférieure en une moue boudeuse et se pelotonna plus étroitement contre Sampson. Celui-ci l'entoura de ses bras comme en réponse à son câlin – à moins qu'elle l'y ait mentalement forcé. Si elle l'avait assez hypnotisé pour pouvoir le manipuler par la pensée, nous étions salement dans la merde. Parce qu'une fois qu'un vampire vous a roulé à ce point, il vous possède. Il peut venir vous reprendre n'importe quand. Il lui suffit de se planter sous votre fenêtre la nuit, et de crier votre nom. Certains sont même capables de vous appeler depuis l'autre bout de la ville, et de vous obliger à venir à eux comme un somnambule. Si Valentina avait fait ça à Sampson, il lui donnerait son sang chaque fois qu'elle le lui demanderait. Il n'aurait pas le choix.

J'ignore comment j'aurais réagi si une énergie nouvelle ne s'était pas brusquement répandue dans la pièce. Une odeur iodée, fraîche et vivace, se mit à flotter dans l'air. La confusion qui voilait les yeux de Sampson se dissipa. Ses yeux noisette hérités de son père virèrent au noir de sa mère. Il toisa la vampire assise sur ses genoux avec une expression que je connaissais bien – celle d'une sagesse acquise au fil des décennies qui démentait sa jeunesse apparente. Oui, Sampson avait appris durant chaque jour des soixante-dix années de sa vie. Il n'était pas plus un jeune homme affable et un peu naïf que Valentina n'était une fillette charmante et inoffensive.

Il voulut la soulever de ses genoux, mais elle s'agrippa à lui, jouant son rôle jusqu'au bout.

— Tu ne m'aimes pas, Sampson ?

Il secoua la tête.

— Non, je ne t'aime pas.

Elle fit la moue et parvint même à conjurer des larmes comme s'il l'avait réellement blessée. Et peut-être était-ce le cas. J'ai parfois du mal à comprendre Valentina.

Sampson l'écarta de lui et la posa fermement à terre.

— Tu ne m'auras pas une seconde fois, parce que j'ai senti ton esprit. Tu n'es pas une enfant, Valentina. Tu ne penses pas comme une enfant. (Il frissonna en se frottant les bras comme pour se débarrasser de la sensation d'avoir tenu la vampire.) J'ai vu ce que tu voulais me faire. Ce que tu as tenté de me persuader que je voulais faire. Ton esprit désire des choses sans rapport avec ton âge apparent. Tu utilises la douleur comme substitut du sexe.

Valentina posa les mains sur ses hanches et tapa de son petit pied.

— Je ne sais pas de quoi tu parles. Peut-être projettes-tu tes propres désirs sur moi. (Elle se tourna vers Jean-Claude.) Maître, ne pouvez-vous pas trouver, parmi tous nos visiteurs, quelqu'un qui me laisserait lui faire mal ? Ça me manque.

Elle disait ça comme s'il n'y avait pas la moindre contradiction entre le fait d'accuser Sampson d'être un pervers, puis de demander à faire ce qu'il l'avait accusée de vouloir faire.

Jean-Claude soupira.

— Asher, veux-tu bien la ramener à Bartolomé ?

Asher posa les mains sur les accoudoirs du fauteuil dans lequel il était resté quasiment immobile pendant toute la scène précédente. Mais avant qu'il puisse se lever, Nathaniel lança :

— Je vais m'en occuper.

Nous le regardâmes tous. Il sourit.

— Vous devez parler affaires avec Samuel. Asher vous sera plus utile que moi.

Il s'approcha de nous pour nous souhaiter une bonne nuit, et Micah s'écarta pour lui permettre de m'atteindre. Richard me serrait toujours contre lui. Je le sentis se raidir et pivoter comme pour me soustraire au contact de Nathaniel. Celui-ci lui toucha le bras, et Richard se figea. Son pouvoir claqua le long de ma peau tel un coup de fouet – une décharge de foudre.

— Putain, Richard, ça fait mal ! protestai-je.

Nathaniel frissonna.

— Oui, ça fait vraiment mal.

Mais à l'entendre, il n'avait pas l'air de s'en plaindre.

— Recule, gronda Richard.

Il maîtrisait son pouvoir de manière à ne pas me blesser, mais j'avais l'impression d'être collée à un poêle qui n'allait pas tarder à devenir brûlant.

Nathaniel sourit et se rapprocha de nous, pressant sa poitrine contre le bras de Richard. Celui-ci voulut reculer en m'entraînant avec lui. Franchement, je n'avais pas envie de me retrouver prise entre les deux métamorphes. Je résistai donc. Mais Nathaniel était si près que je ne pouvais pas avancer pour m'esquiver.

Richard avait le choix : il pouvait me soulever dans ses bras, me tirer violemment vers lui, me lâcher, s'éloigner sans moi, ou rester où il était, en contact avec Nathaniel. Il tenta de reculer pendant que je m'efforçais de ne pas bouger et que Nathaniel nous observait à quelques centimètres de distance. Richard n'était pas prêt à s'éloigner sans moi, pas prêt à me laisser seule avec Nathaniel. Le symbolisme était presque trop flagrant.

Nathaniel parla d'une voix basse et douce, ses yeux lavande levés vers Richard et sa poitrine clouant presque le bras de ce dernier entre nous.

— Tu es comme un chien qui marque son territoire. Tu devrais peut-être pisser sur elle pour qu'on sache tous qu'elle t'appartient.

Je me figeai. Ça allait mal se finir.

Richard poussa un grognement sourd qui vibra sur ma peau et à l'intérieur du corps de Nathaniel. Nous frissonnâmes tous les deux, mais probablement pas pour les mêmes raisons.

— Arrêtez ça, ordonnai-je.

— Anita n'est pas un os qu'un seul d'entre nous peut avoir, dit Nathaniel.

Richard grogna de nouveau, et cette fois, son pouvoir ondula le long de ma peau comme de petites vagues d'électricité crépitante.

— Ça fait mal, protestai-je.

— Miam, dit Nathaniel en même temps.

— Tu es vraiment un sale pervers ! hurla Richard.

— Peut-être, mais un sale pervers prêt à faire ce que tu refuses de faire pour la femme que tu aimes et pour ton bébé.

Richard s'écarta si brusquement que je trébuchai. Nathaniel me rattrapa. Mais Richard avait reculé. Nathaniel l'y avait forcé, non pas avec son pouvoir, mais avec la vérité.

Nathaniel me serra contre lui, et je le laissai faire parce que si je m'étais dérobée, tout son petit numéro n'aurait servi à rien. Je fréquentais des lycanthropes depuis assez longtemps pour comprendre ce qui se passait. Nathaniel, mon Nathaniel si soumis, venait de monter en première ligne. De prouver au plus dominant de mes partenaires qu'il était une force avec laquelle il fallait compter.

Pourquoi ce soir-là ? Pourquoi fallait-il qu'il trace cette ligne dans le sable précisément ce soir-là ? À cause du bébé, évidemment. Toute cette histoire lui donnait l'impression qu'il devait se montrer plus dominant. À moins que, comme moi, il en ait tout simplement assez d'entendre Richard dire qu'il était le plus important de mes partenaires, et de le voir se comporter comme s'il n'était que mon copain de baise. On ne peut pas être à la fois l'amour de la vie de quelqu'un et juste un coup occasionnel. Les deux choses s'excluent l'une l'autre.

Nathaniel me serra contre lui, et je l'enlaçai en enfouissant mon visage contre sa poitrine parce que je ne savais pas trop quelle tête je faisais. Nathaniel avait défié Richard et gagné. Tout ça à cause d'un bébé qui, pour ce que nous en savions, n'existait peut-être pas. Si j'étais réellement enceinte, quels autres bouleversements ma grossesse provoquerait-elle dans notre situation ?

— Je vais emmener Valentina pendant que vous resterez ici pour parler affaires.

— Tu fais partie de nos affaires, répliqua Micah derrière moi.

— Vous n'aurez qu'à me raconter plus tard. Je n'ai pas vraiment d'opinion sur les questions vampiriques. (Nathaniel eut un sourire en coin.) Et de nous tous, je suis le moins susceptible de m'opposer à ce qu'Anita prenne telle ou telle personne comme pomme de sang.

Il m'embrassa sur le front et chuchota :

— Et puis, Valentina ne me dérange pas.

Je levai les yeux vers lui.

— Ça me perturbe un peu qu'elle ne te fasse pas peur.

— Je sais, dit-il tendrement.

Il déposa un baiser sur ma bouche, puis s'écarta. Et je le laissai faire, parce que je n'étais toujours pas certaine de comprendre ce qui avait changé en lui.

Valentina s'approcha de Nathaniel. Il lui prit la main et l'entraîna vers le couloir du fond. Regardant par-dessus son épaule, la fillette nous tira la langue à tous.

Claudia demanda à Lisandro de les escorter.

— Assure-toi que Bartolomé ne fasse rien d'interdit avec elle.

Mais j'étais à peu près sûre qu'après la petite démonstration dont Sampson venait d'être la victime, Claudia ne voulait laisser aucun non-vampire seul avec Valentina. Et j'étais entièrement d'accord avec elle.

Chapitre 17

— Comment peux-tu être amoureuse de lui ? demanda Richard.

Je pivotai vers lui. Les épaules voûtées, il se frottait les bras comme s'il avait froid. Mais je savais que ce n'était pas le cas – ou du moins, que ce n'était pas le genre de froid dont une couverture pourrait venir à bout. C'était un froid du cœur, ou de l'âme, ou de l'esprit ; ce froid qui creuse un trou au centre de votre être, laissant derrière lui quelque chose de noir et d'horrible.

Je dévisageai Richard en me demandant comment répondre à sa question, comment y répondre sans aggraver sa douleur. Je soupirai en prenant conscience que je ne pouvais que lui dire la vérité. Quoi que nous soyons l'un pour l'autre, quoi que nous puissions devenir l'un pour l'autre dans les mois et les années à venir, je devais au moins être franche avec lui.

— Je t'ai posé une question, s'impatienta-t-il, et son pouvoir me souffla une bouffée de chaleur au visage comme si je venais d'ouvrir la porte d'un four pour vérifier la cuisson d'un rôti.

À peine l'avais-je sentie que cette chaleur se dissipa. Richard tentait de se dominer.

— Pourquoi suis-je amoureuse de Nathaniel ?

— C'est ce que je t'ai demandé, acquiesça-t-il d'un air énervé.

— Parce qu'il ne me donne jamais l'impression que je suis un monstre.

— Pas étonnant : il est tellement pervers que n'importe qui aurait l'air normal à côté de lui ! aboya Richard.

Je sentis mon visage se fermer, se figer comme quand je suis vraiment fâchée et que j'essaie de ne pas exploser.

— Le moment est peut-être mal choisi pour cette conversation, intervint prudemment Jean-Claude.

Ni Richard ni moi ne lui prêtâmes la moindre attention.

— Premièrement, dis-je d'une voix étranglée par l'effort que je faisais pour me maîtriser, Nathaniel n'est pas un pervers. Deuxièmement, il est prêt à chambouler toute sa vie s'il m'a mise enceinte – et toi, non. Donc, à ta place, je me garderais bien de lui jeter la pierre.

— Si tu es enceinte, je t'épouserai.

La pièce se remplit brusquement d'un de ces silences assez épais pour qu'on puisse marcher dessus. Je fixai mon regard sur Richard en silence une seconde ou deux avant de m'exclamer :

— Jésus, Marie, Joseph, tu crois vraiment que ça suffira à tout arranger ? Tu m'épouses pour que le bébé ne soit pas un bâtard, et le problème est réglé ?

— Je n'ai entendu personne d'autre t'offrir le mariage.

— Parce qu'ils savent tous que je refuserais ! À part toi, tous les hommes de ma vie savent qu'il ne s'agit pas de mariage. Il s'agit du petit être que nous avons peut-être créé, et pour lequel nous devons faire ce qu'il y a de mieux. En quoi m'épouser résoudrait-il quoi que ce soit ?

Richard me regarda avec une expression pleine de douleur et d'incompréhension, comme si je lui parlais martien.

— Quand un homme met une femme enceinte, il l'épouse, Anita. Ça s'appelle prendre ses responsabilités.

— Et si le bébé n'est pas de toi ? Pourrais-tu vraiment élever l'enfant de quelqu'un d'autre ? Pourrais-tu rester marié avec moi et jouer au parfait papa d'un petit garçon ou d'une petite fille qui, chaque jour, ressemblerait un peu plus à l'un de mes autres amants ?

Richard se couvrit le visage de ses mains et hurla :

— Non !

La température monta brusquement dans la pièce sous l'effet du pouvoir qu'il laissait échapper. Il leva vers moi un visage ravagé par le tourment.

— Non, je deviendrais fou. C'est ça que tu voulais entendre ? C'est bien ça ?

— Ce n'est pas ce que je voulais entendre. C'est ce que tu avais besoin d'entendre, répliquai-je.

Il fronça les sourcils.

— Quoi ?

— J'apprécie ton offre, Richard. Vraiment. Mais si je devais me marier, ce serait avec quelqu'un capable d'accepter et d'aimer cet enfant, quel que soit son père biologique.

— Donc, tu épouserais Micah ou Nathaniel ?

La chaleur me mordit la peau.

— Je ne vais épouser personne, ne comprends-tu pas ?

— Tu viens de dire…

— Non, l'interrompis-je. Ce n'est pas ce que j'ai dit, ni ce que je voulais dire. C'est ce que tu as entendu.

— Tu es enceinte, Anita.

— Je suis *peut-être* enceinte.

— Ne veux-tu pas que ton bébé ait un père ?

Je le dévisageai en me demandant quoi lui répondre pour qu'il comprenne.

Jean-Claude se rapprocha de nous sans s'interposer, se contentant de former la troisième pointe d'un triangle étroit.

— Je crois que ce que veut dire ma petite, c'est qu'elle n'a pas l'intention de se marier, et que la naissance d'un bébé ne changera rien à ses plans.

Il s'exprimait sur ce ton neutre et affable qu'il utilise quand il tente de persuader quelqu'un ou de l'apaiser au lieu d'aggraver une situation déjà mal engagée.

— Et si c'est mon bébé ? Comment pourrais-je accepter que ce soient Micah et Nathaniel qui l'élèvent ?

Je baissai la tête. Que pouvais-je répondre à ça ?

— Ulfric ! gronda Claudia comme un sergent aboie sur une mauvaise recrue à l'entraînement.

Richard se tourna vers elle.

— Quoi ? jappa-t-il en retour.

Et de nouveau, son pouvoir me mordit la peau.

— Pour commencer, maîtrise ton pouvoir. Tu fais mal à tout le monde. En tant que roi des loups, tu dois donner un meilleur exemple.

— L'exemple que je donne aux miens ne te regarde pas, rate.

— Deuxièmement, poursuivit Claudia comme s'il n'avait rien dit, Anita se sent déjà assez mal. Tu n'as pas besoin d'en rajouter.

Richard émit un son inarticulé, presque un cri. Son pouvoir redescendit au niveau de la simple chaleur, palpable mais pas douloureuse.

— Je ne veux pas qu'Anita se sente encore plus mal par ma faute, dit-il en détachant bien les syllabes. (Chacun de ses mots était plein de rage contenue, ravalée mais toujours présente.) Mais si elle est enceinte, elle doit se rendre compte qu'elle ne peut pas continuer à vivre comme elle le fait maintenant.

— Tu veux la mettre en cage, en faire une femme au foyer à la mode des années 1950, l'accusa Claudia.

— Le mariage n'est pas un piège, protesta Richard. À t'entendre, on dirait que je veux renvoyer Anita aux fourneaux et lui faire pondre des gosses à la chaîne

— Donc, je suis à côté de la plaque ? demanda Claudia plus doucement, comme si elle venait de se rendre compte qu'il ne faisait pas exprès de me tourmenter – qu'il ne comprenait tout simplement pas ses propres désirs.

— Oui, répondit Richard avec force. (Et j'entendis la sincérité dans sa voix. Il se tourna vers moi.) Tu l'as dit toi-même, Anita : ce petit être mérite ce qu'il y a de mieux. Crois-tu vraiment qu'avoir une mère marshal fédéral, qui passe son temps à résoudre des crimes violents et à pourchasser des monstres, soit l'idéal pour un bébé ?

— Doux Jésus, Richard. Une fois de plus, tu essaies de me voler ma vie. De me prendre ce qui fait de moi la personne que je suis. Tu m'aimes, mais tu ne m'aimes pas pour moi : tu m'aimes pour ce que tu voudrais que je sois.

— C'est la même chose pour toi, non ? répliqua-t-il. Toi aussi, tu voudrais que je me conforme à la vision que tu as de moi.

Je m'apprêtais à protester, mais me retins et réfléchis. Lui demandais-je de changer autant qu'il me demandait de changer ?

— Je veux que tu acceptes ton existence telle qu'elle est et que tu sois heureux. Toi, tu veux que je bouleverse complètement la mienne pour entrer à l'intérieur d'un moule qui ne me correspond pas – et qui ne te correspond pas non plus, d'ailleurs. Tu sais bien que la maison avec la barrière blanche, ce n'est pas pour nous.

— J'en ai ras-le-bol que tu m'accuses de vouloir te coller derrière une foutue barrière blanche.

— Tu apprends que je suis peut-être enceinte, et tout à coup, tu voudrais que je t'épouse et que je renonce à mon boulot d'agent fédéral. Nous ne sommes pas encore certains qu'il y ait un bébé, et déjà, tu tentes de m'imposer ta vision de ce que ma vie devrait être.

— En tant que mère, pourrais-tu réellement continuer à bosser sur des affaires de meurtres en série et à exécuter des monstres ?

Mon regard se fit dur.

— Tu crois qu'avoir un bébé va me transformer en une tout autre personne ? Que je vais devenir plus douce, plus tendre ? C'est ça que tu penses ?

— Puis-je apporter mon grain de sel à cette discussion ? demanda Samuel.

Richard et moi répondîmes par la négative, et Jean-Claude le fit par l'affirmative. Ce fut l'autre vampire que Samuel choisit d'écouter.

— Si Théa est un exemple représentatif de femme ayant enfanté dans des circonstances exceptionnelles, Anita ne deviendra pas plus douce et plus tendre. Théa était douce et tendre avec nos fils, plus qu'avec quiconque auparavant. Mais avec tous les autres… (il secoua la tête) jamais je ne l'ai connue plus impitoyable qu'après la naissance de Sampson, plus déterminée à renforcer et à sécuriser notre base de pouvoir. Toute menace envers nous était immédiatement détruite. Malgré tous nos serviteurs, elle insistait pour s'occuper elle-même de notre fils, et comme elle devait se lever toutes les deux heures pour l'allaiter… (Il haussa les épaules, levant les mains en un geste d'impuissance.) Disons juste que le manque de sommeil n'améliore le caractère de personne, et qu'entre deux solutions, il pousse toujours à choisir la plus expéditive.

Allaiter ? Je n'avais même pas pensé à ça. *Non, pas question.* Ce n'était pas du tout mon truc.

— Vous dites ça pourquoi : pour me culpabiliser ou pour me réconforter ? interrogea Richard, méfiant.

— Si vous ne me croyez pas, demandez à quelqu'un en qui vous avez confiance. Demandez à une femme combien c'est épuisant de s'occuper d'un bébé. J'ai trois enfants, et les deux derniers sont des jumeaux. Comme beaucoup de pères âgés, je me suis plus occupé d'eux que je ne m'étais occupé de l'aîné. Ma base de pouvoir était mieux sécurisée ; les affaires courantes pouvaient se gérer seules. Sans doute avais-je été trop influencé par l'Amérique moderne. J'avais l'idée bizarre que je devais m'impliquer à fond dans l'éducation des jumeaux. J'en ai conçu un profond respect pour ce que Théa avait fait avec Sampson du temps où j'étais davantage pris par mes affaires. Un enfant est une immense bénédiction, dit Samuel en tapotant la jambe de son fils, mais comme beaucoup d'immenses bénédictions, il réclame énormément de temps, d'attention et d'énergie.

Je secouai la tête en agitant les mains devant moi comme pour effacer tout cela.

— Je ne veux pas parler de ça maintenant. Changeons de sujet jusqu'à ce que j'aie fait un test et que je sois fixée. Si je suis vraiment enceinte, nous en parlerons. Jusque-là, la discussion est close.

— Tu ne peux pas refuser d'en parler, protesta Richard.

— Si, elle peut, rétorqua Jean-Claude.

— Et si je ne veux pas changer de sujet ?

De nouveau, j'eus l'impression que Richard cherchait la bagarre.

Micah se décida enfin à intervenir.

— Anita veut juste attendre que nous soyons sûrs pour en discuter, Richard. Ça me semble assez justifié.

— Toi, ne te mêle pas de ça ! hurla Richard.

— Ne t'en prends pas à Micah ! criai-je.

— Je m'en prendrai à qui je veux ! vociféra-t-il.

Un cri de Claudia nous fit taire tous les deux – un son grave et terrible qui nous poussa à tourner la tête vers elle.

— Tes sentiments sont-ils la seule chose qui compte à tes yeux, Ulfric ? (Elle secoua la tête.) Nathaniel a raison : tu lui pisserais dessus si tu pouvais la marquer ainsi et éloigner d'elle tous les autres mâles.

Richard gronda et fit un pas vers elle.

— Non, intervint Jean-Claude. Non, Richard.

— Tu veux te battre avec lui ? demanda Micah à Claudia, perplexe.

Il avait raison. Cette réaction ne ressemblait pas à Claudia, qui était plutôt du genre à mettre un terme aux bagarres qu'à les provoquer.

Claudia baissa les yeux. À mon avis, elle dut compter jusqu'à dix dans sa tête avant de répondre :

— Je ne veux me battre avec personne, mais j'en ai marre de son attitude.

Elle n'était pas la seule. Pourtant, je me contentai de dire :

— Je ne crois pas que ça me réconforterait de te voir te battre avec Richard.

— Désolée, s'excusa-t-elle. (Puis elle jeta à Richard un regard ouvertement hostile.) Mais il est comme beaucoup d'hommes. Il croit que s'il arrive à te mettre enceinte et à t'épouser, tu deviendras une parfaite petite femme.

— Ce n'est pas ce que je pense, se défendit Richard.

— Vraiment ?

— Non.

— Alors, pourquoi avoir offert le mariage à Anita ?

— Parce que c'est ce qu'un homme est censé faire quand il a mis une femme enceinte.

Claudia hocha la tête.

— Et pourquoi veux-tu qu'elle renonce à son boulot de marshal fédéral ou d'exécutrice de vampires ?

— Parce que ce n'est pas le genre de vie qui conviendrait à une mère de famille.

— En effet, acquiesçai-je.

Surpris, Richard se tourna vers moi.

— Tu es d'accord ?

— Bien sûr. Il n'y a pas de place pour un bébé dans ma vie actuelle. Mais c'est la seule vie que j'aie, Richard. Et elle correspond à ce que je suis. Je ne peux pas devenir une autre personne juste parce que j'attends peut-être un bébé.

— Si, tu peux, s'enflamma-t-il. N'importe qui peut changer à condition de le vouloir assez fort.

— Vas-tu renoncer à ton boulot de prof ?

Il détourna les yeux et secoua la tête.

— J'adore enseigner.

— Et j'adore faire la chasse aux méchants.

— Mais en même temps, tu détestes ça.

— C'est vrai, il m'arrive de détester ça, et il se peut que toute cette violence finisse par m'user. Un jour, peut-être, j'atteindrai un tel stade d'écœurement que je ne pourrai pas continuer. Mais pour l'instant, j'aime travailler avec la police, et je suis douée pour ça.

— Tu aimes examiner des cadavres mutilés ?

Je secouai la tête.

— Fous le camp.

— Quoi ?

— Ma petite, je t'en prie, dit Jean-Claude.

Et il vint me prendre dans ses bras.

Je ne me dégageai pas, mais je restai raide et hostile dans son étreinte. J'étais si furieuse que j'avais du mal à réfléchir. Tout ce dont j'étais certaine, c'est que Richard devait s'en aller, parce que s'il restait là à raconter des conneries, j'allais finir par dire quelque chose d'impardonnable – à moins qu'il me prenne de vitesse. Partie comme elle l'était, notre dispute ne tarderait pas à devenir irréversible.

La voix de Samuel s'éleva, affable et pleine de sagesse.

— Peut-être devrions-nous discuter des sujets qui vous permettront à tous de survivre à ce week-end, et de conserver la souveraineté sur votre propre territoire.

Cela réussit à capter l'attention de tout le monde, celle de Richard y comprise.

— De quoi parlez-vous ? demanda ce dernier.

— Que ferez-vous si les pouvoirs d'Anita perturbent les autres Maîtres de la Ville autant qu'ils ont troublé Augustin ? Comment réagiront vos invités en voyant Augustin suivre Anita et Jean-Claude tel un chiot mort d'amour ? Anita s'est fait obéir d'Augustin ; sa nécromancie lui a permis de dominer un Maître de la Ville – un exploit qui, pour nous, appartient aux légendes et non à la réalité. Mais j'ai vu Augustin lutter contre son emprise.

» J'ignore toujours s'il a utilisé ses pleins pouvoirs contre Anita parce qu'il voulait de nouveau coucher avec une femme détenant l'ardeur, ou s'il cherchait juste à empêcher Anita de l'ensorceler complètement. Peut-être se disait-il qu'il valait mieux être lié à elle par l'amour et le désir que par une obéissance aveugle. En vérité, je ne suis pas sûr qu'Augustin lui-même sache pourquoi il a fait ça, ni ce qui aurait pu se passer s'il avait opté pour un autre moyen de défense. (Samuel soupira.) Tu ne peux pas emmener Anita au ballet demain soir sans savoir si l'attraction qu'elle exerce est universelle, ou si elle agit seulement sur les membres de la lignée de Belle.

— T'es-tu senti attiré par elle ? interrogea Jean-Claude.

— Un peu, oui, mais pas autant qu'Augustin. Je n'ai pas eu besoin de lutter pour m'empêcher de la toucher ou de lui obéir. J'ai éprouvé son pouvoir ; je l'ai sentie utiliser sa nécromancie, et j'ai été impressionné. Mais à aucun moment elle ne m'a tenu sous son emprise.

— Pouvons-nous en déduire que ses pouvoirs n'affectent que les descendants de Belle ?

— Ou peut-être que les vampires ayant déjà goûté à l'ardeur, suggéra Samuel.

Je finis par me détendre dans l'étreinte de Jean-Claude.

— Ça expliquerait tout, dit ce dernier.

Pourtant, il ne semblait pas convaincu que ce soit aussi simple.

— Tout de même… j'ai éprouvé son pouvoir, répéta Samuel. J'ai plus de mille ans ; je suis un Maître de la Ville, et j'ai la sirène pour animal à appeler. Mon pouvoir n'est pas négligeable. Et malgré ça, Anita exerce une certaine… (il parut chercher le terme exact) attraction sur moi. Pas assez pour me manipuler, mais assez pour que je la sente. Tout à l'heure, tu as sollicité mes conseils.

— Ton avis m'intéresse toujours.

— Dans ce cas, je te suggère de tester les pouvoirs d'Anita avant qu'elle rencontre les autres.

— Comment ?

— Je sais que Maximilian de Las Vegas a amené un descendant de Belle qu'il compte proposer à Anita comme pomme de sang. Il serait ravi que tu demandes à rencontrer son candidat en avance. Il considérerait cela comme une marque de faveur.

— Pour ne pas froisser les autres Maîtres de la Ville, nous devrions recevoir en privé un des candidats de chacun d'eux, objecta Jean-Claude.

— Et si ça se passe mal ? renchéris-je. Ne courons-nous pas le risque que notre cobaye se retrouve métaphysiquement lié à moi pour toujours ?

Samuel acquiesça.

— Si.

Il me dévisagea comme s'il ne comprenait pas où était le problème.

— Ça ne serait pas juste, protestai-je. Je ne peux pas utiliser ces gens pour faire mes petites expériences alors qu'ils ignorent les risques encourus.

— Ils sont venus à Saint Louis dans l'espoir de devenir votre nouvelle pomme de sang, répliqua Samuel. Donc, de se lier métaphysiquement à vous.

— Jason est la pomme de sang de Jean-Claude depuis des années, mais s'il décidait de reprendre la fac, de changer de boulot ou de faire sa vie avec quelqu'un d'autre, il pourrait arrêter, contrai-je. Il nous manquerait, et je crois que Jean-Claude lui manquerait aussi, mais il a le choix. Il n'est pas condamné à rester la pomme de sang de Jean-Claude jusqu'à la fin de ses jours. (Je m'écartai de Jean-Claude et fis face à Samuel.) Ce que vous suggérez priverait nos cobayes de tout choix. Ça reviendrait à les réduire en esclavage sans avertissement préalable.

Samuel me sourit.

— La liberté et la justice sont des choses importantes pour vous, pas vrai ?

Je fronçai les sourcils et hochai la tête.

— Elles le sont pour tout le monde.

Il éclata de rire.

— Oh, non, Anita. Vous seriez étonnée par le nombre de gens qui sautent sur la première occasion de renoncer à leur liberté. Ils préfèrent de loin se soumettre à la volonté de quelqu'un qui prendra les décisions à leur place. Quant à la justice, vous l'avez dit vous-même tout à l'heure : la vie n'est pas juste.

— La vie, non. Mais moi, je m'efforce de l'être.

Il acquiesça et se leva en pressant ses mains l'une contre l'autre.

— Ton Anita est une trouvaille précieuse, dit-il à Jean-Claude.

— Merci, répondit ce dernier comme si le compliment lui était tout entier destiné.

Samuel reporta son attention sur moi.

— Pour procéder à cette expérience avec l'accord des candidats, Jean-Claude devrait révéler aux autres maîtres que votre triumvirat n'a aucune idée de l'étendue réelle de ses pouvoirs. Cela reviendrait à admettre votre incertitude et votre confusion à un moment où vous devez absolument faire preuve de force, d'assurance et d'un pouvoir inébranlable.

— Nul pouvoir n'est inébranlable, rétorquai-je.

Samuel s'inclina légèrement.

— Touché. Mais mon argument reste valide. Dévoiler une telle faiblesse à certains des Maîtres de la Ville qui seront ici demain soir serait quasi suicidaire. (Il s'approcha de moi.) Réfléchissez, Anita : si vous êtes enceinte, ce n'est plus seulement votre vie que vous mettez en péril. Votre sens de la justice vaut-il la peine de vous montrer vulnérable devant les autres Maîtres de la Ville ? Si vous leur avouez que vous venez juste de découvrir ce nouveau pouvoir, comment réagiront-ils ? Ne risquent-ils pas de penser qu'il vaudrait mieux vous détruire avant que vous l'utilisiez pour nous réduire tous en esclavage ?

Jean-Claude me rejoignit. Micah vint aussi près de moi pendant que je dévisageais Samuel.

— Je ne vous veux pas de mal, Anita, m'assura ce dernier. Mais j'ai bien plus confiance en mon propre pouvoir que certains de mes semblables. Ceux qui se sentiront menacés par l'intensité de votre ardeur pourraient se révéler dangereux.

— Puisque nous ne pouvons pas leur dire la vérité, que nous conseillez-vous ?

— Ne pourriez-vous pas simplement leur mentir ?

— Je ne suis pas très douée pour ça.

Samuel sourit et regarda Jean-Claude.

— Comment te débrouilles-tu avec elle et cet Ulfric ? Ils sont tous deux extrêmement têtus.

— Tu n'as pas idée à quel point, soupira Jean-Claude.

Samuel rit de nouveau. Puis son visage redevint un masque de neutralité, comme si son rire n'avait été qu'une illusion.

— Dites aux maîtres que vous voulez jauger la puissance de leurs candidats et leur capacité à endurer vos pleins pouvoirs. Dites-leur que si leurs candidats sont trop faibles, ils risquent de se retrouver réduits en esclavage, comme c'est déjà arrivé à certains vampires mineurs de l'Église de la Vie Éternelle.

— C'est bel et bien déjà arrivé à certains membres de l'Église, observai-je.

Samuel eut un sourire qui ne monta pas jusqu'à ses yeux.

— J'en avais entendu parler.

Je jetai un coup d'œil à Jean-Claude.

— C'est vous qui le lui avez dit ?

— Non.

— Nous avons des espions sur votre territoire, Anita. Votre triumvirat est trop puissant ; aucun des Maîtres de la Ville qui ont répondu à votre invitation ne serait venu ici sans avoir reconnu le terrain au préalable. La confiance ne règne pas franchement au sein de la communauté vampirique, déclara Samuel.

— Génial, grinçai-je.

— Ça ne vous plaît peut-être pas, mais c'est parfait pour la situation qui vous préoccupe, fit valoir Samuel. Ça vous permet de dire la vérité : que vous souhaitez voir si les candidats sont assez forts pour endurer vos pouvoirs, car comme vous l'avez très justement fait remarquer, une pomme de sang n'est pas liée à celui qui se nourrit d'elle sur le plan métaphysique. Ne se nourrir que de gens déjà liés à vous reviendrait à manger votre propre bras. Ça vous remplirait peut-être l'estomac, mais ça vous coûterait plus d'énergie que ça ne vous en procurerait.

Je grimaçai.

— Il nous a fallu un peu de temps pour le comprendre.

— Votre nouvelle pomme de sang devra être quelqu'un d'indépendant et d'assez solide pour jouer convenablement son rôle. C'est une requête des plus raisonnables.

— Ton plan me plaît, dit Jean-Claude.

— Et si jamais les candidats tombent sous mon emprise ? S'ils sont submergés par ma nécromancie ?

— Dans ce cas, il faudra annuler le bal, répondit Samuel. Vous ne pouvez pas jouer Cendrillon si tous les princes n'attendent qu'une occasion de se jeter sur vous.

— Je ne suis pas Cendrillon, protestai-je. Je suis le prince.

— Si vous voulez. Mais mon argument reste valable. Vous ne pouvez pas jouer le Prince Charmant si toutes les princesses n'attendent qu'une occasion de se jeter sur vous. Personne ne peut être bon à ce point. (Samuel jeta un coup d'œil à Jean-Claude.) Pas même Jean-Claude.

Du coup, je m'interrogeai. Samuel et Jean-Claude étaient-ils « amis » de la même façon qu'Auggie et Jean-Claude ? Ils avaient affirmé que non, mais ce commentaire et ce regard n'étaient pas innocents.

— Nous suivrons ton conseil, dit Jean-Claude. Je sais que je peux compter sur toi pour ne parler de cette conversation à personne.

— Tu as ma parole. (Samuel reporta son attention sur moi.) Je ne ferai rien qui puisse vous mettre en danger. Je veux vraiment que vous permettiez à Sampson d'accéder à ses pleins pouvoirs, Anita. Je n'insisterai pas pour que vous le fassiez tout de suite, mais le plus tôt sera le mieux.

— Une chose est sûre : je ne le ferai pas ce soir.

Cette fois, son sourire fit pétiller les yeux du vampire.

— Pas ce soir, non. Je crois que vous avez déjà bien assez de pain sur la planche sans y ajouter Sampson.

Il s'inclina devant Jean-Claude, et son fils l'imita. Tous deux tournèrent les talons et s'en furent.

Ce fut Claudia qui rompit le silence.

— Vous voulez que j'aille acheter un test de grossesse ?

— Nous en avons apporté deux, répondit Micah.

Ma gorge se serra.

À cet instant, Nathaniel revint par le couloir du fond. Lisandro l'accompagnait.

— Qu'est-ce que j'ai raté ? demanda-t-il.

Mon expression dut être assez éloquente, car il s'approcha pour me prendre dans ses bras. Je le laissai faire.

— Elle a plusieurs semaines de retard. Vous n'êtes pas obligés d'attendre demain matin pour faire le test, fit remarquer Claudia.

Je voulais lui dire de se taire, lui dire que je n'avais pas besoin de son aide, mais elle avait raison. D'autant qu'à bien y réfléchir… J'avais dit à Ronnie que j'avais deux semaines de retard parce que nous étions mi-novembre et que je n'avais pas eu mes règles en octobre – que j'avais

« sauté un mois ». En réalité, comme j'aurais dû les avoir mi-octobre, j'avais quatre semaines de retard. Oui, le test devrait fonctionner.

Chapitre 18

Un test de grossesse, c'est juste un bâtonnet de plastique avec deux petites fenêtres. Si petit que je pouvais le tenir au creux de ma paume et qu'il restait encore de la place – alors que je n'ai pas franchement de grandes mains. Incroyable qu'une chose si petite puisse à ce point bouleverser la vie des gens. D'un autre côté, si j'étais enceinte, le bébé devait être encore plus petit que ce test de grossesse. Toute ma vie dépendait d'un bout de plastique minuscule et d'un amas de cellules plus minuscule encore. D'accord, je ne mourrais pas si le résultat était positif, mais j'en avais presque l'impression.

Faire un test de grossesse, ça manque singulièrement de dignité. Vous devez uriner sur le bâtonnet en plastique – ou dans un gobelet, et mettre le bâtonnet dedans. Puis vous remettez le capuchon et vous attendez l'apparition des lignes. Une ligne : vous n'êtes pas enceinte. Deux lignes : vous l'êtes. Ça me semblait assez simple.

Je priai pour ne pas être enceinte. Je priai et tentai de négocier. Je serais plus prudente. J'utiliserais des capotes au lieu de me reposer sur la pilule. Je… enfin, vous voyez l'idée. Je suis sûre que je n'étais pas la première femme à attendre, assise sur les toilettes, en implorant Dieu et en jurant d'être sage à l'avenir si elle en réchappait cette fois.

Je n'avais pas envie de rester enfermée là-dedans pendant trois minutes, mais j'avais encore moins envie de sortir et d'affronter les pères potentiels. Alors, j'optai pour un compromis et me mis à faire les cent pas dans la salle de bains. Dix pas depuis la porte jusqu'au bord de la baignoire surélevée. Dix pas aller et retour. Le marbre est froid sous les pieds nus, mais d'habitude, je ne marche pas beaucoup dans cette salle de bains. Je me contente d'entrer et de sortir ; entre les deux, je marine généralement dans l'eau bien chaude de la baignoire.

Là, j'étais prête à me concentrer sur n'importe quoi pourvu que ça ne soit pas le bâtonnet de plastique posé sur le bord du lavabo. Je m'efforçais de ne pas le regarder. Avant la fin des trois minutes, le résultat n'est pas définitif. Je tenais une montre d'homme dans ma main – la montre de Micah. Il l'avait enlevée pour me la donner, parce que la mienne était restée sur la table de chevet près de notre lit.

Je tentai de ranger la montre dans la poche de mon peignoir, mais cela me rendit nerveuse. Il me semblait que si je ne pouvais pas voir le cadran, j'allais louper la fin des trois minutes. Alors, je m'assis sur le bord de la baignoire pour surveiller la grande aiguille, mais cela eut pour effet de ralentir encore le passage du temps. Maintenant que j'étais sur le point de découvrir de quoi il retournait, j'avais hâte d'être fixée. Plus de suppositions. J'avais besoin de savoir. J'en avais vraiment besoin.

Ce que j'ignorais, c'est que Micah avait réglé l'alarme de sa montre. Le « bip » me fit sursauter, et je poussai un de ces couinements aigus que seules les filles semblent capables d'émettre. Claudia frappa à la porte.

— Tout va bien, Anita ?

— Oui, oui. L'alarme m'a fait peur. Désolée.

J'étais déjà au milieu de la pièce, face au lavabo. Il ne me restait plus que quelques pas à faire. Ma main était crispée sur la montre, et mon cœur battait si fort que tout le monde devait l'entendre depuis la chambre voisine. Je ne voulais pas regarder. Je voulais savoir, et en même temps, je ne voulais pas. Je voulais que quelqu'un d'autre regarde à ma place. Micah pourrait le faire, ou Nathaniel. Non. Ce serait lâche de ma part – et idiot, parce que ça ne changerait rien au résultat. Je devais regarder. Je le devais.

Je fis les derniers pas qui me séparaient du lavabo et baissai les yeux. Deux lignes, deux putains de lignes. Le monde se mit à tanguer, et je dus me rattraper au bord du lavabo pour ne pas basculer sur un côté. Je n'entendais que le rugissement de mon propre sang dans mes oreilles. Et merde. Il n'était pas question que je m'évanouisse. Pas question.

Sans lâcher le bord du lavabo, je m'agenouillai prudemment, enfouis mon visage dans le creux de mon bras et attendis que mon vertige se dissipe.

Dès que je m'en sentis capable, je relevai la tête. La pièce ne tanguait plus. Bien. Mais je n'étais pas certaine de pouvoir marcher jusqu'à la porte. Apparemment, mon corps avait décidé qu'il n'était pas tout à fait remis du choc. Je pouvais donc rester par terre jusqu'à ce que mes jambes me portent de nouveau, ou appeler à l'aide.

Je savais que les hommes de ma vie étaient aussi anxieux que moi. Les faire attendre paraissait cruel… ou pas. Tant que je ne leur dirais rien, ils pourraient croire que le pire n'était pas arrivé. Ça me faisait mal de traiter le miracle de la vie comme une catastrophe, mais c'était ainsi que je le ressentais.

Je finis par appeler Claudia d'une voix quasi normale.

— Tu veux que j'entre ? demanda-t-elle.

— Oui.

La garde du corps poussa la porte. À peine m'eut-elle vue par terre qu'elle se hâta de la refermer derrière elle. Elle me rejoignit en quelques enjambées, baissa les yeux vers le test et lâcha un « Merde alors » qui sortait droit du cœur.

— Ouais, marmonnai-je.

— À qui veux-tu le dire en premier ?

Je secouai la tête et m'assis dos au placard bas.

— À personne.

Claudia me dévisagea.

— Je ne peux pas les faire venir un par un, expliquai-je. Richard se mettra en rogne – ou quelqu'un d'autre, si ce n'est pas lui. Je dois sortir et le leur annoncer à tous en même temps.

Claudia regarda autour d'elle.

— Si on se serre un peu, je crois qu'on tiendra tous là-dedans.

Je remontai mes genoux contre ma poitrine.

— Putain, Claudia, putain…

Elle s'agenouilla près de moi, avec une expression si compatissante que je dus détourner les yeux. J'avais la gorge nouée, et mes yeux me piquaient.

— Aide-moi à le faire avant que je me mette à pleurer, réclamai-je.

Je lui tendis la main, et elle me remit debout sans effort. Mes jambes me portaient de nouveau ; pourtant, elle continua à me tenir par le coude pour me stabiliser, comme si elle sentait que j'en avais besoin. Je ne protestai pas. Mais arrivée à la porte, je me dégageai et pris une grande inspiration avant de saisir la poignée.

Je pensais maîtriser mon expression, mais j'avais sans doute tort. Quand j'apparus, seuls Jean-Claude et Asher ne réagirent pas. Cela dit, leur impassibilité fut une réaction suffisante en soi.

Micah et Richard m'atteignirent presque en même temps. Ils se regardèrent, et Micah s'effaça pour laisser Richard me toucher le premier. C'était gentil de sa part, mais j'aurais préféré qu'il me serre contre lui, parce que j'étais presque sûre que Richard allait dire quelque chose qui ne ferait qu'accroître mon agitation.

Il me prit dans ses bras sans m'enlacer tout à fait, de manière à pouvoir me dévisager.

— C'est positif ?

Je hochai la tête, parce que je ne me sentais pas capable de parler. Ma gorge était tellement serrée que ça me faisait mal. J'avais l'impression de suffoquer.

Richard me souleva et me fit tourner dans les airs. Il rayonnait littéralement. Content ! Il était content que je sois enceinte !

— Ne t'avise surtout pas de te réjouir, grondai-je.

Son sourire se flétrit.

— Préférerais-tu qu'il se lamente ? demanda Jean-Claude.

Je lui jetai un coup d'œil. Richard me reposa. Je reportai mon attention sur lui. Il n'avait plus du tout l'air heureux. Comment aurais-je réagi si l'annonce de ma grossesse l'avait rendu triste ou mis en colère ? Baissant la tête, j'appuyai mon front contre sa poitrine.

— Je suis désolée, Richard. C'est bien que ça fasse plaisir à quelqu'un.

Il me toucha la joue et me fit lever la tête vers lui.

— Je ne peux pas ne pas me réjouir, Anita. C'est impossible. Si nous avons fait un bébé…

Il haussa les épaules. Dans ses yeux, je voyais de la joie, mais aussi de l'inquiétude et un tas d'autres émotions.

— Que veux-tu que nous disions, ma petite ? Si nous ne pouvons pas nous réjouir, quelle réaction souhaites-tu de notre part ?

Je m'écartai de Richard. Cette grossesse était une mauvaise nouvelle pour moi, et j'avais du mal à accepter qu'il la considère comme une bonne nouvelle.

— Je ne sais pas, avouai-je. Je suppose que vous avez le droit de ressentir ce que vous ressentez.

Micah me toucha le bras.

— Je suis désolé que ça te contrarie à ce point.

Je lui souris, et me dis que le fait d'être capable de sourire à quelqu'un était plutôt bon signe.

— Et toi, qu'en penses-tu ?

Il me rendit mon sourire.

— Je t'aime. Comment pourrais-je ne pas aimer une version miniature de toi ?

Je secouai la tête.

— Tu ne te sens pas volé ? Je veux dire… Ça ne peut pas être le tien.

Il haussa les épaules.

— Quand je suis allé à l'hôpital pour ma vasectomie, je savais que je renonçais à avoir des enfants biologiques un jour.

— Pourquoi t'es-tu fait stériliser ? demanda Richard. Tu n'as même pas trente ans.

Micah m'enlaça et me serra très fort contre lui.

— Mon ancien alpha, Chimère, aimait les métamorphes enceintes. Si une des femmes attendait un bébé de quelqu'un d'autre, quelqu'un à qui elle tenait, il la violait jusqu'à ce qu'elle fasse une fausse couche. Ça l'excitait de la prendre à son amant, de la baiser pendant qu'elle était enceinte d'un autre et de lui faire perdre son bébé.

Je lui rendis son étreinte en écoutant les battements de son cœur accélérer. Sa voix ne trahissait pas l'horreur de ses souvenirs, mais son pouls, oui. Je connaissais déjà cette histoire. Richard l'entendait pour la première fois. Sur son visage, je vis du dégoût et quelque chose d'autre. De la colère, me sembla-t-il.

Je n'ai jamais rien entendu sur Chimère qui me fasse regretter de l'avoir tué. S'il y a bien une mort qui ne m'inspire pas le moindre remords, c'est la sienne.

Nathaniel s'approcha derrière moi et se colla contre mon dos, si bien que je me retrouvai prise en sandwich entre les deux léopards-garous. Dans cette position, je me sens toujours en sécurité. Et malgré ma grossesse, malgré l'histoire horrible que Micah venait de raconter, cette fois ne dérogeait pas à la règle. Ça devait être bon signe, non ?

Jean-Claude nous rejoignit. Nous relevâmes la tête que chacun de nous trois avait posée sur l'épaule de quelqu'un d'autre et le dévisageâmes. Il me toucha la joue.

— Quoi qu'il arrive, ma petite, nous ne t'abandonnerons pas, promit-il avec un doux sourire.

Asher vint près de moi, si bien que je me retrouvai cernée par les quatre hommes.

— Je ne fais pas vraiment partie de l'équation, n'est-ce pas ? lança Richard avec plus de tristesse que de colère.

— Tu pourrais si tu le souhaitais, répondit Micah. La seule personne qui t'en exclut, c'est toi-même.

Et il lui tendit la main.

Richard fixa son regard dessus sans réagir avant de dévisager les quatre autres hommes.

— Je ne peux pas, Anita. Je ne peux pas participer à ça.

— Participer à quoi, mon ami ? demanda Jean-Claude.

— À votre… groupe.

Micah laissa retomber sa main.

— Ceci n'est pas une orgie, Richard. Nous nous contentons de réconforter Anita, et de nous réconforter les uns les autres. En tant que métamorphe, tu sais combien le contact physique est important lorsque nous sommes inquiets ou effrayés.

Richard secoua la tête.

— Avec lui, c'est toujours sexuel, dit-il en désignant Jean-Claude du menton. Ne le laisse pas t'embobiner, Micah. Ça lui plaît de te toucher.

Apparemment, il avait décidé que de tous les autres hommes de ma vie, Micah était le plus susceptible de comprendre sa réticence.

Mais Micah glissa un bras autour de la taille de Jean-Claude pour l'attirer contre nous. Du coup, Jean-Claude fut forcé de passer un bras autour des épaules de Micah et de se coller contre lui depuis la hanche jusqu'au torse. Pendant tout ce temps, Micah ne quitta pas Richard des yeux.

— S'il était un métamorphe plutôt qu'un vampire, ça lui plairait aussi, fit-il valoir. Nous sommes tous sous le choc. Nous nous sentons tous déstabilisés. Nous nous demandons tous à quel point nous allons devoir changer notre façon de vivre pour accueillir ce bébé. Nous avons tous peur – pas toi ?

— Tu es Nimir-Raj. Ne me dis pas que tu es incapable de sentir quand quelqu'un a peur ? lança Richard sur un ton méprisant.

— Je pensais que tu te mettrais en colère si je disais franco que tu empestais la peur, répliqua Micah.

Richard serra les poings. Son visage s'assombrit tandis qu'il luttait visiblement pour se dominer. C'était presque douloureux de le regarder combattre sa colère — et pas seulement sa colère, car à aucun moment son pouvoir ne réchauffa la pièce.

Il s'approcha d'une démarche saccadée, comme si ses pieds refusaient de lui obéir. On aurait dit un robot. Il s'arrêta près du groupe que nous formions et resta planté là comme s'il ne savait pas quoi faire ensuite.

Jean-Claude s'écarta, créant une brèche entre lui et Nathaniel. C'était une invitation à rejoindre le cercle. Mais Richard ne bougea pas, les bras ballants et les yeux rivés au sol.

Alors, Nathaniel s'éloigna à son tour. Il me lâcha, ne gardant que la main d'Asher dans la sienne, de sorte que notre cercle se changea en demi-cercle. Suivant son exemple, Jean-Claude s'écarta davantage de moi en laissant son bras autour des épaules de Micah. Ainsi me retrouvai-je seule devant Richard, avec une ligne de métamorphes et de vampires en guise de toile de fond.

Richard demeura immobile comme s'il n'avait rien remarqué. Je fis un pas vers lui et, du bout des doigts, touchai les cheveux qui pendaient devant son visage. Il frémit et leva les yeux vers moi. La douleur que je lus dans ses prunelles couleur chocolat me serra la gorge. Peut-être étais-je trop émotive ce soir-là ? Ou peut-être est-il impossible de voir quelqu'un qu'on aime souffrir autant sans avoir envie de le soulager ?

Je dus me dresser sur la pointe des pieds pour poser ma main sur sa joue, lui tenant le bras pour me stabiliser.

J'éprouvai la saillie de sa pommette, sentis la puissance de cette courbe sous mes doigts. Son visage était comme son corps, viril et parfait vu de l'extérieur. Mais à l'intérieur, une tempête faisait rage. Ça se lisait dans ses yeux pleins de douleur et de colère.

Richard fléchit le bras que je tenais, et le renflement de son biceps se moula contre ma paume. Je n'aurais pas su dire s'il avait fait ça pour me rappeler combien il était fort, ou si c'était juste une manifestation de sa répugnance. Mais à voir la tête qu'il faisait, j'aurais misé sur la seconde hypothèse.

Il se pencha vers moi tandis que je me tendais vers lui. Nos bouches se rencontrèrent. Au début, ce fut une simple pression plus qu'un baiser. Les lèvres de Richard bougèrent doucement contre les miennes. Je lui rendis sa caresse. Alors, il se mit à m'embrasser avec une fougue presque brutale.

Il s'écarta de moi avec un son à mi-chemin entre soupir et sanglot. Puis il tomba à genoux, m'entraînant avec lui, s'accrochant à moi comme si j'étais la dernière chose solide dans tout l'univers.

Je le serrai contre moi, lui caressai les cheveux et murmurai son nom encore et encore. « Richard, Richard… » Il se mit à pleurer comme si son cœur se brisait.

Jean-Claude s'agenouilla près de nous et posa sa main sur la nuque de Richard. Voyant que celui-ci ne le repoussait pas, il passa ses bras autour de nous deux, appuya son visage contre celui de Richard et dit en français quelque chose que je ne compris pas, mais qui me parut doux et réconfortant.

Nathaniel vint s'agenouiller face à Jean-Claude. Il posa une main sur mon épaule mais hésita à toucher Richard.

Ce fut Clay qui s'en chargea. À genoux dans le dos de Richard, il se pressa contre celui-ci en l'enveloppant de ses bras.

— Sens l'odeur de la meute, et sache que tu es en sécurité, lui dit-il.

Ça ressemblait à un vieux proverbe.

Profitant de l'initiative du loup-garou, Nathaniel nous étreignit, Clay et moi. Ainsi Richard se retrouva-t-il encerclé mais protégé. Clay avait compris combien son Ulfric avait besoin de contact, et aussi qu'il ne voulait pas laisser les vampires et les léopards le toucher. En revanche, il ne voyait pas d'objection à se laisser toucher par un autre membre de sa meute. Pour cet instant de sagacité, Clay cessa d'être un simple garde du corps à mes yeux et devint un ami.

Micah vint se plaquer contre mon dos, les bras étendus de part et d'autre de moi pour serrer qui il pouvait. Asher fut le dernier à se joindre à notre étreinte. Il s'agenouilla près de Nathaniel et moi, tout en touchant les cheveux de Richard. Chacun de nous donnait ce qu'il pouvait.

Les sanglots de Richard s'espacèrent, puis cessèrent. Je sentis la tension de ses bras et de ses épaules se relâcher. Avec un gros soupir, il s'abandonna à la chaleur de notre étreinte. Son angoisse se dissipa sous la pression de nos corps et de notre affection.

Au bout d'un moment, il prit une grande inspiration et se redressa sur ses genoux comme s'il émergeait d'un océan profond – un océan dont nous étions les flots. Lorsqu'il souleva une jambe et prit appui sur un pied, nous nous écartâmes tous pour lui permettre de se relever.

Debout, il nous regarda en souriant.

— Merci. Merci à vous tous. J'en avais besoin. Je ne me rendais pas compte à quel point.

Il se détourna pour sortir du cercle. Jean-Claude et Clay s'effacèrent devant lui. Il s'arrêta au pied du lit à baldaquin et prit une inspiration si profonde qu'elle fit trembler tout son corps.

Jean-Claude se releva à son tour et m'aida à en faire autant. Je ne protestai pas ; j'étais trop secouée pour ça. Richard n'était pas la seule personne qui avait besoin de contact humain ce soir-là.

Tout le monde se mit debout. Nous attendîmes que Richard dise quelque chose, ou que l'un de nous trouve quelque chose d'intéressant à dire.

Richard se tourna vers nous et sourit à nouveau. C'était son ancien sourire, celui que j'appelle son « sourire de boy-scout ». Il semblait plus détendu que je ne l'avais vu depuis très longtemps.

— Je squatterai la chambre de Jason cette nuit.

— Tu n'es pas obligé de partir, dis-je.

Son sourire s'estompa quelque peu, laissant transparaître une certaine tristesse.

— Je ne peux pas dormir ici, Anita. Pas avec eux tous.

— Ça m'étonnerait que tout le monde reste.

Il haussa les épaules.

— Je ne veux pas te partager, Anita. Surtout pas ce soir. Mais j'ai vu ton expression quand Micah et Nathaniel te tenaient entre eux. Jamais tu n'as l'air aussi paisible quand tu es avec moi. En tout cas, plus maintenant.

J'ouvris la bouche pour protester, mais il leva une main.

— Ne nie pas, Anita. Je ne suis pas fâché, juste… (Il secoua la tête.) Je ne sais pas quoi faire, mais je sais que je serais incapable de te partager ce soir. L'aube se lèvera bientôt ; tu ne voudras pas de Jean-Claude dans ton lit. Et il est le seul dont je supporterais la présence. (Il haussa de nouveau les épaules.) Mais tu voudras quelqu'un de plus chaud à tes côtés. (Il luttait pour garder l'air serein, et il y parvenait presque.) Mieux vaut que j'y aille. Sinon, je dirai ou je ferai quelque chose qui te heurtera. Je le sais. (Une expression amère tordit brièvement ses traits.) J'apprécie le réconfort que vous m'avez apporté, lança-t-il à la cantonade. J'en avais vraiment besoin, mais une partie de moi souhaite toujours que vous disparaissiez, tous autant que vous êtes.

Sur ces mots, il tourna les talons et se dirigea vers la porte.

— Clay, accompagne-le, ordonnai-je.

Clay obtempéra sans discuter, et Richard ne protesta pas non plus. C'était sans doute bon signe. Du moins, je l'espérais.

Chapitre 19

Jean-Claude me serra contre lui.

— Je suis désolé, ma petite.

Asher s'approcha et m'embrassa sur la joue.

— Moi, je suis content qu'il soit parti.

— Sois gentil, le rabrouai-je.

Il se pressa contre moi, passant un bras autour des épaules de Jean-Claude.

— Nous nous sommes tous admirablement bien tenus, et ton Ulfric trouve quand même le moyen de nous faire des reproches.

Nathaniel vint devant moi et écarta une mèche de cheveux qui me tombait dans les yeux.

— Franchement, Anita, ça m'arrange qu'il squatte la chambre de Jason. J'ai envie de m'endormir contre toi, et je sais qu'il ne m'aurait pas laissé faire.

Ils avaient tous les deux raison, alors pourquoi me sentais-je tenue de défendre Richard ?

— Assez, fit Jean-Claude. Ma petite est fatiguée. Nous allons la laisser avec Micah et Nathaniel.

Je levai la tête vers lui, et il m'embrassa doucement. Certains soirs, il me supplie de ne pas le renvoyer. Mais là, il n'essayait même pas.

Il me lâcha et se dirigea vers la porte, flanqué d'Asher.

— Ça me gêne de vous chasser de votre propre lit, dit Micah.

Jean-Claude se tourna vers lui.

— Ma petite n'aime pas que je meure près d'elle à l'aube, et ce soir, je tiens tout particulièrement à ménager sa sensibilité. Elle a déjà été assez secouée.

Asher glissa son bras sous celui de Jean-Claude.

— Nous serons dans ma chambre.

Je les avais déjà vus bras dessus, bras dessous des centaines de fois. Je les avais envoyés dormir dans la chambre d'Asher des dizaines de fois. Mais c'était la première fois que je me demandais ce qu'ils y feraient. Coucheraient-ils ensemble ? Rejoueraient-ils la scène que Jean-Claude et moi avions jouée avec Auggie un peu plus tôt ? Cette idée me perturbait-elle ? Je n'en étais pas sûre.

Micah me dévisagea.

— Damian ne meurt pas à l'aube quand il est avec toi. Il faudrait peut-être vérifier si c'est pareil pour Jean-Claude.

— Pas maintenant, Micah.

J'avais absolument besoin d'un semblant de normalité – un besoin qui confinait à l'hystérie. Mais tout ce que j'entendis dans ma voix, ce fut de la colère.

— Je n'aurai qu'à dormir entre vous deux pour qu'il ne te touche pas au moment où il mourra.

Je secouai la tête.

— Pourquoi insistes-tu ? Pourquoi tiens-tu à faire ça ce soir ?

— Il serait bon de savoir si Jean-Claude a acquis les mêmes pouvoirs que Damian. Mais la raison principale, c'est que Belle Morte a eu plus de mal à te manipuler après qu'il t'a touchée. J'aimerais le garder sous la main cette nuit, au cas où.

Je clignai des yeux et soupirai.

— Toujours aussi pragmatique, hein ?

— Éminemment pragmatique. (Asher lâcha le bras de Jean-Claude.) Très bien. J'irai donc me coucher seul.

— Asher, je t'en prie. Je ne suis pas en état de ménager les sentiments des uns et des autres.

Le vampire me sourit et revint vers moi. Il m'étreignit gentiment et déposa un baiser presque fraternel sur mon front.

— Je ne veux pas te causer plus de tracas. Mais à l'occasion, j'aimerais tester cette théorie des vampires capables de marcher en plein jour. Si ça fonctionne pour notre Jean-Claude, ça fonctionnera peut-être pour moi aussi.

— Ça ne fonctionne pour Damian que si Nathaniel se trouve dans la pièce. Sans Richard, je ne pense pas que ça marchera pour Jean-Claude.

Asher recula en haussant les épaules, puis se dirigea de nouveau vers la porte. Avant de sortir, il agita gracieusement la main pour nous saluer. Mais grâce aux souvenirs de Jean-Claude, je pouvais déchiffrer son langage corporel à la perfection. Asher était blessé. Et quoi de plus normal : il était le seul que je chassais de mon lit. Pourtant, je ne le rappelai pas. Je n'avais aucune envie de dormir avec un cadavre – à plus forte raison, deux.

Je reportai mon attention sur le cadavre susmentionné. Il se tenait immobile dans son élégante robe de chambre, dont les revers en fourrure noire encadraient un triangle de peau pâle. Ses cheveux plus doux que les miens moussaient autour de son visage.

La fatigue me submergea brusquement. Pas parce que j'étais enceinte, mais parce que j'avais eu un peu trop d'émotions pour une seule soirée.

Micah m'étreignit par-derrière. Nathaniel s'approcha de moi et me souleva le menton pour plonger son regard dans le mien.

— Tu es épuisée, me dit-il gentiment.

Je hochai la tête.

Il m'embrassa sur la bouche, très doucement et sans rien attendre en retour. Puis il me prit la main et m'entraîna vers le lit. Micah laissa retomber son bras mais garda mon autre main dans la sienne, et il nous suivit tous les deux.

Ce soir-là le lit à baldaquin de Jean-Claude était drapé de rouge vif, depuis les rideaux jusqu'à la montagne d'oreillers. Je savais que sous l'édredon, les draps seraient parfaitement assortis, ou d'une couleur qui trancherait avec le reste. Il fut un temps où la décoration de Jean-Claude était entièrement noir et blanc. J'ai râlé. Je me souviens encore de la première nuit où j'ai vu cette parure de lit écarlate. Après ça, j'ai cessé de me plaindre par crainte de ce qu'il pourrait inventer d'autre.

Nathaniel avait lâché ma main pour rabattre le haut de l'édredon. Les draps étaient noirs, pareils à une mare de ténèbres au milieu de tout ce rouge. Nathaniel et Micah se mirent à aller et venir telles des fourmis industrieuses, transportant les plus petits des oreillers sur les deux fauteuils disposés près de la fausse cheminée. Grâce à la technologie moderne, on pourrait y allumer un vrai feu, mais depuis le temps que je partage le lit de Jean-Claude, je n'ai jamais rien vu d'autre dans cet âtre qu'un éventail antique sous verre.

Jean-Claude s'était planté de l'autre côté du lit, en face de moi. Nous nous dévisageâmes par-delà cette mer de soie rouge et noir. Et quand je dis « une mer », j'exagère à peine. Le lit de Jean-Claude est plus grand qu'un *king size*. Il a des proportions carrément orgiaques, même si je me suis bien gardée de le faire remarquer à son propriétaire. Je ne veux pas insinuer quoi que ce soit sur les activités auxquelles il se livre en mon absence. Simplement, son lit est le plus grand que j'aie jamais vu.

Non, c'est faux, me repris-je. *Le lit de Belle est tout aussi grand*. Je regrettai aussitôt cette pensée en sentant le froid me saisir.

— Qu'est-ce qui ne va pas, ma petite ? s'enquit Jean-Claude.

— Rien, répondis-je en secouant la tête.

Je ne voulais pas partager mes observations, comme si les passer sous silence pouvait les rendre moins vraies.

Micah et Nathaniel revinrent vers le lit. Micah s'arrêta, et son regard fit la navette entre Jean-Claude et moi tandis que Nathaniel commençait à déboutonner sa chemise.

— Tu devrais peut-être attendre, suggéra Micah à l'autre métamorphe.

Mais celui-ci continua sans se troubler.

— Ils s'arrangeront entre eux.

Il ôta sa chemise et se dirigea vers l'énorme armoire en bois sombre assortie au lit, dans laquelle il suspendit sa chemise. L'armoire était vide à l'exception de nos vêtements de rechange – les miens, ceux de Micah et ceux de Nathaniel.

Jean-Claude a un dressing séparé, qui fait à peu près la taille d'un entrepôt. Il ne stocke qu'une tenue à la fois dans son armoire. Il aime que sa chambre reste aussi dépouillée que possible, une habitude acquise à force de recevoir des inconnus pour la nuit. On ne garde pas d'objets de valeur dans un endroit où on amène ses conquêtes éphémères. Jean-Claude ne pratique plus les coups d'un soir, que ce soit pour le sang ou pour le sexe, mais les vieilles habitudes ont la vie dure, surtout chez les vampires qui les entretiennent depuis plusieurs siècles.

Nathaniel revint vers le lit complètement nu. Un instant, je me sentis gênée. Pourtant, je l'ai vu nu tant de fois que j'en ai perdu le compte. Je l'ai même vu nu devant Jean-Claude et Micah tant de fois que j'en ai perdu le compte. Alors, pourquoi rougissais-je ?

Nathaniel grimpa dans le lit, tirant le drap juste assez haut pour que je ne lui fasse pas de reproches. Livré à lui-même, je crois qu'il resterait nu en permanence. Il s'adossa aux oreillers. Ses cheveux étaient toujours tressés, de sorte que la soie rouge forma comme un écrin pour son visage.

Je remarquai que ses traits changeaient peu à peu, qu'il perdait ses rondeurs d'adolescent et qu'une structure osseuse très masculine commençait à émerger. De mignon, il était en train de devenir séduisant. Et il avait pris presque trois centimètres depuis six mois que nous vivions ensemble.

À vingt ans, il continuait à grandir alors que la plupart des gens s'arrêtent à dix-sept. La génétique est une chose merveilleuse et incompréhensible.

Nathaniel m'adressa un sourire très masculin, plein de satisfaction. Il adorait l'effet qu'il me faisait. Il partageait mon lit depuis six mois ; il couchait avec moi depuis un mois, et je le regardais toujours comme si c'était la première fois. Je rougis et détournai les yeux.

— Viens me rejoindre, Anita. Tu en meurs d'envie.

Ma colère flamboya instantanément.

— Je n'aime pas qu'on me tienne pour acquise, Nathaniel, dis-je en le foudroyant du regard, toute gêne envolée.

Il soupira et s'assit en passant ses bras musclés autour de ses genoux.

— Ne te laisse pas déstabiliser par cette histoire de bébé. Tu as fait beaucoup de progrès ces derniers temps côté pudeur ; ce serait dommage que tu régresses.

— De quoi veux-tu parler au juste ? demandai-je, les mains sur les hanches.

J'étais très contente de pouvoir m'envelopper de ma colère – un sentiment bien plus confortable que la tristesse, la peur ou l'embarras.

Les yeux violets de Nathaniel se firent graves. Pas effrayés ni inquiets, juste graves comme ceux d'un adulte.

— Tu veux vraiment avoir cette conversation ?

— Quelle conversation ? demandai-je.

Il soupira.

— Pourquoi cela te gêne-t-il que je sois nu ?

J'ouvris la bouche, la refermai et finis par répondre tout bas :

— Je ne sais pas.

Et c'était peut-être stupide, mais c'était la vérité.

Micah s'approcha et me tendit une main hésitante. Je me collai contre lui et l'enlaçai. Il me serra dans ses bras tandis que je fourrais mon nez dans son cou pour respirer sa chaleur.

La simple odeur de sa peau détendit quelque chose de dur et de froid dans mon ventre. Je m'en remplis les poumons. Sous le parfum de son after-shave, Micah avait une odeur musquée, presque âcre, de léopard. Une odeur familière et réconfortante.

— Mettons-nous au lit, Anita, dit-il, la bouche pressée sur mon épaule.

J'acquiesçai sans me décoller de lui, et je sentis sa bouche s'étirer en un sourire contre ma peau. Je connaissais bien cette sensation. Ce qui signifiait que je devais souvent le faire sourire pendant qu'il embrassait l'une ou l'autre partie de mon corps.

Micah s'écarta de moi et entreprit de déboutonner son col. Il avait une agrafe de chemise à enlever. Je restai face à lui et le regardai révéler peu à peu son torse bronzé. Mais au lieu d'apprécier le spectacle, je sentis mon anxiété revenir à la charge.

Je touchai le bras de Micah, l'interrompant alors qu'il défaisait un de ses boutons de manchette.

— Tu veux bien arrêter un instant ?

Il tourna vers moi un regard perplexe.

— Tu es de nouveau nerveuse, fit remarquer Nathaniel. Pourquoi ?

Je secouai la tête. Je n'en savais rien. Puis j'aperçus Jean-Claude de l'autre côté du lit. Il s'était appuyé contre un des piliers du baldaquin, autour duquel il avait noué ses bras. Il nous observait avec une expression neutre, mais un peu plus tôt dans la soirée, j'avais pénétré son esprit plus profondément que jamais.

— Et merde, soufflai-je.

— Quoi ? demandèrent Micah et Nathaniel d'une même voix.

— Je sais ce qui cloche.

Les métamorphes me dévisagèrent tous deux, mais je n'avais d'yeux que pour Jean-Claude.

— C'est vous.

— J'ai déjà vu Micah et Nathaniel nus, fit remarquer le vampire.

— Nous avons déjà partagé un lit tous les quatre, Anita, me rappela Nathaniel.

— Oui, mais Micah et toi n'avez jamais couché avec lui.

— Jean-Claude s'est déjà nourri de moi. Il a bu plus de mon sang que du tien, dit Micah.

Je tournai la tête vers lui.

— Donner du sang et avoir des rapports sexuels, ce n'est pas la même chose.

Il haussa les épaules, et je vis son visage se fermer pour prendre cette expression qu'il affiche toujours quand il ne sait pas trop quelle tête je voudrais qu'il fasse.

— J'ai déjà eu des rapports sexuels moins excitants que le fait de nourrir Jean-Claude.

— C'est parce que tu ne savais pas t'y prendre.

Il sourit.

— J'étais jeune. Je me suis amélioré.

— Et comment ! approuvai-je en lui rendant son sourire.

Il m'embrassa, puis s'écarta et me scruta quelques instants avant d'aller mettre son premier bouton de manchette sur la table de chevet. Il s'attaqua au second en me tournant le dos.

Je n'étais pas la seule à l'observer. Malgré son air impassible, Jean-Claude ne perdait pas une miette du spectacle. Nous avions déjà partagé un lit tous les quatre – parfois même avec Asher et Jason en prime. Tout dépendait de qui avait nourri qui en dernier. Alors, pourquoi le fait que Jean-Claude regarde Micah se déshabiller me perturbait-il tout à coup ?

Soudain, j'eus une illumination. Ce n'est pas si courant chez moi – du moins, pas en ce qui concerne ma vie privée.

— Je sais ce qui cloche, répétai-je.

Les trois hommes tournèrent leur regard vers moi. Je touchai le dos nu de Micah, mais ce fut à Jean-Claude que je dis :

— C'est ce que nous avons fait ce soir avec Auggie.

Jean-Claude s'assit sur un coin de lit, un bras toujours enroulé autour du pilier.

— De quoi parles-tu exactement, ma petite ? Nous avons fait beaucoup de choses avec Auggie.

— Je sais que les gens pensent qu'on se culbute tous les uns les autres, mais ce soir, c'était la première fois que je voyais deux hommes s'embrasser. Et la première fois que j'assistais à…

J'hésitai. Étais-je encore si prude ? Non, bordel. J'étais une femme adulte, parfaitement capable d'appeler un chat un chat.

— La première fois que j'assistais à une sodomie, à plus forte raison entre deux hommes. À plus forte raison entre un de mes amants et un inconnu.

Je pris une grande inspiration et la relâchai, puis m'approchai de Jean-Claude.

— Vous comprenez ce que je veux dire ?

— Tu es perturbée par ce que tu as vu.

— Attends, fit Nathaniel.

Je pivotai vers lui. Il avait calé son dos contre les oreillers. Le drap gisait en travers de ses hanches, dissimulant à peine son bas-ventre, mais je voyais bien qu'il ne s'en rendait même pas compte.

— Qu'as-tu ressenti quand Jean-Claude a embrassé Auggie ?

J'ouvris la bouche et la refermai parce que je ne savais pas quoi répondre. Qu'avais-je ressenti ? Bonne question.

— Ça ne m'a pas dérangée. J'ai trouvé ça… troublant.

Ce n'était pas tout à fait exact. Je baissai les yeux vers l'édredon.

— Troublant dans le bon ou dans le mauvais sens du terme ? demanda Nathaniel.

— Le bon, avouai-je.

Quelqu'un soupira – je n'aurais su dire qui. Lentement, je levai les yeux. Aucun des trois hommes ne me regardait comme si je venais de dire un truc horrible. J'ignore pourquoi je pensais que ça aurait pu les choquer ; pourtant, c'était bien le cas. J'attendais que l'un d'eux s'exclame : « Tu devrais avoir honte ! » J'avais vu un de mes amants embrasser un autre homme, et non seulement ça ne m'avait pas dégoûtée, mais j'avais aimé ça. Était-ce si mal ?

Je croyais que ça me répugnerait, et ça avait été tout le contraire. J'avais trouvé ça… naturel. Comme si j'avais attendu toute ma vie de voir ça. Comme si ça résonnait en moi de façon très intime. Ça ne m'avait pas dégoûtée sur le coup, alors pourquoi me sentais-je mal maintenant ? Était-ce de la culpabilité ? Non. J'étais mal à l'aise et un peu gênée, mais je ne culpabilisais pas. Alors, quoi ?

Micah me toucha le bras.

— Tant d'émotions qui se succèdent sur ton visage… À quoi penses-tu ?

— Je pense que je ne culpabilise pas, et je me demande si je ne devrais pas culpabiliser.

Perplexe, il fronça les sourcils.

— Culpabiliser à propos de quoi ?

— Je devrais être perturbée d'avoir vu Jean-Claude embrasser un autre homme, non ? Un inconnu, de surcroît.

— Cela t'a-t-il perturbée ?

— Pas sur le coup.

Il eut un sourire un peu hésitant.

— Mais ça te perturbe maintenant. Pourquoi ?

— Est-ce que ça t'a perturbé de nous voir faire ça ?

Il me dévisagea d'un air entendu.

— Je t'avais déjà vue faire l'amour avec d'autres hommes, Anita.

Soudain, j'eus l'impression d'avoir de nouveau treize ans. Je me sentais si embarrassée, si perdue !

— Je crois, ma petite, que ce que Micah veut savoir, c'est ce que tu as ressenti en me voyant avec Augustin.

Je jetai un coup d'œil à Jean-Claude. Je lui étais reconnaissante de venir à mon secours, mais ça me gênait qu'il ait dû le faire.

—Cela t'a-t-il perturbée ? répéta Micah.

Je secouai la tête.

—Non. J'ai trouvé ça génial. Nous possédions Auggie. Le mélange de pouvoir et de sexe était… incroyablement excitant.

—Alors, tout va bien, dit Micah. Ne culpabilise pas de ne pas culpabiliser.

Ce qui, bien entendu, était exactement ce que je faisais.

—Présenté comme ça, ça paraît stupide, reconnus-je.

Micah me serra contre lui, et je me blottis contre la chaleur de son corps.

—Ce n'est pas stupide, Anita. C'est ce que tu ressens. Les sentiments ne sont jamais stupides – ils te donnent juste l'impression de l'être.

Je m'écartai suffisamment pour le dévisager.

—Rien de ce que nous avons fait ce soir ne te dérange. Tu ne nous trouves ni pervers ni maléfiques.

De son index replié, il me donna un petit coup sous le menton.

—Ça, c'est la voix de Richard dans ta tête – pas la mienne.

J'opinai. Sur ce point au moins, il avait raison.

Micah alla suspendre sa chemise dans l'armoire. Nathaniel me tendit une main.

—Enlève ton peignoir et laisse-moi te tenir dans mes bras toute nue et toute chaude.

Je n'étais pas contre cette idée. Je dirais même que rien ne me faisait plus envie. Pourtant, j'hésitai. Je pris la main de Nathaniel mais n'ôtai pas mon peignoir et ne grimpai pas non plus sur le lit.

Micah s'approcha par-derrière et se colla contre mon dos. À travers la soie fine de mon peignoir, je sentis quelque chose de dur contre mes fesses. Je me retournai en hoquetant.

—Tu es nu.

Il fronça les sourcils.

—Nous dormons toujours nus.

Je secouai la tête.

— Mais…, commençai-je.

Puis je compris que j'avais tort. Avant la scène de ce soir, je savais que Jean-Claude avait eu des amants – ne serait-ce que parce que Asher, Julianna et lui formaient un véritable ménage à trois. Ses souvenirs me le prouvaient. Mais les souvenirs, ça reste quelque chose d'assez virtuel. La scène de ce soir avait été on ne peut plus concrète.

Je tentai d'expliquer ce qui se passait dans mon esprit.

— D'un point de vue théorique, je savais que vous aimiez les hommes autant que les femmes, dis-je en regardant Jean-Claude.

Son visage était plus neutre, plus inexpressif que jamais. Il me semblait que si je clignais des yeux, il en profiterait pour disparaître.

— Mais tu viens de l'éprouver d'un point de vue pratique, et ça m'a fait baisser dans ton estime.

— Non, pas baisser dans mon estime. C'est juste que… (J'optai pour une autre approche.) À la fac, j'avais une copine. On faisait les magasins ensemble. Parfois, je dormais avec elle dans sa chambre sur le campus, et parfois, c'était elle qui dormait avec moi dans la mienne. Je n'hésitais pas à me déshabiller devant elle parce que c'était une fille. Et puis vers la fin de notre dernière année d'études, elle m'a avoué qu'elle était lesbienne. Je suis restée amie avec elle, mais à partir de ce moment, je l'ai considérée comme un homme. Vous ne vous déshabillez pas devant quelqu'un pour qui vous êtes un objet de désir potentiel. Vous ne dormez pas avec quelqu'un qui pourrait avoir envie de vous faire l'amour. Vous ne… Oh, et puis merde. (Je levai les yeux vers Micah.) Ça ne va pas te faire bizarre de dormir nu à côté de lui, maintenant ?

Micah éclata de rire.

— Ne me dis pas que tu as peur pour ma vertu !

Je fronçai les sourcils.

— Je ne… (Je le repoussai assez fort pour qu'il trébuche.) Va te faire foutre, lançai-je.

Mais je commençais à sourire, ce qui signifie généralement que j'ai perdu la dispute. Même si je n'étais pas certaine qu'il se soit agi d'une dispute.

— Sans vouloir sous-estimer les charmes de ton Nimir-Raj, ma petite, je pense arriver à me retenir, dit Jean-Claude avec l'ombre d'un sourire sur les lèvres.

Je regardai Nathaniel, qui faisait des efforts visibles pour ne pas pouffer. Ils étaient à deux doigts de se foutre de ma gueule, et ça ne me plaisait pas du tout.

— Arrêtez, tous les trois, aboyai-je.

— Arrêter quoi ? demanda Nathaniel d'un air innocent.

Mais ses yeux pétillaient de rire contenu.

— Ne vous avisez surtout pas de vous moquer de moi.

— Croyais-tu vraiment que j'allais me changer en bête de sexe incontrôlable juste parce que je viens de coucher avec un homme pour la première fois depuis quelques années ?

Le masque de neutralité de Jean-Claude se délitait. Les coins de sa bouche frémissaient, et ses yeux s'étaient mis à briller.

— Non, répondis-je sur un ton boudeur.

— T'attendais-tu à ce que Nathaniel et moi devenions plus pudiques en présence de Jean-Claude après l'avoir vu coucher avec Augustin ? demanda Micah en se mordant la lèvre pour ne pas rire.

Je foudroyai les trois hommes du regard.

— Peut-être, admis-je à contrecœur.

— Anita..., commença Micah. (Il dut s'interrompre pour réprimer le sourire qui menaçait de lui échapper.) Anita, souviens-toi que quand nous nous sommes rencontrés, je pensais devoir coucher avec Jean-Claude pour pouvoir faire partie de ta vie. Toute la communauté surnaturelle croyait que Richard, Jean-Claude et toi formiez un véritable ménage à trois. J'ai bien réfléchi avant de demander à devenir ton Nimir-Raj.

Je fronçai les sourcils.

— Donc, cette idée ne te dérange pas ?

— Non. Je ne suis pas porté sur les hommes, mais je ne suis pas aussi braqué contre les relations homosexuelles que Richard et toi semblez l'être.

— Ne me mets pas dans le même panier que lui ! m'exclamai-je, toute prête à me fâcher de nouveau.

— Si une autre femme devait dormir nue près de toi, ça te poserait autant de problèmes que dormir nu près d'un homme en pose à Richard, affirma Micah.

— J'ai déjà dormi avec certaines des femelles léopards-garous, contrai-je.

— Mais ni toi ni elles n'étiez nues.

Je voulus nier et me ravisai. Micah avait-il raison ?

— Je ne sais pas. Je… je pourrais peut-être dormir nue à côté d'une autre femme, si on ne faisait rien de plus. Mais je ne crois pas que ça me plairait. Je préfère dormir entre deux hommes.

— Et il n'y a pas de mal à ça. Mais si tu étais certaine que la femme à côté de qui tu t'apprêtes à dormir te considérait comme un objet de désir potentiel, tu la traiterais différemment.

— Oui. Je la rangerais dans la catégorie des mecs.

— Donc, selon ton raisonnement, Nathaniel et moi devrions ranger Jean Claude dans une catégorie différente maintenant.

Je réfléchis et acquiesçai.

Micah sourit.

— Anita, je me doutais que Jean-Claude aimait les hommes bien avant de le voir coucher avec Augustin.

Mon regard fit la navette entre eux deux.

— J'ai raté quelque chose ?

— Pas ce à quoi tu penses. (Jean-Claude s'installa plus confortablement au bord du lit, le dos calé contre le montant, les jambes repliées contre sa poitrine et les bras autour des genoux.) Je n'ai séduit aucun de tes félins derrière ton dos.

Je n'étais pas vraiment inquiète sur ce point, mais c'était bon d'en avoir la confirmation.

— Alors, de quoi parle Micah ?

— Anita… Tu devrais faire plus attention la prochaine fois que Jean-Claude se nourrit d'un de nous, ou qu'Asher se nourrit de moi, suggéra Nathaniel. Tu comprendras tout de suite.

— Mais ils l'ont déjà fait pendant que je me trouvais dans le lit avec vous. Qu'est-ce qui m'a échappé ?

Les trois hommes échangèrent un regard.

— Non, non, pas de ça. Répondez-moi.

— Tu as dit que tu étais crevée, me rappela Micah. Je ne crois pas que tu veuilles savoir. Sinon, tu n'aurais pas besoin de demander.

— Tu ne crois pas que je veuille savoir quoi ?

Nouvel échange de regards.

— Arrêtez ça, réclamai-je en résistant à une furieuse envie de taper du pied.

— Serrons-nous les uns contre les autres, ma petite. Laisse-nous te prendre dans nos bras et t'apporter le réconfort dont nous avons tous besoin ce soir. La nuit a été longue – agréable à sa manière, mais longue. Tu es épuisée.

Oui, j'étais épuisée, mais la colère et la confusion l'emportaient sur la fatigue.

— C'est vrai. Tout ce que j'ai envie de faire, c'est m'allonger près de vous et m'abandonner à votre étreinte. Mais vous vous regardez comme s'il y avait un éléphant dans la pièce et que j'étais la seule personne incapable de le voir.

La voix de Claudia s'éleva depuis le fond de la chambre, où la rate-garou se tenait immobile et silencieuse en compagnie des autres gardes du corps. Nous étions à deux doigts de les chasser. D'accord : j'étais à deux doigts de les chasser.

— Je crois pouvoir éclairer ta lanterne.

Je tournai la tête vers elle.

— Je t'écoute.

— Jean-Claude se nourrit d'un homme de la même façon qu'il se nourrit d'une femme. La plupart des vampires font une distinction. Ceux qui sont hétéro prennent plus de libertés avec leurs victimes de sexe opposé, et ceux qui sont gays avec leurs victimes du même sexe. Jean-Claude, lui, ne fait aucune différence. Tu comprends ?

— Quand l'as-tu vu se nourrir d'autres femmes ?

— Ah ah ! C'est exactement pour cette raison qu'il ne se nourrit pas d'autres femmes que toi, si ce n'est dans ses clubs et en public. S'il le faisait en privé, tu serais jalouse. Alors que tu ne l'es pas quand il se nourrit d'un homme – parce que tu ne considères pas les hommes comme tes concurrents sexuels.

Je commençais à avoir mal à la tête.

— Tu me files la migraine, Claudia.

— C'est parce que tu n'as pas envie de réfléchir à ce que je te dis.

— Inutile. Tu dis que Jean-Claude aime les hommes autant que les femmes, et qu'il se nourrit essentiellement d'hommes parce que je serais jalouse s'il se nourrissait de femmes. J'ai pigé.

Jean-Claude opina.

— Merci, Claudia.

— De rien.

— Dois-je présenter mes excuses à quelqu'un ? voulus-je savoir.

— Contente-toi d'enlever ce fichu peignoir et de grimper dans le lit, répondit Nathaniel. Les draps de soie sont froids quand on est seul pour les réchauffer.

Je lui souris en secouant la tête. Je commençai à défaire la ceinture de mon peignoir et m'interrompis.

— Tous les gens qui ne dorment pas avec nous, dehors.

— Si c'est une invitation…, lança Graham.

— La ferme, lui intima Claudia.

Et elle se dirigea vers la porte, suivie par Lisandro.

Graham hésita, mais il leur emboîta le pas. Claudia avait déjà renvoyé les autres quand les choses s'étaient calmées, un peu plus tôt – sans doute en leur confiant la mission d'aller « veiller » sur nos invités.

La porte se referma derrière les gardes du corps, et nous nous retrouvâmes seuls.

Micah rampa sur le lit du côté opposé à Nathaniel pour me laisser de la place entre eux.

— Tu me sembles un peu trop habillée, dit-il.

Je finis de défaire ma ceinture et laissai mon peignoir tomber sur le sol. Puis je me hissai sur les draps de soie avec l'aide de Micah et de Nathaniel. Ils me tirèrent vers eux, et je me retrouvai pressée entre leurs deux corps nus.

Au contact de leur peau tiède contre la mienne, j'éprouvai un soulagement si vif que je dus fermer les yeux. C'était comme si je venais de m'envelopper de la plus douillette des couvertures tout en serrant ma peluche préférée dans mes bras et en gardant mon flingue à portée de main. Jamais je ne me sens plus en sécurité et plus détendue que lorsque je suis prise en sandwich entre Micah et Nathaniel.

Nathaniel m'embrassa. Automatiquement, mes bras entourèrent ses épaules. Il prit cela pour une invitation à presser sa poitrine contre la mienne. La main de Micah glissa le long de ma hanche et à l'intérieur de ma cuisse. Sans réfléchir, j'écartai ma jambe pour qu'il puisse atteindre d'autres parties s'il le désirait.

Mes mains descendirent le long du dos de Nathaniel, s'arrêtèrent au creux de ses reins et caressèrent les deux fossettes qu'il avait là. Notre baiser s'était fait plus fougueux, et le corps de Nathaniel répondait à cette promesse. Je sentais son sexe gonfler, devenir dur et ferme contre ma hanche, et cela me fit frissonner.

Nathaniel s'écarta suffisamment pour regarder papilloter mes cils.

— Tu es mon jouet préféré.

Me concentrer sur son visage me réclama plus d'efforts que je ne l'aurais admis à voix haute. La main de Micah caressait toujours ma cuisse comme pour m'inciter à ouvrir les jambes – ce que j'avais déjà fait depuis belle lurette. Arrivés à quelques centimètres de mon intimité, ses doigts repartaient dans l'autre sens, à ma plus grande frustration. Je voulais qu'il me touche *là*. Je voulais qu'il cesse de me provoquer et qu'il passe à l'action.

— Je croyais que tu étais crevée, chuchota-t-il, la bouche au creux de mon cou.

— Je l'étais, répondis-je d'une voix enrouée, et pas par le sommeil.

— Que veux-tu ?

Son souffle brûlant m'arracha un frisson.

— Touche-moi.

— Je te touche déjà, répliqua-t-il.

Sa main continua à aller et venir le long de ma cuisse plutôt que là où je la voulais.

— Pitié, Micah. Assez joué les allumeurs.

Ses doigts effleurèrent mon entrejambe, et cette infime caresse m'arracha un gémissement.

— Tu es si excitée…, commenta-t-il en se redressant pour voir mon visage.

Il avait l'air impatient de poursuivre – mais aussi émerveillé. Retirant sa main d'entre mes jambes, il me caressa légèrement la joue.

— J'adore quand tu fais cette tête, avoua-t-il.

— Quelle tête ?

Il sourit.

— Cette tête-là.

Il se pencha pour m'embrasser à son tour. Au moment où ses lèvres se posaient sur les miennes, la main de Nathaniel épousa la courbe d'un de mes seins, et ce contact rendit notre baiser encore plus avide. Je me nourris de la bouche de Micah tout en faisant courir une de mes mains le long de son corps.

J'aurais bien utilisé les deux, mais Nathaniel s'était emparé de l'autre et l'avait clouée au lit pour pouvoir se pencher vers mon sein. Il pressa ce dernier jusqu'à ce que ça devienne presque douloureux, et en même temps, il se mit à me lécher le mamelon.

La langue de Micah s'insinua dans ma bouche pour me goûter. Nathaniel aspira mon sein et se mit à sucer, vite et fort. Je me soulevai du lit en hurlant mon plaisir dans la bouche de Micah. Je voulus lever mon autre main, mais elle était prisonnière sous le corps de Nathaniel. Celui-ci me mordit le sein, et je labourai le dos de Micah. Nathaniel lâcha enfin ma main et me mordit plus fort – pas assez pour me faire saigner, mais suffisamment pour taquiner la frontière entre plaisir et douleur. Je lui griffai aussi le dos, et les deux hommes s'écartèrent.

Je restai allongée entre eux, haletante, essayant de focaliser ma vision devenue blanche et cotonneuse.

— C'était sympa, commenta Micah.

— Mmmmh, acquiesça Nathaniel.

Et il donna un coup de langue rapide sur mon mamelon. Je me tordis en agrippant les draps de soie.

— Oh, mon Dieu !

Une main me caressa la cheville. Ce contact innocent me fit ouvrir les yeux et relever la tête pour regarder vers le pied du lit. Jean-Claude était agenouillé là. Il portait toujours sa robe de chambre ceinturée.

— Micah m'a invité à te toucher, dit-il poliment, mais j'ai appris que c'est de ta permission que j'ai besoin.

Traduction : parfois, au milieu de tous ces hommes, je m'énerve si quelqu'un s'avise de me toucher sans mon accord préalable. Ce n'est pas parce qu'un de mes amants peut me faire une chose qu'ils en ont tous le droit. Quand on est une femme, il faut bien définir des limites.

— Vous ne pourrez pas avoir de rapports sexuels tant que vous ne vous serez pas nourri, objectai-je.

Il sourit.

— Tu es bien une Américaine, ma petite. Les Européens savent qu'il existe d'autres façons de donner du plaisir à une femme.

— Mais vous n'arriverez pas à…

Sa main remonta délicatement le long de mon mollet.

— J'y trouverai mon compte, je te le promets.

— On peut arrêter maintenant, si tu veux, suggéra Micah. C'était déjà bien.

Baissant les yeux, je vis à quel point il avait trouvé ça bien. Son sexe était long, épais et dur – et chez Micah, long, épais et dur, c'est très long, très épais et très dur. Je jetai un coup d'œil à Nathaniel et le trouvai dans le même état. Son pénis n'est pas aussi gros que celui de Micah, mais le seul autre de mes amants capable de rivaliser avec Micah, c'est Richard. Même s'il ne semble pas en être conscient.

Nathaniel est définitivement mieux monté que la moyenne – mais pas aussi bien que Micah. Au niveau de la longueur, ils se valent à peu près ; pour ce qui est de la largeur, en revanche… Les hommes font toujours une fixation sur la longueur, mais faites-moi confiance : les filles sont tout aussi sensibles à l'épaisseur. Franchement, un pénis plus court de quatre ou cinq centimètres n'est pas toujours une mauvaise chose. Tout dépend de ce que vous voulez faire avec.

Je les caressai tous deux du bout des doigts. Ce simple contact les fit frissonner, et je me tordis sur les draps.

— De si belles érections… ce serait dommage de les gâcher, commentai-je.

— Nous en aurons d'autres, promit Micah.

— Moi, je suis d'accord avec Anita, dit Nathaniel.

Micah lui adressa un large sourire qui révéla la blancheur éblouissante de ses dents dans son visage bronzé.

— Je vais rejoindre Asher, dit Jean-Claude en descendant du lit.

— Ne partez pas.

Il me dévisagea.

— Je n'ai pas la patience de tes deux félins, ma petite. Plus d'une fois, ils nous ont nourris, Asher et moi, puis regardés te prendre.

— Nous devions les garder en réserve pour l'ardeur du lendemain.

— Oui, mais je ne suis pas aussi voyeur qu'Asher, et si je ne peux pas participer, je préfère me retirer. Ce n'est pas une doléance : c'est juste un fait.

— Je pense toujours que vous ne devriez pas vous éloigner d'Anita, intervint Micah. Je n'ai pas confiance en Belle.

Jean-Claude sourit.

— Tu as raison. C'est très sage de ta part. (Il écarta les mains.) S'il s'agissait juste de sexe entre vous trois, ça ne me dérangerait pas de vous regarder et de venir m'allonger près de vous quand vous auriez fini. Mais à cause du contexte émotionnel, je trouverais pénible de me sentir exclu.

Je fronçai les sourcils.

— Je ne comprends pas.

— Je sais que tu m'aimes, ma petite, mais mes étreintes ne te comblent pas totalement. Seuls Micah et Nathaniel parviennent à t'apporter, disons, un sentiment de plénitude. Une certaine sérénité. (Il leva une main comme si quelqu'un avait fait mine de parler.) C'est la vérité. Je ne vous en veux pas ; comment le pourrais-je après la nouvelle que nous avons reçue ce soir ? Vous aurez besoin de ce lien spécial qui vous unit, mais… (il secoua la tête) ça m'attriste de le contempler en sachant que je n'en ferai jamais partie.

Je ne sus pas quoi répondre à ça. Que dire à un homme que vous aimez, mais qui est conscient que vous aimez deux autres hommes davantage ?

— Et puis, ma petite, tu viens d'exprimer des doutes à mon sujet. Tu dis que tu as aimé ce que nous avons fait avec Augustin, mais ta réaction prouve le contraire. C'est de tes félins que tu as besoin ce soir, pas du souvenir de…

Il haussa gracieusement les épaules et se leva du lit. Avec des gestes vifs, il rajusta sa robe de chambre. Il lisse toujours ses fringues quand il est nerveux et qu'il maîtrise moins bien ses mouvements. C'est l'un des rares tics humains qui a survécu à travers les siècles écoulés depuis sa transformation. Je trouve ça attendrissant qu'il le fasse, et plus attendrissant encore qu'il ne s'en rende pas compte. Enfin, pas toujours. Là, il ne tarda pas à se reprendre, et ses mains se figèrent en même temps que son visage.

Le peu de chose que j'avais fait avec Micah et Nathaniel m'avaient éclairci les idées.

— Vous croyez vraiment que vous avez baissé dans mon estime parce que je vous ai vu faire l'amour avec un autre homme ? demandai-je.

— C'est ce que tu as sous-entendu, répondit-il d'une voix aussi neutre que possible.

Je me relevai sur les coudes.

— Je suppose que oui, mais ce n'est pas ce que je voulais dire. Il me semblait que ça aurait dû me perturber – alors qu'en fait, ça ne me perturbait pas. J'ai tenté de me convaincre du contraire, mais la vérité, c'est que… (Je m'assis en tailleur sur le lit.) La vérité, Jean-Claude, c'est que ça m'a plu de vous voir embrasser Auggie. Je ne sais pas encore ce que je pense du reste au juste, mais ça ne m'a pas choquée sur le coup, alors je ne vois pas pourquoi ça me choquerait maintenant. Je ne vais pas me convaincre que ça me pose un problème alors que ça ne m'en pose pas.

Jean-Claude eut un petit sourire hésitant. Était-ce ma réaction qui l'avait fait douter ? Ou était-ce parce qu'il avait appris à ses dépens que chaque fois que je franchis un nouveau palier métaphysique ou sexuel, je fais demi-tour et prends mes jambes à mon cou ? Dans un cas comme dans l'autre, j'imagine que c'était ma faute s'il avait du mal à croire à mes paroles rassurantes.

Mais je ne voulais pas qu'il doute. Je l'aimais, et on ne devrait jamais faire douter quelqu'un qu'on aime. Le plus difficile, quand on a plusieurs hommes dans sa vie, ce n'est pas le sexe. Le sexe, j'arrive à peu près à le gérer. L'aspect émotionnel, en revanche… c'est plus délicat. Ce soir, je n'avais pas pu aider Richard parce que ses problèmes ne dépendaient pas de moi. Mais ce problème-là… je pouvais le résoudre, ou du moins essayer.

Je souris à Jean-Claude. Et dans mon sourire, je mis tout ce qu'un homme pouvait désirer voir dans le sourire d'une femme. Ses yeux se remplirent de cette lumière ténébreuse qui n'est pas due à sa nature de vampire, mais à sa nature de mâle. Il me rendit un sourire plein d'assurance et de confiance retrouvées.

— Que veux-tu de moi, ma petite ?

Sa voix effleura ma peau nue comme des ongles qui vous chatouillent presque. Je frissonnai.

— Vous êtes beaucoup trop habillé, répondis-je.

— Es-tu certaine de vouloir faire ça, ma petite ? Tu n'as encore jamais pris trois d'entre nous à la fois, et l'ardeur ne se manifestera plus ce soir. Elle a été trop bien rassasiée.

Il m'offrait une porte de sortie. Mais si je la prenais, c'était lui qui devrait quitter la pièce. J'avais déjà vu Richard et Asher s'en aller ; je ne voulais pas perdre un autre des hommes de ma vie ce soir. J'avais besoin qu'ils soient aussi nombreux que possible autour de moi. À peine cette pensée m'avait-elle traversé l'esprit que j'eus envie de rappeler Asher, mais… je n'avais encore jamais couché avec trois de mes amants en même temps. Quatre, ça me semblait un peu prématuré.

— J'ai dit : vous êtes beaucoup trop habillé, répétai-je très fermement.

Le sourire de Jean-Claude s'élargit.

— Ça peut s'arranger facilement.

Il défit sa robe de chambre et la laissa tomber par terre, révélant la perfection pâle de son corps. Je l'avais déjà vu nu un millier de fois, mais ce spectacle m'emplissait toujours du même émerveillement et de la même incrédulité – comme s'il était une sublime œuvre d'art que j'avais dérobée au musée où elle était exposée dans une vitrine, dérobée pour pouvoir caresser sa surface lisse et magnifique tout mon soûl.

— Vous êtes trop loin, chuchotai-je.

Un instant, son sourire révéla la pointe de ses crocs.

— Ça aussi, ça peut s'arranger facilement.

Il grimpa à quatre pattes sur le lit. Et au lieu de regarder son visage, je scrutai son sexe petit et flasque. Il resterait ainsi jusqu'à ce que Jean-Claude se nourrisse, ce qui signifiait que je pouvais m'offrir un petit plaisir trop rare à mon goût. Le temps que vous ayez déshabillé la plupart des hommes, ils bandent trop pour ça.

— Je sais à quoi tu penses, ma petite, me lança Jean-Claude sur un ton taquin.

— Vous avez lu dans mes pensées ?

— *Non, sur ton visage*, répondit-il en français.

À force de le fréquenter, je commence à comprendre un peu sa langue natale. Je fais des efforts dans ce sens – je considère ça comme une technique d'autodéfense.

Arrivé à mes pieds, il hésita, et je vis qu'il regardait Micah.

— Et toi, Nimir-Raj, qu'en dis-tu ?

Micah lui sourit.

— Je suis ici pour améliorer la situation, pas pour l'aggraver.

— Je n'essaie pas d'aggraver la situation, protestai-je.

— Chuuut. Ce n'était pas une attaque contre toi.

J'ouvris la bouche et m'aperçus que j'allais déclencher une nouvelle altercation. Or, je n'avais plus envie de me bagarrer contre qui que ce soit. Pas ce soir.

— D'accord, je ne prends pas la mouche.

— Tu n'as pas l'intention de rouspéter ? s'étonna Nathaniel.

Je secouai la tête et me laissai aller parmi les oreillers.

— Non.

Micah et Nathaniel échangèrent un regard.

— Quoi ? demandai-je.

Ils secouèrent tous deux la tête.

— Rien, répondit Micah.

Nathaniel lui fit écho en souriant.

— Je ne rouspète pas systématiquement.

— Bien sûr que non, dit Micah sur un ton conciliant.

— Plus maintenant, ajouta Nathaniel.

Je lui donnai une tape sur l'épaule. Il eut un grand sourire.

— Si tu veux que ça fasse mal, il faut frapper plus fort.

— Pas question. Ça te plairait trop.

Son sourire s'élargit.

— Je ne suis plus le seul à ne pas être prêt, constata Jean-Claude.

Je baissai les yeux. Il avait raison. Les deux métamorphes ne bandaient plus.

— Nous avons discuté trop longtemps, se justifia Nathaniel.

Je m'attendais à me sentir gênée à l'idée de faire l'amour avec trois hommes en même temps. J'attendis, mais la gêne ne vint pas. Je n'éprouvais pas le plus petit début de malaise – rien.

— Je crois pouvoir y remédier, dis-je.

Et je glissai plus bas tout en me tournant vers Nathaniel. Je commençai à lui embrasser la poitrine. J'étais en train de descendre vers son ventre quand je pensai à quelque chose. Par-dessus mon épaule, je regardai Jean-Claude toujours agenouillé sur le lit.

— Vous n'avez pas demandé son avis à Nathaniel.

— Micah est ton Nimir-Raj. Pas Nathaniel.

— Mais il est quand même mon petit ami.

— C'est bon, Anita, dit Nathaniel en me tapotant l'épaule. Merci de penser à moi, mais ça ne me dérange pas qu'on ne me demande pas mon avis.

J'avais presque atteint son bas-ventre. Je levai la tête vers lui. Si le moment lui parut mal choisi pour avoir une conversation à cœur ouvert, il n'en laissa rien paraître.

— Pourquoi ça ne te dérange pas ?

— Jean-Claude a raison. Je ne suis le chef de personne, et ça ne me pose pas de problème. Si nous étions tous dominants, notre petit arrangement domestique ne pourrait pas fonctionner.

— Mais le fait que tu ne sois pas dominant ne signifie pas que ton opinion n'a aucune importance.

— Non, concéda-t-il avec un petit rire. Mais ça signifie que j'ai moins d'opinions que vous.

— Mais…

— Tu veux que je sois plus dominant ?

— J'aimerais savoir ce que tu penses de tout ça, oui.

— Suce ma bite pour qu'on puisse baiser, ordonna-t-il en souriant.

Je clignai des yeux une seconde ou deux, puis haussai les épaules et dis :

— D'accord.

Chapitre 20

Je fis ce qu'il voulait, et bien plus encore. J'utilisai mes mains et ma bouche pour redonner à Micah et à Nathaniel la belle érection qui était la leur avant notre séance d'introspection. J'avais mon compte de palabres pour ce soir. Je voulais toucher et être touchée. Dans un lit. C'est le seul endroit où je me laisse complètement aller ; où j'oublie tous mes problèmes et toutes mes inquiétudes ; où je suis totalement dans l'instant présent ; où je n'éprouve nulle hésitation et ne pense à rien d'autre.

Je les pris chacun dans une main. Au début, je n'arrivais pas à les branler en même temps. Je ne parvenais pas à partager mon attention entre eux de manière égale ; or, mieux vaut être concentrée quand on manipule ce qu'un homme a de plus fragile. Mais l'entraînement a fini par payer, et maintenant, ma technique est au point. J'ai enfin trouvé un domaine dans lequel je suis ambidextre.

Jean-Claude resta assis au bout du lit. Il ne fit pas mine de nous rejoindre. Je scrutai son visage prudemment impassible. Il avait été très clair : il ne voulait pas se contenter de regarder. Je n'avais encore jamais essayé de m'occuper de trois hommes en même temps. Partager du sang, oui ; faire des câlins, aussi. Mais avoir des rapports sexuels, non.

Je m'approchai de lui. Il était assis parfaitement immobile, adossé à l'un des piliers du baldaquin. Il s'était mis aussi loin de nous que possible sans descendre du lit. Pensait-il que j'allais le forcer à regarder sans qu'il puisse me toucher ? La neutralité absolue de son expression me disait que oui.

Un souvenir s'imposa à moi – pas une vision, juste un souvenir. Simplement, ce n'était pas le mien. Je vis Belle Morte allongée dans son grand lit, tellement semblable à celui de Jean-Claude. Deux autres vampires étaient avec elle. Je la regardais depuis le pied du lit, où elle m'avait attachée aux montants. Je sentais la traction dans mes épaules, parce que les cordes étaient placées un tout petit peu trop haut pour que la position soit confortable. Mais Belle ne voulait pas que ma position soit confortable : elle voulait me punir, me punir dans le lit même où elle m'avait – où elle *nous* avait – appris ce que pouvait être le véritable désir. Elle voulait que je sois entravée, impuissante, incapable de la toucher.

Lorsque nous étions loin d'elle, nous parvenions à ne pas nous languir de ses charmes. Mais face à elle, enivrés par le parfum de sa peau et de sa sueur, nous ne pouvions nous empêcher de la désirer. Nous étions accros à elle, et le seul moyen de ne pas retomber dans la dépendance, c'était de ne plus jamais boire un seul verre, ne plus jamais sniffer une autre ligne, ne plus jamais goûter à elle.

Je parvins à échapper à l'emprise du souvenir, juste assez pour penser : *C'est Jean-Claude qui était attaché à ce lit, pas moi.* Le corps que je pouvais voir en baissant les yeux était beaucoup trop grand, beaucoup trop masculin. Non, ce n'était pas mon souvenir, mais il brûlait quand même en moi, et il avait quand même le pouvoir de mettre Jean-Claude sur ses gardes.

Je touchai son visage et lui laissai voir combien j'étais désolée qu'il ait dû subir toutes ces choses affreuses, désolée de n'avoir pas été là pour le sauver. Chacun de nous s'était trop bien abrité derrière son bouclier pour que Jean-Claude puisse lire dans mon esprit – ce qui n'était sans doute pas plus mal, mais dans mes yeux, il vit ce que je voulais lui faire voir. Il vint à moi avec un soupir proche d'un sanglot. Il m'embrassa comme s'il voulait me respirer par la bouche, et je l'embrassai comme s'il était la dernière goutte d'eau au monde et que je mourais de soif.

Je sentis le goût douceâtre et métallique du sang sur ma langue. Jean-Claude s'écarta de moi.

— Je suis désolé, ma petite.

J'interrompis ses excuses d'un autre baiser avide, auquel il s'abandonna en faisant courir ses mains le long de mon corps et en pressant sa nudité contre la mienne aussi étroitement que possible. La seule raison pour laquelle son sexe ne réagit pas, c'est qu'il ne pouvait pas le faire jusqu'à ce que Jean-Claude se soit nourri.

Ce fut moi qui rompis notre baiser, le souffle court et un goût de sang plein la bouche. Une goutte écarlate se forma sur ma lèvre inférieure. Jean-Claude la lécha et me toisa, à genoux devant moi. Son expression était farouche et émerveillée, comme si je venais de faire quelque chose de stupéfiant. Ce n'était pas le cas. J'avais juste fini par cesser de me mettre des bâtons dans les roues – et d'en mettre dans les roues de tout le monde par la même occasion.

Je le pris par la main et l'entraînai un peu plus haut sur le lit, jusqu'à ce que nous atteignions les pieds de Micah et de Nathaniel. Une des choses que j'ai comprises à force de partager mon lit avec plusieurs hommes à la fois, c'est qu'il n'y a que deux façons de procéder. Numéro un : vous faites l'amour avec chacun d'eux tour à tour pendant que les autres regardent. Numéro deux : vous les laissez vous toucher et vous faire des choses tous en même temps.

Bien entendu, la deuxième solution est plus difficile à chorégraphier, plus délicate à gérer du point de vue des ego mâles, et elle nécessite plus de concentration de ma part afin que personne ne se sente lésé. En gros, ça demande une certaine technique du côté de la femme, et une certaine assurance virile du côté de ses hommes.

Depuis que Jean-Claude et moi avions couché avec Auggie, j'avais conscience qu'il existait une troisième possibilité.

Mais à mon avis, aucun de nous n'était partant pour la mettre en œuvre ce soir. En tout cas, personnellement, ça ne me disait rien. Et je ne voyais pas bien comment demander l'avis de Micah et de Nathaniel. « Ça vous dérangerait d'embrasser un autre homme, ou pas ? » À quel moment est-il approprié de poser ce genre de question ? Jamais, sans doute.

Je lâchai la main de Jean-Claude, le laissant à genoux tandis que je m'allongeais entre les deux autres hommes. Je fis descendre mes mains le long de leurs ventres jusqu'à ce qu'elles rencontrent la rondeur lisse de leurs glands, si doux et si durs à la fois.

Micah gémit doucement tandis que j'effleurais le bout de son sexe. Nathaniel me dévisagea, les yeux brillants d'excitation et de plaisir. Une caresse aussi légère ne lui suffirait pas longtemps. J'enveloppai son sexe de mes doigts et serrai assez fort pour lui arracher un petit bruit de gorge. Il ferma les yeux.

Du coup, mon autre main s'immobilisa sur le pénis de Micah. J'arrive à branler deux hommes en même temps si la vitesse et la pression sont identiques, mais si je dois m'adapter aux besoins particuliers de l'un d'eux, je suis obligée de procéder séparément. Bien chauffé, Micah peut finir par réclamer la même chose que Nathaniel, mais il faut du temps pour l'amener jusque-là. Nathaniel est toujours prêt à passer la cinquième d'entrée de jeu. Il aime être manipulé plus brutalement que la plupart des hommes.

Je me remis à jouer avec leurs deux sexes en même temps, faisant aller et venir mes mains le long de leurs hampes, glissant sur leurs glands avec douceur mais fermeté. Si vous serrez trop, ça devient désagréable pour votre partenaire ; si vous ne serrez pas assez, ce n'est pas stimulant. Il m'a fallu un peu de pratique pour trouver le juste milieu.

J'aimais sentir ces deux cylindres veloutés coulisser à l'intérieur de mes mains. L'excitation me fit fermer les yeux et cambrer le dos. Lorsque je me fus ressaisie, je tournai la tête vers Jean-Claude. Il était toujours à genoux là où je l'avais laissé, assez près pour nous toucher – mais il n'en faisait rien.

— Je vous veux dans ma bouche pendant que je joue avec eux, réclamai-je.

Il regarda Micah et Nathaniel.

— Tout le monde est d'accord ? Parce que pour me mettre dans la position adéquate, je devrai me tenir très près de vous.

Je resserrai ma prise sur les deux hommes, juste assez pour que leurs cils papillotent.

— Non, ma petite, c'est de la triche, me reprocha Jean-Claude. Tu essaies de les influencer avec tes caresses. Lâche-les, pour qu'ils puissent répondre librement.

— Désolée, marmonnai-je.

Et je posai sagement les mains sur mon ventre.

Micah déglutit assez fort pour que je l'entende, puis hocha la tête.

— Ça me va.

Nathaniel eut ce sourire paresseux du chat qui vient de boire de la crème, ce sourire qu'il a parfois pendant l'amour et qui signifie qu'il est sur le point de faire une observation ou de suggérer quelque chose que je n'ai jamais fait – en tout cas, pas avec lui.

— Je veux juste voir si elle arrive à se concentrer sur nous tous en même temps. Question difficulté, je dirais que c'est du niveau huit.

Je fronçai les sourcils.

— Veux-tu dire que je n'ai jamais rien tenté de plus technique que le niveau huit ?

Il haussa les épaules.

— Souviens-toi que j'étais un professionnel du sexe autrefois. Le niveau dix sur mon échelle correspond sans doute à des choses dont tu ne veux même pas savoir qu'elles sont physiquement possibles.

J'ouvris la bouche pour lui demander « Quoi, par exemple ? », puis décidai qu'il avait raison. Je ne voulais probablement pas savoir.

— Essayons.

Jean-Claude ne se le fit pas dire deux fois. Il se contenta d'enfourcher mes épaules pour s'asseoir devant mon visage – exactement là où je le voulais. Je fis courir mes mains le long du corps des deux autres hommes. Nathaniel fut le premier à pivoter vers moi, et Micah l'imita. Cela me permit de bénéficier d'un meilleur angle, mes mouvements étant désormais plus limités.

Je pris leurs pénis dans mes mains et levai légèrement la tête pour faire glisser ma bouche le long de celui de Jean-Claude. Il était à sa taille la plus réduite, flasque et délicat. Ça m'épate toujours que quelque chose d'aussi minuscule puisse devenir aussi gros. Aucune partie de mon corps ne peut se transformer à ce point ; c'est peut-être pour cette raison que le sexe masculin me fascine autant.

J'aime la texture d'un pénis au repos. Jusqu'à ce que Jean-Claude se soit nourri, je peux faire rouler ce morceau de chair molle dans ma bouche, le sucer tout entier. En temps normal, j'aurais essayé d'aspirer aussi ses testicules, mais j'avais les mains occupées, et je n'osais pas prendre le risque. C'était une manœuvre trop délicate, exigeant plus de concentration que je ne pouvais lui en accorder.

Je continuai à branler Micah et Nathaniel tout en suçant Jean-Claude de plus en plus vite et de plus en plus fort, savourant le plaisir de pouvoir l'avaler tout entier sans effort. Question de sensations : parce que son sexe était au repos, je pouvais le faire gigoter dans ma bouche et rouler sur ma langue – ce qui aurait été impossible s'il avait bandé.

Jean-Claude poussa un cri et agrippa des deux mains la tête de lit en bois sombre. Il baissa son visage vers moi, et je roulai des yeux pour croiser son regard frénétique, ce regard qui disait que les sensations étaient presque trop vives.

J'avais trouvé mon rythme, le même pour tous : celui de la fellation. Du coup, mes mains allaient et venaient le long du sexe de Micah et de Nathaniel aussi vite et aussi fort que ma bouche le long de celui de Jean-Claude. Micah me saisit la main.

— Arrête, ou je vais venir. (Il me pressa la main comme si j'avais fait mine de continuer.) Pitié, Anita, pitié.

Je levai les yeux vers Jean-Claude. Il avait les paupières closes, les épaules voûtées, et il frissonnait de tout son corps. Il aimait ce que je lui faisais, mais il était à la limite entre l'extase et la douleur. Et il n'allait sans doute pas protester. Il me laisserait continuer aussi longtemps que je voudrais, parce qu'il avait été formé par une maîtresse bien plus cruelle que moi.

Je lâchai son sexe. Jean-Claude s'effondra à demi au-dessus de moi, le corps parcouru de spasmes. Il se laissa tomber sur le côté, et Micah s'écarta pour lui faire de la place. Il resta allongé sur le dos, les reins creusés et les mains agrippant les draps de soie noire.

Je ne tenais plus que Nathaniel dans ma main. Je le dévisageai. Il avait toujours l'air aussi excité. Il se pencha vers moi.

— Tu as gagné.

Il voulut m'embrasser, mais je serrai son pénis très fort. Il ferma les yeux, rejeta la tête en arrière et arqua le dos. Aucun des autres hommes de ma vie n'aurait aimé ça, mais lui, il adorait.

— J'ai gagné quoi ? demandai-je en le lâchant.

Il me toisa d'un regard flou.

— Tout.

Il m'embrassa, d'abord très doucement. Puis tout à coup, son baiser se fit vorace, presque brutal. J'avais oublié que Jean-Claude m'avait entaillé la lèvre un peu plus tôt. Le goût de mon sang excitait Nathaniel de plus belle. Il m'embrassait comme s'il voulait ramper à l'intérieur de ma bouche, dont sa langue sondait avidement les moindres recoins en quête de la dernière goutte du précieux fluide.

Il pressa son corps sur le mien. Son sexe était si dur, si ferme entre nous que je me mis à gémir dans sa bouche. Il s'écarta de moi.

— Que veux-tu ?

— Toi, à l'intérieur.

Avec un sourire victorieux, il se redressa. Je le saisis par la taille.

— Qu'est-ce que tu fais ?

— Tu as dit que tu me voulais à l'intérieur. Tu n'as pas précisé à quel endroit.

Il rampa au-dessus de moi sans me toucher, et je sus où il allait.

— On continue les préliminaires, ou tu veux finir là ? demandai-je.

— Je veux finir là.

— Sans l'ardeur, je n'aime pas avaler.

— Je sais, dit-il.

Et il enfourcha ma poitrine, se penchant pour empoigner la tête de lit comme l'avait fait Jean-Claude.

Mon regard remonta le long de son corps jusqu'à son visage à l'expression si déterminée, si pleine d'assurance. J'avais bossé dur pour obtenir qu'il fasse cette tête pendant l'amour. Avec moi, il savait qu'il pouvait demander ce qu'il voulait, que je considérais son plaisir comme aussi important que le mien.

Je pris ses testicules dans ma main en coupe. La peau autour s'était déjà contractée, les faisant remonter tout contre la base de son sexe. Cette caresse arracha un long soupir à Nathaniel. Sans lâcher ses couilles, j'empoignai son pénis de l'autre main et recommençai à le branler. Il me sourit.

— Que veux-tu que Micah fasse pendant que tu t'occupes de moi ?

Ça ne fait que peu de temps que nous avons commencé à faire l'amour tous les trois, Micah, Nathaniel et moi. Il me semble que c'était mon idée à la base, mais c'est Nathaniel qui en prend le plus souvent l'initiative désormais. Je savais ce qu'il voulait que je réponde, et franchement, avec l'aube qui approchait, nous ne pouvions plus trop nous permettre de lambiner.

Tout en continuant à jouer doucement avec le sexe de Nathaniel, j'appelai :

— Micah.

Il rampa jusqu'à nous et me regarda de ses yeux vert-jaune. Sa bouche ne réclamait rien, mais son sexe parlait pour lui – si dur, si frémissant !

— Prends-moi, réclamai-je.

— Nous n'avons jamais fait ça sans l'ardeur, objecta-t-il.

— Je sais.

Il me dévisagea, puis sourit et redescendit un peu plus bas sur le lit.

— Suce-moi pendant qu'il te baise, dit Nathaniel.

C'était un ordre plus qu'une requête, mais je m'étais donné beaucoup de mal pour qu'il devienne aussi autoritaire dans quelque domaine que ce soit. Ça la foutrait mal de me plaindre maintenant. Et puis, son sexe était si proche, si gonflé, si tentant ! Je dus arranger les oreillers sous ma tête pour obtenir l'angle voulu.

Les mains de Micah glissèrent sur mes hanches. Je léchai le gland de Nathaniel et, centimètre par centimètre, fis glisser son pénis dans ma bouche, lentement, très lentement, afin que nous puissions en profiter tous les deux.

Je descendis jusqu'au milieu environ, puis remontai. Il aurait fallu qu'il soit plus humide pour que ça coulisse mieux. Mais quand vous avalez cette partie d'un homme, vous ne tardez pas à mouiller – à l'intérieur de la bouche, et plus bas aussi.

Les mains de Micah m'écartèrent les jambes, et un de ses doigts plongea en moi. Cela me fit crier et engloutir d'un coup tout le membre de Nathaniel.

Ce dernier passa une main sous ma tête et me maintint dans cette position. Prisonnière contre lui, je me mis à suffoquer et fus prise d'un haut-le-cœur, comme si j'allais vomir. Il me lâcha. Je retombai sur les oreillers en haletant et en toussant.

— Ne refais pas ça, dis-je quand j'eus recouvré l'usage de la parole.

— Tu vas bien ? s'inquiéta Micah.

Je hochai la tête, songeai qu'il ne pouvait pas me voir et répondis :

— Oui.

— Ça ne te dérange pas de le faire avec l'ardeur, se défendit Nathaniel.

— Ce soir, il n'y a pas d'ardeur, répliquai-je en lui jetant un regard pas franchement amical.

— Désolé, mais j'ai pris l'habitude que tu me laisses faire.

— Deux fois. Nous l'avons fait deux fois avant ce soir. Ce n'est pas assez pour former une habitude.

— Désolé, répéta Nathaniel, l'air soudain hésitant et paumé.

Il voulut s'écarter, et je le saisis par les hanches pour le retenir. Il baissa les yeux vers moi. Il semblait si fragile, si blessé, comme si sa nouvelle assurance n'était qu'une couche de vernis soluble dans les rebuffades. Je fis la seule chose que je pouvais pour chasser cette expression de son visage : le reprenant dans ma bouche, je me mis à le sucer vite et fort, jusqu'à ce qu'il ferme les yeux et renverse la tête en arrière.

Quand il me regarda à nouveau, Nathaniel souriait, mais je décelai une légère crispation autour de ses yeux, l'ombre d'une détresse. Je ne connaissais qu'un moyen de faire s'envoler cette détresse : je devais lui prouver que j'avais confiance en lui.

De nouveau, je l'avalai et m'abandonnai au plaisir de le sentir remplir ma bouche. Je laissai mon visage montrer combien j'appréciais la sensation de cette colonne de chair veloutée qui me distendait la mâchoire et provoquait une accumulation de salive autour d'elle.

Mais je ne m'arrêtai pas à la limite de ma zone de confort, à ce stade où la sensation reste agréable. Je poussai au-delà du point où mon corps se mit à protester, jusqu'à ce que mes lèvres touchent le bas-ventre de Nathaniel et qu'il n'y ait plus rien à engloutir. Je poussai jusqu'à ce que son sexe soit enfoncé dans ma gorge aussi loin qu'il pouvait aller, jusqu'à ce que mon corps cesse de protester qu'il avait besoin de régurgiter et commence à se plaindre qu'il avait besoin de respirer. Mais ça aussi, j'avais appris à le dépasser.

Je restai là, collée contre Nathaniel, jusqu'à ce qu'il baisse les yeux vers moi. Je restai là jusqu'au moment où ma gorge se convulsa autour de son sexe. Il me dévisagea, les yeux écarquillés par le désir et par quelque chose d'autre. Ses mains agrippaient toujours la tête de lit comme s'il n'avait pas confiance en elles.

Je m'écartai de lui en toussant. Enfin, je m'autorisai à déglutir toute cette salive accumulée dans ma bouche et à retomber sur les oreillers, haletante comme si j'avais du retard à rattraper en matière de respiration.

Un frisson parcourut Nathaniel, remontant le long de son corps jusqu'à ce qu'il arque le dos, ferme les yeux et renverse la tête en arrière comme si le seul souvenir de ce que je venais de lui faire pouvait lui donner du plaisir – et peut-être était-ce le cas.

Quand il baissa de nouveau la tête vers moi, son regard était flou. Il me sourit et dit :

— Merci.

Et sur son visage, je vis quelque chose de bien plus précieux que du désir : je vis de la gratitude, de l'émerveillement, de l'amour, faute d'un terme plus approprié. Nathaniel est le seul des hommes de ma vie qui me regarde comme ça. Peut-être parce qu'il est jeune ; peut-être parce qu'il suit une thérapie depuis des années ; ou peut-être parce qu'il n'a absolument aucune retenue d'un point de vue émotionnel – pas une fois qu'il s'est donné à quelqu'un.

Quand il éprouve quelque chose, Nathaniel l'éprouve à fond, de la racine de ses cheveux jusqu'au bout de ses orteils. C'est l'une des raisons pour lesquelles il serait si dangereux qu'il s'attache à la mauvaise personne. Mais avec la bonne personne, Nathaniel fait preuve d'un abandon sublime. Face à lui, nous avons tous honte de notre méfiance, de notre réserve, de notre radinerie sentimentale. Il est le seul d'entre nous capable de donner sans rien attendre en retour. Je le dévisageai en me disant que j'aurais été dans l'impossibilité d'exprimer mon bonheur de l'avoir dans ma vie.

Je sentis le lit bouger sous moi, un instant avant que des doigts se glissent dans mon intimité – deux doigts minces et inquisiteurs, qui trouvèrent ce point très spécial et se mirent à le frotter de plus en plus vite jusqu'à ce que je renverse la tête en arrière et me mette à hurler. D'autres hommes étaient capables de me faire cet effet, mais aucun n'y parvenait aussi vite. Je sus à qui appartenaient ces doigts avant même de regarder par-dessus l'épaule de Nathaniel et de voir Jean-Claude agenouillé entre mes jambes, les yeux entièrement bleus et brillants.

Nathaniel s'écarta de moi. J'eus quelques secondes de répit pour focaliser ma vision et chercher Micah du regard avant que Jean-Claude introduise de nouveau deux doigts en moi et me fasse jouir une seconde fois. Je m'époumonai en griffant les draps et la tête de lit – tout ce qui me tombait sous les mains et auquel je pouvais me raccrocher.

Je trouvai une main et m'en saisis. Mes ongles se plantèrent dans son poignet tandis que je continuais à me tordre. Lorsque ma vision s'éclaircit, je découvris Micah penché sur moi. Il me regardait d'un air bizarre.

—Attendez, Jean-Claude, réclama-t-il sans me quitter des yeux. Attendez que je sois en place.

Je clignai des paupières.

— Comment ça, en place ? demandai-je d'une voix enrouée, aussi cotonneuse que j'avais l'impression de l'être.

Micah pressa ma main.

— Je veux que tu jouisses et que tu hurles avec moi dans ta bouche.

— Oh. D'accord. (Malgré mon hébétude, je réussis à former une pensée cohérente – et mieux encore, à l'articuler.) Je ne pourrai pas te faire de gorge profonde dans cette position. L'angle n'est pas bon.

Il mit son autre main sur ma joue et tourna mon visage sur le côté, vers son bas-ventre.

— Et comme ça, c'est mieux ?

La façon dont il avait posé la question me fit sourire. Mais à la vue de son membre si dur, si épais, mon sourire s'évanouit, et je chuchotai :

— Essayons toujours.

— Brave fille, m'encouragea-t-il.

Il posa ma main sur la tête de lit, repliant mes doigts sur le bord de celle-ci. Il fait toujours ça quand il ne veut pas que je griffe la partie de son corps la plus proche de moi.

Nathaniel s'approcha de l'autre côté. Il prit ma main libre et la plaça sur sa poitrine. L'un des deux métamorphes me disait clairement : « Ne me marque pas là », et l'autre : « S'il te plaît, fais-le. » Nathaniel ne travaillait pas au *Plaisirs Coupables* ce week-end ; donc, je n'avais pas à me soucier de l'épargner afin qu'il reste présentable pour la clientèle.

Micah glissa son sexe dans ma bouche. Il s'introduisit lentement, prudemment, mais il avait déjà un goût salé, doux et amer à la fois. Il avait apprécié le spectacle. Ça signifiait qu'il ne durerait pas très longtemps, ce qui n'est pas une mauvaise chose quand vous taillez une pipe à quelqu'un d'aussi bien monté. La pénétration, c'est toujours mieux quand ça se prolonge un peu, mais une fellation qui traîne trop peut vite devenir pénible. Les deux pratiques exigent une technique très différente.

J'avançai la tête pour aller à sa rencontre, et ce fut comme si je venais de lui donner une permission. Il se mit à aller et venir dans ma bouche, tapant au fond de ma gorge à chaque coup de hanches, se retirant juste avant que j'aie envie de vomir. J'agrippai la tête de lit comme si ma vie en dépendait ; pour l'instant, mon autre main se contentait de prendre appui sur la poitrine de Nathaniel afin de me stabiliser. J'étais trop concentrée sur ce que je faisais à Micah pour me soucier de mon propre plaisir.

— Maintenant, dit Micah.

Il me fallut une seconde pour comprendre à qui il parlait. Puis deux doigts se glissèrent de nouveau en moi et trouvèrent mon point le plus sensible du premier coup, comme s'ils étaient guidés par un radar.

Jean-Claude me fit jouir avec de petites flexions rapides, encore plus rapides, toujours plus rapides. Je hurlai autour du sexe du Micah, hurlai en le suçant de plus en plus frénétiquement. Je l'engloutis tandis que l'orgasme me submergeait. Tout à coup, il ne me semblait plus trop gros ni trop large, mais juste de la bonne taille. Je hurlai, me tordis, et labourai le torse de Nathaniel comme si je tentais de me frayer un chemin à travers lui avec mes ongles.

Je hurlai mon plaisir à gorge déployée, d'une manière que beaucoup de gens auraient confondue avec de la douleur – alors que c'était juste une libération. Je m'abandonnai tout entière à ce moment. Les doigts de Jean-Claude en moi, le sexe de Micah dans ma bouche, la chair de Nathaniel sous mes ongles. Je lâchai la tête de lit. J'étais juste assez lucide pour viser le haut du dos de Micah tandis que mon autre main déchirait le flanc et les fesses de Nathaniel.

J'entendis des voix et eus vaguement conscience que ce n'étaient pas les nôtres.

— Sortez, ordonna Jean-Claude.

Mais je n'étais pas en état de regarder qui venait de faire irruption dans la chambre, ni même de m'en soucier.

D'un geste vif, Jean-Claude introduisit le reste de ses doigts en moi, et cela me fit jouir une nouvelle fois. Il m'avait travaillée de façon que mon corps enchaîne les orgasmes, qu'il me les offre comme des cadeaux. Je sentais mon entrejambe trempé, mes chairs contractées et gonflées par le plaisir.

Micah commençait à perdre son rythme. Il n'allait pas tarder à venir. À chaque poussée, son gland s'enfonçait dans ma gorge avant de se retirer aussitôt, et ma propre salive me dégoulinait sur le menton parce que je n'avais pas le temps de l'avaler.

Jean-Claude se pencha sur moi et se mit à me lécher tout en continuant à faire aller et venir ses doigts dans mon intimité. Il ne pouvait pas me sucer aussi profondément que les autres parce que ses crocs le gênaient, mais je n'avais pas besoin de ça. Il m'avait si bien préparée que de rapides petits coups de langue suffirent à faire monter un nouvel orgasme. Je sentis une chaleur familière enfler en moi, comme si mon bas-ventre était un bol qui se remplissait de plaisir goutte à goutte. Un ultime coup de langue et le bol déborda. Je hurlai autour du sexe de Micah.

Celui-ci donna un dernier coup de hanches, s'enfonçant si loin dans ma gorge que je suffoquai. Alors, je me rendis compte qu'il avait été prudent jusque-là, et que maintenant, il ne l'était plus. Maintenant, il me forçait à avaler les cinq derniers centimètres, et mes lèvres touchaient son pubis. Je commençai à me dégager. Sa main se posa sur l'arrière de ma tête comme s'il voulait me maintenir en place, mais il se ravisa et me laissa m'écarter tout en retirant son sexe de ma bouche.

Je le vis lutter pour se maîtriser. Jean-Claude se déplaça de quelques centimètres sur le côté, si bien que sa bouche se retrouva posée tout en haut de l'intérieur de ma cuisse. Ses crocs transpercèrent ma chair, mais j'en étais rendue à ce point où la douleur devient plaisir. La sensation de ses canines plantées dans ma peau, de ses lèvres aspirant mon sang, me fit me redresser sur le lit en hurlant de plus belle.

Ma poitrine effleura le ventre de Micah, et ce fut la goutte de trop. Je retombai sur les oreillers tandis que Micah giclait sur ma poitrine, que son sperme épais et brûlant coulait entre mes seins et le long de mes flancs formant une petite mare au creux de mon ventre. Cette simple sensation m'arracha un cri.

Jean-Claude décolla sa bouche de ma cuisse. Le bas de son visage était maculé de sang, et son membre était enfin raide et dressé, prêt à nous donner du plaisir à tous les deux. D'habitude, il prend son temps pour me pénétrer, mais ce soir-là, comme Micah, il avait déjà eu son compte de préliminaires.

En un clin d'œil, il fut au-dessus de moi, en appui sur ses bras tendus comme pour faire des pompes, mais le bas de son corps ne resta en l'air qu'un instant. Puis son sexe plongea en moi plus vite et plus fort que jamais auparavant, et sa position me permit de le regarder aller et venir entre mes jambes. Une fois, deux fois, trois fois… À la cinquième, il me fit jouir. Mes hanches se soulevèrent pour se porter à sa rencontre tandis que je me tordais sous lui. Il me fit jouir encore à deux reprises avant de commencer à perdre le rythme et, au terme d'une dernière poussée, se déversa en moi.

En appui sur ses bras tremblants, il me dévisagea, les lèvres entrouvertes et le souffle court. D'habitude, il s'écroule sur moi après avoir terminé, mais ma poitrine était couverte du sperme figé de Micah – même si une bonne partie avait coulé le long de mes flancs comme du glaçage fondu par la chaleur.

Jean-Claude resta au-dessus de moi, haletant et souriant, le bas du visage toujours barbouillé de mon sang. Il se pencha doucement, prenant garde de ne pas toucher ma poitrine ni faire tremper ses cheveux dans le liquide blanchâtre, et il m'embrassa. Il m'embrassa avec le goût cuivré de mon propre sang dans la bouche.

Puis il se retira, me laissant légèrement hébétée. À peine s'était-il poussé que Nathaniel prit sa place. Je ne me souvenais pas de l'avoir vu s'écarter de la tête de lit, sans doute parce que mon attention était focalisée sur autre chose.

Détaillant son corps qui me surplombait, je pensai : *Je m'étais pourtant promis d'utiliser des capotes à partir de maintenant.* Mais le pire était déjà arrivé : j'étais enceinte. Ça n'avait plus d'importance. Jean-Claude m'avait prise par surprise ; ce fut sciemment que je laissai Nathaniel plonger son sexe nu en moi, sans aucune barrière de latex entre nos chairs.

Il adopta ce rythme si personnel qui le parcourt comme une vague frissonnante. Au terme de chaque ondulation, il poussait et touchait pile l'endroit le plus sensible de mon intimité. Jean-Claude s'était abandonné à son désir, mais Nathaniel me faisait l'amour avec une conscience toute professionnelle, comme si même après tous ces préliminaires, il entendait m'en donner pour mon argent.

Autant ses émotions sont brutes, autant sa manière de baiser est toujours très calculée. Il ne jouirait pas avant moi, je le savais d'expérience. Il se ferait un devoir de me donner un orgasme, puis deux, puis trois, jusqu'à ce que je le supplie de venir aussi. Et ce soir, ça n'allait pas prendre longtemps.

J'avais vu juste. Bientôt, je sentis la pression familière enfler entre mes jambes, plus vite que la normale à cause de tout ce qui avait précédé.

— J'y suis presque, chuchotai-je. Presque.

Mes hanches se soulevaient et retombaient pour accompagner les mouvements de Nathaniel, venant à sa rencontre chaque fois qu'il poussait. C'était comme une chorégraphie que nous exécutions à l'horizontale. Puis l'orgasme me saisit, et il ne fut plus question de danser – juste de hurler, de labourer les flancs de Nathaniel avec mes ongles, et de me tordre sur le lit.

Je finis par me calmer, même si je haletais encore et voyais double. Nathaniel ne s'était pas laissé déconcentrer. Il continuait à aller et venir avec une régularité parfaite, comme s'il pouvait me besogner ainsi pendant toute la nuit. Ce qui était presque le cas.

Il me fit jouir de nouveau, et cette fois, je me soulevai du lit pour coller ma poitrine à la sienne tandis que je plantais mes ongles dans son dos. Nathaniel se pressa contre moi, écrasant ma bouche sur son épaule tout en poursuivant ses allées et venues. Je savais ce qu'il voulait, et je le lui donnai.

Je le mordis – je le mordis jusqu'au sang. Je l'enveloppai de mes bras pour éviter qu'il se dégage par réflexe et que je lui fasse plus mal que prévu. Ma bouche se remplit de liquide chaud au goût cuivré, et je sentis Nathaniel défaillir. Il peut maintenir le plaisir à distance toute la nuit, mais la douleur… La douleur le fait toujours jouir très vite.

Pourtant, il commença par me donner encore un orgasme. Je lâchai la chair que je tenais entre mes dents pour ne pas la déchiqueter, tournai la tête sur le côté et hurlai. Nouant mes jambes autour de sa taille, les talons posés sur ses fesses, je le clouai sur moi pour qu'il ne puisse pas bouger comme il voulait.

Nathaniel se dressa à quatre pattes en me soulevant avec lui. Il se traîna vers le haut du lit et, une main sous mes fesses, l'autre tenant la tête de lit, m'assit dos à cette dernière.

— Je veux pouvoir bouger, chuchota-t-il d'une voix étranglée.

Et il se remit à aller et venir tandis que je m'agrippais à lui comme un petit singe. Il me fit jouir encore une fois, puis deux, puis trois avant de demander enfin :

— Je peux ? S'il te plaît…

Parfois, il aime devoir supplier avant que je dise oui, mais ce soir-là, je crois que ni lui ni moi n'étions en état d'en supporter davantage. Le nez dans son cou, je respirai son odeur si douce et chuchotai contre sa peau :

— Oui, oui, viens en moi. Par pitié, viens !

Renonçant à ses ondulations savantes, il se mit à donner des coups de hanche aussi vite et aussi fort que possible. Il me fit encore jouir tandis que je lui labourais le dos et les épaules, puis poussa violemment une dernière fois et s'immobilisa l'espace d'une seconde – une éternité – avant de s'affaisser sur moi.

Nos corps étaient gluants de sueur, de sang et de sperme. Nathaniel s'agrippait des deux mains à la tête de lit, et son cœur battait si fort que je voyais sa poitrine palpiter.

— C'était trop bon, commenta-t-il d'une voix essoufflée que j'eus du mal à reconnaître.

Je voulus approuver, mais aucun son ne sortit de ma gorge. C'était comme si ma langue refusait de former le moindre mot. De leur côté, mes yeux s'obstinaient à loucher malgré tous mes efforts pour focaliser ma vision. Le monde était cotonneux et flou.

— Anita, tu vas bien ? appela Micah.

Je levai le pouce pour lui indiquer que oui. C'était tout ce que je me sentais capable de faire. Ce n'était pas la première fois que Micah et Nathaniel me faisaient perdre l'usage de la parole à force de jouissance.

— Et merde. Ce coup-ci, je croyais vraiment qu'on arriverait à te faire tomber dans les pommes, dit Micah sur un ton taquin.

Je dus m'y reprendre à trois fois pour réussir à articuler d'une voix rauque :

— Pour ça, il faudra vous y mettre à plus de trois.

Il se pencha et m'embrassa sur la joue.

— Ça doit pouvoir s'arranger.

— Pas ce soir, chuchotai-je.

— Non, pas ce soir. (Il reporta son attention sur Nathaniel.) Tu as besoin d'aide ?

Nathaniel hocha la tête en silence. Micah et Jean-Claude nous détachèrent l'un de l'autre, puis passèrent à la salle de bains pour se nettoyer. Nathaniel et moi étions toujours incapables de quitter le lit. Nous restâmes allongés côte à côte, l'un contre l'autre mais pas enlacés. Nous n'avions pas suffisamment récupéré pour ça.

—Anita, je t'aime, dit Nathaniel d'une voix essoufflée.

—Moi aussi, je t'aime, répondis-je.

Et j'étais sincère.

Chapitre 21

Je craignais que Micah proteste quand Jean-Claude grimperait dans le lit aussi nu que nous trois, mais il ne dit rien. Si une autre fille était venue se coller à poil contre mon dos, j'aurais sûrement râlé, mais Micah est beaucoup plus coulant que moi. Il faut bien que quelqu'un soit facile à vivre dans ce groupe.

Je m'endormis comme je m'endors la plupart du temps, couchée sur le côté avec les fesses de Nathaniel calées au creux de mon ventre, un bras levé pour pouvoir toucher ses cheveux et l'autre autour de sa taille – voire un peu plus bas. Micah s'était placé derrière moi, presque dans la même position à ceci près que sa main ne retombait pas sur mon flanc mais s'étirait au-dessus pour toucher Nathaniel du bout des doigts.

Jean-Claude s'était allongé derrière Micah comme s'il avait l'habitude de le faire, un bras étendu par-dessus le métamorphe et la main reposant sur ma hanche. Je repliai le bras que j'avais passé autour de la taille de Nathaniel pour pouvoir toucher cette main. L'aube approchait ; la chair tiède et vivante de Jean-Claude ne le resterait pas longtemps. Les vampires perdent leur chaleur corporelle bien plus vite que les humains morts. J'ignore pourquoi, mais c'est ainsi. Du coup, je voulais profiter de Jean-Claude pendant que je le pouvais encore.

Nathaniel pressa ses fesses contre mon bassin comme s'il voulait me passer au travers pour atteindre Micah. Ça ne me dérangeait pas : j'aime être serrée entre deux hommes, surtout entre ces deux-là. Et je comprenais que mon bras passé autour de sa taille lui manquait. Un moment, je caressai du bout des doigts les poils fins du bras de Jean-Claude, effleurant sa peau si pâle en dessous, et je regrettai presque qu'il soit collé contre Micah plutôt que contre moi.

Je m'endormis dans ce nid de corps chauds et de draps de soie. J'avais déjà passé des nuits moins agréables.

Je me réveillai en sursaut, le cœur dans la gorge. Je ne savais pas ce qui m'avait tirée de mon sommeil, mais je devinais qu'il s'agissait de quelque chose d'inquiétant. Allongée entre Micah et Nathaniel, je promenai un regard à la ronde dans la maigre lumière qui filtrait par la porte ouverte de la salle de bains. Jean-Claude laisse toujours cette pièce allumée quand nous dormons dans sa chambre ; sans ça, faute de fenêtre, il fait beaucoup trop noir.

La chambre semblait vide. Alors, pourquoi mon cœur battait-il aussi fort ? J'avais sans doute fait un cauchemar.

Immobile entre mes deux amants, je tendis l'oreille. Mais je n'entendis rien d'autre que leur souffle paisible. Le bras de Jean-Claude était toujours passé par-dessus la hanche de Micah, mais il était froid désormais. L'aube s'était levée et m'avait repris Jean-Claude une fois de plus.

Ce fut alors que j'aperçus une ombre assise au pied du lit. Si j'essayais de la regarder en face, je ne la voyais pas. Je ne parvenais à la distinguer que du coin de l'œil. Petit à petit, elle se condensa et se modela jusqu'à former une silhouette de femme. Que diable… ?

Je secouai le bras de Micah pour tenter de le réveiller. Sans succès. Je réitérai la manœuvre avec Nathaniel, et lui non plus ne réagit pas. Mes efforts ne réussirent même pas à troubler le rythme de leur respiration. Que se passait-il donc ?

Peut-être étais-je en train de rêver sans m'en rendre compte. J'ouvris la bouche pour hurler. Si je rêvais, ça n'aurait pas d'importance ; si ce n'était pas le cas, Claudia et les autres gardes accourraient. Mais alors que je prenais une grande inspiration, une voix flotta dans ma tête.

— Ne crie pas, nécromancienne.

Je hoquetai comme si je venais de recevoir un coup-de-poing dans le ventre.

— Qui êtes-vous ? parvins-je à chuchoter au bout de quelques instants.

— Cette apparence ne t'effraie pas, constata la voix. Tant mieux. C'est ce que j'espérais.

— Qui… ?

Puis je sentis l'odeur de la nuit, la nuit dans un endroit tiède où un parfum de jasmin flottait dans l'air. Et je sus qui était l'apparition.

« Marmée Noire » est le moins injurieux des noms que lui donnent les vampires. Elle est la Mère de Toutes Ténèbres, la première vampire et la dirigeante de leur Conseil, même si elle est en stase depuis plus d'un millénaire – à moins qu'elle soit dans le coma. La dernière fois que je l'avais vue en rêve, elle était aussi vaste que l'océan, aussi ténébreuse que le vide entre les étoiles. Elle m'avait fichu une trouille bleue.

L'ombre sourit, ou du moins, ce fut l'impression que j'eus.

— Bien.

Je luttai pour me dégager et m'asseoir. Micah et Nathaniel dormaient toujours sans même s'agiter dans leur sommeil. Était-ce un rêve ou la réalité ? Si c'était bien réel, nous étions salement dans la merde. Si c'était un rêve… ça ne serait pas la première fois qu'un puissant vampire envahissait mes songes. Et ça ne serait probablement pas la dernière non plus, hélas.

Je calai mon dos contre la tête de lit dont le bois me parut agréablement solide. Mais ça ne me plaisait pas d'être assise nue devant Marmée Noire. J'aurais préféré porter une chemise de nuit – et cette pensée suffit pour que je me retrouve vêtue d'une chemise de nuit en soie blanche. Ainsi, c'était bien un rêve. Seulement un rêve. Rien de grave. La boule dans mon estomac refusa tout net de me croire, mais le reste de ma personne fit un louable effort.

Je passai en revue différentes questions à poser, et optai finalement pour :

— Que faites-vous ici ?

— Tu m'intéresses.

C'était comme si j'avais attiré l'attention du diable sur moi. Fâcheux, très fâcheux.

— Je tâcherai d'être un peu plus banale à l'avenir, promis-je.

— Je suis presque réveillée.

Soudain, je me sentis glacée jusqu'au bout des orteils.

— Je sens ta peur, nécromancienne.

Je déglutis avec difficulté.

— Que faites-vous ici, Marmée Noire ? répétai-je d'une voix étranglée.

— J'ai besoin de quelque chose pour me tirer de mon si long sommeil.

— Quoi donc ?

— Toi, peut-être.

Je fronçai les sourcils.

— Je ne comprends pas.

L'ombre devint plus dense et plus détaillée, celle d'une femme enveloppée d'une cape noire. Je pouvais presque distinguer son visage, presque, et je n'en avais aucune envie. Voir le visage des ténèbres, c'était mourir.

— Jean-Claude ne t'a toujours pas faite sienne ; il n'a toujours pas franchi cette ultime frontière. Tant qu'il ne l'aura pas fait, n'importe quel vampire plus puissant que lui pourra s'emparer de ce qui lui appartient et finir le travail à sa place.

— Je suis liée à un autre vampire.

— Je sais que tu as un serviteur vampire. Mais ça ne referme pas l'autre porte.

Soudain, elle se retrouva assise à mes pieds. Je repliai mes jambes contre ma poitrine et me plaquai contre la tête de lit. C'était un rêve, juste un rêve. Marmée Noire ne pouvait pas me faire de mal… Le problème, c'est que ni mon corps ni mon esprit ne voulaient le croire.

Elle tendit devant elle une main aux doigts écartés, sculptée dans l'obscurité même.

— Je pensais que cette apparence me rendrait moins effrayante, mais tu te dérobes à moi. Je gaspille une grande quantité d'énergie pour m'adresser à toi en rêve au lieu d'envahir ton esprit ; pourtant, tu as peur. (Elle poussa un soupir qui voleta à travers la pièce.) Peut-être ai-je perdu l'habitude d'être humaine au point de ne plus savoir me faire passer pour telle. Peut-être ne devrais-je même pas essayer. Qu'en penses-tu, nécromancienne ? Devrais-je te révéler ma véritable apparence ?

— *C'est une question piège ?*

Je la sentis se rembrunir plus que je ne la vis le faire, car je ne distinguais toujours pas son visage.

— *Je veux dire, y a-t-il une bonne réponse ? Je ne crois pas que j'apprécierais de découvrir votre véritable apparence, mais je ne veux pas non plus que vous vous forciez à jouer les humaines pour moi.*

— *Alors, que veux-tu ?*

Ce que je voulais, c'était que Jean-Claude se réveille pour m'aider à mener cette conversation. Mais à voix haute, je me contentai de dire :

— Je ne sais pas comment répondre à cette question.

— *Bien sûr que si. Les humains veulent toujours quelque chose.*

— *D'accord. Je veux que vous disparaissiez.*

Je la sentis sourire.

— *Ça ne marche pas, n'est-ce pas ?*

— *J'ignore ce qui était censé marcher.*

À présent, je serrais mes genoux contre moi parce que je ne voulais pas qu'elle me touche, pas même en rêve.

Elle se mit debout au milieu du lit. Du moins, ce fut d'abord ce que je crus. Mais une fois redressée, elle continua à grandir, à s'étirer de plus en plus haut telle une flamme noire. La lumière se reflétait sur ce qu'elle devenait comme sur un océan ou une roche scintillante. Comment une chose pouvait-elle à la fois briller et ne pas émettre la moindre lueur ? Comment pouvait-elle à la fois réfléchir la lumière et l'absorber ?

— Puisque tu as peur de moi de toute façon, nécromancienne, pourquoi faire semblant ? (Sa voix se répercuta dans la pièce tel l'écho d'une bourrasque dans laquelle je humai une odeur de pluie.) Place à la vérité entre nous.

Et elle disparut. Ou plutôt, elle devint l'obscurité. Un instant plus tôt, elle était une silhouette définie, un corps presque tangible, un point focal ; à présent, elle était les ténèbres mêmes de la pièce, une obscurité dotée d'une conscience et d'un poids. Et comme tous les autres humains qui s'étaient pelotonnés autour d'un feu depuis la nuit des temps, je sentais que cette obscurité me guettait.

Elle n'essayait plus de me parler ; elle se contentait d'être, sans mots et sans images, indicible, ineffable. Une nuit d'été ne vous parle pas, mais elle existe. L'obscurité d'une nuit sans lune ne pense pas, mais elle grouille d'un millier d'yeux et de sons. Marmée Noire était cette nuit, à un détail près : elle pensait. Et croyez-moi, vous n'avez pas envie que l'obscurité pense, parce qu'elle ne pensera rien de plaisant pour vous.

Je hurlai, mais les ténèbres emplirent ma gorge et m'empêchèrent de respirer. L'odeur de la nuit, parfums de jasmin et de pluie mêlés, me suffoqua. Je tentai de conjurer ma nécromancie, mais celle-ci ne répondit pas à mon appel. L'obscurité dans ma gorge se rit de moi comme le scintillement glacé des étoiles : beau et mortel à la fois.

Je tentai d'ouvrir mon lien avec Jean-Claude, mais elle l'avait sectionné. Je tentai d'ouvrir mon lien avec Nathaniel et Micah, mais les félins étaient ses animaux à appeler : tous les félins, les petits comme les grands. Mes léopards ne pouvaient pas m'aider. L'obscurité berçait leur sommeil.

Je me souvins de la dernière fois que Marmée Noire avait été si proche de moi métaphysiquement, et de la seule chose qu'elle n'avait pas réussi à maîtriser. Je pensais au loup en moi. À l'époque, il avait fallu mon lien avec Richard et la proximité physique de Jason pour éveiller mon loup intérieur et repousser l'obscurité. Mais depuis lors, nous étions devenus plus intimes, lui et moi. Il me suffit de l'appeler pour qu'il vienne.

Un énorme loup à la fourrure pâle tachée de noir jaillit du néant, les yeux flamboyants d'un feu brun. Il s'interposa entre moi et l'obscurité. Il me laissa enfoncer les doigts dans son pelage, et à l'instant où je le touchai, je pus de nouveau respirer. L'odeur de la nuit planait toujours autour de moi, mais elle n'était plus en moi.

L'obscurité enfla dans la pièce telle une ténébreuse lame de fond qui grandit, grandit, grandit avant de venir se fracasser sur le rivage. Le loup se tendit. Sous sa fourrure, je sentais ses muscles et ses os, si solides et si réels, pressés contre moi. Je humais sa peur, mais je savais qu'il ne me laisserait pas seule. Il resterait avec moi, et il me défendrait… parce que si je mourais, il mourrait avec moi. Ce n'était pas le loup de Richard, mais le mien. Pas sa bête, mais la mienne.

La lame de fond ténébreuse se dressa à notre aplomb, changeant le lit en un radeau minuscule. Puis elle s'abattit sur nous avec un hurlement semblable à un millier de cris – les hurlements des victimes accumulées au fil des âges.

Le loup bondit à la rencontre de ces ténèbres, et je sentis des crocs s'enfoncer dans de la chair. Je nous sentis la mordre. Un instant, j'entrevis son corps véritable qui gisait dans une chambre à des milliers de kilomètres de là. Je vis une secousse la parcourir, et sa poitrine se soulever pour prendre une brusque inspiration.

— Nécromancienne, souffla-t-elle.

Puis le rêve vola en éclats, et je m'éveillai en hurlant.

Chapitre 22

Toutes les lampes de la chambre étaient allumées. À genoux près de moi, Micah me tapotait l'épaule.

— Anita, Dieu merci ! Nous n'arrivions pas à te réveiller.

J'aperçus Nathaniel de l'autre côté du lit, et Jean-Claude debout près de lui. J'étais restée dans les vapes assez longtemps pour qu'il meure et ressuscite. Les ténèbres avaient englouti plusieurs heures de ma vie. Claudia, Graham et le reste des gardes se trouvaient également dans la chambre. Pourtant, ils auraient dû être relevés depuis belle lurette.

J'eus le temps de voir et de penser tout cela. Puis le loup de mon rêve tenta de s'arracher à mon corps.

On aurait dit que ma peau était un gant, et le loup la main incroyablement longue qui la remplissait. Je sentis ses pattes s'étirer à l'intérieur de mes bras et de mes jambes. Mais ses membres et les miens n'avaient pas la même forme. Le gant n'était pas taillé pour lui. Alors, le loup tenta de le mouler à son propre corps.

Mes doigts se recourbèrent quand il s'efforça d'en faire jaillir des griffes. Je hurlai en levant les mains et en essayant de trouver assez de souffle pour expliquer ce qui m'arrivait. Mais je n'eus pas besoin de le faire, parce que l'instant d'après, mon corps commença à se déchirer.

Ce fut comme si tous mes os et mes muscles tentaient de se désolidariser les uns des autres. La douleur était indescriptible. Des parties de mon corps qui n'étaient pas censées bouger le faisaient quand même. Il me semblait que chacune d'elles tentait de s'effacer pour laisser place à autre chose.

Micah me cloua un bras au lit. Nathaniel fit de même avec l'autre, tandis que Jean-Claude et Claudia immobilisaient mes jambes.

— Elle est en train de se transformer ! hurla quelqu'un.

— Elle va perdre le bébé !

Je reconnus la voix de Claudia.

— Aide-nous à la tenir, bordel !

Graham s'appuya sur mon ventre de tout son poids.

— Je ne veux pas lui faire de mal.

J'entendis quelque chose craquer dans mon épaule, le genre de son humide que vous n'avez pas envie d'entendre venant de votre propre corps. Je poussai un hurlement aigu, mais mon corps n'en avait cure. Il voulait se déchirer et se reconstituer autrement. Le loup était là, sous ma peau. Je le sentais pousser pour tenter de sortir. D'autres personnes se jetèrent sur moi, et peu à peu, leur poids combiné m'immobilisa. Mais mes muscles et mes tendons continuèrent à s'agiter.

Une autre convulsion me parcourut, forçant certains de ceux qui me tenaient à modifier leur prise. Un bras passa devant ma figure, et je humai une odeur de loup. Le musc douceâtre eut un effet apaisant sur moi. Mon loup renifla la peau pâle qui l'exhalait et songea, ni en mots ni en images mais quelque part entre les deux : *Meute, appartenance, sécurité.*

Puis le bras s'écarta, emportant son odeur avec lui. Mon loup voulut bondir à sa suite, mais les autres me tenaient toujours. Je distinguais leurs odeurs : léopard, rat et un animal qui n'était ni chaud ni poilu. Bref, rien qui puisse nous aider.

Le loup me laboura la gorge comme s'il s'agissait d'une ouverture qu'il pouvait élargir à coups de griffe afin de s'échapper de mon corps. Mais il ne pouvait pas sortir. Il était prisonnier, prisonnier. Je voulus hurler, et au lieu d'un cri, ce fut un ululement plaintif qui se déversa de ma bouche.

Le son couvrit les voix frénétiques qui résonnaient autour de moi et figea les mains empressées qui me tenaient. Il monta de plus en plus haut avant de retomber dans le brusque silence ambiant.

Comme son dernier écho s'estompait, une autre voix s'éleva, douce et aiguë. Une troisième, plus grave, se joignit à elle, et l'espace d'un instant, toutes deux s'entremêlèrent en une glorieuse harmonie. Puis l'une d'elles baissa de plusieurs octaves, mais même cette discordance conserva une certaine harmonie.

Je leur répondis, et nos voix emplirent la chambre d'une musique chevrotante. Les corps empilés sur moi s'écartèrent. L'odeur de loup se rapprocha. Une main d'homme toucha mon visage, et je pressai ma joue contre elle en inspirant à fond. Il y avait d'autres odeurs sur sa peau, une énumération olfactive de tout ce qu'elle avait touché ce jour-là, mais en dessous, l'odeur originelle était bien celle du loup.

Je voulus la saisir avec mes deux mains, mais une seule accepta de se lever. J'avais quelque chose de cassé dans l'épaule gauche, quelque chose qui empêchait mon bras de fonctionner.

La peur flamboya soudain en moi. Je gémis et, saisissant cette chaude main d'homme avec ma seule main valide, j'enfouis mon nez et ma bouche dans sa paume. Jamais encore je n'avais compris qu'on pouvait se lover dans une odeur comme dans les bras d'un être aimé. Je drapai le musc du loup autour de moi, me concentrant si fort qu'il m'enveloppa telle une étreinte.

Je levai les yeux. Mon regard remonta le long d'un bras à la peau claire, puis d'une manche noire de tee-shirt, et se posa enfin sur le visage de Clay. Il avait des yeux de loup, et je savais que c'était à cause de moi. J'avais appelé son loup, et celui-ci avait répondu.

Le lit remua sous moi. Je tournai la tête pour pouvoir humer l'air. Je vis Graham s'approcher, mais mon odorat m'en dit bien plus long que mes yeux. Il était si chaud ; il sentait si bon ! Je tendis la main vers lui. Je savais que si je le touchais, je pourrais m'approprier une partie de son musc.

Je plaquai la paume sur sa poitrine, et c'est en sentant de la peau sous mes doigts que je pris conscience qu'il était nu. C'était comme si la hiérarchie de mes perceptions venait de s'inverser : l'odorat avait pris le dessus, puis le toucher, tandis que la vision passait en dernière position. Les primates ne fonctionnent pas de cette façon, mais les canidés, si.

Je me souvenais vaguement d'avoir aperçu le corps lisse et musclé de Graham, mais son odeur si réconfortante, si sécurisante, primait sur tout le reste. Des vêtements ne m'auraient pas aidée à me sentir mieux. Pourtant, lorsque je touchai la poitrine tiède et ferme du métamorphe, je sursautai comme si je ne m'attendais pas à la trouver nue. Je n'arrivais pas à réfléchir correctement.

Mon bras se raidit et repoussa Graham alors même que celui-ci tentait de se pencher vers moi. Maintenant que je le regardais pour de bon, je voyais qu'il n'était pas mécontent du tout de se tenir nu devant moi. Cela m'irrita. J'avais mal partout, y compris dans des endroits dont je n'étais pas censée avoir conscience ; tous mes muscles me brûlaient, et il était excité à l'idée de se frotter nu contre moi. Enfoiré.

— Non. (Ainsi, j'avais conservé ma voix humaine. Elle était rauque et cassée, mais encore assez claire.) Non.

Claudia apparut près de la tête du lit.

— C'est moi qui lui ai dit de se déshabiller, Anita. Tu as besoin d'un maximum de contact.

Je tentai de secouer la tête, mais comme c'était trop douloureux, je me contentai de répéter :

— Non.

Claudia s'agenouilla près du lit et me regarda d'un air implorant que je ne lui avais encore jamais vu.

— Anita, nous n'avons pas d'autres loups sous la main. S'il te plaît, ne nous complique pas la tâche. C'est déjà assez difficile.

Je déglutis, et cela aussi me fit mal, comme si ma gorge était blessée et qu'elle allait mettre un moment à guérir.

— Non, m'obstinai-je.

Jean-Claude s'approcha de Claudia.

— Je t'en prie, ma petite, ne sois pas si têtue. Pas maintenant.

Je fronçai les sourcils. J'avais loupé un truc, mais quoi ? Qu'est-ce qui m'avait échappé ? Quelque chose d'important, à en croire leur tête à tous. Mais je ne voulais pas que Graham frotte son corps nu et en érection contre mon corps nu et perclus de douleur. Je ne voulais pas coucher avec lui, et une fois que nous serions tous les deux à poil dans le même lit, les probabilités que ça arrive grimperaient en flèche.

Bien sûr, j'avais mal partout et j'étais censée avoir déjà copieusement nourri l'ardeur. Traitez-moi de paranoïaque si ça vous chante, mais je ne voulais pas prendre ce risque. Sans mes dernières miettes de dignité morale, Graham aurait pu figurer sur la liste des papas potentiels de mon futur bébé. Plus que toute autre chose, ce fut cette pensée qui maintint mon bras fermement tendu et me fit répéter « Non ».

— Tu ne comprends pas, insista Claudia. Ce n'est pas terminé.

— Qu'est-ce qui n'est pas terminé ? demandai-je de cette voix grave qui n'était pas tout à fait la mienne.

Puis je compris. Le loup avait cru qu'il allait pouvoir s'échapper, que la meute venait à son secours et qu'elle le délivrerait de sa prison. Mais j'avais gardé les autres loups à distance. J'avais refusé de les laisser frotter leur peau et leur musc contre mon corps. Aussi le loup en moi se remit-il à essayer de se libérer seul pour les rejoindre.

Mon bras ne resta pas tendu bien longtemps. Tout en moi s'écroula. Je me tordis sur le lit comme un nid de serpents, mes muscles et mes tendons s'agitant de telle sorte qu'ils auraient dû me démantibuler. Ma peau aurait dû se déchirer, et je souhaitais presque qu'elle le fasse. Je voulais que le loup sorte de moi et que la douleur cesse. J'avais cru qu'il faisait partie de moi ; à présent, j'avais l'impression qu'il tentait de me tuer.

L'odeur de loup m'enveloppait, un musc épais, à la fois âcre et douceâtre. Mon corps gisait immobile sur le lit pendant que des larmes ruisselaient sur mes joues, et je poussais des gémissements non pas animaux mais humains, de petits gémissements pitoyables. Je croyais avoir déjà souffert avant, mais je me trompais. Si vous pouviez faire subir ça à quelqu'un en permanence, il finirait par vous avouer n'importe quoi pour que ça s'arrête.

J'étais allongée entre Graham et Clay. Ils pressaient leurs corps nus contre le mien aussi étroitement que possible sans peser sur moi, comme s'ils savaient que ça me ferait mal. Ils me tenaient doucement entre eux, les mains sur ma tête et sur mon épaule valide. Ils me touchaient comme s'ils craignaient que je me brise, et il me semblait qu'ils n'avaient pas tort.

Les yeux de Graham étaient redevenus bruns et humains. Il avait l'air aussi inquiet que Claudia et Jean-Claude. Qu'avaient-ils donc vu qui m'avait échappé ? Que m'arrivait-il ? Clay se pencha vers moi, posa ses lèvres sur ma joue et m'embrassa doucement.

— Transforme-toi, Anita, me chuchota-t-il. Cesse de résister ; tu verras : ce sera beaucoup moins douloureux.

Quand il releva la tête, je vis qu'il pleurait.

J'entendis un léger cliquetis comme la porte s'ouvrait. Je voulus tourner la tête, mais la dernière fois que j'avais essayé, ça m'avait fait très mal. J'estimai que ça n'en valait pas la peine. De toute façon, Graham me bouchait la vue dans cette direction.

— Comment osez-vous m'ordonner de venir à vous ? tempêta Richard, déjà furieux.

— J'ai tenté de te le demander gentiment, mais tu n'as pas répondu.

— Alors, vous me donnez des ordres comme si j'étais votre chien ?

— Ma petite a besoin de ton aide, dit Jean-Claude d'une voix frémissante de colère, comme s'il en en avait aussi marre que moi des humeurs de Richard.

— D'après ce que je vois, elle a déjà bien assez de partenaires.

Clay se redressa pour montrer à Richard son visage baigné de larmes.

— Aide-la, Ulfric, supplia-t-il. Nous ne sommes pas assez forts.

— Si vous avez besoin de conseils pour la satisfaire, demandez à Micah. Les partouzes, ce n'est pas mon truc.

— Es-tu l'Ulfric de sa lupa, oui ou non ? lança Micah en venant au pied du lit, toujours en tenue d'Adam.

— Ce sont les affaires de la meute, chaton, pas les tiennes.

— Arrête ! hurla Clay. Cesse de te comporter comme un sale con et conduis-toi comme notre chef ! Anita est blessée.

Enfin, Richard s'approcha du lit pour regarder par-dessus le corps allongé de Graham. Ses cheveux encore ébouriffés par le sommeil formaient un nuage brun doré autour de son visage séduisant et plein d'arrogance. Mais lorsqu'il me vit, l'arrogance disparut en un clin d'œil, et fut remplacée par la culpabilité que j'avais appris à redouter presque autant.

— Anita…

Il fit de mon nom un gémissement douloureux, si douloureux…

Quand il grimpa sur le lit, je vis qu'il portait un boxer. Ou il avait pris le temps de l'enfiler avant de venir, ou il avait dormi avec, ce qui était très inhabituel de la part d'un lycanthrope. Les autres hommes lui firent de la place, mais ils ne descendirent pas du lit.

Richard voulut ramper sur moi, mais le premier contact m'arracha de petits cris de protestation. Alors, il se mit à quatre pattes au-dessus de moi, de façon à ne pas m'écraser. Mais mon loup était trop près de la surface. Cette position semblait indiquer que Richard se considérait supérieur à nous, et le loup en moi estimait qu'il ne l'avait pas mérité. Franchement, moi non plus.

Je sentis mon loup intérieur se ramasser sur lui-même pour bondir, comme s'il pouvait surgir de mon corps et retomber dans celui de Richard. Je mis un instant à me souvenir qu'il en était capable. Une fois, j'avais senti la bête de Richard combattre une des miennes. Ça avait été douloureux, et j'étais déjà en assez mauvais état. Je ne voulais pas qu'on en arrive là.

— Pousse-toi, Richard, chuchotai-je d'une voix rauque.

— Tout va bien, Anita. Je suis là.

Je posai ma main valide sur sa poitrine.

— Pousse-toi. Tout de suite.

— Tu es en position de dominant sur elle, fit remarquer Graham. À mon avis, ça ne lui plaît pas.

Richard ne bougea pas, se contentant de dévisager Graham.

— Anita n'est pas un loup. Elle ne réfléchit pas comme ça.

Un grondement sourd s'échappa de ma gorge sans que je l'aie voulu.

Richard tourna la tête vers moi très lentement, comme un personnage de film d'horreur qui se décide enfin à regarder derrière lui. Il me toisa, l'air stupéfait.

— Anita ? dit-il – sur un ton interrogateur cette fois, comme s'il n'était pas certain que ce soit bien moi.

Un nouveau grondement vibra sur mes lèvres, et je chuchotai de la voix la plus grave qui soit jamais sortie de ma bouche :

— Pousse-toi.

— S'il te plaît, Ulfric, implora Clay. Fais ce qu'elle te demande.

Richard se dressa sur les genoux. Il était toujours au-dessus de moi, mais dans une position qu'un loup pouvait difficilement adopter. Cela aurait dû suffire pour apaiser mon loup intérieur, mais celui-ci avait trouvé une autre issue, une ouverture par laquelle s'échapper.

Jusque-là, chaque fois que j'avais partagé ma bête avec d'autres lycanthropes, j'avais juste senti glisser de la fourrure et des os, comme si quelque grande créature arpentait mon corps. Mais cette fois, je la voyais. Je voyais le loup tel que je l'avais vu dans mon rêve. Il n'était pas vraiment blanc, plutôt crème avec une tache sombre semblable à une selle sur son dos et l'arrière de son crâne. Toutes les teintes de gris et de noir se mélangeaient dans cette tache, et de la même façon, le reste de son pelage n'était pas uniformément crème, mais couleur de lait à certains endroits et de babeurre à d'autres. Je passai ma main sur sa fourrure. Elle était bien tangible.

Je sursautai si fort que cela me fit mal et m'arracha un cri de douleur, mais une sensation de fourrure s'attarda contre ma paume valide comme si j'avais touché quelque chose de réel.

— Elle a l'odeur de la meute, dit Graham.

Richard s'était figé au-dessus de moi.

— Oui, acquiesça-t-il d'une voix lointaine. Oui, elle a l'odeur de la meute.

— Fais sortir son loup, réclama doucement Clay. Force-la à se transformer pour qu'elle cesse de se faire du mal.

— Elle perdra le bébé, rétorqua Richard en m'observant avec une expression que je ne parvins pas à déchiffrer – ou peut-être n'en avais-je tout simplement pas envie.

— Elle perdra le bébé de toute façon, intervint Claudia.

Richard me scruta, l'air paumé.

— Je vois le loup en toi, Anita ; je le vois juste derrière mes yeux. Et nous le sentons tous. Que veux-tu que je fasse ? Veux-tu que je libère ta bête ?

Sa voix était atone, comme s'il portait déjà le deuil. Il ne voulait pas le faire, ça me semblait évident. Mais pour une fois, nous étions d'accord.

— Non, répondis-je. Ne le fais pas.

Il ne s'affaissa pas, mais la tension qui l'habitait s'évanouit.

— Vous l'avez entendue. Je n'agirai pas contre son gré.

— Tu nous rediras ça après avoir assisté à ses convulsions, répliqua Claudia. Jamais encore je n'avais vu quelqu'un lutter aussi fort et aussi longtemps pour ne pas se transformer. Arrivée à ce stade, elle ne devrait plus pouvoir résister. Or, même ses yeux sont toujours humains.

Richard me dévisagea solennellement.

— Brave fille.

Mais il n'avait pas l'air heureux. Il baissa son bouclier – pas complètement, juste comme s'il avait métaphysiquement cligné des yeux – et un instant, j'entrevis ses émotions, ses pensées. Si je me transformais, il ne voudrait plus de moi. Mon humanité lui était précieuse, parce qu'il avait l'impression que la sienne s'était enfuie. Si je me transformais, je cesserais d'être Anita à ses yeux. Il ne comprenait toujours pas qu'être un lycanthrope n'empêchait personne de rester un être humain.

Mais sous ces pensées-là, j'en entrevis d'autres, même si « pensées » n'était peut-être pas le terme exact. Sa bête était dans son esprit, et elle voulait que je me transforme. Elle voulait que je devienne une louve, parce qu'alors, je lui appartiendrais. Impossible de rester Nimir-Ra si vous êtes une vraie louve-garou.

Par association d'idées, je tournai la tête vers l'autre côté du lit. Micah se tenait là, les yeux débordants de chagrin comme s'il était déjà persuadé de m'avoir perdue. Non, pas question. Je ne renoncerais pas à lui, pas maintenant. Du regard, je cherchai mon autre léopard. Mais j'avais tourné la tête trop vite, et les muscles déchirés de mon épaule gauche se rappelèrent à mon bon souvenir.

Nathaniel s'approcha comme s'il avait compris que je le cherchais. Son visage était baigné de larmes qu'il ne s'était pas donné la peine d'essuyer. Quand vous êtes un lycanthrope, vous pouvez sortir avec un lycanthrope d'une autre espèce. Mais une fois, j'avais entendu Richard dire que les dominants ne le faisaient jamais. Si vous vous situez assez haut dans la hiérarchie de la meute, vous ne choisissez pas vos partenaires à l'extérieur.

Je suis la lupa du clan de Thronnos Rokke ; au sein de ce dernier, il n'y a pas de femelle plus gradée que moi. Et même si je n'étais pas la lupa, je suis le Bolverk, ce qui ferait de moi l'équivalent d'un officier dans tous les cas. Bref, quel que soit l'angle sous lequel on considérait le problème, si le loup que je pouvais toucher sortait de moi pour de bon, je perdrais bien plus qu'un bébé surprise.

Je savais que je portais au moins une autre bête en moi : le léopard. Si je devais vraiment devenir poilue, ne pouvais-je pas choisir la nature de mon poil ? En regardant le visage affligé de Nathaniel, en voyant Micah se détourner pour me cacher son chagrin, je sus que je devais essayer.

Je levai les yeux vers Richard.

— Tu ne veux pas que je me transforme. Voilà pourquoi tu refuses de m'aider.

— Tu ne veux pas devenir l'une d'entre nous, pas vraiment.

Son visage était redevenu un masque d'arrogance et de colère.

— Tu as raison.

Une certaine satisfaction transparut à travers sa colère, comme si ma réponse prouvait que je ne valais pas mieux que lui, que l'idée de devenir poilue ne m'enchantait pas davantage.

Je reportai mon attention sur Micah et Nathaniel. Le premier s'était approché du second pour le prendre dans ses bras.

— Micah, Nathaniel, appelai-je. Aidez-moi à conjurer mon léopard.

Micah sursauta.

— Tu n'as pas le choix, Anita. Je sens ce que tu es.

Je voulus secouer la tête, mais mon épaule gauche me faisait trop mal.

— Je porte quatre sortes différentes de lycanthropie. Pourquoi ne pourrais-je pas choisir quel animal je veux devenir ?

Graham et Clay regardaient Richard, guettant sa réaction.

— Je ne crois pas non plus que tu aies le choix, dit-il. Mais si tu veux essayer, je ne t'en empêcherai pas.

Il était blessé, et sa tentative pour le cacher rendait cela encore plus douloureux à voir. Si je me transformais, il irait voir ailleurs. Il aurait du mal à trouver une femme qui accepte de le partager avec l'équivalent d'une maîtresse à vie, poilue ou non, mais bon, ce n'était pas mon problème. C'était le sien.

Je voyais le loup dans ma tête comme un rêve éveillé, tout en nuances subtiles de blanc, de crème, de gris et de noir. Il me regardait fixement de ses yeux ambrés si foncés qu'ils semblaient presque marron. C'était comme observer un morceau de mon âme qui m'aurait rendu mon regard.

Richard glissa à bas du lit. Le loup en moi ne paniqua pas ; immobile, il attendit patiemment. Mais quand Graham voulut suivre l'exemple de son Ulfric, il commença à s'agiter et se remit à faire les cent pas sous ma peau. Je saisis le bras de Graham.

— Reste.

Debout près du lit, le métamorphe se figea. Clay jeta un coup d'œil interrogateur à Richard.

— Restez jusqu'à ce qu'elle vous demande de partir, ordonna ce dernier d'une voix à la fois atone et pleine de colère.

— Micah, Nathaniel, aidez-moi à conjurer notre bête.

Sans discuter ni hésiter, ils grimpèrent sur le lit et rampèrent vers moi avec une grâce toute féline, comme s'ils avaient des muscles dont les humains ordinaires ne disposaient pas. Ils auraient pu porter une tasse pleine en équilibre sur leur dos et ne pas renverser une seule goutte de liquide.

Malgré la douleur, les voir s'approcher ainsi, entièrement nus, accéléra mon pouls et ma respiration. Mon loup s'agita de plus belle. Ma seule main valide étant déjà occupée, je demandai :

— Touche-moi, Clay.

Le métamorphe, qui s'était poussé pour faire de la place à Richard, se rapprocha et s'allongea contre moi en prenant bien garde de ne pas effleurer mon épaule gauche. Il pigeait vite, et il discutait rarement. Ça me changeait un peu.

Micah toucha mes jambes tandis que Nathaniel contournait Clay pour venir près de ma tête.

— De quoi as-tu besoin ? s'enquit Micah.

Je n'avais encore jamais essayé d'appeler un animal plutôt qu'un autre. Un mois seulement s'était écoulé depuis que nous avions appris que je portais quatre souches différentes du virus de la lycanthropie – dont une que les médecins n'avaient pas réussi à identifier. Les autres étaient le loup, le léopard et le lion. Pour les deux premières, je m'y attendais un peu. La troisième, en revanche, m'avait surprise. La seule fois où un lion-garou m'avait blessée, je n'avais presque pas perdu de sang… mais parfois, une simple égratignure suffit pour être contaminé.

— Je ne sais pas encore.

Richard m'avait appris à appeler la bête d'un métamorphe, si elle était de la même espèce que l'une des miennes. Alors, je pensai à un léopard – et cela suffit pour que mon félin intérieur s'agite en moi. C'est toujours une sensation étrange, comme si j'abritais une caverne au plus profond de moi et que mes bêtes dormaient là jusqu'à ce que je les appelle.

J'avais conjuré mon léopard ; aussi, il déroula son corps, s'étira et se dressa comme à travers un liquide sombre. Pour en avoir discuté avec d'autres métamorphes, je sais qu'ils éprouvent la même chose quand leur bête s'éveille. Le problème, c'est que contrairement au leur, mon corps ne peut pas se transformer. Une fois arrivée à la surface, ma bête ne peut pas en jaillir. Elle n'a nulle part où aller. Du moins, elle n'avait nulle part où aller jusque-là.

Mais comme j'éprouvais la caresse soyeuse d'une fourrure dans des endroits que rien n'aurait dû pouvoir toucher, je pris conscience que deux formes remontaient vers la surface. Je n'avais pourtant appelé que mon léopard. J'allais en avoir pour le double de mon argent.

Le loup se raidit, et son poil se hérissa. Je sentis sa peur. Il savait qu'il était sur le point de se retrouver en infériorité numérique, et à l'intérieur de mon corps, il n'y avait pas de meute à appeler en renfort. Il se campa solidement sur ses pattes pour se donner l'air aussi gros et aussi féroce que possible. Mais à l'instant où mes deux félins atteignirent la surface, il s'enfuit. Je le sentis rebrousser chemin en courant, revenir à l'endroit d'où il était venu. Comme s'il rentrait à la maison. Alors, je compris que mon corps n'était pas juste une prison, mais aussi un refuge… un sanctuaire.

Les deux félins heurtèrent la surface ensemble, et la force de l'impact arqua mon dos, me soulevant du lit comme si quelque chose m'avait percutée par-derrière. Je retombai sur les draps en hurlant de douleur. Mon corps avait déjà encaissé trop de dégâts ce soir. Il fallait que ça s'arrête. Nous devions faire en sorte que ça cesse.

Je vis les deux félins. Le léopard avait reculé face à la lionne, et je ne pouvais pas l'en blâmer. À côté d'elle, il semblait petit – menu, élancé et d'un noir luisant. La lionne, elle, était énorme, avec un pelage fauve. Peut-être m'aurait-elle paru moins monstrueuse si je n'avais pas d'abord contemplé mon loup, puis mon léopard. Elle regardait patiemment ce dernier, comme si elle attendait de voir ce qu'il allait faire. Elle pouvait se permettre de lui laisser l'initiative : elle avait pour elle toute l'assurance que confèrent quelques centaines de kilos de muscles supplémentaires.

Lâchant Graham, je tendis ma main valide à Nathaniel. Celui-ci se pencha vers moi, et j'enfouis mon visage dans la douce tiédeur de son cou. Nathaniel a toujours une odeur de vanille, mais dessous, je décelai le musc du léopard, plus âcre que celui du loup – moins sucré et plus... disons, exotique faute d'un meilleur terme. Alors, le léopard en moi se détendit et me regarda avec des yeux gris clair, dans lesquels on devinait juste une pointe de vert.

Je ne dis pas « Viens ici, Minou », mais je l'appelai de façon tout aussi claire. Il se dressa en moi, s'étirant et me remplissant telle une main qui se glisse dans un gant.

J'attendis qu'il fasse éclater ma peau et émerge enfin, mais rien ne se produisit. Je sentais sa fourrure me caresser de l'intérieur ; je percevais sa présence en moi. Baissant les yeux pour examiner mon corps, je vis mon ventre onduler comme si quelque chose se frottait contre sa paroi interne. La sensation me donnait la nausée, mais rien de plus. Le léopard ne s'agitait pas aussi violemment que le loup un peu plus tôt, et je ne me transformais toujours pas.

Graham et Clay descendirent du lit pour que Micah puisse se rapprocher de moi.

— Il est là, mais il ne sort pas. Pourquoi ?

Nathaniel se laissa glisser vers le bas, et je me retrouvai allongée entre les deux métamorphes.

— Je n'en sais rien, avoua Micah.

— Donne-moi ta bête, réclama Nathaniel.

Je le dévisageai en me concentrant sur la créature poilue qui m'habitait. Elle se montrait patiente parce que je n'avais pas peur d'elle. Je l'avais acceptée, accueillie à bras ouverts. À présent, elle rampait en moi, attendant que je la libère. Et je n'y arrivais pas.

— Je l'ai déjà prise une fois, me rappela Nathaniel.

— Je m'en souviens.

Je tournai la tête, juste ce qu'il fallait pour jeter un coup d'œil interrogateur à Micah.

— Donne-lui ton léopard, approuva ce dernier.

Nathaniel se rapprocha, et je sentis son sexe flasque se presser contre ma hanche. Il se pencha, plaçant une main à côté de moi et prenant appui sur son bras tendu pour ne pas peser sur le haut de mon corps. Je sentis mon léopard rouler dans sa direction telle une créature mi-liquide, mi-solide et soyeuse. Nathaniel posa ses lèvres sur les miennes, et nous nous embrassâmes.

La dernière fois que je lui avais donné ma bête, ça avait été presque aussi violent que l'assaut du loup, parce que j'essayais de résister. Je la lui donnais de mon plein gré désormais, et il l'acceptait de la même façon.

Il enfonça sa langue dans ma bouche comme pour goûter la fourrure de mon léopard, et l'instant d'après, celui-ci bondit par ma gorge. Je le sentis avec une acuité sans précédent, comme s'il jaillissait réellement de moi. Un instant, je suffoquai. Puis il retomba à l'intérieur de Nathaniel et s'écrasa dans le corps du métamorphe en percutant sa propre bête.

La force de l'impact souleva Nathaniel comme un coup au plexus, mais il lutta pour ne pas rompre notre baiser. Il continua à m'embrasser tandis qu'un liquide épais dégoulinait de son corps sur le mien – tiède et chaud comme s'il était en train de se vider de tout son sang. J'entrouvris les paupières pour vérifier que le fluide était bien transparent, et les refermai très vite pour ne pas m'en prendre plein les yeux.

Nathaniel me tenait le visage à deux mains pour m'empêcher d'interrompre notre baiser. Mais je n'en avais aucune envie. Je désirais ce qui se passait. J'avais besoin de la libération que mon corps ne pouvait pas donner à mon léopard.

Je passai mon bras valide dans le dos de Nathaniel pour sentir sa peau se fendre et la fourrure en jaillir tels de l'eau solide, du velours chaud sous ma main. Le bas de son visage se remodela contre le mien, et cela modifia la mécanique de notre baiser parce que sa nouvelle bouche ne fonctionnait pas comme sa bouche humaine. Elle n'avait pas assez de lèvres pour ça.

Nathaniel se redressa légèrement, et je dus essuyer le fluide épais qui avait coulé dans mes yeux pour pouvoir le regarder. Ses traits étaient un mélange étrangement gracieux d'humain et de léopard. C'est plus facile d'embrasser un homme-léopard qu'un homme-loup, parce que le félin a un museau naturellement plus court.

Je levai mes deux bras vers Nathaniel et pris conscience que le gauche fonctionnait de nouveau. Je ne m'étais pas transformée, mais en lui donnant ma bête, j'avais bénéficié du processus de guérison qui accompagne la métamorphose. Intéressant.

J'étreignis Nathaniel et m'aperçus que sa fourrure était sèche, alors que mon propre corps était recouvert du fluide transparent et visqueux qui avait jailli lors de sa transformation. Je n'ai jamais compris pourquoi les métamorphes ne sont pas trempés après coup, mais c'est ainsi.

Je caressai son poil incroyablement doux, éprouvai la puissance de ses muscles et sentis qu'il n'était pas mécontent de se presser contre moi. J'avais déjà fait l'amour avec lui une fois pendant qu'il était sous sa forme intermédiaire, et ça ne me semblait pas forcément une mauvaise idée de recommencer. Mais quelque chose d'autre attendait en moi.

La lionne poussa un rugissement pour me rappeler sa présence.

— Et merde, chuchotai-je.

Nathaniel renifla mon cou.

— Lion, grogna-t-il.

Micah roula sur lui-même pour se lever du lit.

— Il nous faut un lion-garou, et vite, avant que le tien décide de se frayer un chemin dehors à coups de griffe.

— Nous n'en avons pas, objecta Jean-Claude.

Je réfléchis. Je pensai : *J'ai besoin d'un lion.* Je me représentai une fourrure fauve et des yeux ambrés. Puis j'appelai, non pas la lionne en moi, mais *un* lion. Et je sentis une réponse s'élever dans le lointain – non, deux réponses semblables à des tractions sur une laisse. La première était réticente ; la seconde, excitée.

— Ils viennent. Ou du moins, il vient, rectifiai-je.

— Qui ça ? gronda Nathaniel de sa voix de semi-homme.

— Cookie, répondis-je, parce que je n'aurais pas pu me rappeler son vrai nom même si ma vie en avait dépendu.

Je me souvenais juste que je l'avais surnommé ainsi dans ma tête à cause de ses cheveux bleus comme la fourrure du Cookie Monster.

Des voix résonnèrent dans le couloir – des voix d'hommes qui se disputaient juste devant la porte de la chambre. Sur un signe de Claudia, Lisandro alla ouvrir. Les deux lions-garous se tenaient sur le seuil : Cookie et l'autre, le brun… Persée ? Non, Pierce. Il s'appelait Pierce.

Cookie entra en souriant. Il ne portait qu'un jean avec un flingue passé à la ceinture, comme s'il ne l'avait enfilé que pour avoir un endroit où ranger son arme. Pierce le suivit en fulminant. Il avait pris le temps de s'habiller complètement, même si sa chemise était boutonnée de travers et un pan de sa veste coincé sous son holster d'épaule. Son flingue ressemblait à un Beretta. Pas le modèle que j'aurais choisi, mais mes mains sont beaucoup plus petites que les siennes.

Je ne fus guère surprise de voir les deux lions-garous : je les avais appelés. En revanche, je m'étonnai de voir Octavius, le serviteur humain d'Auggie, juste derrière eux, tiré à quatre épingles comme pendant notre petite réunion à ceci près qu'il ne portait plus de cravate ni de boutons de manchette. Sans ses manches de chemise défaites, il n'aurait même pas eu l'air de s'être pressé.

— C'est scandaleux, s'exclama-t-il. D'abord, vous insultez et vous humiliez mon maître. Puis vous tentez de lui voler ses lions. Pensiez-vous que vous pourriez profiter de son sommeil pour vous emparer d'eux ?

Il s'interrompit parce que les personnes qui se tenaient entre lui et le lit s'étaient écartées, et qu'il me vit… moi et Nathaniel.

Impossible de dire ce qu'il s'imagina, mais soudain, je vis la scène avec les yeux d'un étranger. J'étais allongée sur des draps de soie, nue et couverte d'un fluide transparent. J'étreignais Nathaniel, également nu et sous sa forme intermédiaire. Autour de nous se tenaient d'autres hommes tout aussi peu vêtus que nous deux. Qu'aurais-je pensé si j'avais fait irruption dans cette pièce ? Probablement la même chose qu'Octavius.

L'expression de Cookie m'informa qu'il imaginait la même chose, lui aussi, mais que contrairement à Octavius, ça lui plaisait. Il fit un pas vers le lit. Pierce lui saisit le bras pour le retenir. Cookie gronda, et ce simple son mit la lionne en moi sur la défensive.

— Ne la laisse pas te rouler, dit Pierce.

— Tu as entendu son appel comme moi, répliqua Cookie. Et toi non plus, tu n'as pas pu lui résister.

— Mais je ne veux pas lui céder. Je ne veux pas qu'elle m'utilise.

Pierce fit pivoter l'autre lion-garou vers lui, et je vis que Cookie avait sur l'épaule droite un tatouage représentant le Cookie Monster de « 1, rue Sésame » en train de manger des gâteaux secs. La couleur de ses cheveux n'était donc pas une simple coïncidence.

— Moi, je veux qu'elle m'utilise.

— Bats-toi. Lutte pour te contrôler.

— Je n'en ai pas envie.

— Si notre maître était réveillé, vous n'oseriez pas faire ça, s'indigna Octavius.

Contournant les deux lions-garous, il s'approcha du lit. Claudia et Lisandro s'interposèrent. Mais ce fut quand il vit Jean-Claude s'écarter du mur qu'Octavius se décomposa. La peur et la confusion se succédèrent sur son visage. De toute évidence, il était choqué de trouver Jean-Claude parmi nous.

Il se ressaisit très vite, mais cet instant et sa remarque sur le fait qu'Auggie n'était pas réveillé me suffirent pour comprendre. Contrairement à ce que j'avais imaginé, nous n'avions pas dormi toute la journée, et Claudia et les autres n'en étaient pas à leur second tour de garde. En réalité, nous avions à peine fermé l'œil, et Jean-Claude n'était pas mort. Comme Damian, il ne mourait plus s'il me touchait quand l'aube se levait.

Avec une expression arrogante mais dénuée d'agressivité, comme s'il ne voulait pas provoquer une bagarre, Octavius s'inclina.

— Jean-Claude. Je ne pensais pas que vous seriez encore debout. Je ne vous avais pas vu. Normalement, je suis plus poli que ça. Ma colère m'a fait oublier mes bonnes manières. Je vous prie de me pardonner.

Il s'était exprimé clairement, mais un peu trop vite. Sans doute était-il nerveux.

— Il n'y a rien à pardonner, Octavius… du moins, du moment que tu ne nous fais pas obstacle.

Octavius se redressa pour dévisager Jean-Claude, les épaules crispées par la méfiance.

— Faire obstacle à quoi ?

Jean-Claude se tenait face à lui, aussi nu que les métamorphes et pas plus embarrassé qu'eux. Il affichait son corps comme s'il s'agissait de la robe de chambre la plus luxueuse du monde, ou comme s'il n'avait pas conscience de sa propre nudité.

— D'après Augustin, ces deux lions-garous sont candidats au poste de pomme de sang de ma petite.

Octavius hocha légèrement la tête.

— C'est exact.

— Peut-être avons-nous été trop prompts à les rejeter tout à l'heure, dit Jean-Claude. Il me semble que les deux parties ont enfreint l'étiquette en vigueur, ne penses-tu pas ?

— Il se peut que nous ayons agi avec trop de précipitation, concéda Octavius sur un ton hésitant.

Il ne comprenait pas où Jean-Claude tentait de l'entraîner, et il faisait de gros efforts pour ne pas paraître insultant. Si Jean-Claude ne s'était pas tenu devant lui pendant que son propre maître était mort, sans doute se serait-il montré beaucoup moins prudent et beaucoup plus furieux. Si j'avais été seule avec les métamorphes, je crois qu'il nous aurait carrément dit d'aller nous faire foutre, en des termes peut-être un peu plus polis… ou peut-être pas.

— Ma petite désire goûter un de vos lions maintenant, révéla Jean-Claude. Et à la lumière des derniers événements, il m'apparaît souhaitable de consolider mes liens avec ton maître. Après tout, nous sommes deux des plus puissants maîtres vampires de ce pays, et nous régnons sur les deux plus puissants des territoires centraux.

Je déchiffrai le sous-entendu : en unissant leurs forces, Auggie et Jean-Claude pourraient gouverner tout le centre du pays. Par conséquent, il valait mieux qu'ils soient alliés plutôt qu'adversaires. Mais peut-être ne devinais-je rien du tout ; peut-être partageais-je seulement une partie des pensées de Jean-Claude. Oh, il n'avait aucune intention d'envahir ses voisins, mais insinuer le contraire lui permettait d'actionner deux leviers à la fois, celui de la peur et celui de la cupidité. Octavius ne voudrait pas nous avoir pour ennemis ; en revanche, il voudrait partager notre butin en cas de conquête. Jean-Claude le manipulait.

Octavius s'humecta les lèvres et redressa le dos, comme s'il venait de se rendre compte qu'il se tenait voûté.

— Peut-être. Je sais qu'Augustin avait l'intention de vous offrir les deux lions comme pommes de sang, ou comme monnaie d'échange contre une de vos femelles.

— Je ne marchande pas mes gens, contra Jean-Claude. Ma petite a été très claire sur ce point, tout à l'heure devant ton maître.

— Très claire, en effet, acquiesça Octavius. (Un peu de colère perçait dans sa voix ; il lutta pour la contenir et reprendre un ton neutre.) Je crois que mon maître serait ravi si vous considériez que ses candidats sont dignes d'attention.

Jean-Claude se tourna vers moi avec une expression affable, mais ce fut sa voix dans ma tête – un simple effleurement – qui me dit ce qu'il voulait :

— *Appelle-les.*

Je tendis la main aux deux métamorphes.

— Venez à moi.

Cookie pivota immédiatement. Seule la main de Pierce posée sur son bras le retint.

— Ne m'oblige pas à me battre contre toi, Pierce, dit Cookie calmement.

— Pierce, intervint Octavius. S'il n'est pas assez fort pour résister, abandonne-le à son destin.

Cookie dévisagea le serviteur humain d'Auggie.

— Vous ne comprenez pas. Je ne veux pas lui résister. Je veux qu'elle me prenne.

Pierce tenta encore de tourner son camarade vers lui.

— Tu ne vois pas que c'est justement le problème ? Elle t'a déjà roulé, mec. Elle t'a déjà baisé, et tu ne t'en rends même pas compte !

— Peut-être, mais ça ne me dérange pas.

Le léger sourire de Cookie avait disparu, et ce fut d'une voix basse et sèche qu'il ajouta :

— Lâche-moi, Pierce. Je ne te le redemanderai pas.

— Lâche-le, dit Octavius. C'est un ordre, Pierce.

Ce dernier lui jeta un coup d'œil furieux mais obtempéra. Il leva même les mains comme pour se décharger de toute responsabilité. Une petite partie de moi voulait voir si je pourrais le forcer à approcher, mais ce n'était pas utile. Cookie venait à moi. Pour l'instant, un lion me suffirait.

Chapitre 23

Claudia l'arrêta en se plantant devant lui et en le toisant. C'était sans doute la première fois que Cookie rencontrait une femme assez grande et assez musclée pour faire une chose pareille. Sa réaction allait nous en dire long sur sa personnalité.

— Rappelez votre rate, Blake, réclama-t-il.

— Donnez-moi votre flingue et je vous laisse passer, dit Claudia.

— Je l'avais sur moi tout à l'heure quand elle m'a touché. Avec plusieurs armes blanches en prime, objecta Cookie.

— Mais à ce moment-là, vous protégiez votre maître. Maintenant, vous vous apprêtez à devenir très intime avec l'un des miens, repartit Claudia à voix basse, sur un ton flegmatique.

Ainsi, elle me considérait comme l'un de ses maîtres ? Première nouvelle !

La seule épaule de Cookie que je pouvais voir depuis le lit se souleva et retomba. Le lion-garou dut remettre son flingue à Claudia, car celle-ci s'effaça devant lui.

Il s'approcha du lit pieds nus. Le premier bouton de son jean était défait. L'était-il déjà quand Cookie était entré, ou le métamorphe y avait-il accroché son flingue en le sortant de sa ceinture ? Si oui, c'était un signe de négligence. Cookie était-il négligent ?

Je me sentais beaucoup trop calme. Je regardais le lion s'approcher du lit avec un détachement qui me surprit.

Comme si j'étais en état de choc ou… que la lionne en moi se fichait complètement de l'homme qui se dirigeait vers nous. Sur certains points, les animaux sont bien plus vifs que les humains. La plupart des gens prennent ça pour de l'émotivité, mais ils se trompent. La lionne en moi n'éprouvait aucune émotion. Elle attendait avec une patience froide teintée de méfiance, et il me semblait qu'elle aurait pu l'observer ainsi éternellement sans jamais rien ressentir. À lui de choisir s'ils allaient s'entendre ou si elle allait le chasser.

Si Cookie faisait quelque chose de stupide ou se révélait trop faible, la lionne ne l'accepterait pas. Elle préférerait le tuer, mais ce serait une décision dénuée de passion, plus glaciale que n'importe laquelle de mes pensées… sauf quand je décide de tuer, moi aussi. Dans ces cas-là, j'ai toujours un accès de lucidité parfaite… de sérénité, presque. Cet instant pouvait s'étirer jusqu'à l'infini dans la tête du grand fauve qui m'habitait.

Nathaniel bougea. Je tournai la tête vers lui, mais la lionne en moi poussa un rugissement et donna un coup de griffes en travers de mon corps. Elle avait besoin de mes yeux, et elle se fichait bien du léopard allongé près de moi. Un spasme de douleur me parcourut. Grâce à ce que j'avais fait avec Nathaniel, j'étais partiellement guérie, mais de toute évidence, pas complètement. J'avais encore mal dans des endroits qu'il ne serait pas possible de panser.

Une partie de moi voulait résister et se tourner quand même vers Nathaniel, mais je savais que si je le faisais, la lionne me blesserait davantage. Fermant les yeux, je me concentrai pour lutter contre ma propre obstination. J'essayai de décider si j'avais suffisamment mûri pour accepter cette petite défaite, ou si j'avais encore besoin de gagner à tous les coups. Si je laissais la lionne penser qu'elle pouvait me dominer, cela établirait-il un précédent regrettable ?

Puis une idée me traversa l'esprit. La lionne, c'était moi. Je me battais contre moi-même. C'était terriblement freudien

– ou jungien, peut-être ? Dans un cas comme dans l'autre, ça ne m'étonnait pas de moi.

Je rouvris les yeux. Cookie se tenait près du lit, les bras ballants. Une certaine circonspection se mêlait désormais à son excitation initiale, comme s'il avait compris que ça n'était pas gagné d'avance. Il me toisait de ses yeux clairs. Ses cheveux bleus étaient aplatis sur le dessus ; sans doute dormait-il quand je l'avais appelé. Sur son épaule gauche, je vis un tatouage représentant les visages de Bert et d'Ernie. Apparemment, la série lui tenait à cœur.

— Vous en avez d'autres comme ça ? demandai-je en désignant son tatouage du menton.

Il eut un large sourire.

— Oui. Vous voulez voir ?

— Je ne sais pas trop.

— Vous m'avez appelé, fit-il sur un ton hésitant, comme s'il ne pigeait pas ce qui se passait et n'était plus si sûr de vouloir participer.

De la prudence, enfin. Cela plut à la lionne dans ma tête – et à moi aussi, je crois.

— Elle a besoin de vous donner sa bête, dit Micah.

Cookie se tourna vers lui, les sourcils froncés.

— Je ne comprends pas. (Ses narines frémirent tandis qu'il reniflait.) Elle sent le lion, mais tout à l'heure, elle sentait le léopard. Et le loup. (Il secoua la tête comme pour chasser mon odeur de son esprit et me dévisagea, perplexe.) Qu'êtes-vous ? demanda-t-il doucement.

J'aurais pu lui répondre la vérité : à savoir, que je n'en étais pas sûre. Mais certaines des personnes présentes dans cette pièce n'étaient pas nos amis. Octavius serait notre ennemi s'il le pouvait.

J'allais servir une demi-vérité à Cookie quand Jean-Claude fit un pas vers nous et répondit à ma place :

— Ma petite semble avoir la capacité d'acquérir l'animal des vampires avec lesquels elle a été en contact étroit. Je sais que c'est de moi qu'elle tient son loup, et d'un autre maître qu'elle tient son léopard. C'est sans doute sa proximité avec ton maître, tout à l'heure, qui a éveillé le lion en elle.

Ce n'était pas un mensonge, mais ce n'était pas non plus toute la vérité. Cela dit, je n'avais pas de meilleure suggestion.

— Si vous aviez raison, cela la rendrait très dangereuse, fit remarquer Octavius.

Pierce et lui se tenaient toujours près de la porte, comme s'ils voulaient pouvoir s'enfuir très vite en cas de besoin.

— Cela la rendrait très puissante, en effet, acquiesça Jean-Claude.

— Très dangereuse, insista Octavius. Les autres maîtres savent-ils qu'ils risquent de se faire séduire et dérober leur animal, ou sommes-nous vos premières victimes ?

Jean-Claude soupira. Le son roula dans la pièce et me caressa la peau. La lionne en moi s'agita, poussant un grondement sourd qui s'échappa de mes lèvres.

— Ne faites pas ça, dis-je.

— Toutes mes excuses, ma petite. (Jean-Claude reporta son attention sur Octavius.) Très bien, je vais te dire la vérité avant que ton opinion de nous empire encore. Je te connais depuis longtemps. Tu es bavard. Mais si tu racontes ça à qui que ce soit, je le saurai, parce que personne d'autre dans cette pièce ne parlera.

— Je ne colporte pas de ragots.

— Bien sûr que si. Tu l'as toujours fait. (Jean-Claude me désigna.) Anita est porteuse de plusieurs souches différentes de lycanthropie.

— C'est impossible, répliqua Octavius.

— Théoriquement, oui. Comme ça devrait théoriquement être impossible pour une humaine d'avoir un serviteur vampire ou un animal à appeler autre que le mien. Pourtant, Anita a toutes ces choses.

— Nous en avions entendu parler, mais nous pensions que c'était une rumeur.

Jean-Claude secoua la tête.

— Augustin est assez puissant pour discerner la vérité. Il s'en serait rendu compte de toute façon en voyant Anita avec Damian. Je ne fais que te révéler la vérité avec une nuit… non, une journée d'avance, rectifia-t-il comme s'il venait juste de se souvenir qu'il était encore debout après l'aube. (Ce qui n'était pas le cas – faites-moi confiance. Il n'avait pas oublié.) Je te jure que des médecins humains ont analysé le sang de ma petite, et qu'elle est porteuse de plusieurs types de lycanthropie. Pourtant, elle ne s'est transformée en aucun animal jusqu'ici. Ils sont en elle, et ils ne parviennent pas à en sortir. Ce soir, ils ont essayé de déchirer son corps pour se frayer un chemin vers l'extérieur, mais sans succès.

— Anita est coincée au stade où elle ne sait pas quoi faire pour laisser sortir sa bête, ajouta Micah.

— Aïe, grimaça Cookie non sans une certaine compassion. (Il me regarda en souriant.) Vous avez eu une matinée difficile.

— Vous n'avez pas idée, soupirai-je.

— En fait, si, il en a une assez bonne idée, grogna Nathaniel près de moi.

Les deux métamorphes se dévisagèrent longuement.

— Oui, je me souviens de ma première fois, finit par acquiescer Cookie. Comme nous nous la rappelons tous.

— Mais Anita a résisté, et elle a empêché sa bête de sortir, dit Nathaniel.

Cookie me toisa, les yeux plissés.

— C'est impossible. Personne ne peut faire une chose pareille.

— Ne sous-estimez jamais l'obstination d'Anita, lança Richard depuis l'autre bout de la pièce. Sinon, vous le regretterez.

Je reportai mon attention sur lui. Il s'était assis dans l'un des fauteuils près de la cheminée, aussi loin du lit que possible sans quitter la pièce. La pénombre me dissimulait son visage, ce qui n'était pas plus mal.

— Ne confonds pas volonté et obstination, dit Micah. Il y a une différence.

— Pour moi, c'est la même chose.

— Ça ne m'étonne pas.

Un grondement sourd monta de la gorge de Richard et roula dans la pièce comme le soupir de Jean-Claude l'avait fait quelques instants plus tôt. Cette fois, le frisson qui me parcourut n'eut rien de sensuel. Il déferla sur ma peau telle une vague de chaleur. En réaction, la lionne se déversa sur ma peau comme le léopard et le loup l'avaient fait avant elle.

Soudain, je me remis à hurler et à me tordre sur le lit. Je ne voulais plus avoir mal. Mais j'avais refusé de me changer en louve, et je voulais encore moins me changer en lionne. C'était à peine si je connaissais les membres de la fierté de Saint Louis. Et merde. Si c'était la seule force de la volonté qui me maintenait sous ma forme humaine, j'étais mal barrée. Parce qu'elle finirait par flancher, et que je perdrais le combat. Mais je ne voulais pas que ce soit maintenant.

Je tendis une main à Cookie, qui s'en saisit presque par réflexe. Je le tirai vers moi, et il ne résista pas. Il aurait pu, mais il se laissa faire et s'allongea sur moi tandis que la lionne tentait de sortir de mon corps. Elle s'étira de toute sa masse monstrueuse, enfonçant ses griffes métaphysiques dans mes doigts et mes orteils. Et même si elle ne parvint pas à les transpercer, je hurlai. Quand je levai les mains pour agripper Cookie et le plaquer contre moi, je vis que du sang coulait le long de mes doigts. *Seigneur, aidez-moi !*

Comme par-delà une grande distance, j'entendis Cookie demander :

— Que dois-je faire ?

— Embrassez-la, répondit quelqu'un.

Il obtempéra. À l'instant où sa bouche toucha la mienne, je lâchai la lionne et la laissai bondir en lui. Avec Nathaniel, j'avais tenté d'exercer un minimum de maîtrise, mais il ne m'en restait plus du tout. Mes réserves étaient épuisées pour la journée.

Quand la lionne jaillit de moi, cela me fit mal comme si quelqu'un avait enfoncé une pelle dans ma gorge pour m'arracher tous mes organes internes en une longue traînée brûlante. Je hurlai dans la bouche de Cookie, et il hurla dans la mienne. Mais même quand des spasmes de douleur s'emparèrent de lui, il ne rompit pas notre baiser. Il enfonça ses doigts dans les draps de chaque côté et s'y agrippa pendant que cette traînée de pouvoir brûlante le déchirait, l'ouvrait en deux.

D'habitude, quand un métamorphe se transforme, ses os, ses tendons, ses muscles et sa chair mettent un petit moment à se remodeler, à adopter une configuration différente. Là, ce fut instantané. La peau de Cookie éclata, et des bouts de matière vive tremblotante, semblable à de la gelée, s'abattirent en pluie dans la pièce. Le corps qui resta sous mes mains était poilu et parfaitement sec. Mes yeux étaient couverts d'un fluide clair et visqueux ; je dus les essuyer pour pouvoir regarder Cookie. Le pouvoir l'avait littéralement fait exploser. L'espace d'une demi-seconde, je me demandai si ses tatouages en réchapperaient. Puis je découvris son visage.

Il avait des yeux dorés dans un visage à peine plus pâle, encadré par une crinière semblable à un halo. Ses traits étaient un mélange étrangement gracieux d'humain et de félin. Il avait des épaules plus larges que celles d'un homme-léopard, et plus de muscles partout. Son corps subitement nu se pressait entre mes jambes, mais je ne le sentais pas spécialement heureux d'être là. Je vis sa queue remuer derrière lui ; puis il s'écroula à moitié sur moi et à moitié sur le lit.

Son poids m'arracha un gémissement de douleur. Cookie roula sur le côté et s'immobilisa sur les draps trempés. Il ressemblait à quelque dieu primitif, traqué et finalement abattu. Je restai allongée sur le dos, couverte d'un fluide que je ne voulais même pas voir. Il était trop épais, trop… juste trop.

J'essayais de ne pas le regarder, de ne pas y penser. Les petites masses que je sentais trembloter sur ma peau étaient des morceaux du corps de Cookie.

— Je suis désolée, chuchotai-je d'une voix enrouée par la douleur.

Il fit rouler ses yeux dorés pour me dévisager.

— Vous m'avez fait drôlement mal.

Micah s'approcha du lit, prit une de mes mains et l'examina.

— Tu saignais sous les ongles. S'il n'avait pas pris ta bête à ce moment-là… (Il haussa les épaules.) Après, il aurait peut-être été trop tard.

Cela me fit peur. Mon estomac se noua, et un éclair de douleur me traversa le ventre, comme si j'avais sollicité des muscles dont j'ignorais l'existence.

— Merci, Cookie. Je te suis plus reconnaissante que tu ne peux l'imaginer.

— Cookie ? répéta l'homme-lion.

— Désolée, c'est à cause de la couleur de tes cheveux et de ton tatouage du Cookie Monster.

— Haven. Je m'appelle Haven. (Il me sembla qu'il souriait, mais c'était difficile à dire avec son visage semi-humain.) Mais Cookie Monster, ça me va aussi.

— J'ai dit Cookie. Pas Monster.

— C'est parce que tu ne m'as pas encore vu sous mon meilleur jour, répliqua-t-il.

Et cette fois, j'aurais juré qu'il souriait.

Je ne compris pas le commentaire. Micah se chargea de me l'expliquer.

— Il veut dire qu'il est très bien monté.

— Oh. (Je souris à Micah.) Il ne devrait pas se vanter avant d'avoir observé la concurrence.

L'homme-lion tourna la tête vers Micah – et ce ne fut pas son visage qu'il détailla.

— Tu ne me vois pas non plus sous mon meilleur jour, se justifia Micah.

Malgré ses traits à moitié animaux, je vis une arrogance évidente passer sur le visage de Haven quand il reporta son attention sur moi et dit :

— Fais-moi confiance, je serai à la hauteur. Auggie cherchait la quantité autant que la qualité chez ses candidats.

Je ne savais pas trop ce que j'étais censée répondre. « Vraiment ? », « Bien, bien, bien » ou « Ça promet ». En d'autres circonstances, le fait que Haven suppose que j'allais coucher avec lui m'aurait irritée. Mais premièrement, je n'avais plus assez d'énergie pour me foutre en rogne ; deuxièmement, il venait de me sauver. De nous sauver, Micah, Nathaniel et moi. Plus tard, je pourrais demander à la fierté locale de me prêter des lions, mais ce matin-là, Haven était le seul en mesure de m'aider. J'avais une dette envers lui. Sans compter que je l'avais fait exploser et que je lui avais causé une douleur atroce. Un simple « oups » ne suffirait pas à le dédommager.

— Quand tu seras en état de marcher, dit Nathaniel, je t'emmènerai à la cantine.

La fourrure de Nathaniel luisait dans la lumière électrique. Elle était mouillée, couverte du fluide libéré par la transformation de Haven. Glissant à bas du lit, il le contourna pour rejoindre Micah. Celui-ci tenait toujours ma main. Il la pressa sur sa joue, où elle laissa une trace humide. J'allais vraiment avoir besoin d'un autre bain.

— Je suis en état de marcher, déclara Haven. (Il voulut se lever et tomba à genoux par terre.) Et merde !

Nathaniel lui tendit la main pour l'aider à se relever.

— Tu as pris sa bête, toi aussi ? demanda Haven.

— Oui.

— Mais ça ne t'a pas fait aussi mal, n'est-ce pas ?

— Non.

Nathaniel ne se donna pas la peine de lui expliquer que le transfert avait été moins violent, et personne ne s'en chargea à sa place. Je ne savais pas encore si nous garderions Haven, mais si tel était le cas, Nathaniel aurait besoin d'établir un rapport de domination avec lui. Être capable d'encaisser un truc pareil sans broncher, ou presque, lui vaudrait beaucoup de points.

Haven se rassit au bord du lit et me dévisagea de ses yeux de lion.

— Ne le prends pas mal, mais j'espère que les avantages en nature sont à la hauteur.

— Ils le sont, promit Nathaniel, qui lui tenait toujours le bras.

— Tout dépend de quels avantages en nature tu parles, rectifiai-je.

— De sexe, bien entendu, répondit Haven en se redressant prudemment. (De toute évidence, il souffrait encore.) Tu appartiens à la lignée de Belle Morte. Il n'y a pas d'autres avantages en nature pour toi et tes semblables.

Je ne pouvais pas prétendre le contraire, mais…

— Ne sois pas si sûr que je vais coucher avec toi, Haven.

— Après tout ça, tu ne crois pas que je l'ai mérité ? Merde alors. Qu'est-ce qu'un homme doit faire pour que tu le juges digne de toi ?

— Si tu trouves un jour, appelle-moi, lança Richard. (Il s'était levé et approché du lit. Il me dévisagea.) Tu aurais pu devenir ma lupa pour de bon, mais tu as refusé. Tu m'as préféré un inconnu et deux autres de tes amants.

— Si j'étais devenue ta lupa pour de bon, tu n'aurais pas voulu de moi, répliquai-je. Je l'ai vu dans ta tête.

— Tu aurais pu être ma lupa au lupanar, avec le reste de la meute.

— Mais j'aurais perdu le bébé.

Il détourna les yeux.

— Tu ne supportes pas l'idée que quelqu'un d'autre puisse être le père, pas vrai ? m'écriai-je sur un ton accusateur.

— Non.

— Je suis déjà ta lupa. Je suis déjà ton Bolverk. Rien n'aurait changé entre toi et moi si j'étais devenue une vraie louve. Rien, sinon le fait que tu aurais redoublé d'efforts pour te trouver une compagne humaine.

Il me toisa.

— Tu ne veux même pas me laisser mes illusions, hein ?

Je tentai de m'asseoir, et Micah dut m'aider. J'étais raide et endolorie de partout.

— Quelles illusions, Richard ?

— L'illusion que nous pourrions être en couple, du moins au sein de la meute.

— Et que deviendrais-je le reste du temps, les jours où la lune ne serait pas pleine ?

— Serait-ce si affreux d'être avec moi pour de bon, sans les autres ?

Je le dévisageai. J'étais crevée physiquement, mentalement et affectivement. Après tout ce que j'avais traversé cette nuit et ce matin-là, Richard ne pensait toujours qu'à lui, à ses propres problèmes, à sa propre douleur.

— Faut-il toujours que tu ramènes tout à toi, Richard ?

— Réponds-moi, Anita. Réponds-moi. Serait-ce si affreux d'être avec moi pour de bon, juste nous deux ?

Une fois de plus, je tentai d'éluder.

— Tu n'as pas envie de savoir.

Je m'appuyai contre Micah et le laissai passer un bras autour de moi.

— Laisse tomber, mon ami, intervint Jean-Claude.

Richard secoua la tête.

— Non, pas cette fois. (Il reporta son attention sur moi.) J'avais dans l'idée que si Jean-Claude ne s'était pas interposé, nous serions en couple et heureux. Maintenant, je te vois avec Nathaniel et Micah, et j'ai besoin de savoir. Dis-moi la vérité, Anita. Je ne briserai pas le triumvirat, et je ne m'enfuirai pas ; mais dis-moi la vérité, que je sache à quoi m'en tenir. J'ai besoin de savoir si je dois vraiment me chercher une autre compagne. Dis-moi la vérité, que je puisse tourner la page. Je sais que je ne supporterai pas de te voir prendre un nouvel amant. Je sais que je ne le supporterai pas. (Il s'assit sur le lit aux draps souillés et me dévisagea solennellement.) Si tu étais devenue une louve pour de bon ; si tu avais dû renoncer à Micah et à Nathaniel pour vivre avec moi, cela aurait-il été si terrible ?

J'avais la gorge douloureuse, et pas à cause de ce que mes bêtes m'avaient fait. Une grosse boule m'étranglait presque. Mes yeux me brûlaient. Pourquoi Richard me donnait-il toujours envie de pleurer ?

— Ne m'oblige pas à faire ça, chuchotai-je.

— Dis-le, Anita. Ce n'est pas si difficile. Dis-le.

Je dus déglutir deux fois avant de pouvoir répondre :

— Oui, ça aurait été terrible.

Sans que je puisse les en empêcher, mes larmes se mirent à couler.

— Pourquoi ? Pourquoi n'aurais-tu pas voulu que nous vivions ensemble et que nous élevions notre enfant ? Si c'est le mien, je veux avoir une place dans sa vie.

Le fait qu'il ait invoqué le bébé fit rejaillir la colère qui n'est jamais enfouie très profondément chez moi.

— Tu ne me vois pas, Richard. Tu ne vois que l'image idéale que tu t'es créée – une image qui ne me correspond plus, qui ne m'a peut-être jamais correspondu.

— Comment ça, je ne te vois pas ? Je te vois très bien. Tu es juste devant moi.

— Oui, juste devant toi. Nue sur un lit dans les bras d'un homme nu, entourée par plusieurs autres hommes nus dont deux sont aussi mes amants. Tu viens de dire que tu ne supporterais pas de me voir prendre un autre partenaire, alors que tu sais que je dois chercher une nouvelle pomme de sang pour nourrir l'ardeur.

— Je croyais que tu n'allais pas vraiment chercher, juste faire semblant.

C'était pile le genre de chose à ne pas dire devant nos invités.

— Je ne suis pas sûre d'avoir encore le choix, Richard.

— La prochaine fois que le loup se manifestera, ne lutte pas, et tu deviendras ma lupa. Nous serons ensemble parce que tu ne pourras plus être avec personne d'autre.

C'en était assez. Cette fois, j'allais lui dire la vérité.

— Je ne veux pas être seulement avec toi, Richard. Je ne veux pas perdre Micah et Nathaniel, et je ne veux pas non plus perdre Jean-Claude.

— Donc, si je te demandais de choisir, c'est moi qui perdrais.

Je pensai : *Tu m'as déjà perdue.* À voix haute, je me contentai de dire :

— Je ne peux plus être avec une seule personne, Richard. Tu le sais.

— Même si l'ardeur finit par se calmer, tu ne choisiras pas parmi nous, pas vrai ?

Nous nous dévisageâmes. Le regard de Richard était lourd, si lourd ! À sa façon, il est aussi têtu que moi, et parfois, j'ai l'impression que ça finira par nous détruire.

— Non, Richard, je ne crois pas.

Il prit une grande inspiration et la relâcha. Puis il acquiesça comme pour lui-même, se leva et dit sans me regarder :

— J'avais besoin de l'entendre. Ce week-end, nous sommes déjà occupés, mais le week-end prochain, j'aimerais quand même que tu m'accompagnes à l'église, si tu veux bien.

Je ne savais pas comment réagir, alors je répondis :

— D'accord.

— Après ça, déjeuner en famille, comme d'habitude, ajouta-t-il en se dirigeant vers la porte. (Là, il hésita et pivota, une main sur la poignée.) Je trouverai quelqu'un qui veut la même vie que moi.

— C'est tout ce que je te souhaite, chuchotai-je.

— Je t'aime, Anita.

— Je t'aime aussi, Richard.
— Je te déteste, Anita, dit-il sur le même ton.
— Je te déteste aussi, Richard, répondis-je.
Et j'étais sincère sur les deux points.

Chapitre 24

À cause de la violence de la transformation de Haven, j'avais de nouveau besoin de me laver. J'avais des morceaux de lui plein les cheveux… et dans des tas d'autres endroits. Et je n'étais pas la seule. Si des experts scientifiques de la police avaient débarqué à ce moment-là, Dieu seul sait ce qu'ils en auraient conclu.

Jean-Claude et Micah se plongèrent dans la baignoire avec moi. Nathaniel avait emmené Haven à la cantine, là où les métamorphes qui habitent au *Cirque* gardent leur bétail. Du moins, je suppose qu'il s'agit de bétail. En fait, je ne suis jamais allée à la « cantine », mais Nathaniel et Jason m'ont affirmé tous les deux qu'on n'y trouvait que de la nourriture légale : autrement dit, des animaux. Même si je suis amoureuse de plusieurs métamorphes, je n'ai aucune envie de les voir manger. Il est des spectacles dont je me passe bien volontiers.

Octavius et Pierce voulurent regagner leurs chambres, mais Claudia les retint en leur demandant ce qui était arrivé aux gardes postés devant leurs portes.

— Ils ont essayé de nous arrêter, répondit Octavius.

— C'était leur boulot.

— Je n'ai pas été impressionné par leurs compétences.

— Vous les avez tués ? demanda Claudia sur un ton sévère.

Octavius baissa les yeux, puis les releva.

— Ils respiraient encore quand nous les avons laissés.

Du coup, Claudia envoya Lisandro et Clay voir de quoi il retournait. Elle garda Graham avec elle, et obligea Octavius et Pierce à attendre le rapport de ses subordonnés. Les deux rats-garous étaient vivants, mais salement amochés.

Suite aux problèmes rencontrés avec les Maîtres de Chicago et de Cape Cod, nous avions appelé des gardes en renfort. Certains d'entre eux avaient été postés devant la salle du cercueil – et Dieu merci, parce que quand Jean-Claude et moi avions couché avec Auggie, Meng Die avait reçu un brusque afflux de pouvoir comme tout le reste de nos gens. Résultat, elle était parvenue à fendre le couvercle de sa prison. Meng Die encore plus puissante qu'avant. Ce n'était pas une idée réjouissante.

Les gardes supplémentaires se révélèrent utiles une fois de plus. Claudia en affecta quatre à la surveillance des chambres d'Octavius et de Pierce. Elle chargea Lisandro de les superviser et lui ordonna également d'aller voir comment s'en tiraient Fredo et son équipe à la salle du cercueil. Elle-même resta avec nous en compagnie de Clay. Tous deux attendirent dans la chambre voisine pendant que Jean-Claude, Micah et moi prenions notre bain. Ils étaient aussi sales que nous, mais ils se nettoieraient plus tard.

Jean-Claude m'attira contre lui dans l'eau chaude et m'assit entre ses jambes. Je laissai aller ma tête sur son épaule et dis :

—J'ai comme une impression de déjà-vu.

—Ah, la scène n'était pas tout à fait identique, ma petite, chuchota-t-il à mon oreille.

Micah vint s'agenouiller près de nous. Trempés, ses cheveux plaqués sur son crâne semblaient noirs et raides. Ses yeux vert-jaune paraissaient encore plus saisissants dans son visage bronzé ainsi dégagé. Alors qu'il se penchait vers moi, une de ses mèches toucha une des miennes, et l'illusion se dissipa : même mouillés, ses cheveux n'étaient pas aussi sombres que les miens ou que ceux de Jean-Claude. D'un brun très foncé, oui, mais pas noirs.

—Non, pas tout à fait, soufflai-je contre sa joue.

Micah m'embrassa, puis s'écarta pour mieux nous voir tous les deux.

— Maintenant que nous sommes propres… Pourquoi n'avons-nous pas pu vous réveiller, toi et Jean-Claude ?

Je fronçai les sourcils.

— Je croyais que Jean-Claude était resté éveillé tout du long.

— Non. Au début, il dormait aussi profondément que toi, m'apprit Micah.

— Tu es sûr qu'il n'était pas mort comme d'habitude après l'aube ?

— Il respirait.

Je sentis Jean-Claude sursauter contre moi.

— Je respirais, répéta-t-il lentement. Comme c'est intéressant.

— Vous n'auriez pas dû ? demandai-je.

— Non.

Je pivotai dans ses bras pour pouvoir le dévisager. Il avait une expression indéchiffrable, et la beauté sublime d'un portrait de maître – une image capturée et figée dans le temps, dénuée de souffle comme de mouvement. Quand il fait ça, je sais qu'il cache quelque chose.

— Pourquoi êtes-vous plus surpris d'avoir continué à respirer que de ne pas être mort à l'aube ?

— J'ai également rêvé.

— Vous dormiez. Les gens endormis rêvent tout le temps, fis-je valoir.

— Pas moi. Je n'avais pas rêvé depuis six siècles.

— De quoi avez-vous rêvé ? s'enquit Micah.

— Une question très pragmatique, mon chat.

Mon regard fit la navette entre les deux hommes.

— J'ai loupé quelque chose ?

Jean-Claude me dévisagea.

— De quoi as-tu rêvé, ma petite ? Ou plutôt, de qui as-tu rêvé ? interrogea-t-il d'une voix affable, légèrement chantante.

— Vous me demandez ça comme si vous le saviez déjà.

— Je préfère que tu le dises, ma petite.

— De la Mère de Toutes Ténèbres, répondis-je doucement.

Et tout à coup, la salle de bains me parut beaucoup moins bien éclairée.

— Marmée Noire, acquiesça Jean-Claude.

— Oui. (Je tentai de voir au-delà de son masque de neutralité et échouai.) Vous avez rêvé d'elle, vous aussi ?

— Oui.

— Vous avez tous les deux rêvé de la vampire à la tête du Conseil ? s'étonna Micah.

— Oh, elle est bien plus que ça, affirma Jean-Claude. Elle est la créatrice de notre civilisation et de nos lois. Certains pensent qu'elle fut la première vampire, et qu'elle est réellement notre mère à tous.

Je me pelotonnai contre lui, et il me cala sous son bras pour que je puisse passer les miens autour de sa taille. Je ne serais jamais trop près de lui pour parler de la Mère de Toutes Ténèbres.

— De quoi avez-vous rêvé exactement ? interrogea Micah.

— Elle a tenté de prendre une forme humaine pour éviter de m'effrayer, mais c'était plutôt raté.

— Je l'ai vue se pencher sur toi, ma petite. Je savais qu'elle voulait t'emporter, t'enlever à moi. Mais je ne pouvais pas te retenir. Les ténèbres m'immobilisaient. (Jean-Claude frissonna et me serra plus fort contre lui.) Je ne pouvais pas t'atteindre, et elle se riait de ma négligence. (Il m'embrassa sur le haut du crâne.) Mais elle m'a dit aussi que si je t'avais donné la quatrième marque, elle t'aurait tuée. Que faute de pouvoir te posséder, elle t'aurait détruite.

Micah vint se plaquer contre mon dos, passant un bras autour des épaules de Jean-Claude et coinçant le bras de ce dernier entre nous. Il devait être à genoux, parce que sa tête arrivait au même niveau que celle du vampire.

— Mais vous vous êtes réveillé avant Anita, rappela-t-il. Pourquoi ?

— Je pensais que si je pouvais m'arracher à mon rêve, ça libérerait ma petite. Ça n'a pas été le cas, mais j'ai été agréablement surpris de parvenir à briser l'emprise de Marmée Noire.

— On le serait à moins, approuvai-je. Comment avez-vous fait ?

— Et toi, comment t'y es-tu prise ?

— J'ai appelé le seul animal que je détienne qui ne soit pas un félin – donc, que Marmée Noire ne commande pas. Je l'ai vue dans sa chambre, là où elle se trouve physiquement. J'ai vu son corps sursauter. Mon loup l'a mordue pour de bon, je crois.

Les deux hommes me serrèrent plus étroitement entre eux, comme effrayés par ce que je venais de leur dire. Et c'est vrai que Marmée Noire avait de quoi faire peur, mais…

— J'ai l'impression de louper quelque chose. Pourquoi semblez-vous si effrayés tout à coup ?

— La capacité de dépêcher un esprit animal en rêve pour lui faire attaquer quelqu'un est très rare parmi les nôtres, répondit Jean-Claude.

— Vous voulez dire, chez les vampires.

— Oui.

— Chez les métamorphes aussi, ajouta Micah, mais…

Il s'interrompit brusquement.

— Mais quoi ? demandai-je.

Comme il gardait le silence, je me dégageai afin de le dévisager. Jean-Claude peut dissimuler presque n'importe quoi sous son masque de neutralité, mais Micah n'est pas aussi doué. En cherchant bien, je trouverais peut-être un indice dans son expression.

Comme s'il avait deviné ce que je tentais de faire, Micah baissa les yeux. Je lui pris doucement le menton pour l'obliger à me regarder.

— Quoi, Micah ? Qu'y a-t-il ?

— Chimère pouvait envahir les rêves d'autrui.

— Mais pouvait-il blesser quelqu'un de cette façon ?

— Non. (Micah parut réfléchir.) Du moins, pas à l'époque où il s'est emparé de mon ancien pard. Mais son pouvoir n'a fait que grandir au cours des années que j'ai passées près de lui ; donc, qui sait ? Il faudrait demander à certains des dominants qui ont survécu… leur demander s'il pouvait leur faire du mal dans leurs rêves.

— Il est très rare qu'un métamorphe soit capable d'envahir les rêves d'autrui comme un vampire, fit remarquer Jean-Claude.

— Chimère était un type assez spécial, répliquai-je.

Et le seul fait de penser à lui me fit frissonner. Chimère est mort ; c'est moi qui l'ai tué. Mais il reste une des créatures les plus effrayantes que j'aie jamais combattues.

Micah me dévisageait avec une expression douloureuse, comme s'il pensait à quelque chose d'abominable.

— Quoi ? demandai-je.

— Le mois dernier, nous avons découvert que tu portais le type « lion » du virus de la lycanthropie. Tu n'as pu le contracter que pendant ta bataille contre Chimère.

Je hochai la tête.

— Il était sous sa forme de lion quand il m'a blessée, oui.

Micah s'humecta les lèvres, comme si elles pouvaient être sèches avec toute la vapeur d'eau chaude qui nous enveloppait.

— Et s'il ne t'avait pas seulement transmis une forme du virus ?

Je fronçai les sourcils.

— Je ne te suis pas.

— Micah se demande si Chimère ne t'a pas transmis toutes les formes du virus qu'il portait lui-même, expliqua Jean-Claude. D'après ce que j'ai compris, il n'était pas simplement un lion-garou, mais un polygarou. Il était porteur de plus d'une demi-douzaine de souches différentes, n'est-ce pas ?

Micah acquiesça.

—Léopard, lion, loup, hyène, anaconda, ours… et il venait de tuer le chef des cobras. S'il avait vécu jusqu'à la pleine lune suivante, je pense qu'il aurait également pu se changer en cobra.

—Chimère pensait qu'il ne pouvait devenir que les animaux qu'il avait déjà en lui lors de sa première pleine lune, objectai-je.

—À mon avis, il se trompait, dit Micah.

—Tu en es sûr ?

Il secoua la tête.

—Non, mais ça expliquerait ce qui t'arrive.

—Comment ça, « ce qui m'arrive » ?

—Anita, tu as failli te transformer ce soir. Du sang a coulé sous tes ongles. C'est passé à un cheveu.

—Nous ne sommes pas certains que je sois une polygarou.

—Non, mais si tu l'es, tu ne perdras pas les léopards en te transformant.

Je secouai la tête.

—Si je dois choisir, je miserai sur les léopards quand même, juste au cas où.

—Je suis d'accord avec toi. Mais si tu es une polygarou sur le point de se transformer…

Micah se tut et baissa les yeux.

—Tu penses la même chose que moi, mon chat, intervint Jean-Claude, et tu sais que ça ne va pas lui plaire.

—Quoi ? demandai-je.

—Si tu dois devenir une polygarou et qu'il existe une chance pour que tu acquières de nouveaux animaux jusqu'à ta première transformation, nous détenons une occasion d'accroître considérablement notre pouvoir, ma petite.

—Je ne comprends pas.

Micah vint à la rescousse.

—Si tu dois te transformer de toute façon, ne serait-il pas plus logique de t'inoculer le maximum de types de lycanthropie ?

— Plus logique ? Non, je ne trouve pas que ce serait plus logique.

— Pourquoi pas, ma petite ? Tu as appelé les lions, et ils ont répondu. Tu appelles les léopards, et ils viennent. Tu appelles les loups, et je commence à me demander si c'est mon pouvoir qui les attire vers toi ou quelque chose d'autre.

— Êtes-vous en train de dire que je devrais délibérément me faire infecter par d'autres types de lycanthropie ?

Les deux hommes échangèrent un regard.

— Présenté de cette façon… cela ne paraît plus aussi logique, répondit Micah.

— C'était juste une idée, ma petite. Juste une idée.

— Êtes-vous toujours en train de chercher par quel moyen je pourrais vous rendre plus puissant ?

Jean-Claude soupira.

— Nous avons besoin de puissance… et de stabilité. Nous devons montrer aux autres maîtres que nous ne constituons pas une menace envers le Conseil européen, ni envers personne d'autre.

— La puissance, nous l'avons déjà. La stabilité… (je haussai les épaules) je ne sais pas trop.

— Nous ne constituons pas une menace envers le Conseil, mais il se peut que ses membres soient persuadés du contraire, fit remarquer Micah.

— En effet, acquiesça Jean-Claude.

Quelqu'un frappa à la porte.

— Qui est-ce ? demanda Jean-Claude.

— Rémus.

— Tu as besoin de quelque chose ?

— Claudia m'a ordonné de vous voir personnellement avant de prendre la relève.

Jean-Claude nous jeta un coup d'œil et me tendit un bras.

— Rapproche-toi, ma petite. Micah et moi allons te dissimuler avant de faire entrer Rémus.

— Je ne comprends pas pourquoi il a besoin de vous voir en personne.

— Nous allons le lui demander.

Je me blottis au creux du bras de Jean-Claude. Micah se plaça devant moi ; je l'enlaçai et le plaquai contre ma poitrine. Oui, j'avais de l'eau jusqu'au cou, mais Rémus était une de nos recrues les plus récentes. Je ne le connaissais pas assez bien pour me sentir à l'aise en sa présence alors que je marinais nue dans une baignoire.

— Tu peux entrer, Rémus, appela Jean-Claude.

La porte s'ouvrit, et Rémus pénétra dans la salle de bains en gardant une main sur la poignée, comme si interrompre nos ablutions ne lui plaisait pas plus qu'à nous. Il a des yeux gris-vert que je trouverais assez beaux s'il regardait les gens en face. Ce qu'il ne fait jamais – en tout cas, pas avec moi, ni avec Jean-Claude, Micah ou Nathaniel. Pourquoi ? Parce que son visage a été brisé et reconstitué. Aucun de ses traits ne cloche particulièrement, mais l'ensemble produit un effet bancal et semble inconfortable à porter, comme un masque de céramique dont les morceaux auraient été recollés de travers.

Je n'arrivais pas à me prononcer sur le visage de Rémus parce qu'il se dérobait toujours à mon regard. Je voulais lui ordonner de lever la tête et de me regarder en face, mais sa défiguration était sans doute un sujet douloureux pour lui. Et puis, ça n'étaient pas mes oignons. Aussi laissai-je courir.

Pour le reste, il portait la tenue uniformément noire des gardes du corps. Si ses vêtements dissimulaient des blessures, ça ne se voyait pas à sa façon de bouger. Il se mouvait comme si tous ses muscles fuselés étaient équipés de ressorts.

— Claudia a dit que quiconque prendrait la relève devrait se présenter devant vous en personne.

— A-t-elle précisé pourquoi ? demandai-je, parce que c'était une précaution nouvelle.

Alors, Rémus leva brièvement les yeux vers moi et m'adressa un sourire en coin. J'eus le temps de voir de l'incrédulité passer sur son visage avant qu'il baisse de nouveau la tête.

— Elle m'a raconté ce qui s'était passé. Elle veut au moins deux gardes dans la même pièce que vous en permanence.

— Pas question, protestai-je.

— Je lui ai dit que tu refuserais. (Rémus me jeta un nouveau coup d'œil, et je vis un éclair de colère passer dans ses prunelles gris-vert.) Dans la mesure où Micah est avec vous, il ne devrait pas y avoir de problème. Mais si tu étais seule avec Jean-Claude… (Il haussa les épaules.) Si tu te transformais pour la première fois et que c'était en loup, il pourrait peut-être te maîtriser. Mais si tu te transformais en un autre animal et que tu le bouffais…

— Jean-Claude est le Maître de la Ville. Je crois qu'il saurait faire face.

— Tu ne comprends pas, dit Rémus.

Il se décida à lâcher la poignée de la porte et à faire un pas dans la pièce. Puis il planta son regard dans le mien, et comme je ne suis pas du genre à me dérober à un contact visuel, je le soutins sans broncher. Nous nous observâmes un long moment. Rémus cligna des yeux mais ne les baissa pas. C'était un soulagement de le voir enfin en face.

— Jean-Claude est puissant, dit il, mais en combat à mains nues, les métamorphes battent toujours les vampires. À moins qu'ils parviennent à rouler notre esprit, nous remportons systématiquement la bagarre.

Je jetai un coup d'œil à Jean-Claude pour voir s'il partageait cet avis. Son visage était totalement inexpressif. Je reportai mon attention sur Rémus.

— Alors quoi ? Vous comptez regarder, toi et tes copains ?

— Tu crois que ça me plaît ? dit-il, et son pouvoir souffla à travers la pièce tel un vent chaud.

Il ferma les yeux et dut compter jusqu'à dix ou faire quelque chose dans le même genre, parce que le vent retomba. Calmé,

Rémus fixa une nouvelle fois son regard sur moi : il savait que c'était moi qu'il devait convaincre. De nouveau, je lisais de la colère et du défi dans ses prunelles gris-vert.

— Tu ne te rends pas compte combien tu seras dangereuse après ta première transformation. Parce que tu ne seras pas une métamorphe ordinaire : tu seras une métamorphe doublée d'une nécromancienne, et détenant tous les autres pouvoirs que tu tires de tes triumvirats. Si tu perds la maîtrise de l'un d'eux, tu risques de perdre aussi la maîtrise de tous les autres. As-tu la moindre idée des conséquences potentielles ?

Je le dévisageai. J'avais peur, et ça ne me plaisait pas du tout. J'aurais préféré être en colère.

— La bête bloque ma nécromancie. Une fois que je m'abandonne complètement à un type de faim, les autres s'évanouissent.

— En es-tu certaine à cent pour cent ? insista Rémus.

J'ouvris la bouche pour répondre par l'affirmative, puis hésitai.

— Non, dit Micah à ma place en me tapotant le bras.

Ce qui était la stricte vérité.

— Alors, que fait-on ? demandai-je.

— Il doit y avoir au moins un autre métamorphe avec toi en permanence, quelqu'un d'assez puissant pour gérer en cas de problème.

— Gérer dans quel sens ?

— T'empêcher de faire trop de mal aux gens qui t'entourent.

— Qui est sur la liste des métamorphes assez puissants pour ça ?

— Moi, Claudia, Fredo, Lisandro, Socrate, Brontes, Bobby Lee, Mickey et Ixion. Beaucoup des rats-garous sont des militaires à la retraite ou des ex-mercenaires. Mais certains d'entre eux sont plus doués pour tuer que pour limiter les dégâts. (Rémus haussa les épaules.) C'est Claudia et Bobby Lee qui décident, mais je sais qu'on ne te laissera plus seule avec Graham et Clay. Un des deux, peut-être, à condition qu'il fasse équipe avec quelqu'un qui a plus d'expérience pratique.

— C'est-à-dire ?

— Un des militaires à la retraite ou des ex-mercenaires dont je parlais à l'instant. Voire un ancien flic ou un garde du corps professionnel. Rafael ne recrute pas beaucoup d'enfants de chœur.

— Et Narcisse, si ? m'étonnai-je.

— Plus maintenant. Il a perdu près de trois cents hyènes dans l'affaire Chimère – toutes massacrées par ce fou. Parmi les victimes, il y avait beaucoup d'athlètes et de types costauds, mais guère de vrais combattants. Une des raisons pour lesquelles Chimère a pu nous surprendre si facilement alors qu'il ne disposait pas d'un très grand nombre d'attaquants, c'est que tous les cours d'arts martiaux du monde ne permettent pas de venir à bout d'un véritable guerrier. La guerre n'est pas un sport olympique ; les amateurs n'y ont pas leur place.

— Et tu n'es pas un amateur, lança Jean-Claude sur un ton égal.

— Non, monsieur, répondit Rémus. Je ne suis pas un amateur.

Chapitre 25

J'allai aux toilettes. Lorsque je revins quelques minutes plus tard, Jean-Claude n'était plus le seul vampire dans sa chambre. Élinore se tenait près du lit, vêtue d'une chemise de nuit blanche avec un haut col en dentelle par-dessus laquelle elle portait un peignoir crème beaucoup plus élégant que la plupart des tenues d'intérieur. Ses longs cheveux blonds cascadaient autour de son corps en ondulations pâles, formant comme un manteau. Elle ressemblait à une poupée de porcelaine grandeur nature, pâle et délicate.

Puis elle tourna la tête vers moi. Ses yeux étaient d'un bleu glacial – une teinte trop dure pour son visage à l'ovale d'une perfection presque irréelle, comme si quelqu'un l'avait sculpté dans une pierre blanche très pure avant de lui insuffler la vie. À moins qu'elle fasse des efforts, la beauté d'Élinore est froide. Si ses yeux étaient d'un bleu un peu plus vif, ça lui donnerait sans doute l'air plus chaleureux. En l'état, ils démentent l'impression de fragilité produite par le reste de sa personne.

Élinore a un regard grave, attentif et prudent. Ses vêtements passés de mode dissimulent des courbes douces et sensuelles. Elle ne fait pas de musculation : elle trouve ça trop peu féminin. Mais son corps est aussi ravissant et désirable que son visage, bien que pas assez tonique à mon goût. Elle a cette beauté nordique que j'enviais tellement lorsque j'étais gamine – ces cheveux blonds et ces yeux bleus qui m'auraient permis de m'identifier à mon père et à sa nouvelle famille.

Quand j'ai fait la connaissance d'Élinore, j'ai tenté de la détester par principe. Et j'ai échoué. Pourquoi ? Parce que sous ses apparences de lady, elle est juste, déterminée et extrêmement coriace. Simplement, elle le cache mieux que moi. Nous nous entendons bien toutes les deux. Et puis, tous les vampires mâles sont plus beaux que moi ; c'est normal que certaines des femelles le soient aussi.

— Élinore, la saluai-je. Que... ? (Je consultai ma montre.) Comment se fait-il que tu sois réveillée avant midi ?

— C'est justement ce que je demandais à Jean-Claude, répondit-elle d'une voix soyeuse, parfaitement assortie à la dentelle et au satin crème de ses vêtements.

Assis au bord du lit, Jean-Claude leva les yeux vers moi. Il portait sa robe de chambre en brocart noir bordée de fourrure. Élinore et lui ressemblaient aux deux extrémités d'un rêve : la première si pâle, le second si sombre.

— Tous nos gens ont bénéficié de ce que nous avons fait la nuit dernière, ma petite. (Il désigna Élinore.) Tu peux voir à quel point.

Je contournai le lit pour m'approcher d'eux.

— Tu ne t'étais jamais réveillée aussi tôt depuis que tu es devenue une vampire ? demandai-je à Élinore.

Elle secoua la tête.

— Comment te sens-tu ?

Elle parut prendre ma question très au sérieux. La concentration crispa son visage ravissant tandis qu'elle réfléchissait.

Je ne sais jamais si les simagrées d'Élinore sont spontanées, ou si elle a passé tant de siècles à se camoufler qu'elles sont devenues une sorte de réflexe pour elle. Quoi qu'il en soit, beaucoup de ses attitudes accentuent son côté « petite poupée ». Du moins, jusqu'à ce qu'elle décide de tomber le masque. Alors, elle peut être carrément effrayante. Je me demande combien de ses ennemis se sont laissé prendre au piège de sa délicatesse apparente et ont eu la mauvaise surprise de découvrir l'acier tranchant dissimulé sous la soie. Si j'étais disposée à jouer sur ma petite taille et ma silhouette menue, je pourrais faire comme elle, mais ce n'est pas vraiment mon style.

— Je me sens bien, répondit-elle enfin.

— Tu t'es nourrie ?

— Ne peux-tu pas le dire ? demanda-t-elle en plantant son regard bleu dans le mien.

— Pour la plupart des vampires, oui. Mais toi… tu me sembles toujours un peu éthérée, avouai-je.

Elle eut un petit sourire.

— C'est très gratifiant que l'Exécutrice ne puisse pas deviner si je me suis nourrie ou non.

— As-tu soif ? s'enquit Jean-Claude.

Élinore réfléchit une seconde, avec la même adorable mimique que la fois précédente.

— Non. Je pourrais me nourrir, mais je n'y suis pas obligée.

Je sentis un éclair de triomphe dans l'esprit de Jean-Claude – et immédiatement après, une pointe de peur. Puis il scella la brèche dans son bouclier.

— Pourquoi ça vous réjouit et vous effraie en même temps ? demandai-je.

— Jean-Claude a nourri l'ardeur la nuit dernière, et cela suffit à me sustenter, répondit Élinore. C'est très impressionnant.

— Oui, j'avais pigé, mais… (je tentai de reformuler ma question) pourquoi êtes-vous si contents, tous les deux ?

— Si nous souhaitions nous déplacer en groupe dans des pays où le vampirisme est illégal, un seul de nous aurait besoin de se nourrir. Ça signifie que Jean-Claude pourrait se rendre avec une suite très importante sur le territoire d'un autre maître, et ne laisser que très peu de traces derrière lui. Assez peu pour que les autorités humaines n'y voient que du feu.

— Mais nous n'avons pas l'intention d'envahir le territoire de quiconque, objectai-je.

— Non, mais il est toujours bon d'avoir des options, ma petite, fit valoir Jean-Claude.

— Où est ton chevalier ? demandai-je à Élinore.

— Il ne s'est pas réveillé en même temps que moi, répondit-elle avec une pointe de tristesse.

— Faut-il en déduire que tu es la seule à… ?

Quelqu'un frappa à la porte.

— Oui, Rémus ? lança Jean-Claude.

Le garde du corps entra et referma derrière lui.

— Requiem est ici.

— Requiem, répéta Élinore. Intéressant.

— Tu peux le faire entrer, dit Jean-Claude.

Rémus soutint son regard un instant, puis baissa les yeux et répondit en regardant fixement le lit :

— D'accord, mais si tout le monde se pointe en avance, je vais devoir insister pour laisser deux gardes avec vous dans la pièce. Donc, si vous devez discuter de quelque chose de secret, faites vite.

— Tu crois vraiment que beaucoup d'autres vampires vont se réveiller avant le coucher du soleil ? demandai-je.

— Oui, je crois que oui.

— Nous reparlerons de la nécessité d'avoir des gardes avec nous dans la pièce quand le prochain viendra toquer à ma porte, trancha Jean-Claude. Rémus, laisse entrer Requiem.

Une ombre passa sur le visage du métamorphe. Ça ne lui plaisait pas.

— Je suis tiraillé entre deux maîtres. Claudia m'a ordonné de ne pas vous laisser seuls, et vous, vous ne voulez pas que je reste. Nous avons besoin d'une chaîne de commandement plus claire.

— Trop de généraux, grimaçai-je.

Rémus me jeta un bref coup d'œil.

— Oui.

— Je suis navré, Rémus. L'arrivée d'Élinore a changé la donne, dit Jean-Claude.

— Soit. Mais Requiem est le dernier que je laisse passer. Après ça, j'appelle Claudia et je lui dis que je ne peux pas faire mon boulot parce que vous m'en empêchez.

— Comme tu voudras.

Rémus lança un regard chargé de colère à la ronde, puis ouvrit la porte.

L'instant d'après, Requiem se glissa dans la chambre. Il portait sa grande cape noire dont il avait relevé la capuche, si bien qu'on ne voyait de son visage que la barbichette à la Vandyke qui encadrait la courbe de ses lèvres.

— Dans quel état es-tu, mon ami ? interrogea Jean-Claude.

Requiem haussa les épaules, faisant tomber sa capuche dans son dos sans utiliser ses mains comme on repousse une chevelure longue d'un coup de tête.

Le côté droit de son visage n'était qu'une masse d'ecchymoses violacées. Son œil horriblement gonflé laissait tout juste entrevoir une prunelle d'un bleu si saisissant qu'il avait poussé Belle Morte à tenter d'acheter Requiem à son maître originel. Asher a les yeux du bleu le plus clair ; Jean-Claude du bleu le plus sombre, et Requiem du bleu le plus vif. Après que son maître eut refusé de le vendre à Belle Morte, ils avaient dû fuir la France.

Ses longs cheveux raides, si sombres qu'ils se fondaient avec le noir de sa cape, faisaient paraître sa peau encore plus pâle par contraste. Du coup, ses ecchymoses ressortaient comme des taches d'encre pourpre sur son visage.

— Ouah, soufflai-je. Combien de sang vas-tu devoir utiliser pour guérir ça ?

Il me jeta un regard qui disait clairement que je venais de poser une bonne question.

— Beaucoup.

— Et le reste, qu'est-ce que ça donne ? demanda Jean-Claude.

D'un large geste des deux bras, Requiem écarta les pans de sa cape. Ce fut comme si le rideau d'un théâtre s'ouvrait, révélant non pas une scène mais le corps du vampire. Son torse brillait telle une flamme blanche sur fond de ténèbres. Lorsque ma vision se fut ajustée à ce contraste, je vis qu'une partie de cette blancheur provenait des bandages épais qui couvraient le bras droit, la poitrine et le ventre de Requiem.

— Seigneur ! C'est Meng Die qui t'a fait ça ? Sérieusement ?

— Oui, répondit le vampire.

Et il n'ajouta rien. Or, Requiem est plutôt du genre bavard d'habitude. Il se dirigea vers nous d'un pas glissant, sa cape flottant derrière lui – ce qui signifiait qu'il se déplaçait plus vite qu'il n'en avait l'air.

— Ma petite, tu veux bien aller chercher des ciseaux dans la salle de bains, pour que nous jetions un coup d'œil à ses blessures ?

J'obtempérai sans discuter. La veille, j'avais vu les ecchymoses de Requiem, mais pas les bandages sous sa chemise. Je ne me doutais pas qu'il était aussi amoché.

Les ciseaux à la main, j'hésitai en m'apercevant dans le miroir de la salle de bains. J'avais l'air surprise. Requiem avait-il vraiment plaqué Meng Die à cause de moi ? Plaqué une autre femme pour la possibilité improbable que je le prenne comme nouvelle pomme de sang ? Je détaillai mon reflet. Je n'arrivais pas à concevoir qu'un homme puisse rompre avec sa maîtresse dans l'espoir de coucher avec la femme que je voyais. Avec Élinore, peut-être, mais moi ? C'était incompréhensible.

En regagnant la chambre, je trouvai Requiem assis sur le lit près de Jean-Claude, qui avait tourné son visage vers la lumière pour examiner ses bleus.

— … C'est ce qu'elle a dit, expliquait Requiem au moment où j'entrai. Que si elle ne pouvait pas avoir ma « jolie petite gueule » sur son oreiller, personne d'autre ne l'aurait.

Quelqu'un avait déplacé un des fauteuils qui se trouvent normalement près de la cheminée pour qu'Élinore puisse s'asseoir ailleurs que sur le lit.

— Donc, elle a tenté de te défigurer, dit-elle doucement.

— Oui, répondit Requiem sur ce ton sec qui lui ressemblait si peu.

Je passai les ciseaux à Jean-Claude. Il les prit et les posa sur la table de chevet.

— Je crois qu'il faudrait commencer par enlever le sparadrap. Tu veux bien m'aider, ma petite ?

Je dus déplacer la cape de Requiem qui s'étalait autour de lui. Le lit était tellement haut que je devais m'asseoir assez loin du bord pour ne pas glisser avec mon peignoir de soie sur l'édredon également en soie.

Je pris la main droite de Requiem. Ses bandages remontaient presque jusqu'à son coude.

— Meng Die ne t'a pas fait ça en te frappant à mains nues, dis-je, les sourcils froncés.

— Elle avait un couteau, répondit brièvement le vampire.

Je le scrutai. Même la moitié indemne de son visage n'exprimait rien. Son expression était aussi vacante que celle de Jean-Claude l'est parfois. C'était comme regarder le portrait d'un beau prince revenant tout juste d'une bataille. Même si je lui tenais la main, il était aussi détaché de moi, aussi lointain qu'un tableau accroché dans un musée.

Jean-Claude avait déjà commencé à défaire le sparadrap autour de sa poitrine. Je me penchai sur le bras de Requiem, tenant sa main dans une des miennes et déroulant la gaze de l'autre. Des entailles, certaines profondes et d'autres moins, s'entrecroisaient sur le dos de sa main. Je levai celle-ci le plus doucement possible pour pouvoir continuer à déballer son bras.

Les bandages tombèrent mollement sur le lit entre nous, et je poussai un hoquet de surprise. Je fus incapable de m'en empêcher. Prenant le coude de Requiem de ma main libre, j'observai son avant-bras avec des yeux incrédules. Ce n'était plus qu'une masse de plaies dont deux avaient dû être recousues.

Je levai les yeux vers lui. Le vampire soutint mon regard, et je vis passer un éclair de colère dans ses prunelles. Puis son visage redevint parfaitement inexpressif.

— Ce sont des blessures défensives. Tu les as reçues en te protégeant la figure avec ton bras, parce que c'est ce que visait Meng Die, devinai-je.

— Pas seulement, ma petite.

La voix de Jean-Claude me fit reporter mon attention sur lui et sur la poitrine de Requiem. Je laissai échapper un sifflement. Il avait raison. À cet endroit, les plaies qui se détachaient sur la chair pâle et musclée de Requiem étaient moins nombreuses, mais plus profondes.

Du bout du doigt, je suivis celle qui courait sur son sternum et levai les yeux vers le vampire. Mon expression dut me trahir, car il demanda :

— Pourquoi es-tu si choquée, Anita ?

— Meng Die visait le cœur. Elle a réellement essayé de te tuer.

— Je te l'ai dit hier soir, ma petite.

— Je sais, mais…

Je caressai une autre balafre entre les côtes de Requiem. Les coups étaient bien placés. Meng Die avait tenté de le défigurer, et les plaies de son bras prouvaient qu'elle avait juste voulu faire un maximum de dégâts. Mais les blessures de sa poitrine et de son ventre… Elles avaient été portées pour tuer.

— Elle savait exactement où frapper.

Le respect que j'avais pour Meng Die monta d'un cran – tout comme la peur qu'elle m'inspirait.

— Elle t'a fait ça devant les clients ?

— Pas tout, répondit Requiem, mais une grande partie.

Je jetai un coup d'œil à Jean-Claude.

— Et personne n'a appelé les flics ?

Il eut la bonne grâce de détourner le regard. Il n'était pas tout à fait embarrassé, mais…

— Qu'avez-vous fait ? demandai-je sévèrement.

— L'hypnose collective n'est pas illégale, ma petite. Contrairement à l'hypnose individuelle.

— Vous avez ensorcelé le public.

— Avec l'aide d'Asher, oui.

Je posai ma main sur la plaie la plus proche du cœur de Requiem. Une pensée très désagréable me traversa l'esprit.

— Vous avez dit que Meng Die avait attaqué Asher. Il est blessé ?

— Non, me rassura Jean-Claude.

— Je crois qu'elle savait que Jean-Claude et toi la tueriez si elle provoquait la mort d'Asher. Elle pensait sûrement que j'avais moins de valeur à vos yeux, ajouta Requiem d'une voix tellement atone qu'elle me poussa à le dévisager.

— Tu me sembles bien amer.

L'ombre d'un sourire aux lèvres, il détourna les yeux.

— Je n'en avais pas l'intention.

— J'ai écouté parler beaucoup de vampires qui cherchaient à dissimuler leurs émotions. Même la voix la plus plate en trahit une partie.

— C'était idiot de ma part de lui dire ça dans un lieu public. Mais elle me harcelait de questions. Elle refusait de me lâcher, et j'ai fini par lui avouer la vérité.

Alors, Requiem me dévisagea, et je dus lutter pour soutenir son regard – non pas à cause de ses pouvoirs vampiriques, mais parce que ses ecchymoses paraissaient douloureuses et que d'une certaine façon, c'était ma faute s'il était aussi amoché.

— Tu as vraiment dit à Meng Die que tu l'avais plaquée parce que tu croyais que c'était à cause d'elle que je te repoussais ?

— Pas en ces termes, mais… oui.

Je soupirai et secouai la tête.

— Oh, Requiem. Je ne pensais pas qu'elle le prendrait si mal… (Je désignai ses blessures.) Mais il était évident que sa fierté la pousserait à réagir.

— Sa fierté, répéta-t-il en hochant la tête, et en s'interrompant au milieu de son mouvement comme si ça lui faisait mal. Il est vrai que Meng Die n'en manque pas… Contrairement à moi, qui semble en être tout à fait dépourvu.

Une vive émotion emplit ses yeux et se peignit sur son visage – si vive que je ne pus continuer à soutenir son regard.

— Ne fais pas ça, chuchotai-je.

Mais il se laissa tomber à genoux avec un petit gémissement et prit ma main. Je le laissai faire, parce que me dégager m'aurait paru mesquin.

— Que dois-je faire pour que tu m'accueilles dans ton lit, Anita ? Dis-le-moi, et je le ferai.

Je le scrutai. La douleur qui se lisait sur son visage n'était pas seulement due à ses ecchymoses et à ses blessures. Je levai les yeux vers Jean-Claude.

— C'est l'ardeur, n'est-ce pas ?

— Je le crains.

Je reportai mon attention sur le vampire agenouillé devant moi. Je ne savais absolument pas quoi dire.

— Me trouves-tu si laid ? demanda-t-il.

— Non. (Du bout des doigts, je caressai sa joue indemne.) Tu es très séduisant, et tu le sais.

De nouveau, il voulut secouer la tête et se ravisa très vite.

— Si j'étais aussi séduisant que tu le dis, c'est moi que tu aurais pris pour amant au lieu de te tourner vers ces étrangers.

Il baissa la tête, ses deux mains agrippant les miennes. Quand il la releva, je vis qu'il pleurait.

— Je t'en supplie, Anita, ne me rejette pas ainsi. Je sais que tu n'as pas apprécié mes attentions autant que j'ai apprécié le contact de ton corps. Mais si tu me laisses une autre chance de te donner du plaisir, je ferai mieux, je te le jure. J'ai été trop prudent la dernière fois. Je ne comprenais pas. Je ferai mieux, je te le jure.

Il pressa son visage contre mes jambes et se mit à sangloter.

— Je crois que nous tenons notre réponse, ma petite.

Je caressai les cheveux de Requiem sans comprendre ce que Jean-Claude voulait dire. J'étais trop choquée pour réfléchir.

— Notre réponse à quoi ?

— L'effet que tu produis sur les vampires qui ont déjà goûté à l'ardeur. À mon avis, tu induis le même genre de dépendance que Belle. (Jean-Claude désigna le vampire qui pleurait en s'agrippant à moi.) Requiem est assez puissant pour devenir un Maître de la Ville – pas autant qu'Augustin ou que moi, mais assez quand même. Ce n'est pas le pouvoir qui lui fait défaut, mais l'ambition. Il ne souhaite pas gouverner un territoire.

— Il n'y a pas de honte à ça, intervint Élinore.

— Non, en effet, concéda Jean-Claude. Mais ma petite doit comprendre que l'effet qu'elle fait à Requiem n'est pas chose négligeable.

Élinore s'était rassise dans son fauteuil en repliant ses jambes sous elle, parce que ses pieds ne touchaient pas le sol.

— Je ne me doutais absolument pas qu'elle l'avait ensorcelé de la sorte.

— Je ne l'ai pas ensorcelé, protestai-je.

Elle me jeta un coup d'œil avant de désigner le vampire prostré à mes pieds.

— Utilise un autre verbe si tu préfères, mais l'effet reste le même. Nous pouvons discuter sémantique toute la journée ; il n'en reste pas moins que Requiem t'es lié d'une façon qui n'a rien de naturel.

Je caressai les cheveux du vampire, si raides et si épais, mais presque froids.

— Il a besoin de se nourrir, dis-je. Il va lui falloir beaucoup de sang et d'énergie pour guérir.

— Je ne crois pas que du sang suffise pour soigner l'affliction dont il souffre, répliqua Élinore sur un ton presque accusateur.

— Que veux-tu que je fasse ? lui demandai-je. Qu'attends-tu de moi ?

— Prends Requiem comme amant.

— J'ai déjà quatre amants dont je suis la seule partenaire, et deux autres qui partagent mon lit à l'occasion. Je couche même avec Jason environ une fois par mois.

— Exactement. Un de plus ou de moins, ça ne fera pas de grande différence.

— Si c'était juste une histoire de sexe, peut-être. Mais ce qui me flingue, c'est l'aspect émotionnel. À long terme, je ne sais même pas si j'arriverai à gérer une relation avec cinq amants réguliers plus quelques extra. Et traite-moi de parano si ça te chante, mais je n'ai pas l'impression que Requiem soit du genre facile à vivre. (Je caressai les cheveux du vampire et le sentis trembler contre mes jambes.) Non, à mon avis, il est plutôt du genre à réclamer beaucoup d'attention. Et je ne crois pas avoir assez d'émotions en réserve pour combler quelqu'un comme lui. C'est aussi simple que ça. Je suis certaine qu'il ferait un merveilleux amant, mais je ne parviendrais pas à satisfaire ses autres besoins.

— Quels autres besoins ?

— La conversation, les sentiments, le partage… l'amour.

Élinore changea de position dans son fauteuil. Comme elle tournait la tête vers le côté, ses cheveux se répandirent autour d'elle tel un rideau de soie blonde.

— Tu refuses de prendre Requiem pour amant parce que tu ne te sens pas capable de l'aimer ?

J'y réfléchis quelques instants et acquiesçai.

— Oui.

Élinore regarda Jean-Claude.

— Elle refuse de prendre Requiem pour amant parce qu'elle ne se sent pas capable de l'aimer.

Jean-Claude eut un gracieux haussement d'épaules.

— Elle est encore très jeune.

— Ne parlez pas de moi comme si je n'étais pas là !

Les sanglots de Requiem s'étaient calmés. À présent, il était juste agenouillé la tête dans mon giron, et je continuais à lui caresser la tête comme je l'aurais fait pour calmer un chien excité ou réconforter un enfant malade.

— Anita, nous comprenons tous que tu es la partenaire de Jean-Claude. Nous comprenons tous qu'Asher, lui et toi formez un ménage à trois. Nous comprenons tous que ton triumvirat avec lui et l'Ulfric doit être préservé pour des raisons de pouvoir et de sécurité – et que parce qu'il appartient à la lignée de Belle Morte, cette préservation passe par le sexe. J'ai d'abord pensé que c'était folie de sa part de t'avoir laissé développer une telle intimité avec les léopards-garous, mais j'avais tort, car cette intimité a produit un second triumvirat qui a considérablement renforcé les pouvoirs de Jean-Claude. Ton lien avec Nathaniel et Damian est une chose merveilleuse. Je suis plus dubitative quant à ton lien avec Micah, mais je comprends que ton pouvoir est semblable à celui de Belle, qui collectionne les hommes elle aussi.

—Je ne suis pas comme Belle Morte !

—Mais ton pouvoir est semblable au sien. (Élinore désigna Requiem.) Cela en est la preuve.

—Je ne veux pas collectionner les hommes, dis-je en contemplant le vampire prostré devant moi. Et je veux encore moins les mettre dans cet état. Inspirer un besoin pareil à quiconque… c'est mal.

—Pourquoi ?

—Parce que ça ne lui laisse pas le choix. Jamais je n'ai eu l'intention d'ajouter Requiem à mon harem.

Le vampire leva les yeux vers moi comme si je l'avais appelé. Ses larmes avaient séché en laissant sur ses joues des traces rougeâtres qui rendaient ses ecchymoses encore plus hideuses. Je touchai le côté indemne de son visage, et il frotta sa joue contre ma main d'un air extatique.

—Comment puis-je y remédier ? demandai-je.

—Tu veux dire, comment peux-tu libérer Requiem ? reformula Élinore.

—Oui.

—Tu ne peux pas.

Je la regardai fixement.

—Comment ça, je ne peux pas ?

— Il n'y a pas de remède, Anita. Pas d'autre moyen que d'éloigner Requiem. Il aura toujours soif de toi, mais il ne pourra plus rien y faire.

— Comme un alcoolique.

— C'est ça.

— Il y a un remède, intervint Jean-Claude.

Je tournai la tête vers lui.

— Lequel ?

— L'amour. Le véritable amour.

Élinore et moi le dévisageâmes toutes les deux.

— Le véritable amour, répéta la vampire.

Jean-Claude acquiesça.

— Asher et moi aimions Julianna ; c'est cela qui nous a délivrés de l'emprise de Belle Morte. Belle Morte couchait avec Requiem longtemps avant qu'il rencontre Ligéia, mais elle a dû les envoyer en mission loin d'elle pour qu'ils séduisent les deux moitiés d'un couple.

— Je croyais que le maître de Requiem avait fui la France pour éviter que Belle le garde.

— Son maître a eu un accident, et Belle a alors pu récupérer tous les vampires de la lignée qu'il avait créée.

— Vous dites « accident » comme si ça n'en était pas un du tout, fis-je remarquer.

— C'en était un, murmura Requiem, le visage toujours pressé contre mes cuisses. Durant une tempête, la voiture dans laquelle nous voyagions est tombée d'une falaise, et pendant la chute, un morceau de bois s'est planté dans le cœur de mon maître. (Sa voix était détendue, lointaine.) Nous avons tenté de le ranimer, mais en vain. Plus tard, nous avons appris que cette voiture avait été fabriquée par Wellsley.

— Qui est Wellsley ? demandai-je.

Ce fut Élinore qui répondit.

— C'était un constructeur londonien - un homme très dévot qui, pour éviter que ses voitures soient utilisées à des fins maléfiques, les faisait bénir par un prêtre local. Quand la bénédiction était encore fraîche, ses voitures brillaient lorsque nous nous trouvions dedans.

— Mais la bénédiction finissait par s'estomper ?

— Si trop de « maléfices »... (Élinore mima des guillemets) se produisaient à l'intérieur d'une voiture donnée.

Je hochai la tête.

— C'est comme un cimetière qui n'a pas servi depuis trop longtemps, ou dans lequel on a pratiqué trop de magie noire : il faut de nouveau consacrer le sol.

— L'analogie me paraît appropriée, ajouta Élinore en hochant la tête.

Je baissai les yeux vers Requiem.

— Et une fois ton maître mort, Belle a pu t'appeler, c'est ça ?

— Oui. Et si Jean-Claude n'avait pas accepté de me recueillir à Saint Louis, elle aurait recommencé.

— Comment as-tu fait pour lui échapper la seconde fois ?

— Jean-Claude a deviné juste. Ligéia et moi avons été envoyés en mission pour séduire des nobles que Belle souhaitait avoir sous sa coupe. Nous avons bien travaillé, et ils ont fini par faire ce qu'elle voulait. Mais entre-temps, Ligéia et moi étions tombés amoureux l'un de l'autre. Quand nous avons regagné la cour de Belle, j'ai découvert que celle-ci ne m'attirait plus.

— L'amour, répéta Jean-Claude. L'amour est l'unique remède.

— Asher et vous n'êtes pas dépendants de moi, pas à ce point, fis-je valoir.

— Jean-Claude est ton maître, répliqua Élinore, et lui aussi porte l'ardeur. Quant à Asher... (elle jeta un coup d'œil à Jean-Claude) je pense que c'est bien l'amour qui le protège.

Je reportai mon attention sur Jean-Claude, qui se déroba à notre regard. Depuis un moment déjà, je supposais qu'Asher et lui baisaient comme des lapins quand je n'étais pas là, mais je ne leur avais jamais demandé. Ne pose pas de questions dont tu ne veux pas connaître la réponse, c'est l'un de mes principes. Mais depuis la scène avec Jean-Claude et Auggie, la nuit précédente, je m'interrogeais. Aurais-je dû poser la question quand même ? Ou ce que j'avais vu était-il déjà une réponse en soi ? Mmmh. Trop compliqué pour moi.

J'agitai la main comme pour dissiper cette pensée et dis :

— Je ne peux pas compter sur l'éventualité que Requiem tombe rapidement amoureux.

— Non, ma petite.

Alors, que puis-je faire ?

— Prends-le pour amant, répéta Élinore.

— Facile à dire pour toi ! Personne ne t'oblige à coucher avec quelqu'un d'autre que ton chevalier servant.

— Et c'est justement l'une des raisons pour lesquelles je suis venue ici : parce que je savais que Jean-Claude me laisserait être avec l'homme que j'aime sans me forcer à partager le lit de quelqu'un d'autre. Je lui en suis plus reconnaissante que des mots ne pourraient l'exprimer. (Elle braqua sur moi son regard bleu glacier.) Mais je ne porte pas l'ardeur. Je ne provoque pas de dépendance chez autrui.

— Ma petite, tu dois remplir cette obligation.

Je dévisageai Jean-Claude.

— Cette obligation ?

— Tu as rendu Requiem accro à toi. Te montreras-tu aussi cruelle que Belle Morte en le repoussant alors qu'il est sous l'emprise du désir ? (Il frissonna.) J'ai fait partie des hommes dépendants et rejetés pour quelque infraction mineure. J'ai senti le désir me tordre les entrailles sans parvenir à l'assouvir avec aucun autre partenaire. (Il se rapprocha pour pouvoir poser sa main sur la mienne qui caressait toujours la tête de Requiem.) Requiem est le troisième vampire dans la hiérarchie de Saint Louis. C'est un homme bon et honorable. Et tu as besoin de te nourrir de quelqu'un de puissant, ma petite. Si tu la nourris convenablement, je crois que l'ardeur te laissera tranquille. Mais jusqu'à ce que tu trouves un partenaire à son goût, elle te tourmentera et te forcera à chercher malgré toi.

— Vous voulez que je couche avec Requiem ?

— Je veux que tu te serves de lui pour nourrir l'ardeur, oui.

— Je croyais que ça vous déplaisait de me partager avec autant d'autres hommes. Une fois, vous avez menacé de tuer Richard ; si mes souvenirs sont exacts.

— À l'époque, je ne comprenais pas la nature de notre pouvoir. Peut-être existe-t-il plus d'une raison pour laquelle Belle collectionne les amants. Peut-être n'est-ce pas seulement pour satisfaire ses appétits, mais aussi dans un but plus pratique.

Je le dévisageai. Je sentais le poids de sa main sur la mienne. À nos pieds, Requiem se tenait parfaitement immobile.

— Je ne peux pas satisfaire tous ses besoins, Jean-Claude. Je ne peux pas ajouter un nouveau cavalier dans mon carnet de bal.

— Requiem n'a pas besoin de sortir avec toi, ma petite. Il a besoin de te nourrir à la maison. Il n'est pas nécessaire d'avoir des sentiments pour ce qu'on mange.

— Ouais, c'est ce que je me suis dit pendant des mois à propos de Nathaniel. Mais ça ne fonctionne pas ainsi, du moins, pas pour moi.

— Que proposes-tu, ma petite ? Jusqu'à ce que nous découvrions l'étendue exacte de ton pouvoir sur les autres vampires, nous devrons faire preuve de la plus grande prudence vis-à-vis de nos visiteurs. Nous devrons nous entourer de repas potentiels assez puissants pour que l'ardeur n'éprouve pas le besoin d'en attirer d'autres.

— Pourquoi votre ardeur n'attire-t-elle pas d'autres gens ?

— Tu es sa servante humaine, expliqua Élinore. Tu atténues quelque peu l'impact de son pouvoir.

— Qu'est-ce que ça signifie ?

— Si Jean-Claude n'était pas lié à toi, son ardeur agirait de la même façon que la tienne, et il aurait beaucoup de mal à gouverner son territoire. Le fait que tu attires des gens à toi est beaucoup moins perturbant pour lui.

Je dévisageai Jean-Claude.

— Vous le faites exprès ?

— Je te jure que non.

— C'est la nature du pouvoir, Anita, intervint Élinore. Les serviteurs humains, les animaux à appeler, les pommes de sang sont des instruments conçus pour aider leur maître à accroître sa maîtrise. Le pouvoir s'exprime et se nourrit par l'intermédiaire de quelqu'un d'autre, ce qui permet au Maître de la Ville de gouverner plus sereinement.

— À t'écouter, on pourrait croire que le pouvoir est une entité intelligente, fis-je remarquer.

Élinore haussa les épaules.

— C'est peut-être le cas. Je sais que je l'ai vu fonctionner ainsi chez d'autres maîtres. Et ce n'était pas nécessairement l'ardeur – ça pouvait très bien être un pouvoir tout à fait différent.

Je soupirai.

— Génial. Donc, je suis la *playmate* de l'ardeur parce que Jean-Claude serait trop distrait si c'était lui.

— Exactement.

— Attends un peu. Belle détient une ardeur encore plus complète que nous maintenant.

— Mais elle n'a ni serviteur humain, ni animal à appeler, fit remarquer Élinore.

Je regardai Jean-Claude.

— Je croyais que tous les maîtres s'entouraient de gens capables de les aider.

— Belle ne partage son pouvoir avec personne.

— Mais vous en avez beaucoup plus grâce à vos serviteurs humains et vos animaux à appeler !

— Belle a des intimes parmi les animaux qu'elle peut conjurer, mais elle n'en a pas choisi un en particulier. Elle ne veut se lier à personne.

— Je n'ai pas le souvenir d'avoir pu choisir mon animal à appeler. Je sais que vous avez choisi Richard, mais je n'ai pas exactement choisi Nathaniel.

— Ni Haven, acquiesça Jean-Claude.

— Haven n'est pas mon animal à appeler.

— Mais un lion ou l'autre le deviendra, et dans un délai assez bref, je le crains. Joseph va amener quelques membres de sa fierté aujourd'hui pour que tu ne sois pas obligée de te rabattre sur nos invités.

— De me rabattre sur nos invités pour quoi ? demandai-je, soupçonneuse.

— Pour appeler leur bête et résister à la métamorphose.

Ça paraissait logique. Mais les problèmes métaphysiques se multipliaient à une telle vitesse que j'avais du mal à les garder tous en tête. Décidant qu'il valait mieux les traiter un par un, je baissai les yeux vers l'homme agenouillé devant moi.

— D'accord, soit. Que vais-je faire de toi, Requiem ?

Jean-Claude et moi retirâmes nos mains, et le vampire leva la tête pour me regarder.

— Ta pomme de sang.

— Dans ce rôle, je verrais plutôt quelqu'un qui peut me nourrir de jour comme de nuit, objectai-je.

Une expression paniquée passa sur son visage.

— Je t'en supplie, Anita, ne me rejette pas.

Je reportai mon attention sur Jean-Claude.

— Un petit coup de main, peut-être ?

— Si tu refuses de laisser Requiem nourrir ton ardeur, nous devrons l'envoyer chez un autre Maître de la Ville. Il est assez puissant pour devenir le bras droit de l'un d'eux.

— Ce qui affaiblira votre base de pouvoir, étant donné qu'Élinore ne restera ici que jusqu'à ce que nous lui trouvions son propre territoire.

Jean-Claude eut ce haussement d'épaules qui veut tout dire et rien dire à la fois.

— Je n'arrive pas à croire que mon… (J'hésitai, parce que « copain » faisait trop adolescent et qu'« amant » me semblait insuffisant.) Que l'homme que j'aime m'encourage à prendre un autre partenaire.

Jean-Claude me sourit.

— Nous savons maintenant que tous les vampires qui ont déjà goûté à l'ardeur sont réceptifs à la tienne. Je pense qu'il serait trop risqué pour toi de prendre un autre membre de la lignée de Belle comme pomme de sang. Accepte de te nourrir de Requiem, ma petite, et rien de plus. Accepte, parce qu'il nous reste deux choses à découvrir avant la réception de ce soir.

— Lesquelles ?

— Vas-tu attirer tous les léopards, les loups et les lions, et vas-tu être attirée par tous ces lycanthropes ? L'ardeur fonctionne-t-elle à l'extérieur de la lignée de Belle ?

Je dévisageai Jean-Claude et, par-delà son masque de neutralité, tentai de déchiffrer ses pensées.

— Votre bouclier est trop hermétique ; j'ignore ce que vous ressentez vraiment. Laissez-moi voir à l'intérieur.

Il secoua la tête.

— Ça ne t'aiderait pas.

— Pourquoi donc ?

— Parce qu'une partie de moi se réjouit que nos pouvoirs grandissent, quel qu'en soit le prix. Et une autre redoute la réaction du Conseil. Ai-je envie que tu prennes un autre amant ? Non. Mais suis-je soulagé que ce soit toi plutôt que moi que l'ardeur tourmente à ce point ? Oui. Je suis navré, ma petite, mais c'est la vérité.

Je réfléchis et hochai la tête.

— Si votre servante humaine n'arrive pas à se tenir, les autres maîtres vous le pardonneront peut-être. Comme ils vous pardonneraient d'être marié à une harpie, parce que ça ne serait pas votre faute. Mais si c'était vous qui n'arriviez pas à vous tenir… ça ne passerait pas.

— S'il te plaît, Anita, implora Requiem. S'il te plaît, nourris-toi de moi.

— D'accord.

Malgré ses ecchymoses, son visage se mit à irradier une joie si intense qu'elle me fit peur. Personne ne devrait vous regarder ainsi, hormis les plus proches de vos proches.

— Mais pas maintenant, tempérai-je.

Un peu de la joie de Requiem s'estompa.

— Pourquoi pas maintenant ? C'est le matin. Tu as dormi.

— Oui, en général, ça suffit à réveiller l'ardeur. (Je regardai Jean-Claude.) Bonne question, tiens. Pourquoi l'ardeur n'est-elle pas réveillée ?

— Je n'ai pas faim moi non plus.

— Vous avez festoyé hier soir, avança Requiem en guise d'explication. Vous vous êtes repus d'Augustin et de ses gens.

— Vous croyez qu'il a raison ? demandai-je à Jean-Claude. Qu'après nous être nourris de tant de pouvoir, nous sommes tranquilles pour plus longtemps ?

— Peut-être.

— Vous ne semblez pas convaincu.

— L'ardeur est un pouvoir imprévisible, ma petite. Il me faudrait plus d'un repas de cette ampleur pour pouvoir me prononcer.

— Peut-être devriez-vous tenter de déterminer de quelle puissance exacte vous devez vous nourrir pour rassasier l'ardeur, suggéra Élinore. Vous n'aurez pas un Maître de la Ville et sa suite à disposition tous les soirs. (Elle se pencha en avant dans son fauteuil, et malgré toute la soie et la dentelle qu'elle portait, elle n'avait plus du tout l'air d'une mignonne poupée. Elle était beaucoup trop sérieuse pour ça.) Un repas puissant disponible en permanence serait peut-être la solution à votre problème.

— Peu de maîtres accepteraient de devenir ma pomme de sang ou celle d'Anita, objecta Jean-Claude. Pas s'ils sont assez puissants pour gouverner leur propre territoire.

— Et s'ils n'ont pas leur mot à dire ? demanda Élinore en désignant Requiem.

— Me suggères-tu de réduire volontairement d'autres maîtres en esclavage, comme je l'ai involontairement fait pour Requiem ?

— Ça résoudrait un tas de problèmes.

— Mais ce serait… (je cherchai un terme approprié) mal.

— Je te croyais plus pragmatique, Anita.

— Faire ça, ce serait comme accepter l'une des requêtes que nous recevons chaque semaine pour t'envoyer à un autre maître vampire afin que tu deviennes sa maîtresse. Nous t'avons laissé le choix, Élinore. Comment peux-tu nous demander de l'enlever à quelqu'un d'autre ?

— Si vous m'envoyiez à un autre maître, je ne serais pas ensorcelée. Chaque nuit, quand il me toucherait et s'allongerait sur moi, je saurais que je le déteste. Requiem t'adore, et il continuera à t'adorer jusqu'à ce qu'il tombe amoureux – si ça arrive un jour. Jusque-là, il partagera le lit d'une femme dont il est fou, et il prendra un plaisir fabuleux à coucher avec elle. Crois-moi : ce n'est pas la même chose.

— Mais utilisé de cette façon, mon pouvoir est l'équivalent métaphysique du Rohypnol ! Le plaisir que tu prends à te faire violer ne change rien au fait que c'est bel et bien un viol.

— Vraiment, ma petite ?

J'acquiesçai avec véhémence.

— Il est trop tard pour Requiem. Je le reconnais, et je me servirai de lui pour nourrir l'ardeur.

Requiem m'embrassa la main.

— Merci, maîtresse.

— Pas « maîtresse », protestai-je vivement. Anita. Juste « Anita ».

— Merci, Anita, dit-il en m'embrassant de nouveau la main.

— Et ne reste pas par terre, s'il te plaît. Relève-toi.

Il obtempéra.

— J'aimerais beaucoup m'asseoir près de toi.

Avec un soupir, je hochai la tête. Requiem s'installa du côté opposé à Jean-Claude, mais assez près pour que sa cuisse touche la mienne. Ce n'était pas flippant du tout. Je scrutai sa poitrine et les blessures qui avaient bien failli lui coûter la vie.

— Qu'allons-nous faire de Meng Die ? Elle vient de prouver qu'elle n'a pas l'esprit d'équipe et qu'elle est beaucoup trop dangereuse.

— Tuez-la, dit Élinore.

Je regardai Jean-Claude.

— Je préférerais ne pas en arriver là, mais nous y serons peut-être obligés.

— Tu es trop sentimental, Jean-Claude. Tout ça parce que tu culpabilises de lui avoir volé sa vie de mortelle. C'est un cadeau que tu lui as offert, pas une malédiction.

— Mes sentiments sont ce qu'ils sont, Élinore.

— Prends garde à ce qu'ils ne provoquent pas notre mort à tous. (La vampire me dévisagea.) Par ailleurs, il me semble que si Anita doit vraiment devenir une polygarou…

— Les nouvelles circulent vite, grinçai-je en jetant à Jean-Claude un coup d'œil accusateur.

— J'avais besoin de l'avis de quelqu'un d'assez puissant pour me faire ma propre opinion, se justifia-t-il.

Je voulais réfuter son argument, mais je ne pouvais pas. Pour l'heure, Élinore était la vampire la plus puissante de son baiser. Le fait qu'elle se soit réveillée la première le prouvait.

— Comme je disais donc, si Anita doit vraiment devenir une polygarou, elle n'attirera peut-être pas seulement les léopards, les loups et les lions. Elle attirera peut-être tous les métamorphes, ou un grand nombre d'espèces. Presque tous les maîtres en visite auront amené leur animal à appeler ; aussi, nous devons mettre cette théorie à l'épreuve avant d'autoriser Anita à les approcher. Augustin fermera probablement les yeux parce que vous l'avez ensorcelé tous les deux et qu'il vous a attaqués le premier. C'est lui qui a enfreint le protocole. Mais si Anita détourne d'autres métamorphes de leurs maîtres, ceux-ci risquent de ne pas se montrer aussi indulgents.

— Je suis d'accord, dit Jean-Claude. Et nous devons également vérifier comment les maîtres qui n'appartiennent pas à la lignée de Belle réagissent à l'ardeur d'Anita.

— Et où allons-nous trouver des maîtres vampires et d'autres métamorphes pour jouer les cobayes ? demandai-je.

On frappa à la porte.

— Jean-Claude, c'est Rémus.

— Entre.

Rémus s'exécuta et referma derrière lui. Pour une fois, il nous regardait en face, et il avait l'air en colère… d'où son attitude, j'imagine.

— Je vous avais prévenus que si d'autres vampires débarquaient, je refuserais de vous laisser seuls avec eux.

— Je n'ai pas oublié, répondit Jean-Claude.

— C'était valable pour n'importe quel vampire, mais plus particulièrement pour ces deux-là. Je ne les laisserai entrer qu'en ma présence et celle de mes gardes.

— Qui sont « ces deux-là » ? demandai-je.

— Vérité et Fatal.

— Vérité et Fatal, répéta Élinore. Très intéressant. Ils sont puissants, et ils n'appartiennent pas à la lignée de Belle.

Je secouai la tête.

— Vérité a déjà eu un avant-goût de mon ardeur quand je l'ai lié à Jean-Claude. Il ne me suit pas partout comme un caniche.

— T'es-tu nourrie de lui ? interrogea Élinore.

— Non.

— Alors, tu dois essayer.

— Non.

— Demande-leur, au moins.

— Non, fis-je avec un peu plus de force.

— Ils ont prêté allégeance à Jean-Claude. Ils ne nous quitteront pas.

— Non. C'est hors de question.

— Très bien. Alors, ne te nourris pas d'eux, mais laisse-les te regarder pendant que tu te nourriras, suggéra Jean-Claude.

— Que voulez-vous dire ?

— Samuel t'a regardée te nourrir, et il ne s'est senti que très légèrement attiré par toi. Haven, en revanche, était dans un tel état que ses compagnons ont dû le traîner hors de la pièce comme Augustin un peu plus tôt. Si Vérité et Fatal se trouvent dans la pièce pendant que tu te nourris, ça nous dira peut-être si ton pouvoir fonctionne en dehors de la lignée de Belle, ou pas.

— Il faudrait que quelqu'un de la lignée de Belle soit présent aussi, quelqu'un d'un niveau de pouvoir équivalent, observai-je en regardant Élinore d'un air entendu.

Elle sourit.

— Je suis amoureuse, Anita. Vraiment amoureuse. Ça ne marchera pas sur moi.

— Certains types d'ardeur fonctionnent même sur les gens amoureux.

— Brièvement, oui. Mais mes sentiments me disqualifient pour ce test.

On frappa de nouveau à la porte. Rémus alla ouvrir, murmura quelque chose et se retourna vers nous. Cette fois, il ne nous regarda pas en face.

— Londres est ici aussi. Il descend de Belle Morte, n'est-ce pas ?

— En effet, acquiesça Élinore.

— Alors quoi ? Je me nourris, et chacun explique quel effet ça lui fait ?

— C'est une façon de vérifier l'impact de ton pouvoir sans trop compromettre ta moralité.

— Je dois juste faire l'amour à un homme pendant que tout un tas d'autres gens me regardent, c'est ça ?

Jean-Claude secoua la tête en souriant.

— Il suffit que tu nourrisses l'ardeur, ma petite. Tu n'es pas obligée de coucher avec ton repas, si tu ne le souhaites pas.

— Ça me paraît vraiment dommage de réveiller l'ardeur alors que je n'ai même pas faim.

Il soupira.

— Certes. Mais mieux vaut la réveiller maintenant, quand nous pouvons la maîtriser, que plus tard, quand nos visiteurs seront là et que nous ne pourrons peut-être plus.

Présenté de cette façon, ça paraissait logique, mais…

— De qui vais-je me nourrir ? demandai-je.

Jean-Claude me désigna Requiem.

— Dans son cas, les dégâts sont déjà faits.

— Génial, grommelai-je.

— Et boire un sang aussi puissant que le tien lui permettra de guérir plus vite de ses blessures.

Il avait raison. Tout de même…

— D'accord, mais à condition que vous expliquiez les tenants et les aboutissants de cette petite expérience à tous les participants. S'ils ne sont pas d'accord, je refuse de le faire.

— Bien entendu, ma petite. Jamais je ne l'aurais envisagé autrement.

Je scrutai le beau visage indéchiffrable de Jean-Claude, qui ne réagit pas. J'étais presque cent pour cent sûre qu'il mentait.

Chapitre 26

Tout le monde accepta de prendre part à l'expérience. Tout le monde manifesta beaucoup plus d'enthousiasme que je n'en éprouvais. Enfin, tout le monde à part Rémus et certains de ses gardes – sans doute parce qu'ils pensaient que ça allait horriblement mal tourner et que ce serait à eux de ramasser les morceaux. Sur ce coup-là, j'étais assez d'accord.

Une partie de moi espère qu'un jour, me nourrir en public cessera de me poser un problème ; l'autre espère bien que ça n'arrivera jamais. La seconde correspond à celle qui s'en veut de pouvoir tuer sans éprouver de remords, la plupart du temps. De la même façon, elle considère que s'envoyer métaphysiquement en l'air devant des spectateurs, pour quelque raison que ce soit, constitue un pas supplémentaire sur la pente glissante menant à la damnation.

Mais si j'avais le choix entre ça et voir l'ardeur détoner telle une bombe psychique pendant la réception de ce soir, il me semblait que c'était un moindre mal. Tout de même, une fois de temps en temps, ce serait sympa de ne pas avoir à choisir entre deux maux. Ou le fin du fin : pouvoir choisir entre deux choses agréables.

Requiem s'allongea sur les draps qui venaient d'être changés, ses cheveux formant un halo sombre autour de son torse. Le jour (ou plutôt, la nuit), il bosse comme stripteaseur au *Plaisirs Coupables*. Et ça se voit à sa musculature. Mais ce soir-là, je n'avais d'yeux que pour ses blessures. Meng Die avait bien failli éteindre sa lumière à jamais. Du bout des doigts, je suivis le tracé de la coupure profonde sur son sternum. Requiem poussa un soupir tremblant. De plaisir ou de douleur ? J'aurais été bien en peine de le dire.

En temps normal, j'arrive assez bien à deviner ce qu'il pense, mais ce soir-là, il me regardait comme si j'étais la huitième merveille du monde, avec une expression un cran au-dessus – ou en dessous – de l'amour. « Vénération », c'était le seul mot qui me venait à l'esprit. Ça me faisait mal au cœur de le voir dans cet état. Requiem doit son nom à ses discours aussi poétiques que déprimants. C'est un romantique au sens le plus mélancolique du terme. Mais dans son expression, il ne restait pas la moindre trace de sa personnalité : juste un besoin dévorant.

— Mon Dieu, aidez-moi, soufflai-je.

Jean-Claude me rejoignit près du lit.

— Qu'est-ce qui ne va pas, ma petite ?

— Je vous en prie, dites-moi qu'il ne restera pas toujours comme ça.

— Comme quoi, ma petite ?

— Regardez-le.

Jean-Claude s'approcha suffisamment pour que la manche de sa robe de chambre touche celle de mon peignoir. Il baissa les yeux vers Requiem. Celui-ci lui jeta un bref coup d'œil, puis reporta très vite son attention sur moi comme si l'autre ne comptait pas. Mais il avait remarqué sa présence, parce qu'il demanda :

— Me forceras-tu à partager tes faveurs avec un autre ? Ou me veux-tu, comme le ciel, étendu entre la chaleur du soleil et le froid de la lune ? Me feras-tu avec Jean-Claude ce que vous avez fait à Augustin ?

— Au moins, il a recouvré son éloquence et sa poésie, constatai-je. C'est un début.

— Vient-il de s'offrir à Anita et à toi ? demanda Élinore, toujours pelotonnée dans son fauteuil.

— C'est ce qu'il semble, répondit Jean-Claude.

— Requiem n'aime pas les hommes, lança Londres depuis le fond de la pièce.

Comme toujours, il s'était placé dans le coin le plus obscur qu'il avait pu trouver. Ses courtes boucles sombres et sa tendance à s'habiller tout en noir ne sont pas les seules raisons qui lui ont valu le surnom de « Chevalier Noir ».

— Il a toujours refusé de coucher avec des hommes.

— Oui, renchérit Élinore. Il s'y est toujours opposé avec la plus grande vigueur.

— Belle l'a d'ailleurs puni à cause de ça, se remémora Jean-Claude en détaillant Requiem, l'air solennel et chagriné.

— Dans ce cas, il ne devrait pas s'offrir à nous deux, dis-je.

— Non, il ne devrait pas.

Jean-Claude me jeta un coup d'œil, et un instant, il me laissa entrevoir ce qu'il ressentait. Il avait fait venir Requiem à Saint Louis pour le mettre en sécurité, et il n'avait réussi qu'à le réduire en esclavage bien plus complètement que Belle n'y serait jamais parvenue. Cette pensée le torturait.

Je sentis le lit bouger avant qu'une main touche mon dos à travers la soie de mon peignoir. Je pivotai, mais je savais déjà à qui elle appartenait. Requiem s'était assis. Malgré toutes ses blessures à la poitrine et au ventre, il s'était assis juste pour pouvoir me toucher. Je scrutai son visage en quête de quelque chose de familier.

— Requiem, tu es là ? demandai-je enfin.

Il posa une main sur ma joue.

— Oui, je suis là, répondit-il d'une voix enrouée par beaucoup trop d'émotion.

Je pris sa main et l'écartai de mon visage, mais la gardai dans la mienne pour qu'il cesse d'essayer de me toucher.

— C'est affreux, dis-je en regardant Jean-Claude. Comment pouvons-nous le libérer ? N'existe-t-il pas un moyen plus rapide que de trouver son grand amour ?

Du pouce, Requiem se mit à tracer des cercles sur le dos de ma main, comme si un simple contact ne lui suffisait pas et qu'il devait absolument me caresser.

— On dirait presque qu'elle l'a ensorcelé, commenta Élinore. Que c'est elle la vampire et lui l'humain.

— D'accord, traitons ça comme de la manipulation mentale vampirique. Comment puis-je lever le charme que j'exerce sur lui ?

— Le maître d'un vampire peut parfois briser de tels enchantements.

Je regardai Jean-Claude.

— Aidez-le.

Londres s'avança jusqu'à la limite entre ombre et lumière.

— Ce n'est pas l'ardeur d'Anita qui est en cause, mais l'ardeur de Jean-Claude à travers elle, déclara-t-il. Jean-Claude ne peut pas annuler les effets de sa propre ardeur, non ?

— Je l'ignore, avoua Élinore.

Promenant un regard à la ronde, elle lança en direction du fond de la pièce :

— Vérité, Fatal, vous n'avez rien dit pendant toute cette discussion. Vous avez une suggestion à faire ?

Les deux frères s'avancèrent dans la lumière plus vive aux abords du lit. Au premier coup d'œil, ils ne se ressemblent pas tant que ça. Ils sont tous les deux grands et larges d'épaules, mais pour le reste, ils sont opposés en tout.

Fatal a des cheveux très blonds, longs et raides, qui encadrent un visage aux pommettes hautes et bien ciselées. Son menton s'orne d'une fossette si profonde que je ne sais jamais si je dois la trouver mignonne ou exagérée. Il a des yeux bleu clair que je pourrais qualifier de stupéfiants si je n'avais pas ceux de Jean-Claude et de Requiem auxquels les comparer. Ce jour-là, il arborait un costume moderne dans les tons beige et crème, qui lui donnait une allure à mi-chemin entre le prof de fac de vos rêves et un gigolo déguisé en jeune cadre dynamique.

Vérité se tenait à côté de lui. De toute évidence, il avait dormi habillé. Il portait des vêtements en cuir, mais pas le genre qu'on voit sur le dos des clients dans les clubs branchés : non, les siens étaient en cuir bouilli devenu doux et souple à force d'être mis. Son pantalon était rentré dans des bottes si éculées que Jean-Claude avait proposé de lui en acheter une autre paire, mais Vérité avait refusé de se séparer de celles-là. Sa tenue aurait été plus appropriée entre le XIIIe et le XVe siècle.

Ses cheveux bruns et raides lui tombaient sur les épaules, et ils semblaient avoir besoin d'un bon coup de brosse. Il n'avait pas de barbe à proprement parler ; je crois juste qu'il ne s'était pas rasé depuis plusieurs jours. Mais sous cette apparence négligée, la structure osseuse de son visage était la même que celle de son frère, tout comme la fossette de son menton et le bleu de ses yeux. Le regard de Fatal brille toujours d'une joie cynique ; celui de Vérité n'exprime que lassitude et méfiance, comme s'il attendait le moment où nous le décevrions.

— Que voulez-vous ? lança Vérité sur le ton défensif de quelqu'un qui se prépare à livrer une joute verbale.

Élinore s'extirpa de son fauteuil et vint près de Jean-Claude, un peu à l'écart de Londres, afin de mieux voir les deux frères.

— Vous êtes restés sans maître plus longtemps que n'importe quel autre vampire. Au cours des siècles, quelque puissant Maître de la Ville a forcément tenté de s'attacher les services des grands guerriers Vérité et Fatal. Avez-vous déjà été ensorcelés comme Requiem ?

Fatal éclata de rire.

— Épargne-nous tes flatteries, Élinore. Nous vous aiderons si nous le pouvons – si Anita nous explique clairement ce qu'elle veut de nous.

Il tourna vers moi ses yeux rieurs. Les yeux sombres de son frère suivirent son regard.

Je les dévisageai. Fatal souriait comme si tout ceci était une vaste plaisanterie. J'avais fini par comprendre que cette expression était son équivalent du masque neutre de

Jean-Claude. Vérité paraissait plus calme, presque indifférent, mais toujours à un cheveu d'une profonde déception. Il était certain que je ne me révélerais pas à la hauteur de ses attentes ; ça se lisait sur son visage.

— N'est-ce pas des instructions de Jean-Claude que vous avez besoin ? s'étonna Élinore.

Vérité secoua la tête.

— Non, dit Fatal.

— Non, confirma Jean-Claude.

— Non, répéta Fatal en s'autorisant un petit rictus de satisfaction.

— Qui est votre maître ? s'enquit Élinore.

— Ils le sont tous les deux, répondit Vérité en nous désignant, Jean-Claude et moi.

— Dans ce cas, pourquoi les instructions de Jean-Claude ne vous suffisent-elles pas ?

— Parce que ce n'est pas lui qui a ensorcelé Requiem. C'est elle.

— Donc, vous n'êtes pas d'accord avec Londres. Vous ne pensez pas que c'est l'ardeur de Jean-Claude qui agit à travers Anita.

Les deux frères secouèrent la tête avec un si bel ensemble que leur ressemblance parut tout à coup évidente. À bien y regarder, ils étaient quasiment identiques.

Ce fut Fatal qui s'exprima pour eux deux.

— C'est de la volonté d'Anita, de son dessein que nous avons besoin. (Il reporta son attention sur moi.) Que désires-tu, Anita ?

— Je veux que Requiem soit libéré de moi.

— Es-tu prête à le délier de son serment de sang et à le renvoyer à Belle Morte ?

Requiem m'agrippa la main.

— Pitié, maîtresse, pas ça !

Je lui tapotai l'épaule.

— Non, Requiem, je ne te renverrai pas à Belle. Jamais je ne ferai une chose pareille.

Il se calma presque instantanément. Il n'aurait pas dû. Une si grande panique n'aurait pas dû se dissiper si vite. Encore un signe de la gravité de son état.

— Fais attention à ce que tu dis, me conseilla Vérité. Les mots sont des armes dangereuses.

Je réfléchis avant de reprendre la parole.

— Je veux que Requiem ait le choix. Je ne veux pas qu'il soit complètement privé de son libre arbitre.

— Pourquoi ? interrogea Fatal. Pourquoi trouves-tu ça si terrible de l'avoir ensorcelé ?

Je dévisageai Requiem assis à côté de moi. Il me regardait avec une adoration absolue. Mon estomac se noua. La pensée que quiconque puisse être ainsi réduit en esclavage m'était insupportable. Celle que j'étais responsable sans le vouloir me donnait vaguement la nausée.

— J'aime bien Requiem. C'est un brave type, surtout pour un vampire. Je ne veux pas qu'il reste dans cet état de vénération aveugle. Je trouve ça flippant.

— La mort serait-elle préférable pour lui ? demanda Fatal.

— Non, répondis-je très vite. Bien sûr que non.

— Dans ce cas, que veux-tu que nous fassions ? s'enquit Vérité.

— Qu'ai-je fait pour te déplaire ? se lamenta Requiem.

J'agrippai son épaule valide.

— Je sais que tu es quelque part là-dedans, Requiem. Reviens. Écoute-moi ; entends ma voix, et libère-toi de mon emprise.

— Je ne désire pas me libérer, répondit-il simplement.

Je voulus m'écarter de lui, et il tenta de me retenir. Je dus gifler ses mains pour qu'il me lâche. Une expression blessée se peignit sur son visage.

— Je t'en prie, Anita, dis-moi en quoi je t'ai déplu. Je me corrigerai, je te le jure. Je ferai tout ce que tu me demanderas, si seulement tu m'utilises pour nourrir l'ardeur.

— Tu feras vraiment n'importe quoi ?

— N'importe quoi, oui. Tu n'as qu'à demander.

— Je veux que tu te libères de mon emprise.

— Je ne comprends pas, dit-il, perplexe.

— C'est ce que je veux, Requiem. Je veux que tu brises les chaînes avec lesquelles je t'ai emprisonné sans le vouloir. (Et à l'instant où les mots sortirent de ma bouche, je sentis que j'étais sur la bonne voie, que j'allais parvenir à exprimer ma volonté exacte.) Tu es un maître vampire. Tu pourrais gouverner ton propre territoire si tu étais un peu plus ambitieux. Tu es capable de te libérer. (Je scrutai son visage pour voir s'il comprenait ce que je lui disais.) Reviens à toi, ou je ne t'utiliserai pas pour nourrir l'ardeur.

— Anita, je… je ne…

— Tu as dit que tu ferais tout ce que je te demanderais. Voilà ce que je désire que tu fasses pour moi.

— Tu lui demandes peut-être l'impossible, intervint Fatal.

— J'ai éprouvé sa propre version de l'ardeur – ou quel que soit le nom que vous donnez aux autres dons de la lignée de Belle qui ne sont pas tout à fait l'ardeur.

Me détournant des deux frères, je plantai mon regard dans celui de Requiem et tentai de lui faire sentir combien je croyais en lui, combien j'étais persuadée qu'il était capable de faire ça.

— C'est Requiem que je veux voir près de moi, pas un idiot ensorcelé. Sois l'homme fort que je sais que tu peux être. Lutte contre l'emprise de l'ardeur. Je ne te toucherai plus jamais à moins que tu sois en état de me donner ton consentement.

Il parut si consterné, si atterré que je me dressai sur mes genoux et pris son visage entre mes mains.

— Une fois, tu m'as dit que tu considérais le fait d'utiliser ton pouvoir comme un viol parce qu'il n'affecte que le corps – pas l'esprit. T'en souviens-tu, Requiem ?

Il fronça les sourcils et finit par chuchoter :

— Oui.

— Si je te prenais de cette façon, ce serait un viol. Je m'y refuse.

Je vis des émotions conflictuelles se succéder sur son visage.

— Anita… j'ignore comment me libérer de ces douces chaînes. Jadis, l'amour a suffi à les briser. Mais puisque l'amour n'est plus, c'est bien volontiers que je m'abandonne à tes liens de soie. Ligote-moi, et laisse-moi me repaître de ta chair succulente.

Tout en achevant sa phrase, il s'approcha pour m'embrasser, et je dus reculer. Je glissai à bas du lit pour lui échapper. La frustration me donnait envie de hurler. Je n'avais pas voulu ça. Et merde.

— Si un autre maître avait ensorcelé Requiem, que ferais-tu, ma petite ? demanda Jean-Claude.

Je réfléchis, les sourcils froncés.

— J'essaierais de briser le sort à l'aide de ma nécromancie.

— *Exactement*, approuva-t-il en français.

— Mais c'est moi qui ai ensorcelé Requiem. Je ne peux pas briser mon propre sort.

— Pourquoi pas ?

— Parce que… parce que.

— Ce n'est pas ta nécromancie qui a réduit Requiem en esclavage, ma petite, mais le pouvoir que tu tires des marques vampiriques – de moi. Utilise ta nécromancie pour le libérer, comme tu t'es servie de tes liens avec les loups pour te libérer de Marmée Noire.

Ça paraissait logique, mais…

— Je ne sais pas trop.

Jean-Claude parla dans ma tête.

— *Tu as libéré Willie McCoy de l'emprise du Voyageur quand celui-ci avait possédé son corps. Tu as fait appel à ta nécromancie pour le chasser.*

Willie est l'un de nos vampires les moins puissants. Il bosse comme gérant du *Cadavre Rieur*, notre salle de spectacles comiques. Le Voyageur est l'un des membres du Conseil vampirique. Il y a quelque temps, il est venu nous rendre une petite visite à Saint Louis. Mais il a une façon très particulière de se déplacer : il saute de corps en corps. Il peut posséder n'importe quel vampire plus faible que lui. Donc, il a possédé Willie et il a essayé de se servir de lui pour m'atteindre. J'ai utilisé mon sang et mon lien avec Willie pour retrouver ce dernier dans les ténèbres où le Voyageur l'avait planqué – le retrouver, et le ramener à lui.

Je réfléchis prudemment, parce que je n'étais pas encore très douée pour la communication télépathique.

— *J'avais accidentellement relevé Willie de son cercueil une fois durant la journée. J'avais avec lui un lien que je n'ai pas avec Requiem.*

— *À travers l'ardeur,* chuchota Jean-Claude dans mon esprit, *tu as avec Requiem un lien que tu n'avais pas avec Willie.*

— *Comment puis-je utiliser ma nécromancie pour le libérer de l'ardeur, si je compte sur l'ardeur pour me relier à lui ? Ça n'a pas de sens !* protestai-je.

— *C'est vrai, je tourne en peu en rond*, concéda Jean-Claude. *Mais qu'as-tu à perdre, ma petite ?*

À voix haute, il dit :

— Regarde-le.

Je me plaquai contre lui aussi étroitement que possible, puis pivotai vers Requiem. Celui-ci nous observait comme un homme à demi mort de soif contemple la source jaillissante qu'un mur de verre l'empêche d'atteindre. Alors, j'eus une illumination.

— *Ce n'est pas seulement de l'ardeur qu'il a soif – c'est de sang. Il est blessé. Il a besoin de sang pour guérir.*

Jean-Claude faisait courir ses mains le long de mon dos en une caresse apaisante.

— *Certes, mais l'ardeur surpasse l'autre soif.*

— *Je croyais que c'était impossible.*

— *J'ai déjà observé ça quand je vivais avec Belle. Je l'ai vue donner l'ardeur à des vampires qui en négligeaient de satisfaire leur soif de sang jusqu'à finir par ne plus se relever de leur cercueil.*

— *Elle le faisait exprès*, devinai-je.

— *Elle voulait voir si l'ardeur seule suffisait à sustenter d'autres vampires. Elle espérait voyager avec nous à travers l'Europe, mais la nécessité de boire du sang nous trahissait. Nourrir l'ardeur ne laisse pas de traces.*

Je dévisageai Requiem.

— *Pas de traces physiques*, corrigeai-je.

— *Certes, il y a des signes*, convint Jean-Claude, *mais rien que les autorités de l'époque pouvaient identifier. Rien qui aurait pu compromettre les plans de Belle.*

— *Mais ça n'a pas marché.*

— *Belle pouvait partager son ardeur avec d'autres vampires afin qu'ils s'en nourrissent. Elle-même pouvait s'en contenter pendant de longues périodes – comme moi. Mais si l'ardeur dont un vampire se nourrit ne lui appartient pas en propre, elle ne le sustente pas réellement.*

— Le Voyageur…, commençai-je.

Jean-Claude m'arrêta en posant une main sur ma bouche.

— *Pas tout haut, ma petite*, dit-il dans ma tête.

— *Hier soir, vous avez dit « pas de télépathie »*, lui rappelai-je de la même façon. *Vous pensiez que certains de nos invités risquaient de nous entendre.*

— *Pour l'instant, ils gisent morts dans leur chambre, alors que les personnes présentes dans cette pièce nous écoutent de toutes leurs oreilles.*

— Vous ne leur faites pas confiance ?

— Je préfère ne pas trop ébruiter le fait que tu as réussi à imposer ta volonté à un membre du Conseil.

Il avait raison. Lentement, prudemment, je pensai :

— Le Voyageur était en train de boire mon sang quand j'ai appelé Willie. C'est le sang qui a permis à ma nécromancie de fonctionner.

— Alors, nourris notre Requiem.

Je n'étais pas sûre que ce soit une bonne idée.

— Il s'est déjà nourri de moi une fois. Et si c'était justement une des causes du problème ? Asher pense que tous les vampires qui boivent mon sang se retrouvent liés à moi – ou attirés par moi, au minimum.

— Tu es délicieuse, ma petite.

— Ce n'est pas seulement ça. C'est autre chose.

— Nous souhaitons que nos vampires soient liés à nous, ma petite. Voilà pourquoi nous leur faisons prêter un serment de sang. Tout est une question de degré. Nous ne souhaitons pas que le lien devienne étroit au point de virer à l'esclavage.

Je partageais suffisamment les pensées de Jean-Claude pour savoir qu'il était sincère. Lui non plus n'aimait pas voir Requiem dans cet état.

— Cette histoire vous fait flipper presque autant que moi, constatai-je. *Pourquoi ? Ça renforce notre pouvoir, non ?*

— Peut-être, mais je n'ai pas invité Requiem – ni quiconque – à me rejoindre pour le réduire en esclavage. Je voulais offrir un refuge aux vampires de Londres, pas une prison.

— Auggie a dit que vous étiez trop sentimental pour votre propre bien, parfois.

À voix haute, Jean-Claude répliqua :

— Peut-être, mais tu m'as appris que les sentiments ne sont pas toujours une mauvaise chose.

Je levai les yeux vers ce visage d'une beauté inouïe et sentis l'amour surgir en moi telle une lame de fond, remplissant mon corps et continuant à enfler jusqu'à me comprimer la poitrine, me serrer la gorge et me piquer les yeux.

Je sais que ça peut paraître idiot, mais j'aime Jean-Claude. Je l'aime tout entier, et je l'aime tout particulièrement parce que l'amour qu'il a pour moi l'a rendu meilleur. Qu'il avoue que je l'avais rendu sentimental me donnait envie de pleurer. Richard ne manque jamais une occasion de me rappeler combien je suis froide et impitoyable. Mais s'il avait raison, si j'étais vraiment comme ça, je n'aurais pas pu rendre Jean-Claude sentimental. On ne peut pas transmettre à quelqu'un une chose dont on est soi-même dépourvu.

Jean-Claude m'embrassa doucement, une main enfouie dans mes cheveux sur un côté de mon visage. Puis il s'écarta de moi en chuchotant :

— Jamais je n'aurais cru que tu me regarderais ainsi un jour.

— Je vous aime, dis-je en touchant le dos de sa main.

— Je le sais, ma petite, mais il existe différentes sortes d'amour, et… (il sourit) je pensais que tu réservais cette tendresse à d'autres.

— Quels autres ? demandai-je sans pouvoir m'en empêcher.

Il me jeta un regard désapprobateur comme si je connaissais très bien la réponse à cette question – et je suppose qu'il avait raison. Je savais déjà que Richard était désespérément jaloux de Micah et de Nathaniel ; pour la première fois, je prenais conscience que Jean-Claude l'était aussi. Et la jalousie, ça fait toujours mal. J'étais désolée qu'il ait pu douter de l'intensité de mon amour. Jamais il ne pourrait me tenir la main en salle de travail, et jamais il ne passerait l'aspirateur chez moi, mais dans les limites de sa nature, je pouvais lui demander n'importe quoi.

— Je m'en veux d'interrompre cette scène touchante, intervint Londres sur un ton indiquant clairement qu'il ne culpabilisait pas du tout, voire qu'il s'en réjouissait, mais pourrais-tu tenter de libérer Requiem ? Sauf, bien entendu, si ce n'étaient que des paroles en l'air et que tu n'as jamais eu l'intention de le faire.

— Londres, dit Élinore.

Et ce simple mot sonna comme un avertissement.

— J'ai le droit d'être cynique, Élinore. J'ai été déçu trop souvent par trop de maîtres différents.

— Comme nous tous, répliqua Fatal.

Vérité se contenta de hocher la tête.

Je me rembrunis. Tout à coup, même les bras de Jean-Claude autour de moi me parurent moins réconfortants.

— Merci, les gars. Vous ne me mettez pas du tout la pression.

— Nous ne souhaitons pas te compliquer la tâche, dit Vérité, mais comme la plupart des vampires qui n'ont pas passé toute leur existence auprès d'un seul maître, nous avons été utilisés de façon très cruelle par ceux qui étaient censés prendre soin de nous.

— Le principe du système féodal, c'est que les gens situés en haut de l'échelle veillent sur ceux qui se trouvent en bas, ajouta Fatal. Mais dans la pratique, ça fonctionne rarement ainsi.

— Je sais, acquiesçai-je. C'est valable aussi pour la démocratie : ça ne marche que si les élus sont intègres et soucieux du bien-être des autres. Tout système dépend de l'honnêteté de ses dirigeants.

Les deux frères hochèrent la tête comme si je venais de faire une observation très pertinente. Ce qui était peut-être le cas.

Je déposai un baiser sur la poitrine nue de Jean-Claude, à l'endroit où du tissu cicatriciel brillant dessine une brûlure en forme de croix. Puis je m'écartai de lui et me dirigeai vers le lit en priant : *Faites que j'arrive à libérer Requiem sans le blesser davantage.*

Chapitre 27

Je dis à Requiem de s'allonger sur le lit, et il obéit sans hésitation. Élinore avait raison : il agissait comme un humain hypnotisé par un vampire.

Je m'agenouillai près de lui, mon peignoir coincé sous mes genoux et noué à la taille. En le contemplant, je m'interrogeai. Existait-il une chose qu'il refuserait de faire, même si je le lui demandais ? Le pouvoir que j'exerçais sur lui était-il vraiment sans limites ? J'avais vu des humains roulés par des vampires se retourner contre leurs proches en un clin d'œil et essayer de tuer des gens qu'ils aimaient. Requiem aurait-il tué pour moi, sans autre raison, simplement parce que je lui en aurais donné l'ordre ? J'aurais bien voulu le savoir, et en même temps, je préférais ne pas le savoir.

Je levai les yeux vers Jean-Claude.

— Si je le lui demandais, Requiem ferait-il n'importe quoi, comme un humain roulé par un vampire ?

— Je l'ignore, ma petite.

— Si tu n'as pas l'intention d'ensorceler qui que ce soit volontairement, quelle importance ? lança Londres en laissant toute sa méfiance transparaître dans cette question.

J'imagine que je ne pouvais pas l'en blâmer.

— Je n'ai pas l'intention d'ensorceler nos gens volontairement. Mais parfois, je me retrouve seule dans un nid de vampires que je suis censée éliminer – le genre de chose qui tend à les foutre en rogne. Et je me demandais si je pourrais utiliser l'ardeur comme une arme contre eux, en faire un atout au lieu d'une catastrophe en puissance.

Londres fronça les sourcils.

— Je ne te crois pas.

— Londres ! Ne lui parle plus jamais sur ce ton, s'exclama Élinore.

— J'ai vu ce que l'ardeur peut faire, se défendit Londres. Pas toi – pas réellement. (Une colère presque douloureuse à contempler crispa son visage.) Je me suis vu faire la même tête que Requiem en ce moment. Je me souviens très bien de ce que j'ai ressenti.

Il agrippa un des montants du lit si fort que sa peau se marbra légèrement. La décoloration aurait été plus prononcée s'il s'était nourri. Entendant craquer le bois, il laissa retomber ses mains.

— Une partie de moi voudrait encore ressentir ça. C'est comme être drogué en permanence. Planer béatement dans le ciel. Le bonheur qu'on éprouve n'est peut-être pas réel, mais c'est dur de faire la différence quand on est en plein dedans. (Il s'enveloppa de ses bras.) Quand cette sensation disparaît, le monde redevient un endroit plus sombre et plus froid. Mais tant qu'elle perdure, on reste esclave. Esclave de quelqu'un qui peut nous forcer à faire des choses…

Il secoua la tête si fort que cela me parut douloureux.

— Londres devrait peut-être sortir avant que je commence, suggérai-je.

— Non, dit-il vivement. Non. Si je ne supporte pas de te regarder nourrir l'ardeur, je devrai me trouver un autre maître et partir habiter ailleurs – dans un endroit où aucun vampire ne porte l'ardeur.

— Jean-Claude est ton maître, Londres. Tu auras besoin de sa permission pour t'en aller, fit remarquer Élinore.

— Nous en avons déjà discuté, dit Jean-Claude.

— Quand ? demandai-je.

— Londres est un drogué, ma petite. Il est accro à l'ardeur. Je l'ai sauvé de Belle Morte qui voulait le faire replonger, mais nous avons discuté du fait que, peut-être, il ne supporterait même pas de côtoyer ton ardeur et la mienne. Si tel est le cas… (il haussa gracieusement les épaules) je l'enverrai vivre loin de cette tentation. Mais il faudra du temps pour trouver un maître qui acceptera de recueillir un vampire aussi puissant que Londres. Surtout un mâle de la lignée de Belle Morte. Pour les femelles, bien entendu, il y a une liste d'attente.

— Mais pas pour les mâles.

— Non, ma petite. Les maîtresses semblent convaincues qu'elles risqueraient d'être ensorcelées par les mâles de notre lignée, tandis que les maîtres mâles semblent convaincus qu'ils parviendraient à maîtriser les femelles.

— Typique, commentai-je. (Je jetai un coup d'œil à Londres.) Mais si ça devient trop dur pour toi, promets-moi de sortir.

— Pourquoi te soucies-tu de moi ?

Je levai une main avant qu'Élinore puisse de nouveau le rabrouer.

— Parce que je vais déjà avoir assez de mal à libérer l'esprit de Requiem. Je ne veux pas être obligée de recommencer avec toi.

Londres acquiesça.

— Dans ce cas, je te promets que je sortirai si ça devient trop dur pour moi.

Pour une fois, son expression était très solennelle, sans la moindre trace de colère ou de défiance.

Prenant une grande inspiration, je reportai mon attention vers l'homme allongé sur le lit. Il me rendit un regard à la fois serein et impatient, comme un agneau qui aurait hâte qu'on lui tranche la gorge.

Je me rapprochai de lui pour pouvoir toucher le côté indemne de son visage. Je lui caressai la joue, et il laissa aller sa tête contre ma main, fermant les yeux comme si ce contact innocent suffisait à le remplir d'extase.

— Requiem, appelai-je. Requiem, reviens à moi.

Il posa sa main sur la mienne, la pressant plus fort contre sa joue.

— Je suis là, Anita. Juste devant toi.

Je secouai la tête, parce que ce n'était pas lui. C'était bien son corps, mais ce qui faisait que Requiem était Requiem manquait dans ses yeux. Son visage était celui d'un étranger. Ce qui fait qu'une personne est elle-même, ce n'est pas seulement la forme de son nez, le dessin de sa bouche ou la couleur de ses iris : c'est sa personnalité, les années d'expérience peintes sur ses traits. Or, rien de tout cela n'était plus visible chez Requiem.

— Oh, Requiem, reviens à nous.

Le vampire leva vers moi un regard perplexe. Il ne comprenait pas qu'il était perdu.

Je fermai les yeux pour pouvoir me concentrer sans me laisser distraire par la confiance aveugle qui se lisait sur son visage. Ma nécromancie ne fonctionne pas comme mes autres pouvoirs, peut-être parce qu'elle vient de moi et de moi seule – qu'elle m'appartient en propre. Je n'ai pas besoin de décider de l'utiliser : je dois juste cesser de lutter pour la contenir. En temps normal, je dois la serrer comme un poing métaphysique, la serrer très fort pour ne pas la laisser m'échapper. Afin de venir en aide à Requiem, j'ouvris grand ce poing métaphysique, cessant tout effort pour retenir ma nécromancie, et celle-ci s'écoula naturellement de moi.

La nuit précédente, avec Auggie, trop de choses s'étaient produites à la fois ; trop de pouvoirs s'étaient superposés. Là, il n'y avait rien d'autre que ma nécromancie. C'était si bon de me lâcher enfin, si foutrement bon !

Je rouvris les yeux et toisai Requiem.

— Viens à moi, réclamai-je. Viens à moi.

Il s'assit en me tendant les bras. Je posai un index sur sa poitrine.

— Requiem, arrête.

Il s'interrompit net, comme s'il était un jouet à piles et que je venais d'appuyer sur le bouton pour l'éteindre. Sainte Marie, mère de Dieu, c'était épouvantable.

— Ma petite, ma petite ! Fais attention.

Je pivotai vers Jean-Claude.

— Je suis un peu occupée, là, dis-je sans chercher à dissimuler mon irritation.

— À ta place, je me montrerais plus précise dans mes instructions. Tu n'as dit qu'à Requiem de s'arrêter. Les autres sont toujours sous l'emprise de ton appel.

Il désigna le reste des vampires présents dans la pièce. Londres agrippait le montant. Vérité et Fatal se bagarraient près du lit ; Vérité voulait grimper dessus, et Fatal tentait de le retenir. Vérité semblait effrayé ; Fatal avait l'air fâché. Quant à Élinore, debout près de son fauteuil, elle s'accrochait à celui-ci comme si seul son poids l'empêchait de venir à moi.

Je me sentis blêmir.

— Je ne voulais pas…

— Ta nécromancie est montée en puissance tout comme tes bêtes ont accru la leur, ma petite. Donne des ordres plus spécifiques à Requiem. N'oublie jamais d'utiliser son nom.

Je jetai un coup d'œil à Élinore.

— Si je t'appelais par ton nom, serais-tu obligée de m'obéir ?

Elle déglutit assez fort pour que je l'entende.

— Je lutterais, mais la compulsion serait intense. Je ne suis pas encore un Maître de la Ville. Nul vampire ne m'a prêté de serment de sang. Mon pouvoir n'est pas nourri et renforcé par celui de mes sujets. Je ne suis ni Augustin ni Samuel. Si tu essayais de me forcer, j'aurais du mal à résister.

Ce fut à mon tour de déglutir péniblement.

— Nous sommes tous liés à Jean-Claude par le sang, ajouta Londres, les dents serrées. Je pense que si nous avons tant de mal à résister à l'appel d'Anita, c'est parce qu'elle est sa servante humaine.

Repoussant son frère, Vérité se dirigea vers le fauteuil situé près de la cheminée. Il se laissa tomber dedans et se couvrit le visage des mains. Fatal se tourna vers moi.

— Il voulait aller à toi. Nous sommes tous deux liés à Jean-Claude par le sang. Pourquoi mon frère a-t-il eu plus de mal à résister à ton appel ?

— Parce qu'il s'est nourri de ma petite quand il nous a prêté serment, répondit Jean-Claude. Toi, c'est mon sang que tu as bu.

— Quand tu as lié mon frère, je t'ai dit que je devrais être lié exactement de la même façon que lui. Tu m'as assuré que le fait que je boive le sang de Jean-Claude plutôt que le tien ne changerait rien. (Fatal eut un geste rageur en direction de Vérité.) Ce n'est pas rien !

Requiem m'enlaça et m'embrassa dans le cou. Pour ça, il fut obligé de se pencher légèrement, alors qu'il était blessé au ventre. Ça aurait dû lui faire mal.

Je répondis la seule chose qui me vint à l'esprit.

— Je ne savais pas.

— Nous devons toujours être liés de la même façon, enragea Fatal. Nous devons toujours rester pareils. C'est notre force. C'est notre identité. Quoi que tu aies fait à mon frère, tu dois me le faire aussi, ou défaire ce que tu lui as fait.

Je hochai la tête.

— J'essaierai.

— Je commence à comprendre pourquoi on tuait les nécromanciens à vue autrefois, commenta Londres.

— C'est une menace ? demanda Jean-Claude.

— Non, maître. Non.

Mais je comprenais ce que Londres avait voulu dire. Requiem me lécha le cou, et le contact humide de sa langue me fit frissonner légèrement.

— Requiem, cesse de me toucher.

Il se figea contre moi. Son corps était toujours en contact avec le mien, mais il ne bougeait plus.

Jean-Claude avait raison : je devais faire attention à la manière dont je formulais mes instructions. Je devais trouver Requiem. Pas juste un mort ou un vampire. J'avais besoin de lui, de son individualité. J'avais déjà fait quelque chose de similaire une fois, à l'Église de la Vie Éternelle, alors que la police et moi recherchions un vampire suspecté de meurtre. Mon pouvoir avait sondé la foule qui m'entourait en quête d'une personne que je ne connaissais même pas. Mais je connaissais Requiem. Il était tout contre moi.

Passant mes bras autour de ses épaules, je rabattis la lourde masse de ses cheveux sur un côté pour pouvoir enfouir mon visage dans le creux de son cou. Sa peau n'était pas tiède. Il sentait l'eau de Cologne, le savon, le shampoing, mais en dessous de tout ça, je ne décelais qu'un léger parfum de mort. Pas la puanteur de la décomposition, parce que les vampires ne pourrissent pas, mais une odeur de renfermé comme celle d'une pièce restée fermée trop longtemps – ou l'odeur reptilienne qui plane dans un vivarium. Bref, pas une odeur qui donne envie de faire des câlins à celui qui la dégage. Pourtant, les bras de Requiem étaient puissants, et le bord de ses blessures pas encore cicatrisées raclait la soie de mon peignoir. Il était réel, à défaut d'être vivant.

Le tenant contre moi, j'introduisis ma nécromancie dans son corps. Je la poussai prudemment à l'intérieur pour qu'elle ne touche personne d'autre, et je me mis en quête, non pas de cet étranger trop docile, mais de cette étincelle qui était le véritable Requiem. Et je le trouvai tout au fond de lui-même, dans le noir. Il n'avait pas vraiment peur, mais il se sentait perdu, désorienté.

Je l'appelai. Je le sentis lever les yeux. Il m'avait entendue, mais il ne pouvait pas venir à moi. Je voyais sa prison ; j'en touchais la porte, je le regardais à travers les barreaux, mais je n'avais pas la clé.

Soudain, je compris de quoi nous avions besoin. De sang. Peu importe à quel type de mort-vivant vous avez affaire : le sang est généralement la clé.

Relevant la tête, je rabattis mes cheveux sur une épaule pour dénuder mon cou.

— Nourris-toi, Requiem. Nourris-toi de moi.

Choqué, le vampire écarquilla les yeux comme s'il ne parvenait pas à croire que je lui demande une chose pareille, mais il ne se le fit pas dire deux fois. Une de ses mains empoigna mes cheveux ; l'autre se posa dans mon dos afin de me plaquer contre lui. Comme il était assis et que je me tenais à genoux, il dut m'obliger à me baisser pour mettre mon cou au niveau de sa bouche.

Il ne pouvait pas me rouler avec ses yeux, et il n'essaya même pas. Rien ne viendrait changer la douleur en plaisir. Je le sentis se raidir avant de frapper, et je m'efforçai de me détendre – mais dans ces cas-là, on n'y arrive jamais. On ne réussit qu'à se tendre quand même, et ça fait encore plus mal.

Requiem me mordit. Ses crocs se plantèrent dans mon cou, et la douleur fut assez vive pour que je tente de le repousser. Impossible d'encaisser un truc pareil à froid sans se débattre. Je sentis Requiem commencer à boire, sa pomme d'Adam monter et descendre tandis qu'il avalait. Ça pouvait être un geste très érotique, en l'état, ça faisait juste affreusement mal.

Mais c'était comme décapiter un poulet pour relever un zombie, ou barbouiller de sang les lèvres d'un vampire pour le soigner. Il y avait un dessein derrière ce geste. Sans tenir compte de la douleur, je projetai ma magie dans la gorge de Requiem en même temps que mon sang. Je m'en servis pour l'appeler, pour le localiser dans le noir et le délivrer de sa prison.

Le vampire s'écarta de moi, haletant comme s'il venait de piquer un cent mètres. La lèvre inférieure maculée de sang, il leva vers moi un regard encore hébété – et l'instant d'après, sa personnalité se déversa dans ses yeux. Un feu bleu, avec un soupçon de turquoise au centre, emplit ses prunelles. Son pouvoir dansa sur ma peau telle une brise froide et mordante.

— Je suis là, Anita. J'ai l'esprit clair maintenant. Que veux-tu de moi ?

Je me dégageai de son étreinte, touchai mon cou et retirai ma main couverte de sang. J'entendis Rémus envoyer le jeune garde Cisco à la salle de bains pour chercher des bandages et du sparadrap.

— Je voulais que tu te libères et que tu redeviennes toi-même. C'est fait.

Requiem secoua la tête et frémit, comme si ses ecchymoses commençaient tout juste à lui faire mal. Il se laissa aller parmi le tas d'oreillers pour ménager sa poitrine et son ventre, posant prudemment son bras blessé sur les draps.

— J'étais comme drogué. Quand tu me touchais, ça ne faisait presque pas mal. Maintenant, je suis libre, et ça fait un mal de chien.

— Comme toujours, non ? répliquai-je.

Mais je souriais. Requiem était de nouveau lui-même.

Tour à tour, je détaillai les autres vampires. Élinore agrippait toujours le dossier de son fauteuil. Je la sentais ; je la goûtais comme un parfum de crème glacée que j'aurais pu mettre dans un cornet. Vanille avec des pépites de chocolat. Je reportai mon attention sur Londres. Pas de vanille pour lui, mais quelque chose de plus sombre et de plus consistant, plein de morceaux durs.

Fatal m'apparut comme du glaçage au chocolat, le genre qu'on a envie d'étaler sur la peau d'un amant pour le lécher. Je secouai la tête pour chasser cette image. Enfin, mon regard se posa sur Vérité toujours pelotonné près de l'âtre. Quelque chose de frais et de naturel… De la fraise, peut-être ? De la glace à la fraise qui coulerait sur sa poitrine et dont le froid ferait durcir ses mamelons…

— Anita ! (C'était la voix de Jean-Claude.) Anita, tu dois arrêter ça.

En temps normal, il ne m'appelle jamais par mon prénom. Du coup, je m'arrachai à mes réflexions gourmandes pour le dévisager.

— Pourquoi ne puis-je pas vous goûter ?

— Parce que je suis ton maître, pas un jouet pour ton pouvoir !

Son expression m'effraya, parce qu'il était effrayé lui-même. J'humectai mes lèvres sèches et dis :

— Je suppose que ça répond à notre question. Je ne dois toucher les vampires de personne d'autre.

— Sous aucun prétexte, approuva-t-il. Maintenant, éteins-moi ça.

Je mis une seconde à comprendre de quoi il parlait. Ma nécromancie. Je devais en interrompre le flot. Fermant les yeux, je l'endiguai de nouveau en moi. Je refermai ce fameux poing métaphysique et le serrai très fort. Mais il me sembla que désormais, il n'était plus assez gros pour contenir tout mon pouvoir. Celui-ci s'échappait entre mes doigts comme du sable.

Non, c'était faux. En vérité, je ne voulais pas m'arrêter. Je ne voulais pas ravaler ma nécromancie. C'était si bon d'explorer les vampires, bien meilleur que de jouer avec les zombies. À l'instant où je pris conscience que c'était moi qui provoquais les fuites, je réussis enfin à refermer mon poing. Cela me fut presque douloureux, mais je le refermai. Néanmoins, je me demandai si un jour viendrait où mon pouvoir serait si grand que je n'arriverais plus à le contenir. J'avais besoin de parler à mon professeur de magie, Marianne, et le plus tôt serait le mieux.

Je rouvris les yeux.

— C'est bon comme ça ?

— Oui, c'est bon, répondit Jean-Claude.

Mais il n'avait pas l'air content.

— C'était effrayant, commenta Élinore. J'ai senti ton pouvoir comme si tu me léchais la peau.

Elle frissonna, et apparemment pas de plaisir.

— Désolée.

— Tu pourrais me rouler, dit Londres. Me rouler comme je peux rouler un humain. Tu en serais capable ; j'en suis sûr.

— Tu dois défaire ce que tu as fait à mon frère, ou me lier de la même façon que lui, réclama Fatal.

Je hochai la tête.

— Nous en discuterons plus tard, d'accord ? Aujourd'hui ; j'ai trop d'autres choses à faire.

— Tu m'as promis, insista Fatal.

Je soupirai.

— Écoute, je ne me doutais pas que donner mon sang à ton frère plutôt que celui de Jean-Claude poserait tant de problèmes, d'accord ? Je fais de mon mieux. Vérité agonisait quand je lui ai offert mon sang. Je lui ai sauvé la vie, si mes souvenirs sont exacts. Alors, cesse de me faire chier avec cette histoire.

Je commençais à me fâcher parce que je me sentais coupable, et que chez moi, la culpabilité alimente presque toujours la colère.

— Anita s'occupera de votre problème une autre fois, intervint Requiem. Aujourd'hui, c'est à mon tour.

Quelque chose dans le ton sur lequel il avait dit ça me fit reporter mon attention sur lui. Il était allongé comme s'il avait mal, mais ce n'était pas de la douleur que je lisais sur son visage : c'était… de l'anticipation.

— À quoi penses-tu, Requiem ? demandai-je.

— Que tu dois toujours nourrir l'ardeur devant tous ces braves gens.

Je secouai la tête.

— Je ne crois pas que ce soit une bonne idée.

— Cette expérience est destinée à prévoir ce qui se passera si tu nourris l'ardeur devant nos visiteurs. Maintenant, tu sais que tu ne dois pas utiliser ta nécromancie en leur présence. Pour le reste, rien n'a été décidé.

— Oh, je crois que si.

— Sur ce coup-là, je suis d'accord avec Anita, dit Londres. Pas d'ardeur en présence de nos invités. Pas de quoi que ce soit devant les autres maîtres.

— Ce n'est pas à toi d'en décider, répliqua Élinore.

— Tu crois que j'ai tort ?

Comme la vampire ne répondait pas, je m'en chargeai à sa place.

— Non, tu n'as pas tort, Londres. Mes pouvoirs sont encore trop imprévisibles pour que je les utilise en public. Je vais devoir mettre en place un bouclier encore plus hermétique que d'habitude.

— Tu maîtrises peut-être ta nécromancie, mais tu n'as pas encore dressé l'ardeur, me rappela Requiem.

— Elle vient juste de te libérer, lui rappela Fatal. Comment peux-tu vouloir qu'elle te réduise de nouveau en esclavage ?

— Je ne veux pas redevenir un esclave, mais je veux qu'elle se nourrisse. Je le désire plus ardemment que je n'ai rien désiré d'autre depuis très longtemps.

Je regardai Jean-Claude.

— Il est libre, oui ou non ?

— Tu m'as rappelé pour que je puisse choisir, Anita.

Je reportai mon attention sur Requiem.

— Je ne comprends pas.

— Tu as dit que plus jamais tu ne m'utiliserais pour nourrir l'ardeur à moins que je sois libre de refuser. Tu as dit que si je ne pouvais pas choisir, ce serait un viol.

— Je n'étais pas sûre que tu te rappellerais tout ce que je disais.

— Je m'en souviens.

— Je crois qu'il serait trop dangereux de t'utiliser pour nourrir l'ardeur.

— Tu as juré que tu te nourrirais de moi si je me libérais de mes chaînes. Ce que j'ai fait.

— C'est moi qui t'ai libéré.

— En es-tu certaine ? Peux-tu affirmer que ma volonté ne t'a pas aidée ?

Je faillis répondre par la négative, mais hésitai.

— Je… je ne sais pas, avouai-je.

— Dans ce cas, je choisis librement que tu te nourrisses de moi.

Je secouai la tête.

— Nourris-toi, Anita. Nourris-toi de ma chair, étanche ta soif au puits de ma volonté jusqu'à ce qu'elle se déverse sur ton corps comme du sang.

— Tu n'as pas les idées claires.

Je voulus me lever du lit, mais Requiem me saisit le bras d'un de ces mouvements trop rapides pour que l'œil humain puisse les suivre. Il frémit, révélant la douleur que ce geste lui avait coûtée.

— Je n'ai pas fait le choix que tu aurais fait si tu étais à ma place. Je n'ai pas fait le choix que tu souhaitais que je fasse, mais c'est mon choix.

— Lâche-moi, Requiem.

Il me dévisagea et sourit.

— Je ne veux pas te lâcher, et je suis désormais libre de ne pas t'obéir. J'ai lutté pour revenir parce que tu disais que c'était la condition pour que tu te nourrisses de moi. Me refuseras-tu cette récompense à présent que je me suis battu et que j'ai vaincu ?

— Et si le fait que je me nourrisse de toi te rend de nouveau esclave ? Si l'ardeur te consume encore une fois ?

— Si je ne dois jamais être consumé par l'amour, quel sort plus enviable que d'être consumé par l'ardeur ?

— Tu parles comme un drogué qui vient de regoûter à sa dope après une longue période d'abstinence.

— Mon cœur est mort deux fois. La première, quand ma vie humaine a pris fin ; la seconde, quand Ligéia m'a été enlevée. Je n'ai rien ressenti depuis si longtemps, Anita ! Grâce à toi, j'éprouve de nouveau quelque chose.

Il s'assit et m'attira vers lui. Je posai une main sur sa poitrine, à un cheveu de la blessure infligée par le couteau de Meng Die.

— Ce n'est pas grâce à moi, mais grâce à l'ardeur.

Il toucha mon visage de sa main libre.

— Non, quelque chose en toi a réveillé mon cœur.

La panique s'empara de moi à l'idée que Requiem s'apprêtait à me jurer un amour éternel. Jean-Claude dut craindre la même chose, car il s'approcha et me toucha le bras. Requiem laissa sa main sur ma joue mais me lâcha le bras et tendit son autre main pour la poser sur la taille de Jean-Claude. Je me doutais qu'il ne devait pas sentir grand-chose à travers l'épais brocart de la robe de chambre, mais c'était le geste le plus intime que je l'avais jamais vu faire envers Jean-Claude.

— Jusqu'ici, ton ardeur avait toujours eu son goût à elle, dit Requiem à Jean-Claude.

Il ne parlait pas de moi. Il parlait de Belle Morte, comme tous les descendants de celle-ci quand ils ne précisent pas qui est « elle ».

— La nuit dernière, ça n'était pas le cas, poursuivit-il. La nuit dernière, ton pouvoir n'avait le goût que de toi-même. Je savais déjà que tu étais un sourdre de sang, mais jusqu'à hier, tu restais une planète en orbite autour du soleil de Belle Morte. La nuit dernière, tu es devenu le soleil et elle est devenue la lune.

— Belle est devenue la lune ? m'étonnai-je.

Requiem me regarda en souriant.

— Non, Anita. C'est toi qui es devenue la lune. « La lune est une fieffée voleuse qui soustrait son feu pâle au soleil. »

— Tu cites quelqu'un.

— Shakespeare, ma petite, répondit Jean-Claude à la place de Requiem. *La Vie de Timon d'Athènes*.

— Je ne l'ai pas lue.

J'avais le cœur dans la gorge, et cela faisait suinter un peu de sang des traces de morsure que Requiem avait laissées dans mon cou.

— Je n'ai pas besoin de nourrir l'ardeur tout de suite, Requiem, et compte tenu des choses bizarres qui se passent en ce moment, je préfère attendre jusqu'à ce que j'en aie besoin.

— C'est le bon sens même, intervint Londres.

Requiem lui jeta un coup d'œil entendu.

— À ma place, voudrais-tu attendre ?

— Avec votre permission, lança Londres, j'aimerais quitter la pièce.

— Tu peux y aller, dit Jean-Claude.

Londres ne courut pas vers la porte, mais je peux vous assurer qu'il ne traîna pas en chemin. Je le comprenais. Si j'avais pu m'enfuir devant l'ardeur, je l'aurais fait. Mais on ne peut pas se semer soi-même.

— Que tous ceux qui souhaitent partir le fassent, ajouta Jean-Claude.

— L'expérience ne fonctionnera pas en notre absence, fit remarquer Élinore.

— L'expérience est terminée, rétorqua Jean-Claude. Nous sommes trop dangereux, et nous le savons.

Élinore ne discuta pas. Elle se contenta de sortir. Fatal prit son frère par le bras et l'entraîna dehors. On aurait dit que Vérité pleurait.

— Que voulez-vous que nous fassions ? s'enquit Rémus.

— Protégez-nous, si vous le pouvez, répondit Jean-Claude.

— Bien sûr que nous le pouvons, affirma Rémus sur un ton légèrement offensé.

— Pouvez-vous nous protéger contre nous-mêmes ? insinua Jean-Claude.

— Je ne comprends pas.

Cisco était revenu avec les bandages et le sparadrap. Il se tenait immobile près du lit, comme s'il ne savait pas trop quoi en faire. Je touchai mon cou et vis un peu de sang sur mes doigts, mais pas beaucoup. Une morsure vampirique correcte ne saigne pas autant qu'on pourrait le croire, et connaissant Requiem, il avait fait ça proprement.

— Vous avez besoin de désinfectant ? demanda Cisco.

Rémus s'approcha du lit.

— Tu traites Anita comme une métamorphe, s'impatienta-t-il.

— Oh.

Cisco déposa son kit de premiers secours sur le lit, puis hésita comme si ça l'embêtait de le mettre entre Requiem et moi. Il portait toujours son flingue, mais son assurance de garde du corps avait disparu, remplacée par la gaucherie d'un jeune homme de dix-huit ans.

— Donne-lui de la gaze pour qu'elle puisse se faire une compresse, ordonna Rémus. Dans un cas comme le sien, les bandages servent surtout à éviter de foutre du sang partout.

Cisco acquiesça, mais il me tendit la gaze avec un regard fuyant. Il se donnait beaucoup de mal pour ne pas poser les yeux sur moi, et je compris enfin une partie du problème. En se nourrissant, Requiem avait écarté les pans de mon peignoir, si bien que j'avais pratiquement les seins à l'air. Oh, on ne voyait rien qu'un décolleté très profond n'aurait révélé, mais apparemment, ça constituait une distraction suffisante. Cisco faisait de gros efforts pour ne pas me mater, mais il ne pouvait s'empêcher de jeter des coups d'œil coupables à ma poitrine.

Je pressai la gaze sur la morsure et refermai mon peignoir de ma main libre. J'aurais eu besoin de mes deux mains pour rajuster la ceinture ; aussi me contentai-je d'en tenir les pans serrés au niveau de ma gorge. Du coup, Cisco comprit que j'avais deviné la cause de son embarras. Il leva enfin les yeux, me révélant un regard presque paniqué et des joues empourprées par la gêne. Il se détourna très vite et d'un mouvement rageur, comme s'il m'en voulait d'avoir lu dans son esprit.

— Va dans la salle du cercueil, lui intima Rémus, et dis à Nazareth de venir prendre ta place ici.

— Pourquoi ? protesta Cisco.

— Tu lorgnes ses nichons. Ce n'est pas un morceau de viande, gamin. Quand tu bosses, tu bosses. Tu peux remarquer que la cliente est bien foutue, mais tu ne dois pas te laisser distraire pour autant.

— Je suis désolé, Rémus. Ça ne se reproduira pas.

— En effet, ça ne se reproduira pas, parce que tu seras dans la salle du cercueil.

— S'il te plaît, Rémus…

— Je t'ai donné un ordre, Cisco. Obéis.

Cisco baissa la tête – une attitude qui indiquait non la docilité mais la défaite. Qu'il se sente vaincu pour si peu disait combien il était encore jeune. Mais il se dirigea vers la porte sans discuter davantage.

Lorsqu'il fut sorti, Rémus se tourna vers moi.

— Tu saignes encore ?

Je lâchai la compresse. Elle resta en place, collée à mon cou par le sang coagulé.

— Difficile à dire.

Rémus tendit une main comme pour vérifier, mais la laissa retomber avant de m'avoir touchée. Je baissai les yeux pour vérifier que ma poitrine était complètement couverte. Affirmatif. Alors, pourquoi inspirais-je tant de réticence à Rémus ?

— Tu peux enlever la compresse ? demanda-t-il.

J'obtempérai sans discuter, et cela ne me fit pas mal – ce qui signifiait que la morsure n'était pas trop profonde. Bien.

— Tourne la tête sur le côté pour que je puisse voir, réclama Rémus.

Puis il ajouta :

— S'il te plaît.

Je fis ce qu'il demandait. Du coup, mon regard se posa sur Jean-Claude, qui m'observait d'un air beaucoup trop solennel.

— Qu'est-ce qui ne va pas ? lançai-je.

— As-tu à ce point honte de nous, pour dissimuler la marque de nos faveurs sous des bandages et du sparadrap ?

Je fronçai les sourcils.

— De quoi parlez-vous ?

Rémus appliqua une seconde couche de gaze sur mon cou.

— Tu peux tenir ça pendant que je la fixe ?

J'obéis automatiquement. Jean-Claude désigna ma main, puis Rémus qui lui tournait presque le dos.

Le métamorphe coupa un morceau de sparadrap. Avant qu'il puisse le coller, je posai une main sur son bras. Il recula aussitôt hors de ma portée. Je le dévisageai, mais il refusa de soutenir mon regard, de sorte que je ne pus rien lire dans ses yeux. Il avait reculé comme si je venais de le frapper.

Je reportai mon attention sur Jean-Claude. La réticence de Rémus était le problème de Rémus. J'en avais déjà bien assez des miens.

— Vous voulez savoir pourquoi je panse ma plaie ?

Jean-Claude acquiesça.

— Je panse toujours mes plaies, les morsures comme les autres.

— *Pourquoi ?* me demanda-t-il en français.

J'ouvris la bouche, la refermai et réfléchis avant de répondre :

— C'est la procédure à suivre quand on est blessé. Une morsure vampirique perce généralement une veine ou une artère. Donc, il faut la badigeonner d'antiseptique et mettre un pansement dessus pour l'empêcher de s'infecter.

— Tu as déjà entendu parler d'une morsure vampirique qui s'était infectée ?

Passer mes souvenirs en revue me prit presque une minute.

— Non, concédai-je enfin.

— Et pourquoi ça, ma petite ?

— Parce que la salive des vampires contient un antiseptique naturel, et beaucoup moins de bactéries que celle d'un humain.

— Cette fois, c'est toi qui cites quelqu'un.

Je hochai la tête et m'interrompis parce que la morsure tirait légèrement. Elle n'était pas douloureuse, mais elle me faisait sentir sa présence dans mon cou.

— Oui, un article a été publié là-dessus dans *Le Réanimateur*. Un docteur s'était demandé pourquoi les morsures vampiriques ne s'infectaient pas comme les morsures humaines ou animales. On savait déjà depuis un moment que votre salive contenait un anticoagulant, mais l'initiative de ce type a donné lieu à la première étude scientifique sur ses autres propriétés.

— Donc, je te repose la question : pourquoi dissimules-tu les marques de nos faveurs ?

Je réfléchis et haussai les épaules.

— Par habitude.

J'ôtai la compresse de mon cou. Deux petits cercles rouges se détachaient sur la gaze, mais la plaie ne saignait presque plus. En règle générale, ça s'arrête assez vite quand un vampire mord juste avec les canines. S'il met toutes les dents, en revanche… ça continue à couler pendant un moment. Mais deux trous bien propres se referment rapidement.

Je connais des accros aux vampires qui tentent de dissimuler leur addiction en se faisant mordre toujours au même endroit. Ça suffit pour berner les touristes ou leur patron le lundi matin, mais ça ne fonctionne pas avec les gens qui savent à quoi ressemble une morsure vampirique fraîche. À moins d'une attaque violente, cette dernière est toujours très nette et à peine visible. Un traumatisme répété au même endroit, en revanche, provoque des hématomes et des déchirures.

Je tendis la compresse souillée à Rémus, qui la prit du bout des doigts comme s'il ne voulait pas courir le risque de me toucher.

— Je n'aurai pas besoin de pansement, en fin de compte. Merci, Rémus.

Jean-Claude s'approcha de moi en souriant. Il effleura la trace de morsure, et je vis deux minuscules gouttes de sang sur ses doigts. Il porta ces derniers à sa bouche, et avant même que son geste soit fini, je sus qu'il allait les lécher avec délicatesse. En revanche, j'aurais bien été en peine de dire ce que ça m'inspirait. Ça ne m'excitait pas, mais ça ne me dégoûtait pas non plus. Ça me laissait indifférente. Néanmoins je me demandais pourquoi Jean-Claude avait fait ça. D'habitude, il se donne du mal pour ne pas m'effrayer avec des comportements trop vampiriques.

Il se pencha vers moi, prit doucement mon visage entre ses mains, et tenta de m'attirer à lui pour m'embrasser. En temps normal, j'aurais fait la moitié du chemin, mais pas cette fois. Cette fois, je restai assise, tenant toujours mon peignoir plaqué contre ma poitrine, et forçai Jean-Claude à s'incliner plus bas. Il s'arrêta juste avant que nos lèvres se touchent et se redressa jute assez pour que je voie son visage.

— Tu m'as déjà embrassé à maintes reprises alors que j'avais le goût de ton sang dans la bouche. Mais aujourd'hui, je lis de la réticence sur tes traits ; je la sens dans ton corps. Pourquoi ?

Il scruta mon visage. Pourtant, il n'avait qu'à baisser son bouclier pour savoir exactement à quoi je pensais. Peut-être avait-il peur de ce qu'il verrait dans mon esprit.

« Pourquoi ? » demandait-il. Parce qu'il venait de lécher mon sang sur ses doigts ? Je l'avais déjà embrassé juste après qu'il eut bu à la source d'une de mes veines. Je l'avais déjà embrassé alors que ses lèvres ou les miennes saignaient d'avoir été éraflées par ses crocs. J'en étais venue à considérer ce petit goût cuivré comme un aphrodisiaque, parce qu'il était étroitement associé à Jean-Claude et aux autres hommes de ma vie. Même Richard aime le goût du sang. Il déteste aimer ça, mais il l'aime quand même.

Jean-Claude se redressa en laissant retomber ses mains. Une expression de tristesse infinie se peignit sur son visage. Je lui saisis le bras.

— Ne faites pas ça.

— Qu'est-ce que je ne dois pas faire, ma petite ? Cesser de cacher ce que je suis ? Je ne peux pas redevenir humain, pas même pour toi. Quand je fais semblant de l'être – quand nous faisons semblant de l'être l'un pour l'autre – cela amoindrit notre pouvoir. Et surtout, ça me rend malade.

Je lui lâchai le bras. Je ne voulais pas poser la question, mais je savais que je devais le faire sous peine de passer pour une lâche. Alors, je déglutis péniblement et demandai :

— Qu'est-ce qui vous rend malade ?

— Que tu te détournes de moi pour si peu. J'ai léché ton sang sur mes doigts, et maintenant, tu refuses de m'embrasser.

— Je vous aurais embrassé.

Il secoua la tête.

— Mais tu n'en avais pas envie.

Je ne pouvais pas prétendre le contraire, même si une partie de moi aurait préféré… une partie seulement.

— Que voulez-vous que je fasse ?

— Je veux que Richard et toi vous acceptiez tels que vous êtes, et je n'ai plus le temps d'attendre que ce miracle se produise de lui-même.

— Qu'est-ce que ça signifie ?

— Tu avais promis d'utiliser Requiem pour nourrir l'ardeur s'il arrivait à se libérer de ton pouvoir. Reviendras-tu sur ta parole ?

Je jetai un coup d'œil à l'autre vampire affalé sur les oreillers, puis reportai mon attention sur Jean-Claude.

— L'ardeur ne s'est pas encore réveillée. Nous devrions profiter de ce répit pour mettre notre stratégie au point.

— Quelle stratégie, ma petite ? Ce n'est pas avec des couteaux et des pistolets que se livrera cette bataille. Elle se livrera avec des armes beaucoup plus douces, bien que tout aussi dangereuses au final.

Je secouai la tête et sentis une goutte de sang couler sur ma gorge. Ce n'était pas le mouvement qui avait rouvert ma plaie, mais l'accélération de mon pouls.

—Nous ne nourrirons pas l'ardeur avant d'y être forcés.

—Plus ton pouvoir augmente, plus tu ressembles à Belle Morte, dit tristement Requiem.

Je le dévisageai.

—De quoi parles-tu ?

—Souvent, Belle promettait de nous utiliser pour nourrir l'ardeur ; puis elle prétendait qu'elle n'avait pas voulu dire tout de suite, mais plus tard. Toujours plus tard. Vraiment très tard quand elle souhaitait se montrer particulièrement cruelle.

—Je ne joue pas avec toi, protestai-je. J'ai peur.

—Si tu te nourris de Requiem et que tu l'ensorcelles de nouveau, tu ne pourras goûter à aucun des candidats amenés par les autres maîtres, fit valoir Jean-Claude. Nous leur montrerons dans quel état est Requiem, et nous leur dirons que tu es devenue trop puissante pour te livrer encore à ce genre de jeux.

—Et si Requiem n'est pas ensorcelé cette fois ?

—Alors, tu pourras goûter certains des candidats de nos invités sans coucher avec eux pour autant.

Je secouai la tête.

—L'ardeur grandit, ma petite. Tu dois l'accepter. Ce que nous avons vu aujourd'hui et la nuit dernière prouve que nous ne pouvons plus faire semblant.

—Je ne fais pas semblant.

—Si, tu fais semblant.

—Semblant de quoi ?

—Je suis désolé, ma petite. Sincèrement désolé. Mais nous devons accepter la vérité.

J'avais rampé jusqu'au pied du lit. Du sang coulait le long de ma gorge en me chatouillant la peau. J'avais si peur que je sentais un goût métallique sur ma langue.

— J'ignore de quoi vous parlez.

— Tu es le succube de mon incube, ma petite. Tu te nourris comme un vampire, mais de sexe plutôt que de sang.

— Je le savais déjà, dis-je sur un ton irrité, parce que je ne voulais pas laisser transparaître ma frayeur.

— Tu le savais ici, fit Jean-Claude en touchant son front. Pas là. (Il posa une main sur son cœur.) Aujourd'hui encore, tu ne crois pas réellement que tu es une vampire.

— Parce que je n'en suis pas une.

— Pas au sens traditionnel du terme, non. Mais seulement parce que tu peux t'alimenter de Damian et de Nathaniel. Sans leur énergie pour te sustenter, ton corps s'affaiblirait chaque fois que tu tarderais trop à nourrir l'ardeur.

— Vous êtes resté des années sans nourrir l'ardeur pour de bon, lui rappelai-je. L'ancienne maîtresse de Saint Louis ne vous y autorisait pas, pas complètement.

— En effet. Nikolaos redoutait ce que je deviendrais si elle ne bridait pas mes pouvoirs. Le Maître de la Ville qui m'avait échangé contre un de ses vampires me craignait lui aussi. Il m'avait envoyé à Nikolaos parce qu'il savait que je ne coucherais pas volontairement avec une vampire ayant le corps d'une enfant.

— Nikolaos semblait avoir douze ou treize ans. Dans certains pays, c'est l'âge du consentement sexuel.

— Mais ce n'est pas un âge susceptible d'éveiller mon désir, répliqua Jean-Claude. (Il frissonna.) Et puis, tu as rencontré Nikolaos. M'imagines-tu cherchant à attirer son attention sur moi de cette façon très particulière ?

Je fis un signe de dénégation.

— Non. Elle était beaucoup trop flippante.

Jean-Claude opina.

— « Flippante », c'est une façon de la qualifier, même s'il existe d'autres adjectifs. (Il secoua la tête comme pour chasser ces pensées de son esprit.) Si tu étais une femme plus facile, être le succube de mon incube ne te poserait pas de problème. Tu te nourrirais de qui tu voudrais, voilà tout. Comme tu es humaine, la loi ne t'interdit pas d'utiliser des pouvoirs vampiriques pour manipuler autrui.

— Faux, contrai-je. Il est illégal d'avoir recours à la magie ou à des capacités psychiques pour inciter quelqu'un à se livrer à des actes sexuels. C'est considéré comme un viol à l'aide de Rohypnol ou de drogues semblables, et puni de la même façon.

— J'ignorais que cette loi avait été amendée.

Je haussai les épaules.

— Je me tiens au courant de l'évolution des lois en général. Ça fait partie de mon métier.

Jean-Claude acquiesça.

— Néanmoins, ma petite, nombreux sont ceux qui t'offriraient volontairement leur corps. Si tu étais prête à coucher avec des inconnus, tu ne manquerais jamais de nourriture pour l'ardeur.

Je fronçai les sourcils, ce qui lui arracha un petit sourire.

— Ne fais pas cette tête, ma petite. Je sais que ce n'est pas ton genre. Tu es la personne la moins portée sur les relations d'un soir que je connaisse. Toujours si sérieuse en tout ; si mortellement sérieuse…

— C'est une doléance ?

— Non, mais c'est la vérité.

Je hochai la tête et portai une main à ma gorge pour empêcher le sang de couler sur mon peignoir en soie. Du regard, je cherchai Rémus.

— Une compresse, s'il te plaît, pour éviter de porter ça au pressing.

Le métamorphe obtempéra sans un mot. Je tentai d'arrêter le sang, mais mon pouls continuait à l'expulser par les deux petits trous, et je ne parvenais pas à me calmer suffisamment pour le ralentir. Au temps pour mes séances de méditation.

— Où voulez-vous en venir ? demandai-je à Jean-Claude.

— À ceci : tu ne peux te nourrir que de gens que tu connais et avec lesquels tu te sens en confiance. Une pomme de sang n'est pas censée être la seule nourriture d'un vampire ; c'est plutôt un en-cas perpétuellement disponible. Mais la plupart d'entre nous se nourrissent de tout un tas d'autres humains.

— Vous voulez dire, des gens de passage ?

— Oui.

— Ce n'est pas mon truc. Désolée.

— Je sais. C'est pourquoi le fait d'avoir une ou plusieurs pommes de sang est encore plus important pour toi que pour un vampire ordinaire.

— Je ne vous suis pas.

— Tu dois disposer d'assez de repas différents pour ne pas constituer une menace envers autrui.

— Vous tournez autour du pot.

Jean-Claude contourna le lit pour pouvoir me toucher, mais je m'écartai et me mis hors de sa portée.

— Si tu ensorcelles de nouveau Requiem, tu ne pourras pas choisir une pomme de sang parmi les candidats qu'auront amenés nos invités. Tu devras la choisir beaucoup plus prudemment et en coulisses, parmi les rares maîtres en qui j'ai confiance. Mais mieux vaudrait le faire maintenant, pendant que nous disposons de tant de princesses prêtes à lier leur sort à celui du Prince Charmant. Parce qu'à un moment ou à un autre, tu devras choisir, ma petite.

— Je croyais que cette histoire de candidats était une ruse pour forcer tout le monde à se tenir à carreau, parce que personne ne veut se mettre sa belle-famille putative à dos ou quelque chose dans le genre.

— Anita… (Quand Jean-Claude utilise mon prénom, ce n'est jamais bon signe.) Nous devons savoir à quel point tu es dangereuse avant qu'Augustin se réveille ce soir. Si tu peux te nourrir de Requiem sans l'ensorceler, alors, tu pourras libérer Augustin. Dans le cas contraire, Requiem et Augustin deviendront comme les humains dont nous nous sommes nourris et que nous avons laissé partir, mais que nous pouvons rappeler à nous à tout moment. Nous dissipons notre emprise mentale pour faire plaisir à la police, mais nous savons très bien lesquels de nos calices sont si étroitement liés à nous que nous pouvons toujours chuchoter dans leurs songes.

Debout au pied du lit, il me laissait voir combien il était effrayé et excité à la fois.

— Si nous parvenons à maîtriser ce pouvoir, nous serons plus puissants que dans mes rêves les plus fous. Si nous n'y arrivons pas, nous serons plus dangereux que dans mes pires cauchemars. C'est toute la différence entre avoir une arme dont tu peux te servir et avoir une arme dont tu n'oseras jamais te servir.

— Comme une bombe nucléaire, suggérai-je.

Jean-Claude acquiesça.

— Oui.

Je fronçai les sourcils.

— Qu'entendez-vous par « me nourrir de Requiem » ?

Il émit un son mi-découragé, mi-désapprobateur.

— Nourris-toi, ma petite, nourris-toi ! Requiem n'est pas répugnant. Nourris-toi de lui. Ne te contente pas de le goûter ; ne te retiens pas. Nourris-toi de lui, et s'il réussit à te résister, nous pourrons nous rendre au ballet ce soir, puis à la réception.

Par-dessus mon épaule, je regardai Requiem. Il tenta d'afficher une expression neutre et échoua.

— Voyons si j'ai bien compris. Vous voulez que je fasse l'amour avec un autre homme et que je me nourrisse de lui ?

— Oui.

Si Ronnie avait été là, elle se serait tiré une balle – ou peut-être qu'elle m'aurait abattue, moi. Je n'avais pas l'intention de garder Requiem. Donc, ça devrait être l'équivalent d'un coup d'un soir. Mais je n'y croyais pas. Jamais ça ne m'était arrivé de coucher une seule fois avec quelqu'un.

— Je ne veux pas d'un autre homme dans ma vie, Jean-Claude. J'en ai déjà trop.

— Considère Requiem comme Jason. Comme un… Comment dit-il, déjà ? Un copain de baise.

Je haussai les sourcils, puis me tournai vers Requiem.

— Tu as entendu ça ?

— Oui.

— Tu comprends ce que cette expression signifie ?

— Elle désigne quelqu'un que tu apprécies et avec qui tu couches parfois, sans avoir de relation suivie avec lui. Personnellement, je préfère dire « aaben ».

— « Aaben » ?

— « Ami avec bénéfices en nature ».

— C'est plus joli, concédai-je. D'accord. Te satisferas-tu d'être mon ami avec bénéfices en nature ?

— Ton cœur parle à d'autres hommes, Anita, je le sais. Mon cœur ne parle à nulle autre femme. Cependant, il ne s'agit pas de cœur et de sentiments, mais de chair et de sexe, de sang et de nourriture. (Il me tendit une main.) Viens à moi, Anita, je t'en prie. J'ai brisé tes liens de soie pour cette chance d'unir mon corps au tien. Ne me rejette pas.

Tant de poésie et d'émotion me chiffonnaient. Je suis une femme moderne ; je n'ai pas l'habitude qu'on me parle ainsi. Oh, Jean-Claude peut s'exprimer de manière très fleurie quand il le désire, mais nous sortons ensembles depuis longtemps. Dans la bouche de quelqu'un avec qui j'étais censée avoir une relation purement sexuelle, ce discours sonnait faux. Il n'était… pas en accord avec la situation. Des gens qui se contentent de s'envoyer en l'air n'utilisent pas entre eux des expressions telles que « liens de soie », pas vrai ? Évidemment, mon expérience en la matière était plutôt limitée, et il se pouvait très bien que je me trompe – là-dessus, et sur des tas d'autres choses.

Je dévisageai Requiem, et cela ne me fit rien. Il était séduisant, mais un beau visage et un physique avantageux ne m'ont jamais suffi. Pour la première fois depuis très longtemps, j'avais presque atteint un bonheur parfait dans ma vie privée. Je ne voulais pas gâcher ça ; or, j'avais appris à mes dépens que toute nouvelle recrue risquait de rompre cet équilibre délicat et de faire écrouler toute la pyramide de façon spectaculaire.

Requiem laissa retomber son bras.

— Tu n'as pas envie de moi, dit-il tristement.

Il semblait encore plus paumé que quand je l'avais roulé.

J'ignore ce que j'aurais répondu, parce qu'à cet instant, la porte s'ouvrit. Asher entra de son pas glissant, comme si ses pieds ne touchaient pas le sol sous son peignoir en satin doré. Ses cheveux répandus sur ses épaules faisaient pâlir l'éclat du tissu. Il jeta un coup d'œil au lit et eut un large sourire.

— Parfait. J'arrive juste à temps pour regarder.

Je le dévisageai d'un air hostile. Asher haussa les épaules sans se départir de son sourire. Il semblait bien trop content de lui à mon goût.

— Élinore m'a raconté ce qui s'était passé. Quand je me suis réveillé en plein jour, j'ai compris que Meng Die avait dû faire de même.

Nous sursautâmes tous et nous tournâmes vers lui. Rémus s'écarta même du mur comme pour s'élancer dans le couloir, mais Asher lui fit signe de rester où il était.

— Elle est toujours dans son cercueil. Elle a promis d'être sage si nous la laissions sortir.

— Elle a juré de me tuer, ou de me défigurer suffisamment pour qu'Anita ne veuille jamais de moi, protesta Requiem.

Asher rejoignit Jean-Claude au pied du lit. Il l'étreignit par-derrière et posa sa tête sur l'épaule de l'autre homme, révélant sa joue scarifiée.

— Oui, j'étais là quand elle t'a menacé. Mais elle m'a dévisagé, et elle a déclaré qu'elle avait oublié qu'Anita aimait les cicatrices.

Il tenta de garder une expression neutre en disant cela – sans succès. Un éclair de colère passa dans ses yeux bleu pâle, les faisant étinceler l'espace d'une seconde tels deux saphirs glacials pris dans un rayon de lumière.

Jean-Claude pressa le bras passé en travers de sa poitrine et appuya sa joue contre les cheveux d'Asher.

— Comment lui as-tu fait entendre raison ?

— Elle a dit qu'elle était prête à tout oublier pour un pouvoir tel que celui qu'elle a ressenti quand vous avez pris Augustin. Que les amants potentiels ne manquaient pas, mais que ce niveau de pouvoir était extrêmement rare.

J'observai les deux hommes debout au pied du lit, l'ombre et la lumière enlacées. C'était la première fois que je voyais Asher entrer quelque part, se diriger tout droit vers Jean-Claude et le prendre ainsi dans ses bras. Et jamais je ne les avais vus avoir des gestes plus intimes l'un envers l'autre. Oh, il leur arrivait de se toucher en public, mais rarement à dessein. Le faisaient-ils quand je n'étais pas là ? Faisaient-ils encore beaucoup plus que ça ? Cela me dérangeait-il ? Peut-être. Mais qu'est-ce qui me dérangeait le plus : la possibilité qu'ils soient amants, ou le fait qu'ils couchent ensemble derrière mon dos... qu'ils couchent ensemble sans moi ?

Jean-Claude se dégagea. Asher s'agrippa à lui un moment, puis le lâcha avec une expression irritée, mais il ne chercha pas à le retenir. Il laissa Jean-Claude se rapprocher du lit sur lequel je me trouvais.

Je voulais leur dire qu'ils n'avaient pas besoin de se cacher, mais je n'en étais pas si sûre. Je ne savais pas ce que j'éprouverais s'ils se mettaient à se faire des mamours devant moi. D'un autre côté, ça ne me plaisait pas qu'ils se sentent obligés de garder leurs distances. Je soupirai et baissai les yeux.

Incroyable comme j'arrive à foutre le bordel dans ma propre tête sans l'aide de quiconque.

Je sentis le lit bouger et relevai les yeux. Requiem essayait de se lever. La raideur de ses gestes montrait combien il souffrait, mais son dos pâle et indemne était droit comme celui d'un militaire. Les plus âgés des vampires sont nés à une époque où une posture correcte n'était pas optionnelle. Dans la haute société, les enfants qui se tenaient mal se faisaient parfois corriger à coups de canne.

— Où vas-tu ? demandai-je.

Requiem fit pivoter tout son corps vers moi – pas juste sa tête, comme s'il se doutait que ça lui aurait fait mal.

— Je vois de quelle façon tu regardes Jean-Claude et Asher. Je sais que tu n'as pas envie de moi. Ça se voit sur ton visage, à ton absence de réaction à mes avances. Quelle ironie ! Des tas de femmes m'ont désiré au fil des siècles, et je n'ai pas voulu d'elles. Aujourd'hui, c'est à mon tour de brûler d'un feu que rien ne viendra éteindre.

— Non, rétorqua Jean-Claude. Tu ne t'en iras pas.

Requiem agita sa main valide.

— Regarde son visage inexpressif. Sens le calme de son pouls. Son corps ne réagit pas à ma présence. Elle ne me voit pas sous ce jour.

— Bien sûr que si. Sans quoi, elle ne t'aurait pas déjà utilisé deux fois pour nourrir l'ardeur, répliqua Asher.

Contournant Jean-Claude, il grimpa sur le lit pour me rejoindre. Il avait l'air excité, vaguement en colère, mais pas mécontent. Il me toucha la joue. Sa main était froide. Il ne s'était pas nourri.

— Pour la première fois depuis que je suis mort, je me suis réveillé aujourd'hui avant midi. (Il se pencha vers moi comme pour m'embrasser.) Je n'ai pas bu de sang ; pourtant, le pouvoir coule à flots dans mes veines. Je me sens merveilleusement bien.

Il s'arrêta la bouche au-dessus de la mienne, si près que ça m'aurait semblé dommage de ne pas combler la distance pour l'embrasser. Alors, je tendis le cou et posai mes lèvres sur les siennes. Je voulais juste lui dire bonjour, pas le provoquer. Mais pour qu'un baiser reste chaste, les deux personnes doivent y mettre du sien, et Asher se sentait d'humeur plus folâtre que moi.

Il explora l'intérieur de ma bouche avec sa langue, et je me sentis fondre contre lui. Je caressai la pointe délicate de ses crocs avec ma propre langue, puis glissai celle-ci entre ses canines pour l'enfoncer dans sa bouche. Il me plaqua contre lui de ses mains avides, et je sentis ma poitrine nue toucher sa poitrine tout aussi nue. Je ne m'étais pas rendu compte qu'il avait défait la ceinture de son peignoir.

Instinctivement, je glissai mes mains le long de son dos à la peau satinée. Quand j'atteignis ses fesses rondes et musclées, il s'écarta de moi pour me dévisager. Une expression farouche se peignit sur ses traits.

— Laisse-moi me nourrir, réclama-t-il d'une voix rauque, essoufflée.

— Oui, répondis-je simplement.

Il m'empoigna par les cheveux, juste assez fort pour que ça fasse un peu mal. Je hoquetai, mais pas de douleur – parce qu'à travers ce geste, je sentais qu'Asher aurait pu exposer mon cou et m'immobiliser pendant qu'il se nourrissait. Je ne l'admettrai sans doute jamais à voix haute, mais je ne déteste pas être légèrement contrainte. Asher tira sur mes cheveux, et je poussai un petit cri qui n'était nullement une protestation.

Sa main libre me saisit les poignets et les tint dans mon dos tandis que mon peignoir glissait le long de mes épaules. Il me fit tourner la tête sur le côté. À présent, je ne voyais plus son visage, mais je voyais nos deux corps se refléter dans la psyché de l'autre côté de la pièce. Mon peignoir s'était affaissé autour de ma taille, dénudant la moitié supérieure de mon corps. La soie noire couvrait nos mains, et pas grand-chose d'autre. Elle donnait l'impression que mes poignets étaient attachés dans mon dos.

À peine m'étais-je fait cette réflexion que je commençais à me débattre par réflexe. Asher resserra sa prise, juste assez pour me faire sentir que je ne lui échapperais pas. J'avais confiance en lui – suffisamment confiance pour le laisser m'entraver.

Du coin de l'œil, j'aperçus un mouvement dans le miroir. Jean-Claude. Sa robe de chambre était toujours fermée, mais ses yeux brillaient d'un feu bleu marine.

— Il y a un peu trop de spectateurs au goût de ma petite.

— Elle ne proteste pas, fit remarquer Asher.

— Et tu ne trouves pas ça étrange ? répliqua Jean-Claude.

Asher fronça les sourcils.

— Je ne sais pas, répondit-il au bout de quelques instants. J'ai du mal à réfléchir quand je la tiens dans mes bras. (Il promena un regard à la ronde.) Je crois que c'est la présence des gardes qui m'en empêche.

— La présence de tous les gardes, ou de certains d'entre eux seulement ? demanda Jean-Claude.

— Celle de Rémus et… (Asher braqua son regard bleu pâle vers un coin de la pièce) du nouveau.

— Et Pépito ? Le perçois-tu avec autant d'acuité que les autres ? insista Jean-Claude.

Asher commença à se détendre contre moi. Je ne voulais pas qu'il discute avec Jean-Claude : je voulais qu'il se nourrisse. J'avais besoin qu'il se nourrisse.

— Ne t'arrête pas, l'implorai-je. Par pitié, ne t'arrête pas.

Asher baissa vers moi ses yeux étincelants. Il parut scruter mon visage en quête d'un signe.

— Tu veux que je te prenne maintenant, devant les gardes ?

Cette question !

— Oui, répondis-je avidement. Oui, oui, je le veux.

Asher regarda Jean-Claude.

— Quelque chose cloche.

— Oui et non. Tu l'as possédée complètement. Tu pourrais lui faire tout ce que tu veux, mais une fois revenue à elle, ma petite ne te le pardonnerait jamais.

Asher reporta son attention sur moi. Ce qu'il lut sur mon visage le calma tout net et fit disparaître la lumière de ses yeux.

— Anita, tu es là ?

Au début, la question me sembla dénuée de sens.

— Je suis là, Asher. Juste devant toi.

Une partie de moi songea : *J'ai déjà entendu cette phrase.* Je fermai les yeux pour ne plus voir Asher, et cela m'aida à me souvenir. Requiem. J'avais entendu cette phrase dans la bouche de Requiem quand il était sous mon emprise. Je la répétais comme un écho. Asher avait déjà roulé mon esprit, mais jamais aussi complètement.

Penser à Requiem m'éclaircit les idées, mais je crois que je ne serais pas parvenue à me ressaisir si j'avais continué à regarder Asher. J'étais trop puissante pour qu'il m'impose son regard contre mon gré, mais là… j'avais volontairement plongé dans ses yeux, et je m'y étais noyée. La nuit précédente, j'avais pourtant soutenu le regard d'Augustin sans me perdre. Comment se faisait-il qu'Asher ait réussi là où un Maître de la Ville âgé de plus de deux millénaires avait échoué ? J'étais censée être immunisée contre l'hypnose vampirique. Ma nécromancie et les marques de Jean-Claude auraient dû me protéger contre le regard d'Asher.

Celui-ci me lâcha les poignets, et je le sentis s'écarter de moi. Je rouvris les yeux en rajustant mon peignoir sur mes épaules.

— Que se passe-t-il ?

— Es-tu de nouveau toi-même, ma petite ? demanda Jean-Claude, debout près du lit.

— Je crois. (Je scrutai Asher mais il se détourna, le rideau doré de ses cheveux masquant son visage.) Regarde-moi, Asher.

— Je ne voulais pas t'hypnotiser. Je ne savais même pas que j'en étais capable.

— Tu n'en étais pas capable jusqu'à maintenant, confirmai-je. (Je reportai mon attention sur Jean-Claude.) Que se passe-t-il ? J'étais aussi ensorcelée que Requiem avant que je le libère.

— Non. Une fois que tu as compris ce qui t'arrivait, tu es parvenue à te libérer seule.

— Certes, mais pour quelle raison est-ce arrivé en premier lieu ? Qu'est-ce qui vient de se passer, et pourquoi ? Et tâchez de ne pas éluder la question cette fois, Jean-Claude.

Il eut un geste entre la courbette et le haussement d'épaules, qui exprimait sa contrition autant que son ignorance.

— Vous ne vous en tirerez pas comme ça. Vous savez ce qui se passe, l'accusai-je.

— Je crois savoir ce qui se passe, corrigea-t-il.

— Très bien. Dites-le-nous.

Je glissai à bas du lit pour pouvoir refaire le nœud de ma ceinture.

— Tous nos gens ont vu leur pouvoir croître grâce à ce que nous avons fait hier soir avec Augustin. Asher est un maître vampire depuis très longtemps, mais il n'a jamais eu beaucoup des pouvoirs que la plupart d'entre nous tiennent pour acquis.

— Sa capacité à hypnotiser les gens vient de monter de plusieurs crans d'un coup. J'avais compris.

Jean-Claude secoua la tête.

— Non, ma petite, c'est bien plus que ça. Quel est le plus grand pouvoir vampirique d'Asher ?

Je réfléchis une seconde ou deux avant de répondre :

— Sa morsure orgasmique.

Jean-Claude eut un léger sourire.

— C'est peut-être celui de ses pouvoirs que tu apprécies le plus, mais ce n'est pas le plus grand.

Je réfléchis encore.

— La fascination qu'il exerce sur les gens dont il vient de se nourrir. Quand il couche avec quelqu'un, c'est comme s'il lui jetait un envoûtement – en beaucoup plus efficace.

Jean-Claude acquiesça et révéla :

— Je pense que son pouvoir de fascination vient d'augmenter lui aussi.

Je jetai un coup d'œil à Asher. Toujours assis sur le côté du lit, il évitait soigneusement mon regard. Je secouai la tête et me dirigeai vers lui.

— Regarde-moi, Asher, s'il te plaît.

— Pourquoi ? demanda-t-il d'une voix atone, les yeux baissés.

— Je dois savoir si tu peux me rouler à ta guise, ou si ce n'est arrivé que parce que je n'ai pas pensé à me protéger contre toi.

Il faillit lever la tête, mais se contenta de me présenter la perfection de son profil et les ondulations de sa chevelure dorée.

— Comment ça, « parce que tu n'as pas pensé à te protéger contre moi » ?

— Je te fais confiance, donc, je ne dresse pas de bouclier entre toi et moi. Je veux que ton pouvoir s'empare de moi. Je ne veux pas résister. Mais jusqu'ici, c'était un choix de ma part. J'ai besoin de savoir si je dispose toujours de ce choix, ou si je suis désormais incapable de lutter contre ton pouvoir.

— Fais-lui sentir tout le poids de ton regard, mon ami, le pressa Jean-Claude. Voyons de quoi il retourne.

Asher pivota vers moi avec une réticence évidente. Très raide, il me présenta l'expression la plus neutre et la plus indéchiffrable que je lui aie jamais vue. Ça fait des années que je suis passée maîtresse dans l'art de dévisager un vampire sans le regarder dans les yeux. Je suis un peu rouillée – mon pouvoir m'a rendue arrogante –, mais on ne perd jamais une compétence acquise, même quand on ne l'a pas utilisée pendant un certain temps.

J'étudiai la courbe des lèvres d'Asher, puis remontai lentement jusqu'à ses yeux. Ils étaient toujours aussi beaux que d'habitude, d'un bleu très clair et très pur, pâle comme un ciel d'hiver. Je les scrutai longuement, et je ne ressentis rien.

—Ça ne marchera pas si tu n'essaies pas de me capturer avec ton regard.

—Je ne souhaite pas te capturer, répondit doucement Asher.

—Menteur.

Il eut l'air offensé.

—Ne fais pas l'innocent, Asher. Tu aimes les jeux de pouvoir, je le sais. Tu aimes l'effet que tu produis sur moi. Tu aimes pouvoir me faire des choses que Jean-Claude ne peut pas me faire. Tu aimes être le seul vampire capable de me vamper.

Son expression redevint froidement neutre.

—Jamais je ne t'ai dit ces choses.

—Ton corps les a dites pour toi.

Il se passa la langue sur les lèvres, un tic qui se manifeste souvent quand il est nerveux.

—Que veux-tu de moi, Anita?

—La vérité.

Il secoua la tête, l'air grave.

—Tu réclames souvent la vérité, mais c'est rarement ce que tu désires.

J'aurais voulu protester, mais je ne pouvais pas – pas sans mentir.

—Tu as raison, même si ça m'ennuie de l'admettre. Mais maintenant, j'ai besoin que tu essaies de me capturer avec ton regard. Que tu essaies vraiment, pour que nous sachions si je dois me protéger contre toi ou non.

—Je ne veux pas que tu te protèges contre moi.

—S'il te plaît, Asher, insistai-je. Nous devons savoir.

—Pourquoi? Pour que tu puisses te cacher de moi? Pour que tu puisses me refuser ton propre regard?

—Je t'en prie, Asher. Essaie. C'est tout ce que je te demande.

—Et je vais te le demander aussi en tant qu'ami, intervint Jean-Claude. Mais la prochaine fois, s'il y en a une, je te l'ordonnerai en tant que maître. Fais ce que réclame Anita.

Il s'était exprimé sur un ton si triste que je reportai mon attention sur lui. J'avais l'impression que quelque chose m'échappait. Autrefois, j'aurais ignoré l'avertissement dans ma tête, mais j'ai appris à poser les bonnes questions au bon moment.

— *A priori*, ce que je demande ne paraît ni difficile ni dangereux. Pourtant, je sens que ça vous pose un gros problème. Suis-je en train de louper quelque chose qui va revenir nous mordre la fesse gauche plus tard ?

Jean-Claude faillit éclater de rire.

— Comme c'est joliment formulé !

— Pas de flatteries, s'il vous plaît. Contentez-vous de me répondre.

— Nous craignons ta réaction si Asher se révèle capable de te capturer avec son regard.

Je les dévisageai tour à tour. L'affabilité soigneusement étudiée de Jean-Claude ; l'arrogant détachement d'Asher. Derrière eux, j'aperçus Requiem contre le mur du fond. Lui aussi arborait un masque neutre, mais contrairement aux deux autres, son visage était totalement inexpressif. Les blessures infligées par Meng Die restaient encore très visibles sur son torse, son bras et sa figure.

Pour la première fois, je me demandais si utiliser Requiem pour nourrir l'ardeur ne suffirait pas à le guérir. J'avais déjà soigné des gens à coups de sexe métaphysique.

Les sourcils froncés, je reportai mon attention sur Jean-Claude.

— Vous aviez plus d'une raison de me pousser à me nourrir de Requiem, pas vrai ?

— Quelle importance, puisque tu ne comptes pas le faire ? répliqua-t-il avec une pointe de colère dans la voix.

Je l'observai. Son expression n'était plus si neutre à présent.

— Je sais que je suis chiante, mais faisons comme si je ne l'étais pas. Parlez-moi. Expliquez-moi votre raisonnement.

— Mon raisonnement à quel sujet, ma petite ?

Je me dirigeai vers lui en répondant:

— Donnez-moi toutes les raisons pour lesquelles, à votre avis, je devrais me nourrir de Requiem sans attendre. Toutes les raisons pour lesquelles vous flippez à l'idée qu'Asher puisse me capturer avec son regard.

Je m'arrêtai devant lui. À un moment, il s'était écarté du lit, et je ne m'en étais pas rendu compte. J'étais trop fascinée par les yeux d'Asher.

— Dites-moi. Je vous promets de ne pas paniquer. Je vous promets de ne pas m'enfuir. Parlez-moi comme si j'étais un être humain raisonnable.

Jean-Claude me jeta un regard éloquent. Il me laissa voir ses pensées se succéder sur ses traits, puis lâcha:

— Asher a raison, ma petite. Tu réclames la vérité, mais souvent, tu nous punis pour te l'avoir dite.

Je hochai la tête.

— Je sais, et j'en suis désolée. Je vais essayer d'être moins chiante à l'avenir – d'écouter, et de ne pas grimper immédiatement au plafond quand ce que j'entends ne me plaît pas.

— Tu sais ce qu'on dit des bonnes intentions, ma petite.

— Oui: l'enfer en est pavé.

Je touchai l'un des bras que Jean-Claude avait croisés sur sa poitrine. Même son attitude corporelle était fermée, méfiante.

— Je vous en prie. Je ne crois pas que nous ayons le temps de ménager ma susceptibilité. Si nous devons nous planter ce week-end devant les autres maîtres, je ne veux pas que ce soit parce que vous avez eu peur de me dire la vérité. Je ne veux pas être responsable d'une catastrophe éventuelle. D'accord?

Jean-Claude décroisa les bras et me toucha la joue.

— Tu es bien sincère tout d'un coup, ma petite. Que t'arrive-t-il?

Je réfléchis avant d'avouer à voix haute:

— J'ai peur.

— Peur de quoi?

Je posai ma main sur la sienne pour la presser contre mon visage.

— De nous nuire à tous parce que je n'ai pas été capable d'affronter la vérité.

— Ma petite, le problème n'est pas là. Pas entièrement.

Je me dérobai à son regard soudain si perspicace.

— Je crois que c'est à cause du bébé.

Je me forçai à le regarder en face. La gentillesse que je lus dans ses yeux me parut à la fois plus facile et plus difficile à supporter.

— Si nous comptons vraiment le garder, nous devons faire en sorte que les choses fonctionnent au mieux entre nous. Je n'aurai plus le loisir de me montrer pénible, pas si ça doit rejaillir sur nous tous.

— Tu as découvert que tu étais enceinte il y a quelques heures seulement, et te voilà déjà prête à faire des compromis.

Jean-Claude me dévisagea avec un mélange de sérieux, de tendresse et d'hésitation.

— Il paraît que la grossesse transforme les femmes, mais si vite… ça m'étonne.

— Peut-être avais-je juste besoin d'un choc salutaire.

— Besoin pour quoi, ma petite ?

— Je ne cesse de répéter à Richard que j'ai accepté ma vie telle qu'elle est, mais il a raison : je continue à fuir, à nier certains de ses aspects. Vous… (je jetai un coup d'œil à Asher) marchez tous sur des œufs en ma présence, parce que vous avez peur de mes réactions, pas vrai ? (Je reportai mon attention sur Jean-Claude.) Pas vrai ?

— Tu nous as appris à être prudents, ma petite.

Il voulut m'enlacer, mais je m'écartai de lui.

— N'essayez pas de me réconforter, Jean-Claude. Parlez-moi.

Il soupira.

— Te rends-tu compte, ma petite, qu'exiger que nous te révélions le fond de notre pensée – comme tu le fais régulièrement – c'est aussi te comporter comme une chieuse ?

Dans sa bouche, ce mot semblait si incongru que je fus forcée de sourire.

— Non, je ne m'en étais pas rendu compte. Je pensais que c'était une manière de me montrer raisonnable.

— Raisonnable, non. Trop exigeante, plutôt.

— Alors, putain, dites-moi comment me comporter, parce que je ne sais pas quoi faire d'autre !

— Tu as un caractère difficile, ma petite. Mais ça, je le savais avant de devenir ton amant.

— Vous voulez dire que vous saviez où vous mettiez les pieds ? Enfin, « les pieds »... façon de parler.

Il acquiesça.

— Autant qu'un homme peut le savoir quand il décide de se lier à une femme. Toute histoire d'amour comporte forcément des mystères et des surprises. Mais, oui, j'avais une petite idée de ce qui m'attendait. C'est en toute connaissance de cause que je me suis engagé sur ce chemin... voire, avec une certaine excitation.

— Parce que mon caractère difficile était contrebalancé par... quoi, le pouvoir que vous espériez tirer de notre relation ?

Il fronça les sourcils.

— Tu vois ? Tu commences déjà à te fâcher. Tu ne veux pas la vérité, ma petite. Tu ne veux pas de mensonges non plus. Tu ne nous donnes aucune indication sur la manière de naviguer entre tes récifs.

— C'est bien la première fois que je vous entends employer une métaphore marine.

— Revoir Samuel a peut-être fait resurgir des souvenirs de mon voyage vers ce doux pays.

— Peut-être, dis-je sur un ton soupçonneux.

Asher poussa un grognement.

— Tu cherches une raison de te mettre en colère pour pouvoir rejeter la faute sur nous et t'enfuir.

— Comme Richard cherchait la bagarre tout à l'heure ?

— C'est ça.

Je réfléchis une seconde ou deux.

— Le problème, ce n'est pas que Richard et moi sommes trop différents. C'est que nous sommes trop semblables, pas vrai ?

Jean-Claude me regarda comme si je venais juste de piger quelque chose qu'il avait compris depuis des années.

— Trop semblables sur beaucoup de points, oui. Mais tu as fait plus de compromis. Et c'est justement à cause de vos similitudes de caractère que Richard tente de te forcer à faire les mêmes choix que lui. Il voit un écho de sa propre personnalité en toi ; du coup, il ne conçoit pas que vous puissiez être d'un avis différent.

— Et c'est sans doute aussi la raison pour laquelle il m'irrite autant. Puisqu'il me ressemble, pourquoi ne réagit-il pas comme moi ?

— Oui, ma petite. Je pense que c'est la cause principale de l'immense colère que vous vous inspirez mutuellement.

— Richard a raison. J'essaie de le changer en quelqu'un qu'il n'est pas, et réciproquement. Merde alors.

— Quoi, ma petite ?

— Je déteste avoir mis autant de temps à piger un truc qui me paraît si évident maintenant.

— Les choses ne deviennent évidentes qu'une fois qu'on les a comprises.

— Je ne suis pas certaine de trouver ça logique, mais admettons. À présent, dites-moi pourquoi vous êtes inquiet à l'idée qu'Asher tente de m'hypnotiser. Je ne vous promets pas que ça me plaira, mais dites-le-moi quand même.

— Je vais répondre.

Asher s'approcha de moi, son peignoir toujours ouvert. Je dus faire plus d'efforts que je ne l'aurais avoué pour regarder uniquement son visage tandis qu'il me parlait.

— Si je parviens à te capturer avec mon regard, nous avons peur que tu me renvoies de ton lit – de ton lit, et de celui de Jean-Claude.

— Ce n'est pas moi qui décide avec qui Jean-Claude partage son lit. Vous dormez tous les deux dans ta chambre quand je passe la journée dans la sienne.

Les deux hommes échangèrent un regard que je ne pus déchiffrer. Je touchai le bras d'Asher pour ramener son attention vers moi.

— Qu'y a-t-il ?

Il me toisa, utilisant la masse de ses cheveux dorés pour couvrir le côté sacrifié de son visage. Il a pourtant cessé de se cacher de moi depuis un moment.

— À ton avis, que faisons-nous dans ma chambre, Jean-Claude et moi, pendant que tu dors dans la sienne ?

Je fronçai les sourcils et me dérobai à son regard trop franc – pas parce que j'avais peur qu'il m'hypnotise, mais parce que j'étais embarrassée.

— Tu as raison. Je ne veux pas connaître la vérité. Je crois juste que je veux la connaître.

— Tu rougis, constata Asher. (Il partit d'un rire ravi.) Tu crois que nous sommes amants, n'est-ce pas ?

Le sang m'était monté aux joues si vite que la tête me tournait. J'avais l'impression qu'Asher se moquait de moi. Alors, je me fâchai.

— Oui, répondis-je en croisant les bras sur mon ventre.

Asher jeta un coup d'œil à Jean-Claude.

— Elle pense la même chose que la plupart des gens à notre sujet.

Je regardai Jean-Claude. Son visage n'exprimait absolument rien. Je dus humecter mes lèvres brusquement très sèches avant de demander :

— Est-ce que ça signifie que vous ne couchez pas ensemble quand je ne suis pas là ?

— Je n'ai le droit de le toucher qu'en ta présence, répondit Asher, sa voix révélant que lui aussi était en train de se mettre en colère.

Je continuai à scruter Jean-Claude.

— Tu crois qu'Asher te ment, ma petite ?

— Ce n'est pas ça, c'est que… (Je cherchai une manière de formuler ma pensée.) Comment pouvez-vous dormir dans le même lit que lui et le repousser chaque fois ?

— Grâce à toi, répondit Asher sur un ton mordant.

— Et comment aurais-tu réagi, ma petite, si tu nous avais surpris enlacés ? demanda doucement Jean-Claude.

— Je… je ne sais pas, avouai-je. Tout dépend de ce que vous entendez par « enlacés ».

— En train de faire l'amour, ma petite.

J'ouvris la bouche et la refermai sans trouver quoi répondre.

— Je l'ignore, dis-je enfin.

— Moi, je sais. Tu serais partie en claquant la porte. Tu aurais déserté mon lit, endommagé notre base de pouvoir et affaibli notre triumvirat. Tu te serais peut-être réfugiée dans les bras si conservateurs de Richard, ou tu nous aurais peut-être abandonnés tous les deux une nouvelle fois. Parce que de telles choses sont choquantes pour toi… presque inconcevables.

— Je n'ai pas flippé en vous voyant avec Auggie.

— Parce que tu participais. Parce que nous nous le partagions. Mais si tu nous avais surpris seuls tous les deux, Augustin et moi, tu n'aurais pas eu la même réaction du tout.

— À ma décharge, c'est un étranger pour moi.

— Attends une minute, intervint Asher. Veux-tu dire que tu serais prête à partager Jean-Claude avec moi ?

— Nous nous le partageons déjà, fis-je remarquer.

Il secoua la tête.

— Jean-Claude et moi nous partageons ton corps. C'est à peine si nous nous touchons l'un l'autre.

— Ne fais pas ça ce soir, mon ami. Je te le demande en tant qu'ami et en tant que maître. Nous poursuivrons cette discussion après le départ de nos invités.

— J'ai ta parole ?

— Tu l'as.

Je hochai la tête.

— Oui, parlons-en plutôt quand nous ne nagerons pas parmi les alligators et que j'aurai eu quelques jours pour digérer la nouvelle.

— Est-ce une découverte pour toi, le fait que je voudrais coucher avec Jean-Claude ? s'enquit Asher.

— Non. Pour être franche, je pensais que vous baisiez comme des lapins dans mon dos. J'appliquais la fameuse politique du « Ne pose pas de questions dont tu ne veux pas connaître la réponse ». Jamais je n'aurais envisagé que vous vous touchiez seulement devant moi.

— Je pensais que tu considérerais ça comme une infidélité.

— Avec une autre femme, oui. Mais si les hommes vous excitent, je ne suis pas équipée pour vous satisfaire. Et puis, je ne croyais pas vous partager avec *des* hommes, juste avec Asher, qui est quelqu'un de très spécial pour nous.

— Veux-tu dire qu'il est l'exception qui confirme ta règle ?

— Je ne suis pas certaine d'avoir une règle. Mais c'est vrai que je ne vous partagerais pas avec n'importe qui, de la même façon que je ne vous demanderais pas de me partager avec le premier venu. Cela dit, pour en revenir au sujet de la discussion : oui, je supposais vraiment qu'Asher et vous couchiez ensemble quand je n'étais pas là.

— Pourquoi supposais-tu cela ?

Je désignai Asher.

— Regardez-le. Regardez la façon dont il vous couve du regard.

Asher éclata de rire.

— Je suis tellement adorable que tu as du mal à croire que quiconque puisse me repousser, c'est ça ?

— C'est exactement ça, acquiesçai-je.

Son expression s'adoucit, et il s'approcha de moi.

— Oh, Anita, tu es une cure de jouvence pour mon vieux cœur.

Je pris sa main dans la mienne.

— Et toi, tu me donnes parfois l'impression d'être un bébé.

— *Pourquoi ?* demanda-t-il en français.

— Parce que tout en couchant avec vous deux, j'ai supposé que vous étiez amants dans mon dos pour ménager ma sensibilité. C'était une solution parfaite. Vous ne vous affichiez pas en couple devant moi, donc je n'avais pas besoin de me demander quelle réaction m'inspirait votre liaison. Tout le monde était content. Mais au lieu de ça, Jean-Claude a été très, très sage, et tu t'es senti négligé.

— Rejeté, corrigea Asher en décochant un regard noir à l'autre homme.

Je touchai son visage pour ramener son attention vers moi.

— C'était ma faute, pas la sienne. Il a raison, Asher. Tu me connais. Je suis capable d'ignorer l'éléphant dans le salon jusqu'à ce que je me noie dans sa merde, mais si tu me forces à regarder un problème en face avant qu'il ait atteint une taille pareille, il arrive que je réagisse mal. Si je vous avais surpris ensemble tous les deux, j'aurais utilisé ça comme une excuse pour prendre mes jambes à mon cou une fois de plus. Jean-Claude a vu juste sur ce point.

— Et maintenant ?

— Franchement ? Je ne sais pas. Avant de voir Jean-Claude embrasser Auggie hier soir, avant que nous nous le partagions, j'aurais juste refusé. Refusé tout net. (Je baissai les yeux, tiraillée entre la gêne, le mécontentement et l'indécision.) Mais je veux que les gens que j'aime soient heureux. Ça, j'en suis certaine. Je veux qu'on soit tous heureux et qu'on cesse de fuir. (Je touchai mon ventre si plat et si musclé grâce à tout le sport que je fais.) Qu'on cesse de faire semblant d'être ce qu'on n'est pas. (Je levai les yeux vers Asher.) Personne ne t'a demandé ce que tu pensais de cette histoire de bébé. Je veux dire, tu as autant de chances que Jean-Claude d'être le père.

Il me sourit.

— Je suis un fieffé égoïste. (Il se laissa tomber à genoux devant moi.) Je me réveille ivre de pouvoir, et j'oublie tout ce que tu as traversé durant les dernières heures. Pardonne-moi.

Je secouai la tête.

— Non, je ferme les yeux sur ton problème depuis bien plus longtemps.

— Je partage le lit de deux personnes que j'aime. Il n'y a pas de problème. Je suis plus chanceux et plus heureux que je n'aie jamais rêvé de l'être à nouveau.

— Mais…

Il posa le bout de ses doigts sur mes lèvres.

— Chut. Tu veux savoir ce que je pense de ta grossesse. Comment pourrais-je être autre chose que ravi par la possibilité qu'une Anita ou un Jean-Claude miniature entre dans nos vies ? Julianna regrettait de ne pas m'avoir donné d'enfant.

C'était la toute première fois que je l'entendais prononcer ce nom sans une tristesse insoutenable. J'embrassai ses doigts et écartai sa main pour pouvoir dire :

— Tu te réjouis de ma grossesse.

— En tout cas, elle ne me contrarie pas. Je suis très heureux avec toi en ce moment, très fier que tu sois ma maîtresse. Tu veux vraiment notre bonheur à tous, Anita. Tu n'as pas idée combien il est rare qu'au sein d'un couple, chacune des deux personnes veuille sincèrement le bonheur de l'autre. Mais toi, tu jongles avec plusieurs cœurs, et tu tentes de faire au mieux pour tous. C'est un don précieux.

— Comment peut-on aimer quelqu'un et ne pas vouloir son bonheur ?

Asher m'adressa un sourire assez large pour découvrir ses crocs, ce qu'il fait rarement. Cela tire sur ses cicatrices et lui fait sentir combien sa peau est tendue sur le côté droit de son visage, mais si Asher s'abstient, c'est surtout à cause de l'effet que ça produit sur les autres – ou du moins, de l'effet qu'il croit que ça produit sur eux.

Mes premiers souvenirs de ce sourire datent de plusieurs siècles avant ma naissance. C'est le sourire qu'avait Asher avant la mort de Julianna, avant que des fanatiques religieux l'aspergent d'eau bénite pour chasser le démon de son corps. Et parce que ça dénouait quelque chose dans mon cœur de le revoir sur son visage, je souris en retour. J'étais presque certaine que mon émotion provenait de Jean-Claude, mais elle me paraissait assez réelle.

Asher me serra contre lui, une joue appuyée contre mon ventre, et se figea comme s'il écoutait. Je lui caressai les cheveux, et une fois de plus, je fus surprise par leur douceur. Ils n'étaient pas tout à fait aussi doux que ceux de Jean-Claude, mais ils l'étaient autant que les miens – bien plus qu'on ne pouvait s'y attendre de la part de cheveux qui ressemblent à de l'or filé.

Asher se mit à parler tout bas en français, et je surpris le mot « bébé ». J'attendis que l'agacement m'envahisse, mais non. Tout ce qui me vint à l'esprit tandis que je le regardais chuchoter des bêtises à mon ventre, c'est qu'il était vraiment adorable. Ça ne me ressemblait pas.

Levant les yeux, j'aperçus Jean-Claude à l'autre bout de la pièce, le visage adouci par l'émotion. Quelqu'un trouvait Asher adorable, mais ce n'était pas moi. Cependant, à cause de l'étroitesse de notre lien, je ne pouvais que partager son sentiment.

Je lui tendis ma main libre. Il vint la prendre et m'étreignit par-derrière, pressant son corps contre les bras qu'Asher avait passés autour de ma taille. Si heureux, Jean-Claude était si heureux ! C'était une sensation chaude et réconfortante, qui m'enveloppait comme une couverture moelleuse. Je me laissai aller contre lui, et il déposa un baiser dans mon cou. Asher releva la tête et nous sourit. Il paraissait plus jeune soudain, comme il avait dû l'être avant sa transformation, il y a des siècles.

Notre bonheur à tous les trois était réel, presque palpable. Puis un regret ténu s'insinua dans l'esprit de Jean-Claude. Avant qu'il puisse me le dissimuler, je captai très nettement ce qu'il pensait : qu'un bonheur pareil ne dure jamais. Que la dernière fois qu'il avait été aussi heureux, la situation avait affreusement mal tourné.

Il enfouit son visage dans le creux de mon cou pour dissimuler son expression à Asher. Levant une main vers sa joue, je tournai la tête pour lui dire avec mes yeux que je l'avais « entendu » penser, et que je n'étais pas fâchée. Que c'était normal d'avoir peur du grand méchant loup qui vient vous chercher, parce que moi aussi je croyais au grand méchant loup.

Quand j'étais plus jeune, j'aurais voulu que quelqu'un me promette que tout finirait par s'arranger et qu'il ne m'arriverait plus jamais rien de mal. À présent, je comprenais que c'était un désir infantile. Personne ne peut promettre une chose pareille, personne. Les adultes peuvent essayer, mais ils ne sont pas toujours en mesure de tenir leurs promesses. Debout entre Jean-Claude et Asher, je compris que je ferais n'importe quoi pour qu'ils soient heureux et en sécurité. Ça faisait déjà un moment que j'étais prête à tuer pour les gens que j'aime ; le moment était venu de commencer à vivre pour eux.

Chapitre 28

Tous ceux que je considérais comme mes petits amis ou mes amants sortirent. Je voulais rester un peu seule. Mais complètement seule, ça aurait été trop dangereux ; aussi Requiem demeura-t-il avec une partie des gardes.

Je m'habillai dans la salle de bains, ce qui peut paraître idiot étant donné que tout le monde m'avait déjà vue à poil, mais j'avais besoin d'un peu d'intimité.

Tant que Jean-Claude et Asher avaient été près de moi, je m'étais sentie très sereine par rapport à cette histoire de bébé – heureuse, presque. Mais dès leur départ, ma panique revint à la charge. L'un des deux (je ne savais pas lequel) avait utilisé ses pouvoirs de manipulation mentale sur moi. Ou peut-être avais-je juste éprouvé les émotions de quelqu'un d'autre. Je suis métaphysiquement liée à un si grand nombre de personnes que c'était difficile à dire. Je n'avais qu'une certitude : cette sérénité et ce bonheur n'étaient pas les miens.

J'enfilai la tenue de rechange que je garde dans la penderie de Jean-Claude pour les cas d'urgence. Des sous-vêtements, un jean, un tee-shirt noir, des baskets, une ceinture en cuir. Cette dernière me permettait de tenir mon holster d'épaule. Le contact des lanières en cuir me rasséréna. Pas parce que je pouvais désormais tirer sur les autres : j'aimais la plupart des personnes qui me compliquaient la vie, et je n'avais aucune envie de les descendre. Non, c'était un effet essentiellement psychologique. Un flingue n'est utile que si on est prêt à s'en servir pour tuer. Dans le cas contraire, il est presque dangereux pour son porteur, parce qu'il lui procure un faux sentiment de sécurité.

Je fixai aussi mes fourreaux de poignet contenant des couteaux à lame enrobée d'argent. À moins qu'on les frappe en plein cœur, la plupart des hommes de ma vie survivraient à un coup de couteau, et je ne m'attendais pas à me disputer assez fort avec l'un d'eux pour en arriver là. Tout de même, le poids des fourreaux le long de mes avant-bras me réconforta lui aussi. Je ressortis de la salle de bains habillée, armée jusqu'aux dents et de bien meilleure humeur.

Je me dirigeai vers la table de chevet pour y prendre un autre accessoire que je garde chez Jean-Claude : une croix supplémentaire. J'enfilai la chaîne et la glissai par l'encolure de mon tee-shirt. Le métal était froid contre ma peau.

— Je suis le seul monstre dans cette pièce qu'une croix arrêterait, fit remarquer Requiem depuis le lit sur lequel il s'était allongé. Te méfies-tu à ce point de moi ?

Je jetai un coup d'œil à Rémus et à l'autre garde du corps – une hyène-garou qui faisait partie de nos nouvelles recrues – assis près de la cheminée.

— Ça n'a rien de personnel. Aujourd'hui, j'ai déjà reçu la visite de Belle et celle de Marmée Noire. La croix m'aide à les tenir à distance.

— Elles sont terriblement puissantes.

— En effet.

Je fouillai dans mon baise-en-ville jusqu'à ce que je trouve mon téléphone portable, puis me dirigeai de nouveau vers la salle de bains.

— Tu peux parler devant moi, Anita. Je ne suis pas une commère.

— Tu es lié par le sang à Jean-Claude. Tu lui répéteras s'il te le demande. Mais le problème n'est pas là. J'ai juste besoin d'un peu d'intimité. Là non plus, rien de personnel, Requiem.

Je soupirai, parce que c'était à cause de ce genre de réaction que je ne voulais pas de Requiem comme pomme de sang. Il était très susceptible, et j'avais déjà trop d'hommes susceptibles dans ma vie.

— Écoute, ça ne pourra pas marcher entre nous si tu prends tout pour toi. Les copains de baise ne se prennent pas la tête mutuellement, tu comprends ?

Son visage s'était fermé, redevenant inexpressif.

— Je comprends, dit-il d'une voix atone qui m'informa clairement qu'il était blessé.

Et merde. Je n'avais vraiment pas besoin de ça.

Je refermai la porte de la salle de bains derrière moi et appelai mon gynéco. Je venais de prendre conscience que le petit bout de plastique ne me suffisait pas. Il était fiable à quatre-vingt-dix-neuf pour cent, et je voulais être sûre à cent pour cent.

Il me fallut près de cinq minutes pour convaincre la secrétaire que j'avais besoin de parler au médecin. Bien entendu, il était en rendez-vous, mais cinq minutes d'attente supplémentaires me valurent d'être mise en communication avec une infirmière.

— Alors, quel est votre problème, mademoiselle Blake ? demanda-t-elle sur un ton mi-jovial, mi-irrité.

— Quelle est la fiabilité des tests de grossesse maison ? J'ai lu ce qui est marqué sur la boîte, mais je voudrais savoir de quoi il retourne vraiment.

— Ils sont très fiables, répondit-elle en se radoucissant quelque peu.

Je déglutis si fort qu'elle dut m'entendre.

— Donc, si celui que j'ai fait est positif…

— Je vous présente mes félicitations.

— Mais ça ne marche pas à tous les coups, non ?

— Les faux positifs sont extrêmement rares, mademoiselle Blake.

— Il n'existe pas une analyse de sang fiable à cent pour cent ?

— Si, mais en principe, les médecins font confiance aux tests maison.

— Mais si je voulais faire une prise de sang pour être vraiment sûre, ce serait possible ?

— Oui.

— Aujourd'hui ?

— Mademoiselle Blake, si vous vous inquiétez à ce point, faites un second test, mais je doute qu'il vous donne une réponse différente. On voit parfois des faux négatifs, mais les faux positifs… ça n'arrive presque jamais.

— C'est tous les combien, « presque jamais » ?

Je l'entendis feuilleter des papiers.

— Quand avez-vous eu vos règles pour la dernière fois ?

— La première semaine de septembre.

— Vous vous souvenez de la date exacte ?

— Non.

Je luttai pour contenir ma colère. Qui mémorise ce genre de détail ?

— Mademoiselle Blake – Anita –, je crois qu'il vaudrait mieux prendre rendez-vous pour une visite prénatale.

— Prénatale ? Non ! Enfin, si. Je veux dire… Et merde.

— Anita, je rencontre beaucoup de femmes dans mon métier. La plupart d'entre elles se réjouissent d'être enceintes, mais pas toutes. À vous entendre, ce n'est pas une bonne nouvelle.

— En effet.

— Le docteur North sort à l'instant. Je vous le passe.

Il y eut un silence, puis un bruissement de tissu.

— Bonjour, Anita ! lança une voix masculine. Et comment va ma chasseuse de vampires préférée ?

— Pas trop bien aujourd'hui, avouai-je d'une petite voix.

— J'en suis désolé. Nous devons vous fixer un rendez-vous.

— Je ne veux pas être enceinte.

Le gynécologue mit quelques instants à répondre :

— Votre grossesse n'est pas très avancée. Vous avez encore le choix.

— Vous voulez dire, je peux encore avorter ?

— Oui.

— Non, je ne peux pas, à moins qu'il y ait un sérieux problème. Il va falloir me tester pour le syndrome de Vlad et pour celui de Mowgli.

— Pour le syndrome de Vlad, je m'en doutais, mais pour celui de Mowgli, il n'y a de risque que si vous avez eu des rapports avec un métamorphe sous sa forme animale.

J'appuyai mon front contre le carrelage froid qui couvrait le mur.

— Je sais.

— Ah, dit le docteur North avec une gaieté forcée, comme si tout ce qu'il avait envie de faire, c'était de s'écrier : « OH, MON DIEU ! » (Mais il se ressaisit très vite. Après tout, il avait dû en voir d'autres dans l'exercice de son métier.) Peggy, je vais prendre cet appel dans mon bureau ; vous voulez bien me le transférer ? Ne quittez pas, Anita. Je préfère poursuivre cette conversation en privé.

J'écoutai un passage de musique d'ascenseur miséricordieusement bref, puis le docteur North me reprit en ligne.

— D'accord, Anita. Il faudrait que vous veniez le plus vite possible. (Je l'entendis feuilleter quelque chose.) Nous avons une annulation à 14 heures cet après-midi.

— Je ne sais pas si je pourrai me libérer.

— S'il s'agissait d'une visite prénatale ordinaire, je vous dirais « Pas de problème, remettons ça à la semaine prochaine. » Mais si nous devons vous tester pour les deux syndromes et qu'il y a un risque que le résultat soit positif, surtout dans le cas du Mowgli, il faut faire le plus vite possible.

Je voulais dire que je n'avais eu de rapports sexuels avec un métamorphe sous sa forme animale qu'une seule fois, mais comme on dit, « Une seule fois, ça suffit. »

— Docteur, je suis bien renseignée sur le syndrome de Vlad, mais beaucoup moins sur l'autre. Si je suis vraiment enceinte, pour l'instant, ce n'est qu'un petit amas de cellules, pas vrai ? Au pire, j'en suis à deux mois. Il est encore bien trop tôt pour que le bébé tente de se frayer un chemin au-dehors en me bouffant de l'intérieur, non ?

La seule évocation de cette possibilité me donnait envie de vomir. Si le test était positif, je n'aurais peut-être pas le choix : je serais forcée d'avorter.

— Les humains ont une période de gestation assez longue pour des mammifères. Je suppose que nous parlons d'un métamorphe du genre mammifère, lui aussi ?

— Oui. Pourquoi, ça fait une différence ?

— Ça peut en faire une. Voyez-vous, le problème avec le syndrome de Mowgli, c'est que parfois, le fœtus se développe à la vitesse de l'animal qui lui a donné la moitié de ses gènes plutôt qu'à celle de l'humain.

Je passai mentalement en revue tous mes cours de biologie. Je ne me souvenais pas de la période de gestation des léopards. On ne me l'avait probablement jamais apprise.

— Anita, vous êtes toujours là ?

— Oui, docteur. Je… C'est juste que… Je sais que si le fœtus a le syndrome de Vlad, je devrai avorter, parce que le bébé ne survivra pas de toute façon et qu'il tentera de m'entraîner dans la mort avec lui. Mais comme je vous l'ai dit, je suis moins bien renseignée sur l'autre syndrome. Il est beaucoup plus rare.

— Extrêmement rare, oui. Moins de dix cas ont été identifiés dans ce pays. Si le pire arrive et que le fœtus a le syndrome de Vlad, nous aurons le temps d'y remédier. Si c'est le syndrome de Mowgli, tout dépendra du type d'animal. (J'entendis cliqueter les touches d'un clavier d'ordinateur.) Vous savez quel type de métamorphe était votre partenaire ?

— Je n'ai couché avec lui qu'une seule fois, et…

Renonçant à me justifier, je répondis :

— Un léopard. D'accord, c'était un léopard.

Seigneur. J'avais du mal à croire que j'étais en train d'avoir cette conversation avec mon gynéco.

Nouveau cliquetis de touches.

— La période de gestation des léopards est comprise entre quatre-vingt-dix et cent six jours, avec une moyenne de quatre-vingt-seize jours, m'annonça le docteur North.

— Et alors ?

— La période de gestation des humains est de deux cent quatre-vingts jours.

— Au risque de me répéter : et alors ?

— Alors, j'en déduis que le fœtus n'a pas un cas aigu de syndrome de Mowgli, sans quoi, vous vous en seriez déjà aperçue. Vous seriez presque prête à accoucher.

— Vous plaisantez ?

— Non. Mais de toute évidence, vous n'êtes pas concernée. Le fœtus pourrait néanmoins avoir une version plus bénigne du syndrome de Mowgli. Auquel cas, votre grossesse pourrait s'accélérer brusquement, et vous pourriez passer de « tout juste enceinte » à « sur le point d'accoucher » en l'espace de quelques jours.

— Vous plaisantez ? répétai-je bêtement.

— Je suis en train de consulter les textes médicaux tout en vous parlant. Internet est un outil merveilleux. Nous avons eu dans ce pays deux cas de bébés qui présentaient des formes modérées du syndrome de Mowgli. Mais tout ce que le test nous révélera, c'est si le vôtre est atteint ou non. C'est comme pour le syndrome de Down : même une amniocentèse ne permettra pas de déterminer la gravité exacte de la maladie.

— Dans le cas du syndrome de Vlad, c'est l'avortement obligé. Et dans le cas du syndrome de Mowgli ?

Mon interlocuteur hésita avant de répondre :

— Ce n'est pas obligé, non. Mais les défauts de naissance peuvent être assez… sévères.

— Ce n'est jamais bon signe quand votre docteur commence à devenir nerveux. Qu'est-ce que vous me cachez ?

— Si votre bébé a ne serait-ce qu'une forme bénigne du syndrome de Mowgli, d'ici à lundi, il pourrait apparaître à l'échographie comme au-dessus de la limite d'âge légale pour un avortement dans cet État. Croyez-moi, Anita, vous ne voulez pas être forcée de mener à terme une grossesse de ce genre.

D'aaaaaaccord, pensai-je.

— 14 heures, c'est bien ça ?

— À la clinique St. John. Venez directement à la maternité.

Mon cœur remonta dans ma gorge.

— À la maternité ? Vous n'allez pas un peu trop vite en besogne, là ?

— Si je vous reçois à mon cabinet, nous devrons envoyer le prélèvement de sang au laboratoire. À la clinique, nous pourrons le faire analyser beaucoup plus vite. Et selon le résultat, si nous voulons procéder à d'autres examens, nous aurons le matériel nécessaire sous la main.

— Vous avez un échographe dans votre cabinet.

— Oui, mais celui de la clinique est plus performant. Il nous permettra d'obtenir plus d'informations, plus vite. Et la rapidité est de mise dans ce cas précis, Anita.

— D'accord, je serai là à 14 heures.

— Génial.

— Et pendant que j'y suis, vous n'êtes pas rassurant du tout aujourd'hui.

Le docteur North rit.

— Je vous connais, Anita. Si je ne vous avais pas fait peur, vous auriez trouvé une excuse pour repousser votre visite.

— Vous avez exagéré la gravité de la situation pour me faire venir aujourd'hui ?

— Non. Désolé, mais non. Je vous ai juste présenté les choses de façon plus brutale que je ne l'aurais fait avec une autre patiente. Mais la plupart d'entre elles n'ont pas besoin qu'on les brusque pour les faire venir dans mon cabinet.

— Vous ne me faites pas venir dans votre cabinet : vous m'envoyez à l'hôpital. D'habitude, je ne vais à l'hôpital que quand j'ai été blessée dans l'exercice de mes fonctions.

— Vous êtes en train de faire marche arrière ?

Je soupirai.

— Non, non. Je viendrai. (Une idée me traversa l'esprit. Au point où j'en étais, autant demander.) Je peux venir accompagnée, pas vrai ? Ce n'est pas interdit, comme quand j'étais gamine ?

— Vous pouvez amener quelqu'un pour vous tenir la main, si vous voulez, mais si nous devons effectuer un examen pelvien, mieux vaudrait que ce soit quelqu'un de proche.

Un examen pelvien. Merde.

— Au moins une des personnes présentes sera quelqu'un d'assez proche pour rester avec moi pendant la consultation. Les autres attendront dehors.

— Les autres ?

— Au moins un de mes petits amis, peut-être plus, et des gardes du corps.

— Des gardes du corps ? Vous êtes en danger ?

— Presque toujours, mais dans le cas présent… je n'ai pas de méchants aux trousses ni rien de ce genre. Disons juste que ce sera une visite plutôt stressante pour moi, et que dans l'avenir proche, je devrais éviter d'affronter toute situation stressante sans un certain nombre de malabars à portée de main.

— C'est une énigme ?

— Pas du tout.

— D'habitude, vous êtes plus explicite que ça.

— Désolée, mais ce n'est pas le genre de chose que je peux expliquer au téléphone.

— D'accord. Si vous veniez seule, cela risquerait-il d'avoir des répercussions néfastes sur votre santé ?

Je réfléchis avant de répondre :

— Peut-être. Oui, je suppose que oui.

Si je me métamorphosais pour de bon, je perdrais le bébé, et ma grossesse serait terminée avant même que nous ayons pu décider quoi faire. Mais je ne voyais pas de façon rapide d'expliquer la situation au docteur North.

— Alors, je peux venir accompagnée ?

— Et si je refuse ?

— Nous aurons un gros problème.

— Combien de personnes ?

— Pas plus de quatre, j'espère. (Je fis un rapide calcul mental. Deux gardes du corps, et au moins un de chacun des animaux que je portais en moi.) Cinq, rectifiai-je.

— Cinq, répéta le docteur North, incrédule.

— Dont au moins deux de mes petits amis.

— Des pères potentiels ?

— Oui.

— S'ils ne nous gênent pas, je suppose que c'est bon.

— Si quelqu'un doit poser un problème, il est plus que probable que ce soit moi, répliquai-je.

Et je lui raccrochai au nez. Je sais, ce n'était pas poli, mais j'étais à bout de nerfs. J'avais tellement peur que je me sentais glacée.

Glacée ? Je me touchai le front pour voir si je l'étais vraiment. Si oui, je mettais Damian en danger : de tous les hommes auxquels je suis métaphysiquement liée, mon pauvre serviteur vampire est le premier dont je commence à pomper l'énergie si je reste trop longtemps sans me nourrir. Étais-je en train de le drainer sans le vouloir, de le condamner à ne plus jamais se relever de son cercueil ?

J'ai réussi à apprivoiser l'ardeur ; désormais, elle n'est plus aussi exigeante. Je peux repousser le moment de mon prochain repas pendant quelques heures, mais le prix à payer est élevé. Damian a failli y laisser sa vie plusieurs fois déjà. Et en théorie, si je finis par le tuer un jour, Nathaniel sera le suivant sur la liste de mes sources d'énergie. Je préférerais ne jamais mettre cette théorie-là à l'épreuve.

Je consultai ma montre. Dix heures du matin à peine, et il s'était déjà passé tant de choses aujourd'hui ! Sans compter qu'il était incroyablement tôt pour que tant de vampires de Jean-Claude soient debout. Jusqu'ici, seuls les maîtres s'étaient réveillés, et Damian n'en faisait pas partie. Néanmoins…

Étais-je déjà en train de le drainer parce que je n'avais pas encore nourri l'ardeur ni pris de petit-déjeuner ?

Un estomac plein m'aide à contenir mes autres appétits, qu'il s'agisse de l'ardeur ou de la faim de mes bêtes. Pour l'instant, je n'avais même pas bu une tasse de café. Le problème, ce n'était pas l'heure, mais le temps que j'avais laissé s'écouler sans manger depuis mon réveil. D'accord, Auggie nous avait offert un véritable festin la veille, mais je ne pouvais pas courir le risque que ça soit insuffisant. Je devais me nourrir. Toute la question était de savoir par où commencer. Sexe ou café ? Mmmh, laissez-moi réfléchir…

Chapitre 29

Au final, ce fut café d'abord. Requiem n'était plus dans la chambre, et Micah entra avec un plateau de petit-déjeuner. Il ne me fit pas remarquer que j'étais restée trop longtemps sans manger et que j'avais peut-être fait du mal à Damian, ou pris le risque de conjurer de nouveau mes bêtes et de perdre le bébé. Il ne me rappela pas non plus qu'en négligeant de prendre soin de moi, je rendais l'ardeur plus difficile à maîtriser. Non, il ne me dit rien de tout ça. Il se contenta de déposer le plateau sur la table de chevet.

Deux gobelets de café, des croissants, du fromage et des fruits. Au *Cirque*, toute la nourriture est apportée par un traiteur, car il n'y a pas de cuisine. L'ancienne Maîtresse de la Ville ne gardait pas beaucoup d'humains auprès d'elle, et ne se souciait du confort de personne hormis du sien. Quand il a pris sa suite, Jean-Claude a commencé par faire rénover les salles de bains. Il a le sens des priorités : on peut toujours se faire livrer de la bouffe ; une baignoire, c'est plus difficile. Pourtant, en observant le plateau, je songeai : *Il nous faut une cuisine.*

Je commençai par une tranche de cheddar. J'ai découvert que les protéines, c'est ce qui me donne le plus d'énergie. Certains d'entre nous ne sont pas faits pour devenir végétaliens.

— Tu vas bien, Anita ? Tu as l'air très…

Micah parut renoncer à trouver le mot juste.

Je lui souris.

—Merci pour le petit déj'. J'ai rendez-vous à 14 heures avec mon gynéco.

—Aujourd'hui ? Est-ce bien sage ?

Je hochai la tête et saisis un des gobelets de café. J'avais été raisonnable en commençant par manger un bout, mais ce n'était pas de fromage que j'avais vraiment envie. Je bus ma première gorgée de café corsé et brûlant. Plus tard dans la journée, je le noierais peut-être dans la crème et le sucre, mais mon premier café du matin devait être noir et nature, comme je le préfère. Je fermai les yeux pour savourer la chaleur qui se répandait en moi. Suis-je accro au café ? Sans doute, mais c'est plutôt inoffensif comme dépendance.

Je rouvris les yeux et regardai Micah.

—Il est bon.

Le métamorphe sourit.

—Ravi qu'il te plaise, mais d'ici à 14 heures, la plupart des vampires qui logent ici seront réveillés. Et nous aurons des visiteurs diurnes.

Je hochai la tête et bus une nouvelle gorgée, plus brève cette fois.

—Je sais.

Je rapportai à Micah ce que le docteur North m'avait dit. Il cligna lentement des yeux, comme je le fais parfois quand je dois assimiler trop d'informations, trop vite.

—Tu dois y aller.

—Je sais, répétai-je.

Je m'assis au bord du lit et me forçai à mordre dans un croissant. Il était délicieux, croustillant et bien gras, mais je n'avais pas faim. Le café me faisait envie ; le reste, je ne l'avalais que parce que j'y étais obligée. Je devais manger pour que tout le monde reste en vie et en bonne santé. Je n'ai jamais été très portée sur le petit-déjeuner ; ce jour-là, en plus, j'étais hypernerveuse. D'accord : hypereffrayée.

—Je t'accompagnerai, en tant que léopard et petit ami.

Je hochai la tête.

— Nathaniel n'aura probablement pas recouvré sa forme humaine d'ici là.

— Tu sais que Richard a pris une journée de congé ?

— Oui. Il a demandé qu'un remplaçant se charge de ses cours.

— Il voudra venir, tu le sais.

— Probablement.

— Il pourra être ton loup.

Quelqu'un se racla la gorge. Rémus était plus près du lit que dans mon souvenir.

— Je n'ai pu m'empêcher d'entendre votre conversation.

— Il faudra que j'emmène au moins deux gardes avec moi. Donc, j'aurais dû t'en parler de toute façon.

Il acquiesça.

— Très bien. Mais, Anita… d'après ce que m'a dit Claudia, Richard a refusé de te laisser conjurer sa bête tout à l'heure. À quoi nous servira son loup s'il ne le laisse pas sortir ?

— Bonne remarque. Mais il voudra venir quand même.

— Et si je faisais en sorte d'emmener un loup parmi les gardes ?

— D'accord, mais sois discret.

— Je me débrouillerai pour que Richard n'en sache rien, promit Rémus. Cela dit, il changera peut-être d'avis.

Je secouai la tête.

— S'il n'a pas voulu se transformer ici, dans les souterrains du *Cirque*, il n'y a aucune chance qu'il accepte de le faire au milieu d'une maternité.

— Pour être honnête, je crois qu'aucun de nous ne le ferait volontiers. C'est le meilleur moyen de s'attirer des ennuis avec la police.

— Je sais, et je te jure que je ferai de mon mieux pour ne pas perdre les pédales, mais j'ai peur, et ça va être superstressant pour moi.

— Tu as besoin d'un lion. Le nouveau n'aura pas repris sa forme humaine à temps pour ton rendez-vous, fit remarquer Rémus.

— Joseph ne devait pas amener une partie des siens aujourd'hui pour que je puisse choisir parmi eux ?

Micah opina.

— Si.

— Nous devons l'appeler et lui demander de venir le plus tôt possible.

Je m'étais forcée à finir un croissant, et j'avais vidé un des gobelets de café. J'ôtai le couvercle du second et m'adossai à la tête de lit. Maintenant que j'avais quelque chose dans l'estomac, je pouvais savourer mon café sans le gâcher avec de la nourriture.

— Je m'en occupe.

Rémus sortit de sa poche un minuscule téléphone portable à clapet et s'écarta du lit pour nous laisser un peu d'intimité – une intimité illusoire, parce qu'il entendrait quand même tout ce que nous dirions, mais j'appréciai l'intention.

Micah portait une chemise blanche ouverte sur son torse bronzé. Il n'avait boutonné que les manches, comme s'il s'agissait plutôt d'une veste. Son jean noir à l'origine était devenu plutôt gris au fil des lavages en machine. Quand il se lova près de moi sur le lit, je vis qu'il était pieds nus.

— Tu portes des fringues que ça ne te gênerait pas de bousiller si tu te transformais, devinai-je.

Il acquiesça. Il avait attaché ses cheveux en queue-de-cheval, mais oublié quelques mèches qui encadraient encore son visage. Il aurait eu l'air du parfait tombeur sans son regard beaucoup trop grave.

— Tu crois que je vais… (j'agitai une main) faire une autre attaque ?

Il eut un sourire qui ne monta pas jusqu'à ses yeux.

— Disons que je préfère être paré contre toute éventualité.

Je bus mon café un peu plus vite, parce qu'il commençait à refroidir.

— J'ai assez mangé ?

— Non, répondit doucement Micah.

Je baissai la tête.

— Mon estomac est tout noué ce matin.

— Mange encore un croissant, ou un fruit, ou le reste du fromage.

Je finis mon café et saisis un croissant. Quand vous n'avez pas faim, c'est encore ce qui passe le mieux. Je me mis à le grignoter sans conviction.

— Jean-Claude doit être tenu au courant de ton rendez-vous.

— Je sais.

— Je peux m'en charger, si tu veux.

Je fronçai les sourcils.

— Tu ne me fais pas confiance pour le lui dire.

Micah s'assit en levant les mains.

— Je ferai tout mon possible pour te faciliter la vie, Anita, mais Jean-Claude doit être informé le plus tôt possible que sa servante humaine s'absente cet après-midi en emmenant son animal à appeler et au moins deux ou trois donneurs de sang.

Je laissai tomber le croissant à moitié mangé sur le plateau.

— Si tu vois un autre moyen de procéder, je t'écoute.

— Je n'ai pas dit ça. J'ai juste dit que Jean-Claude devait être informé.

— Alors, vas-y, puisque tu y tiens tant.

Je ne cherchai pas à dissimuler la première flambée de ma colère. Si Micah en fut blessé, il n'en montra rien. Il tenta de me prendre les mains, et j'eus un brusque mouvement de recul.

— Si tu me touches, je vais m'écrouler.

Il s'écarta de moi.

— Personne ne t'en voudrait, tu sais.

— Moi, je m'en voudrais.

Il soupira.

— Il faut toujours que tu sois forte, pas vrai ?

J'acquiesçai.

— Oui, il le faut.

Il glissa à bas du lit et me dévisagea. Je ne voulais pas qu'il reste planté devant moi, tout débraillé et appétissant. Je voulais me fâcher contre lui, ce que j'ai toujours du mal à faire quand je me laisse distraire par son physique. En fait, j'ai du mal à me fâcher contre tous les hommes de ma vie : généralement, ils n'ont qu'à se déshabiller pour faire retomber ma colère et remporter nos disputes. C'est la pure vérité, et si vous saviez comme ça m'énerve !

— La colère est un luxe, Anita, dit Micah comme s'il avait lu dans mes pensées.

Je hurlai de rage, hurlai si fort que ma voix se répercuta sur les murs de la chambre, hurlai jusqu'à ce que la porte s'ouvre et que d'autres gardes fassent irruption dans la pièce.

— Sortez ! m'égosillai-je. Foutez-moi le camp d'ici !

Ils pivotèrent vers Rémus comme un seul homme tout de noir vêtu. Rémus leur fit signe de sortir, mais en garda deux avec lui en plus de Pépito. Je suppose que je ne pouvais pas lui en vouloir.

— Va voir Jean-Claude et envoie-moi Requiem, réclamai-je d'une voix rauque.

— Anita…

— Si tu essaies de me réconforter, je vais péter les plombs. S'il te plaît, Micah, contente-toi de faire ce que je te demande.

— Je vais voir Jean-Claude, mais tu es sûre de toi, pour Requiem ?

— Sûre de quoi : de vouloir me nourrir de lui ?

Micah acquiesça.

— Non, je suis absolument sûre de ne pas vouloir me nourrir de lui, mais j'ai parlé avec Jean-Claude. Si je me nourris de Requiem et que je l'ensorcelle de nouveau, cela signifiera que je suis trop dangereuse pour goûter les autres candidats. Et je dois faire le test avant qu'Auggie se lève, parce que si j'ai vraiment libéré l'esprit de Requiem, nous pourrons peut-être utiliser la même technique sur Auggie.

— Ça fait beaucoup de « si » et de « peut-être », fit remarquer Micah.

— En voici encore un : je pourrai peut-être guérir Requiem en me nourrissant. Parfois, le sexe métaphysique – avec ou sans pénétration – m'aide à récupérer de mes blessures. Les maîtres en visite ne seront pas favorablement impressionnés par la petite crise de Meng Die, et nous ne pourrons pas la leur dissimuler si Requiem reste en si mauvais état.

— Tu pourrais te nourrir de quelqu'un d'autre, quelqu'un qui est déjà ton amant.

— Tu veux m'épargner un nouveau choc, c'est ça ?

Je me mis à rire, mais sentis un sanglot monter dans ma gorge et me mordis la lèvre pour le ravaler. La panique me rongeait de l'intérieur ; elle grignotait peu à peu mes os et mes organes, me laissant de plus en plus fragile. Quand j'en aurais vraiment besoin, il ne m'en resterait pas une goutte. Il ne subsisterait que la peur.

— Jean-Claude pense que le pouvoir de Requiem fera taire mes réticences, chuchotai-je pour ne pas me remettre à crier ou à pleurer. Je dois nourrir l'ardeur, et je ne suis vraiment pas d'humeur à le faire. Si le pouvoir de Requiem peut m'aider à le désirer, envole-le-moi, parce que là tout de suite, je n'ai envie de personne. Je voudrais juste qu'on me fiche la paix.

N'importe qui d'autre aurait eu l'air blessé, mais pas Micah. Il accueillit cette déclaration avec placidité et répondit juste :

— Nous avons tous un point de rupture, Anita. Tous.

Je secouai la tête sans pouvoir m'arrêter.

— Je ne peux pas me permettre de craquer aujourd'hui.

Il soupira.

— Un jour, j'aimerais qu'on ait un peu de temps devant nous pour que tu puisses craquer si tu en as envie.

Alors, je vis que ses yeux brillaient de larmes contenues.

— Ne pleure pas.

— Pourquoi pas ? Il faut bien que l'un de nous le fasse.

Il se détourna alors que la première larme coulait sur sa joue.

Je lui saisis le bras, me traînai jusqu'à lui à quatre pattes et l'attirai vers moi. Et comme je m'en doutais depuis le début, je m'effondrai. Je pleurai, et je hurlai, et je m'agrippai à lui en me détestant d'être faible – aussi épouvantablement faible.

Chapitre 30

Quelque part au milieu de mon pétage de plombs, je pris conscience que les mains de Micah n'étaient pas les seules qui me tenaient. Je me débattis contre les autres, les repoussant et m'y accrochant tour à tour comme si je n'arrivais pas à me décider. Je ne voulais pas qu'on me touche, et je ne voulais pas qu'on me lâche non plus. J'entendis une voix hystérique balbutier :

— Veux pas le faire… Peux pas le faire.

Je me rendis compte que cette voix était la mienne, et malgré ça, je continuai à bredouiller :

— Veux pas avoir de bébé, veux pas faire de tests… Marre de l'ardeur, marre, marre… Déjà trop d'hommes dans ma vie… Veux pas prendre encore un amant.

Les mots se muèrent de nouveau en sanglots. Lorsque ceux-ci finirent par se tarir, je m'abandonnai à l'étreinte des hommes qui me tenaient. J'étais trop crevée pour bouger, trop crevée pour protester même si j'avais fini dans les bras de Richard. Il me berçait contre lui, et ça ne me faisait rien. Je ne ressentais rien du tout, ni colère, ni excitation, ni quoi que ce soit d'autre – et je m'en réjouissais, parce que j'avais éprouvé beaucoup trop de choses épuisantes ces derniers temps.

— Son énergie semble différente, commenta Richard d'une voix qui me parut étrangement lointaine.

D'accord, il était grand, mais il me tenait dans son giron. Sa bouche n'était pas si loin de mes oreilles.

D'autres mains touchèrent mon visage, mes mains et mes bras. J'avais les yeux fermés, et je ne les rouvris pas. Je ne voulais pas voir. Je ne voulais voir aucun des hommes qui m'entouraient.

— Elle est glacée, constata Jean-Claude en retirant sa main de ma joue.

Glacée, oui. J'étais glacée jusqu'à la moelle, comme si je ne devais plus jamais pouvoir me réchauffer. J'avais froid, si froid…

De la fourrure m'effleura le bras, et j'entrouvris les yeux juste assez pour voir Nathaniel à genoux sur le lit. Son visage était toujours sous sa forme intermédiaire, un mélange d'homme et d'animal. Une seule fois, j'avais vu ce visage au-dessus de moi pendant que nous faisions l'amour. Une seule fois.

D'autres mains me firent tourner le regard vers Jean-Claude et Richard. Je compris que c'étaient les leurs – une de chaque côté de mon visage –, si agréablement tièdes contre ma peau… Il me fallut un moment pour me rendre compte qu'elles étaient chaudes toutes les deux. Jean-Claude avait-il retiré tant de pouvoir de notre partie de jambes en l'air avec Auggie ?

J'avais du mal à focaliser mon regard sur eux.

— Chauds… Vous êtes chauds tous les deux, chuchotai-je.

— Anita, dit Richard très lentement et en détachant bien les syllabes, comme s'il pensait que j'aurais du mal à le comprendre. Ta peau est plus froide que celle de Jean-Claude.

Je fronçai les sourcils et tentai de faire le point sur son visage, mais mon attention se remit à vagabonder avant que je puisse forcer mes yeux à m'obéir.

— Quelque chose… qui cloche, chuchotai-je un peu plus fort.

— En effet. (Richard tourna la tête vers Jean-Claude.) Je ne la sens pas. Je la tiens dans mes bras, et je ne perçois pas son énergie.

— Elle s'éloigne, acquiesça Jean-Claude.

— Qu'est-ce que ça veut dire ?

— Je crois que ma petite tente de rompre les liens qui la lient à nous.

— Le triumvirat ?

— Oui.

— Elle peut vraiment faire ça ?

— Anita peut faire tout ce qu'elle décide, intervint Nathaniel d'une voix grondante.

— J'ignore si c'est possible, nuança Jean-Claude, mais elle essaie.

— Ça détruira ta base de pouvoir.

Je reconnus la voix d'Asher, même si je ne pus me forcer à le chercher du regard.

— Qu'il en soit ainsi, répondit Jean-Claude. (Je luttai pour le voir clairement.) Pourquoi cette tête tragique, Richard ? Tu pourrais être libre. Libéré du triumvirat – et de moi.

— Et vous savez que j'adorerais ça, mais pas à n'importe quel prix. Anita est glacée.

Jean-Claude se pencha vers moi.

— Ma petite, baisse ton bouclier. Baisse-le juste assez pour que je puisse te sentir. Laisse-moi partager mon énergie avec toi. Tu es souffrante.

Je secouai la tête, et le monde se changea en rubans colorés qui ondulèrent devant mes yeux. Prise de nausée, je me rendis compte que j'étais malade. J'avais mal au cœur, mal à l'âme, et j'en avais plus qu'assez de tout ça.

Quelque part au plus profond de moi, je tentais de revenir sur toutes mes décisions. J'essayais d'annuler les coups d'une partie déjà beaucoup trop avancée. La moitié consciente de mon cerveau mesurait qu'il était trop tard, mais ce n'était pas elle qui commandait. Comment fait-on pour discuter avec son inconscient ? Comment s'adresse-t-on à la moitié de son esprit qu'on ne sent jamais travailler, même si elle fonctionne en permanence ? Le pire, c'est que je n'étais même pas sûre de vouloir la convaincre.

Je humai une odeur musquée de léopard et sus que Nathaniel s'était approché de moi avant de l'entendre gronder :

— Damian.

J'ouvris les yeux. Un visage noir et flou était penché sur moi. Nathaniel se redressa légèrement pour que je puisse le voir.

— Damian ? répétai-je.

— Il va mourir.

Je clignai des yeux. J'entendais ce que disait Nathaniel, mais ça n'avait pas de sens pour moi. Ma perplexité dut se lire sur mon visage, car Jean-Claude expliqua :

— J'ignore si ta tentative désespérée a une chance d'aboutir, ma petite, mais si tu parviens réellement à trancher les liens qui t'attachent à nous, Damian mourra. Seul ton pouvoir coule dans ses veines ; seul ton pouvoir l'anime. Si tu l'en prives, ton serviteur vampire ne se relèvera plus jamais de sa tombe. Il mourra, et il restera mort.

Je le regardai fixement sans réagir, comme si ses mots ne m'atteignaient pas. Alors, il me serra le bras très fort, de plus en plus fort, jusqu'à ce que ça me fasse mal. Mais même la douleur me paraissait lointaine.

— Anita, je ne veux pas être tenu responsable de ce qui se passera. Si tu accomplis ce miracle, si tu parviens à te libérer de nous tous, Damian mourra. Je ne te laisserai pas dire, plus tard, que tu ignorais les conséquences qu'auraient tes actes. Je ne te laisserai pas rejeter la faute sur moi. Pas cette fois.

Jean-Claude était furieux, mais sa colère ne m'atteignait pas. Elle ne pouvait pas me toucher, et je m'en réjouissais. Je pouvais me détacher de lui, me détacher d'eux tous.

La voix de Micah s'éleva de l'autre côté de ma tête.

— Briser le triumvirat ne changera rien au fait que tu es enceinte, Anita. Tu devras quand même te rendre à la clinique à 14 heures.

Je tournai la tête vers lui, et ce simple mouvement me sembla prendre un temps infini.

— L'ardeur s'en ira.

— En es-tu certaine ? demanda-t-il tout bas.

— En vérité, ajouta la voix de Jean-Claude, j'ignore si les malédictions et les dons induits par les marques vampiriques disparaîtront en cas de rupture du triumvirat. Tu pourrais redevenir telle que je t'ai connue, seule et en sécurité dans ta propre peau, si c'est bien ce que tu désires. Ou tu pourrais conserver certaines capacités, mais perdre l'aide de…

Il hésita avant de reprendre :

— … Notre aide à tous dans la lutte contre l'ardeur.

Je m'agitai dans le giron de Richard jusqu'à ce que j'aperçoive son visage toujours flou, comme si mes yeux ne fonctionnaient plus correctement.

— L'ardeur s'en ira, répétai-je.

— Je ne peux pas te dire ce qui se passera ou non, parce qu'en principe, seule la mort véritable devrait pouvoir te libérer de mes marques. Personne n'ayant jamais fait ce que tu tentes de faire, j'ignore quelles pourraient être les conséquences si tu réussissais.

Sa voix était parfaitement atone, comme si ses paroles n'avaient aucune portée.

Je m'efforçai de réfléchir à ce qu'il venait de dire. Même mes pensées me paraissaient lentes et pataudes. Qu'est-ce qui clochait chez moi ? À l'instant où je formulai cette question dans ma tête, je commençai à me calmer – pas à me sentir mieux, mais à pouvoir de nouveau réfléchir. C'était une amélioration considérable.

Je m'imaginai libérée de l'ardeur, et cela me plut. Je m'imaginai débarrassée des marques de Jean-Claude, et de toutes les conneries métaphysiques qui allaient avec. Je m'imaginai reprenant ma vie en main, et cela me plut encore davantage. Je m'imaginai seule dans ma propre peau, pour reprendre l'expression de Jean-Claude.

Un instant, je fus traversée par une nostalgie joyeuse pour ce qu'était mon existence avant qu'autant de gens s'attachent à moi. L'idée de rentrer le soir et de trouver une maison vide ne me semblait pas triste, mais merveilleusement reposante.

Micah me toucha le visage pour attirer mon attention. Enfin, je le vis clairement. Ses yeux de félin étaient si graves !

— Rien de ce qui se passe en ce moment ne vaut la peine que quelqu'un meure, Anita. Je t'en prie.

Je crus d'abord qu'il parlait de Damian, puis je compris que je me trompais. Si j'étais glacée, ce n'était pas seulement parce que je tentais de rompre le triumvirat. Il n'existait qu'un moyen de me libérer. L'un de nous devait mourir. Pouvais-je me libérer ? Peut-être. Mourrais-je en essayant ? Peut-être. Ça aurait dû me faire peur, mais ça n'était pas le cas. Et ça, ça me faisait peur.

Je sais, ça peut paraître stupide : ça ne me faisait pas peur de mourir, mais ça me faisait peur de ne pas avoir peur de mourir. C'était idiot, mais c'était vrai. Je devais me ressaisir. Jésus, Marie, Joseph, je devais me ressaisir.

Richard m'étreignit, m'enveloppant de son mètre quatre-vingt de chaleur et de muscles.

— S'il te plaît, Anita, ne fais pas ça.

Son souffle était presque brûlant contre mes cheveux.

Je levai les yeux vers lui. Quelques centimètres à peine séparaient nos deux visages. Ses yeux parfaitement bruns débordaient d'émotion.

— Tu serais libre, toi aussi.

Il secoua la tête.

— Je ne le souhaite pas à ce point.

— Vraiment ?

— Non. Le prix est trop élevé. Ne me laisse pas, pas comme ça.

Les yeux brillants, il me serra contre lui. Ses cheveux mi-longs me chatouillèrent le cou. J'enfouis mon visage dans le creux de son épaule, dans la chaleur et le doux parfum de sa peau. Mais je savais que c'était un mensonge.

Je me pelotonnai contre lui aussi étroitement que possible. Je m'abandonnai à sa chaleur et à sa force. C'était toujours aussi bon, toujours aussi merveilleux, mais j'étais consciente que ça ne pouvait pas durer. Nous étions tous les deux trop têtus pour que ça marche entre nous.

Je pleurais de nouveau, et je ne savais pas pourquoi. Je déversais mes regrets dans la tiédeur du cou de Richard, mes regrets pour tout ce qui aurait pu être, pour tout ce qui aurait dû être. Je l'agrippais de mes bras et de mes jambes ; je m'accrochais à lui de toutes mes forces, et je sanglotais.

Une main caressa l'arrière de ma tête, et une voix dit :

— Ma petite, ma petite... baisse ton bouclier et laisse-nous entrer.

Sans lâcher Richard, je tournai la tête vers Jean-Claude. Je scrutai son visage si parfait, ses yeux bleu marine. Il posa tendrement une main sur ma joue, mais cela ne suffit pas. Sans le vouloir, je m'étais complètement barricadée en moi-même. Et ne sachant pas comment j'avais fait, je ne savais pas davantage comment revenir en arrière. Comment inverse-t-on le cours d'un accident ?

Je tentai de lui expliquer.

— Je suis métaphysiquement aveugle. Je ne perçois plus rien. Je n'avais pas l'intention de me détacher de vous.

Je savais maintenant que je survivrais à ma tentative, mais qu'en serait-il des autres ? Je me projetai vers Damian. Même s'il était mort pour la journée dans son cercueil, j'aurais dû le sentir. Rien.

La peur s'abattit sur moi telle une lame de fond, emportant toute la chaleur que j'avais regagnée dans les bras de Richard. Je saisis l'ourlet de la robe de chambre de Jean-Claude.

— Je ne sens plus Damian. Je ne le sens plus du tout !

— Nous devons enfoncer ton bouclier, ma petite. Nous devons réveiller tes pouvoirs.

J'acquiesçai.

— Faites-le.

— Je suis ton maître, Anita. Les marques qui m'attachent à toi peuvent aussi me maintenir à distance et m'empêcher de franchir tes défenses. Nous devons faire vite pour sauver Damian. C'est pourquoi je te demande d'autoriser Asher et Requiem à m'aider.

— Je ne comprends pas.

— Je n'ai pas le temps de t'expliquer. Disons juste que peu importe qui ouvrira une brèche dans tes nouveaux remparts – la seule chose qui compte, c'est qu'une brèche soit ouverte. Ainsi, ton pouvoir pourra s'échapper, et il trouvera Damian.

Je voulais protester, mais j'étais effrayée par le vide à l'endroit où j'aurais dû sentir Damian. Alors, je hochai la tête.

— Allez-y.

— D'abord, tu dois enlever ta croix.

Je ne lui demandai pas comment il savait que j'en portais une. Je m'écartai de Richard pour passer les mains dans ma nuque et défaire ma chaîne. Jean-Claude recula juste assez pour ne pas la toucher accidentellement. Je déposai la croix dans la main tendue de Richard et plongeai mon regard dans le sien pendant qu'il refermait les doigts dessus.

— Range-la dans le tiroir de la table de chevet, réclamai-je.

— Pour qu'elle ne brille pas, devina-t-il.

J'acquiesçai. À cet instant, j'admis enfin, par-devers moi, pourquoi j'avais cessé de porter une croix la plupart du temps. Oh, j'en garde toujours une dans le sac qui contient mon équipement de chasseuse de vampires, mais c'est rare que j'en porte une autour du cou. Pour dormir, parfois, mais…

Bon, d'accord. Je passe mon temps à craindre qu'elle se mette à briller quand je fais quelque chose – qu'elle se mette à briller à cause d'une des capacités vampiriques que j'ai héritées de Jean-Claude. Qu'elle se mette à briller pour dénoncer le mal en moi. Mes nerfs étaient déjà trop ébranlés pour supporter une chose pareille ce jour-là.

Richard se traîna à genoux vers la tête du lit et se pencha pour ouvrir le tiroir de la table de chevet. Il y déposa soigneusement ma croix et le referma, puis revint vers moi.

— Je me donne tant de mal pour ne pas penser à toi, pour te chasser de mon cœur – et maintenant que tu vas peut-être te détacher définitivement de moi, c'est comme si un vide béant venait de s'ouvrir à l'intérieur. Je passe mon temps à tenter de rompre avec toi. Idiot que je suis ! C'est comme tenter de rompre avec ma propre main. Je pourrais vivre sans, mais je serais incomplet.

— Peux-tu sentir Damian maintenant, ma petite ? interrogea Jean-Claude.

— Je peux sentir les vampires même quand je porte une croix, lui rappelai-je. Ça n'a jamais affecté ma nécromancie.

— Fais-moi plaisir. Essaie.

J'essayai et secouai la tête.

— Rien. C'est comme s'il n'était plus là.

J'avais réussi à repousser ma peur, mais elle revint à la charge, me soulevant l'estomac et me picotant le bout des doigts.

— Vous croyez qu'il est trop tard ? Mon Dieu, faites qu'il ne soit pas trop tard.

Par-devers moi, j'ajoutai : *Faites que je ne l'aie pas tué.*

Je regardai le pouvoir de Jean-Claude se déverser de ses prunelles, engloutissant ses pupilles et le blanc autour jusqu'à ce que ses yeux soient devenus deux lacs de flammes bleu marine. Bien qu'assise sur le lit tout près de lui, je ne sentis rien.

À défaut des marques vampiriques, ma nécromancie au moins aurait dû capter quelque chose. Je m'étais déjà retrouvée métaphysiquement aveugle suite à un traumatisme, mais jamais à ce point. Ça m'effrayait autant que ça me remplissait d'espoir. Peut-être ne pouvais-je pas sentir Damian parce que je n'étais plus capable de sentir personne.

Richard frissonna près de moi et se laissa glisser par terre.

— Tu ne sens pas ça ? demanda-t-il, les yeux légèrement écarquillés et les poils hérissés sur ses bras.

— Non.

Il regarda Micah et Nathaniel qui se trouvaient toujours sur le lit, même s'ils s'étaient écartés pour nous faire de la place.

— Je pense qu'il vaudrait mieux les laisser respirer, leur dit-il.

Micah m'embrassa sur la joue. Nathaniel frotta son visage contre le mien pour me marquer avec son odeur. Puis tous deux glissèrent à terre du côté opposé à celui de Richard.

Jean-Claude se rapprocha jusqu'au bord du lit et tendit une main devant mon visage. Je sentis la pression de son aura, mais très légèrement, comme si ma peau était enveloppée dans du coton et qu'il ne pouvait pas me toucher.

Il posa la main sur mon visage, et je frissonnai.

— Ma petite.

Ces mots coulèrent le long de ma colonne vertébrale, comme s'il m'avait versé de l'eau dans le dos. C'était délicieux, et je frissonnai de nouveau, mais… Je rouvris les yeux.

— C'est comme il y a des années. J'ai toujours éprouvé la caresse de votre voix, mais…

— Tu t'es barricadée dans une tour partiellement bâtie à partir de mes marques vampiriques, ma petite. Tu retournes mon propre pouvoir contre moi.

— Je ne le fais pas exprès.

Asher entra dans mon champ de vision. Ses yeux étaient déjà pleins de lumière bleu pâle. Il avait conjuré son pouvoir, et je n'avais rien senti. Il vint à côté de Jean-Claude.

— Je pense qu'il va falloir recourir à des mesures plus radicales.

Je levai les yeux vers lui, debout face à moi dans son peignoir doré dont la couleur pâlissait comparée à l'éclat de ses cheveux.

— À quoi penses-tu exactement ?

Jean-Claude recula, cédant sa place à l'autre homme. Asher leva une main et la posa sur ma joue comme Jean-Claude l'avait fait quelques instants plus tôt. *Ils ont toujours été le reflet l'un de l'autre*, songeai-je, et à cette pensée, un raz-de-marée mémoriel s'abattit sur moi.

J'avais déjà partagé les souvenirs de Jean-Claude, mais pas comme ça. Cette fois, il ne s'agissait pas d'une scène ou deux, mais de centaines d'images qui déferlaient dans mon esprit, me noyant dans l'odeur de la peau d'Asher, la caresse des cheveux de Belle.

Je vis une femme aux cheveux couleur de cuivre répandus sur des oreillers, nos bouches ventousées dans son cou, ses mains tirant sur les foulards qui l'attachaient au lit. Je vis une blonde dont nous avions marqué les seins ensemble, si bien qu'elle arborait deux morsures jumelles. Je vis un homme avec une longue perruque poudrée, le pantalon baissé sur les genoux et nos deux visages enfouis entre ses cuisses – pas pour le sucer, mais pour boire son sang comme il le désirait.

Je vis des gens aux vêtements en désordre, des cheveux de toutes les nuances de roux depuis le blond vénitien jusqu'à l'auburn, des cheveux d'un blond allant du presque blanc jusqu'au doré et des cheveux bruns allant du châtain clair jusqu'au vrai noir, des peaux blanches comme du lait, sombres comme du café ou rougeâtres comme de l'acajou. Je vis des grands, des petits, des minces, des gros, des maigres – des corps innombrables qui coulaient sous nos mains et contre notre peau, et ce fut comme si je vivais un millier de nuits de débauche en l'espace de quelques battements de cœur.

Mais dans chacun de ces souvenirs, les deux vampires se mouvaient comme l'ombre l'un de l'autre. Jean-Claude prenait leur partenaire, homme ou femme ; il se repaissait de son sexe ou de son sang, et Asher reproduisait ses mouvements, l'aidant à susciter le plaisir et à l'amplifier. Jusqu'à cet instant, je n'avais pas mesuré qu'ils n'étaient pas amants, mais bien davantage. Chacun d'eux était l'être le plus proche de l'autre, le plus étroitement lié à lui.

Je me noyais dans leurs souvenirs, me noyais dans le parfum d'un millier d'amants et de maîtresses, d'un millier de victimes, d'un millier de plaisirs gagnés et perdus. Je me noyais, et comme toute personne qui se noie, je cherchai quelque chose auquel me retenir.

Je tâtonnai métaphysiquement en quête de quelqu'un, n'importe qui. Les souvenirs percutèrent Richard tel un raz-de-marée s'abattant sur une falaise. Je le sentis se faire submerger; je l'entendis hurler et attendis qu'il me repousse, qu'il m'enferme dehors. Mais il n'en fit rien. Il me laissa m'agripper à lui, faire de lui mon roc dans ce flot de sensations et d'images.

Je perçus sa confusion, sa peur, son dégoût et son désir de rejeter tout ça, de ne pas être assailli par ces souvenirs entre tous. Une pensée me traversa l'esprit: *Il en existe de bien pires.*

Puis la voix de Jean-Claude résonna.

—Non, ma petite, mon ami. Assez, assez!

Sa voix était douce, implorante. J'étais allongée sur le lit. Il me tenait une main, qu'il frottait comme pour essayer de la réchauffer.

—Je suis là, dis-je d'une voix qui me parut bien ténue.

Le lit remua violemment. Richard venait de s'écrouler dessus. Sa respiration était rauque et haletante; le blanc de ses yeux se voyait beaucoup trop. Il saisit mon autre main. Je le sentais choqué et effrayé. Je compris qu'il s'était approprié une partie de mes réactions, qu'il les avait aspirées comme du venin métaphysique.

J'humectai mes lèvres sèches et dis:

—Je suis désolée.

—Tu m'as demandé de l'aide, répondit Richard d'une voix tendue. Je te l'ai donnée.

D'habitude, il se barricade contre les souvenirs que je reçois de Jean-Claude. Et c'était cette fois entre toutes qu'il avait choisi de les prendre de plein fouet.

— J'aurais préféré partager d'autres souvenirs, ma petite, mais quand tu as ouvert une brèche dans tes boucliers surnaturels, je n'ai pas osé restreindre ton accès à mon esprit. Je n'ai pas osé refermer les marques.

Il me caressa les cheveux comme si j'étais malade, mais ce fut à Richard qu'il lança un regard inquiet.

— Je ne vais pas m'enfuir, promit ce dernier. Je savais ce que vous étiez, vous et lui.

Il jeta un coup d'œil à Asher, qui se tenait toujours près du lit.

Asher posa une main sur l'épaule de Jean-Claude. C'était encore trop tôt après l'assaut que je venais de subir pour les voir se toucher ainsi. Mais cette fois, les souvenirs qui vinrent s'écraser sur le rivage de mon esprit ne provenaient pas de Jean-Claude. Pataugeant dedans, je me rendis compte que je m'étais approprié une partie de ce flot.

Richard frémit comme si on l'avait giflé, et je sus que je n'étais pas la seule à avoir conservé une partie des souvenirs de Jean-Claude.

— Nathaniel ! hurla Micah.

Je cherchai Nathaniel du regard, mais en vain. Micah était à genoux par terre. Je luttai pour m'asseoir, et Richard m'aida. Jean-Claude avait déjà contourné le lit pour rejoindre Micah près de Nathaniel. Ce dernier avait repris sa forme humaine, et ses beaux cheveux auburn étaient répandus autour de son corps. Il ne bougeait pas.

Je hurlai son nom et tendis vers lui, non pas les mains, mais mon pouvoir. Je sentis qu'il respirait toujours, mais que son cœur hésitait comme s'il avait du mal à se souvenir de battre.

— Nathaniel ! m'époumonai-je.

Soudain, Jean-Claude réapparut debout près de moi.

— Nathaniel essaie de maintenir Damian en vie, mais il ne sait pas comment faire. Tu dois leur donner de l'énergie, ma petite. Tout de suite.

— Sinon, quoi ? demandai-je, en serrant le bras de Richard.

— Sinon, ils mourront, répondit Jean-Claude.

Chapitre 31

Un instant, je le dévisageai sans réagir. Je le croyais, mais pour envoyer de l'énergie à Nathaniel et à Damian, je devrais nourrir l'ardeur, et je n'avais jamais eu aussi peu envie de coucher avec quelqu'un.

— Nourris-toi, Anita, me pressa Richard. Tu dois te nourrir.

Je reportai mon attention sur lui.

— Tu comptes m'aider ?

Il secoua la tête.

— Pas moi, non. Je ne peux pas me concentrer comme il faut.

La voix de Jean-Claude s'éleva par-dessus notre panique.

— Requiem, le moment que tu attendais est venu. (Jean-Claude me regarda.) Si tu résistes, Nathaniel et Damian mourront. Baisse ton bouclier, et laisse le pouvoir de Requiem te prendre. Laisse-le éveiller l'ardeur, et nourris-toi.

Soudain, une poitrine constellée de coups de couteau apparut devant moi. Je levai la tête vers Requiem qui me regardait fixement de ses yeux bleu vif à l'éclat presque blessant. Il avait conjuré son pouvoir, et je n'avais rien senti. Il avait rampé sur le lit, et je ne m'en étais pas aperçue.

J'étais à nouveau choquée, mais pour des raisons différentes. Quelques minutes plus tôt, je voulais rester seule, qu'on me fiche la paix, mais je ne le pensais pas vraiment. Je songeai : *Je ne le pensais pas vraiment,* comme si mes pensées pouvaient être responsables de ce désastre.

Richard me serrait contre lui. Requiem dut me saisir par les bras pour m'arracher à son étreinte. Les doigts de Richard glissèrent sur ma peau, et j'éprouvai la perte de ce contact comme un coup. Je me sentis comme un petit oiseau arraché à son nid au cœur d'une tempête – une tempête de chair, de sang et d'yeux qui brillaient tel un océan en feu.

— Lâche prise, ma petite, chuchota la voix de Jean-Claude à travers moi. Lâche prise, ou tout est perdu.

Je fis ce qu'il me demandait. Je lâchai prise. Je lâchai prise et sombrai dans des yeux couleur de mer limpide et froide, au fond de laquelle une vague phosphorescence se reflétait sur le dos de créatures qui ne voient jamais la lumière du jour.

Je flottais dans cette pénombre glaciale quand une autre voix résonna dans ma tête – celle de Nathaniel. Il ne me demanda pas de le sauver, et il ne me fit aucun reproche.

— Je t'aime, se contenta-t-il de me murmurer.

Ces mots se répercutèrent à travers les profondeurs, et je les suivis vers la surface. La froideur de l'océan ne m'aiderait pas à garder Nathaniel et Damian en vie. C'était de chaleur que j'avais besoin.

Je crevai la surface du regard de Requiem, jaillissant du pouvoir que je l'avais laissé exercer sur moi. Je m'échouai sur le rivage, haletante. Je ne lâcherais pas Nathaniel, même s'il devait m'entraîner dans la mort. Me projetant vers lui, je sentis son cœur ralentir. Le besoin de prendre une grande inspiration me comprima la poitrine.

Je levai les yeux vers Requiem.

— Aide-nous, soufflai-je.

Il regarda Jean-Claude.

— Je n'arrive pas à la briser. Je n'arrive pas à passer.

La dernière fois qu'il avait utilisé son pouvoir sur moi, ça avait pris un moment. Un moment que nous n'avions pas ce coup-ci. Il ne pouvait pas me rouler, mais moi, je l'avais déjà roulé. Pouvais-je allumer son pouvoir ? Je priai, priai pour que quelqu'un m'envoie de l'aide.

— Requiem, chuchotai-je.

Ma voix résonna à travers la pièce, et il tourna ses yeux brillants vers moi.

Je n'avais pas assez d'air dans les poumons pour prononcer tout haut ce que je voulais dire. Je basculai en arrière, mais les bras de Requiem me retinrent. Je savais ce que je voulais, ce dont j'avais besoin.

Bandant ma volonté, je la poussai de toutes mes forces à l'intérieur de Requiem. J'étais en train de perdre mes mots, aussi fut-ce d'un désir informulé que je remplis le vampire, un désir qui parcourut ma peau telle une traînée de chaleur et me souleva du lit en m'arrachant un hoquet.

Soudain, mon corps se gonfla. Mon entrejambe se mit à dégouliner, mes seins devinrent douloureux du besoin d'être touchés. L'ardeur s'éleva pour répondre à ce désir, et je l'accueillis à bras ouverts. J'ouvris toute grande la porte de mon self-control, sans me préoccuper de savoir qui la prendrait en pleine figure.

Ce fut la bouche de Jean-Claude qui trouva la mienne la première. Malgré mes yeux fermés, je reconnus le goût de ses lèvres. Il s'abandonna à l'ardeur, et je me nourris de son baiser. Un flot de pouvoir s'engouffra dans mon corps, une énergie qui me picota de l'intérieur. J'avais déjà nourri l'ardeur une centaine de fois, et jamais encore ça n'avait été ainsi.

Jean-Claude s'écarta de moi, ses yeux brillants d'un feu bleu marine.

— Comment te sens-tu ?

Je tentai de réfléchir malgré les palpitations de mon corps. Un baiser n'avait pas suffi à apaiser le désir qui gonflait mes chairs. Je tâtonnai métaphysiquement en quête de Nathaniel. Il était toujours là, toujours vivant. Tout comme l'étincelle de Damian, aussi lointaine qu'un rêve, aussi fragile que la flamme d'une allumette dans le vent.

— Il m'en faut plus, soufflai-je.

Jean-Claude acquiesça.

— Je t'ai donné juste de quoi te ramener à nous. (Il voulut s'éloigner, et j'essayai de le retenir.) Non, ma petite. C'est de nourriture que tu as besoin.

Comme je gardais les bras passés autour de son cou, il fit signe à Requiem d'approcher.

— En l'aidant à susciter ton désir, tu as également éveillé le sien. Vas-tu refuser de le satisfaire ?

Je fronçai les sourcils. J'étais incapable de réfléchir.

— Non, chuchotai-je, mais sans savoir vraiment en réponse à quoi.

Une des mains de Requiem glissa le long de mon bras nu. Ce simple contact renversa ma tête en arrière et me fit fermer les yeux. Je savais d'où mon désir provenait ; je le goûtais sur ma langue.

D'un mouvement fluide, Jean-Claude s'effaça devant Requiem. Celui-ci se pencha sur moi. Il était si seul, si épouvantablement seul, et depuis trop longtemps. L'ardeur se nourrit de sexe, mais son champ d'action s'étend bien au-delà du corps. Et elle ne fait pas que prendre : elle donne aussi. Parfois, elle vous permet de lire dans le cœur des gens, de voir leurs désirs et leurs besoins. Parfois, elle vous permet même de les combler en leur offrant exactement ce que vous leur avez promis.

Un instant, je vis si clairement en Requiem que je me mis à pleurer – à verser non pas mes larmes, mais les siennes. Oui, il voulait de nouveau goûter l'ardeur, mais par-dessus tout, il cherchait un sanctuaire. Un endroit où il pourrait cesser d'avoir peur. Depuis trop longtemps, il redoutait que Belle le reprenne de force et le torture pendant l'éternité pour être tombé amoureux d'une autre.

Je perçus la peur de Requiem, sa solitude et son chagrin comme autant de coups au cœur. Alors, je fis la seule chose qui pouvait vraiment le mettre en sécurité. Je le fis mien.

Chapitre 32

La plupart de nos vêtements disparurent dans un tourbillon de gestes frénétiques, mais lorsque Requiem passa les mains dans mon dos et déchira ma ceinture d'un coup sec, soulevant mon corps du lit, je me souvins. J'eus juste assez de présence d'esprit pour m'assurer qu'il ne bousille pas mon holster d'épaule. Celui-ci alla néanmoins rejoindre les lambeaux de jean et de tee-shirt qui gisaient par terre autour du lit. Toute la poésie et toute la retenue courtoise de Requiem s'étaient évaporées face à la brûlure de l'ardeur et au pouvoir de sa propre magie.

Je me nourris du contact de ses mains, du frôlement de ses lèvres, de la caresse de sa peau, du poids de son corps sur le mien. Requiem et moi n'avions jamais été nus ensemble, et nous partagions cette première fois avec Nathaniel et Damian. Ils savaient ce que je faisais ; ils l'éprouvaient eux aussi parce que j'avais ouvert cette marque entre nous afin que chaque contact, chaque baiser, chaque caresse leur apporte de l'énergie.

Le cœur de Nathaniel recommençait à battre plus fort et plus régulièrement, mais l'étincelle de Damian vacillait toujours, hésitant entre la vie et la mort. Nathaniel pouvait faire battre son propre cœur ; Damian, non. En tant que vampire, il lui fallait bien davantage.

Je suis arrivée au stade où je peux, dans une certaine mesure, nourrir l'ardeur avec de simples attouchements, mais pour un véritable repas, je dois avoir un orgasme. Et pour que ce repas soit tout à fait satisfaisant, j'ai besoin que chacun des participants ait un orgasme. Mais un seul, c'est suffisant. Un seul, ça suffirait pour tirer Damian d'affaire.

Requiem était allongé au-dessus de moi, pressant chaque centimètre carré de sa nudité sur mon corps, mais il ne m'avait pas encore pénétrée. Il se contentait de m'embrasser comme s'il voulait me dévorer. Seule la chance nous empêchait de nous couper les lèvres sur ses crocs.

Sentir son sexe dur et gonflé entre nous deux m'incita à ouvrir les jambes et à tenter de les passer autour de sa taille, mais Requiem se déroba. Il se souleva en appui sur ses bras et ses jambes, comme s'il avait peur de trop me toucher.

Tout allait si bien ; pourquoi avait-il fallu qu'il reprenne le contrôle de lui-même et redevienne un gentleman ? Je ne lui en aurais pas voulu de tirer pleinement parti de la situation, mais il semblait douloureusement conscient qu'il n'était pas mon premier choix, ni même mon septième. Il essayait de nourrir l'ardeur sans franchir cette ultime barrière, parce qu'il savait ou croyait savoir que je ne voulais pas de lui.

— Requiem, par pitié, par pitié, finissons-en !

— Finissons-en, répéta-t-il d'une voix douloureuse, tendue par les efforts qu'il faisait pour se retenir. Tes mots te trahissent, Anita. Tu ne m'utilises que parce que tu le dois, pas parce que tu me désires.

La colère flamboya en moi.

— Mon corps te désire.

— Mais pas ton cœur.

Je hurlai de colère et de frustration mêlées. Requiem avait éveillé en moi un besoin qu'il refusait de satisfaire. Une pensée me traversa l'esprit : *Je pourrais accentuer le pouvoir de l'ardeur et le submerger avec.* Je crois qu'elle me venait des souvenirs de Belle. Mais à sa façon, Requiem avait exprimé très clairement qu'il ne voulait être ni ma nourriture ni mon copain de baise. Même poussé dans ses derniers retranchements, il aspirait à être plus que ça. Et je comprenais, mais je ne pouvais pas lui donner ce qu'il désirait. C'était la seule chose que je ne pouvais pas faire : me forcer à l'aimer.

— J'ai besoin de me nourrir, Requiem. Si tu ne veux pas être mon repas, fous le camp.

Je vis des émotions contradictoires se succéder sur son visage. Sans doute luttait-il contre les besoins de son corps. Finalement, son exquise courtoisie l'emporta. Il se laissa glisser sur le côté et enfouit son visage dans ses bras. Il n'était pas descendu du lit, mais il ne me touchait plus.

L'ardeur était toujours là, bien que recouverte par la colère et la frustration que m'inspirait l'énigme Requiem. Je me projetai vers Damian. Il était toujours extrêmement fragile. L'énergie que je percevais en lui pour le moment ne lui permettrait pas de revenir à la vie au coucher du soleil. S'il tentait de se réveiller quand même et qu'il échouait, mourrait-il ? Cette étincelle fragile s'éteindrait-elle pour de bon ?

— Jean-Claude ! glapis-je.

Il s'approcha du lit, du côté opposé à celui où Requiem pleurait tout bas. Je tendis la main vers lui, mais il recula hors de ma portée.

— C'est moi qui fais se réveiller tous les vampires de cette ville au crépuscule. Nous ne pouvons pas courir le risque d'échanger une seule vie contre toutes les leurs.

Je poussai un cri inarticulé et tendis la main vers le ciel, cherchant désespérément quelqu'un à attirer vers moi. À cet instant, j'utilisai l'ardeur pour appeler un repas – pas délibérément, parce que jamais je ne forcerais quelqu'un à coucher avec moi ou à me donner son sang. Mais Jean-Claude avait dit que puisque je rechignais à coopérer, l'ardeur s'était mise en quête de sa propre nourriture. À présent, je comprenais qu'il avait vu juste, parce que je le sentais.

L'ardeur ne se dispersa pas de façon aléatoire comme les morceaux d'une bombe à fragmentation ; elle se comporta plutôt comme un missile à tête chercheuse de chaleur. Je la sentis effleurer Asher sans lui prêter guère d'attention : je le connaissais, mais sa signature énergétique était faible. Il ne s'était toujours pas nourri.

L'ardeur dédaigna encore une douzaine de feux mineurs avant d'en trouver un à son goût. De la victime qu'elle se choisit, je ne sus que trois choses : c'était un vampire, un homme que je n'avais encore jamais touché et il était très puissant.

Une main saisit la mienne, et ce contact me poignarda. Une brusque poussée d'énergie contracta tout mon corps et arracha un cri à ma gorge. Dieu, quel besoin dévorant !

Ce fut Londres qui grimpa sur le lit près de moi, Londres dont la main dans la mienne m'avait plus nourrie que tous les effleurements de Requiem. Je ne savais pas pourquoi, et je m'en fichais. Il était trop tard pour me poser des questions.

Londres pressa son corps tout habillé contre le mien, s'insinuant entre mes jambes jusqu'à ce que je sente son sexe en érection à travers ses vêtements. Mes cils papillotèrent, et je fermai les yeux. Je les rouvris en sentant Londres se pencher au-dessus de moi. Il était si près que je sursautai presque.

Quelques centimètres seulement séparaient son visage du mien. Pour la première fois, je vis que ses yeux n'étaient pas marron mais bel et bien noirs, un noir qui engloutissait ses pupilles et donnait à ses prunelles l'aspect de deux îlots de ténèbres dans un océan de lait.

Il pencha la tête vers moi, et son souffle s'échappa de lui comme un sanglot avant qu'il presse sa bouche sur la mienne. Ce son étrange me rappela qu'il existait un lien important entre Londres et l'ardeur, quelque chose dont j'aurais dû me souvenir. Mais comme le vampire m'embrassait, toute pensée cohérente déserta mon esprit.

Seule comptait la sensation de ses lèvres sur les miennes. Et pas à cause de la vigueur de son baiser : à cause du fait que je m'en nourrissais. Telle une liqueur sucrée, son énergie se déversait dans ma bouche et ma gorge. Je n'avais aucun effort à faire. Londres s'abandonnait tout entier à l'ardeur, et c'était exactement ce dont j'avais besoin. Je transmis son énergie à Damian et sentis la minuscule étincelle grandir pour se changer en une flamme plus forte.

J'enveloppai Londres de mes bras et de mes jambes, pressant mon intimité contre la raideur toujours emprisonnée par ses vêtements. De nouveau, il hoqueta un sanglot, un souffle brûlant qui s'exhala dans ma bouche. Je crus qu'il allait s'écarter, mais il m'embrassa plus fougueusement encore, et je lui rendis son baiser en glissant ma langue entre ses canines. Il me sembla que j'avais plus d'espace à explorer, comme si la bouche de Londres était plus vaste que celle de Jean-Claude.

C'était presque une pensée cohérente, et peut-être me serais-je rappelé ce que j'avais oublié si Londres n'avait pas choisi ce moment pour se nourrir de mes lèvres, avec une telle intensité que l'ardeur augmenta encore. Le goût salé et douceâtre du sang emplit ma bouche, et je sus qu'un de nous deux avait fini par se couper sur ses crocs.

S'il m'avait laissé le temps de réfléchir, j'aurais peut-être pu déterminer lequel. Mais il agrippa un de mes seins et arracha sa bouche à la mienne pour engloutir le monticule de chair pâle, qu'il commença à sucer tout en faisant jouer sa langue sur mon mamelon. Je poussai un cri et desserrai l'étreinte de mes membres, juste assez pour lui donner quelques centimètres supplémentaires d'amplitude de mouvement. Alors, il se mit à sucer plus vite et plus fort, la pointe de ses crocs pareille à une promesse ou une menace contre ma peau.

Londres poussa un gémissement avide. Puis il me mordit, plongeant ses canines dans mon sein. Cela me fit hurler, et seul son poids qui me clouait au lit empêcha mon buste de se soulever. Le vampire se redressa, les lèvres couvertes de mon sang, les yeux changés en deux brasiers de flammes ténébreuses par son propre pouvoir.

Plaquant sa bouche sur la mienne, il souleva le reste de son corps. Je tentai de l'attirer de nouveau sur moi. Quand il finit par me laisser faire, son pantalon était déboutonné, et son membre raide se pressa contre mon bas-ventre nu. La sensation m'obligea à rompre notre baiser pour hurler de plus belle.

Londres redressa le buste, cherchant le meilleur angle pour me pénétrer. J'eus à peine le temps d'apercevoir son sexe avant qu'il le plonge en moi. Automatiquement, je levai les yeux vers son visage penché au-dessus du mien. Il avait les yeux écarquillés, pleins d'une frénésie avide qui surpassait même l'éclat de son pouvoir vampirique.

Il s'enfonça en moi aussi loin qu'il le put. Alors, il se figea et me dévisagea. Un besoin dévorant rendait ses traits flasques – mais sous ce désir, je vis de la peur. Et je me souvins. Londres était accro à l'ardeur. Merde.

— Londres, bredouillai-je, je suis désolée, désolée…

Le vampire commença à se retirer, et je crus qu'il voulait arrêter. Mais il ne glissa que partiellement hors de moi avant d'y replonger de plus belle. Il se mit à aller et venir, me baisant aussi vite et aussi fort qu'il le pouvait. Baissant les yeux vers mon entrejambe, je le regardai faire jusqu'à ce que l'orgasme m'emporte.

Je jouis en hurlant et en agrippant la veste de Londres. Je cherchai de la chair à toucher, mais il était beaucoup trop habillé.

L'ardeur se nourrit des vagues de mon plaisir, de la sensation de va-et-vient en moi, de l'accélération de son souffle.

Au dernier moment, Londres me souleva et, sans sortir de moi, me cala sur ses cuisses. Je l'enveloppai de mes bras et de mes jambes pour me maintenir en place. Puis il se rassit sur le lit en continuant à aller et venir. Mais sous cet angle, la pénétration était moins profonde.

J'observai son visage à quelques centimètres du mien, enfonçant mes doigts dans les courtes boucles qui ornaient sa nuque. Je regardai monter son excitation, sentis son rythme se modifier. Il m'empoigna par les cheveux pour immobiliser ma tête et plongea son regard dans le mien. Puis, d'une dernière poussée, il jouit et me fit venir avec lui.

Je hurlai. J'aurais bien rejeté la tête en arrière, mais Londres me tenait par les cheveux et me forçait à soutenir son regard. Tandis que des spasmes parcouraient son sexe à l'intérieur de moi, je dus être la spectatrice de son plaisir et de sa douleur.

Enfin, il lâcha mes cheveux et me serra contre lui. Ses bras n'avaient presque plus de forces ; son cœur battait la chamade, et son souffle était beaucoup trop rapide. Il s'agrippa mollement à moi, et je lui rendis son étreinte. Il m'avait tout donné. Il m'avait laissée me nourrir de lui. Damian était réveillé, je le sentais. Londres m'avait aidée à le sauver, mais tout en serrant le vampire haletant contre moi, je me demandai ce que cela lui avait coûté.

Chapitre 33

Lorsque son pouls affolé se fut enfin calmé, Londres me reposa doucement sur le lit et demanda à Jean-Claude la permission d'utiliser la salle de bains. Jean-Claude la lui accorda.

Londres avait fini d'enlever son pantalon, si bien qu'il était nu en dessous de la taille, même si sa chemise et sa veste de costard étaient assez longues pour lui couvrir les fesses. Il les tenait devant lui, à l'écart de son corps pour éviter de les tacher. Il saisit son pantalon de sa main libre. Sans regarder personne, il passa dans la salle de bains et referma la porte derrière lui.

Dans son sillage, un silence si lourd que je pus entendre mon sang marteler mes propres tempes s'abattit à l'intérieur de la chambre.

Je savais déjà que les vampires pouvaient rester aussi immobiles que des statues, immobiles au point de faire oublier leur présence. Pour la première fois, je découvrais que les métamorphes possédaient une capacité équivalente. Évidemment, nous étions moins nombreux dans la pièce qu'au début de toute cette petite sauterie, comme si certains s'étaient enfuis avant que les choses dégénèrent trop. Et ils osaient se prétendre gardes du corps ?

Cela dit, j'avoue que je ne scrutai pas les recoins obscurs de trop près. Peut-être étaient-ils tous pelotonnés là, serrés les uns contre les autres dans l'espoir que le grand méchant succube ne ferait pas attention à eux.

Jean-Claude bougea le premier, et ce fut comme si quelqu'un avait appuyé une seconde fois sur la touche « pause » d'un lecteur de DVD pour faire redémarrer le film. Tout le monde se remit à respirer et à bouger. J'entendis des voix murmurer.

Jean-Claude aida Requiem à se lever. Ce dernier était allongé par terre ; apparemment, il avait quitté le lit pendant que Londres et moi… pendant que nous nous nourrissions. Dans ma tête, une voix moqueuse observa : *C'est comme ça que ça s'appelle, de nos jours ?*

Requiem agrippa le bras de Jean-Claude et lui parla d'une voix basse mais pressante, comme s'il avait quelque chose de très important à lui dire.

— Damian arrive.

La voix de Nathaniel me fit tourner la tête vers lui. Micah aidait l'autre léopard-garou à grimper sur le lit. Nathaniel s'allongea sur le dos près de moi, clignant des yeux comme s'il avait encore du mal à focaliser son regard. Il avait raison au sujet de Damian. Je sentais le vampire longer le couloir qui partait de la salle du cercueil où il avait passé la journée à dormir.

— Ne fais plus jamais ça, dis-je à Nathaniel.

— Quoi, essayer de sauver Damian ? répliqua-t-il sur un ton léger.

Je lui touchai le visage.

— Je ne plaisante pas, Nathaniel.

Il frotta sa joue contre ma main.

— Tu nous as sauvés.

J'avais la gorge serrée, et aucune envie de me remettre à pleurer.

— C'est passé à un cheveu, et tu le sais.

Micah posa une main sur mon épaule et l'autre sur celle de Nathaniel. Il les agrippa comme s'il luttait contre une forte envie de nous secouer tous les deux. Son expression disait, plus clairement que n'importe quels mots, à quel point il avait eu peur de nous perdre.

Requiem ramassa sa cape, s'en enveloppa et se dirigea vers la porte sans regarder derrière lui. Peut-être venait-il enfin de comprendre qu'il n'était pas de la nourriture à mes yeux. Je l'espérais, parce que ma vie était déjà assez compliquée comme ça. Je n'avais pas besoin de problèmes supplémentaires.

Le dos très droit, Rémus s'approcha de Jean-Claude. Il fit mine de saluer et s'interrompit au milieu de son geste, comme s'il s'en voulait d'avoir cédé à une vieille habitude. D'une voix dure de militaire, il lança :

— Demande permission de nous retirer, mes hommes et moi.

Jean-Claude le dévisagea, la tête penchée sur le côté, comme si Rémus venait de faire quelque chose de très intéressant.

— Et si nous avons besoin de protection ?

Rémus secoua la tête.

— Nous ne pouvons pas vous protéger contre ça, monsieur.

Jean-Claude jeta un coup d'œil par-dessus son épaule, en direction de la cheminée. Comme j'étais toujours allongée sur le lit, je ne pus voir ce qu'il regardait.

— Je ne crois pas que tous tes hommes soient d'accord avec toi, Rémus. Il me semble au contraire que certains d'entre eux auraient été plus que ravis d'aider à protéger ma petite dans ces circonstances, répliqua-t-il d'une voix onctueuse.

La mâchoire de Rémus se contracta si fort que cela me parut douloureux. D'une voix tendue comme s'il serrait les dents, le métamorphe répondit :

— À mon avis, ce n'est pas ce que notre Oba avait en tête quand il vous a laissé nous engager, monsieur.

— Peut-être devrais-tu demander à Narcisse quels sont les termes exacts de votre contrat, suggéra Jean-Claude.

Rémus inclina brièvement la tête.

— Je n'y manquerai pas. Mais avec votre permission, monsieur… puis-je foutre le camp d'ici avec mes hommes ?

Je lus sur le visage de Jean-Claude qu'il envisageait de dire non. Mais cette pensée ne pouvait être aussi visible que pour une seule raison : Jean-Claude voulait que Rémus la voie.

— Vas-y, et emmène ceux de tes hommes qui souhaitent s'en aller.

Rémus secoua la tête, les poings serrés contre ses flancs.

— Non, monsieur. C'est moi qui commande ici, et j'ai décidé que nous partirions tous.

Jean-Claude promena un regard à la ronde comme pour mémoriser tous les occupants de la pièce. Puis il acquiesça.

— Vas-y et emmène tous tes hommes. Je parlerai à Narcisse.

Rémus hésita avant de secouer de nouveau la tête.

— Je ne dis pas que Narcisse n'apprécierait pas le spectacle, monsieur, mais si notre ordre de mission incluait ce genre de prestations, il ne vous aurait pas envoyé des anciens militaires et des ex-flics. (Il fixait obstinément les yeux sur l'épaule de Jean-Claude, et je compris qu'il tentait d'éviter le regard du vampire.) Il disposait d'autres personnes plus… enfin, qui auraient mieux convenu.

— Mais tous les hommes présents dans cette pièce ne sont pas des hyènes, fit remarquer Jean-Claude. T'exprimes-tu également au nom des rats de Rafael ?

— C'est moi qui commande jusqu'à la prochaine relève. Donc, oui, monsieur.

Une autre voix, masculine et grave s'éleva depuis le fond de la pièce. Je ne la reconnus pas tout de suite. Puis Pépito s'avança, entrant dans mon champ de vision.

— Je suis un des rats de Rafael, et j'approuve Rémus.

Pépito est un type costaud qui m'a toujours paru inébranlable – mais pour une fois, il avait l'air secoué. Voire carrément blême. Qu'avaient ressenti les métamorphes quand l'ardeur avait sondé la pièce en quête d'une proie appétissante ? Quelque chose qui avait fait peur à Rémus et à Pépito – ou, peut-être, qui les avait offensés. Allez savoir.

— Dans ce cas, partez tous, dit Jean-Claude avec un geste ample.

Rémus se dirigea vers la porte. Mais au lieu de sortir, il se contenta de l'ouvrir et de la tenir. Pépito fit signe aux métamorphes qui s'étaient retranchés dans le fond de la pièce. J'aurais dû m'asseoir pour voir par-delà la tête de lit, et je n'étais pas certaine de le vouloir. Je tirai sur les draps. Sans m'expliquer pourquoi, je préférais être couverte quand les gardes passeraient devant moi.

Micah rabattit les draps de manière à dissimuler mon corps nu et celui de Nathaniel. Il resta agenouillé près de nous sur le lit pendant que les métamorphes sortaient en file indienne et que je luttais contre deux instincts contradictoires. Je voulais me planquer sous les draps pour qu'aucun des gardes ne me voie. Mais je savais que si je faisais ça, je ne pourrais plus jamais les regarder en face. Alors, j'optai pour la seule autre attitude possible : je les fusillai du regard.

Une attitude de défi, c'était mon seul espoir de préserver, en partie au moins, leur respect pour moi et mon autorité sur eux. Je sais : c'était une urgence, et je n'avais pas eu d'autre choix que de nourrir l'ardeur. Techniquement, ils le comprenaient tous. Mais en pratique, comme Rémus nous l'avait rappelé, la plupart d'entre eux venaient de l'armée ou de la police. Ce qui signifiait qu'ils partaient systématiquement avec un *a priori* défavorable sur les femmes.

Ils m'avaient vue coucher avec un homme. Dès que l'histoire commencerait à se propager, le chiffre augmenterait. Certains des témoins arriveraient à se convaincre que j'avais baisé avec beaucoup plus de personnes que ça. J'aurais du bol si quelques-uns d'entre eux ne prétendaient pas avoir fait partie du nombre. J'ai déjà entendu des rumeurs plus outrancières au sujet de scènes de crime sur lesquelles je n'avais absolument rien fait de sexuel. Et ce qui venait de se passer… ce n'était pas rien.

La plupart des gardes semblaient aussi désireux que moi d'éviter que nos regards se croisent. Mais pas tous. Je parvins à faire baisser les yeux aux autres, à l'exception de quelques effrontés qui me matèrent comme personne ne devrait être maté hors d'un club de striptease – comme si j'avais cessé d'être un être humain pour devenir juste un cul et une paire de nichons. Je tentai de mémoriser leur visage pour les tenir à l'écart une prochaine fois.

Micah se pencha vers Nathaniel et moi en chuchotant :

— Je les vois.

Lui aussi retenait leur visage. Tant mieux, parce que j'étais encore un peu secouée et ne faisais pas nécessairement confiance à ma mémoire.

J'ai toujours du mal à foudroyer les gens du regard quand je suis moins habillée que tous les autres occupants d'une pièce. Nathaniel se pelotonna contre moi. Il sortit un bras de dessous le drap et le posa en travers de ma taille couverte, puis frotta son menton contre ma poitrine. Du coup, je dus maintenir le drap en place pour l'empêcher de glisser. Je baissai les yeux vers Nathaniel et ouvris la bouche pour lui demander de faire attention. Mais son expression m'incita à garder le silence.

Nathaniel aussi regardait les métamorphes qui sortaient, mais contrairement à moi, il ne les fusillait pas des yeux. Son visage irradiait la chaleur du désir, une promesse de sexe, mais par-dessus tout, il irradiait la possessivité. Nathaniel faisait cette tête que font tous les mecs quand un autre convoite leur nana. Le plus partageur des hommes de ma vie marquait son territoire.

Pas un instant il ne détacha son regard sombre du défilé des métamorphes. Il posa son menton sur le renflement de mon sein, indiquant très clairement qu'il avait le droit d'être là tout contre moi, et pas eux. Je pensais qu'il ne verrait pas le problème. Je m'étais trompée.

Ça bouchonnait du côté de la porte, comme si quelque chose faisait obstacle à l'évacuation des gardes du corps.

J'aperçus un éclair de cheveux roux et crus que c'était Damian qui arrivait, porté par son propre pouvoir. Puis je vis entrer Richard, un bras autour de la taille du vampire qui s'appuyait si lourdement sur lui que Richard dut pratiquement le traîner jusqu'au lit.

Je m'assis, laissant le drap glisser sur mes hanches sans me préoccuper que les gardes voient ma poitrine. Nathaniel m'imita, et nous tendîmes tous les deux nos bras vers les nouveaux arrivants.

— Damian ! m'exclamai-je en projetant vers lui une partie intangible de moi.

Son niveau d'énergie était encore faible, mais plutôt comme s'il ne s'était pas complètement arraché à sa torpeur diurne.

Ses jambes cédèrent sous lui, et Richard le souleva dans ses bras pour parcourir les derniers mètres. Il le porta comme un enfant et le déposa près de moi. Les longs cheveux roux de Damian dissimulaient son visage. Je les écartai. Le vampire cligna des paupières et leva vers moi ses yeux vert vif, de la même couleur que l'herbe en été. C'est lui qui a mis la barre si haut dans ma tête en matière d'yeux verts. Je ne connais personne qui puisse rivaliser avec les siens. Il tenta de focaliser son regard sur moi, mais parut échouer.

Je lui touchai la joue. Il était glacé.

— J'ai nourri l'ardeur, pourquoi ne va-t-il pas mieux que ça ?

Jean-Claude s'approcha et posa une main sur le front de Damian, mais ce fut Richard qui répondit :

— Je l'ai trouvé affaissé contre le mur, non loin de la salle du cercueil. Quand Rémus a appelé des renforts, tous les gardes sont venus ici. Damian essayait de ramper jusqu'à toi.

— Qu'est-ce qui t'a donné l'idée d'aller le voir ? s'enquit Micah, toujours agenouillé sur le lit.

— Je me suis souvenu combien il était passé près de mourir la dernière fois que son lien avec Anita avait été rompu. J'ai pensé qu'il valait mieux vérifier comment il allait.

— Excellente idée, mon ami.

Jean-Claude toucha ma joue, puis celle de Nathaniel sans ôter son autre main du front de Damian. Il finit par s'écarter de nous, les sourcils froncés.

— À mon avis, l'état de Damian est en partie dû au fait qu'il s'est réveillé trop tôt. Même dans les entrailles de la terre, seuls les plus puissants d'entre nous se sont réveillés avant midi. Or, Damian n'est pas un maître. Je crois, ma petite, que tu l'as appelé à toi. Malgré l'énergie que tu venais de lui insuffler, c'était prématuré de ta part.

Je tenais une main glacée dans chacune des miennes.

— Il va s'en remettre ? demandai-je. Je lui ai fait du mal ?

— Ça va aller, articula Damian lentement et d'une voix pâteuse, comme s'il était drogué.

Je baissai les yeux vers lui.

— Damian, je suis désolée.

Il parvint à esquisser un faible sourire.

— Ce serait bien… (il inspira laborieusement) que tu cesses de manquer de me tuer chaque fois que tu ne veux pas coucher avec d'autres personnes.

Je ne sus pas si je devais lui rendre son sourire ou prendre la mouche.

— Je crois que Damian se sentirait mieux si Nathaniel le touchait aussi, intervint Jean-Claude.

Nathaniel prit l'autre main de Damian dans la sienne, et le pouvoir fit un petit bond entre nous. Je hoquetai. Ce fut comme si un circuit électrique venait de se fermer. L'énergie filait depuis ma main en bourdonnant, traversait le corps de Damian, la main de Nathaniel et repartait pour un tour.

Damian prit une grande inspiration haletante et jura tout bas.

— Ça te fait mal ? s'inquiéta Nathaniel.

— Non, chuchota le vampire. C'est merveilleux. Merveilleux. Tu es si chaud…

Je remarquai qu'il avait dit « tu », pas « vous ».

— Monsieur, excusez-moi, monsieur.

C'était Rémus. La nervosité le poussait toujours à se rabattre sur un langage militaire. Mais cela fonctionna : Jean-Claude et Richard pivotèrent vers lui. Nous le dévisageâmes tous, à l'exception de Damian qui avait fermé les yeux.

— Oui, Rémus ? lança Jean-Claude.

Rémus reporta plus ou moins son attention sur moi. Il n'aime pas regarder les gens en face, mais il avait du mal à fixer ses yeux sur mon épaule parce que ma poitrine s'interposait.

— Je te dois des excuses, Blake, dit-il avec une réticence évidente.

Je soutins son regard fuyant de mon mieux.

— À quel sujet ?

Rémus rougit, et certaines parties de sa figure s'empourprèrent, mais les lignes qui les séparaient restèrent blanches aux endroits où son visage avait été reconstitué légèrement de travers.

— Je pensais que tu n'étais qu'une…

Il s'interrompit et parut réfléchir.

— Enfin, tu sais bien ce que je pensais.

J'aurais pu être mesquine et répondre par la négative pour le forcer à le dire tout haut. Mais franchement, je n'avais pas envie qu'il me traite de pute. Le fait qu'il ait pensé que j'en étais une me suffisait.

— C'est bon, Rémus. Je penserais peut-être la même chose si j'étais une observatrice extérieure.

Il eut un petit sourire.

— Si c'est vraiment une question de vie ou de mort pour toi et les tiens, tu dois discuter gardes et nourriture avec Narcisse. (Je vis qu'il se retenait de rire.) Et peut-être leur faire porter des tee-shirts d'une autre couleur.

Puis il secoua la tête et se tut. Tournant les talons, il sortit d'un pas rapide, comme si c'était le seul moyen pour ne pas ajouter ce qu'il s'apprêtait à dire. Quand la porte se referma derrière lui et que nous nous retrouvâmes seuls, sans aucun garde, Micah exprima notre sentiment à tous.

— Ce type est bizarre.

Je hochai la tête en silence. « Bizarre », en effet. Au début, je croyais que j'avais du mal à comprendre Rémus parce que je ne le connaissais pas assez bien, mais il me semblait à présent que dans six ou huit mois de ça, je ne saurais toujours pas pourquoi il faisait telle chose et refusait de faire telle autre. Certaines personnes sont des énigmes, et le fait de les fréquenter depuis longtemps ne les rend pas moins mystérieuses. Moins surprenantes, peut-être, mais pas plus compréhensibles.

Asher s'appuya d'une épaule au pilier du baldaquin le plus proche. Il affichait une expression que je croyais taquine autrefois, mais dont j'ai appris qu'elle dissimule généralement des desseins plus sinistres.

— Richard, lança-t-il aimablement, es-tu vraiment parti parce que tu t'inquiétais pour le bien-être de Damian ?

Richard plissa les yeux.

— Oui.

Vraiment ? insista Asher, sur un ton plus que dubitatif cette fois.

Richard se dandina, mal à l'aise, comme s'il ne savait pas quoi faire de ses mains.

— Je ne voulais pas voir Anita se nourrir de Requiem, admit-il. Là. Tu es content ?

Asher appuya sa joue contre le bois sculpté et acquiesça.

— Très.

— Pourquoi ? Pourquoi ma gêne est-elle une source de satisfaction pour toi ? voulut savoir Richard.

Asher enveloppa le pilier de ses mains, comme si toute la scène était chorégraphiée. La plupart des vampires ont un sens dramatique assez développé, et les descendants de Belle encore plus que la moyenne. Au lieu de répondre à la question de Richard, Asher révéla :

— Tu aurais pu rester, parce qu'elle ne s'est pas nourrie de Requiem.

— Arrête, Asher, protestai-je.

— Arrête quoi ? demanda-t-il.

Et l'éclat de ses yeux me dit qu'il savait exactement quoi, mais qu'il était fâché. Fâché contre Richard, peut-être, ou à cause de tout autre chose. Les adjectifs « mystérieux » et « incompréhensible » ne s'appliquent pas qu'à Rémus.

— Si tu as des raisons d'en vouloir à quelqu'un ici, dis-le. Sinon, cesse de provoquer Richard.

La main de Damian se crispa sur la mienne. Peut-être recouvrait-il des forces, ou peut-être tentait-il de me calmer. En tant que serviteur vampire, il a entre autres missions de m'aider à maîtriser mon tempérament. Il exerce sur lui-même une emprise d'acier, forgée par Celle-qui-l'a-créé – une vampire cruelle qui punissait impitoyablement toute émotion forte. J'ai partagé suffisamment de souvenirs de Damian pour savoir qu'à côté d'elle, Belle Morte semble être la douceur incarnée. Du coup, Damian a appris à maîtriser toutes ses pulsions pour ne pas s'exposer à des châtiments atroces.

Sa main m'agrippait moins fort que d'habitude. Il n'était pas encore rétabli, loin s'en fallait, mais je sentis un peu de son calme se communiquer à moi – ce calme né, non pas de la méditation et d'un idéal moderne de sérénité, mais d'un temps beaucoup plus ancien où la maîtrise de soi s'acquérait dans la douleur et s'inscrivait dans votre chair sous forme de cicatrices.

— Damian chuchote-t-il des paroles apaisantes dans ta tête, Anita ? demanda Asher.

Son ton était toujours aussi léger et taquin, mais dessous, je décelai le tranchant acéré de la rancœur.

— Tout à l'heure, tu m'as fait comprendre que réclamer toute la vérité n'était qu'une façon supplémentaire pour moi de faire chier le monde, lui rappelai-je.

Il me scruta de ses yeux pareils à un ciel d'hiver.

—Oui.

—Ce que tu fais en ce moment, c'est ta manière de te mettre en colère sans en avoir l'air. Sous couvert de taquiner Richard, tu cherches à nous blesser.

Asher enveloppa le pilier de ses bras et laissa ses cheveux tomber en avant pour dissimuler le côté scarifié de son visage. C'est un vieux truc qu'il utilise rarement avec Jean-Claude et moi. La cascade mousseuse de ses cheveux dorés soulignant son profil, il balaya la pièce du regard.

—Tu crois que je suis en colère? susurra-t-il sur un ton charmeur.

—Je ne crois pas: j'en suis sûre. Toute la question est de savoir pourquoi.

—Je n'ai pas encore dit que tu avais raison.

Mais il garda la pose qui le montrait (pensait-il) sous son meilleur jour. Oui, il était d'une beauté à couper le souffle sous cet angle. Mais je préférais le voir de face, avec toutes ses imperfections, plutôt que sous ce profil manipulateur. Son petit numéro signifiait qu'il était mal à l'aise, ou qu'il voulait nous inciter à faire quelque chose. Quand Asher se met à flirter, il a généralement une idée derrière la tête. Parfois, ça fait partie des préliminaires, ou c'est juste pour nous arracher un sourire. Le reste du temps… je ne lui fais pas confiance quand il est dans cet état d'esprit.

—Asher veut que je sache de qui tu t'es nourrie, tandis que tu voudrais que je l'ignore, résuma Richard.

Bien vu.

Je baissai la tête, et Damian posa sa bouche sur mes jointures – une simple pression des lèvres plutôt qu'un vrai baiser. Je n'eus qu'à ouvrir les yeux pour contempler son visage. Allongé de tout son long, le vampire leva les yeux vers moi. Dans son regard, je ne vis pas de compassion: juste la force qu'il tentait de me communiquer. *Tu peux le faire*, semblaient me dire ses yeux. *Tu peux le faire, parce que tu dois le faire.* Il avait raison.

Je reportai mon attention sur Richard. Un instant, je songeai à remonter le drap pour cacher ma poitrine, mais toutes les personnes présentes dans la pièce l'avaient déjà vue. Nulle pudeur ne me soustrairait à la fureur de Richard quand il découvrirait l'identité de ma nouvelle conquête.

— Qui était-ce ? demanda-t-il.

Je me tournai vers Asher.

— Tout à l'heure, tu m'as dit que tu étais désolé d'avoir fait passer tes sentiments avant la catastrophe qui me tombait dessus. Puis tu as tenté de te racheter. Est-ce tout ce que valent tes excuses : une heure de remords avant que tu redeviennes un salopard ?

Ses yeux flamboyèrent de colère, et son pouvoir souffla sur ma peau nue tel un vent glacé. Puis il ravala tout, son pouvoir et sa colère, avant de me présenter un visage à l'expression parfaitement neutre.

— Je ne peux que te présenter mes excuses une fois de plus, ma chérie. Tu as absolument raison. Je fais une scène.

Il s'écarta du lit et s'inclina si bas que ses cheveux balayèrent le sol. Puis il se redressa avec un geste ample, comme pour écarter le pan d'une cape invisible.

— Et pourquoi fais-tu une scène ?

— Tu veux la vérité ?

Je hochai la tête, même si je n'en étais pas sûre.

— Parce qu'il ne sera jamais mon amant. Il sera le tien, mais jamais le nôtre. Nous ne coucherons jamais avec lui ensemble.

Un instant, je me demandai de qui il parlait. Ma perplexité dut se lire sur mon visage, car Asher ajouta :

— Tu vois, ma chérie, c'est exactement ça. Exactement. Cette phrase pourrait s'appliquer à tant de tes partenaires que tu ne sais même pas auquel je me réfère.

La main de Damian pressa à nouveau la mienne. Pour me réconforter, ou pour se réconforter lui-même ? Bonne question. Damian est un poil homophobe ; du coup, la présence d'Asher n'a rien de réconfortant pour lui.

— Es-tu en train de dire que tu m'en veux de toujours choisir des hommes qui ne sont pas bisexuels ?

Asher parut réfléchir un moment, puis acquiesça.

— Je crois que oui. Je ne m'en rendais pas vraiment compte jusqu'à ce que tu poses la question de manière aussi directe, mais je crois en effet que telle est la source de ma colère. (Par-dessus mon épaule, il regarda Jean-Claude.) De la même façon qu'il n'ose pas devenir intime avec moi de peur que tu le quittes, je n'ose pas devenir intime avec d'autres de peur qu'il utilise ça comme prétexte pour mettre encore plus de distance entre nous.

— Nous étions convenus de discuter de tout cela plus tard, fit Jean-Claude de la voix la plus atone que j'aie jamais entendue.

Asher opina.

— Et je pensais pouvoir attendre, mais tous ces non-dits m'étouffent. (Il désigna Richard.) Je sais cependant que nous devons faire attention à ce que nous disons devant lui. Nous ne voudrions pas le faire fuir. Nous ne voudrions pas qu'il sache combien nous le trouvons séduisant, n'est-ce pas ?

— Asher, commençai-je.

Mais ce fut Micah qui finit à ma place.

— Après le départ de nos visiteurs, une fois que nous saurons ce que nous allons faire pour le bébé, nous nous assiérons tous ensemble pour parler de tes… doléances.

— Tu sais bien que non, répliqua Asher. D'ici là, il y aura une autre urgence à gérer, une autre raison de repousser cette discussion.

— Je te donne ma parole que Nathaniel, Anita et moi nous assiérons tous ensemble pour en parler. Je ne peux rien te promettre pour les autres.

Asher tourna son regard bleu hivernal vers moi.

— S'exprime-t-il en ton nom ?

Je hochai la tête.

— Oui.

Asher se tourna vers Jean-Claude.

— Et vous, maître ? lança-t-il sur un ton lourdement sarcastique.

— La parole de Micah ne m'engage pas en toute chose, mais sur ce point, je suis d'accord avec lui. Nous discuterons de tout cela en détail si tu veux bien attendre encore un peu.

— J'ai ta parole ?

— Tu l'as.

Une tension invisible s'évapora d'Asher. Ce fut comme si de l'énergie trop longtemps contenue venait d'être libérée. La pièce sembla tout à coup plus claire, l'air plus facile à respirer.

— Très bien, je serai sage. (Asher se tourna vers Micah.) Merci.

— Ne me remercie pas. Tu fais partie de la vie d'Anita. Si nous voulons que cette relation fonctionne, nous devons communiquer les uns avec les autres.

— Toujours aussi parfait, hein ? lâcha Richard.

Et de nouveau, sa colère fit monter la température dans la pièce.

— Non, protestai-je. Non, assez de disputes. Jusqu'à ce que j'aie vu le docteur cet après-midi, j'aimerais que vous vous conduisiez tous comme des putains d'adultes, d'accord ?

Richard eut la bonne grâce de paraître embarrassé. Il acquiesça.

— Je vais essayer. Depuis que j'ai hérité de ton caractère, c'est dur de ne pas être en rogne tout le temps. (Il eut un petit rire.) Si ce n'est qu'un pâle reflet de la colère qui t'habite en permanence, je suis surpris que tu ne passes pas ta vie à massacrer des gens. Une rage pareille… (Il me dévisagea, ses yeux marron débordants d'émotion.) Un jour, tu m'as dit que ta rage ressemblait à ma bête, et je t'ai ri au nez. Je t'ai répondu que ça ne pouvait pas être comparable, que tu ne savais pas de quoi tu parlais. J'avais tort. Mon Dieu, Anita, tu es si pleine de rage !

— Tout le monde a besoin d'un passe-temps, répliquai-je.

Richard sourit et secoua la tête.

—Tu dois apprendre à maîtriser cette rage, Anita. Si tu dois vraiment te transformer, il faut que tu sois capable de la contenir.

Il redevint grave et s'approcha pour poser une main sur ma joue. À l'instant où il me toucha, mon pouvoir et celui de Jean-Claude fusèrent, lui envoyant de l'énergie et en réclamant en retour. Richard et moi eûmes le même mouvement de recul, parce que ça nous avait fait l'effet d'une décharge d'électricité.

Richard se frotta la joue.

—Seigneur, Anita.

Je me tâtai le visage. Ma peau me picotait à l'endroit où il m'avait touchée.

—J'ai baissé au maximum les boucliers entre nous trois.

—Vous croyez que vous pourriez charrier l'énergie des deux triumvirats d'Anita ? s'enquit Micah.

—Charrier l'énergie ? répéta Jean-Claude sans comprendre.

—Doubler la quantité de pouvoir, expliquai-je.

—Étant donné que personne n'avait encore jamais appartenu à deux triumvirats en même temps, je suis incapable de répondre à cette question. Mais il semble bien que le pouvoir ait réagi au contact de Richard.

Je me frottai la joue.

—On peut dire ça oui !

—Tu as mal ? demanda Richard.

Je secouai la tête.

—Ça picote, c'est tout.

—Ouais, moi aussi.

Il se frotta la main sur son jean comme pour se débarrasser de cette sensation persistante.

La porte de la salle de bains s'ouvrit, livrant passage à un Londres complètement rhabillé qui finissait d'ajuster son nœud de cravate. Ses yeux étaient encore entièrement noirs et brillants ; cela mis à part, il avait la même apparence que d'habitude. Il s'arrêta et, sentant que nous l'observions tous, promena un regard à la ronde. Il affichait l'expression arrogante qui était sa version du masque de neutralité de Jean-Claude.

Je le dévisageai. J'avais encore du mal à croire que je venais de coucher avec lui. Je ne l'avais jamais trouvé particulièrement attirant, et sans que je l'aie voulu ou décidé, il était devenu à la fois mon amant et ma nourriture. La vie est décidément pleine de surprises.

— Il ne reste plus grand monde, commenta-t-il d'une voix rogue et froide, qui collait mal avec sa remarque.

— Les gardes ont pris congé pendant que tu te lavais, répondis-je. Pour être honnête, je ne me souviens pas d'avoir vu partir les autres.

Londres longea le lit sans me regarder. Il était de nouveau distant et hautain, comme s'il ne s'était rien passé entre nous. Il avait presque réussi à contourner le lit quand il se prit les pieds dans l'édredon qui gisait par terre. Il bascula en avant, se rattrapa au montant du lit et se dressa sur les genoux. Puis il nous jeta un coup d'œil par-dessus le bord du matelas, tel un chat qui vient de tomber et se comporte comme s'il l'avait fait exprès.

Londres se redressa, tira sèchement sur l'édredon et donna des coups de pied dedans. Il s'acharna dessus comme si le malheureux dessus-de-lit était un ennemi qu'il devait absolument vaincre. Lorsque le plancher fut dégagé, il se remit à marcher prudemment. Son épaule heurta un des piliers du baldaquin, et il perdit de nouveau l'équilibre.

Cette fois, il tomba assis sur le lit plutôt qu'à quatre pattes par terre, et il ne tenta pas de se relever. Il resta assis sur le bord du lit, le dos très droit sous sa veste de costard et le regard rivé sur le mur d'en face.

— Tu es soûl, constatai-je.

Il acquiesça sans se retourner.

— Pas exactement, mais quelque chose d'assez proche, oui.

Jean-Claude se plaça devant lui et le toisa. De ma place, je ne pus voir si Londres soutenait son regard ou pas.

— Comment te sens-tu ? lui demanda-t-il enfin.

Quelqu'un émit un gloussement aigu, presque hystérique. Je mis un moment à piger que c'était Londres. Le vampire se laissa tomber à plat dos sur le lit, les bras en croix et les jambes pendant dans le vide. Sa silhouette noire et sévère se découpait très nettement sur la pâleur des draps.

Très vite, les gloussements qui secouaient son corps se muèrent en rire, un rire auquel il s'abandonna comme il s'était abandonné à l'ardeur. C'était un son franc et agréable, mais auquel aucun d'entre nous ne fit écho. Parce que Londres ne riait jamais. L'homme hilare que nous avions sous les yeux n'était pas le Chevalier Noir, ce vampire ténébreux qui aimait les ombres, détestait tout le reste et faisait perpétuellement la gueule.

Des larmes légèrement rosâtres – comme celles de tous les vampires – s'échappèrent du coin de ses yeux. Il roula la tête en arrière pour pouvoir me regarder.

— Je voulais te le cacher, mais je n'ai jamais pu.

— Me cacher quoi ? demandai-je sur un ton presque effrayé.

— À quel point je trouve ça bon. Une fois, Belle m'a dit qu'elle n'avait jamais connu personne qui nourrisse l'ardeur aussi bien que moi, ou qui en devienne dépendant aussi vite.

Toute bonne humeur s'évanouit instantanément de son visage, ne laissant qu'un chagrin immense dans ses yeux. La transformation avait été si rapide et si radicale qu'elle me serra le cœur.

— Es-tu de nouveau accro, mon ami ? interrogea Jean-Claude.

Londres tourna la tête vers lui.

— Je ne peux pas en être certain, mais je pense que oui, c'est très probable, répondit-il sur un ton ni joyeux ni triste, comme s'il énonçait un simple fait.

— Mon Dieu, Londres, je suis désolée, soufflai-je.

Damian tenta de s'asseoir, mais Nathaniel et moi dûmes l'aider et le tenir entre nous pour éviter qu'il retombe mollement sur le lit.

— Moi aussi, je suis désolé.

Londres se roula en boule sur le côté pour nous voir.

— Il n'y a pas de quoi. Je ne m'étais pas senti aussi bien depuis des siècles. (Il ferma les yeux et prit une inspiration frissonnante.) Si chaud, si… vivant.

Je me souvins de la façon dont l'ardeur lui avait foncé dessus quand elle cherchait de la nourriture. Londres était puissant, mais ce n'était pas seulement à cause de ça.

— L'ardeur t'a immédiatement reconnu comme le mets le plus savoureux dans la pièce. Est-ce parce que tu y étais accro autrefois ?

— Requiem aussi y a été accro, me rappela Londres. L'ardeur l'a-t-elle trouvé savoureux ?

— Pas autant que toi, non.

— Selon Belle, mon pouvoir consiste à nourrir l'ardeur. Pour employer un terme moderne, je suis l'équivalent d'une batterie.

— Dans ce cas, pourquoi Damian n'est-il pas complètement rétabli ? voulut savoir Nathaniel.

— Sans le faire exprès, je pense avoir consommé moi-même une grande partie de l'énergie produite. Comme si j'avais erré dans le désert pendant des années et que tout à coup, j'étais tombé sur une rivière pure et fraîche. Je n'ai pas pu m'empêcher de boire à grandes lampées. J'ai gardé pour moi le plus gros du pouvoir, et j'en suis désolé.

— Non, tu ne l'es pas, répliqua Nathaniel d'une voix douce, mais sur un ton convaincu.

Londres partit d'un rire brusque et joyeux.

— Tu as raison, je ne le suis pas. Je savais que ce qui restait suffirait à maintenir Damian en vie, et je me fichais de tout le reste. (Son grand corps puissant roulé en boule sur le lit, il me dévisagea avec l'expression la plus hésitante que je lui aie jamais vue.) Je suis à ta merci. J'ai tenté de dissimuler combien c'était important pour moi, mais je n'ai pas pu. Je n'ai jamais pu le cacher à Belle non plus, et elle s'en est servie pour me torturer. (Il me scruta, l'air paumé.) Et toi, Anita ? Me tortureras-tu ? Me forceras-tu à te supplier pour avoir ma prochaine dose ?

Soudain, j'avais le cœur dans la gorge. Le fier, l'effrayant Londres était recroquevillé à mes pieds, et il m'implorait avec le genre de regard que je n'avais vu que dans les yeux de Nathaniel jusque-là. Un regard qui disait : « Tu peux me faire tout ce que tu veux, du moment que tu me gardes. Je ferai tout ce que tu me demanderas, mais adopte-moi. »

Ronnie n'a jamais eu de mal à se trouver des mecs pas compliqués, qui n'attendaient rien d'autre que le plaisir de passer une nuit avec elle. Moi, c'est comme si je tenais un refuge pour torturés du cerveau. Quant aux coups d'un soir… je n'arriverais pas à en reconnaître un s'il me mordait la fesse gauche.

Chapitre 34

À trois heures moins le quart de l'après-midi, nous étions dans une des chambres de la maternité de la clinique St. John. Si ma grossesse avait été plus avancée, quelqu'un aurait pu appeler ça une salle d'accouchement, mais pas devant moi – en tout cas, pas s'il tenait à sa vie. Dire que je n'étais pas contente de me trouver là eût été un euphémisme de proportions cyclopéennes.

Le docteur North n'avait jeté qu'un coup d'œil à la foule qui m'accompagnait avant de nous dégotter un endroit privé pour m'examiner. Ou peut-être me connaissait-il assez bien pour avoir pris ses dispositions à l'avance.

La chambre avait un papier peint rose à fleurs et des meubles qui tentaient de recréer l'atmosphère d'une maison familiale, ou au moins d'un hôtel convenable. Seul le lit faisait exception. Il n'était pas spécialement moche, mais il avait des barrières sur les côtés et un plateau monté sur roulettes tout au bout. Si coquette que soit le reste de la déco, ça demeurait un lit d'hôpital.

Mais pour l'instant, je n'étais pas allongée dessus. Je faisais les cent pas en attendant le résultat de mon analyse de sang. D'ici quelques minutes, nous découvririons l'ampleur exacte du désastre.

Micah s'était assis dans la chaise qui occupait un coin de la pièce, histoire de ne pas traîner dans mes pattes. C'était bien vu de sa part. Deux lions-garous nous avaient accompagnés.

Le premier se tenait immobile et silencieux contre un mur ; le second s'était affalé dans la seule autre chaise pour lire.

Joseph s'était pointé avec une demi-douzaine de membres de sa fierté. Il n'aimait vraiment pas Haven, et il espérait que je me choisirais un partenaire de jeu moins dominant que le lion d'Auggie. Ce qui me convenait parfaitement. Mais comment choisir parmi de parfaits inconnus ? Comment deviner qui vous laissera le forcer à se transformer violemment, à tout le moins ? Comment savoir qui acceptera de ne pas résister à une telle douleur ?

— Je n'ai amené que des soumis, nous avait assuré Joseph, à Jean-Claude et à moi. C'est ce que nous étions convenus. Du point de vue de l'ardeur, ils pourront être pour Anita ce que Nathaniel était autrefois.

— C'est-à-dire ? avais-je demandé.

— Je pense que tu pourras te nourrir d'eux sans être obligée de coucher avec. Si je comprends bien le fonctionnement de l'ardeur, seules des questions de domination et de pouvoir t'empêchent de te nourrir d'un simple baiser.

— En théorie, oui.

Les candidats amenés par Joseph me paraissaient tous trop… doux, trop inachevés, trop fragiles. Mais j'en avais quand même choisi deux : Travis et Noël. Travis était un blondinet étudiant en école de commerce ; Noël, un brun à lunettes qui préparait un diplôme de littérature anglo-américaine. Comme il avait un examen le lundi, il avait apporté de quoi réviser. Travis n'avait pris que lui-même.

Plongé dans ses bouquins, Noël ne prêtait aucune attention à ce qui l'entourait. Travis, en revanche, observait tout de ses yeux brun clair. Il regardait les choses à la façon des flics, comme s'il les gravait dans sa mémoire. Il semblait particulièrement intéressé par Richard.

Mes gardes du corps précédents avaient été relevés. Claudia et Lisandro se tenaient dans le coin le plus proche de la porte, dans cette posture qu'on pourrait presque qualifier d'avachie mais pas tout à fait. Si l'une ou l'autre avait un jour appartenu à l'armée ou à la police, ils n'en laissaient rien paraître. Ils avaient juste une aura de durs à cuire, et ça suffisait.

Deux autres métamorphes montaient la garde dans le couloir. Le docteur North avait commencé par protester, mais Claudia lui avait jeté un regard dur, et il n'avait pas insisté. L'un de ces métamorphes était Graham ; l'autre, une hyène-garou que je ne connaissais pas. Le garde répondait depuis peu au nom d'Ixion, même s'il avait l'air de détester ça. Narcisse s'amusait un peu trop à rebaptiser certaines de ses nouvelles recrues. Ixion était un ancien militaire qui avait conservé sa coupe en brosse et semblait mal à l'aise en tenue civile.

Nous n'avions pas réellement besoin de quatre gardes du corps, mais c'était le seul moyen qu'avait trouvé Claudia pour emmener un loup qui accepterait de se transformer pour moi à l'hôpital, sans que Richard comprenne qu'aucun de nous ne lui faisait confiance pour recevoir ma bête en cas d'urgence. Graham était donc ma taupe, si je puis dire, et Ixion nous avait accompagnés parce que Claudia préférait que les gardes travaillent par paires. Tant qu'à faire semblant, autant faire semblant jusqu'au bout.

— Tu vas finir par t'épuiser, Anita, lança Richard.

— Et alors, qu'est-ce que ça peut foutre ? aboyai-je.

Je me rendais compte que j'étais inutilement agressive, mais je n'étais pas en état de m'en soucier.

Richard s'écarta du mur et s'approcha de moi. Il me tendit les bras comme pour m'étreindre ou me réconforter.

— Non, dis-je en continuant à marcher jusqu'à ce que la fenêtre me force à faire demi-tour.

— Je veux juste t'aider, Anita, se justifia-t-il.

— Faire les cent pas m'aide, répliquai-je sans le regarder.

Pourquoi ne pouvait-il pas comprendre que j'avais besoin qu'on me foute la paix ? Micah comprenait, lui. Nathaniel voulait venir, mais reprendre sa forme humaine si tôt l'avait épuisé. D'habitude, quand on se métamorphose, on passe six à huit heures sous sa forme animale. Précipiter le retour à la normale se paie en termes d'énergie. Pour être bon à quelque chose ce soir-là, Nathaniel devait se reposer. Je l'avais bordé avec Damian, afin qu'ils récupèrent tous deux avant la tombée de la nuit.

Richard me toucha l'épaule comme je passais devant lui. Je me dégageai brusquement et continuai à marcher. Si nous avions pu trouver un moyen d'emmener Damian, nous l'aurions fait. Il m'aide à rester calme, et dans les circonstances présentes, j'en avais drôlement besoin. Mais les vampires voyagent assez mal en plein jour.

— Si tu ne te calmes pas, tu risques d'appeler ta bête, me prévint Richard. Et tu ne veux pas te métamorphoser ici.

Je m'arrêtai et le foudroyai du regard.

— Pourtant, ça réglerait le problème, pas vrai ?

— Tu ne penses pas ce que tu dis.

— Bien sûr que si.

— Ulfric.

C'était Travis qui venait de parler. Richard se tourna vers lui.

— Ulfric, dit le lion-garou, elle brûle son énergie nerveuse en faisant les cent pas.

— Je sais bien, acquiesça Richard sur un ton presque hostile.

— Si vous la forcez à s'arrêter, où canalisera-t-elle son énergie ?

Il ouvrit la bouche, la referma et opina à contrecœur.

— Bonne remarque. Je suppose que ça me rend nerveux moi aussi de la regarder faire.

— Alors, ne la regardez pas, répliqua Travis comme si c'était la chose la plus simple du monde.

Richard inspira profondément et dit :

— Je vais prendre l'air. Je reste dans les parages, promis.

Je lui jetai un coup d'œil.

— Je n'en doute pas.

Il hocha la tête et sortit. Quand la porte se fut refermée derrière lui, Travis soupira :

— Dieu merci. Un dominant nerveux à ce point, c'est bien assez pour une pièce de cette taille.

Je tournai la tête vers lui.

— Richard est-il vraiment aussi nerveux que moi ?

Micah éclata de rire.

— Oui.

Je m'enveloppai de mes bras.

— Je suis tellement absorbée par ma propre angoisse que je ne m'en étais pas aperçue.

— Tu as le droit d'angoisser, me lança Claudia.

J'acquiesçai sans conviction.

Quelqu'un frappa à la porte. Je sursautai et fis volte-face en enfonçant les ongles dans ma propre chair. Je me retenais comme au bord d'une corniche à laquelle j'aurais été suspendue au-dessus d'un abîme.

Graham entrouvrit la porte, passa la tête à l'intérieur et dit :

— Le docteur est là.

— Fais-le entrer, ordonna Claudia d'une voix tendue.

Étais-je en train de contaminer tout le monde avec ma nervosité ?

Le docteur North pénétra dans la chambre en jetant un coup d'œil à Ixion, toujours en faction près de la porte.

— Vos hommes font peur aux infirmières et aux patients. Vous pourriez les laisser entrer ?

Je consultai Claudia du regard. C'était elle qui commandait. Elle acquiesça et fit signe à Lisandro d'aller chercher Graham et Ixion dans le couloir.

Graham se contenta de se trouver un bout de mur à soutenir avec son dos. Il m'adressa un sourire nerveux, qui se voulait sans doute réconfortant. Ixion promena un regard à la ronde, les sourcils froncés et l'air tourmenté, comme s'il ne savait pas où se mettre. À sa décharge, il commençait à y avoir foule dans cette chambre.

— La fenêtre, Ixion, ordonna Claudia. Tous nos ennemis ne passent pas nécessairement par la porte.

Nous ne courions pas vraiment le risque d'être attaqués, mais cela permit d'envoyer Ixion le plus loin possible du lit et de ce qui allait s'y passer. Cela dit, s'il était question d'examen pelvien, je ferais sortir tous ceux qui ne pouvaient pas être le père de mon bébé.

Lorsque Ixion se fut posté près de la fenêtre, le docteur North regarda autour de lui.

— Voulez-vous vraiment discuter de ça devant autant de monde ?

— Vous venez juste d'ajouter deux personnes à la liste, lui rappelai-je.

Il sourit.

— Je voulais dire que ce serait peut-être mieux d'envoyer une partie de votre… entourage faire un tour à la cafétéria.

Je soupirai et secouai la tête. Comment lui expliquer que si les nouvelles étaient trop mauvaises, j'aurais sans doute besoin de tous ces gens pour me soutenir ? Je ne pouvais pas ; aussi n'essayai-je même pas.

— Contentez-vous de cracher le morceau, docteur, d'accord ? Le suspense me tape sur les nerfs.

Il acquiesça et rajusta ses lunettes. La porte s'ouvrit derrière lui, livrant passage à Richard.

— J'ai raté quelque chose ?

Je secouai la tête.

— Anita, dit gentiment le docteur North, si vous continuez comme ça, vous allez vous faire saigner.

Je baissai les yeux vers mes mains et les contemplai comme si elles venaient juste de pousser au bout de mes bras. Je me forçai à lâcher prise. Mes doigts étaient tout raides, et mes ongles avaient laissé de petites marques en forme de croissants de lune sur ma peau. Mais ils ne l'avaient pas transpercée – pas tout à fait.

Richard me tendit sa main. J'hésitai, puis la pris. Il y eut un pic d'énergie entre nous ; nous étions tous deux trop nerveux pour nous aider l'un l'autre. Puis Richard déploya son bouclier métaphysique, et sa main redevint juste un poids chaud dans la mienne.

J'appréciai qu'il consente à cet effort après avoir vu ce que j'avais fait à mes propres bras, mais je finis par perdre la bataille que je livrais contre moi-même pour ne pas jeter un coup d'œil à Micah par-dessus mon épaule. J'avais trop peur pour ménager l'ego de qui que ce soit, trop peur pour ne pas vouloir m'envelopper d'un maximum de réconfort.

Micah se leva et s'approcha pour prendre ma main libre. Richard se raidit. Il ne voulait pas d'un autre homme près de moi, et il ne parvenait pas à le cacher. Mais il ne fit pas de scène.

Je pressai sa main et donnai un petit coup de tête sur son épaule pour lui faire savoir que j'appréciais sa bonne volonté, que je l'appréciais sincèrement. Cela me valut un sourire, ce sourire qui illumine tout son visage. Ce sourire pour lequel j'aurais tout donné autrefois.

Je reportai mon attention sur le gynécologue. Le contact des deux métamorphes me rassérénait quelque peu. J'aurais aimé la jouer cool, mais la vérité, c'est que je m'agrippais à leurs mains comme s'ils étaient les deux derniers morceaux de bois flotté dans tout l'océan.

— J'ai fait recommencer les analyses de sang, Anita, annonça le docteur North.

— Ce n'est pas bon signe, m'inquiétai-je.

— Vous ne devriez pas lui dire de s'asseoir ? lança Claudia.

North lui jeta un coup d'œil.

— Anita est capable de s'asseoir toute seule si elle en a envie. (Il reporta son attention sur moi en souriant.) Vous voulez vous asseoir ?

— Vous pensez que j'en ai besoin ?

Son sourire s'élargit, et il regarda brièvement les deux hommes qui m'encadraient.

— Je ne crois pas. Mais si jamais vos forces vous abandonnent, vous devriez avoir assez de soutien, dit-il en les désignant du menton.

— Allez-y, je vous écoute.

Ma voix était tendue, mais plus ou moins normale. Un bon point pour moi.

— Puis-je être absolument sincère devant toutes les personnes présentes ? demanda North.

Luttant contre une forte envie de hurler, je répondis sur un ton irrité :

— Oui, oui, parlez. Par pitié, parlez.

Il hocha la tête.

— Vous êtes au courant que vous avez la lycanthropie ?

J'opinai et fronçai les sourcils.

— Je suis au courant que je suis porteuse du virus de la lycanthropie, rectifiai-je.

— C'est drôle que vous le formuliez de cette façon. Parce que vos analyses de sang sont… vraiment uniques, Anita.

— Il y a quelques semaines, j'ai appris que j'avais été contaminée par quatre souches différentes : le léopard, le loup, le lion et une autre qui n'a pas pu être identifiée.

North me dévisagea.

— Vous savez qu'il est impossible d'attraper plus d'une forme de lycanthropie. Chaque souche immunise contre toutes les autres.

J'acquiesçai en pressant les mains qui tenaient les miennes.

— Je sais tout ça. C'est un miracle médical, blah blah blah. Venons-en à ma grossesse. Ai-je le syndrome de Mowgli ou celui de Vlad ?

North soutint mon regard d'un air grave, beaucoup trop grave à mon goût, et répondit :

— Oui, à en croire les tests.

Mes genoux se dérobèrent sous moi. Je serais peut-être tombée si Richard et Micah ne m'avaient pas retenue. Quelqu'un m'approcha une des chaises, et les deux hommes m'assirent dessus. Ils ne me lâchèrent pas pour autant, et posèrent même leur main libre sur chacune de mes épaules comme s'ils craignaient que je bascule en avant. Je n'en étais pas là. Du moins, pas encore.

— Qu'est-ce que ça signifie, « à en croire les tests » ? s'enquit Micah.

— Les syndromes de Vlad et de Mowgli sont, comme les différentes souches de lycanthropie, mutuellement exclusifs. Un fœtus ne peut pas porter les deux. Si Anita n'était pas porteuse de quatre types de lycanthropie – ce qui est théoriquement impossible du point de vue médical –, je dirais que nous avons affaire à des jumeaux. Mais le reste des analyses sanguines, ainsi que le résultat des autres tests…

Sa bouche continua à bouger, mais je n'entendais plus que le rugissement de mon propre sang dans mes oreilles. Richard et Micah m'aidèrent à mettre ma tête entre mes genoux et à m'empêcher de tomber de la chaise.

Au bout de quelques instants, ma nausée reflua, mais pas mon vertige. Je ne m'évanouis pas, mais j'avais reconnu les signes avant-coureurs, et je savais que j'étais passée tout près de perdre connaissance. Doux Jésus, des jumeaux. Vous parlez d'un retour de bâton cosmique ! Remboursement intégral, et avec les intérêts. Des jumeaux possédant deux des pires défauts génétiques connus de la science moderne. *Sainte Marie, mère de Dieu, aidez-moi.*

La voix du docteur North flotta juste devant moi. Il s'était mis à genoux.

— Anita, vous m'entendez ? Anita !

Je réussis à hocher la tête.

— Je ne veux pas vous donner de faux espoirs, parce qu'à ma connaissance, le seul moyen d'obtenir un résultat positif aux tests pour ces deux syndromes, c'est d'être enceinte. Mais votre test de grossesse est revenu négatif. Deux fois.

Je relevai lentement la tête, d'abord parce que je ne pouvais pas faire plus vite avec mon vertige, ensuite parce que j'avais du mal à en croire mes oreilles.

— Quoi ? demandai-je d'une voix qui ne sonna pas du tout comme la mienne.

North était assez grand et moi j'étais assez petite pour que sa tête se trouve au même niveau que la mienne dans cette position. Il semblait parfaitement sincère, bien qu'un peu inquiet.

— Votre test de grossesse est négatif, articula-t-il soigneusement.

Je fronçai les sourcils.

— Mais vous avez dit…

Il acquiesça.

— Je sais. Je ne comprends pas non plus les résultats. En fait, les infirmières et les internes sont en train de faire un bras de fer pour déterminer qui m'assistera pendant votre échographie.

— Un bras de fer ? répétai-je, hagarde.

— Vous voulez la vérité ?

— Oui.

— Quoi que révèle l'échographie, ce sera une première médicale à notre connaissance. Ou vous n'êtes pas enceinte, et vous obtenez un résultat positif aux tests pour deux syndromes dont nous pensions qu'ils ne pouvaient être positifs qu'en cas de grossesse. Ou vous portez des jumeaux de pères différents, et pour une raison que nous ne nous expliquons pas, nos analyses ne détectent pas votre grossesse. Ce qui serait assez inhabituel. Et n'oubliez pas que, comme nous en avons parlé au téléphone, le bébé atteint du syndrome de Mowgli pourrait être viable dans quelques semaines, mais pas l'autre.

Je le regardai fixement sans répondre.

— Que voulez-vous dire, docteur ? demanda Richard.

Le docteur North lui fit un cours magistral abrégé sur le syndrome de Mowgli et la possibilité d'une grossesse accélérée.

— Troisième hypothèse : quelque chose dans le sang d'Anita donne des résultats positifs à tous ces tests. (Toujours à genoux devant moi, il me dévisagea.) Êtes-vous une métamorphe ? Je veux dire, vous transformez-vous en animal ?

Je secouai la tête et ajoutai :

— Pas encore.

— Ça veut dire quoi, « pas encore » ?

— Ça veut dire que c'est passé tout près.

— Nous avons cru qu'elle allait se métamorphoser ce matin, ajouta Micah.

— Depuis combien de temps est-elle porteuse de plusieurs souches de lycanthropie ? interrogea North.

Micah me jeta un coup d'œil. Je haussai les épaules.

— Environ six mois, je pense. Comme elle ne s'est pas transformée à la pleine lune suivante, nous avons supposé qu'elle n'avait rien attrapé.

North hocha la tête d'un air entendu.

— C'est logique, jusqu'à un certain point. Selon les textes médicaux, la personne infectée se transforme toujours à la première pleine lune suivante. Mais vous dites que six mois se sont déjà écoulés, et qu'il n'y a toujours pas eu de métamorphose.

— Ne parlez pas de moi comme si je n'étais pas là, me rebiffai-je.

— Désolé, Anita. Je voulais vous laisser quelques minutes pour vous ressaisir.

— Je vais bien. Enfin, aussi bien que possible étant donné les circonstances. (Je pris une grande inspiration et la relâchai lentement, puis repoussai les mains de Richard et de Micah.) Je peux me redresser. Ça va.

— Anita… laisse-nous t'aider, s'il te plaît.

Cette fois, c'était Micah qui me le demandait. Je voulus protester ou grommeler, mais je n'avais pas assez d'énergie à gaspiller pour ça.

— D'accord, tenez-moi la main si vous voulez, mais ne me tenez pas dans la chaise. Ça me donne l'impression d'être prisonnière.

Prisonnière, ouais, c'était exactement ça.

Micah me tendit sa main, et après une légère hésitation, je la pris. Richard fit de même de l'autre côté, et je saisis la sienne aussi. J'avais beau jouer les braves petits soldats, si les nouvelles continuaient à être aussi surprenantes, j'aurais peut-être besoin de me retenir à quelque chose.

— Les analyses de sang sont revenues avec les mêmes résultats la seconde fois. Les mêmes pour tous les tests. Vu que c'est impossible selon nos connaissances à ce stade, j'aimerais faire une échographie. Ça nous montrera sans l'ombre d'un doute si vous êtes enceinte ou non. Si nous ne voyons pas de fœtus à l'écran, c'est que vous ne l'êtes pas. Cela signifiera que le test que vous avez fait chez vous était un faux positif, et que le résultat de nos analyses est juste.

— Et si je suis bel et bien enceinte ?

Le docteur North fit un effort visible pour afficher une expression appropriée aux circonstances.

— Alors, nous aviserons.

— Deux bébés, dont un qui grandira assez vite pour être prêt à sortir dans quelques semaines, qui risque de bouffer son jumeau ou de se frayer un chemin hors de moi à coups de dent.

Ma voix était redevenue normale, presque désinvolte. J'aurais aussi bien pu être en train de parler de ce que je comptais manger pour le dîner ce soir.

— Seigneur, souffla quelqu'un.

La main de Richard se crispa sur la mienne. Il me faisait presque mal ; pourtant, je ne lui demandai pas de me lâcher. Je voulais le sentir près de moi. Micah me prit le bras avec sa main libre. Ni l'un ni l'autre ne me servit le gros mensonge si familier. Ni l'un ni l'autre ne m'assura que tout irait bien. Parce que si j'étais vraiment enceinte, ça n'irait pas bien du tout.

Le docteur North cligna lentement des yeux, comme s'il venait juste de comprendre et de se dire « Oh, mon Dieu ».

— Ce serait vraiment le pire scénario, Anita, tenta-t-il de me rassurer. Commençons par faire l'échographie pour déterminer de quoi il retourne.

Il se releva en secouant les jambes de son pantalon, sans croiser le regard de personne. Sans doute avais-je été d'une lucidité un peu trop pessimiste à son goût. Trop pessimiste, moi ? Comme si c'était mon genre…

Chapitre 35

Je dus m'allonger sur le lit. Le docteur North baissa les deux barrières – de son côté, pour pouvoir s'approcher suffisamment avec son appareil, et de l'autre, pour permettre à la foule de mieux voir ce qui allait se passer. Il n'exagérait pas quand il avait parlé du bras de fer des infirmières et des internes. Enfin, il avait peut-être exagéré quant à la méthode de sélection, mais tout le personnel de la maternité voulait assister à l'examen. Quel que soit le résultat, nous nous apprêtions à écrire une page dans l'histoire de la médecine – ou au minimum, un paragraphe consacré à une étrange exception à la règle.

Je me sentais comme un animal exhibé dans sa cage, au zoo. J'aurais probablement dit quelque chose, mais le docteur North me prit de vitesse.

— Nous n'avons pas besoin d'autant de monde dans la pièce.

— Faisons sortir ses accompagnants, suggéra un des internes.

Je le dévisageai.

— Foutez le camp.

Il commença à protester.

— Foutez le camp, lui ordonna le docteur North.

L'interne sortit. Du coup, ses collègues demeurés dans la chambre se montrèrent beaucoup plus polis. Les infirmières se firent toutes éjecter. Il ne resta qu'une seule femme, qui faisait partie des internes.

Claudia résolut partiellement le problème en disant :

— Anita, ce type était un connard, mais certains d'entre nous peuvent dégager. Je suppose… (et elle foudroya les blouses blanches du regard) que ces gens sont ici pour t'aider. Quel que soit le résultat de l'échographie, nous ne possédons pas les connaissances nécessaires pour te prodiguer des conseils utiles. (Elle fit signe au reste des gardes de sortir.) Si tu as besoin de nous, nous serons dans le couloir. (Elle se tourna vers Travis et Noël.) Vous deux, vous venez avec nous.

— Nous ne sommes pas des gardes, objecta Travis. Joseph nous a donnés à Anita, pas à vous.

— Ce n'est pas le moment de faire chier, Travis, dis-je d'une voix qui commençait à perdre son calme.

Sans discuter, le jeune homme se leva et sortit. Noël lui emboîta le pas, serrant ses bouquins et son sac à dos contre lui.

Avant de les suivre, Claudia me jeta un coup d'œil. Je faillis lui dire de rester. Nous n'étions pas des amies proches, mais je lui faisais confiance. Je faisais également confiance à Micah, et à Richard dans certaines limites. Mais ils n'étaient pas des observateurs neutres, et nous aurions peut-être besoin d'une personne moins impliquée, donc capable de garder la tête plus froide.

La porte se referma derrière Claudia avant que je me décide à lui demander de rester. Bon, ben, question réglée.

Le docteur North commença à congédier les internes jusqu'à ce qu'il n'y en ait plus que trois dans la chambre. Du coup, Micah et Richard purent venir à la tête du lit, en face de l'échographe. Je n'avais qu'une main à leur offrir, et Micah la prit. Richard dut se contenter de m'agripper l'épaule, et que Dieu le bénisse, il ne s'en plaignit pas. Peut-être la réalité et l'âge adulte nous avaient-ils enfin tous rattrapés. Peut-être allions-nous cesser de nous disputer comme des gamins. L'espoir fait vivre.

J'avais dû enlever mon blouson ; du coup, on voyait mon flingue et son holster d'épaule. J'avais mis une ceinture en cuir de rechange, mais on venait de m'en bousiller deux au cours des dernières vingt-quatre heures. Il faudrait bientôt que j'envoie Nathaniel m'en acheter d'autres. La seule femme parmi les internes ne cessait de jeter des coups d'œil rapides à mon flingue, comme si c'était la première fois qu'elle en voyait un.

Je dus ôter ma ceinture et défaire la partie inférieure de mon holster afin que le docteur puisse descendre mon jean sur mes hanches. Mon flingue ne resta pas en place quand je me rallongeai, et je dus utiliser mes deux mains pour le rajuster.

Bien sûr, j'aurais pu l'enlever et demander à Micah de me le tenir, mais le contact du métal me réconfortait. C'était le seul doudou que j'avais avec moi, à l'exception de Micah et de Richard. Et comme les deux métamorphes étaient partiellement responsables de la merde dans laquelle je me trouvais… Disons que je répugnais à m'agripper à quiconque avait eu ne serait-ce qu'une infime possibilité de me mettre enceinte. Pour la première fois, je me demandai si une vasectomie sur un lycanthrope était efficace à cent pour cent.

— Ça va être un peu froid, me prévint le docteur North avant de presser un gros tube et de faire tomber du gel translucide sur mon ventre.

Oui, c'était froid, mais tout ce qui pouvait m'occuper l'esprit était le bienvenu, fût-ce une sensation désagréable.

— Micah s'est fait faire une vasectomie il y a trois ans. Du coup, nous l'avons écarté de la liste des pères potentiels, mais vu que c'est un lycanthrope, je me demande…

North leva les yeux vers Micah.

— Votre chirurgien s'est-il contenté de brûler les extrémités, ou a-t-il posé des clips ?

— Les deux. Et j'ai fait un test il y a six mois environ. Il n'y avait rien.

— J'ai entendu dire que certains praticiens utilisent des clips en argent. Êtes-vous au courant qu'il y a eu deux cas d'empoisonnement à l'argent après des vasectomies comme la vôtre ?

Micah secoua la tête.

— Non, je l'ignorais.

— Vous devriez demander à votre généraliste de vérifier le taux d'argent dans votre sang, au cas où.

North baissa les yeux sur moi. Son expression était douce et rassurante, une bonne expression de médecin. Il brandit une sorte de gros bâton en plastique.

— Je vais passer ceci sur votre ventre. Ça ne fera pas mal.

Je hochai la tête.

— Vous m'avez déjà expliqué comment ça fonctionne. Allez-y, et qu'on en finisse.

Il promena le bâton de plastique sur mon ventre, étalant le gel transparent au passage et jetant des coups d'œil au petit écran de la machine. L'image était gris, noir, blanc et floue. Si j'avais eu la même chose sur ma télé, j'aurais appelé la compagnie du câble et fait un scandale.

J'avais beau scruter l'écran, je ne pigeais rien à ce que je voyais. Mais l'essentiel, c'était que le docteur North comprenne, lui. Il se mit à remuer son bâton de plastique sans même le regarder, les yeux rivés sur l'image.

— Merde alors, lâcha le plus grand des internes, l'air affreusement déçu.

North ne lui jeta même pas un coup d'œil.

— Sortez.

— Mais…

— Tout de suite, dit-il sur le ton le plus sec et le plus dur que j'avais jamais entendu sortir de sa bouche de gentil docteur.

Il était peut-être très compréhensif envers ses patientes, mais je commençais à penser que ses subalternes n'avaient pas nécessairement droit au même traitement de faveur. Ce qui ne me dérangeait en rien.

— Qu'est-ce qui cloche ? demanda Richard.

Penché au-dessus de moi, il s'efforçait de déchiffrer les images.

— Qu'est-ce que vous voyez et qui nous échappe ? ajoutai-je.

— Rien ne cloche, monsieur Zeeman, répondit le docteur North sans le regarder. Quant à ce que je vois ? Rien.

— Comment ça, « rien » ? lança Micah.

Et pour la première fois, je perçus une légère tension dans sa voix – une minuscule fêlure dans la poigne de fer avec laquelle il se maîtrisait.

Mon gynécologue se tourna vers moi en souriant.

— Vous n'êtes pas enceinte.

Je clignai des yeux.

— Mais le test…

Il haussa les épaules.

— Un faux positif. C'est très rare, mais ça arrive. Vous sortez des paramètres normaux sur toutes les autres analyses que nous avons effectuées ; pourquoi serions-nous surpris qu'un test de grossesse maison se laisse abuser par votre étrange chimie interne ?

Je le dévisageai, n'osant pas encore y croire.

— Vous en êtes bien sûr : je ne suis pas enceinte ?

North secoua la tête. Posant de nouveau le bâton de plastique sur mon ventre, il décrivit lentement un très petit cercle au-dessus de mon utérus.

— S'il y avait quelque chose, nous le verrions. Ce serait minuscule, mais visible. Or, l'échographe ne montre rien.

— Dans ce cas, comment se fait-il que les tests pour le syndrome de Vlad et le syndrome de Mowgli soient tous les deux positifs ?

— Je n'en suis pas certain, mais dans le cas du syndrome de Mowgli, je suppose que les enzymes recherchées sont présentes chez la mère si celle-ci est une lycanthrope. Le test a été conçu pour des humaines non infectées par le virus.

— Et pour le syndrome de Vlad ? s'enquit l'un des deux internes restants.

North fronça les sourcils.

— Nous discuterons du cas entre nous après avoir répondu aux questions de la patiente, docteur Nichols.

La jeune femme parut dûment contrite.

— Désolée, docteur North.

— Non, c'était une bonne question, intervins-je. Et pour le syndrome de Vlad ?

North me prit par le menton et tourna ma tête sur le côté pour exposer les traces de morsure de Requiem.

— Donnez-vous régulièrement votre sang à des vampires ?

— Oui.

— À ce stade, nous recherchons des enzymes dans le sang de la mère. Je n'ai jamais rien lu concernant l'influence de dons de sang réguliers sur les analyses sanguines. Nous savons que cela peut provoquer une anémie, mais je ne crois pas qu'il existe d'étude clinique sur les autres conséquences potentielles.

— Puis-je poser une question à la patiente, s'il vous plaît ? demanda Nichols.

North la regarda froidement.

— Tout dépend de la question, docteur, répliqua-t-il en prononçant le dernier mot comme si c'était une insulte.

J'étais en train de découvrir une nouvelle facette de lui dont je ne soupçonnais pas l'existence.

— Ce n'est pas à propos de la grossesse, mais de la morsure.

— Vous pouvez y aller, dit-il sur un ton qui signifiait : « À votre place, je m'abstiendrais. »

Mais le docteur Nichols était coriace. Bien que visiblement nerveuse, limite effrayée, elle se lança :

— Je vois un hématome autour de la morsure. Je croyais que c'étaient juste deux piqûres bien nettes.

Je levai les yeux vers elle.

— Jusqu'ici, vous n'aviez vu de morsures vampiriques qu'à la morgue, pas vrai ?

Elle acquiesça.

— J'ai suivi un cours d'expertise médico-légale surnaturelle.

— Que faites-vous dans un service de gynécologie ?

— Nichols compte devenir un de nos premiers médecins spécialisés en gynécologie surnaturelle, expliqua le docteur North.

Je fronçai les sourcils.

— C'est un domaine assez limité, non ?

— Mais qui grandit chaque année, répliqua North.

Je répondis à la question de l'interne.

— Une morsure vampirique, c'est comme n'importe quelle autre blessure. Si elle entraîne la mort, elle provoque moins de contusions autour. Elle peut ne laisser que deux piqûres bien nettes, comme vous le disiez à l'instant, parce que la salive des vampires contient un anticoagulant et qu'ils se contentent de boire le sang de leurs victimes. Ce n'est pas comme s'ils mangeaient leur chair. Certains des plus âgés parmi eux se vantent de ne laisser aucune autre trace que la perforation de leurs crocs. Les plus jeunes font plus de marques, mais à l'exception des canines, il est rare que leurs dents trouent la peau de la victime. Les rares fois où j'ai pu observer des traces de dents autres que les canines, c'est parce que les vampires n'avaient pas seulement voulu se nourrir, mais faire du mal à leur victime.

— Une fois, j'ai examiné le corps de quelqu'un qui, selon les légistes, avait été attaqué par un vampire et un métamorphe, parce qu'il portait des traces de crocs, mais que tout son cou et sa clavicule étaient déchiquetés.

Je secouai la tête. Maintenant qu'on l'avait rappelée à mon attention, la trace de morsure me faisait un peu mal. Requiem avait oublié sa courtoisie habituelle au moment de me mordre. Emporté par sa soif, il ne s'était pas contenté de me planter délicatement ses canines dans le cou.

— Je ne connais pas le cas dont vous parlez, mais ça aurait très bien pu être l'œuvre d'un vampire seul.

Nichols secoua la tête, incrédule.

— Il y avait vraiment beaucoup de dégâts.

Je lui tendis mon bras droit pour qu'elle voie le petit monticule de tissu cicatriciel au creux de mon coude.

— C'est un vampire qui m'a fait ça. (Je tirai sur le col de mon tee-shirt pour lui montrer les cicatrices sur ma clavicule.) Et ça, c'en est un autre. Il m'a brisé la clavicule, et il s'est acharné sur la blessure comme un terrier s'en prenant à un rat.

Elle pâlit légèrement.

— J'aimerais appeler le programme de médecine légale pour suggérer qu'on vous invite à donner une conférence. Le simple fait de voir vos cicatrices et de vous interroger en détail pourrait aider les légistes de tout le pays à identifier correctement les dommages subis par certaines des victimes.

Elle tendit la main vers moi et interrompit son geste à mi-chemin.

— Vous pouvez toucher, si vous voulez.

Elle jeta un coup d'œil au docteur North, qui acquiesça. Avec beaucoup d'hésitation, comme si c'était quelque chose de très intime, elle effleura la cicatrice de ma clavicule. Puis elle palpa le creux de mon coude droit, comme si elle cherchait à mémoriser la sensation du tissu cicatriciel. Ses doigts descendirent vers les traces de griffures que je portais sur l'avant-bras.

— C'est un lycanthrope qui vous a fait ça ?

— Une sorcière métamorphe, en fait, rectifiai-je.

Nichols écarquilla les yeux.

— Vous voulez dire, quelqu'un qui ne portait pas le virus de la lycanthropie, mais qui utilisait une peau d'animal pour se transformer ?

Elle semblait tout excitée, et je fus impressionnée qu'elle connaisse la différence. La plupart des gens l'ignorent.

— Oui.

Enfin, elle toucha la brûlure en forme de croix, légèrement déformée par les traces de griffes.

— Ça devrait signifier que vous êtes une vampire. Mais vous n'en êtes pas une.

C'était bien que quelqu'un en soit certain. Tout haut, j'expliquai :

— Les laquais d'un vampire se sont amusés à me marquer en attendant que leur maître se réveille au coucher du soleil.

Nichols ouvrit de grands yeux.

— J'adorerais m'entretenir plus longuement avec vous. Merci beaucoup d'avoir répondu à mes questions à un moment aussi difficile.

— Je passe facilement en mode cours magistral, grimaçai-je. J'ai l'habitude d'être l'experte locale en créatures surnaturelles.

— Merci, répéta-t-elle chaleureusement.

Je reportai enfin mon attention sur le docteur North et le dévisageai.

— Je ne suis pas enceinte. Vous me le promettez. Vous me donnez votre putain de parole que je ne suis pas enceinte ?

Il me sourit.

— Je vous jure devant Dieu qu'il n'y a rien dans votre ventre, hormis vos propres organes. Vous n'êtes pas enceinte.

J'avais eu besoin de la diversion provoquée par Nichols pour laisser à mon esprit le temps d'assimiler la nouvelle. Je me tournai vers Richard et Micah, et les regardai tour à tour.

L'autre interne avait saisi une poignée de mouchoirs en papier pour essuyer le gel sur mon ventre. Je le laissai faire et, observant deux des hommes de ma vie, rapportai :

— Je ne suis pas enceinte.

— Nous avons entendu, acquiesça Micah en souriant.

— Alors, dites quelque chose.

— Que veux-tu qu'on dise ? demanda Richard.

— Vous êtes déçus ? Heureux ? Soulagés ?

— On attend que tu nous dises quelle réaction de notre part ne te foutra pas en rogne, avoua Micah.

Sans que je sache pourquoi, cela me fit rire. Et sans que je sache pourquoi, mon rire se changea très vite en larmes.

Roulée en boule sur le côté, je pleurai pendant que Richard et Micah essayaient de me prendre dans leurs bras. Le docteur North et les internes sortirent. Ils sortirent pour me laisser me vider de tout mon stress, de toute ma peur – et de l'infime regret niché au fond de moi.

Chapitre 36

Ce microscopique fragment de regret fit place à un soulagement de taille planétaire. Lorsque nous finîmes par quitter la clinique, j'avais envie de gambader et de crier à tous les inconnus que je croisais que je n'étais pas enceinte. Bien sûr, je me retins, mais j'étais presque étourdie de bonheur, euphorique comme si j'avais bu deux ou trois verres de trop – à tel point que Micah proposa de nous reconduire au *Cirque des Damnés*.

Et là, deux miracles supplémentaires se produisirent : j'acceptai, et Richard n'insista pas pour prendre le volant. Il n'avait pas dit grand-chose depuis la fin de l'échographie. Il se glissa sur la banquette arrière sans un mot, avec l'air de penser à des choses très sérieuses. Je lui fichai la paix, parce que j'étais trop heureuse pour lui chercher des noises.

Claudia et Lisandro se serrèrent à côté de Richard. Ils ont des épaules si larges tous les trois qu'un instant, je me demandai s'ils allaient tous tenir sur la banquette, mais oui. Noël prit le strapontin dans le coffre, et Travis monta avec Graham et Ixion dans la seconde voiture.

Je voulus sortir mon portable pour appeler Jean-Claude, pris conscience que je n'en avais pas besoin et entrouvris légèrement les marques, juste de quoi le sentir à l'autre bout de cette ligne froide de pouvoir.

— Que fais-tu, Anita ? demanda Richard.

— J'annonce la bonne nouvelle à Jean-Claude.

— Je suis juste à côté. Utilise ton téléphone, s'il te plaît.

Je tournai la tête vers lui. Le peu de pouvoir que je venais de laisser échapper avait suffi à lui donner la chair de poule. Un instant, j'envisageai de passer outre à sa requête, mais c'eût été cruel, et je ne voulais pas être cruelle. Manque de chance pour Richard, avant que je puisse me décider, Jean-Claude chuchota dans ma tête.

— *Ma petite…*

Richard ferma les yeux comme si ça lui faisait mal, mais je connaissais cette expression. Il ne trouvait pas ça douloureux, bien au contraire. Il trouvait ça trop bon, et ça ne lui plaisait pas.

— Je suis là, répondis-je à voix haute.

— *Tu n'as pas besoin de le dire*, souffla Jean-Claude dans ma tête. *Tu le penses si fort que je l'entends d'ici. Tu n'es pas enceinte.*

Je réprimai l'envie de sautiller de joie sur mon siège.

— *Non, non, je ne suis pas enceinte.*

Je le sentis sourire.

— *Je suis ravi que tu t'en réjouisses à ce point. Ton humeur est légère comme si tu allais t'envoler.*

C'était exactement ce qu'il me semblait aussi. Je ne pus qu'approuver.

Un filet de chaleur s'insinua dans ma tête – le pouvoir de Richard. Mais ce fut tout haut que ce dernier s'adressa à Jean-Claude.

— Vous voulez bien arrêter ça pendant que je suis coincé en voiture avec elle ?

La voix de Jean-Claude parut enfler jusqu'à nous remplir tous les deux.

— *Nous reparlerons de cette bonne nouvelle plus tard.*

Et il s'éclipsa.

Je pivotai dans mon siège pour dévisager Richard.

— Pourquoi ça t'embête que je parle télépathiquement à Jean-Claude ?

— Je ne veux pas de lui dans ma tête pour le moment.

La voix de Noël s'éleva depuis le coffre.

— Désolé, mais je n'arrive pas à étudier quand je sens du pouvoir ramper sur ma peau.

Je reportai mon attention sur Claudia.

— Tu l'as senti, toi aussi ?

La rate-garou frissonna.

— Je sens toujours quand tu fais appel au pouvoir du triumvirat, mais aujourd'hui, ça me paraît plus fort, plus intense, convint-elle.

Elle voulut se frotter les bras, mais Richard, Lisandro et elle étaient tellement serrés sur la banquette qu'elle n'eut pas la place de finir son mouvement. Cela dit, j'avais pigé.

— D'accord, dis-je en me rasseyant face à la route.

Micah me tendit sa main droite, et je la pris. Elle était chaude, mais pas trop. Micah se retenait pour ne pas augmenter le niveau de pouvoir ambiant. Il était déjà arrivé que l'ardeur se manifeste en voiture, et il valait mieux éviter.

Je tins la main de Micah, tentant d'empêcher mon soulagement d'exciter mon pouvoir et, par ricochet, de réveiller sa bête. Nous pouvions échanger nos léopards intérieurs, lui et moi, mais le moment était mal choisi pour ça. Alors, je me concentrai sur mon bouclier pour que mon bonheur délirant ne le fissure pas de toutes parts. Je savais déjà que le chagrin et la colère pouvaient le faire voler en éclats ; je prenais tout juste conscience que la joie pouvait avoir le même effet, pourvu qu'elle soit assez forte.

Je parvins à me maîtriser pendant tout le trajet de retour au *Cirque*. Les marches de l'interminable escalier de pierre volèrent sous mes pieds. Jean-Claude m'accueillit dans le salon ; je lui sautai dessus en l'enveloppant de mes bras et de mes jambes. Je l'embrassai longuement et fougueusement. Lorsque je m'écartai enfin pour reprendre mon souffle, je vis – mais un peu tard – que nous avions de la compagnie.

Auggie était assis sur la bergère, drapé dans un châle de soie noire qui laissait voir ses épaules nues, semblables à deux îlots de chair pâle. Ses boucles blondes étaient en bataille, comme s'il avait nerveusement passé les mains dans ses cheveux. Il portait un bas de pyjama en soie noire dont les jambes étaient un peu trop longues pour lui.

C'était bizarre de qualifier de « charmant » un homme aussi musclé ; pourtant, ce fut l'adjectif qui me vint à l'esprit. En le détaillant, j'éprouvai quelque chose de similaire à ce que je ressentais quand je regardais Jean-Claude. Rien d'aussi riche ni d'aussi profond que mes sentiments pour Jean-Claude, Micah ou même Richard, mais ça ressemblait à cette première bouffée d'amour, quand la passion du tout début commence à s'estomper un peu et que vous vous rendez compte que l'autre vous plaît quand même. Il ne s'agissait pas seulement de désir ; ça allait plus loin que ça.

Je restai plantée là, dévisageant Auggie, et je pensai que ce serait chouette de me réveiller un matin près de lui, tout ébouriffé et si craquant. Bref, j'étais amoureuse de lui. Ça aurait dû me terrifier ou me mettre dans une rage noire, mais ce n'était pas le cas. Et pour une fois, je ne devais pas mon calme au pouvoir de Damian. Peut-être pouvions-nous remédier à ça comme nous avions remédié à l'attirance que j'exerçais sur Requiem. Plusieurs solutions pouvaient être envisagées ; nous en trouverions bien une qui fonctionnerait. Je n'étais pas enceinte. Nous parviendrions à résoudre tous nos autres problèmes.

— Ma petite.

Je me tournai vers Jean-Claude. Dans mon exaltation, je n'avais même pas senti la caresse du satin noir sous mes mains. Il portait sa chemise par-dessus un jean de la même couleur. Or, il faut savoir que Jean-Claude possède très peu de jeans, et il ne les met que lorsqu'il s'attend à pourrir ses fringues, ou pour se donner une image plus accessible vis-à-vis des médias. Ses pieds nus étaient à peine moins blancs que la moquette.

— Ma petite, répéta-t-il.

Cette fois, je levai les yeux vers son visage. Ses boucles noires tombaient sur ses épaules en un désordre très étudié – sa version d'un look décontracté.

—Que ressens-tu à la vue d'Augustin ? me demanda-t-il.

Je voulus me tourner vers l'autre vampire, mais Jean-Claude me saisit le bras et me força à pivoter vers lui.

—Réponds-moi avant de le regarder encore.

—Je pense que ce serait vraiment bien de me réveiller et de le trouver près de moi, tout ébouriffé et à demi nu.

—Est-ce seulement du désir qu'il t'inspire ?

Je secouai la tête.

—Non, non, c'est plus profond que ça. C'est le commencement de l'amour.

—Ça ne semble pas te perturber.

Je souris.

—Je ne suis pas enceinte. Nous trouverons un moyen de résoudre tous nos autres problèmes. Je veux dire… C'est plus ou moins ce que j'ai fait à Requiem avec l'ardeur, non ? Si j'ai réussi à le libérer, un Maître de la Ville ne devrait pas avoir de mal à faire de même pour moi.

—Jean-Claude, que ressentez-vous pour Augustin ? lança Richard, qui était venu juste derrière nous.

—Je le trouve très séduisant, mais curieusement, je ne suis pas amoureux de lui. Et il n'est pas amoureux de moi. J'espérais que ça signifiait que le pire – ou le meilleur – ne s'était pas produit, mais…

Par-dessus ma tête, Jean-Claude dévisagea Auggie. Je me tournai pour suivre la direction de son regard. À cette distance, les yeux anthracite de l'autre vampire semblaient presque noirs.

—As-tu besoin de m'interroger sur ce que je ressens pour ta servante humaine ? s'enquit-il.

Jean-Claude acquiesça.

— Rester assis me demande un effort considérable. Je veux la toucher, la prendre dans mes bras. Si mon cœur pouvait encore battre, il se briserait.

— Pourquoi ? m'enquis-je.

Je fus très surprise d'entendre que ma voix était aussi normale, et de constater que je ne me sentais pas particulièrement inquiète.

— Parce que tu appartiens à un autre, et que je t'aime.

Je fis un pas vers lui, et Jean-Claude ouvrit la main pour me lâcher. Mais Richard me saisit l'autre bras.

— Non, Anita, ne va pas à lui.

— Pourquoi ? demandai-je en levant la tête pour scruter ses yeux bruns.

Il recommença plusieurs fois sa phrase avant d'avouer la seule vérité qui comptait.

— Parce que je ne veux pas que tu y ailles.

Cela m'arrêta bien plus sûrement qu'aucun accès de colère. Je le dévisageai. Je voyais clairement sa douleur, et je ne savais pas quoi faire pour la soulager.

— Tu me partages déjà avec d'autres hommes. Pourquoi tu ne veux pas me partager avec Auggie ?

— Tu n'es pas amoureuse des autres.

Je souris, sursautai légèrement et demandai :

— De qui ne suis-je pas amoureuse ?

Alors, Richard me lâcha comme si ma peau était subitement devenue brûlante.

— Je vais aller me préparer pour le spectacle.

Il se dirigea vers le couloir du fond.

— Il est encore un peu tôt pour te changer, mon ami, fit remarquer Jean-Claude.

Richard secoua la tête.

— Je ne peux pas regarder ça. Je ne peux pas.

— À ton avis, que va-t-il se passer ? demandai-je.

Sans se retourner, il répondit :

— Tu vas encore coucher avec lui. Peut-être avec lui et Jean-Claude. C'était déjà assez pénible de le sentir partiellement, la nuit dernière ; je ne veux pas en plus devoir regarder cette fois.

— Je suis amoureuse de lui, Richard. Ça ne signifie pas qu'on va baiser. Tu es pourtant bien placé pour savoir que je donne mon corps moins facilement que mon cœur.

Il s'arrêta devant la porte du fond et se retourna vers moi pour me dévisager.

— Tu ne te sens pas obligée de coucher avec lui ?

Je secouai la tête.

— J'ai perdu la main, constata Auggie.

Du coup, je pivotai vers lui et le gratifiai d'un sourire. Sourire qu'il me rendit de cet air béat qu'on affiche quand on est complètement mordu de quelqu'un.

— Vous n'avez rien perdu du tout, et vous le savez.

Prenant un air faussement modeste, il eut un geste à mi-chemin entre courbette et haussement d'épaules.

— Si je n'ai rien perdu et que ce que nous éprouvons l'un pour l'autre ne te fait pas peur, viens à moi, Anita.

— Non : vous, venez à moi, rétorquai-je.

Il m'adressa un sourire assez large pour révéler ses crocs, ce qui est très rare chez un vampire de cet âge. Puis il se leva, le châle couvrant toujours sa poitrine pâle.

— Ne faites pas ça, maître !

Octavius, le serviteur humain d'Auggie, contourna la bergère, suivi par le lion-garou Pierce. Sans doute voulaient-ils le prendre en tenaille pour l'empêcher de me toucher. Octavius se planta devant Auggie, dissimulant celui-ci à mon regard.

— Vous êtes le Maître de la Ville de Chicago. Vous n'obéissez à aucune femme. Ce sont elles qui vous obéissent, elles qui viennent à vous.

Gentiment mais fermement, Auggie le poussa sur le côté.

— Ça m'étonnerait que celle-ci le fasse. (Il me dévisagea avec un demi-sourire.) Viendras-tu à moi ?

— Pourquoi le ferais-je ?

De nouveau, il eut ce sourire grimaçant.

— J'ignore si c'est le retour de manivelle de mon propre pouvoir, mais je vois parfaitement ce que tu lui trouves, Jean-Claude. Il faut de l'ambition pour s'attaquer à une cible aussi difficile, et sans doute nuisible pour l'ego. Mais je sens qu'elle vaut tous les efforts que l'on peut consentir pour elle, oh oui, elle les vaut bien.

Il écarta ses hommes pour passer et, d'un geste ample, fit voler son châle, si bien qu'il se retrouva subitement torse nu devant moi. Immédiatement, mon cœur remonta dans ma gorge. Je savais très bien ce que ça faisait d'être clouée par terre sous ce corps, de tenir cette musculature puissante entre mes bras. Je fis un pas en avant. Nous nous serions sans doute rejoints au milieu de la pièce si je n'avais pas brusquement senti une odeur d'herbe chauffée par le soleil et un musc léger… un parfum de lion.

Je fis volte-face, cherchant Travis et Noël du regard. Ils se tenaient près de la porte d'entrée, comme s'ils n'avaient pas osé pénétrer plus avant dans le salon. Et je ne pouvais pas les en blâmer. Mais ce n'était pas eux que je sentais.

Je pivotai dans l'autre sens, vers la porte du fond devant laquelle Richard s'était arrêté. Mais ce n'était pas le pouvoir de Richard qui rampait sur ma peau.

Haven émergea du couloir. Il était de nouveau humain, nu et magnifique. Pour être franche, je le trouvais un peu trop fin à mon goût. Mais ce n'étaient pas ses tablettes de chocolat, ni ses hanches étroites, ni ses longues jambes gracieuses ni même le renflement prometteur de son bas-ventre qui m'attiraient : c'était sa beauté globale. S'il avait été moins séduisant, aurais-je éprouvé la même chose en le voyant approcher ? Aurais-je pu résister à mon envie d'aller à sa rencontre ?

Soudain, ma vue fut bloquée par Travis et Noël. Parmi tous les occupants de la pièce, ils ne figuraient absolument pas sur la liste des personnes susceptibles de s'interposer. Le doux Travis afficha un air très grave pour m'annoncer :

— Notre Rex a dit que vous ne deviez plus le toucher avant de vous être nourrie de l'un de nous.

Derrière eux, je sentais Haven s'approcher.

— Écartez-vous, ordonnai-je.

Travis secoua la tête. Noël avait les yeux écarquillés par la frayeur derrière ses lunettes, mais il ajouta :

— Joseph veut que vous nourrissiez l'ardeur ou que vous nous donniez votre lion avant de le toucher de nouveau.

Je sus que Haven était tout près avant que sa tête apparaisse au-dessus des deux étudiants. Il me dominait tout autant qu'eux, voire davantage, mais je savais qu'il n'avait pas l'intention de m'écarter de son chemin.

Il me toisa de ses yeux bleus, l'air presque affolé. Moi aussi, j'éprouvais un besoin terrible de le toucher. Qu'est-ce qui clochait chez moi ? Je levai la main pour la glisser entre Travis et Noël, et toucher la poitrine nue de Haven. J'en avais trop envie. Je voulais, je devais sentir sa peau sous mes doigts. Et à le voir, il éprouvait la même chose. Que diable se passait-il encore ?

Travis et Noël s'approchèrent l'un de l'autre et s'avancèrent en même temps, me bousculant et me forçant à reculer de quelques centimètres – à m'éloigner de l'homme qui se tenait derrière eux. Je ne voulais pas obéir, et Haven ne le voulait pas non plus. Il tenta de saisir les deux étudiants par le col, mais Travis et Noël durent le sentir, parce qu'ils se jetèrent sur moi et me plaquèrent au sol.

— Poussez-vous ! ordonnai-je.

Je n'avais pas de souci à me faire. Haven se pencha et empoigna Travis par la nuque. Soudain, celui-ci décolla, vola dans les airs et alla s'écraser contre le mur avec un bruit sec. Je sus qu'un de ses os venait de se briser. Et même si je ne comprenais toujours pas ce qui m'arrivait, cela suffit à rompre l'enchantement dont j'étais victime – à m'éclaircir les idées.

Haven se penchait vers Noël. J'enveloppai l'étudiant de mes bras et de mes jambes, et m'agrippai à lui de toutes mes forces. Si Haven voulait le lancer à l'autre bout de la pièce, il devrait me projeter avec lui. Je sais, ce n'était peut-être pas l'idée la plus brillante du monde, mais ce fut la seule qui me vint sur le moment.

Haven empoigna les cheveux bouclés de Noël et lui tira la tête en arrière.

— Lâche-le ! m'époumonai-je.

Haven me montra les dents et mit un genou à terre près de nous.

— Je suis ton lion, tu ne le sens pas ?

Si, je le sentais, mais ça ne lui donnait pas le droit de rompre le cou de Noël, ce qui allait arriver s'il ne le libérait pas très vite.

Je ne pouvais pas dégainer parce que mon flingue était coincé sous le poids de Noël, et que je n'osais pas lâcher prise craignant ce que Haven lui ferait. Alors, je glissai une main dans les cheveux du jeune homme jusqu'à ce que mes doigts rencontrent ceux de Haven.

À l'instant où nous nous frôlâmes, une décharge me parcourut le corps comme si j'avais touché un câble électrique dénudé – une telle quantité d'énergie que je hurlai de douleur. Noël reçut le contrecoup, et son cri fit écho au mien. Haven rejeta la tête en arrière et poussa ùn rugissement rauque, qui s'échappa de sa gorge humaine comme une quinte de toux.

Il baissa vers moi ses yeux devenus dorés comme ceux d'un lion.

— Oh, mon Dieu, oui, oui !

Je secouai la tête et chuchotai :

— Non, non.

Auggie ordonna à Haven de s'écarter de nous – en vain. Octavius était un emmerdeur, mais il avait eu raison sur un point : Haven n'appartenait plus à Auggie. Il n'était peut-être pas encore complètement mien, mais il avait cessé d'être le lion du Maître de la Ville de Chicago.

Richard apparut au-dessus de nous.

— Tu veux qu'on te débarrasse de lui ? demanda-t-il prudemment, avec une expression sinistre et avide.

Je connaissais bien cet air-là : c'était celui que j'affichais quand je cherchais la bagarre. Quand je voulais faire mal à quelqu'un pour me soulager et m'empêcher de réfléchir.

— Oui, répondis-je tandis que l'énergie de Haven traversait mon corps telle une couverture chaude et douloureuse.

— Merci, dit Richard.

Je ne compris pas pourquoi il me remerciait, mais le résultat fut le même. Richard mit un genou à terre face à Haven et saisit le poignet du lion-garou qui tirait toujours la tête de Noël. La pression sur le cou de l'étudiant se relâcha, et il commença à baisser la tête.

Haven se mit à trembler tant il résistait. Mais petit à petit, Richard lui baissa le poignet. C'était comme un bras de fer entre deux personnes de force inégale. Ça n'allait pas vite ; pourtant, l'issue semblait inéluctable. Richard était tout simplement plus fort.

Mais Haven possédait un autre atout qui faisait défaut à Richard : c'était un voyou professionnel. Simultanément, il lâcha les cheveux de Noël et tenta de frapper Richard avec son autre main. Son poing fusa au-dessus de nous trop vite pour que je puisse le suivre du regard. J'eus seulement la sensation d'un déplacement d'air, et une image rémanente après coup.

Mais Richard, lui, dut voir venir l'attaque, parce que celle-ci ne porta pas. Richard roula en arrière et entraîna son adversaire avec lui, tenant toujours le poignet de l'autre homme. Le propre élan de Haven accéléra sa chute, et Richard fit un mouvement que je lui avais enseigné des années auparavant.

Son art martial, c'est le karaté ; le mien, c'est le judo. Mais à sa place, je n'aurais pas réussi à faire un *tomoe-nage*, parce que Haven était à moitié affalé en travers de ses jambes

– pas assez haut par rapport au sol, à moins que vous ayez la force de soulever votre adversaire en posant vos pieds sur son ventre. J'aurais juste fini avec le lion-garou étendu sur moi, ce qui ne m'aurait pas beaucoup aidée. Mais Richard, lui, poussa sur ses jambes et réussit à le projeter.

Haven vola à travers la pièce et s'écrasa contre la cheminée. Richard eut le temps de se mettre debout avant que l'autre se relève et charge. Le combat était engagé.

Chapitre 37

Les deux lutteurs roulèrent par-dessus le canapé et je les perdis de vue l'espace d'une minute.

Noël frissonna sur moi, et pas de plaisir.

— Tu es blessé ? lui demandai-je.

— Anita, vous êtes sur le point de choisir un animal à appeler, me dit-il d'une voix essoufflée par la douleur ou la peur – je ne le connaissais pas assez bien pour dire laquelle des deux.

Je tapotai gentiment les boucles au sommet de son crâne.

— Tu n'as pas les idées claires, Noël.

Je voulus m'asseoir, mais il s'agrippa à moi des quatre fers. Il ne me cloua pas au sol ; simplement, il m'empêcha de me redresser.

Ce fut Richard qui émergea le premier de derrière le canapé. Il titubait, et il avait du sang sur la figure. Haven se releva comme s'il était monté sur ressorts, et les deux hommes se firent face en adoptant une posture de combat. Haven aussi pratiquait au moins un art martial. Voilà qui s'annonçait mal.

— Lâche-moi, Noël.

Il leva la tête. Derrière ses lunettes, ses yeux étaient pleins de frayeur.

— Vous êtes sur le point d'acquérir un nouvel animal à appeler.

— J'ai déjà Nathaniel.

— C'est votre animal à appeler pour le triumvirat que vous formez avec Damian, tout comme Richard est votre animal à appeler pour celui que vous formez avec Jean-Claude.

Richard et Haven se tournaient autour dans la zone dégagée devant la porte du fond. Ils feintaient sans se battre. Chacun prenait la mesure de l'autre. Une fois qu'ils se seraient jaugés mutuellement, ils passeraient aux choses sérieuses, et je ne voulais pas qu'ils en arrivent là.

Noël me saisit par les bras, et je reportai mon attention sur lui.

— Joseph pense que les marques vampiriques vous donnent un animal à appeler pour chacune de vos bêtes – un animal de la même espèce qu'elles.

— C'est impossible.

— Tout ce que vous faites est théoriquement impossible, Anita. Mon Rex espère que si vous vous nourrissez de plus d'un lion, votre pouvoir ne se liera à aucun d'eux en particulier.

Travis tomba à genoux près de moi, m'empêchant de voir Richard et Haven dont l'agressivité croissait à chaque seconde. L'étudiant serrait un bras contre sa poitrine. Il était blessé à la tempe, et son sang poissait ses boucles d'un brun doré.

— Mais si vous devez absolument vous en attacher un, Joseph préférerait que la plus grande puissance surnaturelle locale ne choisisse pas un lion qui tenterait de s'emparer de sa fierté.

Je me sentais un peu ridicule de tenir cette conversation allongée par terre avec un quasi-inconnu vautré sur moi, mais je ne voyais pas comment me redresser sans malmener Noël, qui l'avait déjà été suffisamment par Haven.

— Pourquoi Joseph vous a-t-il envoyés à moi ?

Travis haussa les épaules, frémit et se recroquevilla sur lui-même, protégeant son bras de son dos voûté.

— Notre priorité consiste à empêcher que vous vous liiez avec le type aux cheveux bleus, là-bas. Nous sommes censés faire n'importe quoi pour éviter que ça arrive.

Je les dévisageai tous les deux.

—Vous êtes des gamins. Croyez-moi, vous n'avez aucune envie de vous attacher à moi pour toujours.

—Je n'ai que cinq ans de moins que vous, répliqua Travis. Et j'en compte deux de plus que Nathaniel.

—Mais Nathaniel avait besoin de moi. Vous, vous avez été désignés volontaires.

Noël se redressa en appui sur ses bras tendus. J'avais de nouveau accès à mon flingue. Je ne voyais pas de quelle façon ça pourrait m'aider, mais c'était toujours ça de pris. Dans cette position, le bas du corps de Noël pressait plus fort contre le mien, mais pour une fois, ça n'avait rien d'érotique.

—Notre fierté fonctionne bien, Anita. C'est notre refuge, notre foyer. J'ai senti le pouvoir du type aux cheveux bleus quand il approchait dans le couloir. En ce moment, je le sens émaner de lui en vagues. (Noël se passa la langue sur les lèvres.) Joseph est puissant, mais je ne suis pas tout à fait certain qu'il le soit plus que lui.

—Laisse-moi m'asseoir, Noël.

Il jeta un coup d'œil à Travis, qui hocha la tête et grimaça comme si ce simple mouvement lui avait fait mal. Noël recula pour que je puisse m'asseoir, mais il resta agenouillé entre mes jambes – sans doute pour pouvoir me retenir si je tentais à nouveau de me diriger vers Haven.

Le combat était engagé désormais. Combat avec un grand C, dans la mesure où les adversaires n'essayaient pas de s'entre-tuer. Jamais je ne pourrais me battre comme ça, avec une telle brutalité, et réussir à encaisser les coups. C'était un combat de mecs qui avaient quelque chose à prouver. J'avais demandé de l'aide pour qu'on me débarrasse de Haven et de la menace qu'il représentait envers les autres hommes présents dans la pièce.

Le poing de Haven pénétra la garde de Richard, qui fit deux pas titubants en arrière mais courba le dos de sorte que les coups suivants de son adversaire n'atteignirent que ses épaules et ses bras. De son côté, Richard parvint à porter deux attaques qui plièrent Haven en deux. Il enchaîna par un direct au menton, et Haven bondit en arrière pour esquiver l'assaut suivant.

Richard ne lui laissa pas le temps de se ressaisir : il se lança dans une série de coups de pied d'une rapidité aveuglante, qui forcèrent l'autre homme à s'accroupir dans une posture défensive contre le mur du fond. Richard était en train de gagner. Je n'aurais pas cru.

Noël toucha ma joue et ramena mon regard vers son visage tuméfié.

— Anita, je vous en prie, ne le touchez pas avant d'avoir au moins essayé l'un de nous.

Je tournai le regard vers Richard pour voir où il en était. Contre le mur, Haven s'efforçait juste d'esquiver ses coups de pied. Il n'essayait même plus de riposter.

Je détaillai les blessures de Travis, le visage si effrayé de Noël. Effectivement, la fierté de Joseph fonctionnait bien. C'était l'un des rares groupes de métamorphes locaux dont les membres menaient une existence presque ordinaire. Pas de luttes de pouvoir intestines ; pas besoin d'engager des gardes du corps. Les gens de Joseph étaient des humains d'abord et des animaux ensuite. Si Haven restait à Saint Louis, alimenté par le pouvoir dont je bénéficiais à travers les marques de Jean-Claude, le monde des lions partirait-il en fumée ?

— Tu penses vraiment que Joseph perdrait le combat ? demandai-je à Noël.

Ce fut Travis qui répondit.

— Il ne se bat pas aussi bien que votre Ulfric, dit-il comme s'il s'agissait d'un simple fait, et qu'il n'y avait aucune raison d'en avoir honte.

C'est la plus grande différence entre les loups et les lions. Chez les métamorphes, les grands félins se préoccupent moins de domination que de ce qui est bon pour l'ensemble du clan. Alors que pour les loups, les forts ont toujours raison, et les faibles finissent toujours morts.

Un jour, quelqu'un m'a suggéré que c'était parce que les loups-garous avaient été, plus que n'importe quel autre groupe de métamorphes, influencés par la culture viking. C'est une explication possible. Parce que chez les vrais animaux, les loups ne sont pas plus vicieux que les lions ou les léopards, loin s'en faut.

— Attendez une minute, protestai-je. Joseph a déjà gagné contre Haven.

— Joseph a eu de la chance, dit Travis en désignant les deux combattants. Il a eu beaucoup de chance.

Richard avait forcé l'autre homme à se recroqueviller en boule contre le mur. Haven avait renoncé à rendre les coups et s'efforçait simplement de limiter les dégâts subis.

Alors, Richard fit quelque chose de typique chez lui. Il recula. La bataille était terminée à ses yeux. Et puisqu'il ne comptait pas tuer Haven, elle aurait dû l'être. Mais Haven était l'exécuteur des basses œuvres d'un parrain. Il s'agit d'une tout autre mentalité.

— Reste à terre, ordonna Richard d'une voix lasse, bien que pas spécialement fatiguée.

Haven se dressa sur ses genoux en secouant la tête.

— Je ne peux pas.

— Tu n'as aucune chance de gagner.

— Peu importe. Je dois me lever.

— Reste à terre, répéta Richard.

— Non.

Haven prit appui sur le mur pour se relever. Il tomba de nouveau à genoux, et posa une main sur le mur pour se retenir tandis qu'il vacillait.

— Reste à terre, Haven, dis-je à mon tour.

— Peux pas, marmonna-t-il.

Et il se ramassa sur lui-même pour bondir.

Il sauta si vite que sa silhouette se brouilla. Malgré les dommages encaissés, il demeurait dangereux. Richard l'évita sans difficulté et le laissa retomber lourdement sur le sol.

— Ce combat est terminé, décréta-t-il.

Ce fut alors qu'il commit une erreur. Il tendit la main à Haven pour l'aider à se redresser.

J'eus juste le temps de crier : « Non ! », sans vraiment savoir à qui je m'adressais.

Haven mit ses ultimes forces dans un coup de pied destiné à déboîter le genou de Richard. Celui-ci parvint à esquiver en partie seulement. Sa jambe céda sous lui, et il s'écroula.

En un clin d'œil, mon flingue se retrouva hors de son holster et braqué devant moi. Je me relevai. Si Haven avait enchaîné, je lui aurais tiré dessus. Mais il se laissa tomber sur le dos comme si ce dernier coup l'avait vidé de toutes ses forces.

— Ce combat est terminé, dis-je, juste au cas où.

— Ouais, grogna Haven d'une voix pleine de douleur. Maintenant, il l'est.

Je le visai le long du canon de mon flingue, qu'il ne semblait pas avoir remarqué – ou s'il l'avait remarqué, il ne réagissait pas à sa présence. La plupart des gens n'aiment pas trop qu'on les tienne en joue. Si Haven partageait ce sentiment, il n'en laissa rien paraître.

— Je commence à croire que tu ferais mieux de rentrer à Chicago, repris-je.

— Pourquoi ? Parce que j'ai blessé ton petit ami ?

— Non. Parce que tu as blessé deux personnes qui ne pouvaient pas se défendre. Et aussi parce que le combat était terminé, et que tu n'avais rien à gagner en frappant Richard encore une fois.

— Je lui ai fait mal. C'est toujours ça de pris.

Je secouai la tête.

— Ce n'est pas ainsi que nous agissons dans cette ville.

Haven gisait sur le dos, couvert de sang et trop crevé ou trop amoché pour se redresser. Il haletait encore.

— Dis-moi quelles sont les règles ici, et je les suivrai. Demande à Augustin. J'obéis aux règles, une fois qu'on me les a bien expliquées.

Sans le quitter des yeux, je lançai :

— C'est vrai, Auggie ? Il obéit aux règles, une fois qu'on les lui a bien expliquées ?

— Oui, à condition qu'il connaisse aussi les conséquences en cas d'infraction.

Cette seule réponse me fit savoir que j'aurais dû renvoyer Haven à Chicago. Mais je ne pouvais pas. Je le regardais saigner après l'avoir vu agresser les deux jeunes lions-garous et prendre Richard en traître, et j'avais quand même envie de me jeter sur lui pour le baiser sauvagement. Et merde.

Je calmai ma respiration et pointai mon flingue sur son nez. Ses yeux étaient redevenus humains, d'un bleu qui semblait presque artificiel comparé au rouge du sang autour. Je déglutis péniblement et me concentrai. D'une voix douce, mais qui résonna étrangement à travers la pièce comme si tout le monde avait fait le silence, je dis :

— Les règles sont les suivantes : on ne touche pas aux faibles. Je n'ai que faire d'une grosse brute. Si tu te bats et que tu perds, comme ce soir, tu admets ta défaite, et tu n'essaies pas de porter un dernier coup en traître. Ça, c'est bon pour les combats de rue. Nous sommes plus civilisés.

— Tu ne vas pas me tirer dessus, déclara Haven comme s'il en était absolument sûr.

Je me sentis sourire, de ce sourire qui me fout la trouille quand je l'aperçois dans un miroir. Il est cruel, il dit : « Non seulement je n'hésiterais pas à te descendre, mais je prendrais mon pied en le faisant. » Lorsqu'il vit mon expression, Haven eut l'air d'hésiter. Bien.

— Oh, je te tirerai dessus. Je te tuerai même, s'il le faut.

— Tu n'as pas envie de me toucher ? demanda-t-il, moins essoufflé à présent.

— Si, répondis-je. J'ai envie d'arracher mes fringues et de me rouler sur toi comme pour te marquer avec mon odeur. (Je hochai légèrement la tête.) Je sens l'appel de ton pouvoir, Haven.

— Si tu me tues, tout ça disparaîtra.

— Tant pis. Je ne fais jamais d'exception à mes propres règles, Haven. Ni pour le sexe, ni pour le pouvoir, ni par amour.

Si je ne lui tirais pas dessus très bientôt, j'allais devoir baisser mon flingue. Un petit conseil de sécurité : si vous devez vous lancer dans un long discours pour impressionner quelqu'un, assurez-vous d'être dans une position confortable pour tirer avant d'ouvrir la bouche. Mes bras ne tremblaient pas encore, mais ça ne tarderait plus.

— Demande aux hommes de ma vie. Je ne fais jamais d'exception.

Je le vis réfléchir – envisager de se relever et de s'avancer vers moi pour me tester.

— Ne fais pas ça, Haven.

— Ne fais pas quoi ? interrogea-t-il d'un air innocent qui lui allait très mal.

— Ne me teste pas. Pas maintenant. Sinon, j'appuie sur la détente.

— Pourquoi ? Je ne te ferai pas de mal. J'essaierai juste de te prendre ton flingue.

— Et moi, je tirerai pour me faire comprendre. J'ai énoncé mes règles. Tu les respectes, et je te laisse vivre. Tu les enfreins, et je te bute.

— Je ne te crois pas.

J'expulsai tout l'air de mes poumons, et soudain, tenir à deux mains mon arme tendue devant moi ne me parut plus si difficile. J'étais totalement concentrée et prête à tirer. Je me sentis glisser à l'intérieur de cet espace blanc, plein d'électricité statique, dans lequel je me replie pour tuer.

J'ignore quelle tête je fais dans ces moments-là, mais Haven le vit, lui. Sa belle certitude s'envola, la tension se relâcha. Il resta allongé par terre, parfaitement immobile comme s'il avait un peu peur de bouger, tout à coup. Bien.

— Tu respectes mes règles, ou tu dégages, dis-je d'une voix étranglée, parce que je n'avais plus d'air dans les poumons.

Haven se passa la langue sur les lèvres. Très doucement et très prudemment, en prenant bien garde à ne rien bouger d'autre que sa bouche, il dit :

— Je respecte tes règles.

— Si je range mon flingue, vas-tu te jeter sur moi et essayer de me faire du mal ?

— Non.

— Pourquoi ? demandai-je en continuant à le braquer.

— Parce que tu me tueras.

— Tu en es sûr ?

Quelque chose passa dans ses yeux – de la douleur, de la peur, ou un sentiment approchant.

— Je connais cette expression, celle que tu as en ce moment. Je la connais, parce que j'en ai une identique. Tu me tueras, et je ne veux pas te tuer. Si je n'ai aucune chance de gagner, je préfère m'abstenir de jouer.

Je fixai mes yeux sur lui une seconde encore, envisageant de presser la détente. D'abord parce que j'étais prête, ensuite parce que j'étais presque certaine que Haven allait nous causer des ennuis. Mais au final, je baissai mon flingue et reculai – en prenant bien garde à ne pas lui tourner le dos. Je ne lui tendis pas ma main pour l'aider à se relever, et personne d'autre n'en prit l'initiative.

Chapitre 38

Je mis un genou à terre devant Richard. Mon flingue n'était plus braqué sur Haven, mais je ne l'avais pas rangé. Nous n'étions pas assez loin du lion-garou pour ça. Dire que je n'avais pas confiance en lui aurait été un doux euphémisme. Mais le plus affreux, c'est que même si je savais qu'il était dangereux et qu'il avait tenté de blesser Richard juste pour le plaisir de le faire souffrir, une part de moi avait encore envie de le toucher. Une part de moi voulait le rejoindre et lécher le sang de ses blessures. Mais l'image dans mon esprit n'était pas celle de mon moi humain. C'était celle d'une énorme lionne dorée. Je secouai la tête très fort pour la chasser.

J'observai Richard. Il était penché sur sa jambe, les mains au-dessus de son genou qu'il s'efforçait de ne pas toucher comme si ça lui faisait trop mal. Ce n'était pas bon signe.

Je jetai un coup d'œil à Haven. Je voulais éviter qu'il se relève sans que je m'en aperçoive. Si je devais lui tirer dessus, je ne voulais pas que ce soit parce qu'il m'avait surprise et que mes années d'entraînement avaient pris le dessus. Non : si je devais le descendre, je voulais que ce soit à dessein.

— Comment va ton genou ? demandai-je à Richard.

— La rotule n'est pas déboîtée, répondit-il, les dents serrées. Mais ça fait mal.

J'appelai Claudia. Elle s'approcha de nous.

— Il nous faut un médecin. (Je pensai au bras de Travis.) Voire deux.

— Le docteur Lillian est déjà en route.

Le docteur Lillian est une rate-garou, et le médecin le plus populaire auprès des métamorphes de Saint Louis pour traiter les urgences médicales dont nous préférons qu'elles restent entre nous.

— Parfait.

Je luttai contre l'envie de lever les yeux vers Claudia et continuai à observer Haven. Il n'avait pas l'air de vouloir faire grand-chose à part demeurer allongé là et continuer à saigner, mais je préférais être sûre. Et pour ça, je devais le garder à l'œil.

— Vous pourriez mériter votre salaire et le surveiller pour moi ? demandai-je sans chercher à dissimuler l'irritation dans ma voix.

— Oui, chef.

Claudia fit un signe. Lisandro, Ixion et Graham vinrent entourer le lion-garou tombé à terre. Celui-ci ne parut pas s'en apercevoir. S'était-il évanoui ? Peu importait : ce n'était pas mon problème le plus urgent.

Je pus rengainer mon flingue sans avoir tiré, ce qui ne m'arrive pas souvent. Je touchai le visage de Richard.

— Le médecin arrive.

Il se contenta d'acquiescer, la figure blême et crispée de douleur.

Je levai les yeux vers Claudia.

— Tu peux m'expliquer ce que vous foutiez pendant que Haven tabassait Travis et Noël ?

— Si je te réponds « rien », tu vas mal le prendre ?

Je me relevai.

— Oui.

Elle me regarda sans bouger un seul muscle facial, comme le font les flics quand ils ne veulent pas que vous deviniez à quoi ils pensent, même si je savais qu'elle n'avait jamais bossé dans la police.

— C'était une lutte de domination. Nous ne sommes pas autorisés à intervenir dans les affaires des autres espèces.

— Il ne s'agissait pas de désigner un nouveau chef ni rien de ce genre, protestai-je.

Claudia me dévisagea comme si quelque chose m'avait échappé. Le regard que je lui rendis dut être assez éloquent : non, je ne savais pas du tout à quoi elle faisait allusion, bordel. Elle soupira.

— Parfois, j'oublie combien tu peux être aveugle à ce qui crève les yeux.

— Qu'est-ce qui crève les yeux ?

— Ton Ulfric vient de faire valoir qu'il dominait ce type. (Baissant les yeux, elle sourit à Richard.) Franchement, je ne pensais pas qu'il en serait capable, admit-elle avec une pointe d'admiration réticente dans la voix. (Du pouce, elle désigna Haven.) Si tu as l'intention de le garder, il fallait que quelqu'un établisse sa domination sur lui. Les mecs dans son genre, il faut les forcer à respecter la hiérarchie.

— Tu veux dire, la hiérarchie de la fierté locale ?

Elle secoua la tête.

— Anita, si tu comptes ajouter ce type à la liste de tes amants, il fallait que quelqu'un lui file une raclée, au moins une fois, pour qu'il sache qui commande.

— C'est moi qui commande.

Elle me sourit.

— Je t'aime bien, Anita. Je te respecte, et je t'obéis. Mais un type comme Haven ne verra en toi qu'un morceau de viande à baiser. À moins que tu sois personnellement capable de lui mettre la pâtée, il ne t'écoutera pas. Oh, il te dira ce que tu veux entendre, mais… Tu dois penser à Nathaniel, à Micah et à Damian. Tu t'es entourée de beaucoup de soumis. Ce serait une très mauvaise idée de ramener un lion à la maison pour le faire jouer avec tes chatons, à moins d'avoir un gros chien pour maintenir l'ordre.

Je fronçai les sourcils.

— Le gros chien, c'est Richard ?

— L'exemple est peut-être mal choisi, mais c'est le meilleur qui m'est venu en tête.

— Tu penses vraiment que Haven ne me respecterait pas ?

Claudia secoua la tête.

— Ce type est un fouteur de merde, Anita. Ça se sent.

— Tu crois que je devrais le renvoyer chez lui ?

Surprise, elle écarquilla ses yeux sombres.

— Pourquoi tu me demandes ça ?

— Parce que j'ai confiance en ton jugement, et parce que tu es la seule autre femme ici.

— Pourquoi as-tu besoin de l'opinion d'une femme ?

— Parce que j'en ai ras-le-bol de toute cette testostérone.

Elle eut un sourire grimaçant.

— Sur ce coup-là, je suis probablement du même avis que les gars. Les œstrogènes ne me rendent pas idiote, et il faudrait être stupide pour vouloir garder ce Cookie Monster ici. Il pourrait faire un garde du corps potable, si on lui expliquait bien les règles, mais de là à le ramener chez toi pour en faire ton amant… non.

Je hochai la tête.

— C'est aussi ce que je pense.

— Alors, pourquoi m'avoir posé la question ?

Je m'enveloppai de mes bras.

— Parce que même en sachant tout ça, j'ai envie de le toucher.

Claudia eut un haussement d'épaules qui fit rouler tous les muscles de son torse.

— Alors, tu es dans la merde.

— Tu ne peux pas avoir envie de le garder, dit Richard d'une voix tendue. Pas maintenant ; pas après ce qui vient de se passer.

Je m'agenouillai près de lui. Il me saisit la main, si vite et si fort que je sursautai.

— Je ne veux pas le garder.

Je le vis tenter de réfléchir par-delà la douleur.

— Mais…, devina-t-il.

— Mais je ne peux pas toujours faire ce que je veux.

Sa main se crispa sur la mienne, et je dus me retenir de crier.

— Transforme-toi, Richard. Tu guériras si tu te transformes.

Il secoua la tête.

— Si je fais ça, je devrai passer au moins quatre heures sous ma forme animale. Un loup ne peut pas assister à un ballet.

— De toute façon, tu n'apprécieras guère le spectacle dans ton état.

Sa main se détendit dans la mienne. Un instant, il se contenta de tenir cette dernière en me dévisageant comme s'il essayait de graver mes traits dans sa mémoire.

— Tu préfères que je reste ici ?

Je fronçai les sourcils.

— Pourquoi cette question ? Tu sais bien que je veux que tu viennes.

Il esquissa un sourire qui s'acheva en frémissement de douleur.

— Tu dois déjà jongler avec beaucoup d'hommes. Ce serait peut-être plus facile pour toi avec un de moins.

Je posai sa main sur ma poitrine et lui touchai la joue.

— Tu n'es pas parti du principe que j'avais besoin d'aide pour gérer Haven. Tu m'as demandé d'abord, et tu as attendu que je te réponde. Je sais que tu avais envie de bondir dans la mêlée pour l'envoyer valdinguer. Merci d'avoir demandé et attendu.

Richard eut une grimace qu'il tenta de transformer en sourire.

— Ravi que tu sois contente, mais ma retenue a coûté une fracture du bras à Travis. Si on continue à abîmer ses lions, Joseph ne voudra plus nous en prêter.

Cela me fit sourire.

— Bonne remarque. Mais ma lionne intérieure cherche quelqu'un de puissant.

Je regardai le mur parce que je sentais la bête se mouvoir en moi, comme si elle arpentait la prison de mon corps. Je ne voulais pas endurer une autre quasi-métamorphose. Je portai la main de Richard à mon nez pour la renifler, mais cela ne m'aida pas. Oui, c'était Richard, mais il avait touché Haven, et l'odeur du lion se mêlait à celle du loup sur sa peau. Une chaleur piquante et désormais familière commença à enfler en moi. Je lâchai la main de Richard et me levai.

— Qu'est-ce qui ne va pas ? s'enquit Claudia.

— Sa bête essaie de sortir une nouvelle fois, devina Richard.

Je hochai la tête et m'écartai de lui. Je voulais mettre le plus de distance possible entre moi et tout ce qui me rappelait Haven. Ça ne ressemblait pas du tout à la fois où j'avais lié Nathaniel. Cette attirance instantanée, c'était plutôt…

Je pivotai et faillis bousculer Micah. Il se tenait beaucoup plus près que je ne le croyais, mais il avait eu le tact de ne pas intervenir dans mon échange avec Richard. Je sentis mes yeux s'écarquiller. Je lui tendis les bras. Le loup et la lionne en moi se calmèrent ; en revanche, le léopard bondit, en un mouvement qui me plia presque en deux. Micah me rattrapa, me soutint et m'aida à me redresser. Mais mon léopard intérieur l'appréciait beaucoup trop. Je dus le repousser.

Je trébuchai, et cette fois, ce fut Jean-Claude qui me rattrapa. Je m'accrochai à lui, enfouis mon visage contre sa poitrine et inspirai profondément. J'allai jusqu'à déchirer sa chemise en soie pour coller mon nez sur sa peau nue. Je me remplis de son odeur comme s'il était une bonbonne d'air et que je suffoquais. Son eau de Cologne avait un parfum douceâtre et coûteux, mais ce n'était pas d'elle que j'avais besoin : c'était de l'odeur de la peau de Jean-Claude, qu'elle couvrait partiellement. Cette odeur m'éclaircit les idées et m'aida à renvoyer mes bêtes dans leur caverne.

Je frottai mon nez le long de sa brûlure en forme de croix, désormais lisse et brillante. Jean-Claude ne considère pas cette cicatrice comme une imperfection, et moi non plus. Ça fait un truc de plus avec lequel jouer quand j'embrasse sa poitrine.

Il me serra très fort contre lui et chuchota :

— J'ai senti ta peur s'embraser, ma petite. Que se passe-t-il ?

Je parlai le visage toujours enfoui contre son torse.

— J'essaie de ne pas faire de Haven mon animal à appeler.

Jean-Claude me caressa les cheveux pour me réconforter, comme si j'étais une gamine qui venait de faire un cauchemar – sauf qu'à la fin de ce cauchemar-là, je ne me réveillerais pas.

— Tu es attirée par Haven et lui l'est par toi, ma petite. Tu as brisé son lien avec Augustin.

J'acquiesçai, le front contre sa poitrine.

— Oui, mais il n'était pas l'animal à appeler d'Auggie, juste un de ses lions.

Je sentis Jean-Claude regarder derrière lui.

— C'est exact, lança Auggie, qui s'était levé pour nous rejoindre. Haven est lié à moi, mais pas en tant qu'animal à appeler.

J'acquiesçai de nouveau sans lever la tête. Je ne voulais pas voir la poitrine nue d'Auggie. Je ne voulais pas me laisser distraire par un nouveau problème métaphysique. Un seul à la fois, c'était bien suffisant.

— Jean-Claude, demandai-je, comment je faisais avec les léopards avant d'avoir un animal à appeler ?

— Je ne comprends pas, ma petite. Que… ?

Puis il se figea. Il me tenait toujours dans ses bras. Je m'agrippais toujours à lui, me remplissant de l'odeur de sa peau, mais son cœur avait cessé de battre, et il ne respirait plus. Il avait adopté cette immobilité parfaite qu'adoptent parfois les vieux vampires, et cette fois, il l'avait fait pendant que j'étais contre lui. Ce n'était encore jamais arrivé. Jusqu'à ce que son cœur s'arrête, je n'avais même pas eu conscience qu'il battait.

Du coup, je levai les yeux vers lui. Je scrutai son visage sublime, et celui-ci me parut plus irréel que jamais, semblable à un masque. Ce n'était pas moi qu'il regardait, mais quelque chose ou quelqu'un derrière moi.

Je tournai la tête. Micah se tenait près de nous. Il nous observait avec une expression très éloquente. De toute évidence, il venait d'avoir la même idée affreuse que moi.

Je passai ma langue sur mes lèvres et chuchotai :

— Les lions ont-ils un nom pour désigner leur reine ?

D'une voix forte, Micah répondit :

— Je l'ai senti, quand tu l'as vu entrer tout à l'heure. Il ne sera pas ton animal à appeler. Il sera le Rex de ta Regina.

CHAPITRE 39

Richard retourna dans la chambre de Jason. Le docteur Lillian l'avait bourré de calmants pour qu'il dorme et récupère. Je dus lui promettre de placer devant sa porte des gardes en lesquels j'avais confiance, afin qu'aucun de nos « invités » ne puisse lui rendre visite pendant qu'il était drogué et vulnérable. Cela me parut une requête raisonnable. Si pragmatique, en fait, que je repris espoir. Peut-être Richard commençait-il à comprendre que sa vie n'était pas un rassemblement scout…

Selon Lillian, si Richard avait été humain, il aurait été bon pour faire un tour aux urgences et se déplacer avec des béquilles pendant plusieurs semaines. Mais il n'était pas humain, et deux heures de sommeil suffiraient à guérir le plus gros des dégâts. Pourquoi n'avais-je pas tenté de le soigner métaphysiquement ? Parce que Richard n'a jamais accepté que j'utilise ma magie pour ça. C'est son choix, et je le respecte. Et puis, il s'était très bien comporté pendant la dernière heure – depuis que j'avais cessé de le houspiller.

Haven gisait inconscient dans la chambre d'amis où il avait passé la nuit, sous la surveillance d'une garde renforcée. Il n'irait nulle part pendant quarante-huit heures au moins, avait déclaré le docteur. Ce qui me convenait parfaitement. Moins je verrais le Cookie Monster, mieux je me porterais.

J'avais recommencé à m'agiter et à faire les cent pas dans la pièce, mais Jean-Claude me toucha, et Auggie nous rejoignit.

Je m'allongeai sur le canapé entre eux deux, qui restèrent assis. Tout à coup, je me sentais étrangement sereine.

— Vous avez roulé mon esprit, n'est-ce pas ?

— Tu es capable de me bloquer, ma petite. Il te suffit de décider que tu ne veux pas de moi dans ton esprit, et je serai obligé de me retirer. Mais j'ai pensé que tu avais besoin de te calmer.

Je ne pouvais pas prétendre le contraire. Je tournai la tête que j'avais posée sur les cuisses de Jean-Claude pour observer Auggie qui tenait mes jambes sur les siennes.

— Il vous aide, devinai-je.

— Un tout petit peu, admit Auggie avec une expression faussement modeste.

— Vous devriez vraiment renoncer à jouer le type humble. Ça ne vous va pas du tout.

Il écarquilla de grands yeux qui se voulaient innocents. Mais là encore, c'était raté.

— Veux-tu dire que tu ne me trouves pas humble ?

Il eut un sourire qui réduisit à néant tous ses efforts pour se donner l'air inoffensif, un sourire qui disait qu'il pensait à des choses répréhensibles – délicieuses, mais répréhensibles.

— Vous ne reconnaîtriez pas quelqu'un de vraiment humble s'il vous mordait la fesse gauche.

Il s'esclaffa, la bouche grande ouverte. Sans la pointe visible de ses crocs, j'aurais trouvé son rire très humain. Un jour, Jean-Claude m'a expliqué que les vampires apprennent à maîtriser l'expression de leur visage, la tonalité de leur voix et jusqu'à leur moindre réaction pour dissimuler ce qu'ils pensent à leur maître. Parce que toute émotion forte risque d'être utilisée contre eux.

Au bout de quelques siècles, ils oublient comment rire pour de vrai, comment sourire parce qu'ils sont heureux plutôt que pour obtenir quelque chose en retour. Ils ne pratiquent plus le langage non verbal que pour séduire, c'est-à-dire avec une idée derrière la tête – par intérêt. Mais Auggie, lui, semblait encore capable de rire spontanément.

Je dévisageai Jean-Claude.

— Son rire… il est réel, ou il fait partie de son arsenal de séduction ?

— Demande-lui, ma petite.

Je reportai mon attention sur Auggie.

— Alors ?

— Alors quoi ?

— Votre rire : réel ou factice ?

Le vampire haussa ses larges épaules. Le châle noir qu'il avait ramassé et de nouveau drapé autour de lui glissa le long de ses bras. À cette allure, il serait bientôt torse nu. Je ne savais pas si j'attendais ce moment avec impatience ou si je voulais demander à Auggie de se couvrir un peu mieux que ça. Je brûlais d'envie de le voir nu, ce qui me donnait très envie d'éviter de le voir nu. Je sais : ça ne paraît pas très logique, mais quand j'éprouve un désir aussi fort, je me méfie.

Je sentis une odeur de vanille, de vanille tiède. Nathaniel arrivait. J'entendis courir des pieds nus, et l'instant d'après, le métamorphe jaillit dans les airs. Il retomba à quatre pattes au-dessus de moi, sans me toucher vraiment. Ce n'était pas la première fois qu'il faisait ça, mais ça me surprenait toujours.

Je poussai un petit glapissement aigu, un son typiquement féminin que je déteste entendre sortir de ma gorge. Nathaniel éclata d'un rire qui illumina tout son visage. Je voulus bouder parce qu'il m'avait fait peur, mais impossible. Ma mauvaise humeur s'évapora face à sa proximité et au contact apaisant des deux vampires.

— Tu n'es pas enceinte, dit Nathaniel.

Je secouai la tête et ris aussi. Soudain, je me souvins du soulagement merveilleux que j'avais ressenti jusqu'à ce que Haven se mette à déconner. La présence de Nathaniel le faisait rejaillir.

Nathaniel se laissa tomber sur moi de tout son long. Il m'embrassa, et je lui rendis son baiser. Mes mains glissèrent sur le renflement chaud de ses muscles, dans la tiédeur soyeuse de sa chevelure détachée et répandue sur nous deux. Son corps ne tarda pas à réagir à notre étreinte, et son baiser se fit plus pressant.

— S'ils font l'amour sur nos genoux, on peut participer ? lança Auggie.

Je m'écartai de Nathaniel, qui ne chercha pas à me retenir mais ne se poussa pas non plus, de sorte que je dus rabattre sur un côté la masse de ses cheveux auburn pour pouvoir dévisager Auggie.

— Certainement pas.

— Dans ce cas, je ne sais pas où mettre mes mains.

Regardant par-dessus l'épaule de Nathaniel, je vis que l'endroit le plus commode eût été les fesses du métamorphe, dont les rondeurs émergeaient de l'océan de sa chevelure tels deux îlots jumeaux.

Auggie souleva une épaisse mèche auburn et la frotta contre sa joue.

— Je n'avais pas vu de cheveux pareils depuis un siècle. Ils font resurgir des souvenirs, même si les précédents appartenaient à une femme. (Il baissa les yeux vers Nathaniel.) Jamais encore je n'avais vu de cheveux aussi longs chez un homme.

Je n'aimais pas la façon dont il regardait Nathaniel ; cela dit, je ne pouvais pas lui en vouloir. Ce n'était pas Auggie qui s'était jeté à poil sur nos genoux. Je poussai sur la poitrine de Nathaniel.

— Bouge de là.

Le métamorphe me jeta un regard à la fois innocent et lubrique avant de rouler sur le sol. Oui, il avait voulu me surprendre, mais il est exhibitionniste, et il adore flirter. Ça ne signifie pas nécessairement qu'il veut coucher avec les gens, juste qu'il aime les voir réagir à la proximité de son corps.

Du moins, c'est ce que nous pensons, Micah et moi. Il est tout à fait possible que Nathaniel lui-même ignore pourquoi il se comporte ainsi.

Micah apparut derrière le canapé.

— Ton léopard intérieur n'a pas tenté de sortir quand Nathaniel t'a touchée, fit-il remarquer.

— Non, en effet.

Je voulus le regarder, mais la tête de Jean-Claude me bouchait la vue. Micah se déporta légèrement sur sa gauche, de façon à se tenir entre les deux vampires.

— Tout à l'heure, tu m'as touché beaucoup moins que ça, et ça a suffi à exciter ton léopard, poursuivit-il.

— Essaie encore, dis-je en lui tendant une main.

Il hésita comme s'il redoutait ce qui allait suivre, mais finit par prendre ma main. J'attendis que ma bête se manifeste. Rien – juste la main de Micah dans la mienne. Je la pressai doucement, et il me sourit. Quelque tension s'évapora de lui, comme s'il avait retenu son souffle jusque-là.

Pourtant, il avait encore l'air grave, presque triste. Était-il jaloux ? Le plus partageur des hommes de ma vie était-il en train de craquer ? Aucune anxiété n'accompagna cette pensée. Grâce au pouvoir de Jean-Claude, ce n'était que ça : une pensée, sans aucune résonance émotionnelle. Mais je voulais rassurer Micah.

Je m'assis en tirant sur son bras pour qu'il se penche vers moi. Nous nous embrassâmes, mais très vite, il se redressa. L'ombre d'une inquiétude planait toujours dans ses yeux vert-jaune. Je voulais la chasser. Je voulais que Micah sache à quel point il comptait pour moi.

L'empoignant à deux mains, je le fis à demi basculer par-dessus le dossier du canapé pour lui donner le baiser qu'il méritait. Je léchai et dévorai sa bouche comme s'il était une drogue et que j'avais besoin de ma dose. Bien que réticent au début, il finit par s'abandonner et par se laisser tomber sur moi – sur nous tous. Quand il releva la tête en riant, il n'y avait plus aucune trace d'inquiétude dans ses yeux.

Nous nous esclaffâmes tous ensemble : Micah et moi, mais aussi Nathaniel et Auggie dont la bouche grande ouverte révélait ses crocs. Le rire de Jean-Claude se déversa sur nous telle une substance chaude et sucrée que nous aurions presque pu lécher sur notre peau. La sensation étrangla mon souffle dans ma gorge. Micah frissonna de la racine des cheveux jusqu'à la pointe des orteils. Les doigts de Nathaniel se crispèrent sur un de mes bras et sur un des bras de Micah. Une des mains d'Auggie m'agrippa la jambe presque douloureusement. Je ne voyais pas le vampire par-dessus la tête de Micah, mais je sentais son corps réagir à ce rire presque palpable.

Et son corps ne fut pas le seul à réagir. Son pouvoir flamboyant surgit de sa main et de son giron, traversant son bas de pyjama en soie et la toile de mon jean. La chaleur qui émanait de lui trouva l'ardeur tapie en moi. Auggie l'invoqua, et tel un chien bien dressé, elle répondit à son appel.

— Oh, mon Dieu, chuchota Micah.

Je crois qu'il aurait roulé à terre pour s'enfuir sans le bras de Nathaniel passé autour de lui et l'autre main d'Auggie posée dans son dos. Ce n'était pas suffisant pour l'immobiliser contre son gré, mais face à l'ardeur, la volonté est si faible qu'un rien peut suffire pour faire pencher la balance.

Le pouvoir de Jean-Claude s'éveilla en palpitant contre moi. Mais ce ne fut pas l'ardeur qui jaillit de lui : ce fut le froid de la tombe qui s'exhala de son corps telle une eau fraîche pour étancher la soif qu'Auggie avait suscitée en moi. Il me traversa, me couvrit et continua à se répandre. Il atteignit Micah, et la lueur paniquée s'éteignit dans les yeux de celui-ci tandis que les mains de Nathaniel se décrispaient et qu'Auggie poussait un long soupir tremblant.

— C'était très vilain de ta part, Augustin, le morigéna Jean-Claude avec un accent français plus prononcé que d'habitude – ce qui signifiait qu'il avait dû se donner plus de mal pour endiguer l'ardeur que la vivacité de son pouvoir ne le laissait supposer.

Micah s'écroula à demi sur moi, enfouissant sa tête au creux de mon épaule et me révélant le visage d'Auggie. Un large sourire aux lèvres, le vampire ne semblait nullement contrit.

— Jean-Claude, peux-tu vraiment m'en vouloir de n'avoir pas résisté aux délices répandues sur mes genoux ?

Il donna une tape sur le cul de Micah. Celui-ci roula à bas du canapé et m'entraîna avec lui parce que je le laissai faire. Nous atterrîmes non loin de Nathaniel. Micah et moi nous relevâmes en prenant les mains de ce dernier pour le mettre debout. Puis nous reculâmes à l'écart du canapé. Nous faisions face aux vampires avec une expression qui n'avait plus rien d'amical. Je les avais virés de ma tête tous les deux, parce que je ne savais pas comment me barricader contre Auggie sans me barricader aussi contre Jean-Claude. Je ne possédais pas encore la finesse métaphysique nécessaire.

— Moi, je ne t'en veux pas. Eux, en revanche…, insinua Jean-Claude sur un ton presque satisfait.

L'espace d'une demi-seconde, j'entrevis pourquoi : il se réjouissait qu'Auggie tombe dans les mêmes pièges que lui autrefois. Puis il dressa une barrière hermétique entre nous, comme s'il ne souhaitait pas que je surprenne le reste de ses pensées. Ce qui me convenait : j'avais mes propres raisons de ne pas souhaiter partager les miennes.

La vérité, c'est que lorsque l'ardeur s'était réveillée alors qu'ils me touchaient tous les quatre, coucher avec eux m'avait brièvement paru une très bonne idée. Or, Jean-Claude, Micah et Nathaniel étaient une chose ; Auggie en était une autre. Il avait roulé mon esprit. Oui, j'étais amoureuse de lui aussi, mais c'était à cause de ses pouvoirs. Il m'avait prise au piège sciemment ; pour cela, il devait être puni et non récompensé. Richard aurait sans doute dit que j'étais très douée pour punir l'amour véritable. Il me semblait donc logique que l'amour factice entraîne un châtiment plus sévère.

— Je ne vous connais pas, lâcha froidement Micah. Je ne veux pas que vous me touchiez.

Auggie écarta les mains comme pour dire : « Et comment étais-je censé le savoir ? »

— Mes excuses les plus sincères, mais quand des gens me tombent sur les genoux, j'ai le droit d'en profiter un peu.

— Non, répliquai-je. Non, vous n'avez pas le droit.

Il plissa ses yeux couleur de charbon.

— Je t'aime, Anita. Et toi, m'aimes-tu ?

Je faillis répondre par la négative, mais si j'avais menti, il l'aurait senti. Je haussai les épaules.

— Oui. Grâce à votre pouvoir, je vous aime. Mais je ne vois pas le rapport.

— La plupart des femmes qui m'aiment ne se comportent pas ainsi. Elles ne sont pas aussi fâchées contre moi. La plupart des femmes amoureuses se montrent généreuses avec leurs amants.

— Je suis généreuse avec mes faveurs sexuelles. Tout le reste, il faut le mériter.

Auggie jeta un coup d'œil à Jean-Claude.

— Je sens qu'elle dit vrai.

Jean-Claude acquiesça.

— Ma petite est une maîtresse exigeante à tout point de vue.

— D'ordinaire, quand un homme qualifie sa maîtresse d'exigeante, c'est plutôt bon pour lui. Mais quelque chose me dit qu'il en va autrement avec Anita.

Jean-Claude m'adressa un sourire, ce sourire qu'il garde en réserve pour moi et, parfois, pour Asher. Ce sourire plein d'amour qui m'oblige à lui sourire en retour. Je sentis mon expression s'adoucir et ma colère s'estomper. Je n'étais pas fâchée contre Jean-Claude. Petit à petit, j'apprends à ne pas passer mes nerfs sur tout le monde, y compris ceux qui ne le méritent pas.

— Ma petite et moi avons consacré beaucoup de temps et d'efforts à développer cet amour que tu t'es approprié par la ruse. (Jean-Claude se tourna vers Auggie.) J'étais ton ami, mais tu as usé de ton pouvoir pour m'inspirer des sentiments que tu ne mérites pas. Ça ne t'avancera pas à grand-chose. Comme ma petite, je sais aimer sans être prisonnier de l'amour. Tu peux nous voler des sentiments, mais pas nous dérober une véritable relation avec toi. Cette relation, tu devras la gagner.

Il replia ses longues jambes sur le canapé et posa un bras sur le dossier, sans toutefois toucher l'épaule nue d'Auggie. Puis il laissa aller sa tête sur son épaule, et ses boucles noires se répandirent sur le blanc du canapé. De là où j'étais, je ne voyais pas son visage, mais je connaissais l'expression qu'il devait avoir : charmante, séductrice, allumeuse. C'est l'expression qu'il prend quand il ne cherche pas à obtenir quoi que ce soit – juste à rappeler à la personne d'en face combien il est craquant. Il ne s'en sert avec moi que si l'un de nous est fâché contre l'autre. En général, c'est un excellent moyen de mettre fin à une dispute… ou d'en déclencher une.

Auggie le dévisagea d'un air chagrin. Il voyait Jean-Claude, il connaissait le potentiel de son corps, et il comprenait enfin qu'avoir couché avec lui une fois ne signifiait pas qu'il pourrait recommencer. Jean-Claude fait le difficile quand il pense que ça peut lui donner un avantage, et la tête d'Auggie nous révélait toute l'ampleur de l'avantage en question.

Si l'amour que j'éprouvais était réel, ça aurait dû me faire de la peine de voir Auggie en proie à un tel besoin et à une telle incertitude, non ? Parce que là… c'était tout le contraire. Ça me faisait plaisir qu'il souffre. Un sentiment aussi mesquin et aussi vindicatif ne pouvait présager que d'une relation très malsaine.

Il existe différentes formes d'amour, ai-je appris au fil du temps, et aucun n'est plus ou moins réel que les autres. Ce qu'Auggie pouvait inspirer n'était peut-être pas de l'amour véritable, en fin de compte. C'était peut-être ce genre d'amour qui s'installe très vite et met très longtemps à s'en aller mais qui, entre le début et la fin, se résume à de la souffrance et des bagarres entrecoupées de séances de baise passionnelle, jusqu'à ce qu'une des deux personnes ait le courage d'y mettre un terme.

Auggie tourna vers moi son expression chagrinée.

— Vous seriez capables de me repousser tous les deux. (Il semblait sincèrement surpris. Il reporta son attention sur Jean-Claude.) Même si cela blesse mon orgueil, je comprends Jean-Claude : il doit préserver sa base de pouvoir. Je ne dois pas être aussi doué que je le pensais avec les autres hommes.

— Si je flatte ton ego maintenant, répliqua tranquillement Jean-Claude sans relever la tête de son épaule, je risque de perdre l'avantage que j'ai gagné.

Auggie acquiesça.

— Comme je viens de dire, je te comprends. (Il me dévisagea.) Elle, en revanche… sa réaction m'échappe. Je sais que je suis doué pour satisfaire les femmes. Je suis un amant extraordinaire, putain !

Je ne pus m'empêcher de rire. Auggie me jeta un regard mauvais.

— Tu n'es pas d'accord ?

— Si, si. Vous êtes génial. (Je n'avais peut-être pas l'air sincère, mais je l'étais.) C'est juste que… j'aime les hommes un peu moins arrogants.

Du pouce, Auggie désigna Jean-Claude.

— Si tu ne le trouves pas arrogant vis-à-vis de ses prouesses sexuelles, c'est juste parce qu'il est très bon acteur.

— Merci, grinça Jean-Claude.

Auggie secoua la tête.

— Ce n'est pas ce que je voulais dire.

— Que vouliez-vous dire, alors ? demandai-je.

— Qu'il n'y a pas une once de modestie en lui.

Je n'étais pas tout à fait d'accord sur ce point, mais Auggie ne méritait pas que je me fende d'une explication, aussi laissai-je courir.

— Vous avez le droit de penser ce que vous voulez.

— Ce qui signifie que tu ne partages pas mon opinion.

— Ce qui signifie exactement ce que je viens de dire.

Auggie tourna son regard vers Micah. Il le détailla de la façon dont les hommes ne détaillent généralement que les femmes, comme s'il se demandait à quoi Micah ressemblerait sans ses vêtements.

— Je me tiens complètement nu devant vous, et vous ne me prêtez pas la moindre attention, lança Nathaniel. Dois-je me vexer ?

Il s'avança de quelques pas, rejetant ses cheveux auburn dans son dos de manière qu'ils encadrent son corps. Planté devant le vampire, il le toisa de ses sublimes yeux lavande.

— Peut-être que moi aussi, j'aime les hommes un peu moins arrogants, répondit Auggie.

Nathaniel s'enveloppa de ses bras musclés, laissant sa chevelure cascader devant une de ses épaules et couvrir partiellement sa nudité. Puis il baissa la tête et jeta un regard de biais à Auggie, l'air aussi innocent qu'auraient dû l'être tous les garçons de son âge. Chaque fois que je le vois jouer les ingénus de la sorte, je me demande comment il fait pour dissimuler l'expérience qu'il a payée au prix fort. Une chose est sûre : il y arrive très bien.

Auggie partit de son rire joyeux et bruyant.

— Oh, il est doué ! (Il se tourna vers Jean-Claude.) Où as-tu trouvé tant d'hommes séduisants ?

— Ce n'est pas moi qui les ai trouvés.

Par-dessus l'épaule de Nathaniel, Auggie me dévisagea.

— Anita, tu as un don pour dénicher des talents prometteurs.

— Pour moi, ce ne sont pas des bêtes de foire. Ce sont des gens que j'aime. Et je déteste jouer.

Il désigna Nathaniel.

— Ton chaton aime ça, pourtant. Et il le fait bien.

Je hochai la tête.

— Nathaniel est plus joueur que moi et que Micah, mais il ne joue jamais avec nous.

Auggie me regarda comme si j'étais bien naïve.

— Prostitué un jour, prostitué toujours, répliqua-t-il.

Je me hérissai.

— C'est censé être une insulte ?

— Je croyais que tu appréciais l'honnêteté.

— C'était censé être une insulte, dit tranquillement Micah.

— Je sais reconnaître une pute parce que j'en étais une autrefois, déclara Auggie. Tout comme Jean-Claude, Asher, Requiem et Londres. Et n'oublions pas les dames : Élinore, Cardinale... Tous les descendants de Belle Morte sont des putes. Nous avons été créés pour ça.

— Nathaniel n'est pas une pute, protestai-je avec véhémence.

Je tendis la main vers lui. Le métamorphe se déroba en me jetant un regard chagrin.

— Plus maintenant. Mais je l'ai été.

— Vous avez fait des recherches sur nous avant de venir, lança Micah.

— Et comment ! acquiesça Auggie.

Je touchai la joue de Nathaniel et tentai de lui communiquer du regard combien il comptait pour moi. Ce qu'il vit dans mes yeux lui arracha un léger sourire. Il posa sa main sur la mienne, pressant ma paume contre la courbe de sa mâchoire.

Micah vint se placer devant nous.

— Vous saviez que je me sentirais insulté que vous me regardiez ainsi. Nathaniel s'est avancé pour détourner votre attention sur lui parce que ce genre de chose ne le dérange pas. Et ça vous contrarie qu'il ait pris l'initiative de me protéger. Pourquoi ?

Jean-Claude releva la tête et entortilla ses jambes d'une façon qui prouvait la souplesse de ses membres tout en demeurant distinguée.

— Moi, je sais.

Je posai un bras sur le dos de Nathaniel et demandai :

— Pourquoi ?

Les deux vampires échangèrent un coup d'œil.

— Si tu te crois capable de lire aussi bien en moi, vas-y, dit Auggie.

Jean-Claude hocha légèrement la tête et reporta son attention sur nous.

— Augustin préfère les femmes aux hommes, mais il faudrait être vraiment très, très hétérosexuel pour ne pas remarquer combien vous êtes beaux tous les deux. À sa décharge, vous lui êtes littéralement tombés sur les genoux. Il s'est admirablement bien comporté. Il existe, au sein de notre propre baiser, des vampires qui n'auraient pas fait preuve d'une telle retenue. Augustin vous a fait une insulte minuscule, et vous avez réagi comme si elle était beaucoup plus grave. Anita et moi ne nous bousculons pas pour lui jurer un amour éternel ; cela le trouble, et cela l'irrite. Puis vous deux, qui êtes des animaux – et donc des êtres inférieurs, du point de vue de la plupart des vampires – l'insultez aussi. Mais je crois qu'il y a autre chose encore.

Il dévisagea Auggie.

— Je crois qu'il a vu Nathaniel utiliser le seul don qu'il possède pour protéger Micah, et que ça a ravivé de vieux souvenirs. De mauvais souvenirs. N'est-ce pas, Augustin ?

Jean-Claude se pencha vers l'autre homme, qui se leva brusquement sans le regarder.

— Mes souvenirs m'appartiennent. (Puis il prit conscience de ce qu'il venait de dire et partit d'un rire amer.) Du moins, jusqu'à ce qu'elle en décide autrement.

Ce n'était pas à moi qu'il faisait allusion.

Jean-Claude s'allongea sur le canapé, les cheveux répandus sur l'accoudoir, un bras replié au-dessus de la tête et l'autre posé en travers de son ventre. Un de ses pieds nus pendait dans le vide, ses orteils effleurant la moquette ; son autre jambe était repliée sur le canapé, genou appuyé contre le dossier. Il était très séduisant dans cette posture alanguie, et il le savait. Mais le plus captivant, c'était la façon dont Auggie le regardait, avec un chagrin si vif qu'il me serra le cœur.

— Tu me donnes un nouveau goût de paradis avant de me renvoyer au purgatoire. Toi et elle… (il me désigna) vous pouvez m'emmener au septième ciel selon vos caprices, puis me rejeter en enfer si telle est votre volonté. (Il ferma les yeux, le visage creusé par la douleur.) Autrefois, tu étais moins cruel que ça, Jean-Claude. Autrefois, tu étais mon ami.

— Les amis n'utilisent pas leurs pouvoirs les uns contre les autres. Tu as délibérément éveillé l'ardeur de ma petite. Tu la voulais. Si nous t'avons pris tous les deux, c'est parce que le pouvoir en a décidé ainsi. Autrefois, j'étais moins cruel – et moins puissant. Tu m'as sous-estimé, et tu t'es mépris sur ma petite.

Auggie rouvrit les yeux et dévisagea l'autre vampire.

— Je ne comprends pas ce que tu veux dire.

— Demande à notre Nathaniel comment il a conquis son cœur.

— Je vois son corps. Je sais comment il a conquis le cœur d'Anita.

— Tu ne vois rien du tout. Tu ne sais rien du tout, répliqua Jean-Claude. Mon minet, dis à Augustin comment tu as conquis le cœur de ma petite.

— Tu l'appelles « mon minet », et tu prétends que je me trompe à son sujet ? s'écria Auggie.

Nathaniel poussa un peu plus fort contre la main que j'avais posée sur son dos nu.

— Je n'ai pas séduit Anita avec mon corps, se défendit-il.

— Mais tu as essayé.

Ce n'était pas une question.

— Oui, admit Nathaniel. Je voulais qu'elle me désire. Je ne connaissais pas d'autre moyen pour y arriver.

Auggie hocha la tête.

— Ça a marché.

Nathaniel me jeta un coup d'œil par-dessus son épaule, me sourit et reporta son attention sur Auggie.

— Non, ça n'a pas marché, le détrompa-t-il.

Le vampire nous désigna tous les deux.

— Bien sûr que si.

— Ça n'a marché que lorsque j'ai renoncé à la séduire avec mon corps et juste essayé d'apprendre à l'aimer.

— D'apprendre à l'aimer, répéta Auggie. À t'entendre, on dirait qu'il y a un cours à suivre et un diplôme à décrocher à la fin. On n'apprend pas à aimer les gens. C'est quelque chose qui vient tout seul.

Nathaniel s'esclaffa. Jean-Claude émit un bruit étranglé comme s'il se retenait d'en faire autant. Je regardai Micah.

— Et toi, tu n'as pas envie de rire ?

Il secoua la tête.

— Je ne suis pas assez fou pour ça.

Mais je vis l'ombre d'un sourire flotter sur ses lèvres.

Je les foudroyai tous du regard.

— D'accord, riez si ça vous chante.

— Je ne comprends pas non plus ce qu'il y a de drôle, avoua Auggie.

— Oh, ça viendra, dit Micah.

Et sa promesse sonna presque comme une menace.

— C'est si dur que ça de sortir avec moi ? m'écriai-je, vexée.

Cette fois, Claudia et quelques-uns des gardes du corps ne purent se retenir. Je faisais marrer tout le monde – une vraie comique.

Chapitre 40

— Quelqu'un me raconte la blague ? Ça me ferait du bien de rigoler un coup, lança la voix de Travis depuis le couloir du fond.

Son visage était crispé par la douleur. Noël l'accompagnait, le serrant de près comme pour pouvoir le rattraper si jamais il trébuchait. Tous deux semblaient encore trop jeunes pour avoir leur permis de conduire.

Était-ce à cause de ça que Joseph les avait choisis pour me nourrir, ou y avait-il une autre raison ? Je veux dire, il existe une différence entre « soumis » et « chair à canon ». Tous les candidats que Joseph m'avait présentés, y compris les plus costauds, sentaient encore le cuir et le plastique neufs comme une bagnole qui sort à peine de l'usine. Ce n'était sûrement pas un hasard s'il m'avait amené des agneaux alors que j'avais besoin de lions.

— Pourquoi ne t'es-tu pas transformé ? demanda Micah.

Déjà, il traversait le salon pour se diriger vers les deux étudiants. Quand il passa devant Auggie, celui-ci tenta de lui saisir le bras. Micah se déroba si vite que je ne le vis pas faire ; simplement, la main du vampire se referma sur du vide. C'était pratiquement de la magie.

Micah rejoignit les deux lions-garous et se mit à leur parler à voix basse sans prêter aucune attention à Auggie. Celui-ci fronça les sourcils. Sous la colère qui se lisait sur son visage, je décelai quelque chose qui ressemblait presque à de la douleur.

— C'est bon, Jean-Claude, j'ai compris.

— Micah n'aime pas qu'on le touche sans son accord. C'est la seule chose qu'il y a à comprendre, répliqua Jean-Claude, toujours artistiquement vautré sur le canapé.

Sur un ton détaché, il demanda :

— M'envierais-tu mes félins, Augustin ?

— Je n'envie personne.

Je n'eus pas besoin de pouvoirs vampiriques pour sentir que c'était un mensonge.

Micah entraîna les deux lions-garous vers la bergère. Il s'arrêta hors de la portée d'Auggie et le toisa.

— Je n'ai vraiment pas envie de jouer, Augustin. Je veux juste que Travis puisse s'asseoir.

— Si nous étions sur mon territoire, je te donnerais une leçon. Mais nous ne sommes pas sur mon territoire, et tu n'es pas mon minet. Assieds-toi ; je ne t'embêterai plus.

Micah le contourna à bonne distance mais en lui tournant le dos. Il me jeta un coup d'œil, et je compris qu'il se fiait à ma réaction pour savoir ce que faisait Auggie. Je hochai la tête comme pour dire : « Tout va bien. » Il guida les deux lions-garous jusqu'à la bergère.

— Ces jeux mesquins ne te siéent guère, Augustin, lança Jean-Claude. Tu règnes sur un puissant territoire. Tu pourrais te constituer un harem capable de rivaliser avec le mien.

Jean-Claude impliquait que nous couchions tous avec lui, ce qui n'était pas le cas, mais aucun de nous ne rectifia. Je couchais vraiment avec lui, et ni Micah ni Nathaniel ne se souciaient des rumeurs.

— Je ne suis pas seulement le Maître de la Ville de Chicago, Jean-Claude. Je suis un parrain. La mafia t'autorise à avoir une femme et des enfants, une maîtresse, autant de putes que tu veux, mais rien d'autre.

Jean-Claude s'étira langoureusement sur l'accoudoir du canapé.

— Jamais tu n'oserais me regarder comme tu le fais en ce moment si tes rivaux pouvaient te voir.

Auggie secoua la tête.

— Si tu étais un gigolo, je devrais te tuer.

— Mais tes rivaux ne peuvent pas te voir. Tu peux me regarder de toutes les façons que tu veux.

— Sois maudit, Jean-Claude. Tu vas retourner la tête que je fais contre moi et l'utiliser pour essayer de me dominer. Entre tes mains, ce n'est qu'une arme supplémentaire à pointer sur ma tempe.

— Nous sommes des maîtres vampires. Toute notre existence est fondée sur la domination. Mais je n'ai aucune intention de te punir à moins que tu nous punisses le premier.

— Qu'est-ce que ça signifie ?

— Ça signifie que si tu es cruel envers nous, nous serons cruels en retour. Mais que si tu es sage, nous le serons aussi.

— Définis « sage ».

— Ma petite, quand tu as vu son expression peinée, cela ne t'a-t-il pas serré le cœur ?

J'aurais bien voulu mentir, mais…

— Si.

Sur le visage d'Auggie, le cynisme fit place à de l'hésitation, comme si le vampire ne savait pas trop quelle tête faire pour servir ses propres intérêts.

— Et alors ? enchaînai-je. À cause de ses manigances, je ne veux pas qu'il souffre. Qu'est-ce que ça peut faire ?

— Augustin pourrait nous rendre visite de temps en temps. Ses relations dans la mafia penseraient qu'il essaie de nous enrôler dans ses activités criminelles, ou simplement de consolider son alliance avec nous. Quoi qu'il en soit, il pourrait venir nous voir périodiquement sans éveiller les soupçons. Et comme tout le monde sait que c'est un parrain, personne ne s'étonnerait que nous évitions les caméras et les micros de la presse durant ses séjours à Saint Louis.

Auggie observait l'autre vampire comme une souris qui vient d'entendre le chat lui dire : « Je ne te mangerai pas aujourd'hui. » Il espérait, et il avait peur d'espérer.

— Que me proposes-tu, Jean-Claude ?

— Pour commencer, je te demande de ne plus compliquer la vie de ma petite. N'essaie plus jamais d'éveiller son ardeur ou la mienne contre notre volonté. N'abuse pas de mon hospitalité en utilisant tes pouvoirs sur mes gens.

— Je me suis déjà excusé pour ça.

— D'une drôle de façon. J'ai besoin de savoir si tu es sincère.

Auggie acquiesça.

— Je suis désolé, mais… (il détourna les yeux, les poings serrés) tu ne comprends pas ce que c'est que d'être la victime de l'ardeur. Tu l'as développée pratiquement dès le début. Elle s'est éveillée en toi en même temps que la soif de sang. Tu ne l'as jamais subie.

— C'est faux, répliqua Jean-Claude. (Il se redressa brusquement, comme piqué au vif.) Ma petite m'utilise parfois pour nourrir son ardeur, et réciproquement. Chacun de nous est la victime de l'autre.

— Je sais. Et je sais que tu étais sous le charme de Belle autant que n'importe qui d'autre. Mais tu peux nourrir l'ardeur, la satisfaire et en tirer du plaisir. Moi, je ne peux rien sans un partenaire qui en est porteur. J'espérais que l'un de vous, ou les deux, m'aimerait vraiment, me désirerait vraiment. J'espérais que cela vous pousserait à partager librement l'ardeur avec moi. Maintenant, vous vous tenez devant moi et… (de nouveau, Auggie détourna les yeux comme si notre vue lui était insupportable) je vois bien que je ne vous émeus pas. Toi, Jean-Claude, tu me regardes comme Belle le faisait autrefois. Elle… (il me désigna) elle me regarde comme si elle me haïssait. Si glaciale, si furieuse ! Je ne comprends pas. Mon pouvoir a-t-il fonctionné sur elle, ou seulement sur moi ? J'éprouve de l'attirance pour elle, mais elle ne semble rien ressentir vis-à-vis de moi, sinon de la colère.

— Ma petite n'aime pas être amoureuse. Ça la met toujours en colère, surtout au début.

Auggie secoua la tête.

— Je ne comprends pas.

Je haussai les épaules.

— Bienvenue au club. (Je me dirigeai vers la bergère. Nathaniel me suivit.) Pourquoi Travis ne s'est-il pas transformé ?

— Il t'attendait, répondit Micah.

— Il m'attendait pour quoi ?

— Pour éveiller ma bête, articula Travis, le visage cendreux.

— Tes collègues si conservateurs n'auraient pas besoin de savoir ce que tu fais pendant tes visites, dit Jean-Claude à Auggie.

— Transforme-toi, Travis, le pressai-je. Tu as besoin de te régénérer.

Courbé sur son bras, le jeune homme secoua obstinément la tête.

— Et que ferais-je pendant ces visites ? s'enquit Auggie.

— Nous pourrions même aller te voir à Chicago, suggéra Jean-Claude.

Je sursautai. Jusqu'ici, je n'avais prêté qu'une oreille distraite à leur conversation. Mais si nous allions à Chicago, l'énergie rassemblée là-bas me ferait…

— Sûrement pas ! s'écria Auggie avant que je puisse protester. Vous vous nourririez de tous mes gens. J'ai senti le bond en avant qu'a fait votre pouvoir la nuit dernière, après que vous vous êtes nourris de moi et de la poignée de personnes que j'avais emmenées. C'est hors de question.

— Donc, tu ne voudras pas revenir nous voir ? susurra Jean-Claude.

Auggie redressa le dos et carra les épaules dans une posture vaguement militaire.

— Tu sais bien que si. Mais je n'échangerai pas tous mes gens et tout mon pouvoir contre vos faveurs. Je ne ramperai pas devant vous, Jean-Claude.

— Je ne veux pas que tu rampes, Augustin.

— Alors, que veux-tu ?

— Cesse d'essayer de nous manipuler. Accepte le fait que nous détenons l'ardeur, et que tu la veux. C'est la loi de l'offre et de la demande, mon cher.

— Espèce de salopard.

Soudain, Jean-Claude se retrouva debout. Je ne l'avais pas vu se lever. Encore de la magie.

— Tu as abusé de mon hospitalité le premier. Tu as manipulé ma servante humaine pour goûter de nouveau à l'ardeur. Tu as ouvert la voie à Belle Morte pour qu'elle puisse posséder ma petite. S'il y a un salopard ici, ce n'est pas moi.

— D'accord, c'est moi la crevure. Tu as raison ; même si j'ignorais que j'ouvrais la voie à Belle, cela ne répare pas les dégâts. C'est vrai : je veux récupérer une femme de la lignée de Belle. Mais personne hormis Anita ne porte l'ardeur – Anita, et toi. Donc, oui, je suis venu à Saint Louis avec l'intention de saisir toute chance d'éveiller l'ardeur qui se présenterait à moi.

— Maintenant que tu y as goûté de nouveau, que veux-tu, Augustin ?

— Ne me force pas à le dire, Jean-Claude.

— Ma petite n'est pas très subtile. Si tu ne le dis pas, elle ne devinera pas toute seule.

Auggie me dévisagea, clignant des yeux comme s'il s'attendait à ce que quelqu'un le frappe.

— Je ne vendrai ni mes gens ni ma base de pouvoir, et je ne m'humilierai pas. Mais cela mis à part, je ferai n'importe quoi – n'importe quoi – pour que Jean-Claude et toi vous nourrissiez encore de moi. (La crainte céda la place à de la peur.) Si vous voulez vous débarrasser de quelqu'un, je le ferai pour vous. Argent, drogue, produits de luxe – demandez, et je vous procurerai ce que vous voudrez. Mais ne me dites pas que je ne connaîtrai plus jamais votre étreinte.

Il détourna la tête. Trop tard : j'avais vu des larmes contenues briller dans ses yeux.

— Si nous avons besoin de nous débarrasser de quelqu'un, nous pouvons nous en charger nous-mêmes. Nous avons assez d'argent. Il n'y a pas de drogue à Saint Louis ; ne vous avisez surtout pas d'introduire cette merde sur notre territoire. Et si je veux des produits de luxe, je peux me les acheter toute seule.

Auggie resta planté face à moi, la tête tournée, le dos voûté, attendant le coup fatal.

— Alors, je n'ai rien à vous offrir, dit-il d'une voix enrouée.

— Ce que Jean-Claude et moi avons fait avec vous m'a mise plus que mal à l'aise, avouai-je. C'était tellement bon ! Putain, ça me terrifie d'avoir trouvé ça aussi bon.

Auggie reporta son attention sur moi. Seul un suprême effort de volonté empêchait ses larmes de couler sur ses joues.

— Mais que ça me plaise ou non, poursuivis-je, quand je vous regarde, mon cœur se serre. J'ai envie de vous réconforter, et ça me fait chier à un point dont vous n'avez pas idée. Des gens que j'aimais vraiment ont utilisé des pouvoirs vampiriques sur moi. Je leur ai tranché les jarrets pour ça. J'ai fui devant eux pendant des mois, en refusant de les voir ou même de leur adresser la parole. (Tout en parlant, je me dirigeais vers lui.) Je viens juste de vous rencontrer. Vous n'êtes pas mon ami. Vous m'avez forcée à vous aimer, mais je ne vous connais pas.

Auggie tenta de m'opposer un regard furieux, mais ses larmes gâchèrent quelque peu l'effet recherché.

— Je t'ai sous-estimée, Anita.

— Comme la plupart des gens.

— Je croyais que tu n'étais que la servante humaine de Jean-Claude. Pourtant, j'ai perçu ton pouvoir de nécromancienne. Ça aurait dû me servir d'avertissement, mais non. Je m'en suis tenu à mon plan initial. Je voulais goûter de nouveau à l'ardeur. Je le voulais tellement ! (Il eut un sourire amer.) Et tu as raison : je suis un homme arrogant. Je suis le Maître de Chicago. J'appartiens à la mafia depuis les années 1930, mais avant ça, j'étais déjà une menace pour tous ceux qui croisaient mon chemin depuis des siècles. La seule personne qui m'ait jamais vaincu, c'est Belle.

Les larmes tremblaient au bord de ses cils, mais il continuait à les retenir.

Immobile face à lui, je l'observais. Comme il était à peine plus grand que moi, je n'avais pas à lever beaucoup les yeux. D'habitude, j'aime bien ça chez un homme, mais là, j'étais trop fâchée pour apprécier. Et je comptais m'accrocher à ma colère parce que c'était la seule chose qui m'empêchait de me jeter sur Auggie. Mes mains me picotaient du désir de le toucher. Ce n'était pas juste de l'amour, c'était plus et moins que ça. C'était comme une compulsion magique. Ça ressemblait à de l'amour, mais ça contenait des éléments propres à l'addiction – la dépendance à une drogue.

Alors, je pris conscience qu'Auggie m'avait bel et bien roulée. J'avais réussi à me libérer d'une partie de son pouvoir, et Jean-Claude m'avait aidée, mais les effets subsistaient. Et en scrutant son visage aux yeux pleins de larmes, je compris que ce n'était pas à moi qu'il en voulait. C'était à lui-même.

— Vous vous êtes roulé tout seul, dis-je.

Auggie ferma les yeux et se détourna.

— La lame est à double tranchant, chuchota-t-il sans me regarder.

— Mais si notre armure est plus solide que la vôtre, vous encaissez plus de dégâts que nous, pas vrai ? devinai-je.

Il acquiesça, et un éclair de satisfaction me traversa. Bien fait pour lui. À ce bref plaisir succéda immédiatement une vague de regret, un regret au goût de cendres amères.

— Doux Jésus, murmurai-je.

Auggie se tourna de nouveau vers moi. Il avait perdu la bataille contre ses larmes, qui coulaient le long de son visage en laissant des sillons rosâtres.

— De tous les pouvoirs de la lignée de Belle qu'on a utilisés contre moi, le vôtre est vraiment le plus horrible.

— Comment peux-tu dire ça ? L'ardeur réduit ses victimes en esclavage. Requiem est capable de violer les gens d'une pensée.

— Il pourrait utiliser son pouvoir comme du Rohypnol, mais il ne le fait pas.

— Il le faisait autrefois, répliqua Auggie.

Je digérai cette information, la testant pour voir si elle avait le goût du mensonge. Ce n'était pas le cas. Je haussai les épaules.

— Quoi qu'il ait pu faire quand il était encore un jeune vampire, il a changé. Mais comme l'ardeur, son pouvoir n'est qu'une forme exacerbée du désir. Contrairement au vôtre, il ne force pas les émotions de la victime.

— Pour toi, abuser du cœur de quelqu'un, c'est pire qu'abuser de son corps ?

Je hochai la tête.

— Oui.

— Tu me hais, chuchota Auggie.

Je hochai de nouveau la tête.

— Oui.

Il se détourna et fit un pas. Je lui saisis le bras. Il se figea comme si le contact de ma main l'avait changé en pierre. Je connaissais bien cette réaction. C'était celle de quelqu'un qui vient d'être touché par l'être qui compte plus que tout au monde à ses yeux… et qui n'en a absolument rien à foutre. Ça m'est arrivé d'éprouver ça vis-à-vis de Richard, de temps en temps. Comme si ma vie tout entière était concentrée dans ces quelques centimètres carrés de peau, et que ça ne signifiait rien pour lui. C'est l'une des raisons pour lesquelles j'ai lutté afin de me détacher de lui. C'est dur d'aimer quelqu'un autant, et de le détester autant à la fois.

Je forçai Auggie à se tourner vers moi. Il se laissa faire ; pourtant, il aurait facilement pu résister. Même si je suis plus forte qu'une humaine normale, il avait des biceps plus épais que mes cuisses. Dans un combat équitable, j'aurais perdu. Mais son propre pouvoir avait fait en sorte qu'il ne puisse jamais y avoir de combat équitable entre nous.

Je plongeai mon regard dans le sien et vis qu'il tentait de faire appel à la colère pour remplacer son chagrin.

— Quel pouvoir terrible vous possédez, Augustin, dis-je doucement. Offrir à autrui un amour véritable et sincère… Certaines personnes seraient prêtes à tout donner en échange.

Il acquiesça.

— Si l'ardeur n'avait pas été là pour me pousser vers toi, j'aurais pu te forcer à m'aimer sans m'exposer autant. Je maîtrise parfaitement mon pouvoir, Anita. Je peux faire en sorte que quelqu'un m'aime sans l'aimer en retour.

Je lâchai son bras.

— Ça vous est déjà arrivé ?

— Tu as raison, Anita, c'est un pouvoir terrible. Au départ, j'avais juste la capacité de me rendre sympathique. Puis la sympathie que j'inspirais s'est muée en amour. Au début, je n'ai pas compris que c'était une lame à double tranchant, et qu'elle me coupait aussi profondément que mes proies.

— Mais ça n'a pas duré, devinai-je.

Auggie acquiesça. Les traces de larmes séchaient déjà sur son visage. Il ne fit pas le moindre geste pour les essuyer.

— J'ai appris à me dominer. J'ai appris à piéger les autres sans m'enfermer avec eux, comme Jean-Claude a appris à le faire avec l'ardeur. J'ignore si Requiem sait provoquer le désir seulement chez ses victimes.

— Non, je n'y arrive pas.

Lentement, prudemment, Requiem entra dans le salon. Sa sempiternelle cape noire dissimulait ses blessures, mais il se mouvait comme s'il avait toujours mal. Quelqu'un avait utilisé du fond de teint pour masquer le plus gros de ses bleus à la figure. C'était du bon boulot. Il fallait bien chercher pour voir la différence de ton. Si je n'avais pas su, je n'aurais rien remarqué.

Auggie jeta un coup d'œil au nouveau venu, puis reporta son attention sur moi.

— Mais la plupart d'entre nous finissent par apprendre.

— Donc, résumai-je, si notre pouvoir ne vous avait pas fait trébucher, vous m'auriez forcée à vous aimer, à vous aimer vraiment, sans m'aimer en retour ?

— Ce n'était pas aussi clair dans ma tête, mais il est certain que je ne serais pas volontairement tombé amoureux de toi, non.

— Vous êtes vraiment une ordure.

Il acquiesça.

— À Chicago, il n'y a pas d'autre organisation criminelle que la bonne vieille mafia italienne. J'ai réussi à tenir à distance les Russes, les Ukrainiens, les Chinois, les Coréens et les Japonais. Je ne cède de pouvoir à personne, absolument personne. Presque tous les autres bastions de la mafia se sont fait grignoter les uns après les autres ; moi, j'ai résisté à toutes les attaques. Pour accomplir un tel exploit, il faut être un salopard, Anita. Un salopard meurtrier et impitoyable.

— Vous le cachez bien. Votre rire est plus vrai que nature.

— Je me donne du mal pour paraître humain. Comme ça, les autres parrains ont moins peur de moi.

— J'ai entendu dire que celui de Las Vegas était de la vieille école, lui aussi, fis-je remarquer.

Auggie secoua la tête.

— Maximilian a perdu sa place au sein de la mafia quand il est devenu un vampire. Il faut un moment pour se remettre de la transformation. Le temps qu'il soit en mesure de récupérer une partie de son territoire, l'époque avait changé, et il n'avait pas évolué avec elle. Oh, il est puissant et il règne sur Las Vegas, mais ce n'est plus un parrain.

Nous nous dévisageâmes en silence.

Jean-Claude s'approcha dans mon dos. Il me toucha l'épaule, et comme je ne me dérobais pas, il m'enlaça par-derrière. L'expression peinée d'Auggie me serra le cœur et me remplit de satisfaction en même temps. Si tout s'était passé comme il l'avait prévu, nos positions seraient inversées. En ce moment même, j'aurais l'air bouleversée, et il me toiserait avec froideur. Foutu salopard. Mais j'avais beau le penser, le cœur n'y était pas. Et merde.

— La soirée avance. Nous devrons bientôt nous changer pour sortir, dit Jean-Claude.

Auggie acquiesça.

— Je sais, je sais.

— Mais avant ça, il faut décider si ma petite n'est pas trop dangereuse pour qu'on la mette en présence des autres Maîtres de la Ville.

— Je t'aiderai si je peux. J'ai une dette envers toi pour avoir abusé de ton hospitalité, et j'ai une dette envers Anita pour ce que j'ai tenté de lui faire. (Il détourna le regard de nous deux, fixant le vide.) Ça faisait longtemps que je n'avais pas éprouvé la pleine ampleur de mon pouvoir. J'avais oublié à quel point c'est douloureux.

— Excusez-moi.

Noël se tenait près de nous. Nous pivotâmes vers lui. J'ignore ce qu'il lut sur nos visages, mais il recula très vite pour se mettre hors de notre portée.

— Puis-je approcher ?

— Non, répondit Auggie.

— Oui, fis-je en même temps.

Nous nous dévisageâmes.

Noël se laissa tomber à quatre pattes. Il ne s'inclina pas, non : il se laissa juste tomber à quatre pattes.

— Je ne sais pas quoi faire. Je ne peux pas vous contenter tous les deux.

— Quel est votre problème, Auggie ? demandai-je.

— Il a posé une question. Je lui ai répondu.

— D'accord, vous avez répondu pour vous, mais pas pour moi.

Je m'écartai de lui afin de rejoindre Noël. Auggie me saisit le bras pour me retenir. Je me raidis mais ne tentai pas de me dégager. Pour ce qui est de la force brute, je savais que je n'étais pas de taille. Aussi, je me contentai de regarder

Auggie, de baisser les yeux vers sa main puis de les lever de nouveau vers son visage.

— Dites-moi que vous n'avez pas fait ça.

— Et dis-moi que tu ne comptais pas me planter là pour rejoindre quelqu'un d'aussi soumis.

— Voulez-vous goûter encore à l'ardeur, Auggie ?

Il prit l'air perplexe, mais je devinai que d'une certaine façon, c'était un masque. Oh, peut-être ne comprenait-il réellement pas ce que je sous-entendais, mais il avait toute une panoplie d'expressions humaines derrière lesquelles il se dissimulait.

— Tu sais bien que oui.

— Alors, lâchez-moi, ou vous ne me toucherez plus jamais.

Un moment, nous nous mesurâmes du regard, puis Auggie me lâcha.

— J'avais entendu dire que tu étais dangereuse, puissante et prompte à tuer. Mais ce qu'aucun de mes espions n'a compris, c'est que ce qui est le plus redoutable chez toi, c'est ta volonté. Mon Dieu, tes yeux – la détermination dans tes yeux ! (Il secoua la tête.) Tu es sérieuse. Tu serais capable de me repousser jusqu'à la fin des temps pour si peu.

— Absolument.

— Pourquoi ? Parce que je t'ai attrapée par le bras ?

— Parce que vous vous comportez comme si j'étais votre chose. Je n'appartiens à personne.

Micah se leva de la bergère et s'approcha de nous. Auggie tourna la tête vers lui.

— Votre lion a blessé Travis et rudoyé Noël. Vous leur devez une certaine considération.

— Ça, c'est parlé comme un léopard, commenta Auggie. Pragmatique, prêt à négocier.

Dans sa bouche, cela semblait être un défaut.

— Vous ressemblez vraiment beaucoup à votre animal à appeler, n'est-ce pas ? lança Micah.

Auggie acquiesça.

— Tu pourrais expliquer ça à ceux d'entre nous qui n'y connaissent pas grand-chose ? réclamai-je.

— De tous les félins, les lions ont la culture la plus agressive, répondit Micah. Ils doivent constamment se tenir prêts à défendre leur place au sein de la fierté – à moins d'être très dominants, très forts ou de faire suffisamment peur aux autres pour que ceux-ci leur fichent la paix. Noël et Travis sont des inférieurs, et Auggie les traite comme un dominant. Dans la plupart des fiertés, les quelques mâles dominants s'accouplent avec toutes les femelles.

— Joseph n'est pas comme ça, protestai-je. Il dirige plutôt sa fierté à la façon d'un pard.

Micah acquiesça.

— Joseph est l'exception à la règle, Anita. Souviens-toi que j'ai passé des années prisonnier d'un groupe mixte. Traiter avec des lions peut prendre une éternité, parce qu'avec eux, c'est toujours à qui pissera le plus loin. Joseph réfléchit davantage comme un léopard. Il est très raisonnable, surtout pour un lion.

— Disons plutôt que sa femme le tient en laisse, corrigea Auggie. J'ai entendu dire qu'elle refusait de le partager.

— Vous savez quoi, Auggie ? Chaque fois que vous ouvrez la bouche, vous vous enfoncez un peu plus.

— Qu'est-ce que ça signifie ?

— Ça signifie que vous êtes déjà bien profond dans la merde, et que vous continuez à creuser, expliqua Micah en souriant.

— Pourquoi souris-tu ? demanda Auggie, les sourcils froncés.

— Je craignais que vous ne menaciez nos arrangements domestiques, mais vous n'arriverez jamais à rester sage assez longtemps pour évincer un seul des autres hommes dans la vie d'Anita.

— Jean-Claude m'a déjà invité à revenir goûter la marchandise.

— Goûter la marchandise, répétai-je. Et puis quoi encore ? Je vous l'ai dit tout à l'heure : je ne suis pas votre chose. Je ne suis la chose de personne, bordel.

— Vous voyez ? triompha Micah. Continuez comme ça, et vous pourrez dire adieu à l'ardeur.

Jean-Claude nous rejoignit.

— Je trouve tes propos extrêmement irréfléchis, Augustin. Ça ne te ressemble pas de te montrer si peu diplomate.

— Il a peur, dit Nathaniel en passant ses bras autour de ma taille et en plaquant sa nudité contre mon dos.

Je n'eus pas besoin de voir son visage pour savoir quelle expression il avait – une expression qu'il n'osait arborer que depuis très peu de temps en ma présence. Une expression possessive qui disait : « À moi, elle est à moi. Je veux bien la partager, mais elle est à moi. » D'habitude, il ne l'affiche que lorsque quelqu'un déconne, ou qu'il n'aime pas celui à qui il la destine. À mon avis, nous pensions tous la même chose au sujet d'Auggie. C'était un fouteur de merde.

— Peur de quoi, minou ? lâcha Auggie sur un ton clairement dédaigneux.

— De vouloir Anita si fort, répondit Nathaniel.

Je me raidis, mais il se pressa plus étroitement contre moi, et je finis par me détendre. Il avait posé son menton au creux de mon épaule, si bien que sa joue touchait la mienne. Nous devions ressembler à un couple qui pose pour ses photos de mariage. Auggie avait raison sur un point : Nathaniel est capable de jouer quand il le désire. Il le fait de moins en moins depuis qu'il commence à se sentir bien dans sa peau et dans sa vie, mais il n'a pas oublié comment s'y prendre.

— Ça ne vous plaît pas de désirer quelqu'un à ce point, poursuivit-il. Vous considérez ça comme une faiblesse, et vous commencez juste à mesurer combien Anita peut être difficile à gérer.

Je pivotai dans ses bras, le forçant à déplacer sa tête pour pouvoir me regarder.

— Tu me trouves pénible, c'est ça ?

Il eut un large sourire.

— J'aime être dominé.

Je voulus protester que je m'étais donné beaucoup de mal pour que personne ne le domine plus jamais. Puis je compris qu'il me taquinait. J'essayai de le foudroyer du regard, mais je n'étais pas assez sérieuse pour que ça fonctionne.

— Ne laisse pas ta réticence provoquer ta perte, Augustin, intervint Jean-Claude.

— Que veux-tu dire ?

— Je veux dire que si tu continues à te comporter ainsi vis-à-vis de ma petite, je ne pourrai pas te garantir que tu goûteras de nouveau à l'ardeur.

Quelque chose passa brièvement dans les yeux d'Auggie. J'aurais juré que c'était un éclair de peur.

— C'était peut-être idiot de ma part, mais je suis venu ici chercher une Julianna, et j'ai trouvé une Belle.

Le visage de Jean-Claude se figea.

— Pourquoi dis-tu ça ?

— En près de six siècles, je ne t'ai vu aimer que deux femmes. Tu n'avais pas choisi d'aimer Belle Morte : elle t'avait imposé de l'aimer. En revanche, tu avais choisi d'aimer Julianna. Je pensais que si tu étais de nouveau amoureux, ce serait de quelqu'un comme elle. Je me disais que l'attitude de dure à cuire dont j'avais entendu parler ne serait qu'un vernis, et que si je grattais suffisamment, Anita se révélerait semblable à la seule autre humaine que tu aies jamais aimée. (Auggie secoua la tête.) Physiquement, il est clair que tu as un type de femmes : les petites brunes minces. Pour le reste… Doux Jésus, Jean-Claude ! Niveau personnalité, Julianna et Anita sont aux antipodes l'une de l'autre.

— Donc, tu pensais que si tu poussais ma petite assez fort, elle finirait par craquer et par devenir aussi douce et féminine que Julianna ?

—Ce n'était pas seulement à cause de toi, Jean-Claude. C'était aussi à cause d'Asher. Il n'a jamais eu de type préféré, physiquement, mais pour ce qui est du caractère, il a toujours aimé les femmes souriantes et dociles. Belle l'accusait souvent d'être accro aux paysannes.

—Et tu t'es dit que si une femme parvenait à nous satisfaire tous les deux, c'est sans doute parce qu'elle remplissait les critères d'Asher autant que les miens.

Auggie acquiesça.

—C'est logique, mais totalement faux. J'avais oublié que tu faisais toujours ça.

—Que je faisais toujours quoi ?

—Que tu essayais toujours de raisonner l'amour et les émotions, d'en faire quelque chose de compréhensible, répondit Jean-Claude.

Auggie se rembrunit.

—Tu te moques de moi.

Jean-Claude secoua la tête.

—Non. Mais je te rappelle que c'est Asher qui est parti de son côté et qui a ramené Julianna. J'ai appris à l'aimer de tout mon cœur et de toute mon âme, mais à la base, ce n'est pas moi qui l'avais choisie.

—Donc, mon raisonnement se fonde sur des données erronées.

—Si tu veux.

Auggie me dévisagea. Nathaniel était toujours collé à moi.

—Micah a raison. Je pense comme un lion. Je ne considère pas Nathaniel comme un problème parce qu'il est soumis. En revanche, j'éprouve le besoin de me montrer plus dominant que les autres dominants avec lesquels tu partages ton lit. Mais, misère... qu'ils sont nombreux !

Je haussai les épaules en tenant les bras de Nathaniel comme un châle que j'aurais voulu empêcher de glisser le long de mes bras.

— Est-ce pour cette raison que vous avez tenté de peloter Micah, et que vous l'avez regardé comme s'il était une espèce de gigolo ?

— Peut-être, concéda Auggie.

— J'ai horreur des machos, l'informai-je. Si vous voulez jouer les connards sexistes, allez le faire ailleurs.

Auggie tendit un doigt pour désigner quelque chose derrière nous, et nous pivotâmes tous vers Noël. À quatre pattes, celui-ci attendait toujours qu'on s'occupe de lui.

— Vous dites que le Rex local ne dirige pas sa fierté comme la plupart de ses semblables.

— C'est exact, approuva Micah.

— Pourtant, son lion agit comme s'il connaissait les règles.

— Les lions de Joseph savent se comporter en lions. Simplement, ils ne passent pas leur vie à tenter d'établir qui est le plus fort dans les plaines du Serengeti.

— C'est ainsi que se comportent les vrais lions, objecta Auggie.

— En réalité, intervins-je, les lions originaires de régions boisées ne sont pas comme ça. La hiérarchie sociale complexe et les luttes de dominance perpétuelles semblent caractéristiques de ceux qui vivent dans les plaines africaines.

Auggie me dévisagea. Je me sentis commencer à rougir, et je luttai pour m'en empêcher. Nathaniel me serra un peu plus fort.

— Une fille intelligente, c'est supersexy, chuchota-t-il.

Je réussis à articuler :

— J'ai une licence de biologie, et j'ai fait des recherches sur les différentes espèces quand nous avons formé la Coalition.

Auggie éclata d'un rire brusque.

— Je traite avec des lions depuis plusieurs millénaires, et jamais je n'ai eu l'idée d'ouvrir un livre consacré à leur étude.

— Comment est-ce possible ? demandai-je, incrédule.

— Je vis avec des lions. Je n'ai pas besoin de me documenter sur eux.

Stupéfaite, je secouai la tête. Le pire, c'est qu'Auggie ne se rendait même pas compte à quel point il était arrogant !

— Je vis avec des vampires, et je relève des zombies presque chaque nuit, mais je continue à me tenir informée de toutes les nouvelles publications sur le sujet.

Je commençais à ne plus supporter Auggie. J'éprouvais toujours l'attraction de son pouvoir, mais ce n'était que de l'amour. Je pouvais combattre l'amour. Grâce à Jean-Claude et à Richard, je ne manquais pas d'entraînement.

Je tapotai le bras de Nathaniel. Il m'embrassa sur la joue et me lâcha. Je me dirigeai vers Noël, toujours prostré par terre.

— Relève-toi, Noël.

Il obtempéra en jetant des coups d'œil nerveux à Auggie par-dessus mon épaule. Aussi, je regardai derrière moi, mais le vampire ne faisait rien d'autre qu'observer Noël. Je touchai l'épaule de ce dernier et le fis pivoter de manière qu'il ne voie plus Auggie.

— Qu'y a-t-il, Noël ?

— Il faut qu'on vous parle, Travis et moi.

Le jeune homme voulut tourner la tête vers Auggie, mais je posai une main sur son bras pour l'en dissuader.

— D'accord.

Je me dirigeai vers le canapé, entraînant Noël avec moi. Micah et Nathaniel nous emboîtèrent le pas. Je ne savais pas s'ils voulaient juste écouter la conversation, ou s'ils couvraient mes arrières au cas où Auggie déciderait de faire un nouveau truc bizarre.

Requiem était assis près de Travis, une main sur le front du lion-garou.

— Il est en état de choc.

Je m'agenouillai devant Travis. Il avait le teint cendreux.

— Seigneur, Travis, transforme-toi pour te soigner !

Il fit un petit signe de dénégation.

— Donnez-moi votre bête, réclama-t-il d'une voix tendue, essoufflée. Forcez-moi à me transformer.

— Ma bête est très bien là où elle est.

— Vous devez utiliser l'un de nous pour nourrir l'ardeur ou lui donner votre bête, Anita, je vous en prie.

Je scrutai son visage creusé par la douleur.

— Tu veux t'envoyer métaphysiquement en l'air avec un bras cassé ?

Il secoua la tête en grimaçant et se recroquevilla au-dessus de son bras blessé.

— Non, pas vraiment, répondit-il sans redresser la tête, mais je veux encore moins que vous fassiez de ce monstre à cheveux bleus notre nouveau Rex.

— Je ne…

Il me regarda. Quelques centimètres seulement nous séparaient. Son visage était constellé de gouttes de sueur. Il était salement secoué, et il souffrait. Il aurait dû sembler faible, mais ça n'était pas le cas. Son regard exprimait une grande force.

— Anita, si vous faites de lui votre animal à appeler, ou le Rex de votre Regina, il partagera votre pouvoir. Aucun lion dominant et détenant une puissance pareille ne laisserait tranquille la fierté locale. Les lions ne sont pas comme les autres grands félins. Nous ne sommes pas du genre à vivre et laisser vivre. Nous aimons savoir qui est le plus fort d'entre nous. Joseph a choisi sa Regina par amour, pas selon des critères de pouvoir. Elle est gentille, mais c'est juste sa femme, pas une force en elle-même. Si vous donnez votre pouvoir à ce type, il ne pourra pas nous laisser tranquilles. Le lion en lui se sentira obligé de nous conquérir.

À travers la pièce, je jetai un coup d'œil à Auggie.

— Êtes-vous d'accord avec cette évaluation ?

Le vampire acquiesça.

— Oui, mais quant au fait que Haven deviendra votre Rex… je n'en suis pas aussi certain que toi et les autres félins ici présents. Je t'ai liée avec mon pouvoir, Anita. Et si c'était pour cette raison que tu es aussi sensible à la présence de mes lions ? Si tu les trouvais attirants, non pas juste à cause de ta bête, mais à cause de mon pouvoir ?

C'était la chose la plus intelligente qu'il ait dite depuis un bail. Du coup, je me demandai qui était le véritable Auggie : le type réfléchi, ou le con sexiste ?

Je hochai la tête.

— D'accord, peut-être. Comment faire pour vérifier ?

— Anita était déjà sensible à la présence de vos lions avant que vous la rouliez, fit remarquer Micah.

Je jurai.

— Et merde. Il a raison. Pierce et Haven m'ont fait de l'effet dès le début, avant même notre petit duel de pouvoir.

Auggie opina.

— Dans ce cas, il se peut que ta lionne cherche un dominant. Quoi qu'il en soit, tu n'auras qu'à comparer la réaction que t'inspire Pierce à celle que t'inspirent ces deux lionceaux. Ou bien mon pouvoir a aggravé ton attirance initiale, ou bien ta bête cherche des proies plus puissantes. C'est déjà ce que fait ton ardeur, selon Jean-Claude – alors, pourquoi pas ta bête ?

Je jetai un coup d'œil à Jean-Claude.

— Vous avez bavardé en mon absence, à ce que je vois.

— Je cherche des réponses, ma petite. Augustin n'est peut-être pas fiable en tout, mais quand il fait une promesse, il la tient.

— Donc, vous lui avez demandé son opinion après avoir obtenu sa parole d'honneur qu'il ne révélerait nos secrets à personne ?

Jean-Claude acquiesça. Ça ne me plaisait pas beaucoup, mais il savait sans doute ce qu'il faisait. Et puis, nous avions réellement besoin d'aide pour comprendre ce qui nous arrivait. La liste des Maîtres de la Ville en qui il avait confiance était extrêmement courte. Et si j'avais voix au chapitre, elle le serait encore davantage après cette visite.

— S'il vous plaît, Anita, implora Travis. S'il vous plaît, donnez-moi votre bête. Nourrissez-vous de l'un de nous. Ne nous livrez pas à ce monstre.

— Pour l'instant, je n'ai pas besoin de donner ma bête à quiconque, et je me refuse à l'invoquer volontairement. Une fois qu'elle est réveillée, je ne sais plus comment la maîtriser.

— Vous n'avez pas à la maîtriser. Contentez-vous de me la transmettre.

— Travis… cesse de discuter et transforme-toi.

Il secoua obstinément la tête.

— Dans ce cas, utilisez-moi pour nourrir l'ardeur, dit Noël.

Je le dévisageai, scrutant ses yeux derrière ses lunettes à monture métallique. Il avait l'air si sincère, si jeune !

— Tu ne comprends pas ce que tu me demandes.

— Tu n'as qu'à leur marquer le cou, intervint Nathaniel.

Je reportai mon attention sur lui. D'habitude, il aime être le seul homme que je marque. Il me partage avec Micah, mais il déteste que je marque des gens qui ne comptent pas pour moi, et dont je ne fais que me nourrir.

— Ça ne te dérangerait pas ?

— Ce serait un bon moyen de vérifier sans aller trop loin. La décharge de pouvoir entre toi et Pierce aurait pu se produire entre toi et n'importe quelle créature surnaturelle. Mais ce qui s'est passé avec Haven quand tu as voulu toucher son cou… c'était différent. Essaie de reproduire le salut vampirique avec Noël et Travis en visant le cou, et vois si tu obtiens une réaction similaire.

— Beau et intelligent, commenta Auggie. Il y en a vraiment qui ont de la chance.

Je ne savais pas trop s'il faisait allusion à moi, à Jean-Claude ou à Nathaniel. Aucun de nous ne releva sa remarque.

— D'accord, Nathaniel, d'accord. Je vais essayer. Mais si ça ne marche pas, Travis devra se transformer pour soigner son bras, dis-je en regardant sévèrement l'intéressé.

Celui-ci opina.

— Si vous essayez avec nous deux et qu'il ne se passe rien, je le ferai.

Requiem resserra les plis de sa cape noire autour de lui. Ce mouvement le rappela à mon attention.

— C'est toi le maître ici, Jean-Claude. Mais ne faudrait-il pas qu'on parle avant qu'Anita fasse de nouveau usage de l'ardeur ?

Je tournai la tête vers Jean-Claude, qui acquiesça.

— Oui. Pendant ce temps, peut-être devrions-nous renvoyer nos jeunes lions auprès du docteur Lillian.

Travis lui jeta un regard signifiant clairement qu'il n'avait aucune intention de bouger.

— Vous plaisantez, j'espère ?

— Tu refuses un ordre direct du Maître de la Ville ? s'exclama Auggie.

Je levai une main.

— Ne recommencez pas avec ces conneries. Vous n'êtes pas chez vous ; ce ne sont pas vos oignons.

— Je ne crois pas que Travis soit en état de marcher, intervint Noël. Et si nous vous donnions notre parole de ne rien répéter à personne ?

— Vous êtes jeunes, et nés à une époque où les gens ne comprennent plus la signification de la parole donnée, contra Jean-Claude.

— Et puis, ajouta Micah, si Joseph vous ordonnait de lui répéter ce qui s'est dit ici, vous n'auriez pas le choix.

Travis poussa un long soupir tremblant et serra son bras contre lui.

— Aide-moi à me lever, Noël.

— Que pouvez-vous avoir de si secret à vous dire, pour le forcer à bouger ? m'indignai-je.

— Nous pourrions bouger, nous, suggéra Nathaniel.

— Bonne idée, approuvai-je. Que toutes les personnes valides me suivent, à l'exception de Noël.

— Jean-Claude, tu vas vraiment la laisser faire ça ? demanda Auggie. Nous déplacer tous pour que le lionceau n'ait pas à bouger ?

Je m'arrêtai à quelques pas du groupe parce que seuls Micah et Nathaniel m'avaient emboîté le pas sans discuter. Le regard de Claudia faisait la navette entre Jean-Claude et moi, et les autres gardes attendaient ses instructions. Nous étions en pleine lutte de dominance, et Claudia s'efforçait de décider quelle était la meilleure attitude à adopter pour limiter les dégâts.

Je tendis un doigt vers Auggie.

— Vous commencez à me fatiguer. (Puis vers Jean-Claude.) Pitié, dites-moi que vous n'allez pas refuser juste pour sauver la face devant Auggie. Ça ne nous coûte rien d'aller un peu plus loin dans le couloir.

— Le lionceau a perdu une bataille. C'est dans l'ordre des choses qu'il souffre, déclara Auggie.

J'agitai la main comme pour le chasser.

— Ce n'est pas à vous que je parle : c'est à mon maître. Jean-Claude ?

Je mentirais en disant que je pus le voir réfléchir, parce que son expression demeura parfaitement indéchiffrable. Mais je le regardais se planquer derrière ce masque depuis des années. J'arrivais presque à sentir les rouages tourner derrière.

Il finit par hocher brièvement la tête.

— Très bien.

Il s'approcha de moi, et je lui tendis la main pour le récompenser de cette preuve de bon sens.

— À ce que je vois, le Rex local n'est pas le seul qui courbe l'échine devant sa femelle, lâcha Auggie.

Je voulus me mettre en colère, mais Jean-Claude tira sur mon bras. D'un regard, il m'informa qu'il se chargeait de répondre. Puis il braqua l'éclat de ses prunelles bleu marine sur Auggie.

— Si tu savais qu'elle te communiquerait son ardeur et chérirait ton corps, resterais-tu ici, ou l'accompagnerais-tu dans n'importe quel endroit de son choix ?

Auggie le dévisagea une seconde, puis se mit à secouer la tête, encore et encore. Il se dirigea vers nous. Mais au lieu de s'arrêter lorsqu'il nous eut atteints, il continua à marcher, s'enfonça dans le couloir du fond et disparut à notre vue.

— Quand il reviendra, il amènera ses gens pour le couvrir, me dit Jean-Claude. Ça m'étonnerait beaucoup qu'il prenne de nouveau le risque de se trouver seul avec nous.

Je lui pressai la main.

— Je ne crois pas que ce dont il ait peur, c'est courber l'échine devant moi.

Jean-Claude réussit à prendre l'air humble.

— Peut-être pas.

Chapitre 41

— Comment ça, j'étais sur le point de lier Requiem à moi pour l'éternité ?

Finalement, nous avions décidé de tenir notre réunion ultrasecrète dans le couloir. Il était désert, et je n'avais aucune envie de rebrousser chemin jusqu'à la chambre de Jean-Claude.

— J'ai tenté de t'enseigner différentes façons de te nourrir, ma petite, et tu as appris très vite.

J'aurais pu contester ce point, mais je laissai courir.

— Ne vous souciez pas de ménager mon ego, Jean-Claude. Contentez-vous de m'expliquer ce que vous venez de dire.

— Tu t'étais déjà nourrie de Requiem. Mais chaque fois, tu te retenais, ou nos esprits étaient si étroitement liés à ce moment-là que d'une certaine façon, je maîtrisais ce qui se passait.

Je hochai la tête.

— Et ?

— Il est possible de connaître le désir le plus cher de quelqu'un. L'ardeur peut te permettre d'entrevoir l'âme de la personne dont tu te nourris.

— Je sais. Ça arrive souvent.

— Justement, répliqua Jean-Claude. Ça ne devrait pas.

Perplexe, je fronçai les sourcils.

— C'est systématique quand je nourris pleinement l'ardeur. C'est le seul moyen d'y parvenir, non ?

Jean-Claude secoua la tête.

— Non, ma petite, me détrompa-t-il. Il n'est pas nécessaire de connaître le désir le plus cher de quelqu'un pour se nourrir pleinement de lui.

— Mais connaître ce désir et l'exaucer fait un repas plus satisfaisant, plus… énergétique, insistai-je.

— En effet. Mais quelle est la règle concernant tous les dons de la lignée de Belle ?

Je dévisageai Jean-Claude sans comprendre.

— Je ne… Oh, ce sont des lames à double tranchant. Ils coupent toujours dans les deux sens.

— Voilà.

Je ne pigeais toujours pas.

— Si vous avez quelque chose à dire, dites-le, parce que là, je ne vois vraiment pas où vous voulez en venir.

— Lorsque tu as rencontré Micah, de quoi avais-tu besoin dans ta vie ?

— N'essayez pas de me faire trouver par moi-même, Jean-Claude. Crachez le morceau et finissons-en.

— Ça ne va pas te plaire.

— C'est l'impression que je commence à avoir, oui. Mais souvenez-vous : je suis le genre de fille qui préfère arracher le pansement d'un coup.

— Très bien. À l'époque, donc, tu avais besoin d'aide pour gérer le pard et tous les autres métamorphes que tu tentais d'aider. C'est ta volonté de coopération entre les espèces qui a posé les fondements de notre chère Coalition. Tu pensais que tous les problèmes de la communauté lycanthrope se résoudraient facilement si les différents groupes communiquaient entre eux.

— Je m'en souviens très bien. Et alors ?

— Tu avais besoin d'un homme qui te dise toujours oui au lieu de se disputer avec toi ou de tendre vers ses propres objectifs. Quelqu'un qui ferait passer tes besoins avant les siens.

Jean-Claude me dévisagea comme si c'était limpide. Ça ne l'était pas du tout. Du moins, pas pour moi.

— Comme tout le monde, non ?

— Je crois que je comprends, dit doucement Micah.

Je me tournai vers lui.

— Alors, explique-moi.

— Mon désir le plus cher, c'était de sauver les miens, et de trouver une partenaire assez puissante pour m'aider à les protéger par la suite. Chacun de nous a obtenu ce qu'il voulait le plus ardemment grâce à l'autre.

Les sourcils froncés, je tentai de réfléchir.

— Voulez-vous dire, articulai-je lentement, que j'ai fait en sorte que Micah soit tout ce que j'avais besoin qu'il soit ? (Je dévisageai Jean-Claude.) Voulez-vous dire qu'aujourd'hui encore, il est sous l'influence de mon pouvoir ? Que c'est pour ça qu'il ne me contredit jamais – parce qu'il est ensorcelé ?

Je reportai mon attention sur Micah pour voir s'il avait l'air aussi horrifié que moi. Mais il était aussi placide que d'habitude, prêt à faire le nécessaire. Tellement pragmatique, tellement… tout ce dont j'avais besoin chez un homme. Et merde.

Il me sourit.

— N'aie pas l'air si horrifiée, Anita.

— Es-tu aussi obligeant en temps normal ?

Il hocha la tête.

— J'ai toujours été facile à vivre, et passer des années sous la férule de Chimère a étouffé mes rares velléités de rébellion. Chaque fois que je faisais le malin, les gens qui m'entouraient le payaient trop cher.

— Toute notre relation est-elle due à un tour de passe-passe vampirique – même si je ne suis pas un vampire ? Toute notre relation est-elle un mensonge depuis le début ?

— Voilà ce que je craignais, soupira Jean-Claude.

— Et de quelle autre façon voudriez-vous que je réagisse ? hurlai-je presque.

— Tu oublies une chose, dit Micah.

— Laquelle ?

— Si l'ardeur a fait de moi ton compagnon idéal, elle a également fait de toi ma compagne idéale. Souviens-toi : ça fonctionne dans les deux sens.

Étais-je sous l'emprise d'un sort – d'un sort jeté par mon propre pouvoir ? Tout ça était trop compliqué pour moi. Je reportai mon attention sur Jean-Claude.

— Je ne comprends pas. Si ce que vous dites est vrai, comment se peut-il que nous n'ayons rien remarqué ?

— Oh, mais tu as remarqué, ma petite. Ton Nimir-Raj est le premier homme avec qui tu as couché alors que tu venais juste de le rencontrer. Le premier que tu t'es autorisée à ne pas repousser – je me trompe ?

Je voulais dire que oui, mais je ne pouvais pas. Merde alors. Je ne pouvais pas. Je lâchai un juron bien senti et me tournai vers Nathaniel. Il m'adressa un doux sourire, comme si nous étions chez le docteur et que je venais d'apprendre une mauvaise nouvelle.

— Si c'est vrai pour Micah et moi, alors...

— Oui, ma petite. C'est sans doute également vrai pour Nathaniel.

— Non, ça ne peut pas être la même chose. Ça s'est passé très différemment avec Micah et lui.

— Parce que ce sont deux hommes très différents. Tous les cœurs ne nourrissent pas le même désir secret.

— J'ai résisté pendant des mois avant de coucher avec Nathaniel.

— Oui, mais ce n'était pas de sexe que Nathaniel avait besoin. Pas vraiment. Il voulait être aimé et apprécié pour lui-même, et pas seulement pour son corps. En refusant de coucher avec lui mais en l'aimant quand même, tu lui as donné ce qu'il désirait le plus au monde.

J'avais l'impression de suffoquer. Je ne pouvais plus respirer. Mon dos heurta le mur. Je m'y adossai pour tenter de réfléchir, mais en vain.

— Les deux seuls hommes dans ma vie au travers desquels je ne vois pas complètement sont Richard et vous.

Jean-Claude acquiesça.

— J'ai toujours su comment t'empêcher de lire en moi. Quant à Richard… il est puissant, et si torturé qu'il ne connaît pas lui-même son désir le plus cher.

— Mais ça marche avec tous les autres. Asher, Damian… Peut-être même Jason. Merde alors, je ne sais plus.

Ce fut le moment que Requiem choisit pour intervenir.

— Je pense que ton ardeur n'est pas seulement porteuse de désir, mais aussi d'amour. Comme celle de Belle, et comme celle de ma Ligéia autrefois.

— J'ai été dans la tête de Belle. Elle ne reconnaîtrait pas un véritable amour s'il lui mordait la fesse gauche.

Le vampire eut un léger sourire.

— Elle maîtrise l'ardeur comme un guerrier son arme. Elle sait comment susciter l'amour et le dévouement, voire la dépendance, chez les autres sans en souffrir elle-même. Elle en a fait un art.

— Veux-tu dire que je m'y prends mal ? demandai-je.

Requiem parut réfléchir, puis acquiesça.

— Comment le sais-tu ?

— À un moment, tu as regardé tout au fond de moi. Je t'ai sentie scruter l'abîme de mon âme, Anita, et caresser ma plus grande douleur. Belle Morte aurait éveillé cette douleur et s'en serait servie pour me tourmenter. Toi, tu essayais de la guérir.

— J'étais censée te soigner, non ?

— Physiquement, ma petite, pas émotionnellement. (Jean-Claude me toucha la joue et me dévisagea comme s'il cherchait à lire quelque chose sur mes traits.) Et quand bien même, personne ne s'attendait à ce que tu t'attaques à sa souffrance la plus profonde.

Il laissa retomber sa main mais continua à m'observer.

— Je ne sais pas faire les choses à moitié, Jean-Claude. Avec moi, c'est tout ou rien ; vous devriez vous en être rendu compte depuis le temps.

Il acquiesça, l'air contrarié.

— Tu as tout à fait raison, ma petite. Je suis ton maître, et tout ceci est ma faute. J'aurais dû le prévoir.

— Prévoir quoi, au juste ?

— Depuis le début, tu es obsédée par l'idée d'apprendre à maîtriser la façon dont tu te nourris, et je me suis laissé contaminer par cette obsession. Alors que j'avais d'autres choses à t'enseigner sur la maîtrise de l'ardeur, des choses que j'ai négligées du coup.

— Tu n'aurais pas pu lui apprendre à dompter cet effet secondaire, pas quand elle découvrait à peine l'ardeur, contra Requiem. J'étais avec Ligéia quand elle a acquis sa propre ardeur. Les premiers mois furent brutaux. J'ai cru qu'elle allait devenir folle. (Il agrippa l'épaule de Jean-Claude.) Si j'ai bien compris, l'ardeur d'Anita s'est manifestée pour la première fois quand elle a rencontré Micah. Il était impossible pour elle de la contenir à ce moment-là. (Il nous dévisagea, Micah et moi.) Et dans le fond, le résultat a été extrêmement bénéfique pour toutes les personnes concernées.

Je pivotai vers Micah et Nathaniel.

— Je vous ai capturés tous les deux. Je vous ai roulés.

Ils échangèrent un regard avant de reporter leur attention sur moi.

— Nous t'aimons, dit Micah.

Nathaniel s'approcha comme pour me prendre dans ses bras, mais je reculai le long du mur, hors de sa portée.

— Mais c'est à cause d'un pouvoir vampirique ! Ça ne gâche pas tout pour vous, de savoir que c'est un mensonge ? Je vous ai emprisonnés. C'est pire que ce qu'Auggie nous a fait. Je vous ai forcés à m'aimer pour de bon. C'est... maléfique.

— Si tu nous avais fait tomber amoureux de toi sans nous aimer en retour, ce serait peut-être maléfique, répliqua Micah. Mais tu nous aimes aussi.

— C'est un mensonge, insistai-je. Un mensonge !

Il me regarda comme il le fait toujours quand je dis ou fais quelque chose de stupide. Mais cette fois, j'avais raison.

— J'ai déjà été amoureux, Anita, souviens-toi.

— De Becky, que tu avais rencontrée au lycée et avec qui tu as continué à sortir pendant que vous étiez en fac.

Il acquiesça.

— C'était réel, Anita. Je pensais qu'elle était la femme de ma vie, et si elle ne m'avait pas plaqué, je n'aurais jamais su que l'amour pouvait être encore meilleur que ça.

Becky l'avait laissé tomber après l'attaque qui avait fait de lui un léopard-garou. Elle n'avait pas supporté qu'il devienne poilu une fois par mois. Évidemment, ils avaient déjà des problèmes de couple avant. Becky considérait comme un énorme inconvénient ce que je vois comme un énorme avantage.

Micah fit un pas vers moi. Je glissai le long du mur, une main tendue devant moi comme pour le repousser. Je ne voulais pas qu'il me touche, pas maintenant. Parce que s'il me touchait, je perdrais cette bataille. Je n'avais jamais compris pourquoi mon corps réagissait ainsi à sa présence. Aucun des autres hommes de ma vie ne me faisait cet effet, pas à ce point. Maintenant, je savais que c'était de la manipulation vampirique, et que j'étais la manipulatrice, fût-ce à mon insu. Merde alors.

— Je sais à quoi ressemble l'amour véritable, Anita. Ça ressemble à ça. Chacun de nous est plus heureux qu'il ne l'avait jamais été auparavant. La seule chose qui puisse gâcher ce que nous partageons, ce serait que tu pètes les plombs.

— Comment pourrais-je faire autrement ?

Je perçus un souffle d'air, et la seconde d'après, des mains me touchèrent. Dès qu'elles effleurèrent mes bras nus, je me sentis plus calme.

Je m'abandonnai contre Damian, laissai le vampire m'enlacer par-derrière. La peur, la colère, la confusion s'évanouirent. La poigne de fer avec laquelle il maîtrisait ses émotions, cette poigne de fer développée au contact de sa créatrice – voilà ce que Damian partageait avec moi. L'espace de quelques secondes, je m'abandonnai à cette sérénité. La panique était toujours là, mais j'arrivais à la gérer. J'étais toujours horrifiée, mais ça n'oblitérait plus toutes mes pensées.

Appuyant l'arrière de ma tête contre la poitrine de Damian, je levai les yeux vers lui. Il avait attaché ses cheveux rouge sang. Je scrutai son visage que ma magie avait rendu parfait. Il était déjà beau avant ; maintenant, il était sublime. Ses yeux ressemblaient à deux émeraudes, si tant est que des pierres précieuses puissent soutenir votre regard – si tant est qu'elles puissent brûler d'intelligence et de désir.

— Salut, Damian, lançai-je d'une voix tellement détendue qu'on aurait dit celle d'une droguée.

Il me dévisagea en souriant.

— Salut.

Je clignai des yeux.

— Je me sens si bien tout à coup... Jamais encore tu ne m'avais calmée aussi vite et aussi radicalement.

— Tu aimes Micah, n'est-ce pas ?

Je fronçai les sourcils.

— Oui.

— Et tu aimes Nathaniel, n'est-ce pas ?

Je fronçai les sourcils plus fort.

— Oui, mais ce n'est qu'un mensonge.

La main de Damian remonta le long de ma nuque tandis qu'il inclinait la tête vers moi.

— Tu le ressens comme un mensonge ?

— Non, admis-je d'une toute petite voix.

Il chuchota les derniers mots contre ma bouche.

— Vous vous aimez tous les trois. N'est-ce pas plus important que la raison pour laquelle vous êtes tombés amoureux ?

Parce qu'il me touchait, son raisonnement me parut tout à fait acceptable.

— Si.

Il m'embrassa. Ses lèvres que ma propre magie avait rendues plus pleines, plus appétissantes, couvrirent les miennes. Puis il s'écarta juste assez pour souffler :

— L'amour est trop précieux pour être gaspillé, Anita.

Bien entendu, il avait raison. Il avait raison, mais ce n'était pas mon style de rendre les armes devant la logique aussi rapidement. Non, ça ne me ressemblait pas du tout.

Damian plaqua sa bouche sur la mienne, et sa main libre me pétrit la gorge tandis qu'il pressait mon dos contre son corps. Jusque-là, quand il m'aidait à me calmer, je l'avais toujours embrassé froidement. Cette fois, je m'abandonnai à son baiser, à son étreinte, même si une partie de moi savait que c'était une manipulation mentale de plus. Damian était mon serviteur vampire. Son pouvoir croissait avec le mien. Jamais encore je n'avais pensé qu'il pourrait l'utiliser contre moi.

Chapitre 42

Je mis un terme à notre baiser en m'écartant de Damian et en le repoussant assez fort pour le faire trébucher. Ses yeux étaient deux puits de flammes émeraude.

— Ce n'était pas bon ? s'étonna-t-il.

Je secouai la tête. Je n'avais pas confiance en ma voix. Mais dès l'instant où il cessa de me toucher, la panique revint à la charge. La peur aussi, encore plus vive que précédemment. J'étais cernée par les pouvoirs de manipulation vampirique. Cernée jusqu'à l'intérieur de moi – la seule personne que je ne pouvais pas fuir.

Micah tenta de nouveau de me prendre dans ses bras, mais je le contournai et rebroussai chemin vers le salon. Nathaniel effleura mon bras ; je me dérobai et secouai la tête sans savoir pourquoi.

— Ce n'est pas forcément un désastre, ma petite, lança Jean-Claude.

— Bien sûr que si !

— Anita. Peu m'importe que ce soit la magie qui nous ait poussés l'un vers l'autre, déclara Micah. Nous sommes ensemble, c'est tout ce qui compte.

Il me tendit une main que je ne pris pas.

— Si tu me touches, je céderai, expliquai-je. Je cesserai de me battre, parce que ton corps me fait toujours cet effet. Parce que la sensation de ta peau contre la mienne surpasse tout le reste.

— Et c'est une mauvaise chose ? demanda-t-il.

— Je me suis toujours demandé pourquoi je réagissais ainsi à ton contact, et maintenant, je le sais. C'est la conséquence d'un pouvoir vampirique, d'une manipulation mentale. C'est un contrecoup de l'ardeur, Micah.

Lentement, il laissa retomber sa main.

— J'aime la manière dont tu réagis à mon contact, Anita. (Fermant les yeux, il serra les poings contre sa poitrine.) J'adore te tourner la tête de cette façon, comme si j'étais une liqueur ou une drogue. (Il rouvrit les yeux et planta dans le mien son regard vert-jaune de félin.) Je croyais que ça te plaisait aussi.

J'ouvris la bouche pour nier, mais c'eût été un mensonge. Les vampires perçoivent le mensonge ; les métamorphes le hument. Alors, je dis la vérité.

— Oui, ça me plaisait aussi.

Il secoua la tête.

— Pourquoi employer l'imparfait ? Ça te plaît toujours. Ça te plaît tellement que tu as peur de me laisser te toucher.

— S'il te plaît, Micah, ne fais pas ça.

— Qu'est-ce que je ne dois pas faire ? Te rendre heureuse ? Nous rendre tous les deux plus heureux que nous ne l'avons jamais été ? Nous avons presque trente ans, Anita. Nous avons été en couple avec d'autres personnes ; nous avons essayé d'autres modes de vie. Ce qu'il y a entre nous… ça fonctionne. C'est impossible de faire mieux. Ne gâche pas tout parce que c'est fondé sur l'ardeur. (Il fit un pas vers moi.) Nous avons toujours su que notre relation était fondée sur l'ardeur.

— Nous savions qu'elle avait commencé à cause de l'ardeur, pas qu'elle était entièrement construite dessus.

Je me détournai de Micah, parce que je craignais de ne pas pouvoir m'obstiner longtemps si je continuais à voir l'angoisse peinte sur son visage. Mais du coup, mon regard se posa sur Nathaniel, ce qui n'arrangea pas mes affaires. D'abord parce qu'il était nu, et que n'importe lequel des hommes que j'aime n'a qu'à se désaper pour remporter la plupart de nos disputes. Je ne l'admettrais jamais à voix haute, mais c'est la vérité. C'était déjà dur de résister à la vision de Nathaniel sans ses vêtements, et la tête qu'il faisait rendrait ça encore plus difficile. Il semblait si peiné, si blessé…

— Tu serais vraiment capable de nous jeter, de nous tourner le dos et de t'en aller, aussi simplement que ça ?

Ma gorge était serrée, mais plus seulement à cause de la panique. À présent, celle-ci avait de la compagnie. Peut-on s'étrangler avec ses propres larmes contenues ?

Nathaniel me dévisageait, ses yeux couleur de lilas brillant à travers la cascade de sa chevelure auburn. Ses prunelles ressemblaient à deux améthystes éclairées de l'intérieur. Je voyais bien qu'il faisait de gros efforts pour ne pas pleurer. La première larme qui s'échappa et coula le long de sa joue signa ma défaite.

Je m'approchai de lui. Je le pris dans mes bras, et il s'écroula si brusquement qu'il m'entraîna dans sa chute. Une fois que nous fûmes à terre, il continua à s'accrocher à moi en sanglotant, tandis que je me noyais dans la tiède odeur de vanille de ses cheveux. Immobile à deux pas de nous, Micah nous toisait en silence.

Était-ce un mensonge ? Je ne le ressentais pas comme tel. L'homme dans mes bras me semblait bien réel, et ses larmes l'étaient aussi. L'idée que je puisse l'abandonner pour une raison aussi… futile lui avait brisé le cœur.

Micah avait raison : nous avions toujours su que notre relation était fondée sur l'ardeur. C'était valable pour lui et moi, mais aussi pour Nathaniel et moi. Si je n'avais pas eu besoin de nourrir l'ardeur, jamais je ne l'aurais autorisé à emménager chez moi. Jamais je n'aurais dormi avec lui, habillée et étrangement chaste, me contentant de lui donner des baisers et des caresses sans lui offrir de libération véritable. Jamais je n'aurais fait tout cela. Jamais je ne serais tombée amoureuse de lui sans l'ardeur pour le maintenir sur mon chemin.

Sans le lâcher, je tendis une main à Micah. Celui-ci sourit et nous rejoignit. Se laissant tomber à genoux, il passa ses bras autour de nos épaules. Les sanglots de Nathaniel redoublèrent. Je m'accrochai aux deux métamorphes de toutes mes forces. Micah m'embrassa, et je lui rendis son baiser. Pour moi, sa bouche avait toujours eu le goût du sexe. Tout mon corps réagit à cette simple pression des lèvres.

Les mains de Nathaniel s'emparèrent de mes seins. Était-ce moi qui leur avais appris à tous les deux que le seul moyen de se réconcilier après une dispute était de s'envoyer en l'air, ou était-ce l'ardeur qui en avait décidé ainsi ? C'était aussi insoluble que la question de la poule et de l'œuf. Je m'abandonnai à la sensation de ces deux bouches et de ces quatre mains sur mon visage, dans mon cou, sur mon corps.

Micah et moi léchâmes les larmes de Nathaniel, et quelque part au milieu de ce corps à corps, je laissai filer mes doutes. Je pourrais me poser des questions plus tard. Pour le moment, rien ne me semblait plus important que de les toucher tous les deux.

Micah et moi nous redressâmes en même temps pour reprendre notre souffle, et fûmes frappés simultanément par une odeur de lion. Micah grogna.

À quatre pattes non loin de nous, le front pressé contre le sol, Noël nous tendit une main. Travis se laissa tomber à genoux derrière lui, serrant son bras cassé contre sa poitrine. Il s'affaissa contre le mur, et pour la première fois, je songeai que sa fracture n'était peut-être pas la plus grave de ses blessures. Les métamorphes sont coriaces. Je n'avais même pas pensé à lui demander s'il avait mal ailleurs. Je ne m'étais pas non plus souciée de ce que le docteur avait dit. Noël et lui n'étaient qu'un problème gênant de plus, une pinte de sang supplémentaire à verser sur l'autel de l'ardeur et de ma bête.

Je jetai un coup d'œil à Micah.

— Je suis d'accord avec eux, dit-il. Je ne veux pas de Haven.

Je me tournai vers Nathaniel.

— Je suis d'accord avec Micah. Mais il faut que Jean-Claude, ou quelqu'un d'autre, t'aide à te lier complètement à eux.

— Entendu, acquiesçai-je.

Je regardai derrière nous.

— Jean-Claude, comment devons-nous nous y prendre ?

— Je peux t'empêcher d'utiliser l'ardeur à son niveau maximum, mais j'ignore si je pourrai dompter la lionne en toi.

— Moi, je pourrai.

C'était Auggie qui venait de parler. Il avait bouclé une longue cape noire autour de son cou. Ses épaules étaient si larges que ça lui faisait une silhouette presque carrée, et que sa tête paraissait trop petite pour son corps. L'ourlet traînait sur le sol, parce que tous les vampires du *Cirque* susceptibles de lui avoir prêté cette cape mesuraient trente bons centimètres de plus que lui.

La cape avait l'air empruntée, et elle l'était, mais Octavius et Pierce se tenaient derrière Auggie, et ils n'avaient pas du tout l'air empruntés, eux. Ils semblaient parfaitement à leur place. Tout comme les deux gardes du corps qui les suivaient. Selon les derniers ordres en date, Pierce et Haven devaient être surveillés par quatre gardes en permanence. Je me demandai si les deux autres étaient restés auprès de Haven toujours évanoui. Sans doute.

— Je veux que ça fonctionne, Auggie, si tant est que ce soit possible. Vous devez me donner votre parole que vous ne ferez pas foirer notre tentative.

— Dis-moi exactement ce que tu veux que je te promette, Anita.

Le visage d'Auggie était inexpressif et blême de concentration. Du coup, ses yeux paraissaient immenses et encore plus sombres, comme le ciel avant qu'il vire au noir.

Je réfléchis quelques instants, puis me tournai vers Jean-Claude.

— Vous voulez bien m'aider à formuler ça ?

— Sur ce point, je suis d'accord avec Augustin. Dis-moi exactement ce que tu attends de lui.

— Je souhaite vraiment essayer de me lier avec Noël. Je ne veux pas qu'Auggie interfère dans le processus, mais d'un autre côté, je refuse de lier Noël comme j'ai lié Micah et Nathaniel. Je veux voir si mon pouvoir en a après tous les lions, ou s'il trouve ceux d'Auggie particulièrement appétissants.

— Si mes lions te semblent plus appétissants, ce n'est peut-être pas parce qu'ils m'appartiennent, mais parce que ton pouvoir cherche quelqu'un de plus dominant que les lionceaux prostrés près de toi. Je pense que dans son inquiétude de ne pas céder son pouvoir à un rival, le Rex local t'a envoyé de la nourriture dont ta lionne intérieure ne voudra jamais.

— Ma lionne intérieure, répétai-je sur un ton grinçant, même si c'est dur d'avoir l'air méprisante quand vous êtes à genoux par terre avec plusieurs hommes accrochés à vous.

— Ta bête, si tu préfères, rectifia Auggie d'une voix atone.

Son visage n'exprimait rien. Il se comportait comme tous les très vieux vampires que j'aie jamais rencontrés. Le véritable Augustin se dévoilait enfin.

— Est-il plus probable que les lions veuillent un dominant ?

— Je croyais que tu avais lu des tas de choses sur leurs mœurs.

Je réfléchis et acquiesçai.

— Quand un nouveau mâle prend la tête de la fierté, la première chose qu'il fait, c'est de tuer les lionceaux. Comme ça, le mâle qu'il a écarté ne laisse pas de descendance, et les chaleurs suivantes des femelles arrivent plus vite, ce qui lui permet de se reproduire.

Auggie opina.

— Du coup, les femelles de la plupart des fiertés garous sont très difficiles à impressionner.

Je secouai la tête.

— Ne me dites pas que les fiertés garous sont dirigées comme les fiertés animales ? Que le nouveau chef tue les enfants du précédent ? C'est ridicule !

Auggie haussa ses larges épaules sous la cape trop longue pour lui.

— C'est déjà arrivé.

Je reportai mon attention sur Noël et Travis.

— C'est déjà arrivé, à votre connaissance ?

— Non, répondirent-ils en chœur.

— Ils sont trop jeunes pour savoir ce que nous faisions avant que les métamorphes acquièrent un statut légal, intervint Pierce.

— Voulez-vous dire que certains lions-garous tuent réellement les enfants de l'ancien Rex ? m'exclamai-je, choquée.

— J'ai déjà vu ça, oui, répondit Pierce d'une voix tendue.

Je faillis demander : « Dans quel camp étiez-vous ce jour-là ? », mais je m'abstins. Son regard était troublé. Ou bien il avait fait partie des victimes, ou bien il avait fait des choses qui le hantaient. J'avais assez de mes propres cauchemars ; Pierce pouvait garder les siens.

— Je suppose que du coup, vous voulez un Rex aussi puissant que possible, dis-je d'une voix légèrement étranglée.

Quelques heures auparavant, je croyais que j'étais enceinte. Que ressent-on quand on porte un enfant pendant neuf mois, qu'on le met au monde et qu'un inconnu le massacre après avoir d'abord tué son père ? Tout haut, je dis :

— Si quelqu'un me faisait ça, il ne survivrait pas longtemps.

— Les fiertés qui comportent des femelles très puissantes sont rarement attaquées. Parce qu'à un moment ou à un autre, il faut dormir.

Pierce avait presque souri en disant ça.

Je hochai la tête.

—C'est aussi ce que je penserais.

—Les femelles de la fierté locale sont très faibles, lança Auggie de sa voix toujours atone de maître vampire, qui aurait pu être celle de n'importe qui. La femme du Rex est faible ; elle ne voulait pas que les autres femelles soient plus fortes qu'elle. Et comme les femelles doivent ressembler à leurs mâles, votre Joseph a été obligé de rejeter beaucoup de mâles puissants.

—Voulez-vous dire que si quelqu'un tuait Joseph, personne au sein de sa fierté ne serait en mesure de réagir ?

—Son frère poserait sans doute un problème, répondit Pierce. Mais lui mis à part… non, personne.

—À mon avis, il faudrait tuer les deux frères, approuva Auggie. Après ça, les autres seraient impuissants.

Son regard se posa sur les deux lions prostrés derrière moi.

Noël dévisageait Auggie d'un air horrifié et incrédule à la fois. Ce fut Travis qui dit :

—Apparemment, vous avez beaucoup réfléchi à la question.

—C'est pour ça que vous avez amené des dominants, ajoutai-je. Vous escomptiez que Pierce ou Haven prendrait la tête de la fierté locale.

Auggie soutint mon regard sans ciller.

—Espèce de salopard.

—Ce n'est pas moi qui ai rendu cette fierté vulnérable, prête à être cueillie par le premier dominant venu. Joseph a fait ça tout seul.

—Il aime sa femme, protestai-je. Ce n'est pas un crime.

Auggie haussa les épaules.

—Anita.

La petite voix de Noël me fit reporter mon attention sur lui. Il se traîna vers moi, la main tendue en avant, les traits creusés par la peur.

—Essayez-moi, je vous en supplie.

Je voulus lui dire : « Je ne laisserai pas ces gens vous faire de mal, à toi et aux tiens », mais je ne pus pas. C'eût été un mensonge. Oui, nous avions conclu une alliance avec les lions, mais si la fierté de Joseph était vulnérable à ce point et si les luttes de dominance chez les lions se déroulaient vraiment de cette façon, personne d'extérieur ne pourrait intervenir. Les différents groupes de la Coalition ont le droit de s'entraider, mais pas d'intervenir dans les luttes de dominance des autres. Pas à moins de vouloir fusionner tous les groupes pour former une espèce de horde lycanthrope. Les garous ne fonctionnent pas bien dans une société qui mélange les espèces. Trop de différences culturelles.

Le seul moyen de renvoyer Haven chez lui, c'était de trouver un autre lion au goût de ma lionne intérieure. Et merde.

Noël me dévisageait, la main toujours tendue vers moi. Sa peur le faisait paraître encore plus jeune et plus inexpérimenté. Aucun groupe animal ne peut fonctionner sans dominants. Il lui faut du muscle, de la force et de la volonté. Si Auggie avait bien analysé la fierté de Joseph, celle-ci était en grand danger. Quand bien même Haven ou Pierce ne s'en emparerait pas maintenant, quelqu'un d'autre s'en chargerait plus tard. Évidemment, si l'un des lions de Joseph devenait ma pomme de sang, les autres lions hésiteraient peut-être à attaquer sa fierté.

À travers tout le pays, des maîtres vampires sur le territoire desquels la troupe de danse n'avait pas mis les pieds nous proposaient des candidats. Après le départ de nos visiteurs, nous continuerions à voir défiler des repas potentiels pendant des mois. Nous avions déjà reçu des offres de groupes animaux qui n'étaient alliés avec aucun vampire. Vous savez que vous êtes devenu un gros poisson quand tous les requins veulent jouer avec vous.

Je n'avais pas vraiment le choix. Je pris la main de Noël et l'attirai vers moi. Je ne savais pas ce que je ferais de lui une fois que je le tiendrais, mais je trouverais bien quelque chose.

Chapitre 43

Noël sentait la peur. Il sentait la bouffe – pas la nourriture pour l'ardeur, mais la viande qui n'a pas encore cessé de se débattre. Je le poussai par terre et soulevai son tee-shirt jusqu'à ses épaules. Puis je détaillai son torse nu. Il respirait si vite et si fort que son ventre se soulevait et s'abaissait en même temps que sa poitrine.

Je me penchai vers cette chair douce et pâle. Je m'arrêtai à un cheveu de sa peau, si près que je sentis la chaleur de mon souffle me revenir à la figure – et avec elle, l'odeur de Noël, plus forte, plus riche. Je fermai les yeux. Mais j'avais basculé dans un état d'esprit animal. La vision ne comptait plus beaucoup. Seuls importaient l'odeur de Noël, son souffle et les battements de son cœur. Je collai l'oreille contre sa poitrine pour mieux entendre ces palpitations frénétiques, si claires et si vibrantes de peur. Je posai une main sur son ventre pour pouvoir suivre le mouvement de sa respiration.

— Respire moins vite, Noël, lui conseilla Micah, ou tu vas hyperventiler.

— Je ne peux pas m'en empêcher, répondit le jeune homme d'une voix essoufflée. Ce n'est pas au sexe qu'elle pense.

— Si tu te conduis comme de la nourriture, tu deviens de la nourriture, lança Travis derrière nous.

J'étais à quatre pattes au-dessus de Noël, la tête appuyée sur son cœur, une main se soulevant et s'abaissant en même temps que son ventre. Sa chair était si douce, si tendre…

Cette pensée me poussa à faire glisser mon visage un peu plus bas, jusqu'à son sternum. Dans cette position, je ne voyais plus tant les palpitations de son corps que je ne les sentais sous ma joue. Faisant rouler ma tête, j'embrassai son ventre. Le jeune homme sursauta violemment comme si je l'avais mordu, et poussa un gémissement délectable.

J'enfouis mon visage dans la douceur offerte de son ventre. Je pris dans ma bouche autant de chair qu'elle pouvait en contenir, et je mordis. Toute ma volonté fut nécessaire pour empêcher mes dents de transpercer la peau et de faire couler le sang de Noël.

Je m'écartai de lui et reculai en crabe jusqu'au mur. La sensation de sa chair tendre et tiède s'attardait dans ma bouche. C'était un souvenir qui me hanterait longtemps.

— Parle-moi, Anita, réclama calmement Micah.

Je secouai la tête.

— De la nourriture, chuchotai-je. Juste de la nourriture.

— Noël est juste de la nourriture pour toi, c'est ça ?

Les yeux toujours fermés, je fis signe que oui.

— Relève-toi, Noël, ordonna Travis sur un ton dur, irrité.

— Je suis désolé, souffla Noël.

Je finis par rouvrir les yeux à l'instant où il tirait son tee-shirt sur son ventre. Il avait le nez baissé et l'air penaud, comme s'il avait échoué.

— C'est bon, Noël. Auggie et Pierce ont raison. Joseph n'accueille que des soumis dans sa fierté.

— Noël n'est pas un soumis, contra Nathaniel. Sans ça, il aurait aimé que tu le mordes. Le danger l'aurait excité, et ça aurait peut-être suffi pour te faire basculer de la nourriture vers le sexe. Mais il est trop conservateur.

Autrefois, j'aurais protesté.

— J'ai une faveur à vous demander, dit Travis.

Nous le regardâmes tous.

— Pouvez-vous venir à moi, au lieu de me forcer à ramper vers vous ?

Je me souvins de ce que j'avais oublié de demander plus tôt.

— Ta fracture, c'est ta blessure la plus grave ?

— J'ai au moins deux côtes fêlées, peut-être une de cassée. Le docteur Lillian a dit qu'il faudrait faire une radio pour vérifier. Mais je n'ai pas de traumatisme crânien. Je suppose que j'ai la tête trop dure.

Travis essaya de sourire et y parvint presque.

Je me traînai jusqu'à lui. Micah s'écarta pour me laisser passer. Nathaniel s'affala à quatre pattes près de moi. Je lui jetai un coup d'œil.

— Ça m'étonnerait que Travis ait envie de compagnie.

— Je suis le seul soumis de ton harem. Tous les autres hommes de ta vie sont des dominants.

Cela me força à m'arrêter et à réfléchir. Je m'assis sur mes talons.

— Damian n'est pas un maître.

— Non, mais il n'est soumis que parce qu'il ne détient pas le pouvoir nécessaire pour être un dominant. Moi, je suis soumis parce que j'aime ça.

Je fronçai les sourcils.

— Où veux-tu en venir ?

— Demande-leur si parmi les membres de leur fierté, il n'y a pas quelqu'un qui me ressemble.

Je passai tous les hommes de ma vie en revue. Nathaniel avait-il raison ? Étaient-ils tous des dominants, lui excepté ? Richard, évidemment. Asher, oui. Jean-Claude, et comment ! Micah, aussi. Jason… non.

— Jason, lâchai-je.

— On m'appelle ?

Jason s'avança dans le couloir. Ses cheveux blonds étaient coupés court et coiffés soigneusement, à la façon d'un jeune cadre dynamique – mais un jeune cadre dynamique qui se débrouille pour passer beaucoup de temps à la muscu. Il fait à peu près ma taille, ce qui est petit pour un homme, et la plupart du temps, il exsude un charme juvénile.

Mais lorsqu'il vit Noël se relever en tremblant de tout son corps, lorsqu'il vit les blessures de Travis, lorsqu'il me vit tout près de Nathaniel complètement nu, son expression changea du tout au tout. Je n'aurais pas su mettre le doigt sur les différences exactes ; simplement, il parut tout à coup plus vieux, plus adulte. Ses yeux couleur de ciel printanier se remplirent de sagesse – d'expérience et d'intelligence. Jason le cache bien la plupart du temps, mais ce corps appétissant et ce visage souriant dissimulent un esprit affûté.

Puis son air adulte disparut, cédant la place à son habituelle expression charmeuse et légèrement provocante. Mais à présent, je le connaissais trop bien pour m'y laisser prendre.

— Jason peut jouer les soumis à l'occasion, mais dans le fond, c'est un dominant, déclara Nathaniel en souriant à son ami.

Nous ne nous marierons jamais, lui et moi, mais si nous devions le faire, je sais qui il choisirait comme garçon d'honneur.

— Dis-moi dans quelle position tu me veux, et je suis ton homme.

Jason remua les sourcils et m'adressa son fameux sourire, ce sourire qui disait qu'il avait des pensées merveilleusement indécentes. La plupart des gens considèrent le sexe comme une chose sérieuse et vaguement culpabilisante, mais pas Jason. Jason a la lubricité joyeuse.

Je fus forcée de lui rendre son sourire. Jason me fait toujours cet effet. Pour être honnête, il fait cet effet à la plupart des gens.

— Désolée, j'ai besoin de lions aujourd'hui, pas de loups.

— En fait, ma petite, nous tentons de déterminer de quelle façon tu réagis en présence de tous les animaux que tu portes en toi, me rappela Jean-Claude. Mais pour l'instant, concentrons-nous sur les lions.

— On dirait que j'arrive juste à temps, fit remarquer Jason.

— Tu n'es pas le seul loup dans ce couloir, répliqua Graham sur un ton boudeur.

Jason lui jeta un coup d'œil pas complètement amical. C'est rare qu'il regarde les autres ainsi.

— Je suppose que non, concéda-t-il une pointe d'irritation dans la voix.

Je me demandai ce qui s'était passé entre eux pour que Jason éprouve tant d'animosité vis-à-vis de Graham. C'est l'une des personnes les plus faciles à vivre et les moins rancunières que je connaisse.

— En ce qui me concerne, intervins-je, Jason est le seul loup dans ce couloir.

— Pourquoi est-il le seul loup avec qui tu couches, Richard excepté ? s'enquit Graham.

Ah. Maintenant, je comprenais pourquoi Graham était en rogne. Avait-il tenté de malmener Jason, sous prétexte que celui-ci était moins costaud que lui ? Sans doute. Graham a cette idée arriérée que la taille et la force priment sur tout le reste.

— Je ne sais pas. Mais je sais que ce genre de commentaire est précisément ce qui t'empêche de figurer sur la liste.

— Recule, lui ordonna Claudia.

Graham la foudroya du regard en croisant ses bras musclés sur sa poitrine. Elle fit un pas vers lui.

— Tu me défies ? demanda-t-elle d'une voix atone qui fit paraître sa question encore plus menaçante.

Graham secoua la tête et recula jusqu'au mur. Ça ne lui plaisait pas, mais il obéissait à Claudia. J'espérai qu'il se dégotte rapidement une copine, parce que ses sautes d'humeur commençaient à me lasser.

Comme si cette pensée l'avait conjurée, Meng Die émergea de la pénombre au bout du couloir. C'était la première fois que je la voyais depuis qu'elle avait découpé Requiem. Je ne voulais pas qu'elle soit là pendant que je testerais mes bêtes.

Meng Die est l'une des rares femmes de ma connaissance que je qualifierais de « délicate ». Elle est encore plus petite et plus menue que moi, si fragile en apparence ! Peut-être est-ce pour ça qu'elle porte toujours des fringues en cuir noir genre dominatrice. Mais ça lui va bien. Ça lui donne l'air d'une panthère, souple, effrayante et sexy à la fois. Ouais, effrayante et sexy à la fois, ça résume très bien Meng Die.

Chaussée de bottes noires à talons aiguilles, elle glissa vers Graham. Claudia avait déjà dû assister à ce petit numéro, car elle dit :

— Il bosse, Meng Die.

Le visage triangulaire de la vampire esquissa une moue boudeuse qui n'atteignit jamais ses yeux bridés. Elle changea de direction sans même un regard de regret vers Graham. Et voilà pourquoi celui-ci ne lui était pas dévoué ; voilà pourquoi elle avait failli briser le cœur de Clay. Elle voulait Graham, mais si elle ne pouvait pas l'avoir, ça ne la contrariait pas spécialement. Aucun homme ne peut apprécier que sa chérie se fiche d'être dans ses bras ou dans ceux d'un autre. Et la réciproque est également vraie. Aucun de nous n'aime se sentir remplaçable. Hommes ou femmes, nous voulons tous être uniques aux yeux de notre partenaire.

Meng Die s'approcha de Requiem, qui recula. Jean-Claude éleva la voix.

— Tu n'as plus le droit de le toucher, Meng Die.

La vampire lui jeta un coup d'œil.

— Plus jamais ?

— Pas à moins qu'il le souhaite.

Elle tourna son visage ravissant vers Requiem.

— Souhaites-tu vraiment que ce corps n'épouse plus jamais le tien ? demanda-t-elle en faisant courir ses mains le long de ses seins, de son ventre et de ses hanches.

Certains des hommes présents dans le couloir observèrent son geste avec beaucoup d'attention. Auggie et son escorte, notamment. Mais Requiem ne fut pas du nombre. Jean-Claude non plus. Aucun des léopards-garous ne parut intéressé. Jason, en revanche… Je dois admettre que si on faisait abstraction de l'esprit cruel qu'il abritait, le corps de Meng Die valait le coup d'œil.

La vampire nous dépassa – moi, les léopards et les lions – sans nous jeter un seul regard. Elle se dirigea vers Jason, qui avait regardé et qui ne figurait pas sur la liste des proies interdites. Posant la tête sur son épaule, elle s'entortilla autour de lui. Malgré ses talons, elle était plus petite que le métamorphe.

— Viens jouer avec moi, Jason, susurra-t-elle.

Jason rit et secoua la tête.

— J'ai un rapport à faire.

Je ne savais absolument pas de quoi il parlait.

— Après ? demanda Meng Die.

Jason sourit.

— Merci, mais non.

La vampire passa une main sur sa braguette. Apparemment, elle ne se sentait pas d'humeur subtile. Jason lui saisit le poignet.

— J'ai dit non.

Meng Die se dégagea avec humeur.

— Pourquoi ? Parce qu'elle est ici ?

Elle braqua un index accusateur sur moi.

J'ignorais que Jason et Meng Die avaient couché ensemble. Cela dut se voir sur mon visage, car la vampire eut un sourire en coin.

— Tu n'étais pas au courant ?

Je secouai la tête.

— On s'amusait bien jusqu'à ce que tu couches avec lui. Jusqu'à ce que tu l'utilises pour nourrir l'ardeur.

Je me levai. Micah et Nathaniel m'imitèrent.

— Je ne savais pas que tu sortais avec lui.

— Meng Die ne sort avec personne, contra Jason. Elle se contente de baiser certains d'entre nous.

— Et qu'y a-t-il de mal à ça ? lança la vampire sur un ton de défi.

— Rien du tout. Simplement, ce n'est pas mon truc.

— Tu as aimé ça, Jason. Je le sais.

— Tu es douée au lit, admit-il.

— Toi aussi, tu l'es, ronronna Meng Die, non pas comme un chat, mais comme certaines femmes sont capables de le faire.

Inutile de préciser que je n'y suis jamais arrivée.

Jason lui adressa un sourire grimaçant.

— Mais parfois, je préfère faire l'amour plutôt que me contenter de baiser.

L'air charmeur de la vampire s'envola. Elle fronça les sourcils.

— « Faire l'amour », c'est juste une façon chichiteuse de dire « baiser ».

Je jetai un coup d'œil à Jean-Claude.

— Vous n'avez pas réussi à lui apprendre la différence ?

— Certaines leçons arrivent trop tard. Le temps que je la récupère, Meng Die était déjà bien abîmée.

— Non, protesta la vampire. Non, ne lui raconte pas mon histoire. Je ne veux la pitié de personne, et surtout pas la sienne.

Jean-Claude eut ce haussement d'épaules élégant qui signifie oui et non, tout et rien à la fois.

— Comme tu voudras.

Meng Die reporta son attention sur Jason.

— Avec Anita aussi, tu te contentes de baiser.

Le métamorphe eut un sourire plus doux cette fois.

— C'est impossible de se contenter de baiser Anita.

— Qu'est-ce que ça veut dire ?

— Anita était mon amie, une amie proche, bien avant qu'on couche ensemble pour la première fois. Tu ne peux pas te contenter de baiser quelqu'un d'important pour toi. Parce que si tu merdes, tu ne perds pas seulement une partenaire de jeu : tu perds une amie. Et l'amitié d'Anita comptait plus pour moi que le fait de coucher avec elle. Donc, je devais lui faire l'amour, pas juste la baiser.

— Je ne te comprends pas, dit Meng Die.

— Anita prend le sexe très au sérieux, intervint Requiem. Du coup, il est impossible de coucher avec elle à la légère.

Meng Die secoua la tête.

— Je ne comprends toujours pas.

— Je sais, acquiesça doucement Requiem. Et j'en suis désolé pour toi.

— Je ne veux pas de ta compassion ! hurla la vampire.

Elle ne semblait pas armée, mais ses vêtements de cuir noir pouvaient dissimuler des surprises. Oh, pas de grosses surprises, mais un couteau à lame fine est facile à planquer, et il peut faire pas mal de dégâts.

— Je veux baiser, clama-t-elle. Qui veut baiser avec moi ?

Ses mots retombèrent comme une pierre dans le silence épais qui s'était abattu sur le couloir. Un par un, elle dévisagea tous les hommes présents. Elle se dirigea vers Damian, mais celui-ci recula en secouant la tête.

— Pourquoi non ? ronronna Meng Die. Anita est ton maître, pas ta femme.

— On ne couche ensemble que lorsqu'aucun de nous deux n'arrive à trouver quelqu'un d'autre, répondit Damian, un peu embarrassé.

Là encore, première nouvelle.

— Donc, je suis ta roue de secours ?

De charmeuse, la voix de Meng Die s'était faite menaçante.

— Tu m'as repoussé assez souvent, se justifia Damian. Quand Graham, Clay ou Requiem étaient disponibles, tu ne me regardais même pas. Ce n'est pas flatteur d'être le dernier sur la liste d'une femme.

Meng Die regarda Auggie, qui dit simplement :

— Nous sommes en train de parler affaires.

Elle se tourna vers Noël, qui recula comme si elle l'avait frappé.

— Vous me faites peur.

— Mais Anita, non ?

— Elle me fait moins peur que vous.

La vampire fronça les sourcils.

— Pourquoi ?

Je ne m'attendais pas à ce que Noël réponde. Pourtant, il le fit.

— Anita me blessera peut-être accidentellement, mais vous, je crois que vous le feriez juste pour le plaisir de me voir saigner.

Ce qui était très perspicace de la part d'un repas ambulant.

Je sentis Londres approcher dans le couloir, le sentis d'une façon dont je n'aurais pas dû pouvoir le sentir. Il me cherchait, utilisant ses pouvoirs vampiriques pour localiser sa prochaine dose. Levant les yeux, je le vis venir vers nous, sombre et pâle à la fois.

À sa vue, le visage de Meng Die s'éclaira. Elle se dirigea vers lui en gambadant presque. Londres ne lui jeta qu'un bref coup d'œil avant de reporter son attention sur moi. Il me regardait fixement comme si j'étais son étoile du Berger et qu'il était perdu en mer sans moi. Et merde.

Meng Die glissa sa petite main au creux du coude de Londres. Ses vêtements noirs se confondirent avec ceux du vampire.

— Viens, Londres. Laissons-les à leurs affaires.

— Pas maintenant, répliqua-t-il sans détacher son regard de moi.

Meng Die se raidit. Lentement, elle leva les yeux vers lui et suivit la direction de son regard. Puis elle me fonça dessus en secouant la tête.

— Non, protesta-t-elle. Pas Londres. Tu le trouves déprimant.

— Il l'est.

— Mais tu l'as baisé quand même.

Je haussai les épaules avec une mimique d'excuse.

— Il ne te plaît même pas ! s'emporta Meng Die.

— C'était un accident.

— Comment peut-on baiser quelqu'un par accident ?

C'était une bonne question, à laquelle je n'avais pas de réponse.

Sans prêter la moindre attention à la vampire furieuse, Londres s'approcha d'un pas glissant. Je vis Meng Die blêmir de rage et glisser une main dans sa nuque. Alors, je sus qu'elle cachait une arme sous ses vêtements.

J'ouvris la bouche pour dire quelque chose, mais Claudia et Lisandro me prirent de vitesse. Le flingue que chacun d'eux portait sous l'aisselle apparut dans leur main comme par magie. Celui de Claudia toucha les cheveux noir brillant de Meng Die. Le dos mince de la vampire me dissimula la main de Lisandro.

— Non, dit seulement Claudia.

Tous les gens qui se trouvaient de notre côté du couloir se rapprochèrent de nous. Tous ceux qui étaient derrière Meng Die reculèrent – à l'exception des gardes du corps, évidemment. Les deux métamorphes qui se tenaient derrière Pierce et Octavius voulurent rejoindre leurs collègues, mais je leur adressai un signe de tête, et ils restèrent à leur poste. Meng Die était déjà surveillée par quatre métamorphes, dont deux qui braquaient un flingue sur elle. Deux gardes de plus auprès d'elle ne feraient pas une grande différence ; mais deux gardes auprès d'Auggie et compagnie en feraient peut-être une.

Ce fut l'un de ces moments où le monde semble retenir sa respiration, parce que le souffle suivant sera peut-être le dernier de quelqu'un.

— Ne meurs pas pour si peu, dit Jean-Claude d'une voix qui fit frissonner ma peau.

Pourtant, ce n'était pas moi qu'elle visait : c'était Meng Die. Mais je savais ce que ça faisait d'être sa cible.

Toute tension s'évapora des épaules de la vampire. Un instant, son regard devint flou. Lisandro en profita pour lui enlever son couteau de la main. Meng Die réagit, mais trop tard. Elle pivota comme pour reprendre son arme, mais Claudia lui appuya le canon de son pistolet sur la tempe, et la vampire décida sagement de s'immobiliser.

— Fouille-la, ordonna Claudia.

Lisandro rengaina son flingue et palpa Meng Die très vite, très efficacement et très consciencieusement.

— Ses fringues sont pleines de rivets qui pourraient dissimuler deux ou trois trucs. Tu veux que je les déchire ? demanda-t-il comme si c'était une procédure banale.

— Tu me donnes ta parole d'honneur que tu ne portes pas d'autre arme ? demanda Claudia.

Meng Die hésita avant de répondre :

— Je n'avais que ce couteau. Cette tenue ne laisse pas tellement de place où planquer des armes.

Claudia jeta un coup d'œil à Jean-Claude.

— À vous de décider. On conclut, ou on laisse tomber ?

— Me promets-tu d'être sage, Meng Die ? demanda Jean-Claude de sa voix la plus normale, cette fois.

La vampire lui lança un regard haineux, presque dément.

— J'essaierai de ne tuer personne cette nuit.

Ce n'était pas vraiment un « oui » franc et massif, mais Jean-Claude s'en contenta. Il hocha la tête. Claudia hésita, puis fit un pas en arrière et baissa son flingue. Mais elle ne le rengaina pas. Franchement, je ne pouvais lui en vouloir.

Londres mit un genou en terre devant moi et inclina la tête en une attitude désuète, qui aurait mieux convenu à quelqu'un portant une cape et un chapeau à plumes.

— Je suis prêt à servir de nouveau ma dame, si elle le désire.

Je mis une seconde ou deux à comprendre.

— Tu veux dire, prêt à nourrir de nouveau l'ardeur ?

Il leva les yeux vers moi.

— Oui.

Je scrutai son visage si grave.

— Tu sais que si tu fais ça trop souvent, ça risque de te tuer ?

— Ça risque de tuer la plupart des gens, rectifia-t-il. Moi, je peux nourrir l'ardeur toutes les deux heures environ au cours d'une journée donnée, sans éprouver d'effets secondaires.

J'écarquillai les yeux.

— Tu plaisantes ?

— Pourquoi ferais-je une chose pareille ?

— Je ne sais pas, mais… Londres, même le plus costaud, le plus puissant de mes repas habituels ne peut pas me nourrir plus de deux fois d'affilée, avec une période de repos d'au moins six heures entre les deux.

— C'est mon don, Anita.

— Londres est un repas parfait pour l'ardeur, intervint Jean-Claude. Il dit vrai : il peut réellement la nourrir plusieurs fois par jour, quotidiennement, sans subir de conséquences néfastes pour lui. Au contraire, Belle Morte affirmait que cela semblait entretenir son pouvoir.

— Ça fait des mois que je me démène pour maîtriser l'ardeur. Pendant tout ce temps, j'avais dans mon entourage une personne faite pour m'aider, et vous ne me l'avez jamais dit ? m'écriai-je.

— Et si je te l'avais dit, qu'aurais-tu fait ? répliqua calmement Jean-Claude.

J'ouvris la bouche pour répondre et la refermai le temps de réfléchir.

— Je vous aurais accusé d'essayer de me refourguer Londres, admis-je.

— Comme il ne voulait pas redevenir prisonnier de l'ardeur, j'ai préféré ne pas te parler de son talent unique. À mes yeux, c'eût été trahir sa confiance. Il avait exprimé très clairement son désir de ne plus jamais servir de nourriture à l'ardeur, ma petite. Je ne voulais pas le soumettre à la tentation.

— Quel est l'inconvénient de pouvoir nourrir l'ardeur aussi fréquemment ? demandai-je en reportant mon attention sur le vampire agenouillé à mes pieds.

— Tout le monde finit par devenir accro, mais dans mon cas, il suffit d'une fois. La dépendance est immédiate.

— Tu es de nouveau accro à l'ardeur ?

— Oui.

Jamais encore je n'avais vu son regard si serein. Tout à coup, il semblait plus heureux et mieux dans sa peau. Je levai les yeux. Nathaniel me dévisageait, l'air solennel et le regard pas serein du tout.

— On a toujours l'air heureux au début d'une addiction, lâcha-t-il comme s'il avait lu dans mes pensées.

— Et ensuite, que se passe-t-il ?

— Ensuite, on meurt.

Chapitre 44

J'essayai bien de renifler le cou de Travis, mais celui-ci s'afficha sur mon radar comme une antilope blessée. Dans la mesure où je n'avais pas l'intention de lui arracher la gorge avec les dents, je dus laisser tomber. J'avais reçu une décharge en touchant la main de Pierce. Et merde.

J'obligeai Noël à emmener Travis à l'infirmerie du *Cirque*, pour que son camarade puisse se transformer et se soigner. Je dus leur donner à tous deux ma parole solennelle que je ne me lierais ni avec Pierce ni avec Haven pendant qu'ils se reposeraient. J'avais l'intention de tenir cette promesse ; le problème, c'est que je ne savais pas trop comment.

Nous retournâmes tous nous asseoir au salon pour tenter de venir à bout de notre liste d'urgences métaphysiques avant qu'il soit l'heure de nous habiller pour aller au ballet.

— Le temps nous est compté, Jean-Claude, dit Auggie.

— Tout à l'heure, ma petite a réussi à libérer Requiem de la compulsion de l'ardeur. Nous pensions utiliser la même technique sur toi. N'es-tu pas pressé de t'affranchir des chaînes de cet esclavage ?

— Je dois envoyer Octavius chercher ma tenue de soirée, et il a exprimé… (le maître vampire sourit) une certaine réticence à me laisser avec vous. Je suis venu ici en pensant tirer mon coup et mettre la main sur la fierté locale. Il se peut encore que je m'empare des lions, mais le reste n'a pas fonctionné comme prévu.

— Vous ne vous emparerez pas des lions, contrai-je.

J'étais assise sur la bergère entre Micah et Jean-Claude. Nathaniel et Damian s'étaient installés par terre à nos pieds. Le vampire me touchait la jambe, et cela m'aidait à rester calme. Il avait promis de ne rien me faire d'autre, mais son pouvoir avait augmenté d'un coup en même temps que les nôtres, et lui aussi mettrait du temps à en acquérir la pleine maîtrise.

Jean-Claude me tapota le genou comme pour me dire de ne pas m'énerver. Je n'étais pas en train de m'énerver ; le contact de Damian me le garantissait. Mais il n'était pas question que la visite du Maître de Chicago se solde par une catastrophe sanglante pour la fierté locale.

— La plupart des lions-garous du Midwest ont prêté allégeance à ma fierté, dit Auggie.

— Ce n'est pas votre fierté, rétorquai-je, même si votre animal à appeler en est le Rex – ou la Regina.

— Le Rex.

— Soit, mais ça n'en fait pas votre fierté.

Auggie jeta un coup d'œil à Jean-Claude.

— Elle croit vraiment ce qu'elle dit. Ne connaît-elle pas nos lois ?

— Ma petite sait que tout ce que possèdent mes serviteurs est à moi.

Oui, je le savais, mais je n'avais pas poussé le raisonnement plus loin.

— Ça ne peut pas être votre fierté, m'obstinai-je, parce que s'il arrivait quelque chose à votre animal à appeler, vous cesseriez de la diriger. Si vous êtes incapable de tenir un groupe sans l'aide de quelqu'un d'autre, il ne vous appartient pas, Auggie. Votre emprise sur cette fierté se dissipera à la mort de votre lion.

— C'est une menace ? demanda-t-il doucement.

Damian me pressa le mollet, et Jean-Claude le genou. Micah se rapprocha de moi, passant un bras en travers de ses épaules de sorte que sa main atterrit dans la nuque de Jean-Claude. Cela ne parut déranger personne à part moi.

— Pas encore, répondis-je.

Damian posa sa tête sur ma cuisse. Jean-Claude me caressa la jambe – sa manière de me dire : « Sois prudente. » Micah ne pouvait pas se rapprocher davantage. Nathaniel se rencogna plus étroitement entre Jean-Claude et moi, passant un bras autour de ma jambe et posant sa tête sur le genou de Jean-Claude. Jamais encore je ne l'avais vu faire ça. Jean-Claude lui caressa les cheveux machinalement, comme il aurait caressé la tête d'un chien – et comme s'il le faisait tous les jours. Mais il ne faisait pas ça tous les jours, je le savais.

Alors, je pris conscience qu'à sa façon, Nathaniel nous aidait à négocier. Auggie nous avait prouvé qu'il aimait les hommes, peut-être pas autant que les femmes, mais quand même. Il avait fait cette remarque sur les cheveux de Nathaniel et tripoté Micah. Nathaniel ne flirtait pas : il mentait avec son corps. Il prétendait que Jean-Claude et lui étaient plus proches que dans la réalité. Cela perturberait-il Auggie – et si oui, de quelle façon ? Cela le perturberait-il que Jean-Claude ait des relations avec un autre homme, ou serait-il juste jaloux ? Voire les deux… Beaucoup d'hommes n'ont pas une attitude très claire vis-à-vis de ce genre de chose.

— Vous avez bien dit que la plupart des fiertés du Midwest vous avaient prêté allégeance ? s'enquit Micah.

— Oui.

— Les vampires n'ont pas le droit de livrer bataille sur des territoires qui ne touchent pas le leur.

— Je n'ai rien fait aux autres Maîtres de la Ville, contra Auggie. Les lois vampiriques ne régulent que la façon dont chacun de nous traite l'animal à appeler des autres. Mes lions n'ont tenté de s'emparer d'aucun territoire dont le Maître de la Ville – homme ou femme – avait un lion pour animal à appeler.

Il m'avait regardée en disant « homme ou femme », comme si cette remarque était destinée à me faire plaisir. Franchement, j'appréciais ce type de moins en moins.

— Donc, tant que vous ne vous emparez pas de fiertés dirigées par un autre vampire, vous ne faites rien d'illégal ? résumai-je.

Auggie acquiesça.

— Si nous ne vous avions pas invité sur notre territoire, comment vous seriez-vous emparé de la fierté de Joseph ?

— J'aurais envoyé Pierce et Haven ici, seuls.

— Pour faire quoi : tuer Joseph et prendre la tête des autres lions ?

— Joseph et son frère, oui.

— Mais puisque le lion est l'un de mes animaux à appeler, et puisque tout ce qui est mien appartient à Jean-Claude, vous devez ficher la paix à Joseph et aux siens, parce qu'ils sont déjà la propriété d'un autre maître vampire, raisonnai-je.

— Il me semble que tu as choisi un lion à appeler, Anita. Tu as eu une réaction assez intense face à Haven.

— Face à Pierce aussi. Et je n'en ai favorisé aucun des deux. L'intensité de ma réaction est peut-être due au fait qu'ils vous appartiennent ou que, comme vous l'avez vous-même suggéré, ma lionne intérieure cherche quelqu'un de plus dominant que Travis et Noël.

— Justin nous accompagne au ballet ce soir, lança Jason depuis le fauteuil disposé près de la bergère.

Tout le monde le regarda.

— Le frère de Joseph ? demandai-je.

Jason acquiesça, frémit et tira le col de son blouson de cuir à l'écart de son cou. Il ne faisait pas si froid dans le salon, alors pourquoi n'avait-il pas enlevé son blouson ? Si Auggie et son escorte n'avaient pas été là, je lui aurais posé la question. Jason avait parlé d'un rapport qu'il devait faire. Quel rapport, et à qui ?

— Enlève ton blouson, loup. Nous sentons ta blessure, dit Pierce.

Jason consulta Jean-Claude du regard. Celui-ci acquiesça. Jason s'exécuta, puis tourna sur lui-même pour que tout le monde puisse voir son cou. Ou bien il arborait le plus gros suçon que j'aie jamais vu, ou bien quelqu'un avait tenté de lui arracher la gorge.

Je voulus me lever, mais les quatre hommes qui m'entouraient me retinrent sans un mot. Jason s'approcha de nous. Quelqu'un l'avait mordu, mais j'étais incapable d'identifier les traces de crocs.

— Qui diable t'a fait ça ? m'exclamai-je.

Jason jeta un coup d'œil à son maître.

— Tous ceux qui souhaitent nous rejoindre ne désirent pas nécessairement devenir ta pomme de sang, ma petite. Certains de nos visiteurs ont amené des gens qu'ils veulent juste échanger. Jason s'est renseigné sur l'une de ces personnes.

La neutralité de la voix de Jean-Claude me dit que c'était la vérité, mais pas toute la vérité.

— J'espère que tu t'es éclaté, lançai-je à Jason.

Il eut un large sourire.

— C'était bien, ouais.

Meng Die poussa un grognement dégoûté. Elle s'était accoudée à la cheminée blanche dans une pose très décorative.

— Je croyais que tu ne prostituais pas les tiens, Jean-Claude, dit Auggie.

— Je n'ai pas ordonné à Jason de coucher avec qui que ce soit. Je lui ai juste demandé d'apprendre à mieux connaître quelqu'un. La décision de coucher avec cette personne est venue de lui seul.

— Qui avez-vous baisé ? Qui, ou quoi ? demanda Pierce. Je n'avais jamais vu de morsure pareille.

Jason adressa un sourire éblouissant à nos invités.

— Vous aimeriez bien le savoir, pas vrai ?

Auggie toucha la main de Pierce qui reposait sur le dossier du canapé. Une expression presque douloureuse passa sur le visage du lion-garou. Que faisait Auggie à ses gens quand il les touchait ainsi ? Ça n'avait pas l'air plus agréable que les décharges envoyées par un collier électrique pour chiens.

Auggie ne voulait pas que Pierce admette son ignorance et sa curiosité. Donc, nous étions toujours en train de négocier de son point de vue. Mais du mien, la discussion était terminée.

— Justin nous retrouve ici ? m'enquis-je.

— Oui, répondit Jason.

Il s'assit par terre de l'autre côté de Jean-Claude parce que Meng Die avait pris son fauteuil. Londres occupait l'autre fauteuil, de mon côté de la bergère. Seul Requiem s'était installé près de nos visiteurs – ou le plus loin possible de moi. Qui pouvait le savoir, avec lui ?

— Si le frère de Joseph te plaisait, ton radar l'aurait déjà repéré, Anita, déclara Auggie. Ne laisse pas des émotions déplacées te lier à un animal indigne de toi.

— C'est à moi de décider qui est digne de moi ou non.

— C'est le plus fort des dominants de la fierté locale, mais il n'est pas aussi puissant que ton Ulfric. Et ce n'est pas un survivant comme ton Nimir-Raj. T'attacherais-tu vraiment à quelqu'un qui ne dirige pas son propre groupe, Anita ? Ton pouvoir ne choisit que les meilleurs.

— Pourtant, il m'a choisi, lança Nathaniel, pelotonné entre mes pieds et ceux de Jean-Claude.

— En effet. Tu dois avoir des talents cachés.

— Peut-être n'est-ce qu'une question d'amour, suggéra Jean-Claude.

Auggie le regarda.

— Que veux-tu dire ?

— As-tu envisagé que ma petite n'ait pas seulement besoin de puissance physique ou métaphysique ? Qu'elle ait d'autres exigences à satisfaire ?

Auggie sourit, et l'espace d'un instant, il redevint ce type amical dont j'avais fait la connaissance la veille.

— Dans le fond, tu es très romantique, Jean-Claude. Ça a toujours été ta plus grande faiblesse.

— Et ma plus grande force.

Auggie secoua la tête.

— J'ai renoncé à toutes ces choses il y a bien longtemps.

— J'en suis triste pour toi.

Les deux vampires se dévisagèrent longuement. Auggie se détourna le premier, reportant son attention sur moi.

— Tu joues les dures, mais toi aussi, tu es une romantique, Anita. Je ne te crois pas capable de te lier à quelqu'un uniquement pour des raisons de pouvoir et de sécurité. C'est ce que nous faisions autrefois, Jean-Claude et moi. Nous choisissions nos serviteurs et nos animaux selon des critères de puissance. Au fil des siècles, des dizaines, des centaines d'entre eux sont apparus sur notre radar, mais nous les avons ignorés. Nous avons attendu jusqu'à ce qu'une situation désespérée nous force la main, ou jusqu'à ce que se présente la personne parfaite.

D'un geste, il désigna tous les hommes dans la pièce.

— Puisque tu te refuses à choisir, ton pouvoir le fait à ta place. Je dois dire qu'il a placé la barre très haut. Et puisque tu ne sais pas comment le forcer à choisir qui tu veux, je ne crois pas que tu puisses le forcer à choisir tout court.

Je n'arrivais plus à maîtriser ma nervosité. Mon pouls accéléra, et je dus déglutir. Auggie allait s'en apercevoir, et il comprendrait qu'il avait mis dans le mille. Il avait raison. Je n'avais jamais pu obliger l'ardeur à choisir quelqu'un de précis – ou à ne pas le choisir.

— Elle a forcé l'ardeur à me libérer, intervint Requiem depuis son fauteuil.

— Elle a empêché sa bête de choisir Haven, ajouta Micah.

— Je crois que ma petite commence à prendre ses marques, Augustin.

— Veux-tu vraiment gaspiller une alliance si importante avec quelqu'un qui ne dirige même pas sa fierté ?

— Justin fait partie de la coalition masculine de Joseph, dis-je. Ils dirigent la fierté ensemble.

— Il n'empêche que ce n'est pas un dominant à la hauteur de ton Ulfric ou de ton Nimir-Raj, Anita. Je trouverais dommage que tu te contentes d'un prince alors que jusqu'ici, tu ne t'étais attachée qu'à des rois.

Je ne savais pas quoi répondre à ça. D'une certaine façon, Auggie avait raison : Justin ne me faisait rien, ou du moins, il ne m'avait jamais rien fait jusqu'à présent. Peut-être plairait-il plus à ma lionne intérieure qu'à moi ?

Une partie de moi espérait que oui, et l'autre ne voulait pas être obligée de choisir du tout. Si j'étais une maîtresse vampire, je pourrais choisir ou refuser de choisir. Autrement dit, si mon pouvoir penchait plus du côté vampirique que du côté lycanthropique, je jouissais encore d'une certaine liberté de mouvement. Mais si mon pouvoir était plus poilu que mort… j'étais foutue.

Chapitre 45

Nous nous habillâmes en un temps record. Pour une fois, je me laissai maquiller et pomponner sans rien dire. Ma tenue avait l'air peu pratique au possible, mais le haut était un corset de danseuse : autrement dit, il ne pouvait pas être lacé aussi serré que Jean-Claude l'aurait voulu, pas assez pour entraver la respiration ou le mouvement. D'après Jean-Claude, les filles de la troupe porteraient les mêmes sur scène.

Les chaussures avaient été teintes du même noir brillant que la jupe, mais c'étaient aussi des chaussures de danseuse – conçues pour les danses de salon, pas pour faire des pointes. Quand j'avais vu ces sandales à bout ouvert, j'avais protesté : et puis quoi encore ? Jamais je n'arriverais à danser avec des talons aussi hauts. Mais je devais admettre que Jean-Claude avait eu raison : elles étaient étonnamment confortables.

Les passepoils du corset s'ornaient de diamants minuscules, mais authentiques. Le collier que Jean-Claude avait passé à mon cou était lui aussi en diamants montés sur du platine. Je faillis demander combien d'argent je portais sur moi, mais décidai que je préférais ne pas le savoir. Ça n'aurait réussi qu'à me rendre plus nerveuse, et je n'avais vraiment pas besoin de ça.

Le manteau d'opéra de Jean-Claude flottait derrière lui ainsi qu'une élégante cape noire, mais en beaucoup plus moderne, avec un col relevé qui encadrait son visage et le blanc immaculé de son col de chemise. Dans sa cravate foulard, il avait piqué une épingle de platine et de diamants assortie à mon collier. Son gilet lui allait comme un gant parce qu'il était lacé dans le dos : l'équivalent masculin d'un corset.

Quand Jean-Claude avait suggéré que je mette un corset ce soir-là, j'avais commis l'erreur de répliquer : « Je porterai un corset le jour où vous en porterez un aussi. » Une erreur de débutante. Jean-Claude avait juste souri et dit : « D'accord. » Du coup, il avait commandé des gilets-corsets de styles différents pour tous les hommes de notre escorte qui accepteraient d'en porter un.

Un pantalon habillé noir et des chaussures de soirée impeccablement cirées complétaient sa tenue. Oh, j'allais oublier : de minuscules diamants piquetaient son gilet ainsi que des étoiles scintillant dans un ciel nocturne. Quand je lui avais demandé pourquoi ils ne dessinaient pas le même motif que les diamants de mon corset, Jean-Claude avait rétorqué : « Nous n'allons pas à un bal de promo, ma petite. »

Tous les autres hommes avaient revêtu un smoking noir, certains avec une queue-de-pie, d'autres avec une veste normale. La seule chose qui les distinguait les uns des autres, c'était la couleur de leur gilet et leurs accessoires. Je trouvais ça étonnamment sobre pour une réception organisée par Jean-Claude.

Une limousine extra-longue nous avait déposés tous les huit devant l'entrée. Nous nous étions soumis au supplice des flashs dans la tête, des caméras et des micros. On peut bien appeler ça un tapis rouge ; pour moi, ça restera toujours un supplice – une épreuve qu'il faut endurer, sauf qu'au lieu de hurler à tue-tête comme pendant une séance de torture traditionnelle, on doit sourire aimablement.

Jean-Claude gère toujours les photos en rafales et les questions dont on le bombarde comme s'il n'avait fait que ça de toute sa vie. Moi… je m'accroche à son bras et j'essaie de ne pas foudroyer les journalistes du regard. Je m'améliore au fil du temps. Parfois, je me fends même d'un sourire. Ce soir, tous les gens qui nous accompagnaient étaient traités comme notre escorte, c'est-à-dire que personne ne les embêtait.

En temps normal, j'aime beaucoup le *Théâtre Fox*. Il a été construit dans les années 1920 pour servir de salle de cinéma, mais aucune autre salle de cinéma de ma connaissance ne s'enorgueillit de deux chiens chinois aux yeux brillants qui montent la garde au pied d'un grand escalier de marbre. À l'intérieur, tout est luxe et dorures, statues de dieux hindous et d'animaux exotiques. D'habitude, je trouve ça plaisant à regarder. Ce soir, c'était mon refuge dans la tempête.

Nous entrâmes par une porte latérale, celle du club *Fox*. C'est un club privé avec service de voiturier et restaurant gastronomique pour les gens qui ont pris la peine de réserver. Des particuliers et des entreprises paient plusieurs milliers de dollars par an pour avoir leur propre loge au *Théâtre Fox*. Jean-Claude n'a pas de loge à l'année, mais ce soir, il en avait réservé deux. Les sièges avaient manqué avant les VIP à asseoir, aussi certains des maîtres en visite se retrouvaient-ils assis à l'orchestre avec la plèbe, mais au premier rang en compagnie des célébrités locales.

La frénésie médiatique aurait sans doute été moindre si l'un des maîtres en visite n'avait pas été celui d'Hollywood. Le milieu du cinéma aime se regarder le nombril ; aussi la presse l'avait-elle suivi jusqu'ici. Quelqu'un m'avait dit que sa dernière petite amie en date était une jeune actrice adorée du public, héroïne d'une série qui cartonnait – et dont je n'avais jamais entendu parler. Quand vous bossez entre soixante et cent heures par semaine, vous n'avez guère le temps de regarder la télé. Bizarre, hein ? Apparemment, les médias étaient là pour elle au moins autant que pour nous. Elle devait être vraiment populaire.

Il y avait trop de maîtres vampires pour que nous ayons pu organiser un dîner avant le spectacle : qu'auraient-ils mangé ? Jean-Claude avait contourné le problème en déclarant que le restaurant du *Fox* était fermé ce soir-là, et la direction n'avait pas protesté. Oui, les vampires sont désormais des citoyens légaux des États-Unis, mais Saint Louis appartient toujours à la Ceinture Biblique. Comment les gens réagiraient-ils si quelqu'un publiait des photos de vampires se repaissant d'humains dans le restaurant du club ? Mieux valait ne pas le découvrir.

Une fois que nous serions au *Danse Macabre*, nous ne pourrions plus rien garantir, mais le public s'attend à un certain niveau de décadence dans une boîte dirigée par des vampires. Il serait même déçu que personne ne s'y livre à des activités indécentes. Je sais de source sûre que certaines des scènes « cochonnes » qui se produisent parfois de manière spontanée au *Danse Macabre* sont en réalité chorégraphiées jusque dans les moindres détails. Le truc, c'est de donner des frissons à la clientèle, pas de lui foutre une trouille bleue ou de la faire partir en courant pour ameuter les flics.

Nous atteignîmes enfin nos sièges. Jean-Claude et moi prîmes place d'un côté de la petite table située au milieu ; Damian et Micah s'installèrent de l'autre. Asher, Nathaniel, Jason et Requiem s'assirent dans la loge voisine. Claudia et Lisandro, tous deux vêtus d'un smoking noir et d'une chemise également noire, se placèrent près de l'entrée des loges. Vérité et Fatal s'étaient déjà postés dans le couloir. Nous avions déployé d'autres gardes à travers tout le bâtiment : ayant refusé de laisser nos visiteurs en amener plus de deux chacun, nous devions assurer nous-mêmes leur sécurité.

La rue grouillait de flics en uniforme, comme chaque fois qu'un grand événement se produit au *Fox*. Mais ce soir, c'était encore pire. Personne à Saint Louis ne voulait qu'un cinglé d'extrême droite bute un maître vampire devant les caméras de télévision. Bien sûr, personne ne souhaitait la mort de personne, mais par-dessus tout, nul ne voulait d'une publicité aussi mauvaise – nous les premiers désirions l'éviter. D'où la présence de dizaines de rats-garous et de hyènes-garous dans tout le théâtre.

La différence entre nos gardes et les flics, c'est que ceux-ci guettaient les extrémistes susceptibles de s'en prendre aux monstres, tandis que nos gardes veillaient à ce qu'aucun des monstres ne pète un plomb et ne devienne incontrôlable. Jean-Claude était à peu près certain que nos visiteurs seraient sages, mais aucun de nous n'était prêt à parier des vies là-dessus. Et nous refusions de courir le risque qu'un incident vienne gâcher l'image favorable que ce spectacle avait apportée à la communauté vampirique. Ce soir, tout le monde devait se tenir à carreau, sinon…

Mon bouclier était aussi hermétique que possible. Je ne tenais pas à ce que mes capacités en tant que servante de Jean-Claude, nécromancienne et quasi-métamorphe viennent foutre le bordel. Mais certaines choses font trop intimement partie de vous pour que vous puissiez vous cacher d'elles – les emprisonner dans un coin et ne plus les éprouver.

Quand les lumières s'éteignirent, je sentis… des vampires. Je les sentis à travers mon bouclier. Je les sentis malgré la main de Damian qui fusa aussitôt par-dessus la table pour se poser sur la mienne et m'aider à ne pas me laisser submerger. Jean-Claude tenait déjà mon autre main, mais la tension que je percevais en lui ne m'aidait pas du tout. Il était nerveux et excité.

Avec un sourire, je dégageai gentiment ma main de la sienne et m'accrochai à Damian. J'avais besoin de toucher quelque chose de froid et de calme. Damian ne partageait pas l'excitation de Jean-Claude, bien au contraire. Il avait peur. De mon côté, je nourrissais des appréhensions quant à la présence de tant de maîtres vampires sur notre territoire, mais pas vis-à-vis du spectacle en lui-même. La réaction des deux vampires m'indiquait que j'avais peut-être tort.

Je jetai un coup d'œil à Asher, assis tout près de nous dans la loge voisine. Le bouillonnement doré de sa chevelure me dissimulait son visage, mais en lui aussi, je décelais une tension. Qu'allait-il donc se passer sur scène ?

J'entendis un son. Non, ce n'est pas tout à fait exact. Je le captai avec quelque chose d'autre que mes oreilles, quelque chose de plus profondément enfoui dans ma tête. Ou peut-être le perçus-je d'une façon que mon esprit humain limité ne put traduire que comme un son. Rétrospectivement, je ne crois pas qu'il y ait eu le moindre bruit ; pourtant, je perçus un bruissement très doux, pareil à l'envol d'une nuée d'oiseaux.

Je baissai mon bouclier d'une fraction de centimètre, comme pour jeter un coup d'œil au champ de bataille par-dessus le bord supérieur. Je tenais les mains d'un vampire et j'étais cernée par d'autres vampires très puissants. J'aurais dû avoir des difficultés à distinguer une aura en particulier. Pourtant… j'en percevais une très distinctement. C'était l'aura d'un vampire, mais elle ne ressemblait à aucune des autres auras que j'avais senties jusque-là.

Je reportai mon attention sur Micah assis près de Damian. Il secouait la tête comme si une mouche l'importunait. Il me regarda.

— Que se passe-t-il ?

— Encore des conneries vampiriques, grognai-je.

J'étais incapable de préciser davantage. De l'autre côté de la cloison basse qui séparait les loges, Nathaniel affichait une expression paisible en attendant le lever du rideau. Jason aussi avait déjà perdu la bataille. Je reportai mon attention sur Damian : il avait les yeux écarquillés, vaguement paniqués – et soudain, lui aussi parut envahi par une grande sérénité. Je regardai Jean-Claude d'un air interrogateur.

— Il va essayer de faire de nous tous des humains, chuchota-t-il.

Et je compris ce qu'il voulait dire. Parfois, les vampires qui se produisent au *Plaisirs Coupables* et au *Danse Macabre* manipulent mentalement l'ensemble du public pour donner l'impression qu'ils apparaissent au milieu de la salle comme par magie. Le vampire dont je percevais l'aura faisait de même. Mais cette fois, le public ne se composait pas seulement d'humains : il comptait dans ses rangs de puissants maîtres, dont le vampire inconnu tentait néanmoins d'embrumer l'esprit.

Un silence étrange s'était abattu sur la salle. Il n'y avait plus le moindre bruissement de tissu, plus le moindre mouvement en contrebas. Tous les spectateurs humains s'étaient fait rouler. Les métamorphes seraient les suivants, puis les vampires succomberaient. Du moins, la plupart d'entre eux. Je n'avais jamais rien ressenti de pareil.

Je dégageai mes mains de celles de Damian, qui ne parut pas s'en apercevoir. Il regardait droit devant lui. Par-dessus mon épaule, je jetai un coup d'œil à nos gardes du corps et vis tituber Claudia. Lisandro se tenait à côté d'elle, parfaitement immobile et serein. Dire qu'ils étaient censés nous protéger !

Je reportai mon attention sur Micah. Son regard devenait flou. Je lui saisis la main et pensai : *Non. Pas question.* Je projetai une petite décharge de pouvoir vers lui. Mon léopard intérieur coula le long de mon bras telle de l'eau chaude et se répandit sur sa peau. Micah me dévisagea, les yeux écarquillés.

— Donne du pouvoir à nos félins, chuchotai-je.

Il acquiesça et ferma les yeux. Je sentis sa bête s'éloigner le long des liens métaphysiques qui nous attachaient au reste du pard. Deux de ses membres se trouvaient parmi les gardes du corps.

— Ma petite, que fais-tu ? s'enquit Jean-Claude.

— Je résiste.

Mon léopard remontait vers la surface. Je me projetai vers Richard. Il était assis à l'orchestre avec sa cavalière, une prof d'une fac locale. Avec son boulot, il ne pouvait pas se permettre de révéler sa nature de lycanthrope, mais nous ne pouvions pas nous permettre de ne pas l'avoir auprès de nous ce soir. Il avait drôlement impressionné la fille en lui montrant les deux billets pour cette soirée de gala exceptionnelle. J'effleurai son aura, et il chuchota dans ma tête :

— *Que se passe-t-il ?*

J'appelai mon loup intérieur, et mon léopard se calma. Mais je continuai à sentir Micah se projeter vers les nôtres.

Mon loup s'éveilla, et je pus voir à travers les yeux de Richard. Sa cavalière humaine regardait fixement la scène sans la voir. Elle attendait. Mon loup toucha celui de Richard. Je me concentrai sur ce que j'escomptais de lui, et je sentis son énergie se déployer. Nos deux loups se mirent à décrire des cercles de plus en plus larges autour de lui, éveillant tous les autres loups qu'ils touchaient au passage.

Que ce vampire inconnu soit capable de rouler des Maîtres de la Ville était impressionnant. Qu'il roule nos gardes… c'était dangereux. Et ça ne me plaisait pas du tout. Je regardai derrière moi. Claudia luttait toujours pour ne pas succomber. Elle tomba à genoux. Le pouvoir menaçait de la submerger. Je n'avais aucun lien avec les rats, mais essayer de l'aider ne pouvait faire de mal à personne. D'autant que mon loup remontait vers la surface, et que je n'avais vraiment pas besoin de ça.

Me levant de mon fauteuil, j'allai m'agenouiller près de Claudia. L'air terrifié, elle me tendit une main que je pris. Je me concentrai pour lui envoyer du pouvoir. Son regard s'éclaircit, et elle agrippa ma main si fort qu'elle me fit presque mal.

Soudain, je sentis Rafael. Pas comme je sentais Richard ou Micah, mais je humai son pouvoir, pareil à une odeur flottant dans l'air. À travers la main de Claudia, je lui offris assez de magie pour libérer ses rats, qui composaient le plus gros de nos forces.

Rafael prit le pouvoir que je lui offrais, et il l'utilisa. Ce fut comme si quelqu'un avait jeté une grosse pierre dans une mare. Les ondulations se propagèrent autour du point d'impact, arrachant les rats à leur transe. Les loups et les léopards étaient déjà revenus à eux-mêmes – et plutôt fâchés.

Si j'avais eu une hyène-garou sous la main, j'aurais tenté le coup avec elles aussi. Aider les rats avait calmé mes bêtes. Elles étaient réveillées, mais elles n'essayaient pas de me déchiqueter pour sortir. Nous attendions ensemble que le grand méchant vampire fasse son apparition. Nous savions qu'il était là, quelque part. Nous le sentions.

Le pouvoir de Jean-Claude jaillit si brusquement et si violemment que je me pliai en deux et faillis m'étaler par terre. Claudia me rattrapa.

— Tu vas bien ?

Je hochai la tête.

Jean-Claude tentait de tirer ses vampires de leur transe, mais pour y arriver, il avait besoin de ma nécromancie. Il l'avait empruntée sans me demander la permission. Pour une fois, je ne me mis pas en rogne. Ce soir, nous serions probablement obligés de réagir en urgence à de nombreuses reprises. La politesse ne ferait pas partie de nos priorités.

Je jetai un coup d'œil vers l'autre loge voisine de la nôtre. Elle était occupée par Samuel et sa famille. Le Maître de Cape Cod et sa femme me rendirent mon regard. Leurs fils et les deux sirènes mâles qui se tenaient derrière eux étaient sous l'emprise de la magie. Qui que soit ce mystérieux vampire, il allait réussir à rouler tout le monde, à l'exception des maîtres eux-mêmes et peut-être d'un ou deux serviteurs particulièrement puissants. Autrement dit, il jouissait d'un pouvoir impressionnant. Effrayant, même.

Claudia m'aida à me relever, et les rideaux s'ouvrirent derrière nous. Ce n'est ni Vérité ni Fatal qui apparurent, mais un vampire que je ne connaissais pas. Il était grand et costaud – athlétique plutôt que gras, mais trop baraqué à mon goût. Aussi baraqué que Richard, sauf que contrairement à ce dernier, il en avait conscience et il aimait ça.

Le nouveau venu se mouvait d'un pas glissant qui était déjà presque une danse en soi. Il portait juste assez de tissu pour éviter de se faire arrêter. Trop baraqué ou pas, il avait un torse magnifique. Des boucles blondes en désordre, coupées sous ses oreilles, encadraient un visage aux traits harmonieux, si beau que son regard vous frappait comme un coup au plexus.

Claudia émit un petit gémissement d'impuissance. Il l'avait roulée en un clin d'œil.

J'enfonçai mes doigts dans son bras, et cela ne suffit pas à la libérer. Je scrutai les prunelles claires du nouveau venu et éprouvai la pression de son pouvoir. *Regarde-moi*, semblait-il me chuchoter. *Vois comme je suis désirable. Tu as envie de moi, tu le sais.*

Je secouai la tête et, pour ne pas sombrer dans son regard, dus dégainer mon propre pouvoir ainsi qu'une lame. Auggie n'avait pas réussi à me rouler, mais ce vampire-là pourrait le faire. Au lieu de le combattre, je baissai les yeux. Et dès que son regard pâle cessa de me transpercer, je pus de nouveau réfléchir. Seigneur, il était doué.

Je vis sa main se tendre vers moi. Claudia tenta de l'arrêter. Il lui jeta un simple coup d'œil, et elle se figea. Lisandro voulut intervenir, mais un autre coup d'œil du vampire blond le fit hésiter. Cela suffit au vampire pour me toucher. Son contact était encore pire – ou meilleur – que son regard. Il voulait que je lève les yeux vers lui, et je ne pus m'en empêcher.

Je le laissai plonger de nouveau son regard dans le mien. Sa beauté était pareille à une arme. Son visage couvert de maquillage de scène s'inclina vers moi. Il se pencha comme pour m'embrasser, et la partie de moi qui n'était pas totalement hypnotisée devina que son baiser aurait des conséquences néfastes.

Je sentis l'odeur de l'eau de Cologne de Jean-Claude et la peau tiède du cou de Richard. Jean-Claude avait élargi les marques entre nous. Je sursautai et fis un pas en arrière, m'écartant du vampire blond. Je tendis une main derrière moi, et Jean-Claude la prit. Le contact de mon maître suffit à m'immuniser contre le regard du nouveau venu.

Un sourire arrogant retroussa les lèvres de ce dernier, un sourire qui disait : « J'ai failli t'avoir. » Il avait raison. Pourtant, une présence soufflait à travers le théâtre, et le pouvoir que je sentais se faufiler parmi les spectateurs n'émanait pas de lui. Quelqu'un d'encore plus puissant se tenait en coulisses. Quelqu'un d'encore plus puissant que nous avions invité sur notre territoire. Sainte Marie, mère de Dieu, qu'avions-nous fait ?

Chapitre 46

Le vampire blond se propulsa par-dessus nos têtes et dans le vide, à l'aplomb des fauteuils d'orchestre. Tout à coup, l'air s'emplit de silhouettes en suspension au-dessus du public. Alors, le vampire qui tenait celui-ci sous son emprise le libéra brusquement. Les spectateurs hoquetèrent et poussèrent des cris – non parce que leur esprit avait été roulé, ce dont ils ne se rendaient pas compte, mais parce que les danseurs semblaient être apparus au-dessus d'eux par magie.

Jean-Claude m'aida à regagner mon fauteuil. J'en avais besoin : mes genoux tremblaient. Je promenai un regard à la ronde. Seuls les vampires parmi nous parvenaient à dissimuler leur peur. Les autres étaient blêmes et avaient les yeux écarquillés.

Je me penchai vers Jean-Claude et chuchotai :

— Ils font ça à chaque représentation ?

Jean-Claude secoua la tête et me répondit par la pensée. Certes, les autres maîtres l'entendraient peut-être, mais si nous parlions même à voix basse, ils nous entendraient sûrement.

— *Il a ensorcelé les humains et une partie des métamorphes, mais il n'a rien fait aux vampires. Il n'a même pas essayé.*

— *Pourquoi maintenant ? Pourquoi ce soir ?*

Jean-Claude n'en savait rien. Curieusement, cela ne me rassura guère.

Claudia me demanda la permission d'aller voir les autres gardes. Je la lui donnai. Comme elle, je tenais à m'assurer que tous nos gens étaient en état de faire leur boulot.

Lisandro jurait entre ses dents. « Merde, merde, merde », répétait-il en boucle. Il m'ôtait les mots de la bouche.

Les vampires se mirent à danser dans les airs. Ils défiaient la gravité, et à les voir, ça semblait facile. C'était très beau, mais je ne pouvais pas profiter du spectacle. J'avais trop peur.

Le vampire blond lévita un moment devant notre loge. Il me souffla un baiser. Je lui souris gentiment et brandis mon majeur. Il éclata de rire et s'éloigna.

D'autres vampires volaient très bas au-dessus de la salle, soufflant des baisers aux spectateurs des deux sexes. Il y avait trois ou quatre femmes parmi eux – l'inverse de la plupart des compagnies de danse où les filles sont toujours plus nombreuses que les garçons.

Les rideaux de notre loge s'écartèrent. Cette fois, c'était Auggie. J'aperçus Pierce et Octavius dans le couloir avec Vérité et Fatal. Auggie n'avait pas l'air plus ravi que moi par ce qui venait de se passer. Il se pencha vers nous en souriant, comme s'il était juste venu nous saluer.

—Il n'a pas fait ça à Chicago.

—Qui ? demandai-je.

—Merlin, répondit Auggie. Le directeur de la troupe et son chorégraphe. Le blond s'appelle Adonis. Il appartenait à Belle autrefois. Maintenant, il est à Merlin.

De nouveau, je sentis ce pouvoir flotter dans l'air comme une odeur de fumée planant dans la forêt, quand vous ignorez encore d'où viennent les flammes mais savez déjà que l'incendie finira par vous atteindre.

Auggie toucha mon épaule nue. Son pouvoir glissa sur ma peau telle une étoffe de soie. Il tendit la main à Jean-Claude.

—Tu m'as roulé. Profites-en.

Jean-Claude prit la main offerte. Un observateur qui n'aurait pas su ce qu'ils faisaient aurait pensé que les deux vampires se serraient juste la main. L'autre main d'Auggie se crispa sur mon épaule nue, à l'endroit où un vampire m'a déchiqueté la clavicule et s'est acharné dessus comme un chien se défoulant sur un rat. Je ne comprenais pas ce qu'il voulait que nous fassions, mais Jean-Claude semblait le savoir, et un bus métaphysique n'a besoin que d'un seul chauffeur.

Jean-Claude ouvrit les marques entre lui et moi ; il les ouvrit toutes grandes. À sa place, je n'aurais pas pu les ouvrir autant sans faire au moins appel à Richard, mais Jean-Claude avait des siècles de pratique en réserve. Il posa sa main libre sur mon bras, et ce contact suffit.

Ce fut comme s'il avait écarté un épais rideau de velours. Je sentis presque le tissu glisser à travers mon corps. Puis ma nécromancie s'écoula de moi tel un flot glacial. Le pouvoir de Jean-Claude toucha le mien, et le froid s'intensifia. Mais ce n'était pas le genre de froid auquel une couverture ou un manteau aurait pu remédier. C'était le froid de la tombe qui se déversait sur nos peaux. Jean-Claude s'en saisit et le dirigea vers Auggie.

Brusquement assailli par nos deux puissances combinées, Auggie ferma les yeux. Son pouvoir était plus chaud que celui de Jean-Claude, plus chaud que ma nécromancie. Il n'avait pas seulement le goût d'un vampire, mais aussi celui d'un lion. Bien plus que tout autre maître que j'aie jamais rencontré, il était aussi son animal à appeler. Intéressant.

Son pouvoir jaillit et se répandit sur son corps, venant à la rencontre des nôtres. La sensation me serra la gorge et crispa ma main sur celle de Jean-Claude. Si je ne m'étais pas repue du pouvoir d'Auggie la veille, jamais je n'aurais soupçonné combien elle était négligeable en regard de ce que nous pouvions obtenir de lui.

Ma lionne intérieure voulut se dresser pour rouler sa force. Ce fut Auggie qui l'apaisa telle une main caressante. Mais très loin au fond de moi, son pouvoir trouva autre chose à exciter. L'ardeur commença à s'embraser. Ce fut Jean-Claude qui étouffa sa flamme. Il enfourcha le pouvoir et s'empara fermement de ses rênes, de la même façon qu'il prend parfois les choses en main lorsque nous faisons l'amour. Parfois, c'est une collaboration cinquante-cinquante, et parfois, il me grimpe dessus pour m'immobiliser et pouvoir me faire ce qu'il veut comme il veut – ce qui me donne toujours plus de plaisir que je n'aurais pu m'en procurer par mes propres moyens. C'était lui qui chevauchait la puissance ; Auggie et moi nous contentions de suivre le mouvement.

En contrebas, le public poussait des « Oooh », des « Aaah » et de petits cris excités, comme pendant un feu d'artifice. Mais au lieu d'explosions colorées, il admirait des corps qui tourbillonnaient, flottaient et plongeaient dans les airs. J'observais les danseurs avec détachement. La beauté du spectacle ne m'émouvait plus. Seul comptait pour moi le pouvoir que Jean-Claude était en train d'amasser.

Puis un son traversa la brume de ma transe. Le même bruissement d'ailes que tout à l'heure. Merlin était sur le point de déverser de nouveau sa magie sur la salle – de dissimuler les danseurs pour que ceux-ci semblent disparaître.

Jean-Claude utilisa notre pouvoir comme une gifle, cinglant l'autre vampire pour le forcer à nous laisser tranquilles. J'entendis des oiseaux s'agiter comme s'ils avaient été dérangés dans leur sommeil.

— Des oiseaux, chuchotai-je sans savoir si je l'avais dit à voix haute ou pas.

— *C'est son animal à appeler*, répondit Auggie dans ma tête.

Je sentis le pouvoir se rétracter comme si Merlin venait de prendre une grande inspiration. Un instant, je crus qu'il avait capté le message. Mais l'instant d'après, la puissance se déversa de lui, s'exhala sur le public en un souffle ravageur. L'un après l'autre, je sentis les humains s'éteindre comme des allumettes. Les vampires ont le droit de pratiquer l'hypnose collective parce que ses effets ne sont pas permanents. Une fois qu'elle se dissipe, il n'en reste aucune trace. Mais ça…

c'était différent. Il me semblait que ce pouvoir-là s'attarderait et changerait ce qu'il aurait touché.

— Que fait-il ? demandai-je tout haut.

La voix de Jean-Claude résonna dans ma tête.

— *Il va essayer de s'emparer de nous.*

— *Et que fait-il aux autres spectateurs ?*

— *Il essaie de s'emparer de nous tous,* répondit Auggie, *et ça fait trop de pouvoir pour les humains.*

— *Il va les réduire en esclavage !* m'alarmai-je.

— *Non*, contra Jean-Claude. *Ils sont à nous.*

Au lieu de lutter pour protéger le public, il fonça droit à la source de notre problème. Utilisant nos trois forces combinées, il percuta l'esprit de Merlin.

Le pouvoir du vampire chancela comme si nous l'avions frappé physiquement. Puis le bruissement d'ailes emplit toute la salle, accompagné par les cris et les pépiements de centaines d'oiseaux. Le bruit était si réaliste que je ne pus m'empêcher de scruter le plafond. Mais bien sûr, je ne vis pas d'autres créatures volantes que les danseurs qui lévitaient.

— J'entends des oiseaux, dit Nathaniel.

Je n'eus pas le temps de me demander pourquoi il les entendait lui aussi, parce que les oiseaux fondirent sur nous. Une nuée de plumes me gifla tout le corps, tentant de m'obliger à bouger – à m'enfuir. Mais Jean-Claude me retint de sa poigne d'acier. Les doigts d'Auggie s'enfoncèrent davantage dans mon épaule, et la douleur m'aida à repousser les ailes qui m'assaillaient.

Je me souvins de la dernière fois où le pouvoir d'un vampire m'avait assaillie tel un vol d'oiseaux, non pas pour m'effrayer ou me mettre en fuite, mais pour que je le laisse entrer. Il m'avait suppliée dans le noir. Papillon d'Obsidienne, Maîtresse de la Ville d'Albuquerque, avait réussi à s'infiltrer en moi. Elle avait rempli mes yeux avec l'obscurité qui règne entre les soleils et la lumière glacée des étoiles. Elle avait également partagé son pouvoir avec moi. Et comme si les battements d'ailes l'avaient invoqué, son pouvoir rejaillit brusquement.

Auggie jura entre ses dents tandis que sa main se crispait sur mon épaule.

— Non, ma petite, ne…, commença Jean-Claude.

Mais il n'acheva jamais sa phrase, parce que le don de Papillon d'Obsidienne abattit mon bouclier, m'exposant à la magie de Merlin. Ce vent métaphysique de plumes et de pépiements se déversa en moi, et je perçus le triomphe de Merlin comme le hurlement d'un gigantesque oiseau de proie. Il pensait avoir brisé mon bouclier, notre bouclier, mais il se trompait.

Jean-Claude et Auggie s'accrochèrent à moi, tentant de combler ce qu'ils prenaient eux aussi pour une brèche dans nos défenses. Mais ce n'était pas une brèche : c'était une gueule béante.

J'avais l'impression que mon corps était une caverne, une caverne de chair molle, et que les oiseaux que j'entendais et que je sentais s'engouffraient en moi comme s'ils venaient de trouver leur nid. Je vous jure que j'éprouvai le frôlement de leurs plumes, la caresse de leurs petits corps palpitants qui plongeaient à l'intérieur de mon corps.

Le pouvoir de Merlin se déversa en moi et tenta d'y dénicher Jean-Claude et Auggie. Il chercha un moyen de ressortir de moi pour s'insinuer en eux. Petit à petit, il me remplit, et je l'avalai docilement. Jean-Claude et Auggie s'accrochaient toujours à moi ; je crois qu'ils avaient aussi peur de me lâcher que de continuer à me tenir.

Au bout d'un moment, lorsque mon corps fut gorgé du pouvoir de Merlin, il commença à fuir, et le pouvoir à se communiquer aux deux autres vampires. Dès le premier contact, Jean-Claude et Auggie comprirent. Merlin n'allait pas me briser. C'était nous qui allions le bouffer.

Merlin dut piger au même moment, parce qu'il tenta d'interrompre le flot de sa magie – de fermer le robinet.

Mais j'y avais pris goût, et je ne voulais pas que ça s'arrête. La cascade d'ailes invisibles ralentit à peine. Le pouvoir de Papillon d'Obsidienne appelait les oiseaux ; il me soufflait les mots enjôleurs à utiliser pour les faire venir.

La puissance de Merlin continua à se déverser en moi, et je perçus un éclair de peur. Dieu que c'était doux ; Dieu que c'était bon ! Je brûlais de goûter la sueur sur sa peau. Et je pouvais le faire. À distance, je léchai le vampire à l'endroit depuis lequel il observait la salle, dans l'ombre.

Il me dévisagea avec des yeux noirs au fond desquels brillait un point écarlate pareil à une piqûre d'aiguille. J'avais déjà vu des yeux comme les siens. *Vous n'avez jamais été humain, n'est-ce pas ?* songeai-je.

Merlin tenta de rompre le contact, et il n'y parvint pas. Pas avec Jean-Claude et Auggie accrochés à moi. Il était grand, maléfique et puissant, mais il n'était pas un Maître de la Ville. Il n'était pas deux Maîtres de la Ville, et il ne savait pas ce que j'étais. Pour être honnête, à cet instant précis, je ne le savais pas non plus.

Je sentis une odeur de jasmin et de pluie, une nuit tropicale qui n'avait pas existé depuis des milliers de milliers d'années. Une voix chevauchait ce parfum.

— *Je sais ce que tu es, nécromancienne*, chuchota la Mère de Toutes Ténèbres.

Je ne voulais pas demander, mais je ne pus empêcher ma bouche de former le mot.

— *Quoi ?*

— *Tu es à moi.*

Chapitre 47

Je hurlai et refermai tout. Je ne voulais plus des oiseaux de Merlin. Mais dans ma panique, je sectionnai mon lien avec Jean-Claude et Auggie. Un instant, je me retrouvai seule avec Marmée Noire à l'intérieur de ma tête. Je sentis de la pluie fraîche et tiède sur mon visage. La lune était ronde et brillante dans le ciel, et j'étais trop grande et trop masculine. Je crus que je revivais un souvenir de Jean-Claude, mais la main que je vis en baissant les yeux était trop calleuse, trop basanée. À qui appartenait ce foutu souvenir ?

— À moi, répéta-t-elle.

Ah oui. À elle. Alors, pourquoi me trouvais-je dans la tête de l'homme qu'elle s'apprêtait à dévorer ? Pourquoi n'étais-je pas dans son corps à elle ?

Quelque chose bougea au clair de lune. Quelque chose d'énorme et de pâle qui rampa vers moi tel un spectre musclé. Il tourna la tête, et le clair de lune se refléta dans ses yeux, qu'il fit étinceler. Je scrutai le monstrueux félin et sus qu'aucune créature de son espèce n'avait marché sur terre depuis des millénaires.

Un lion des cavernes, songeai-je. *Mmmh, ils étaient rayés.*

Le félin se ramassa sur lui-même pour bondir.

À cet instant, un loup apparut entre lui et moi, un loup blanc avec des marques sombres sur le dos et la tête. Mon loup intérieur. C'était un rêve, ce qui signifiait que j'étais inconsciente. Bizarre.

Le poil du loup se hérissa, et il poussa ce grondement sourd qu'émettent tous les canidés pour indiquer qu'ils ne plaisantent plus, là. Pourtant, il semblait bien fragile à côté de l'énorme fauve. Lui et moi étions surclassés par une bonne centaine de kilos – sinon deux.

Je sentis une odeur de loup : sève de pin, humus… Je flairai des choses qui n'avaient jamais poussé en ce lieu, dans cette contrée où la Mère de Toutes Ténèbres s'était emparée de Merlin – même s'il ne s'appelait sûrement pas ainsi à l'époque. Je me remplis du parfum des arbres de chez nous, de la terre de notre territoire, du musc tiède de la meute.

Le lion des cavernes se raidit. Le moment était venu. Le loup se ramassa sur lui-même, et le corps que j'habitais brandit une lance qui ne lui servirait à rien.

Quelque chose toucha ma main. Je l'attrapai sans réfléchir, et une explosion de lumière blanche brûlante déchira la nuit. Une explosion de lumière et de douleur.

— Lâche ça, Anita, me pressèrent plusieurs voix. Lâche !

Des mains me touchèrent à l'endroit où j'avais mal. Je voulus me rejeter en arrière. Il me semblait que le sang dans ma main avait été remplacé par du métal en fusion. Je connaissais cette douleur.

— Anita, lâche !

— Ouvre la main, Anita, ouvre la main.

Cette fois, je reconnus la voix de Micah.

Ma main gauche n'était qu'un brasier incandescent. Je ne sentais même plus mes doigts. Comment aurais-je pu les déplier ? La seule chose que j'éprouvais, c'était de la douleur. Cela me fit ouvrir les yeux.

Ma vision était flinguée, tachetée, noir et gris et blanc comme si j'avais pris un énorme flash dans la tête. Je distinguai les visages qui faisaient cercle autour de moi : Micah, Nathaniel, Jason, Graham et Richard. Mais très vite, mon attention se concentra sur l'agonie de ma main gauche. Je baissai les yeux pour la détailler. Extérieurement, elle paraissait indemne.

Une fine chaîne en or dépassait de mon poing serré. Oui, ma main paraissait indemne, mais je savais qu'elle ne l'était pas.

J'aperçus des rideaux lourds et épais derrière nous. Nous étions toujours au *Fox*. On m'avait juste transportée hors de la loge et allongée à un endroit où le reste du public ne pouvait pas me voir. Je savais pourquoi aucun vampire n'était agenouillé près de moi. La Mère de Toutes Ténèbres avait tenté de me prendre, une fois de plus, et un crétin quelconque m'avait tendu une croix en pensant que ça m'aiderait à la repousser.

— Ouvre la main, Anita, je t'en prie, chuchota Micah en me caressant les cheveux.

Je recouvrai l'usage de ma voix et articulai péniblement :

— Peux pas.

Richard prit ma main dans la sienne et tenta de déplier mes doigts. Il réussit à tendre mon index. Je gémis et me mordis la lèvre. Si je commençais comme ça, j'allais me mettre à hurler ou à sangloter. Ils avaient réussi à me dissimuler au public. Si je faisais trop de bruit, ça n'aurait servi à rien.

— Je suis désolé, Anita. Je suis désolé, répétait Richard en boucle tout en m'ouvrant la main de force.

— Jure si tu veux, m'encouragea Jason.

Je secouai la tête. Les brûlures profondes font trop mal pour être soulagées par de simples jurons.

Je me forçai à réfléchir par-delà la douleur. Je sentais toujours ma main, mais assez vaguement, comme si elle était engourdie autour de la brûlure. La douleur surpassait tout le reste. Ne pouvant retransmettre l'intégralité des sensations, les nerfs se contentaient de me communiquer l'essentiel : que ça faisait atrocement mal.

Richard émit un son étranglé. Je reportai mon attention sur lui. La tête qu'il faisait me poussa à suivre la direction de son regard.

La plupart de mes cloques avaient éclaté, de sorte que l'intérieur de ma main n'était plus qu'une masse de chair écorchée et de fluide transparent. Mais de l'or brillait dans la chair à vif de ma paume. La croix s'était littéralement incrustée dans ma main.

Je détournai les yeux. Je ne voulais pas voir ça, et encore moins penser à la manière dont on allait pouvoir m'enlever cette croix.

Nathaniel se pencha vers moi, me bouchant la vue. Paniquée, je le repoussai pour surveiller Richard. Pas question qu'on me retire cette croix sans assistance médicale. Des calmants, des calmants costauds, plein de calmants costauds, voilà de quoi j'avais besoin.

Je tendis ma main valide vers Nathaniel et chuchotai :

— Docteur.

J'avais peur de me mettre à hurler si je parlais plus fort.

Nathaniel acquiesça.

— Le docteur Lillian arrive.

Je hochai la tête. Peu m'importait comment la praticienne ferait pour entrer au *Fox* un soir de gala. Pour une fois dans ma vie, je voulais juste qu'on m'aide. On parvient à surmonter la plupart des douleurs, mais les brûlures semblent tout bonnement dévorer le monde. Elles oblitèrent tout le reste et vous empêchent de penser à quoi que ce soit d'autre. Elles vous lancent, vous mordent, vous donnent la nausée et vous broient entre leurs mâchoires implacables.

J'avais déjà reçu des brûlures, mais celle-ci allait être la pire de toutes. Je mettrais des semaines à récupérer, et selon la profondeur à laquelle la croix s'était enfoncée, je ne recouvrerais peut-être pas totalement l'usage de ma main. Merde, putain de merde.

La femme docteur entra dans mon champ de vision. Au début, je ne la reconnus pas – et pas seulement à cause de la douleur. Un maquillage savant adoucissait son visage et lui ôtait dix ans. Le bleu clair de sa robe allait bien avec le gris doux de ses cheveux et les teintes pastel de son ombre à paupières et de son rouge à lèvres. En la regardant, je ne me dis pas : *Elle devait être belle quand elle était jeune*, je me dis : *Elle est belle maintenant.*

Elle secoua la tête.

— Que vais-je faire de vous tous ce soir ?

Je déglutis péniblement.

— Ai pas fait exprès.

Elle souleva sa jupe longue pour pouvoir s'agenouiller.

— Je m'en doute.

Elle avait une expression neutre et aimable, une bonne tête de docteur. Quand elle voulut prendre ma main, j'eus un mouvement de recul. Elle se rassit sur ses talons et m'adressa un petit sourire.

— Si tu me promets de faire tout ce que je te demanderai, exactement comme je te le demanderai, je te fais une piqûre de calmants avant de te toucher.

J'acquiesçai très vite.

— J'ai ta parole d'honneur que tu ne discuteras pas ? Que tu te contenteras de faire ce que je te dirai ?

Si la douleur ne m'avait pas rendue à moitié dingue, je me serais peut-être interrogée sur la façon dont elle avait formulé ça. Mais je n'arrivais pas à réfléchir.

— Vous avez ma parole, soufflai-je.

Lillian me sourit une nouvelle fois.

— Bien.

La praticienne regarda derrière elle. Claudia s'approcha et se mit à genoux pour qu'elle puisse lui chuchoter quelque chose à l'oreille. La rate-garou opina, se releva et s'en fut.

Lillian se détourna pour préparer son injection. En temps normal, je déteste les piqûres. Ma phobie des aiguilles est presque aussi virulente que ma phobie de l'avion. Mais pour une fois, je ne protestai pas. J'étais trop occupée à me retenir de hurler : « Faites que ça s'arrête, faites que ça s'arrête ! »

Elle demanda à Richard de se pousser pour qu'elle-même puisse s'agenouiller près de ma main blessée. Micah prit mon visage entre ses mains pour que je ne voie pas l'aiguille. Il sait combien les piqûres me font flipper. Ce soir, je n'aurais sans doute pas moufté, mais je le laissai faire.

Je sentis la pression de l'aiguille. Puis ce fut comme si Lillian m'injectait de l'eau chaude. Je la sentis se répandre dans mes veines, et je trouvai ça extrêmement bizarre. Je pouvais suivre sa progression centimètre par centimètre, ce qui ne m'était encore jamais arrivé. Ce fut comme si une forte bouffée de chaleur remontait le long de mon bras et se propageait à toute la moitié supérieure de mon corps.

La tête me tourna. Soudain, j'avais du mal à me concentrer, et des vertiges alors que j'étais toujours allongée. Je voulus demander si c'était normal. Puis une vague emporta la douleur. La moitié supérieure de mon corps me semblait pleine d'eau chaude, et cette eau chaude avait chassé la douleur.

Lillian se pencha vers moi.

— Comment te sens-tu, Anita ?

Je réussis à esquisser un sourire que je devinai béatement idiot.

— Je n'ai plus mal.

— Bien, acquiesça-t-elle, satisfaite. (Elle jeta un coup d'œil à Richard.) Tu devrais rejoindre ta cavalière.

Il secoua la tête.

— Je reste ici.

— Ulfric… ce soir, tu es Clark Kent, pas Superman. Tu dois rejoindre ta cavalière et faire comme si tu n'étais qu'un gentil prof de sciences naturelles. Je m'occupe d'Anita.

Richard jeta un coup d'œil à la ronde.

— Et les autres, ils restent ?

— Certains, oui. Mais ils ne dissimulent pas ce qu'ils sont, Ulfric. Le prix à payer pour rester caché, c'est de rester caché en toutes circonstances. Maintenant, rejoins cette femme avant qu'elle se mette à ta recherche.

Il fit mine de protester.

— Ne m'oblige pas à être cruelle, menaça Lillian.

— Vas-y, dis-je d'une voix qui me parut bizarre. Vas-y, Richard, vas-y.

Il me regarda, visiblement déchiré. Je voyais bien qu'il souffrait, mais ce soir, je n'avais pas d'énergie à consacrer à une autre douleur que la mienne.

— Je suis désolé, fit-il.

Je ne savais pas trop pourquoi il s'excusait. De devoir partir ? D'être venu avec une autre femme ? De toujours se planquer derrière son déguisement de Clark Kent ? Ou peut-être, de m'avoir donné la croix désormais incrustée dans ma main – la croix en or que je lui avais offerte pour un Noël. Ouais, sur ce coup, il pouvait être désolé.

Chapitre 48

On étendit une nappe sur moi et une autre sous mon bras. Apparemment, Requiem avait fait du charme au personnel du restaurant pour les obtenir. Il évitait de me regarder en face, comme s'il craignait que ma croix s'embrase soudain.

Lillian avait demandé à Micah et à Nathaniel de me distraire, même si les calmants faisaient l'essentiel du boulot à leur place. Je craignais que ça fasse mal, mais la peur n'arrivait pas à trouver de prise sur moi – et je ne parvenais pas à la retenir. Jason appuya sur mon bras pour le maintenir en place. Je commençai à protester. Nathaniel m'embrassa brutalement, et son baiser étouffa mes cris.

Je sentis une vive traction sur mon bras. Je hurlai, et Nathaniel avala mon hurlement comme il le fait parfois pendant l'amour.

Après ça, il me sembla qu'on enveloppait ma main dans quelque chose. Nathaniel s'écarta de moi, la bouche barbouillée de rouge à lèvres. Il posa un doigt sur ma bouche, et je luttai pour ne pousser que de petits gémissements. Je n'avais pas vraiment mal ; c'était plutôt comme si mon corps savait qu'il était blessé, et qu'il tenait à réagir. Mais chaque fois que j'essayais de me concentrer sur la douleur, celle-ci se dérobait.

C'était peut-être bizarre de vouloir me concentrer sur la douleur. À ma façon, je tentais sans doute de résister aux effets des calmants. Traitez-moi d'idiote si ça vous chante, mais je ne pouvais pas baisser les bras. Je ne pouvais pas m'abstenir de lutter, même si c'était mauvais pour moi.

Nathaniel me sourit comme s'il comprenait ce que j'étais en train de faire. Ce qui était sans doute le cas. Il écarta son doigt de ma bouche, et je hochai la tête pour lui montrer que j'avais pigé. Il fallait éviter d'attirer l'attention. Pas de problème.

Baissant les yeux, je vis que ma main était enveloppée d'un pansement – une version immaculée de la main d'une momie. J'aperçus du sang frais sur les nappes avant qu'elles soient roulées en boule. Un instant, je me demandai comment nous pourrions expliquer la présence de cette tache, mais je ne m'en souciais pas assez pour y réfléchir vraiment.

J'aurais dû adorer me sentir aussi détendue, mais Jean-Claude avait besoin de moi ce soir. Tout le monde avait besoin de moi. Marmée Noire nous guettait toujours. Que feraient les autres si elle revenait et que je n'étais pas là ? La peur tenta de me submerger, mais ça ne dura pas. Je ne parvenais à me fixer sur aucune pensée, aucune émotion.

C'était comme ramer dans le brouillard. Vous savez dans quelle direction vous voulez aller ; vous apercevez le rivage, et vous redoublez d'efforts. Puis le brouillard vous engloutit, et lorsqu'il se dissipe, le rivage réapparaît ailleurs. Oui, la douleur m'aurait distraite, mais elle m'aurait moins gênée que les calmants pour ce que j'avais à faire. D'un autre côté, je me souvenais combien la brûlure était douloureuse, combien j'avais prié pour que ça s'arrête.

Quelqu'un me souleva, et cela me réveilla. Je n'étais pas certaine d'avoir dormi ; peut-être m'étais-je seulement évanouie. J'ouvris les yeux. Nathaniel me portait dans ses bras. Je voyais les manches de sa chemise de soirée blanche, et j'étais couverte par une veste de smoking noire. La sienne, sans doute. Je fus très fière de l'avoir compris toute seule.

Je cherchai Micah du regard, et ce fut comme si Nathaniel comprenait.

— Micah est parti se rasseoir avec Asher, pour qu'aucune des loges ne reste vide.

Il commença à descendre les marches en me serrant contre sa poitrine. Requiem apparut par-dessus son épaule et nous emboîta le pas, flanqué de Lisandro. Baissant les yeux vers l'escalier, j'aperçus Lillian avant que le vertige me submerge. Que diable m'avait-elle donné ?

Je dus m'évanouir de nouveau, car l'instant d'après (me sembla-t-il), nous nous retrouvâmes au rez-de-chaussée et sortîmes sous l'auvent qui protégeait l'entrée du club privé du *Fox*. Fatal se tenait près du portier, dont le visage était figé dans une expression sereine. Un petit tour de passe-passe vampirique pour que personne ne se souvienne de nous. En principe, ce genre de manipulation mentale est illégal. Les tribunaux souhaitent éviter que les vampires persuadent les gens qu'il ne s'est rien passé de grave – ce qui les empêcherait de fournir un témoignage fiable le cas échéant.

Fredo tenait la portière de la limousine ouverte, comme s'il était un véritable chauffeur et pas un arsenal ambulant. Sans me lâcher, Nathaniel rampa tant bien que mal à l'intérieur. Il me déposa doucement sur une des banquettes arrière et souleva sa veste de smoking. Lillian s'agenouilla près de moi. Elle me toucha le visage et me demanda de suivre ses doigts du regard. Le résultat ne dut pas être brillant. Elle me sourit.

— Je t'ai administré la même dose que si tu étais l'une de nous, mais tu ne l'es pas. Quoi que tu sois en train de devenir, tu n'es pas une lycanthrope.

Je fronçai les sourcils.

— Quoi ?

— Sinon, ton corps aurait déjà éliminé la morphine – ce qui n'est pas le cas. Il ne mettra pas quatre à dix heures comme le ferait le corps d'une humaine normale, mais à vue de nez, il lui en faudra au moins deux. (Lillian secoua la tête.) Parfois, nous oublions tous que tu es encore essentiellement humaine.

— De la morphine…

—Oui, Anita, de la morphine. Si le maître qui a tenté de s'emparer de nous revient à la charge, je ne crois pas que Jean-Claude arrive à le vaincre.

Pensait-elle que tout ce qui venait de se passer était la faute de Merlin ? N'était-elle pas au courant pour la Mère de Toutes Ténèbres ? Il me semblait que j'aurais dû lui expliquer, mais je ne parvenais pas à fixer mon esprit assez longtemps pour composer une phrase digne de ce nom.

—Nous avons besoin que tu reviennes avec nous, tout de suite.

Je hochai la tête. Le mouvement parut tapisser de coton l'intérieur de ma tête. Je fermai les yeux.

—D'accord, chuchotai-je, mais comment ?

Je rouvris les yeux et luttai pour focaliser mon regard sur le ravissant visage de Lillian, sur ses yeux gris que sa robe et son ombre à paupières faisaient paraître bleus ce soir.

—Appelle le munin, Anita. Ça t'éclaircira les idées, et ça guérira la plupart des dommages que tu as subis.

Je fronçai les sourcils. J'avais dû mal entendre.

—Appeler le munin ? Maintenant ?

Lillian acquiesça.

—Raina pourrait te soigner.

Je refermai les yeux et luttai de toutes mes forces pour rassembler mes pensées. Je devais faire comprendre à Lillian combien c'était une mauvaise idée.

Les munin sont les esprits ancestraux d'une meute de loups – et beaucoup plus animés que la plupart des esprits ancestraux. Surtout pour les gens dotés de capacités psychiques ou, mieux encore, de pouvoirs en rapport avec les morts. Ces gens-là peuvent se faire posséder par un munin. Raina est l'ancienne lupa du clan de Thronnos Rokke. Je l'ai tuée pour éviter qu'elle ne me tue, et depuis, je suis devenue son hôte préférée.

J'ai passé un long week-end dans le Tennessee avec mon guide spirituel, Marianne, pour apprendre à maîtriser les munin en général et Raina en particulier. Micah et Nathaniel m'ont accompagnée pour m'aider. J'avais d'abord demandé à Richard, mais il avait refusé sèchement. Raina était morte ; il ne voulait plus rien avoir à faire avec elle. Moi non plus, mais je n'avais pas le choix.

Raina était une sadique, mais elle pouvait également utiliser le sexe pour guérir. Un rapport complet avec pénétration n'était pas nécessaire, même si elle préférait aller jusqu'au bout. J'avais déjà fait appel à son pouvoir plusieurs fois pour sauver des vies, mais le prix avait toujours été très élevé. Ses souvenirs seuls méritaient qu'on les évite.

En principe, l'ardeur n'est pas un pouvoir médicinal. Selon Jean-Claude, si je peux guérir à travers le sexe et la métaphysique, c'est sans doute à cause du munin de Raina plutôt que d'un quelconque don vampirique. On dirait que plus je me fais utiliser par la magie de quelqu'un, ou plus j'emprunte cette dernière, plus la probabilité augmente que ce pouvoir s'ajoute à mon propre arsenal. Raina a tellement joué avec moi qu'elle en a modifié la nature de mon ardeur – du moins, c'est ce que nous pensons.

Alors, pourquoi ne pas utiliser l'ardeur pour guérir ma main ? Parce que c'est un processus imprévisible et dangereux. Parfois, ça marche sans que je le veuille, et parfois, ça ne marche pas du tout. Je fis de mon mieux pour l'expliquer à voix haute.

— Pas sûre de pouvoir la maîtriser… dans mon état, articulai-je avec difficulté. Si elle prend le dessus… pas bon du tout.

— Tu es grièvement blessée, Anita. Si tu étais une vampire, tu aurais besoin de boire plus de sang que d'habitude – beaucoup plus. Jean-Claude pense que l'ardeur ne tardera pas à se réveiller pour tenter de nourrir ce besoin.

Je me rembrunis davantage.

— Je ne…

— Tu as promis de faire tout ce que je te demanderais si je te donnais de la morphine. Tu as promis.

Je déglutis, m'humectai les lèvres et envisageai de traiter Lillian de salope. Mais étant donné que nous n'avions pas d'autre docteur sous la main, il ne me paraissait pas très avisé de la mettre en rogne. Si je n'avais pas été droguée, j'aurais pu dominer le munin de Raina. Dans mon état...

— Non, dis-je seulement.

— Dans ce cas, tu vas manquer le ballet et la réception. Tu ne seras pas là pour aider Jean-Claude face aux autres maîtres. Richard ne sera pas là non plus parce qu'il se cache. Si tu penses que c'est une bonne idée de priver le maître de cette ville de ses deux tiers en de telles circonstances, refuse donc.

Et puis merde.

— Salope.

Lillian sourit et me tapota la joue.

— Quand tu seras guérie, il se peut que tes bêtes se manifestent. Je vais donc te laisser avec des gens qui pourront les prendre si nécessaire.

— Je ne comprends pas.

— Mais je pense que nous devrions commencer par quelqu'un que Raina n'a jamais touché. Je la connaissais bien. Elle aimait les nouvelles conquêtes.

Je secouai prudemment la tête et répétai :

— Je ne comprends pas.

Nathaniel apparut près de Lillian. Il n'était pas une « nouvelle conquête » pour Raina. Celle-ci l'avait possédé de toutes les façons dont une femme peut posséder un homme, et croyez-moi, certaines d'entre elles défient l'imagination au point de vous donner envie de hurler. Nathaniel était nu, à l'exception de son collier de diamants et d'améthystes – un cadeau que nous lui avions offert, Jean-Claude et moi, sur une idée de ce dernier. Moi, ça ne me serait jamais venu à l'esprit.

— Tu t'es déshabillé, constatai-je.

Il me sourit.

— Il faudra qu'on retourne à l'intérieur après.

— Après quoi ?

Il jeta un coup d'œil à Lillian.

— Elle a tous ses esprits ?

— Je n'en suis pas certaine.

Une voix s'éleva derrière nous.

— Je ne suis pas un violeur.

— Aucun de nous ne l'est, répliqua Jason.

Lillian se pencha vers moi.

— Anita, tu dois leur donner ta permission.

— La permission de quoi, exactement ?

Enfin une question claire !

— D'invoquer le munin de Raina pour te guérir et guérir Requiem.

— Requiem ?

— Raina ne le connaît pas, et il est grièvement blessé.

Je dévisageai Lillian.

— Vous l'avez vraiment bien connue.

Elle acquiesça.

— Mieux que je ne l'aurais voulu. Je ne te demanderais pas de faire une chose pareille si je pensais que nous pouvions survivre à cette soirée sans toi. Mais Rafael a senti un des maîtres de la troupe. Il est capable d'appeler les rats. Tu comprends ce que ça signifie pour nous ?

— Oui. S'il prend Rafael, il vous prend tous.

— Exactement.

— Et dire que nous avons invité ces gens, chuchotai-je.

L'épaule nue de Requiem apparut derrière Lillian.

— Merlin, leur chorégraphe, a toujours roulé les spectateurs humains pour donner l'impression que ses danseurs apparaissent et disparaissent comme par magie, mais jusqu'à ce soir, jamais il n'avait essayé de manipuler les autres vampires.

Je n'en étais pas si certaine. J'avais perçu l'esprit de Merlin. S'il les avait roulés et relâchés, ils ne s'en seraient sans doute jamais aperçus. Je tentai d'expliquer ça à Requiem.

— Il est assez puissant pour l'avoir fait. Il aurait pu les libérer, et ils ne s'en seraient pas rendu compte.

— Tu veux dire qu'il les a roulés, et qu'il est si puissant qu'ils ne s'en souviennent pas ?

— Oui.

Je regardai la peur s'inscrire sur le visage de Requiem et disparaître très vite sous le masque de parfaite indifférence des vieux vampires.

— C'est possible, mais ça m'étonnerait que Marmée Noire se soit manifestée dans les autres villes.

— Qui est Marmée Noire ? interrogea Lillian.

— Notre mère ténébreuse, la première d'entre nous. C'est son pouvoir ajouté à celui de Merlin qui a permis au chorégraphe de faire ce qu'il a fait ce soir. C'est son pouvoir qui a fait fondre la croix de Richard dans la main d'Anita.

— Elle est ici, avec la troupe ?

— Non, répondis-je. Elle gît dans la chambre avec fenêtres.

Ça n'avait probablement pas de sens pour eux, mais Requiem et Lillian laissèrent courir. Bien que je sois droguée, ils me crurent sur parole quand je leur assurai que le cauchemar de tous les vampires ne se trouvait pas physiquement à Saint Louis. Je n'étais même pas capable de me concentrer, et ils me croyaient quand même. Ils n'auraient pas dû.

Mais Très Chère Maman n'était pas notre seul problème. Je repensai à Auggie, à Samuel et à sa drôle de femme, Théa. Si tels étaient les maîtres en lesquels Jean-Claude avait confiance, que risquaient donc de nous faire les autres ? Il ne fallait pas que Jean-Claude les affronte seul. Ce serait une catastrophe.

— Sortez, docteur.

— Quoi ?

— Mieux vaut que vous ne soyez plus là quand la méchante sorcière se manifestera.

— D'accord, je vais sortir, et il ne restera dans la voiture que des gens dont tu t'es déjà nourrie, Anita. (Lillian jeta un coup d'œil derrière elle.) À une exception près.

— Quelle exception ?

— Allez-y, Lillian, la pressa Jason. Jean-Claude est nerveux. Il s'est passé quelque chose. Pas quelque chose d'aussi grave que ce que nous redoutons, mais quelque chose.

Lillian sortit de mon champ de vision, et Jason s'agenouilla près de moi. Il était tout aussi nu que Nathaniel. Il portait le bracelet manchette que Jean-Claude avait fait fabriquer sur mesure pour lui : des loups courant à travers un paysage d'or et de platine. Les loups semblaient si réels qu'on s'attendait presque à les voir bouger. Je détaillai le bracelet.

— Joli, commentai-je.

Jason eut un large sourire.

— Le bracelet n'est pas mal non plus.

Puis il me dévisagea d'un air grave. Je ne sentais pas Jean-Claude ; ma panique et la morphine avaient refermé les marques entre nous, mais je n'aimais pas du tout la tête que faisait Jason. Qu'était-il arrivé aux autres hommes de ma vie pendant que je rechignais à faire ce que me demandait Lillian ?

— Commençons par te déshabiller, pour que tu aies encore quelque chose à te mettre sur le dos quand nous rejoindrons les autres.

Quelques instants plus tôt, j'aurais protesté, mais Jason avait peur, et je ne sentais pas Jean-Claude. J'étais trop désorientée pour ouvrir les marques. Je risquais de flinguer la concentration de Jean-Claude, ce qui serait désastreux. Des événements terribles étaient en train de se produire par notre faute. Nous avions invité des gens dangereux en ville, et à présent, tous les nôtres étaient en danger.

— Aide-moi à enlever ce corset.

— Je pensais que tu ne me le demanderais jamais.

Jason m'adressa son habituelle grimace lubrique, mais je voyais ses yeux, et ils ne se marraient pas du tout. Que se passait-il donc à l'intérieur du théâtre ? Je pensai : *Tenez bon, Jean-Claude.* Je le sentis tel un souffle lointain, une vague caresse contre la porte que j'avais fermée entre nous, un vent chargé du parfum de son eau de Cologne. Sa voix parut résonner dans la voiture.

— *Nourris-toi avant de me rejoindre, ma petite. Ne libère pas l'ardeur au milieu de la foule.*

Puis il se retrancha derrière un bouclier parfaitement hermétique. Il protégeait ses fesses ; je ne pouvais pas lui en vouloir. Mais il avait fait une bonne remarque. C'était bien mon genre d'invoquer le munin, de me guérir et de ne pas nourrir l'ardeur si je pouvais l'éviter. Ce bref message m'informa que Jean-Claude avait besoin de moi repue et prête à me battre plutôt qu'affamée et dangereuse pour la foule.

Jason m'aida à m'asseoir, et Nathaniel entreprit de défaire les lacets de mon corset. Était-ce trop provincial de ma part de trouver étrange que mon petit ami m'encourage à faire l'amour dans une limousine pleine d'autres hommes avant de le rejoindre ? La mère de tous les vampires nous guettait. Nous avions affaire à un maître assez puissant pour rouler nos invités – et n'oublions pas le danseur blond, Adonis, qui avait failli m'avoir avec son regard. Nous étions cernés par le danger, et ce qui me gênait le plus, c'était de faire l'amour avec un tas de mecs différents ? La soirée s'annonçait comme une parfaite occasion de décider si c'était vraiment un sort pire que la mort.

Mon corset se desserra suffisamment pour que mes seins jaillissent à l'air libre.

— Requiem, viens par ici, réclama Jason.

Le vampire approcha, masquant sa nudité de ses mains. Il semblait encore plus gêné que moi. La morphine émoussait le tranchant de ma pudeur ; à vrai dire, elle émoussait le tranchant de tout.

Les deux hommes soulevèrent le corset par-dessus ma tête, tandis que d'autres mains s'affairaient sur la fermeture de ma jupe. Nathaniel mettait les vêtements de côté au fur et à mesure. Ils m'enlevèrent tout, à l'exception de mon collier de diamants. Apparemment, le thème de la soirée, c'était « les bijoux pour seule parure ». La banquette d'en face était recouverte de plastique transparent. Nathaniel fourra les vêtements dessous. Ma parole, ils s'attendaient vraiment à ce qu'on en foute partout…

J'aperçus un mouvement au fond de la limousine et tournai la tête. C'était Noël.

— Non, protestai-je. Faites-le sortir.

— Justin n'est pas venu, Anita, révéla Jason. Noël est le seul lion que nous ayons sous la main à l'exception du garde d'Auggie. Si ta lionne intérieure se manifeste, il faudra bien qu'elle aille quelque part.

— C'est un bébé, me lamentai-je.

Jason acquiesça.

— Raina adorait les puceaux.

Je secouai la tête trop fort, et le vertige m'assaillit une nouvelle fois. Je fermai les yeux et tentai de me concentrer.

— Il attend dehors. Si ma lionne se manifeste, je ferai sortir sa bête, mais il est hors de question de le jeter en pâture à Raina.

Je rouvris les yeux. Le monde avait cessé de tanguer. Bien.

Jason toucha l'épaule de Requiem, ramenant mon attention vers le vampire.

— Ça m'étonnerait qu'on en ait besoin. Regarde Requiem avec les yeux de Raina. Regarde ses blessures, Anita. C'est de la viande fraîche, et il est blessé. Elle devrait adorer ça.

Je détaillai les marques de couteau sur la poitrine et le flanc de Requiem. Ses bras étaient couverts de plaies qui tardaient à cicatriser.

— Des lames en argent, observai-je.

Requiem acquiesça.

— Meng Die voulait me tuer.

— Une petite giclée de pouvoir, et elle change d'avis.

— Ce n'était pas « une petite giclée de pouvoir », Anita, contra Jason.

Je dévisageai Requiem.

— Tu sais ce que Raina va te faire ?

Nathaniel s'agenouilla près de nous.

— Je lui ai parlé des goûts particuliers de Raina.

Je luttai pour ne pas loucher.

— Ça ira ? demandai-je.

— J'ai passé de nombreuses années à la cour de Belle Morte, Anita. (Requiem parvint à esquisser un sourire.) Comparé à ce qu'elle m'a fait subir, ce ne sera rien. Guéris-moi afin que nous puissions tous deux servir notre maître cette nuit.

J'acquiesçai.

— D'accord.

Par-dessus leurs épaules à tous, je regardai Noël. Il s'était rencogné dans le fond de la limousine, aussi loin de nous que possible.

— Dehors. Maintenant, ordonnai-je.

— Attends avec Fredo, ajouta Jason.

— On m'a dit de rester près d'Anita, protesta faiblement Noël.

Il avait les yeux écarquillés et les lèvres entrouvertes. Soudain, je me rendis compte que j'étais nue devant lui. Oh, ce n'était pas une découverte, mais à cause de la morphine, de la gravité de la situation ou de ma moralité défaillante, je n'y avais pas pensé jusque-là.

— À l'extérieur de la voiture, c'est assez près, affirma Jason.

Pourtant, Noël hésita.

— Sors d'ici, Noël, aboya Nathaniel.

Le jeune homme obtempéra. Quand la portière se fut refermée derrière lui, Nathaniel s'exclama :

— Comment Joseph a-t-il pu nous l'envoyer pour ce boulot !

— Joseph ne comprend pas, dit Jason.

— Il ne veut pas comprendre, rectifia Nathaniel, les yeux presque pourpres de colère.

— Il faut protéger les innocents, articulai-je.

Nathaniel tourna son regard vers moi, se força à sourire et hocha la tête.

— Tu peux maîtriser Raina. Je sais que tu le peux.

— La morphine…

— … Va te compliquer la tâche, mais je sais que tu peux le faire. J'étais là quand tu as appris. Que tu sois droguée ou pas, ta volonté est plus forte que la sienne.

J'étudiai son visage si plein de colère et de confiance. Comme ça m'arrive parfois, j'entrevis alors ce qu'il pourrait être dans dix ans. À l'orée de la trentaine, Nathaniel serait quelqu'un de très spécial, et j'avais bien l'intention d'être toujours là pour le voir. J'avais l'intention que nous soyons tous là pour le voir. Ce qui signifiait que nous devions survivre à cette soirée, quel qu'en soit le prix.

Jason me rallongea. Nathaniel me donna un baiser rapide et s'écarta de moi. Requiem s'assit au bout de la banquette, comme pendant un premier rencard où les deux personnes se sentent mal à l'aise. Je lui tendis une main.

— Aide-moi.

Il la prit et s'agenouilla sur le plancher, dissimulant toujours sa nudité autant que possible.

— Comment ?

— Utilise ton pouvoir sur moi.

Ses yeux se remplirent d'un feu bleu vif, et tout mon corps fut parcouru par une décharge d'énergie. Cela me fit mal à la main, mais le mélange de douleur, de plaisir et de confusion plairait à Raina. J'avais appris à la maîtriser, si bien que je pouvais plus ou moins la faire venir sur commande. Ce qui revenait à sortir d'une maison parfaitement sûre en sachant qu'un tigre est tapi en embuscade dans le jardin – et en s'accrochant un steak cru autour du cou pour faire bonne mesure. Bref, c'était une très mauvaise idée. Le problème, c'est que je n'en avais pas de meilleure.

Chapitre 49

La première chose à savoir pour maîtriser n'importe quelle forme de magie, c'est ce qu'on ressent quand on la manipule. Mes dons psychiques sont innés, ce qui signifie que je n'ai pas eu à les développer : ils se sont imposés à moi. Le problème dans ce cas-là, c'est que votre pouvoir vous vient si naturellement que vous ne savez pas nécessairement comment il fonctionne. Parfois, vous ne vous rendez même pas compte que vous êtes en train de l'utiliser. Disons qu'il peut se manifester en douce. Et pour le maîtriser véritablement, vous devez comprendre une chose.

Pendant très longtemps, j'ai été une brute psychique. Je me suis reposée sur la force pure pour enfoncer les obstacles. Mais certains problèmes ne peuvent être résolus par la force pure, fût-elle magique. Ils nécessitent une certaine maîtrise. C'est toute la différence entre pouvoir lancer une balle de base-ball à cent quarante kilomètres heure, et pouvoir la lancer à cent quarante kilomètres heure de façon qu'elle atteigne le marbre. La puissance et la vitesse, c'est bien, mais si vous loupez tout le temps votre cible, vous avez peu de chances de devenir un grand joueur. Vous risquez même de tuer un pauvre fan dans les tribunes. Se prendre en pleine tête une balle qui file à cent quarante à l'heure, ça ne doit pas faire du bien. Raina n'est pas ma seule balle à cent quarante, mais elle est la deuxième que j'ai appris à avoir en main, après ma nécromancie.

Requiem était allongé sur le dos. Je ne me rappelais pas avoir changé de place avec lui. Dans mon dernier souvenir, c'est moi qui étais allongée sur la banquette. À présent, je le toisais, et il me rendait mon regard d'un air surpris. Qu'avais-je bien pu faire pour lui inspirer cette réaction ? Qu'avais-je bien pu faire pendant que Raina m'envahissait et que je luttais contre l'emprise de la morphine ?

Je chevauchais Requiem. J'étais assise à califourchon sur sa taille, ce qui valait mieux que plus bas, j'imagine. Par-dessus mon épaule, je jetai un coup d'œil à Nathaniel et à Jason. Mon expression dut être assez éloquente, car ce dernier m'expliqua :

— Tu viens de le plaquer sur la banquette. Assez brutalement, je dois dire.

— Ta main saigne, fit remarquer Nathaniel.

Je détaillai ma main gauche comme si elle venait d'apparaître au bout de mon bras. Du sang frais traversait mon pansement. Dès que je le vis, je recommençai à avoir mal. Pas autant qu'avant que Lillian me fasse la piqûre, mais la douleur était sourde et persistante, avec des pointes plus vives qui promettaient d'empirer dans les minutes ou les heures à suivre.

— Je crois que tu as rouvert ta plaie quand tu m'as empoigné, dit Requiem d'une voix aimable, presque atone.

Son expression était redevenue parfaitement vacante, comme si j'avais rêvé sa surprise. Il avait repris la maîtrise de lui même.

Je sentis Raina à l'intérieur de moi. Elle ne voulait pas que Requiem se domine, ni qu'il domine quoi que ce soit d'autre. Elle voulait le briser. Grâce à l'ardeur, j'avais vu assez de choses dans la tête du vampire pour savoir qu'il avait été brisé des siècles auparavant, et plus d'une fois. Or, briser une victime déjà brisée n'exciterait pas autant Raina qu'être la première à le faire. Jason avait raison : elle aimait les puceaux. Elle adorait être la première expérience de quelqu'un, surtout si elle pouvait transformer son plaisir en douleur et sa joie en terreur. Ça la faisait carrément grimper aux rideaux. Mais ce n'était pas ma tasse de thé ; du coup, il m'était plus facile de me retenir.

La voix du munin chuchota dans ma tête, pas aussi clairement qu'à une époque, plutôt comme le souffle du vent dans les arbres. Selon Marianne, Raina était passée tout près de me posséder pour de bon, au sens démoniaque du terme. Flippant, hein ? Mais maintenant, je sais comment l'empêcher d'envahir mes pensées de façon aussi intime. Le vent de sa voix souffla à travers mon corps, charriant une odeur de forêt, de fourrure et de parfum.

— *Tu sais ce que je veux, Anita.*

— Et tu sais ce que je suis prête à te donner, répondis-je tout haut, parce que converser mentalement avec elle raffermissait son emprise sur moi.

Je pensai à Requiem et à la façon dont nous avions failli coucher ensemble, quelques heures plus tôt. Je le revis rouler sur le côté, insatisfait et me laissant insatisfaite.

— *Votre première séance de baise ensemble.*

Raina rit, et ma concentration n'était pas assez forte pour empêcher son rire de jaillir de mes lèvres. C'était un rire d'alto rauque et grave, une joyeuse promesse d'indécence. Seule, je suis incapable de rire ainsi.

— Concentre-toi, Anita, m'exhorta Nathaniel. Tu peux le faire.

Raina voulait que je le regarde par-dessus mon épaule. Je luttai pour ne pas tourner la tête – non parce que je ne voulais pas le voir, mais parce qu'il fallait bien que je commence à résister quelque part, et que si je me loupais là-dessus, ça ne nuirait à personne.

— *C'est mesquin, Anita*, chuchota Raina dans ma tête.

Je l'ignorai de mon mieux. C'est toujours plus difficile d'ignorer quelqu'un qui partage votre conscience. Je tentai de me concentrer sur ma respiration, mais la douleur dans ma main ne cessait de me distraire. Je tentai de me concentrer sur les battements de mon cœur, et ce fut une erreur. Il me semblait que chaque palpitation de mon pouls plantait un poignard dans ma main blessée, que le flux même de mon sang amplifiait la douleur.

Je secouai la tête. Seconde erreur. Prise de vertige, je vacillai. Requiem me saisit par les bras pour m'empêcher de tomber. Je m'écroulai sur lui, laissant ma tête aller sur son épaule. Il n'émit pas le moindre son, mais je le sentis frémir. J'appuyais sur ses plaies, et Raina aimait beaucoup ça.

J'embrassai son épaule. Sa peau était tiède, tiède de mon propre sang qu'il avait bu un peu plus tôt, mais pas aussi chaude qu'elle l'aurait dû. Je levai la tête pour scruter ses yeux bleu vif, à l'iris entouré par un soupçon de vert.

— Ton corps brûle beaucoup d'énergie pour guérir.

— Oui, souffla Requiem.

— As-tu besoin de te nourrir plus souvent quand tu es grièvement blessé ?

— Oui, ma dame.

Je lui souris.

— « Ma dame », c'est une drôle de façon d'appeler une fille allongée nue sur toi, non ?

Requiem me retourna un sourire qui monta jusqu'à ses yeux.

— Tu seras toujours ma dame, quelles que soient les circonstances, Anita.

Soudain, je me noyai dans une odeur de loup. Ma bête s'agita, comme si le pouvoir de Raina était une cuillère et que j'étais une soupe qu'elle touillait en quête du morceau le plus savoureux.

— *Ainsi, tu portes ton propre loup désormais*, commenta la voix de Raina dans ma tête. *Qu'as-tu donc fait pendant mon absence ?*

Mon loup apparut en moi. Je le vis se dessiner. *Non*, songeai-je. *Non.* Je tournai mon visage vers le cou de Requiem, à l'endroit où son pouls se serait trouvé s'il en avait eu un. Je pressai ma bouche contre sa chair froide pour chasser l'énergie tiède qui me picotait.

Je ne m'enfuis pas devant mon loup, car il se serait contenté de me poursuivre. Au lieu de ça, je me concentrai sur une énergie froide, une énergie qu'il ne comprenait ni n'approuvait. Au contact de la chair morte et immobile de Requiem, il se calma. Le problème, c'est que Raina disparut en même temps que lui.

Je me redressai juste assez pour dévisager Requiem.

— Tes yeux… On dirait des diamants bruns. Tant de lumière dans les ténèbres…

— Raina est partie, dit doucement Jason.

Je ne le regardai pas. Je n'avais d'yeux que pour Requiem. Je déposai un premier baiser sur son épaule et continuai en descendant le long de son corps. Comme nous étions nus tous les deux, le frottement produisit un effet intéressant. Je savais qu'il était gorgé du sang qu'il avait bu à une de mes veines ; que sans cela, il aurait été mort de bien plus d'une façon.

Je redressai le bas de mon corps juste assez pour ne plus le toucher en dessous de la taille. C'était merveilleux de le sentir gonfler comme une promesse de délices à venir, mais ça me distrayait. Or, je voulais me concentrer sur la sensation de ma bouche embrassant sa poitrine. Je voulais savourer la perfection lisse de sa peau fraîche qui remuait mais ne palpitait pas.

Requiem n'était pas vivant, pas vraiment, pas complètement. C'était comme si j'embrassais un rêve quelque peu irréel, comme si son corps pâle était voué à s'évaporer quand sonnerait le réveil. Jean-Claude et Asher faisaient-ils des efforts pour se donner l'air plus humain que ça ? Forçaient-ils leur cœur à battre, leur sang à circuler dans leurs veines, pour que je n'éprouve pas cette étrange immobilité ?

Les mains de Requiem me caressaient le dos et les flancs. Sa poitrine se soulevait de plaisir sous mes caresses, mais il ne respirait pas. Il ne jouait pas les vivants pour moi. Il était un cadavre animé. Ça aurait dû me perturber, mais le pouvoir qui faisait briller mes yeux comprenait la nature de Requiem. Et il aimait ça – il aimait beaucoup ça.

J'embrassai cette chair lisse et froide jusqu'à ce que mes lèvres touchent quelque chose de rêche, au goût légèrement métallique. J'ouvris les yeux pour voir où j'avais posé ma bouche. La plaie laissée par le couteau de Meng Die. Elle paraissait lisse, mais mes lèvres me rapportaient la vérité. Les bords étaient encore en relief.

Malgré son apparence bien nette, la blessure avait été violente. La lame avait provoqué des tas de déchirures minuscules que l'œil ne pouvait voir mais que la peau sentait. Du doigt, je suivis le tracé de la plaie. Requiem poussa de petits gémissements. Une partie de moi savoura sa douleur tandis que l'autre s'inquiétait de lui faire trop mal.

Je levai les yeux vers lui. Il m'observait avec une expression qui ne devait pas grand-chose à la souffrance. De légers plis de crispation autour de ses yeux montraient qu'il avait mal, mais son regard demeurait avide, impatient. Ce qui signifiait que je n'avais pas encore franchi cette ligne si mince entre l'excitation et la douleur. Bien.

Fermant les yeux, je me concentrai sur la sensation de sa plaie sous le bout de mes doigts. Elle était en relief, moins immédiatement remarquable que lorsque mes lèvres l'avaient touchée, mais la peau restait déchiquetée et meurtrie par la violence du coup reçu. Mes doigts ne me rapportaient pas non plus ce léger goût de sang. Cette pensée venait-elle de Raina ou de moi ? Non, Jason avait raison : Raina était partie. Alors, je pris conscience que j'utilisais mes mains, mes deux mains.

Du coup, je me redressai pour examiner la gauche. J'avais déjà été brûlée, presque aussi gravement et pour des raisons similaires. Certes, c'était parce qu'un vampire avait pressé sa chair contre un objet saint. Là, pour la première fois, il n'y avait pas eu d'autre corps impliqué que le mien. Était-ce parce que Marmée Noire me possédait, ou parce que j'utilisais des pouvoirs vampiriques ? Tiens, c'était une idée intéressante…

Pour des tas de raisons, je la repoussai dans un coin de mon esprit. J'y reviendrais plus tard. Beaucoup plus tard.

Ma peau avait cloqué, durci et avait commencé à tomber. Des jours ou des semaines de guérison en quelques minutes. J'écartai la peau morte, parce que je n'avais pas le courage de tirer dessus pour l'arracher. Je la soulevai jusqu'à ce que je trouve la paume de ma main en dessous. À cet endroit, elle était rose et douce comme celle d'un bébé, mais une cicatrice en forme de croix s'y inscrivait désormais. La peau neuve était légèrement brillante et lisse, comme si elle avait eu des semaines pour se reconstituer.

Je n'avais pas utilisé Raina pour soigner Requiem. Je l'avais utilisée pour me soigner, moi. Mais je comprenais pourquoi. J'avais demandé à son munin quelque chose qui n'était pas en son pouvoir. Raina guérissait la chair de lycanthrope, la chair vivante, et Requiem était mort. Si vivant qu'il paraisse, c'était une illusion, un mensonge ou un phénomène pour lequel je n'avais pas de nom.

Je dévisageai le vampire. Il soutint mon regard avec des yeux redevenus normaux. Il n'y avait plus de pouvoir en lui. Si Meng Die ne l'avait pas attaqué avec des lames en argent, son corps se serait déjà régénéré. Mais elle l'avait attaqué avec des lames en argent, ce qui signifiait que sans aide extérieure, il mettrait presque aussi longtemps qu'un humain à récupérer.

— Tu es guérie ? demanda-t-il.

Je hochai la tête.

— Il faudra éliminer les peaux mortes, mais oui.

— Éliminer ce qui est mort, bien sûr, acquiesça Requiem d'une voix douce. (Il soupira.) Je peux retourner à l'intérieur dans l'état où je suis. Je ne serai pas au maximum de mes capacités, mais l'important, c'était de te soigner, toi.

Je le toisai, détaillant les deux blessures presque fatales sur son torse, les dizaines de coupures et d'entailles sur ses bras. Plus bas, il était toujours dur et prêt.

— Tu devrais te balader nu plus souvent, commentai-je.

Requiem fronça les sourcils.

— Pourquoi, ma dame ?

— Parce que tu es très beau.

Il sourit.

— C'est gentil de me dire ça.

— Tu sembles croire que je ne le pense pas.

— Si tu me trouvais vraiment beau, tu m'aurais rejoint dans mon lit depuis des semaines.

Je fermai les yeux et pris une grande inspiration. Ma nécromancie était toujours là, mais je la sentais changée, différente. Comme si appeler le munin ou chasser la Mère de Toutes Ténèbres avait transformé mon pouvoir. C'était toujours de la nécromancie, mais à présent, elle contenait une pointe de… vie. Oui, c'était une énergie plus vivante.

Je ne comprenais pas pourquoi, ni ce que cela impliquait, mais je savais une chose : jusqu'ici, chaque fois que j'avais soigné les blessures d'un vampire, ça s'était passé durant la journée, pendant qu'il dormait. Parce que s'il avait été réveillé, sa personnalité, son âme – peu importe le nom qu'on lui donne – aurait empêché mon pouvoir de l'identifier comme une créature morte, à l'instar d'un zombie. Si mobiles qu'ils puissent être, les zombies apparaissent toujours comme des cadavres sur mon radar.

Je sentais la blessure que j'avais touchée. Et je savais que je pourrais la guérir de la même façon que je rassemble les morceaux d'un zombie pour le reconstituer – ce qui m'arrive assez souvent dans mon boulot.

Soigner Requiem me semblait important. J'avais l'impression que si je ne le faisais pas tout de suite, j'oublierais comment procéder. C'était comme un cadeau qu'on vous offre une fois et qui disparaît si vous ne l'utilisez pas. Je voulais l'utiliser ; je devinais que ce serait bon. C'est toujours bon pour moi de travailler avec les morts.

Je posai le bout de mes doigts sur la plaie de Requiem et envisageai sa chair comme de l'argile que je devais lisser. Je fermai les yeux afin de « voir » se raccommoder les tissus plus profonds – ceux que je ne pouvais pas toucher physiquement.

Un vent souffla à travers la limousine, un vent encore froid mais qui charriait une odeur de printemps. Je crus que quelqu'un avait ouvert une portière, pourtant quand je rouvris les yeux, elles étaient toutes fermées. Le vent venait de moi.

Je détaillai le corps de Requiem. Sous mes mains, sa peau était redevenue lisse et indemne. Il n'avait même pas de cicatrice. Je déplaçai mes mains vers la blessure de son flanc, au niveau des côtes, et agis avant que mon esprit conscient puisse protester : *Mais c'est impossible !* Pressant mes mains sur sa chair déchiquetée, je fis disparaître l'entaille. Le vent froid agita quelques mèches de cheveux autour de mon visage. La peau durcie de ma paume gauche tomba toute seule pendant que je soignais Requiem. De la chair morte, tout cela n'était que de la chair morte.

Saisissant les bras du vampire, je fis glisser mes mains de ses coudes à ses poignets. Et à mon contact, ses blessures s'effacèrent comme si j'avais regardé une scène filmée en avance rapide. Ce n'était pas possible ; pourtant, je le faisais quand même.

Le vent retomba, et je m'affaissai sur Requiem. S'il ne m'avait pas retenue, j'aurais glissé sur le plancher de la limousine. Travailler avec les morts, c'est toujours bon, mais ça a un prix. C'est particulièrement crevant si vous n'employez pas de magie de sang. L'idée que je devrais payer le même prix que quand je relevais un zombie ne m'avait pas effleurée.

Jason et Nathaniel étaient tout près de nous.

— Qu'est-ce qui ne va pas ? s'enquit Jason.

— Elle est vidée, répondit Nathaniel à ma place.

Je le dévisageai en clignant des yeux.

— Pas toi ?

Il secoua la tête.

— Quand tu fermes les marques, je ne te sens plus. Je vois bien que tu es crevée, mais tu ne pompes pas mon énergie. Et je ne crois pas non plus que tu pompes celle de Damian.

— Je ne voulais pas prendre plus de risques avec vous deux ce soir.

— Tu t'es coupée de tout le monde, dit Jason. Là tout de suite, Jean-Claude sent plus de choses à travers moi qu'à travers toi. Et le lien d'un maître vampire avec sa pomme de sang n'est rien comparé à son lien avec sa servante humaine.

— Il se passe trop d'événements à la fois, me justifiai-je.

Requiem me serra contre lui.

— Comment puis-je y remédier ? Comment puis-je m'acquitter de la dette que j'ai envers toi pour ce miracle ?

— Si jamais on refait ça un jour, il faudra que tu boives du sang pendant que j'opérerai.

— Pourquoi ?

— Pour la même raison qu'on effectue un sacrifice avant de relever un zombie. Parce que la magie de sang apporte beaucoup d'énergie.

— Tu as besoin de te nourrir, affirma Jason, le regard dans le vague comme s'il écoutait quelque chose que je ne pouvais pas entendre.

Sans doute Jean-Claude était-il en train de chuchoter dans sa tête.

— D'accord, fis-je en me laissant aller sur Requiem de tout mon poids.

Jason et Nathaniel se regardèrent, puis dévisagèrent le vampire.

— Conjure ton pouvoir, Requiem, dit Jason. Appelle l'ardeur d'Anita. Elle est trop faible pour te lier à elle, comme elle a tenté de le faire tout à l'heure. Nourris-la d'abord, et tu n'auras rien à craindre.

— C'est comme un numéro de ventriloque, commentai-je. C'est ta bouche qui remue, mais ce sont les paroles de Jean-Claude qui en sortent.

Jason m'adressa ce large sourire qui n'appartient qu'à lui et haussa les épaules.

— C'est la vérité. C'est tout ce qui compte.

Je relevai la tête pour regarder Requiem.

— C'est pour ça que tu t'es arrêté ? Tu avais peur que je te possède avec l'ardeur ?

— Oui, admit-il. Je craignais de finir comme Londres, et je ne le voulais vraiment pas.

— Je ne crois pas être en état de lier qui que ce soit pour le moment.

Sur le visage du vampire passa une expression qui n'était ni douce ni hésitante, mais éminemment masculine.

— Alors, je peux faire de toi ce qu'il me plaît.

J'envisageai de contester sa formulation, mais je n'avais plus assez d'énergie pour ça. J'étais complètement vidée.

— Oui, acquiesçai-je, tu peux.

Il s'assit en me tenant contre lui et me fit basculer en arrière. Je me retrouvai allongée sur la banquette, avec Requiem à genoux entre mes jambes. Son pouvoir dansait le long de ma peau, une énergie qui était déjà de la nourriture en soi. Je vis ses prunelles se noyer dans les profondeurs bleues de sa propre magie, jusqu'à ce que son regard devienne celui d'un aveugle.

— Est-ce vraiment ce que désire ma dame ?

Je baissai les yeux. Il était si dur, si prêt, si raide que ça devait lui faire mal. Une érection qui se prolonge trop finit par devenir douloureuse. Son corps hurlait son désir et son besoin ; pourtant, il me demandait encore la permission de les assouvir.

— Requiem, je te promets que je te considérerai toujours comme un gentleman. Mais je t'ai déjà dit oui.

— Je préfère être sûr, chuchota-t-il.

— J'ignore qui t'a enseigné une telle prudence, mais ce n'est pas moi.

Je caressai, non pas sa poitrine, mais l'énergie qui en émanait – celle de son aura. Tant de pouvoir avec lequel jouer… La sensation lui fit fermer les yeux.

— Requiem, je te promets que je te respecterai toujours demain matin.

Cela lui arracha un sourire.

— Et moi, je te promets que tu seras toujours ma dame.

J'éclatai de rire. Puis Requiem déversa son pouvoir sur mon corps, et mon rire se changea en des sons très différents.

Chapitre 50

Requiem prit appui sur la portière pour s'allonger au-dessus de moi de manière que seul son membre long et dur me touche dans un premier temps. Sa magie m'avait rendue étroite, mouillée et plus que prête à le recevoir. Chacun de ses coups de reins me donnait un plaisir exquis, si intense que la lenteur de ses mouvements et la superficialité de la pénétration en devenaient presque douloureuses.

Il avait trouvé le point sensible à l'intérieur de moi, et il avait l'intention de jouer avec, mais je le sentais lutter contre ses propres impulsions. Son corps réclamait quelque chose de plus rapide, de plus fort, de moins maîtrisé. J'étais partagée entre le désir que ça ne s'arrête jamais et la certitude que nous devions faire vite. Mais chaque fois que j'ouvrais la bouche pour lui dire de se dépêcher, de me laisser me nourrir, Requiem plongeait de nouveau en moi ou remuait légèrement les hanches, et ma pensée s'éteignait avant que j'aie pu la formuler.

L'ardeur était réveillée, mais elle me semblait bien faible. Il était déjà arrivé qu'elle se communique à tous les occupants de la pièce dans laquelle je me trouvais ; là, j'étais coincée à l'intérieur d'une limousine avec Jason et Nathaniel, et elle ne les affectait pas le moins du monde. Or, j'avais besoin de me nourrir. D'une part, je devais être assez forte pour soutenir Jean-Claude ce soir, et d'autre part, je ne voulais pas recommencer à aspirer la vie de Damian.

Je regardais Requiem aller et venir entre mes jambes. Dans la pénombre de la voiture, je ne pouvais pas voir qu'il portait le préservatif donné par Nathaniel. Mais je me réjouissais que quelqu'un ait pensé à prendre des précautions, parce que pour ma part, je ne pensais qu'à baiser et à me nourrir. Ce qui revenait à la même chose, en l'occurrence.

Remontant mes genoux pliés vers ma poitrine, je redressai la tête et les épaules pour observer le va-et-vient fluide de Requiem. Voir son sexe me pénétrer pour la première fois – enfin ! – me fit arquer le dos, fermer les yeux et pousser de petits gémissements. Une pression tiède et délicieuse commença à enfler en moi.

Recouvrant l'usage de ma voix, j'articulai :

— Je veux que tu viennes en même temps que moi.

— J'inonderai ton corps de tout le plaisir qu'il pourra supporter, promit Requiem, la voix tendue par la maîtrise qu'il exerçait sur lui-même.

— Nous n'avons pas le temps de donner à Anita tout le plaisir qu'elle pourra supporter, intervint Jason. Jean-Claude a besoin de nous.

Requiem acquiesça mais ne modifia pas le rythme de ses douces allées et venues contre le point le plus sensible de mon intimité.

— Seigneur, tu es doué, chuchotai-je.

Ses mains se crispèrent sur la portière, qui émit un grincement de protestation.

— Pour jouir en même temps que toi, je dois relâcher une partie de ma maîtrise. Sans quoi, je serai toujours en train de combattre mes propres impulsions lorsque tu viendras.

— Tu peux continuer comme ça jusqu'à ce que je vienne ?

— Oui, souffla-t-il.

La pression enfla, enfla, enfla. Puis vint le coup de reins qui fit déborder le vase. Je hurlai et plantai mes ongles dans le cuir de la banquette. Mon corps se cabra violemment, et Requiem plongea en moi aussi vite et aussi fort qu'il le put.

Ce profond coup de boutoir me donna un second orgasme d'un genre très différent, avant même que le premier soit terminé. Je hurlai de plus belle et labourai les flancs de Requiem avec mes ongles.

La douleur ne le fit pas jouir une seconde fois, comme cela pouvait arriver avec Nathaniel ou même avec Micah. Il l'encaissa sans broncher, mais il en avait fini, et rien ne pouvait changer ça. Il se retira, et ce simple mouvement me procura une sensation merveilleuse. Je me tordis de plaisir sur la banquette.

Quelqu'un me toucha le visage, et l'ardeur lui sauta à la gorge. Je humai une odeur de loup et sus que c'était Jason avant même de le voir. Il déglutit.

— Tu te sens mieux, à ce qu'on dirait.

Je hochai la tête.

— Sans vouloir te bousculer, il faut qu'on retourne tous à l'intérieur le plus vite possible.

— Je sais, acquiesçai-je d'une voix rauque.

— Si on fait un doublé, tu te nourriras plus vite, et on en aura terminé plus vite.

Je fronçai les sourcils – un peu à cause du brouillard postorgasmique, un peu à cause de l'ardeur, et un peu parce que je suis toujours très lente à comprendre ces choses-là.

— Quoi ?

Nathaniel apparut derrière l'épaule de Jason et me toucha la main. Mon ardeur lui sauta également dessus, mais elle avait eu besoin d'un contact physique pour se transmettre à lui. Mes pouvoirs étaient encore faibles.

— Je veux que tu me suces pendant que l'ardeur te submerge.

Je commençais à piger.

— Et que fera Jason pendant que l'ardeur me submergera et que je te sucerai ?

— Il te baisera, répondit Nathaniel.

Jason tenta de prendre un air embarrassé et n'y parvint pas vraiment. Il eut un large sourire.

— Tu veux que je joue les gentlemen ?

Je secouai la tête.

— Je veux que tu me baises.

Un instant, Jason parut surpris. Puis une assurance toute masculine assombrit ses yeux. Son regard devint presque celui d'un prédateur, mais pas dans le sens effrayant du terme – dans le sens délicieux où vous ne demandez que ça et où votre bas-ventre en est tout contracté. Ce regard seul m'arracha un cri.

— Volontiers, dit-il.

— Alors, au boulot.

Chapitre 51

Je me retrouvai assise face à Nathaniel qui me pénétrait. J'entourai sa taille de mes jambes pour qu'il puisse s'enfoncer le plus loin possible en moi. Cette position très intime me rappela la manière dont j'avais fait l'amour avec Londres un peu plus tôt. Mais scruter les yeux lavande de Nathaniel à quelques centimètres de distance tandis que je le chevauchais et que nos deux corps s'emboîtaient, c'était incomparable. Londres avait dû me tenir les cheveux et me forcer à le regarder. Là, j'avais envie d'observer Nathaniel, de voir ses sensations défiler sur son visage et de le voir regarder mes sensations défiler sur le mien.

Les mains de Jason glissèrent le long de mon dos et m'empoignèrent les fesses. Les deux hommes avaient décidé d'échanger leur place quand Jason avait mentionné que je ne l'avais jamais fait jouir avec ma bouche. Nous avions déjà couché ensemble, mais ses orgasmes étaient toujours venus par pénétration.

— Tu dois laisser Anita te sucer, avait décrété Nathaniel. Elle fait des pipes incroyables.

— Elle m'a déjà sucé pendant les préliminaires.

— À l'époque, elle essayait d'être sage. C'est bien meilleur quand elle fait sa dévergondée.

— Meilleur qu'avec Raina ?

Nathaniel avait acquiescé. Une expression presque douloureuse était passée sur le visage de Jason.

— Je peux encore modifier ma commande ? avait-il demandé.

Contrairement aux serveurs dans la plupart des restaurants, je n'avais pas élevé d'objection.

D'habitude, je ne prends pas ce genre de position sans une tonne de préliminaires. Mais j'avais déjà eu mon content. Un petit orgasme déclenché par stimulation du point G rend la pénétration encore plus agréable. Un gros orgasme déclenché de la même manière vous lessive pour le reste de la nuit, mieux qu'un programme blanc à quatre-vingt-dix degrés. Requiem en avait fait juste assez. J'étais encore étroite, trempée et parcourue par de minuscules spasmes. Chaque coup de reins de Nathaniel provoquait une petite giclée de plaisir, me poussant à remuer mon bassin contre lui et à l'enfoncer plus profondément en moi.

Jason fit remonter sa langue le long de ma colonne vertébrale en une ligne fraîche et humide. Je frissonnai et me laissai aller entre ses mains. Nathaniel m'embrassa brutalement, plongeant sa langue dans ma bouche et m'obligeant à l'ouvrir le plus grand possible, comme s'il reproduisait en haut ce que son corps était en train de me faire en bas. Je jouis en hurlant. L'orgasme voulut arquer mon dos et arracher ma bouche à celle de Nathaniel, mais celui-ci passa une main derrière ma tête pour la tenir et m'empêcher de rompre notre baiser.

Jason me mordit une épaule, et je hurlai de plus belle. Nathaniel lâcha mes cheveux et me laissa m'affaisser entre les bras de Jason.

— Je ne l'ai pas sentie se nourrir.

— Elle ne s'est pas nourrie.

Le corps de Nathaniel trouva un nouveau rythme approprié à cet angle légèrement différent. Mon souffle se modifia presque aussitôt. Mes jambes étaient toujours passées autour de sa taille, tandis que ses mains soutenaient le plus gros de mon poids.

— Recule, ordonna-t-il à Jason.

Celui-ci obtempéra, et je me cambrai tout en tâtonnant derrière moi. Soudain, la partie la plus intime de son anatomie m'apparut à l'envers. Nathaniel me tenait solidement ; ses mains calées au creux de mes reins me fournirent l'appui nécessaire pour basculer en arrière et me tendre vers l'autre homme. Je saisis son membre dur et ferme. Il poussa un petit gémissement qui me donna envie de lui en arracher d'autres.

Nathaniel continuait à aller et venir en moi, d'un mouvement fluide mais puissant. Je sentis monter un autre orgasme. Je voulais prendre Jason dans ma bouche avant de jouir de nouveau. Je voulais me nourrir des deux métamorphes. Nathaniel avait enfilé un préservatif avant de me pénétrer, mais Jason pourrait se glisser nu entre mes lèvres. Je sentirais sa peau sous ma langue en le suçant. Je voulais sentir sa peau sous ma langue en le suçant. Pour être honnête, j'étais dans un tel état que l'ardeur se fichait sans doute de l'identité de mes partenaires. Elle voulait se nourrir, un point c'est tout.

L'angle n'était pas idéal.

— Donne-le-moi, s'il te plaît, réclamai-je.

Jason saisit son sexe et le guida entre mes lèvres tandis que j'empoignais ses cuisses et ses fesses à deux mains. Je commençai à lui faire l'amour avec ma bouche – à le sucer, à le lécher et même à le mordiller légèrement. Tendant le cou, j'avançais la tête pour accueillir chacune de ses poussées, et faire coulisser mes lèvres et ma langue le long de cette hampe lisse et raide.

Je m'abandonnai aux sensations de la fellation. Nathaniel dut me rappeler que j'avais deux hommes à satisfaire. Je luttai pour maintenir les deux rythmes : celui de mes hanches qui venaient à la rencontre de celles de Nathaniel, et celui de ma bouche qui venait à la rencontre du sexe de Jason.

Jason glissa une main sous mes épaules tandis que de l'autre il s'accrochait à la poignée de la portière. Ses mains et celles de Nathaniel étaient comme un filet de sécurité qui me soutenait pour m'aider à les baiser.

— Tu y es presque ? demanda Jason d'une voix tendue.

Je crus d'abord que c'était à moi qu'il parlait, mais j'avais la bouche trop pleine pour répondre.

— Non, mais je peux me dépêcher, dit Nathaniel.

— Si elle ne ralentit pas, je ne vais pas tarder à venir, haleta Jason.

Comme s'il n'attendait que ça, Nathaniel resserra sa prise sur ma taille et se redressa légèrement. Ainsi, il modifia son angle de pénétration, et mon bassin se retrouva à plus de quarante degrés du sien. Je dus remonter mes jambes dans son dos, et son coup de reins suivant me fit crier autour du sexe de Jason.

— Seigneur, Nathaniel, arrête ça ou je...

Il poussa encore trois fois, sur chacun des mots :

— Encore... un... peu !

Et je jouis en hurlant tandis que Jason continuait à aller et venir dans ma bouche. Je plantai mes ongles dans sa chair. Il plongea une dernière fois dans ma gorge, aussi fort et aussi loin qu'il le put, et je le sentis gicler. Je sentis la chaleur de son sperme, mais pas sa consistance – il était enfoncé trop profondément pour ça. Je sentis les spasmes qui parcouraient son sexe. Un battement de cœur plus tard, Nathaniel donna un nouveau coup de reins, et je criai tout en essayant d'avaler Jason. Si je ne voulais pas m'étrangler, je devais sucer plus vite.

Jason poussa un cri et se raidit en me plantant ses ongles dans le dos. Il hurla mon nom, et l'ardeur se nourrit enfin. Je me nourris enfin. Le jaillissement d'énergie contracta nos corps et nous fit hoqueter tous les trois. Nathaniel s'enfonça entre mes jambes, me faisant jouir une nouvelle fois. Le sexe de Jason fut traversé par un autre spasme, et je le sentis se répandre au fond de ma gorge.

Un instant plus tôt, je luttais pour ne pas suffoquer ou vomir ; à présent, possédée par l'ardeur, je buvais Jason comme s'il était tout ce que je désirais. Je les buvais tous les deux. Chaque point de contact entre nos peaux me fournissait une petite gorgée d'énergie, mais ce qui se passait dans ma bouche et entre mes jambes… ça, ça me nourrissait. C'était exactement ce dont j'avais besoin, provenant exactement de là où il fallait.

Mes repas dureraient peut-être plus longtemps si je me nourrissais d'hommes qui ne sont pas liés à moi métaphysiquement, mais je n'aime personne qui ne soit pas lié à moi métaphysiquement. Donc, je dois me nourrir plus souvent, mais qu'est-ce que ça peut faire ?

Nous finîmes sur le plancher de la limousine : Jason dessous, moi au milieu et Nathaniel sur moi, comme si notre dernier orgasme nous avait fait basculer par terre tous les trois.

— Ouah, souffla Jason.

— Ouais, acquiesçai-je.

Nathaniel eut un petit rire tremblant.

— Je t'aime, Anita.

— Moi aussi, je t'aime.

Je sentais le cœur de Jason battre à tout rompre contre mon dos.

— Je me sens délaissé, se plaignit-il.

Nathaniel n'eut pas besoin de lever la tête ; il se contenta de baisser les yeux vers l'autre homme.

— Je t'aime aussi ; sans ça, je ne prendrais pas tant de plaisir à la partager avec toi.

Je réussis à faire rouler ma tête en arrière, juste assez pour apercevoir le visage de Jason.

— Je t'aime, Jason. Tu es notre très cher ami.

— Je croyais que j'étais juste le copain de baise de tout le monde.

Je me pelotonnai contre lui. Nathaniel se tortilla pour pouvoir nous enlacer tous les deux.

— Tu es le meilleur ami que j'aie jamais eu.

Les yeux de Jason débordaient d'une émotion si vive qu'à mon avis, il ne savait pas quoi en faire. Il réussit à esquisser une version légèrement tremblante de son habituel sourire grimaçant.

— Et moi qui pensais que la chose la plus excitante à faire avec son meilleur ami, c'était regarder un match de foot.

Nathaniel lui rendit son sourire.

— On peut faire ça, si tu veux, mais tu devras d'abord m'expliquer les règles.

— Il n'est pas question que je regarde un match de foot, protestai-je.

— Moi non plus. Je déteste ça, avoua Jason. Continuons plutôt à baiser ensemble.

— Pas ce soir, contrai-je.

— Je sais. Il faut retourner à l'intérieur.

— Si quelqu'un est déjà capable de bouger, qu'il se relève le premier et qu'il commence à s'habiller.

Jason rit, me serra contre lui et appuya sa tête contre celle de Nathaniel.

— Dieu sait que j'aime mes amis. Mais si vous arrivez à rouler sur le côté, je pense que je pourrai me lever.

— Mmmh. Il va falloir que je travaille ma technique, commentai-je.

— Pardon ?

— Tu as récupéré un peu trop vite. J'ai dû faire quelque chose de travers.

Le rire de Jason s'estompa, laissant une expression très sérieuse sur son visage.

— Tu as tout fait exactement comme il fallait. Tu as été merveilleuse.

— Aussi bonne que la personne qui t'a fait ce monstrueux suçon dans le cou ?

Avec un sourire en coin, Jason se tortilla pour se dégager.

— Meilleure, en fait. Mais si tu lui répètes, je nierai.

— Dis-moi à qui je ne suis pas censée le répéter, et je m'abstiendrai.

Il ouvrit un paquet de lingettes humides.

— Tu as rencontré tous nos invités de Cape Cod ? demanda-t-il en essuyant la sueur et les autres fluides qui maculaient son corps.

— Samuel et sa famille ? Oui.

Il secoua la tête.

— Je ne parle pas d'eux. Je parle de leur entourage.

— J'ai vu qu'un homme et une femme les accompagnaient.

— La femme s'appelle Perdita. (Il fourra les lingettes usagées dans un sac-poubelle vide, qu'on avait apparemment placé là dans ce but.) Jean-Claude voulait savoir à quoi tu pourrais t'attendre quand tu coucherais avec Sampson.

— Il t'a chargé de baiser une des sirènes pour que je sache à quoi m'en tenir ?

Nathaniel se redressa lentement. Jason lui lança le paquet de lingettes et souleva la bâche plastique qui couvrait nos vêtements. Nous aurions pu nous en passer : nous n'avions pas sali la banquette tant que ça.

— Il ne m'a pas chargé de la baiser, juste de découvrir ce qu'impliquait la transformation d'une sirène mâle en mérial. (Jason grimaça.) Il m'a laissé le soin de choisir comment je me procurerais ces informations.

C'est vrai. J'ai accepté de tenter d'éveiller les pouvoirs de Sampson. Tant de choses s'étaient passées depuis la veille ; j'avais un peu de mal à les garder toutes en tête. Il était sans doute inévitable que je me dépêche d'oublier les plus dérangeantes – comme le fait que j'étais censée coucher avec le fils aîné de Samuel.

— Si cette morsure est un échantillon représentatif de ce qu'elle t'a fait… j'ai mal pour toi.

— Oh, tout n'était pas douloureux, sourit Jason. Je te raconterai quand nous aurons survécu au ballet.

Nous nous nettoyâmes de notre mieux. La limousine contenait une trousse de maquillage pour les retouches d'urgence. Je l'avais emportée parce que je craignais que mon rouge à lèvres bave. Au final, les dégâts étaient un peu plus étendus que ça, mais je parvins à les réparer.

Une fois habillés, nous nous inspectâmes : nous étions presque aussi frais qu'au début de la soirée. Requiem était parti mettre Jean-Claude au courant, à moins qu'il n'ait pas voulu rester pour regarder la suite. Jason et Nathaniel me raccompagnèrent à l'intérieur. Lisandro ferma la marche.

Claudia et Vérité nous rejoignirent à l'entrée du club *Fox*. Sous leur expression stoïque de gardes du corps, je décelai de l'inquiétude. Mais je n'avais pas besoin de ça pour deviner le danger. Je le sentais. Le problème, ce n'était pas Marmée Noire ni Belle Morte : c'étaient les vampires que nous avions invités sur notre territoire. Je ne savais pas ce qu'ils fabriquaient exactement ; je savais juste que ça craignait.

À mes côtés, Jason et Nathaniel frissonnèrent.

— Qu'est-ce qu'ils fichent là-haut ? chuchota Jason.

— Aucune idée, répondis-je. Mais nous n'allons pas tarder à le découvrir.

Je commençai à gravir l'escalier, une main glissée au creux du coude de Nathaniel et l'autre tenant celle de Jason. En temps normal, j'essaie de ne pas m'accrocher à trop d'hommes à la fois en public, mais ce soir, je m'en foutais complètement. Un, nous avions tous besoin de réconfort. Deux, ma réputation était déjà tellement mal en point qu'elle ne pouvait plus guère empirer.

Chapitre 52

Arrivée dans le couloir des loges, je dus lâcher la main de Jason pour qu'il retourne dans la loge d'Asher. Je n'avais pas envie de le lâcher. Je voulais m'envelopper de lui et de Nathaniel comme d'une couverture protectrice. Je glissai un bras autour de la taille de Nathaniel et me nichai au creux de son aisselle. Il me serra contre lui en chuchotant dans mes cheveux :

— Tu vas bien ?

Je hochai la tête. Jason m'aurait traitée de menteuse ; Nathaniel, lui, accepta ma réponse. Il n'y croyait pas forcément, mais il ne me contredirait pas.

Il écarta les rideaux de la loge. La musique nous submergea, et une lumière dorée nous inonda soudain.

L'air était rempli de paillettes. Un vampire flottait à l'intérieur de ce nuage scintillant. C'était Adonis, le blond qui avait failli me rouler avec son regard un peu plus tôt. Il avait changé de costume et arborait désormais une tenue XVIIIe siècle adaptée à ses besoins de danseur, c'est-à-dire historiquement correcte au-dessus de la taille mais remplacée par un collant en dessous.

J'avais déjà vu des vampires voler, mais pas comme ça. Adonis était suspendu dans les airs comme s'il pouvait rester là éternellement. D'autres danseurs émergèrent du nuage de paillettes. Eux aussi flottaient au-dessus de la salle, parfaitement immobiles tels des papillons épinglés sur du liège. Adonis lévitait juste devant notre loge, si près que je pouvais voir ses boucles blondes agitées par le vent. « Quel vent ? » me demanderez-vous. Le vent de sa propre magie.

Jean-Claude et Damian se détournèrent de cette vision pour me regarder. Jean-Claude me laissa apercevoir du soulagement dans ses yeux avant que son visage redevienne le masque neutre et inexpressif qu'il porterait durant la réception. Damian me tendit la main. Je la pris sans penser au fait que mon autre bras était passé autour de Nathaniel.

Ce fut comme si ce contact refermait un circuit électrique, provoquant un regain d'énergie, mais surtout une sensation de profond contentement. Je tenais enfin ma couverture chaude, et c'était si bon ! Je ne voulais rien d'autre que m'envelopper des deux hommes et m'endormir. Je savais que mon sommeil serait réparateur et qu'il m'apporterait tout ce dont j'avais besoin.

Tous les flashs psychiques ne sont pas ambigus ou difficiles à interpréter. Certains sont limpides comme du cristal. Le problème, c'est qu'ils se manifestent toujours quand vous ne pouvez pas les mettre en pratique. Il semblait peu probable que je puisse piquer un roupillon avec tous ces vampires qui tourbillonnaient à présent au milieu du nuage de paillettes.

Je me rassis à côté de Jean-Claude. Il ne restait qu'une place libre : celle que Micah avait occupée en début de soirée. Pour que Nathaniel puisse la prendre, je dus le lâcher. Ce fut presque un déchirement, comme de devoir se séparer d'un bouclier juste avant une bataille. Non, mauvaise comparaison. Nathaniel n'était pas mon bouclier. Il était ma chaleur par les nuits froides, ce qui m'aidait à rester saine d'esprit et sauve de corps. Bon d'accord, pas toujours sauve. Ma sécurité, je la puisais ailleurs.

Je pressai la main de Damian et la lâchai. Tout à coup, le contact de Nathaniel me manqua moins. Pour une raison qui m'échappait, ne toucher aucun de mes deux tiers était plus supportable que d'en toucher un seul.

Je pris la main de Jean-Claude. Là était ma sécurité, pareille à une armure. Là, il y avait aussi de l'amour. Le simple contact de sa main me remplissait d'énergie. Je ne pensais plus « sieste », je pensais « bataille ». C'est toute la différence entre un soldat et un général : le premier dort quand il peut, le second doit demeurer éveillé et se préparer pour l'affrontement suivant.

Les paillettes étaient retombées, révélant les vampires dans toute leur grâce. Suspendus dans les airs, ils dansaient. Damian se pencha vers moi et chuchota :

— As-tu la moindre idée de la force nécessaire pour faire ce qu'ils font ?

Je secouai la tête.

Jean-Claude s'inclina lui aussi vers moi.

— Ils réussissent à combattre la gravité et le désir naturel qu'a notre corps de toucher la terre, dit-il tout bas. C'est très impressionnant.

Il me pressa la main un peu plus fort, comme si observer le cercle parfait formé par les douze vampires l'excitait ou le rendait nerveux – j'étais trop sur la défensive pour baisser mon bouclier et vérifier. Tant de choses avaient déjà mal tourné ce soir que la plus grande prudence me semblait de mise.

Nathaniel se pencha en avant, l'air fasciné. Je jetai un coup d'œil dans la loge voisine. Micah me sourit, et je lui souris en retour. Mais ce fut Jason qui retint mon attention. Comme Nathaniel, il était assis au bord de son fauteuil, et comme Nathaniel, il paraissait hypnotisé – non par un quelconque pouvoir vampirique, mais par la beauté et la puissance des danseurs.

Alors, je pris conscience que j'avais privé d'une grande partie du spectacle les deux membres de notre groupe qui l'auraient le plus apprécié. Nathaniel et Jason ont tous deux une formation de danseur. Ils gagnent tous les deux leur vie en dansant. D'accord, ils se déshabillent en même temps, mais Jean-Claude n'engage que des stripteaseurs qui ont pris des cours. Au *Plaisirs Coupables,* les danseurs ne se contentent pas d'agiter leurs fesses sur scène.

De tous leurs camarades, Nathaniel et Jason sont ceux qui ont le plus apprécié leur formation, ceux qui aident les autres à mettre au point de nouveaux numéros. Et je les avais empêchés de profiter du spectacle. Leur expression me le faisait regretter – parmi beaucoup d'autres choses ce soir.

Complètement immobile, Asher se délectait du spectacle. Un inconnu ne s'en serait pas aperçu, mais Asher n'était pas un étranger pour moi. Je voyais bien qu'il était tout aussi fasciné que Nathaniel et Jason. Simplement, il avait eu plusieurs siècles pour perfectionner son détachement apparent, et il le cachait mieux qu'eux.

La musique changea, et les vampires hésitèrent, faisant comme s'ils ne connaissaient pas la suite. Ils étaient assez près de nous pour que je puisse voir leur mine surprise tandis qu'ils pivotaient, l'un après l'autre ou deux par deux, pour regarder la scène en contrebas.

Une femme vêtue d'une longue robe blanche arachnéenne sortit des coulisses sur la pointe des pieds. J'aurais bien dit que sa robe flottait autour d'elle, mais comparée aux danseurs vampires, elle ne faisait qu'onduler. Cela dit, elle était très délicate. La femme avait des cheveux bruns longs et brillants, attachés très haut à l'arrière de sa tête. Cette queue-de-cheval accompagna ses mouvements tandis qu'elle traversait la scène à petits pas hésitants. Cela me rappela la façon dont Nathaniel utilise ses propres cheveux sur scène certains soirs. Il ne danse pas du tout comme cette femme, mais lui aussi se sert de sa chevelure comme d'une extension de son corps.

La femme était ravissante et encore jeune – dans le sens « morte depuis peu de temps ».

— Elle est censée être humaine ? chuchotai-je à l'oreille de Jean-Claude.

— *Oui*, me répondit-il en français.

Elle était si fraîche qu'autrefois, j'aurais pu m'y laisser prendre. Mais maintenant, je sais reconnaître une vampire quand j'en vois une.

Les danseurs qui lévitaient au-dessus de la salle descendirent en décrivant des cercles, comme des vautours quand ils ont décidé que la proie repérée est enfin morte.

Une des femmes se posa sur scène tout en douceur. Ses cheveux bouclés étaient presque aussi foncés que les miens, mais si fournis qu'elle portait sans doute une perruque – ou au moins des rajouts. Elle se dressa sur les pointes, et la fille en robe blanche fit de même, comme si elle était son reflet dans un miroir.

La fille tendit des mains implorantes : elle posait une question ou demandait quelque chose. La vampire aux cheveux noirs l'imita pour se moquer d'elle. Tout était très clair. Parfois, j'ai du mal à comprendre ce qui se passe dans les ballets, mais là, je trouvais ça limpide : la soi-disant humaine réclamait de l'aide, et la vampire refusait de la lui donner.

Une autre vampire atterrit sur scène – une brune cette fois. Puis une blonde. Bras dessus, bras dessous, elles caracolèrent à travers la scène. La fille en robe blanche tomba à genoux et les supplia avec des gestes gracieux. Elle portait plus de fond de teint que les autres ; cela lui donnait meilleure mine et la faisait paraître plus vivante.

Trois vampires mâles se posèrent à leur tour et se joignirent à la ronde des femelles, entre lesquelles ils s'intercalèrent. La fille en blanc les suppliait toujours. Ils lui rirent au nez et brisèrent leur ronde pour former des couples. Puis ils se mirent à danser autour d'elle. Les hommes faisaient des sauts étonnants et portaient leurs partenaires comme si elles ne pesaient rien. Mais après les avoir vus voler, j'avais du mal à être impressionnée par leurs grands jetés, si spectaculaires soient-ils.

Petit à petit, ils resserrèrent leur cercle autour de la fille en blanc. Comprenant enfin le danger, celle-ci voulut s'enfuir, mais elle était cernée. Chaque fois qu'elle tentait de sortir du cercle, un des danseurs l'empoignait et la repoussait violemment au milieu. Elle s'abattait telle une cascade blanc et brun, ses cheveux s'étalant sur sa robe telle une cape satinée. Avec des gestes fluides et gracieux, les danseurs continuaient à se rapprocher d'elle.

Il y eut un mouvement au-dessus de nous. J'avais oublié que d'autres vampires planaient encore dans les airs. Ils s'étaient élevés jusqu'au plafond, où ils avaient attendu comme en coulisses. À présent, ils se laissaient tomber sur scène avec légèreté. Et soudain, je pris conscience que les danseurs qui formaient le cercle étaient quantité négligeable. Ceux qui venaient de les rejoindre irradiaient un pouvoir frémissant et glacé, si glacé qu'il brûlait presque.

Ils traversèrent la scène souplement, avec une telle allure de prédateurs que j'eus peur pour la fille en blanc. C'était idiot: je savais qu'ils avaient joué ce spectacle partout à travers le pays, et qu'en outre, la fille était déjà morte. Pourtant, mon corps réagissait à la menace qu'il percevait dans leurs gestes. En contrebas, les spectateurs hoquetèrent. Ils avaient tout vu, et ils ignoraient que la fille était une vampire comme les autres.

Les couples s'écartèrent pour laisser passer les nouveaux venus: deux hommes et une femme qui se dirigèrent vers la fille en blanc. Celle-ci les regarda approcher avec une frayeur manifeste. À genoux, elle tendit des bras implorants vers eux. Voyant que ça ne l'aiderait pas, elle se mit lentement debout. Sa peur était palpable. Quelqu'un projetait des émotions vers le public. Rares sont les vampires capables de me rouler aussi facilement.

Je levai les yeux. Un vampire solitaire planait encore sous le plafond sculpté. C'était Adonis, le blond qui avait failli m'avoir avec son regard. Il ne s'occupait pas de moi; toute son attention était concentrée sur la scène. Il me sembla qu'il attendait un signal. Donc, ce n'était pas lui qui projetait des émotions.

Misère. J'étais vraiment bouchée ce soir. C'était forcément Merlin, une fois de plus – Merlin que je n'avais pas encore rencontré en personne, seulement dans un souvenir. Je ne tentai pas d'intervenir. Il ne faisait de mal à personne. J'aurais pu essayer de contrer son pouvoir, de l'empêcher de projeter des émotions vers le public, mais je craignais ce faisant d'invoquer de nouveau Marmée Noire. Je n'étais pas en état de supporter une autre visite de la Mère de Toutes Ténèbres ce soir. Aussi laissai-je Merlin tranquille. Nous discuterions de ses péchés plus tard, en privé.

Les vampires pourchassaient la fille en blanc à travers la scène. C'était un jeu du chat et de la souris merveilleusement chorégraphié. Ils lui sautaient dessus en utilisant leur vitesse incroyable pour l'empêcher de gagner les coulisses. Elle réussissait presque à leur échapper, et au dernier moment, ils la rattrapaient, la saisissaient par une main et la projetaient en arrière, la faisant glisser joliment à travers la scène. Je me demandai comment elle faisait pour que ses collants blancs restent immaculés.

Je sentis Adonis s'avancer, et son pouvoir se déployer. Il descendit vers la scène – lentement, très lentement, comme s'il était attaché à des câbles. Il ne ressemblait pas à un oiseau de proie mais plutôt à un saint qui, au lieu de s'élever vers les cieux, descendait rejoindre les mortels.

Lorsque ses pieds touchèrent les planches, les danseurs se figèrent. Une femme rousse s'approcha de lui comme s'il l'avait appelée. Les autres formèrent des couples et se remirent à tourbillonner autour de la fille. Recroquevillée sur elle-même, celle-ci ne suppliait plus. Elle avait renoncé à demander de l'aide. On aurait dit une minuscule étoile blanche au centre d'une explosion de couleurs vives.

Un moment, les vampires firent la démonstration de leur formation classique traditionnelle. Puis la musique changea. Les couples s'écartèrent les uns des autres pour se donner de la place et commencèrent à onduler d'une manière plus appropriée à la scène du *Plaisirs Coupables*. Leur danse était toujours très belle et très gracieuse, mais aussi très sexuelle. Oh, rien qui aurait pu les faire arrêter par la police, mais de la même façon qu'ils avaient jusque-là exsudé la menace, le mépris et la dérision, à présent, ils transpiraient le sexe.

La fille en blanc enfouit son visage dans ses mains comme si c'était trop horrible à regarder. Adonis vint se planter devant elle. Elle leva la tête lentement, comme les acteurs dans un film d'horreur quand ils viennent d'entendre un bruit et savent que le monstre est là, tout près d'eux. Elle dévisagea l'homme séduisant qui la toisait avec la même expression, la même posture terrifiées. Si beau que soit Adonis, elle forçait le public à le voir comme hideux, dangereux et effrayant.

Le vampire blond lui saisit le poignet, et ils commencèrent à évoluer lentement sur scène. Adonis traînait à moitié la fille, qui tentait de rester le plus loin possible de lui. Chacun de ses mouvements hurlait la répugnance que lui inspirait le contact du vampire. Mais bien entendu, comme tout le monde s'en doutait, celui-ci finit par gagner. Il attira sa proie dans ses bras et jaillit dans les airs. Il survola la salle tandis qu'elle se débattait dans son étreinte et le frappait avec ses petits poings. Au bout d'un moment, il la lâcha.

La fille hurla. Un autre vampire la rattrapa au vol juste avant qu'elle s'écrase parmi le public. Les spectateurs hoquetèrent et crièrent avec elle. Les danseurs continuèrent à se la passer. Celui qui la tenait montait vers le plafond et, parce qu'elle s'agitait trop, il finissait par la laisser tomber. Un autre vampire la rattrapait, et le manège recommençait. Bientôt, la victime cessa de se débattre et s'accrocha à ses ravisseurs, l'air effrayé. Ils arrachèrent ses mains de leurs vêtements et la lancèrent dans les airs.

Adonis la rattrapa et la serra contre sa poitrine. Comme il passait devant notre loge, je vis des larmes briller sur les joues de la fille. Il empoigna la cascade soyeuse de ses cheveux, l'entortilla autour de sa main et tira la tête de la fille sur le côté, de façon à exposer sa gorge. Il fit semblant de la mordre, puis la jeta à un autre vampire qui l'imita. Tous les danseurs se rassemblèrent autour d'elle, formant une sphère de corps en suspension dans les airs. Quand ils se séparèrent, son cou était piqueté de faux sang.

Transformée, elle se donna à eux avec abandon, leur tendit ses bras ravissants pour les étreindre. La scène devint gracieusement frénétique. La fille passa de bras en bras, d'un homme à une femme et de nouveau à un homme, jusqu'à ce que tous les vampires aient le bas du visage barbouillé de fluide écarlate et que sa robe ressemble au drap dont on aurait recouvert la victime d'un accident de la route. Le faux sang collait le tissu à son corps, révélant le dessin de ses muscles et la courbe de ses petits seins haut perchés. C'était à la fois excitant et perturbant.

Un silence tendu planait dans la salle quand les vampires se posèrent sur scène. Ils entourèrent la fille, la dissimulant au public et donnant l'impression qu'ils se nourrissaient d'elle tous ensemble, même si je savais que c'était impossible d'un point de vue pratique. Trop de bouches à caser.

Un nouveau vampire pénétra sur scène. Il avait les cheveux sombres et le teint basané. Malgré cela, il semblait pâle, mais j'aurais été incapable de dire si c'était du maquillage ou sa carnation naturelle de mort-vivant. Il chassa les autres. À la vue de la fille presque exsangue, il se mit à pleurer. De gros sanglots secouèrent ses épaules.

Adonis partit d'un grand rire théâtral qui rejeta sa tête en arrière. Le nouveau venu leva vers lui un visage livide de rage. Tous deux se mirent à danser en décrivant un cercle autour du cadavre ensanglanté. Les autres vampires disparurent en coulisses.

Adonis était plus costaud, plus musclé. L'homme à la peau mate était grand et mince ; jamais je n'avais vu personne se mouvoir aussi gracieusement que lui, avec la fluidité de l'eau – et même cette image ne lui rendait pas justice. Par comparaison, les gestes d'Adonis semblaient empruntés, d'une gaucherie presque humaine. Alors que je les observais, je compris que le nouveau venu était Merlin.

Il remporta cette bataille dansée. Car c'en était devenu une. Adonis et lui s'affrontèrent dans les airs et sur scène, d'une façon qui me parut incroyablement réelle. Je percevais leur colère, et je me demandai si c'était une émotion artificielle projetée par Merlin, ou si les deux hommes s'en voulaient pour de bon et que le spectacle leur donnait une excuse pour se lâcher.

Adonis fut vaincu mais pas tué. Merlin resta seul sur scène avec son amour défunt. Il se pencha vers sa bien-aimée, la prit dans ses bras et la berça. J'avais la gorgée serrée, merde. Quand il se mit à pleurer, je dus lutter pour ne pas pleurer avec lui. Jean-Claude se livre parfois à ce genre de manipulation sur les clients de ses clubs, mais pas à ce niveau. Je n'avais encore jamais rencontré de vampire aussi doué pour projeter des émotions.

Une foule en colère sortit des coulisses côté cour, bran dissant des arbalètes et des torches. Quelqu'un tira sur le vampire sanglotant, et le carreau apparut à travers sa poitrine comme par magie. J'avais beau savoir que c'était un trucage, ça me sembla réel. Le vampire s'écroula sur le cadavre de sa bien-aimée, et les porteurs de torches décrivirent un cercle autour des deux amants. Merlin mourut recroquevillé autour de la fille comme s'il voulait la protéger même dans la mort.

La foule en colère s'approcha. L'homme qui avait tiré se pencha pour ramasser le corps de la fille. Il la serra tendrement contre lui. Son visage était maculé de larmes. Une femme sortit de la foule pour le rejoindre. Elle aussi, elle pleurait. *Ses parents*, songeai-je. Ils bercèrent la défunte comme l'avait fait le vampire à la peau mate et l'emportèrent en coulisses, abandonnant son amant derrière eux.

Un instant, la scène demeura vide. Puis les autres vampires revinrent. Ils s'avancèrent prudemment, l'air effrayé. La vision du vampire mort parut les plonger dans la plus grande confusion. Ce fut Adonis qui s'agenouilla près de lui, toucha son visage et se mit à pleurer. Il le souleva dans ses bras, le serra contre sa poitrine et s'éleva dans les airs. Tous les autres vampires s'envolèrent avec leur chef défunt. Ils s'envolèrent portés par une musique dont les violons semblaient se lamenter avec eux.

Le rideau tomba. Il y eut quelques secondes de silence absolu. Puis les spectateurs se déchaînèrent, applaudissant et poussant des vivats. Comme ils se levaient, le rideau se rouvrit. Les humains apparurent les premiers – le corps de ballet – mais les spectateurs restèrent debout tout le long des saluts. Quand Adonis revint sur scène, ils applaudirent plus fort. Quand Merlin et la fille le rejoignirent et s'inclinèrent, ils hurlèrent de joie. C'est rare d'entendre hurler à la fin d'un ballet, mais ils avaient apprécié le spectacle à ce point.

Merlin et la fille reçurent des roses, plus d'un bouquet chacun, et dans toute une variété de couleurs. Ils saluèrent encore et encore, jusqu'à ce que le public finisse par se calmer. Alors seulement, le rideau se referma, et les danseurs quittèrent la scène tandis que des murmures excités parcouraient la salle. « Tu as vu ce que j'ai vu ? Tu crois que c'était réel ? »

Nous avions survécu au ballet. Il ne nous restait plus qu'à survivre à la réception donnée ensuite en l'honneur de la troupe. La nuit ne faisait que commencer. Et merde.

Chapitre 53

Je me trouvais dans le bureau de Jean-Claude au *Danse Macabre*, une pièce élégamment meublée et décorée en noir et blanc. Sur les murs, des kimonos et des éventails encadrés constituaient les seules taches de couleur.

J'étais assise derrière sa table de travail noire, dont j'avais ouvert un tiroir – celui où je garde toujours un flingue de rabe. Pendant que nous attendions, je l'avais chargé avec des balles en argent. Asher avait pris place près de moi, dans une chaise qu'il avait tirée pour pouvoir me toucher sans se lever si nécessaire. C'était à cause de lui que mon arme n'était pas dans ma main ou posée devant moi. Il pensait que ça risquait de donner un ton hostile à la discussion.

Damian se tenait de l'autre côté, une main appuyée sur mon épaule. C'était sans doute parce qu'il me communiquait son calme que j'avais fini par me ranger aux arguments d'Asher. Enfin… il y avait une autre raison pour laquelle j'avais accepté de laisser mon flingue dans un tiroir ouvert, et cette raison était adossée au mur : Claudia, Vérité et Lisandro, dans leur plus belle posture de gardes du corps.

Où était donc Jean-Claude ? Dehors, en train de charmer les médias dont il était le chouchou. En tant que gérante du *Danse Macabre*, Élinore recevait les journalistes avec lui. C'est une bien meilleure hôtesse que moi. Et puis, j'avais d'autres chats à fouetter. Ou plutôt, d'autres affaires à régler – que nous ne tenions pas à rendre publiques.

Merlin était assis sur une chaise face à nous. Adonis et la danseuse aux cheveux bruns s'étaient installés dans le canapé, contre le mur. La fille s'appelait Elisabetta, et elle avait un accent vaguement slave à couper au couteau. Ceux de Merlin et d'Adonis semblaient fluctuer selon leur humeur, mais n'étaient jamais très prononcés.

Merlin répondait à mes questions sur un ton distingué qui ne trahissait nullement ses origines.

— Je voulais que cette représentation soit magique pour tout le public, pas seulement pour les humains.

— Donc, vous avez tenté de rouler l'esprit de tous les spectateurs, y compris les lycanthropes et les maîtres vampires, pour qu'ils ne perdent pas une miette du spectacle ?

Je ne me donnai pas la peine de dissimuler le sarcasme dans ma voix. De toute façon, j'aurais perdu la bataille.

— Oui, répondit simplement Merlin, comme si ça allait de soi.

La main de Damian se crispa légèrement sur mon épaule nue, le bout de ses doigts effleurant les cicatrices de ma clavicule.

— J'ai un peu de mal à le croire, répliquai-je très calmement, au lieu de le traiter d'enfoiré et de menteur.

— Pour quelle autre raison l'aurais-je fait ? demanda-t-il.

Il affichait une expression sereine. Je savais qu'il avait les yeux foncés, d'un brun très sombre, mais je ne pouvais pas dire grand-chose de plus à leur sujet parce que j'évitais de le regarder en face. Ce foutu vampire avait failli nous rouler tous autant que nous étions, et sans même que nous le voyions. Je ne voulais pas courir le moindre risque.

Donc, il était grand, brun et séduisant. Trop basané pour un Européen. Je supposai qu'il venait de contrées plus ensoleillées : du Moyen-Orient, peut-être ? Il avait un petit côté égyptien, ou plutôt babylonien, étant donné son âge. Il était tellement vieux que j'éprouvais son ancienneté jusque dans la moelle de mes os. Et ça n'avait rien à voir avec son pouvoir.

En tant que nécromancienne, je perçois l'âge et le niveau de puissance de la plupart des vampires. C'est une capacité naturelle qui s'est affinée au fur et à mesure que ma propre magie grandissait. Et elle captait l'âge de la relique souriante assise face à moi comme une vibration, un bourdonnement sourd à l'intérieur de mes os.

— User ainsi de votre pouvoir sur un Maître de la Ville constitue un défi envers son autorité, vous le savez.

— Pas si vous faites en sorte de ne pas vous faire prendre, répliqua Adonis depuis le canapé.

Je lui jetai un coup d'œil en évitant de croiser son regard. Cela le fit rire. Il aimait être capable de me rouler avec ses yeux. Rectification : il aimait que je pense, comme lui, qu'il était capable de me rouler avec ses yeux.

Asher prit la parole.

— Insinuez-vous que Merlin a manipulé l'esprit de tous les maîtres de toutes les villes dans lesquelles vous vous êtes produits, et qu'aucun d'entre eux ne s'en est aperçu ?

Sa voix était neutre et plaisante, presque joyeuse. Mensongèrement joyeuse. Il voulait pousser Adonis à se trahir.

Merlin leva une main bronzée et pâle à la fois. Adonis s'interrompit, les lèvres entrouvertes.

— Non, dit Merlin. Non. Nous avons répondu à la question de la servante humaine de Jean-Claude. Nous savons qu'elle s'exprime en son nom. Mais que faites-vous ici, Asher ? Pourquoi êtes-vous assis si près d'elle ? Pourquoi prenez-vous part à cette discussion ?

— Je suis le témoin de Jean-Claude.

— Et comment avez-vous obtenu ce poste de confiance ? Pas grâce à votre pouvoir. Il y a ici au moins quatre vampires plus puissants que vous. Peut-être davantage. Et vous n'êtes pas réputé pour vos talents de combattant. Alors, pourquoi siégez-vous à la droite de Jean-Claude – et, dans le cas présent, à la droite de sa servante humaine ?

— Je peux vous dire pourquoi il est assis à côté de moi ce soir, intervins-je.

Merlin me dévisagea d'un air interrogateur. C'était difficile de ne pas croiser ses yeux quand il bougeait. J'avais perdu l'habitude d'esquiver le regard des vampires.

— Éclairez donc ma lanterne.

Je plongeai la main dans le tiroir et saisis mon flingue. Immédiatement, je me sentis mieux. Mais à l'instant où les autres occupants de la pièce l'aperçurent, la tension monta d'un cran. Je sentis plus que je ne vis Adonis et Elisabetta se pencher en avant.

— Non, dit très vite Claudia.

— Ne réagissez pas, ajouta Merlin. C'est ce qu'elle espère.

Ce fut sans doute la voix de leur maître plus que l'avertissement de Claudia qui empêcha les deux danseurs de se lever. D'ailleurs, pour ce que j'en sais, c'était à moi qu'elle avait parlé.

Je posai le flingue sur le bureau et laissai ma main dessus comme pour le caresser. Je ne le tenais plus exactement, mais je le touchais encore.

— Je voulais le placer bien en évidence quand vous franchiriez cette porte. Asher m'en a dissuadée.

— Donc, il est ici pour vous empêcher d'agir inconsidérément, résuma Merlin.

— Il est ici parce que j'ai confiance en lui et pas en vous.

— Vous n'êtes pas une imbécile. Je ne m'attendais pas à ce que vous me fassiez confiance.

— Et que pourriez-vous bien faire avec ce joujou ? interrogea Adonis.

— Je pourrais vous tirer dessus.

— Pour quelle raison ? s'enquit Merlin. Quelles lois avons-nous enfreint ? Nous avions le droit de pratiquer l'hypnose de masse dans un but de divertissement.

Ça me faisait mal de l'admettre, mais il avait raison. Je haussai les épaules.

— En réfléchissant bien, je suis sûre que je trouverai quelque chose.

— Seriez-vous prête à nous tendre une embuscade, comme vous dites en Amérique ?

Je soupirai et laissai retomber ma main.

— Non, je suppose que non.

— Dans ce cas, je répète ma question : pourquoi sommes-nous ici ? Qu'avons-nous fait pour mécontenter Jean-Claude ?

— Vous savez très bien ce que vous avez fait et pourquoi nous vous en voulons.

— Non, Anita. Très franchement, je l'ignore.

— Pour vous, ce sera mademoiselle Blake ou marshal Blake.

Il écarta les mains.

— Mademoiselle Blake, alors.

— Qu'auriez-vous fait si vous aviez réussi à rouler l'esprit des six Maîtres de la Ville présents dans le public ? demanda Asher, ses cheveux dorés dissimulant une moitié de son visage.

— Je ne répondrai pas à votre question car vous n'êtes pas le maître ici. Vous n'êtes même pas assez puissant pour servir de témoin.

— D'accord, alors c'est moi qui vous la pose.

Merlin reporta son attention sur moi.

— Je vous demande pardon ?

— Ne me forcez pas à répéter la question, Merlin. Contentez-vous d'y répondre.

— Je ne comprends pas ce que vous espérez tirer de cette petite discussion, mademoiselle Blake. Vraiment, je ne comprends pas.

— Vous avez tenté de baiser mentalement six Maîtres de la Ville, plus une demi-douzaine de dirigeants lycanthropes locaux, voire davantage. Sans compter les animaux à appeler de plusieurs maîtres et leurs serviteurs humains. Vous vous êtes attaqué à un énorme morceau bien juteux et bien sanglant, mais vous avez eu les yeux plus gros que le ventre, et vous n'avez pas été capable de l'avaler.

— Merlin aurait pu vous prendre tous, déclara farouchement Elisabetta.

Je secouai la tête sans la regarder.

— Non. Sinon, il l'aurait fait.

— Qu'attendez-vous de nous, mademoiselle Blake ? s'enquit Merlin.

— Je veux savoir pourquoi vous avez fait ça. Et ne me resservez pas ces conneries comme quoi vous vouliez juste que le public apprécie le spectacle. Admettons que vous ayez vraiment roulé l'esprit de tous les maîtres qui ont assisté aux représentations précédentes ; j'en déduis que vous vouliez vérifier si vous pouviez manipuler tous ceux qui étaient présents ici ce soir. Et je veux savoir pourquoi.

— Pourquoi quoi, mademoiselle Blake ?

— Pourquoi tenter de les rouler tous ? Pourquoi courir le risque de les offenser ? Pourquoi leur lancer un défi de cette envergure ? Vous êtes un maître vampire, si vieux que vous me faites mal aux os juste en étant assis devant moi. Les vampires comme vous ne commettent pas d'erreur, Merlin. Les vampires comme vous ont toujours une très bonne raison de faire ce qu'ils font.

— Peut-être ai-je du mal à croire qu'une humaine qui a vécu à peine trois décennies soit capable de comprendre mes motivations.

— Expliquez-moi quand même. Ou mieux encore, expliquez-le à Jean-Claude. Vous l'avez dit vous-même : je m'exprime en son nom. Quand vous me parlez, c'est comme si vous vous adressiez à lui.

Alors, Merlin s'immobilisa d'une façon très caractéristique, et je sus que je l'avais surpris. Chez un vampire, l'immobilité peut être aussi éloquente qu'un geste chez un humain.

— Touché, mademoiselle Blake. (Il hocha la tête.) Donc, vous refusez de croire que j'ai agi ainsi afin que tous dans le public apprécient pleinement notre spectacle.

— En effet.

Il écarta légèrement les mains, et je compris que c'était l'équivalent chez lui d'un haussement d'épaules.

— Après avoir réussi dans toutes les autres villes où nous nous sommes produits, peut-être suis-je devenu arrogant. Peut-être pensais-je vraiment parvenir à vous rouler tous.

— Que vous êtes arrogant, j'en suis persuadée. Et je suis prête à croire que vous avez roulé les autres maîtres individuellement, même si je n'en suis pas encore certaine. J'ai senti votre aura. Je ne dirai pas que vous n'en êtes pas capable, juste que vous n'avez pas forcément essayé.

— Dans ce cas, pourquoi aurais-je essayé ce soir ? lança-t-il.

Je souris. Ce n'était pas un sourire aimable, plutôt ce rictus qui retrousse mes lèvres quand je suis en rogne.

— C'est ce que je m'efforce de découvrir, et ce que vous vous efforcez de ne pas me dire.

— Vous trouvez que j'esquive la question ?

— Oui.

— Peut-être y ai-je déjà répondu. Peut-être avez-vous refusé d'entendre ma réponse parce qu'elle ne vous plaisait pas.

— Peut-être n'avez-vous pas menti à proprement parler de crainte qu'Asher, Damian ou une des autres personnes ici présentes s'en aperçoive. Mais une chose est certaine : vous vous donnez beaucoup de mal pour ne pas me répondre franchement.

— Pensez-vous vraiment que si je voulais mentir sans que personne dans cette pièce s'en aperçoive, je n'y parviendrais pas ?

Je réfléchis une seconde, luttant contre mon envie de jeter un coup d'œil à Asher tandis que la main de Damian me caressait discrètement l'épaule.

— Je pense que vous pourriez le faire, mais pas sans recourir à plus de pouvoirs mentaux que vous ne voulez en utiliser devant moi.

— Et pourquoi souhaiterais-je ne pas utiliser mes pouvoirs mentaux devant vous, mademoiselle Blake ? demanda Merlin sur un ton dédaigneux, presque amusé.

Je ne m'en offusquai pas. Comme le reste de son comportement, les inflexions de sa voix étaient calculées au millimètre.

— Parce que vous craignez que Très Chère Maman l'entende et nous rende sa seconde visite de la nuit.

Il visait un mélange de mépris et d'arrogance qu'il réussit à obtenir, mais je perçus un changement en lui – un minuscule soupçon de peur.

— Et qui est donc Très Chère Maman ?

Je me concentrai sur la ligne gracieuse de sa mâchoire. J'aurais adoré le regarder dans les yeux, mais je n'osais pas prendre le risque.

— Voulez-vous vraiment que je dise son nom ?

— Vous pouvez dire tout ce qui vous chante, mademoiselle Blake.

J'acquiesçai. Je me rendis compte que mon cœur battait un peu plus vite, et que j'avais serré le poing gauche malgré mes cicatrices toutes fraîches.

— Très bien, lâchai-je d'une voix un peu essoufflée. Vous avez peur que la Mère de Toutes Ténèbres se manifeste de nouveau.

Était-ce mon imagination, ou les lumières avaient-elles légèrement baissé ?

— Elle est perdue pour nous, mademoiselle Blake. Vous ne savez rien d'elle.

— Elle gît dans une chambre souterraine, mais située en hauteur. Dans un des murs se découpent des fenêtres qui donnent sur une caverne. Un feu brûle toujours à l'intérieur de cette caverne, comme si la ou les sentinelles chargées de la surveiller avaient peur du noir.

— Je sais que Valentina s'est rendue dans la pièce que vous décrivez, et qu'elle a survécu pour raconter son expérience.

N'essayez pas de m'impressionner avec des informations de seconde main.

Je commençais à croire que Merlin ignorait que je m'étais trouvée dans sa tête avec elle. Ne s'était-il pas rendu compte que j'avais vu Marmée Noire émerger des ténèbres dans ses souvenirs ?

— Les informations de seconde main ne me manquent pourtant pas. Par exemple, j'ai vu la Mère de Toutes Ténèbres sous la forme d'un grand félin, peut-être une espèce disparue de lion, beaucoup plus grosse que toutes celles qui existent aujourd'hui. Je l'ai vue vous suivre une nuit où le monde embaumait la pluie et le jasmin… ou une plante à l'odeur similaire. Je ne sais pas depuis combien de temps le jasmin pousse sur terre ; si ça se trouve, mon esprit a identifié ce parfum comme tel parce que c'était l'odeur la plus proche qu'il connaissait.

Quelques minutes plus tôt, j'avais cru que Merlin s'était immobilisé. Mais je m'étais trompée. Cette fois, il devint si immobile que je dus me concentrer sur sa poitrine pour m'assurer qu'il n'avait pas tout bonnement disparu. Il était encore plus immobile qu'un serpent, immobile comme une créature vivante ne peut jamais l'être. Immobile comme s'il essayait de se volatiliser à la seule force de sa volonté.

— Vous avez partagé ses souvenirs tout à l'heure, dit-il d'une voix aussi inexpressive que son corps.

En réalité, c'étaient ses souvenirs à lui que j'avais partagés, et non ceux de Marmée Noire, mais je ne jugeai pas utile de l'en informer.

— Oui, acquiesçai-je simplement.

— Dans ce cas, vous connaissez son secret.

— Elle en a des tas, mais si vous voulez parler du fait que c'est à la fois une vampire et une métamorphe – en effet, je suis au courant.

Merlin prit une inspiration. Beaucoup de vampires font ça en émergeant d'une phase d'immobilité parfaite. Ils prennent une inspiration comme pour se rappeler qu'ils ne sont pas encore morts.

— Mais, mademoiselle Blake, tout le monde sait qu'il est impossible de cumuler les deux.

— La souche de vampirisme que nous connaissons aujourd'hui est détruite par le virus de la lycanthropie, mais ça n'a peut-être pas toujours été le cas. Ou peut-être s'agissait-il d'une souche différente. Peu importe. Je sais ce que j'ai vu.

— Musette nous a amené deux des félins de la Dame Noire, intervint Asher. Ils étaient les deux à la fois, et ni l'un ni l'autre.

— En effet, acquiesça Merlin. Selon Belle Morte, les félins endormis de notre mère ont répondu à son appel. Qu'en pensez-vous, mademoiselle Blake ? Pensez-vous que Belle Morte soit devenue assez puissante pour réveiller les serviteurs de notre mère ?

— Non.

— Pourquoi ?

Sa voix était toujours dénuée d'inflexions, et son corps remuait à peine. Il n'essayait plus de se comporter comme un humain.

— Parce que Belle Morte ne détient pas ce genre de pouvoir.

— Vous ne l'avez jamais rencontrée en personne, répliqua Adonis. Sans quoi, vous ne seriez pas aussi péremptoire.

Il avait dit ça sur un ton grinçant qui m'interpella. C'était la première fois qu'il perdait la maîtrise de sa voix en ma présence. Je lui jetai un coup d'œil.

— Elle est puissante, je vous l'accorde, mais elle n'est pas du niveau de Très Chère Maman. Elle ne joue tout simplement pas dans la même catégorie.

— Si ce n'est pas elle qui a réveillé les serviteurs de notre mère, alors, qui ? lança Merlin.

J'eus une illumination – ce qui ne m'arrive pas souvent. Je me demandai si je devais enchaîner dessus ou demander d'abord l'avis d'Asher. Oh, et puis merde. Je tombais de fatigue. Guérir ma main blessée m'avait pompé plus d'énergie que je n'en avais récupéré en me nourrissant. J'étais trop crevée pour ces petits jeux.

— Vous voulez la réveiller, Merlin, ou vous avez peur qu'elle se réveille ?

De nouveau, le vampire s'abîma dans cette immobilité absolue.

— Je ne sais pas comment vous répondre.

— Bien sûr que si.

— Dans ce cas, mettons que je refuse de vous répondre.

— Vous êtes un envoyé du Conseil vampirique, c'est ça ? Un de ses laquais ?

— Merlin a été écarté du Cercle intérieur il y a des siècles, intervint Asher.

Je hochai la tête.

— Je sais, vous m'avez expliqué ça dans la limousine en chemin. Il est devenu si puissant qu'on lui a laissé le choix entre renoncer à son territoire ou être éliminé. Il a renoncé à tout et disparu dans les brumes du temps. Jean-Claude a pensé qu'il y aurait peut-être une place pour lui ici, en Amérique.

Par-devers moi, je songeai : *Et la prochaine fois que Jean-Claude voudra recruter quelqu'un d'aussi puissant, il ferait mieux de m'en parler d'abord.* J'avais été très claire sur ce point dans la voiture, et Jean-Claude n'avait même pas essayé de discuter.

— Si vous ne travaillez pas pour le Conseil, pour qui travaillez-vous ?

— Si je vous disais « pour moi », me croiriez-vous ?

— Peut-être que oui, peut-être que non. Essayez, pour voir.

Ma main était de nouveau posée sur mon flingue.

— Pourquoi touchez-vous votre arme ?

— Parce que si vous ne voulez pas répondre à ma question, vous tenterez peut-être de me manipuler avec vos pouvoirs. Tout dépendra de ce qui vous fait le plus peur.

— Je n'ai pas peur de votre joujou.

— Sans doute pas. Mais vous avez peur de Très Chère Maman, n'est-ce pas ?

Merlin se passa la langue sur les lèvres, comme si sa façade de calme et de détachement était en train de se fissurer. Du coup, j'osai le regarder dans les yeux. C'était exactement ce qu'il espérait. Durant ce bref contact visuel, il tenta de me rouler, et peut-être y serait-il parvenu si Asher et Damian n'avaient pas touché ma peau nue en même temps. Cette distraction suffit pour que je détourne les yeux.

— Je dois être mal renseigné sur vous deux, lâcha Merlin d'une voix de nouveau atone. Vous êtes plus puissants que je ne le pensais.

— Celui de gauche est son serviteur vampire, déclara Adonis avec une pointe de colère. Ce n'est pas une rumeur.

— Mais ce n'est pas ce qui l'a sauvée, contra Merlin.

Il reporta son attention sur Asher, et celui-ci détourna les yeux. C'est très rare qu'un vampire se dérobe au regard d'un autre vampire. En principe, à l'instar de ma nécromancie, son pouvoir l'immunise contre toute tentative d'hypnose par un de ses semblables. Les vampires ne peuvent pas rouler un des leurs. Mais Merlin devait en être capable, ou du moins, Asher craignait qu'il en soit capable. Ce salopard était vraiment effrayant.

— Vous étiez le plus faible des maîtres de la lignée de Belle Morte. À l'époque, jamais vous n'auriez pu soustraire quiconque à mon regard.

— Je ne vous avais jamais rencontré avant ce soir, protesta Asher, une main sur mon bras et les yeux toujours détournés.

— J'étais plus proche de vous que vous ne le pensiez.

Je n'aimais pas le tour que prenait cette conversation.

— Écoutez, nous vous avons fait venir ici pour que vous nous donniez des réponses, pas l'inverse.

— Et quelles réponses pensez-vous que je cherche à vous soutirer ?

— Vous vouliez évaluer notre puissance. J'ignore pourquoi, mais vous vouliez nous jauger, nous mettre à l'épreuve. Pourquoi ?

— Cela fait peut-être une éternité que je cherche vainement un nouveau maître, quelqu'un d'assez puissant pour que je le trouve digne d'être servi.

— Vous vous appelez Merlin, pas Lancelot.

— Lancelot était un personnage fictif – comme la plupart de ce que vous savez sur moi et sur ceux que je servais jadis.

Je clignai des yeux.

— Prétendez-vous que vous êtes le Merlin originel, celui du roi Arthur et de la Table Ronde ?

— Prétendez-vous le contraire ?

Je voulus répliquer mais décidai de m'abstenir. Après tout, s'il voulait faire semblant d'être le vrai Merlin, ça ne me dérangeait pas. Je n'allais même pas lui faire remarquer que le personnage de Merlin était un rajout ultérieur à la légende arthurienne. Qu'il garde ses illusions. Papillon d'Obsidienne se prenait pour une déesse aztèque, et elle était si puissante que je ne l'avais pas contredite non plus.

— Une autre fois, peut-être. Ce soir, je veux juste obtenir des réponses dignes de ce nom. Vous tournez autour du pot, et ça commence à me fatiguer.

Son pouvoir souffla à travers mon esprit. Je pointai mon flingue sur sa poitrine.

— N'essayez même pas.

— Vous me tueriez uniquement parce que j'ai utilisé mon pouvoir ?

— Je vous tirerais dessus pour avoir tenté de me rouler. La manipulation mentale individuelle est illégale, surtout quand elle est exercée dans le but de nuire à autrui.

— Je n'ai pas l'intention de boire votre sang, ni de me nourrir de vous d'une quelconque façon.

Mon flingue était toujours braqué sur sa poitrine, et mon bras ne tremblait pas.

— La loi ne punit pas le fait de manipuler mentalement quelqu'un pour se nourrir, juste le fait de le priver de son libre arbitre. C'est suffisant pour justifier un ordre d'exécution.

— Il faut du temps pour obtenir un ordre d'exécution, mademoiselle Blake. Je doute que vous en ayez déjà un à mon nom dans votre poche, railla Merlin sur un ton qui semblait dire : « Petite idiote. »

Je secouai la tête. Il n'avait pas tort. Je me comportais comme une idiote.

Puis la main d'Asher me toucha la jambe. Quand j'avais brandi mon arme, le vampire avait dû laisser retomber son bras. Sa main remonta sous ma jupe jusqu'à ce qu'elle trouve le haut de mes bas et se pose sur ma peau nue. Il ne cherchait pas à m'exciter : il m'aidait à garder les idées claires. C'était bien la première fois que le contact d'une main d'homme sur ma cuisse m'éclaircissait les idées.

Je tendis mon bras qui commençait à plier, et ma main gauche vint rejoindre la droite sur la crosse de mon flingue. Damian m'enfonça ses doigts dans l'épaule comme s'il craignait ce que je m'apprêtais à faire.

— Essayez encore de me rouler, et je tente ma chance auprès d'un tribunal.

D'autres armes à feu étaient apparues dans la pièce, toutes entre les mains de nos hommes – et de notre femme.

— Si vous vous levez de ce canapé, on vous saigne, menaça Claudia.

Adonis et Elisabetta se laissèrent retomber parmi les coussins. Je ne leur accordai pas même un coup d'œil pour voir s'ils avaient l'air mécontents. Claudia et les autres les tenaient en joue ; j'avais assez à faire avec le vampire assis en face de moi.

— Je n'utiliserai plus mon pouvoir sur vous, mademoiselle Blake. Vous êtes un peu trop dangereuse pour qu'on s'amuse à vous provoquer.

— C'est très aimable à vous de l'avoir remarqué, articulai-je en luttant pour empêcher mes bras de trembler.

— Donnez-nous votre parole que vous ne tenterez d'utiliser vos pouvoirs sur aucun de nous ce soir, exigea Asher, la main toujours sur ma cuisse.

— Je vous donne ma parole que je n'utiliserai mes pouvoirs sur aucun de vous ce soir, répéta docilement Merlin.

— Élargis, réclamai-je.

— Hein ?

— Demande-lui de s'engager à ne pas utiliser ses pouvoirs sur nous durant tout son séjour en ville, et à se tenir à carreau jusqu'à ce qu'il quitte notre territoire.

— Vous avez entendu la dame, dit Asher sans chercher à dissimuler son amusement.

J'étais ravie que quelqu'un me trouve drôle.

Merlin nous donna sa parole dans les termes exacts que je venais d'énoncer. Il était très vieux. Quand vous arrivez à faire promettre quelque chose à un très vieux vampire, vous tenez ce salopard. Il ne se parjurera jamais. Je sais, ça peut sembler bizarre, mais c'est la vérité.

Je baissai mon flingue, et Claudia et les autres m'imitèrent. Toutefois, personne ne rengaina. Nous avions la promesse de Merlin, pas celle d'Adonis ni d'Elisabetta. J'aurais sans doute dû la réclamer aussi, mais je n'y avais pas pensé sur le coup.

— Vous savez que je suis l'un des rares vampires que notre mère a créés personnellement. Vous avez vu le souvenir de ma mort.

J'opinai.

— J'ai entendu des rumeurs disant qu'elle s'agitait dans son sommeil. D'autres, qu'elle vous était apparue dans vos rêves, ou à travers une vision. Il m'est interdit d'approcher le Conseil pour quelque raison que ce soit sous peine de mort. Pour confirmer ou infirmer ces rumeurs, je n'avais d'autre choix que de vous rendre visite.

— Pourquoi cette démonstration de pouvoir au théâtre ?

— Je voulais voir si je pourrais trouver en Jean-Claude quelque chose qui intéresserait notre mère.

— Et ?

— Je vous ai trouvée, vous.

— Qu'est-ce que ça signifie ?

— Vous êtes une nécromancienne comme il en existait autrefois.

— Mais encore ?

— Vous détenez des pouvoirs que je n'avais pas vus se manifester depuis des siècles.

— Vous ne m'avez pas encore vue les utiliser.

— Vous avez un serviteur vampire et un animal à appeler. Vous acquérez de nouveaux pouvoirs à la façon des maîtres vampires. Vous vous nourrissez de sexe comme Jean-Claude et Belle Morte. Ce n'est pas une option pour vous, ou un pouvoir secondaire que vous tirez de Jean-Claude. Vous devez réellement vous sustenter comme si vous étiez un vampire. Pas de sang, il est vrai, mais de sexe.

— Ouais, ouais, je suis un succube.

Je l'avais dit très vite, en essayant de ne pas trop penser à ce que ça impliquait.

— Vous prenez ça à la légère. Pourquoi ?

— Parce que ça me fait peur.

— Vous l'avouez ? s'étonna Adonis.

Je haussai les épaules.

— Pourquoi pas ?

— La plupart des gens n'aiment pas révéler de quoi ils ont peur.

— Ça ne diminue pas la peur.

— Je trouve que si, répliqua Merlin, et cette fois, il me sembla qu'il s'exprimait avec sa voix normale.

— Et vous, de quoi avez-vous peur ? s'enquit Asher.

— De rien dont je souhaite m'ouvrir à un maître mineur.

— Ne recommençons pas à nous jeter des insultes à la tête, protestai-je. Pas alors que nous étions en train de discuter gentiment.

— De quoi voulez-vous parler au juste, mademoiselle Blake ?

— Vous dites que vous êtes venu ici chercher des réponses au sujet de Très Chère Maman. Posez vos questions.

— Et vous me répondrez ? Aussi simplement que ça ?

Apparemment, Merlin ne me croyait pas.

— Je ne pourrai pas le savoir avant d'avoir entendu vos questions, mais peut-être. Cessez d'essayer de me rouler, et faisons comme si nous étions tous les deux des êtres civilisés. Je vous écoute.

Croyez-le ou non, mais Merlin éclata de rire – un rire qui n'avait rien de commun avec le son caressant et presque palpable que produisent Jean-Claude, Asher ou Belle Morte, un rire parfaitement ordinaire.

— Peut-être suis-je si vieux que j'en ai oublié comment parler sans détour.

— Exercez-vous sur moi. Posez-moi vos questions.

— Notre mère est-elle en train de s'éveiller de son long sommeil ?

— Oui.

— Comment pouvez vous en être aussi certaine ?

— Je l'ai vue dans mes rêves et dans…

J'hésitai, cherchant le mot adéquat.

— Dans des visions, suggéra Asher.

— « Visions », ça fait penser à des hallucinations qui te plongent dans une espèce de béatitude, et ce n'était pas du tout comme ça.

— Comment était-ce, alors ? voulut savoir Merlin.

— Une fois, elle m'a envoyé l'esprit d'un félin, une illusion. Il a tenté de sortir de mon corps en l'escaladant de l'intérieur pendant que j'étais dans ma Jeep. Elle exhale un doux parfum de nuit tropicale, un mélange de pluie et de jasmin. Une autre fois, elle a failli me suffoquer avec, comme Belle Morte le fait parfois avec son parfum de roses.

— Les mettez-vous toutes deux sur le même plan ?

— Vous voulez savoir si je les estime d'un niveau de pouvoir équivalent ?

— Oui.

— Non.

— Pourquoi non ?

— J'ai vu Très Chère Maman se dresser au-dessus de moi dans une vision, un rêve ou peu importe comment vous voulez l'appeler, tel un monstrueux océan de ténèbres. Je l'ai vue se déployer comme si elle était la nuit incarnée, une entité en soi – comme si l'obscurité n'était pas juste l'absence de lumière, mais quelque chose de concret et de vivant. Elle est la raison pour laquelle nos ancêtres se pelotonnaient autour d'un feu la nuit. Elle est la raison pour laquelle nous craignons l'obscurité. Elle est cette peur ancrée au plus profond de notre être, dans la partie reptilienne de notre cerveau. Elle ne nous terrifie pas parce que nous avons peur du noir : nous avons peur du noir parce qu'elle nous terrifie.

Je frissonnai. Soudain, j'avais froid. Asher ôta sa veste de smoking et la posa sur mes épaules nues. Du coup, Damian dut glisser sa main dans ma nuque, sous mes cheveux, pour ne pas perdre le contact. Je ne protestai pas.

— Ainsi, c'est vrai, dit Merlin d'une voix frémissante. Elle est en train de se réveiller.

— Oui, acquiesçai-je en prenant la main d'Asher pour me réconforter.

— Belle Morte pense que c'est son pouvoir qui a tiré ses serviteurs de leur sommeil.

— C'est faux, et vous le savez.

— Ils se réveillent parce que leur maîtresse se réveille aussi.

— Oui.

— Pourquoi s'intéresse-t-elle autant à une servante humaine ? demanda Adonis, non pour se montrer impoli mais parce que ça l'intriguait sincèrement, me sembla-t-il.

— À mon avis, ce n'est pas la servante humaine qui l'intéresse chez mademoiselle Blake : c'est la nécromancienne. (Merlin me dévisagea, et je luttai pour ne pas croiser son regard. Je ne crois pas qu'il essayait de me rouler ; c'était juste une habitude. En principe, je regarde les gens en face.) Saviez-vous, mademoiselle Blake, que c'est à sa demande que l'on massacrait les nécromanciens autrefois ?

— Non. Je l'ignorais.

— Elle avait ordonné que tous ceux qui possédaient les mêmes dons que vous soient éliminés avant de pouvoir les développer pleinement.

— D'une certaine façon, je peux la comprendre.

— Vraiment ?

Je hochai la tête, pressant la main d'Asher et tordant le cou pour me frotter contre celle de Damian.

— Je peux rouler l'esprit d'un vampire de la même façon que vous manipulez celui d'un humain, révélai-je.

— Vraiment ? répéta Merlin.

Je me rendis compte que j'en avais trop dit.

— Je suis trop fatiguée pour jouer ce soir. Quand Très Chère Maman nous a roulés tous les deux, tout à l'heure, un ami bien intentionné m'a donné une croix à tenir.

— Misère.

Je levai ma main gauche pour montrer ma cicatrice toute fraîche.

— Comment se fait-il que vous ayez guéri aussi vite ? Les blessures provoquées par un objet saint mettent toujours du temps à se refermer chez nous.

Je glissai une main dans ma nuque pour la poser sur celle de Damian.

— Je ne suis pas une vampire, Merlin, je suis une nécromancienne. Mes pouvoirs sont d'origine psychique. Ils ne me rendent pas maléfique.

— Parce que selon vous, nous sommes maléfiques du simple fait de notre nature de vampires ?

C'était une question à laquelle j'aurais eu du mal à répondre, encadrée comme je l'étais.

— Je suis trop crevée pour débattre de philosophie avec vous. J'ai dû consommer beaucoup d'énergie pour me soigner.

— Nous vous avons sentie vous nourrir, dit Adonis.

Je luttai pour ne pas le regarder.

— Oui, je me suis nourrie, mais ça n'a pas suffi. Traiter avec Très Chère Maman, ça vous épuise une fille.

— Ça vous épuise n'importe qui, grimaça Merlin.

Alors, je me demandai si la raison pour laquelle il n'avait plus essayé de nous rouler après que Très Chère Maman se fut retirée, ce n'était pas qu'il s'efforçait de demeurer poli, mais qu'il avait peur. Peut-être ne lui restait-il pas assez d'énergie en réserve. Peut-être était-il aussi vidé que moi.

— Elle peut se nourrir d'autres vampires rien qu'en touchant leur pouvoir, pas vrai ?

— Pourquoi cette question ?

— Elle vient presque toujours à moi juste après qu'un autre vampire a fait usage d'un pouvoir majeur sur moi. D'habitude, elle suit les manipulations mentales de Belle Morte. Ce soir, elle a suivi les vôtres. Se nourrit-elle de nous quand elle fait ça ?

— Parfois.

— Donc, elle n'est pas restée endormie, inactive et affamée pendant des millénaires. Comme un rêve ténébreux, elle s'est nourrie d'énergie et de pouvoir pendant tout ce temps.

— C'est ce que je crois.

— Pourquoi s'est-elle endormie, à la base ?

— Pourquoi le saurais-je ?

— Vous esquivez la question.

Merlin eut un petit sourire.

— C'est possible.
— Savez-vous pourquoi elle s'est endormie ?
— Oui.
— Me le direz-vous ?
— Non.
— Pourquoi ?
— Parce que ce n'est pas une histoire que je souhaite partager.
— Je ne peux pas vous forcer à me la raconter, n'est-ce pas ?
— Vous pourriez essayer de voir si votre nécromancie est assez puissante pour m'y obliger.
J'eus un sourire en coin.
— Mon ego n'est pas si démesuré.
— D'autres serviteurs de notre mère se sont réveillés. Comme Belle Morte, la plupart des membres du Conseil pensent que ce sont leurs propres pouvoirs grandissants qui les ont tirés de leur sommeil.
— Quels sont les membres du Conseil qui ne sont pas de cet avis ?
— Je vous rappelle qu'il m'est interdit de les approcher. Comment le saurais-je ?
— De la même façon que vous savez ce que pense Belle Morte.
De nouveau, Merlin eut ce petit sourire secret, celui qui signifiait : « Ne comptez pas sur moi pour vous le dire. »
— Vous avez encore besoin de vous nourrir, mademoiselle Blake. Tout comme moi. Notre bonne mère nous a vidés tous les deux.
— Elle n'est pas bonne, et elle n'a jamais été votre mère, répliquai-je.
Merlin écarta les mains.
— C'est elle qui a engendré la créature que je suis devenu.
Je pouvais difficilement prétendre le contraire, aussi n'essayai-je pas.

— Vous vouliez savoir si elle est en train de se réveiller : la réponse est oui. Et vous dites que vous vouliez savoir si Jean-Claude était assez puissant pour que vous lui prêtiez allégeance.

— Vous ne croyez pas que je me cherche un nouveau maître ?

— Je pense que le seul maître que vous avez jamais reconnu gît dans une chambre quelque part en Europe, et qu'il hante mes rêves.

Merlin prit une grande inspiration et la relâcha dans un soupir. Les vampires n'ont pas besoin de respirer, juste de prendre assez d'air pour parler, mais la plupart d'entre eux soupirent de temps en temps, comme si c'était une habitude que plusieurs siècles ou plusieurs millénaires ne suffisaient pas à faire passer.

La main de Damian se crispa presque douloureusement sur ma nuque. Je me sentais on ne peut plus calme ; alors, où était le problème ? Avant de pouvoir lever les yeux vers Damian, je le sentis. Il me laissa le sentir. J'étais en train d'aspirer son énergie, de reprendre celle que je lui avais donnée pour qu'il vive. Et merde.

Quelqu'un frappa à la porte. Claudia me consulta du regard.

— Va voir qui c'est, ordonnai-je.

En bon garde du corps, elle vérifia avant d'ouvrir complètement la porte. C'était Nathaniel. Il entra, les cheveux toujours tressés mais sans gilet ni chemise. Son torse nu luisait de sueur, et le collier de diamants et d'améthystes scintillait à son cou. Il s'avança d'un pas glissant.

— Qu'as-tu fait de ta chemise ? demandai-je.

— J'avais trop chaud, répondit-il avec un large sourire.

— Je vois.

Il s'approcha de moi sans se départir de son sourire, mais la crispation autour de ses yeux me disait qu'il était inquiet. Un étranger ne s'en serait pas aperçu, mais j'avais passé des mois à étudier son visage. Il fit un large détour pour éviter Merlin. En vivant avec moi, il avait appris à s'affirmer ; il était devenu une proie moins facile. Il contourna le bureau et glissa une main sous la veste d'Asher pour la poser sur mon bras.

Ce fut comme si quelqu'un avait branché une prise électrique au bas de ma colonne vertébrale. Je sursautai. Sous l'afflux de pouvoir, j'avais la désagréable sensation que l'énergie ne circulait que dans un seul sens – vers moi. Et merde. Il fallait vraiment que j'améliore ma maîtrise là-dessus.

— Vous n'avez pas encore l'habitude d'être le pivot de ce triumvirat, constata Merlin comme s'il en était absolument certain et qu'il trouvait ça intéressant.

— En effet, j'ai encore beaucoup à apprendre.

— Il existe des moyens d'empêcher notre mère d'aspirer votre énergie.

— Je suis tout ouïe.

Il fronça les sourcils.

— Je serais ravie de les entendre, reformulai-je.

Parfois, j'oublie que les expressions idiomatiques ne voyagent pas bien d'un pays à l'autre, ni d'une époque à l'autre.

— Un objet saint dissimulé sous deux oreillers, au moins, permet de la maintenir à distance, révéla Merlin.

— Ça me semble dangereux, dis-je en levant ma main gauche pour lui montrer ma cicatrice toute fraîche.

Ce simple mouvement fit trébucher Damian. Je sentis Nathaniel pivoter pour le retenir et passer un bras autour de sa taille.

— Même les vampires peuvent dormir ainsi, s'ils sont croyants et s'ils évitent de conjurer leur propre pouvoir.

Il fallait que je me nourrisse, mais je ne voulais pas commettre d'erreur. Je couchais avec trop de vampires pour prendre le risque qu'un objet saint s'active au mauvais moment.

— Un vampire peut dormir avec un objet saint sous son oreiller ?

— Oui, ou sous son lit. Mais sous l'oreiller, c'est plus efficace.

— Que se passe-t-il si l'objet saint touche accidentellement sa chair ?

— Il vous suffit de regarder votre main pour avoir la réponse.

— Voulez-vous dire que la croix m'a brûlée à cause de mon propre pouvoir, et non de Très Chère Maman ?

— Vous êtes un succube, mademoiselle Blake. Votre pouvoir a toujours été considéré comme démoniaque.

— J'ai déjà affronté des démons. Le vampirisme est une maladie contagieuse véhiculée par le sang. Au début du XXe siècle, un docteur a trouvé le moyen de la guérir. Mais une transfusion serait impuissante contre la possession démoniaque.

— La guérir ? Au moyen d'une transfusion sanguine, vraiment ?

— Oui. Mais étant donné que c'est grâce au vampirisme que le corps de la personne infectée continue à fonctionner, si vous la guérissez, son corps meurt dans la foulée.

— Ah. Ce n'est donc pas un remède pour lequel opteraient la plupart d'entre nous.

Je secouai la tête.

Damian se pencha vers moi et chuchota contre ma joue :

— Tout ça est très intéressant, mais puis-je te demander de conclure au plus vite ?

— Notre mère ne peut pas franchir vos protections par elle-même, sinon en rêve. Mais elle peut s'engouffrer à l'intérieur de vos défenses sur les talons d'un autre vampire. Sur ce point, vous avez raison. C'est la crainte qu'elle nous inspirait qui a dicté la plupart des lois régissant les combats entre maîtres. Elle dort depuis si longtemps que nous en avons oublié notre prudence de jadis.

— Pourquoi doit-elle suivre l'attaque de quelqu'un d'autre ?

— Parce qu'elle est toujours une créature de cauchemar issue du royaume de Morphée.

— Vous voulez dire, parce qu'elle est endormie ?

Merlin sourit.

— Oui, c'est ce que je veux dire.

Les doigts de Damian s'enfoncèrent dans mon épaule.

— Je ne voudrais pas me montrer grossière, mais je dois me nourrir. Si vous voulez bien m'excuser…

— On peut regarder ? demanda Elisabetta.

— Non.

— Venez, fit Merlin à ses danseurs.

Il se dirigea vers la porte. Elisabetta et Adonis lui emboîtèrent le pas. Arrivé sur le seuil du bureau, le vampire blond se retourna.

— Vous non plus, vous ne pouvez pas regarder, l'informai-je. Cet entretien est terminé.

Il ouvrit la bouche pour répondre quelque chose, puis parut se raviser. Secouant la tête, il sortit sans rien ajouter. J'en avais appris plus que Merlin n'avait eu l'intention de me révéler, mais pas autant qu'il y avait à dire. Tant pis. Je savais que nous nous reverrions. Mettons que c'était un pressentiment.

Claudia se dirigea elle aussi vers la porte.

— Je ferai en sorte que personne ne vous dérange.

Elle sortit et referma derrière elle.

Je me levai, repoussant doucement les mains posées sur mes épaules pour les prendre dans les miennes.

— Nathaniel, emmène Damian à la salle de repos des danseurs, ou trouve-lui une table dans la salle.

— On ne peut pas regarder ? Pourquoi ?

Je le dévisageai sévèrement, mais il prit son air le plus innocent.

— Ça fait moins de deux heures. Tu serais vraiment prêt à remettre le couvert ?

Il sourit.

— Je ne peux pas me nourrir de nouveau de toi si vite, Nathaniel. Ce serait trop dangereux. J'ignore ce que Très Chère Maman m'a fait au juste, mais je suis encore secouée. Je ne peux pas garantir que l'ardeur ne se propagera pas à tous les occupants de la pièce. Dehors, tu seras en sécurité. Dedans, je n'en suis pas sûre. (Je regardai Damian, qui s'accrochait à Nathaniel comme s'il risquait de s'écrouler sans son soutien.) Et je crois que ce serait une très mauvaise idée de me nourrir de Damian maintenant.

— Alors, de qui comptes-tu te nourrir ? s'enquit Asher, debout contre le mur.

— De toi, si tu veux bien.

— C'est gentil de demander.

Je pressai la main des deux autres.

— Nathaniel, Damian, allez-y, s'il vous plaît. Et restez dans un endroit où quelqu'un peut garder un œil sur vous, d'accord ?

— C'est promis, dit Nathaniel.

Ils se dirigèrent vers la porte.

Je me tournai vers Asher.

— Tu es fâché contre moi.

— Personne n'aime qu'on le tienne pour acquis, Anita.

— Je ne te tiens pas pour acquis.

— Si, et Jean-Claude aussi.

Je ne savais pas quoi répondre à ça, et je le dis tout haut.

— Je ne sais pas quoi répondre à ça.

Asher secoua la tête.

— Nous n'avons pas le temps de panser mes blessures émotionnelles. Pardonne-moi.

La porte se referma derrière Nathaniel et Damian, qui partirent en quête d'un endroit où attendre pendant que je me nourrirais suffisamment pour nous maintenir tous en vie.

Je tendis une main à Asher. Il la prit, mais sans me regarder. De son visage, il ne me présentait que son profil parfait. La glorieuse cascade de sa chevelure dissimulait ses cicatrices.

Je lui avais demandé de me faire l'amour, et il se planquait derrière ses cheveux. Ça commençait mal.

— Asher, qu'est-ce qui ne va pas ?

— Tu te rends compte que ce sera la première fois qu'on couche ensemble seuls ?

Je voulus protester, mais je me retins. Je connaissais son corps si intimement ! Je me souvenais de tant de soirées et de nuits allongée contre lui… Y avait-il toujours eu quelqu'un d'autre avec nous ? N'existait-il pas un seul moment qui n'appartînt qu'à nous deux ?

Je touchai son visage pour l'inciter à me regarder, mais il s'y refusa.

— Jean-Claude n'est pas le seul qui ne t'accorde pas assez d'attention, n'est-ce pas ?

Asher eut un sourire qui n'avait rien de joyeux.

— Pendant des siècles, j'ai été désiré par tous ceux que je touchais. Puis, pendant des siècles, j'ai été méprisé et tourné en ridicule par tous ceux qui me voyaient. Entre les mains de Belle, le sexe n'était qu'une faveur ou une torture.

Je voulus l'enlacer, mais il me tint à distance en poussant sur la main qu'il avait prise dans la sienne. Alors, je dis la seule chose qui me traversa l'esprit.

— Je suis désolée.

Enfin, il me regarda avec la moitié parfaite de son visage. Il me laissa voir cette beauté sublime pour laquelle des hommes et des femmes avaient renoncé à leur fortune, à leur honneur, à leur vertu en échange d'une seule nuit passée à le contempler.

— Tu as guéri certaines de mes blessures. Être avec Jean-Claude et toi… je pensais que ça me suffirait.

Je glissai ma main libre sous ses cheveux pour pouvoir toucher le côté scarifié de son visage. Je caressai ce qu'il cachait tout en scrutant ce qu'il me laissait voir.

— Mais tu ne reçois pas assez d'attention – ni de Jean-Claude ni de moi.

— Présenté ainsi, ça a l'air d'un caprice, admit-il. Mais à l'intérieur… (Il se toucha la poitrine.) À l'intérieur, il me semble que je suis en train de mourir de faim au milieu d'un banquet. Parce que je partage ce banquet avec trop de monde. Aucun de vous n'a d'yeux que pour moi. Il y a toujours quelqu'un de plus beau, de plus désirable.

— Il n'y a personne de plus beau que toi, Asher.

Il se rejeta brusquement en arrière et écarta ses cheveux, révélant ses cicatrices.

— Comment peux-tu dire ça ?

— Que voudrais-tu que je dise d'autre ?

— Je veux être de nouveau au centre de la vie de quelqu'un, Anita. Tu es au centre de la vie de Jean-Claude. Micah et Nathaniel sont au centre de la tienne. (Asher m'empoigna par le haut des bras et ferma les yeux.) Je ne suis le préféré de personne, et je ne le supporte plus. (Il éclata de rire, mais quand il rouvrit les yeux, des larmes contenues brillaient dans ceux-ci.) Comme c'est idiot et infantile de ma part. Comme c'est égoïste.

— Ton problème, ce n'est pas d'être avec des femmes ou des hommes, n'est-ce pas ? C'est qu'aucun des hommes que je choisis ne te mettra jamais au centre de sa vie.

— Je veux être aimé comme je l'ai été autrefois, Anita.

— Par Julianna, dis-je doucement.

Il acquiesça.

— Avant elle, Jean-Claude était au centre de ma vie, mais jamais il n'a été capable d'aimer un autre homme de la façon dont il peut aimer une femme. Les goûts et les exigences de Belle poussaient beaucoup d'entre nous dans les bras d'autres hommes, mais Jean-Claude n'a jamais pu se satisfaire de n'avoir que des partenaires masculins. Il aime les femmes par-dessus tout.

— Et qu'en est-il de toi ? demandai-je parce que j'avais l'impression que c'était ce qu'il attendait.

— Je pense que si je rencontrais le bon, je pourrais être amoureux d'un homme et ne pas éprouver le besoin de chercher ailleurs, mais ce serait la même chose avec une femme qui me conviendrait. C'est l'amour qui m'importe, Anita, pas l'emballage qu'il y a autour. J'ai toujours eu plus soif d'attention que Jean-Claude. Si j'ai cherché une femme pour devenir ma servante humaine, c'est parce que je savais que Jean-Claude ne se contenterait jamais d'un homme – qu'il ne se contenterait jamais de moi.

Je ne savais pas quoi répondre à la douleur que j'entendais dans sa voix. Il portait ce fardeau émotionnel depuis deux ou trois siècles, et j'étais censée l'en soulager, au moins partiellement, mais comment ?

Je sentis Damian se projeter vers moi. Cela me fit tituber contre Asher, qui dut me rattraper.

— Je suis en train de pomper toute l'énergie de Damian.

— Dans ce cas je dois cesser de jouer les gamins capricieux et te laisser te nourrir.

— Je te désire, Asher. Je t'aime. Mais là tout de suite, je n'ai pas le temps de…

— … De panser mes blessures, acheva-t-il à ma place.

— De te faire l'amour comme je le voudrais.

Il me dévisagea d'un air sceptique.

— Il faut qu'on se nourrisse et qu'on rejoigne les autres à la réception. Mais pour moi, tu n'es pas seulement le moyen de pallier une urgence métaphysique. Et tu n'es pas seulement quelqu'un que je partage avec Jean-Claude. Tu es spécial à mes yeux. Je n'ai pas le temps de t'en convaincre ce soir, mais je tâcherai de faire mieux la prochaine fois.

Asher m'attira contre lui et chuchota dans mes cheveux :

— La prochaine fois, tu devras te nourrir de quelqu'un d'autre, parce que mon tour sera passé.

Je reculai juste assez pour pouvoir le dévisager.

— Souviens-toi : la première fois que j'ai couché avec toi, ce n'était pas parce que je devais nourrir l'ardeur. C'était parce que j'en avais envie, parce que Jean-Claude et moi en avions envie.

— Vous l'avez fait pour me protéger contre les envoyés de Belle Morte.

— Oui, pour que Belle ne puisse pas te rappeler à elle, pour que tu nous appartiennes selon ses propres règles. Mais tu restes le seul des hommes de ma vie qui est devenu mon amant parce que je voulais prendre soin de lui, et non parce que j'avais besoin de me nourrir.

— Prendre soin de moi ?

J'acquiesçai.

— C'est ce qu'on fait quand on aime quelqu'un.

Alors, Asher m'adressa ce sourire très rare, celui qui lui donne l'air d'être terriblement jeune et plus tout à fait lui-même, comme si c'était la seule chose qui subsistait de ce qu'il avait été des siècles auparavant.

— Tu ne peux pas aimer tous tes amants, Anita. C'est impossible.

— Non, mais je t'aime, toi. Et j'aime Jean-Claude.

— Et Micah, et Nathaniel.

Je hochai la tête.

— Et Londres, et Requiem, ajouta Asher.

Je fis un signe de dénégation.

— Non, pas eux.

— Pourquoi ? Ils sont beaux et parfaits en tout point.

Je grimaçai.

— Pas parfaits. Séduisants, mais pas parfaits. Requiem est beaucoup trop mélancolique. Quant à Londres… je suis un peu gênée de le compter au nombre de mes amants.

— Pourquoi ?

— Je ne sais pas trop. Peut-être parce que je ne suis même pas sûre de l'apprécier, et que ça ne m'a pas empêchée de coucher avec lui.

Je sentis Damian basculer de son siège et s'affaisser sur la table devant lui. Nathaniel dut le saisir par le bras pour qu'il ne tombe pas de sa chaise. Si Asher ne m'avait pas rattrapée, je me serais écroulée.

— Tu as besoin de te nourrir.

J'acquiesçai faiblement.

— Dans ce cas, la discussion est terminée. Maintenant, je vais prendre soin de toi, parce que c'est ce qu'on fait quand on aime quelqu'un.

Une bouffée de chaleur me monta au visage sans que je sache bien pourquoi. Asher éclata de rire – non pas un rire surnaturel de vampire, mais un rire éminemment masculin, ce rire qui vous fait savoir que vous avez flatté la virilité d'un homme.

— Quoi ? demandai-je sans le regarder en face pour ne pas aggraver mon cas.

— Tu as rougi parce que j'ai dit que je t'aimais.

Je hochai la tête et tentai de prendre un ton hargneux pour lancer :

— Et alors ?

— Et alors, du coup, je sais que tu m'aimes aussi.

Cela me fit lever les yeux vers lui.

— Juste parce que j'ai rougi ?

Il acquiesça.

— Je rougis souvent, me défendis-je.

Il m'attira de nouveau contre lui.

— Oui, mais cette fois, c'était pour moi et rien que pour moi. (Il déposa un baiser sur mon front.) J'aimerais me nourrir de toi pendant que tu te nourriras de moi.

— Tu ne t'es pas déjà nourri ce soir ?

— Non, la soif de sang ne s'est pas encore manifestée.

— C'est inhabituel, non ?

— Très inhabituel.

— Alors, vas-y. (Je réfléchis.) Même si… il ne doit plus rester beaucoup d'endroits disponibles où me mordre.

Asher toucha le côté de mon cou, là où Requiem avait planté ses crocs. Il me caressa un sein, insinuant ses doigts sous le bord de mon corset pour effleurer la trace des canines de Londres, puis descendant plus bas jusqu'à mon mamelon. Ce simple contact m'arracha un hoquet. De nouveau, il partit d'un rire ravi. Son autre main se glissa sous ma jupe et remonta le long de ma cuisse, me forçant à écarter les jambes pour lui permettre d'accéder à la morsure de Jean-Claude.

— Comment savais-tu que j'en avais une là ? soufflai-je.

— Je l'ai sentie, chuchota-t-il. Tu es prête ?

J'acquiesçai parce que je n'avais plus confiance en ma voix.

— Alors, regarde-moi, Anita. Regarde-moi dans les yeux.

J'obtempérai lentement. Ses yeux étaient pleins d'une lumière pareille à celle de la glace bleue baignée par le clair de lune une nuit d'hiver, tout en ombres et en scintillements. J'en fus comme éblouie.

Asher me portait. Je ne me rappelais pas qu'il m'ait soulevée.

— On va où ? murmurai-je.

— Sur le canapé.

— Il faut faire vite.

Il me déposa sur les coussins et s'agenouilla entre mes jambes.

— Ça ne me dérange pas de faire vite maintenant, parce que je sais que nous prendrons notre temps plus tard.

— Tout ça parce que j'ai rougi.

— Oui.

Il me poussa doucement pour que je m'allonge. Comme il n'avait pas la place de s'étendre près de moi, il se releva et entreprit de se déshabiller.

— Si tu m'enlèves mon corset, il me faudra une éternité pour le remettre.

— Tu n'as qu'à le garder.

Il jeta sa veste et sa chemise sur l'accoudoir du canapé. Un instant, il demeura planté face à moi, torse nu. Je levai vers lui un regard émerveillé. Je ne pus m'en empêcher : il était magnifique, et je savais que la moitié inférieure, encore cachée, de son corps était tout aussi délectable que la moitié supérieure. Aussi pouvais-je le détailler en me pourléchant les babines d'avance. Le simple fait de le regarder me donnait des frissons.

— Ta tête, Anita... Mon Dieu, si tu voyais ta tête...

Il me fallut déglutir deux fois avant de pouvoir dire :

— Que veux-tu que j'enlève ?

— Ta culotte.

— Juste ma culotte ?

Il acquiesça et commença à défaire son pantalon.

Mon pouls accéléra. Je dus me rasseoir pour ôter ma culotte, et cela me permit de détourner mon regard d'Asher. Était-ce parce que nous n'avions jamais été seuls ensemble auparavant ? Était-ce à cause de cette incroyable anticipation ? Ou y avait-il autre chose ? Je le désirais. Je voulais qu'il me touche. J'avais le besoin presque douloureux, non pas d'être touchée, mais d'être touchée par lui.

Ses mains glissèrent sur mes épaules nues par-derrière. Leur caresse me fit retenir mon souffle. Asher se pencha vers moi et chuchota :

— Que veux-tu ?

— Tes mains sur moi.

— Et quoi d'autre ?

Ton sexe à l'intérieur de moi.

— Et quoi d'autre encore ?

Mon pouls battait si fort dans ma gorge que j'eus du mal à articuler :

— Mords-moi pendant que tu me baises. Fais-moi jouir des deux façons à la fois.

— Tu veux que je te pénètre des deux façons à la fois ? souffla-t-il.

— Oui.

Il saisit une poignée de mes cheveux et tira jusqu'à ce que ça fasse mal – juste un peu, juste assez.

— Dis les mots magiques.

— S'il te plaît.

— Je dois boire ton sang pour avoir une érection. Pour te faire jouir aussi avec ma morsure, je devrai te mordre une seconde fois.

Je tentai de comprendre sa logique, échouai et me contentai de répéter la seule chose qui me vint à l'esprit :

— S'il te plaît.

Chapitre 54

Asher nous mit tous les deux à genoux sur le canapé, et me plaça dos à lui. Il enroula mes cheveux autour de sa main, assez serré pour me faire mal, et s'en servit pour me tirer la tête en arrière de façon à tendre et à découvrir mon cou. Il se pressa contre moi, relevant ma jupe de sa main libre et la calant avec ses hanches de sorte que je pus sentir son bas-ventre contre mes fesses nues. Puis il plongea cette même main à l'intérieur de mon corset pour m'agripper brutalement un sein. Je poussai un petit cri. Il donna un coup de reins, mais comme il ne s'était pas nourri, son sexe était encore flasque.

— Ton sang va refaire de moi un homme, chuchota-t-il à mon oreille. Il me remplira de vie pour que je puisse te remplir de vie.

Cette formulation aurait dû me faire tiquer, mais mes pensées me fuyaient. Asher avait roulé mon esprit ; j'étais si béate et si excitée que je n'arrivais plus à réfléchir. Toute ma logique s'évaporait au contact de ses mains, sous la poussée de son bas-ventre et la tension grandissante entre nous.

Quelque chose déchira mon voile de sérénité lubrique. Damian se projeta vers moi avec un hurlement silencieux.

—Anita, nourris-toi, pour l'amour du ciel !

Je m'affaissai dans l'étreinte d'Asher.

—Qu'est-ce qui ne va pas ?

—Laisse-moi me nourrir dès la première morsure. Laisse-moi me nourrir de ton pouvoir.

—Damian s'affaiblit, devina-t-il.

— Oui.

Ma voix était essoufflée, et pas pour une raison agréable.

— Je ne lutterai pas contre ton pouvoir, Anita. Je te laisserai me prendre, puis je te prendrai à mon tour.

— D'accord, mais je t'en prie, dépêche-toi.

Asher était trop grand pour pouvoir me mordre en restant plaqué contre moi. Il dut reculer suffisamment pour plier son mètre quatre-vingt et quelques au-dessus de moi. Ses mains se crispèrent dans mes cheveux et sur mon sein. Mon souffle était court et avide quand il frappa. Il y eut un instant de douleur, puis celle-ci se dissipa, balayée par le premier orgasme.

La morsure d'Asher provoque la jouissance. C'est son don. Ce pouvoir très particulier contracta tout mon corps et explosa sur ma peau telle une vague de plaisir tiède – et intense, si intense ! Je savais que tant qu'il boirait mon sang, les ondes se succéderaient les unes aux autres. C'était si bon que je hurlai à tue-tête.

Alors, l'ardeur s'éveilla et se nourrit. Elle se nourrit à travers la bouche d'Asher, à travers ses crocs plantés en moi et ses mains posées sur mon corps. Je la déversai en Damian et le sentis se redresser si brusquement qu'il faillit tomber de sa chaise. Nathaniel le rattrapa, et eut droit à un frôlement de ce plaisir orgasmique.

Je luttai contre l'ardeur, luttai pour n'envoyer à Damian que la partie nourrissante de l'énergie et non le plaisir qui me submergeait – pour lui transmettre ce dont il avait besoin, et rien de plus. Mais c'était comme tenter de méditer pendant une partie de jambes en l'air. Pas étonnant que j'aie du mal.

Asher s'écarta de mon cou, haletant.

— Tu as été vorace.

Il semblait secoué, et sa morsure ne lui donnait pas forcément de plaisir, donc, ça ne pouvait pas être à cause de ça.

— Désolée, marmonnai-je.

Il me lâcha et je tombai à quatre pattes sur les coussins, la tête pendante.

— Seigneur, Asher ! Seigneur…

Je sentis le canapé bouger sous moi comme il changeait de position. Puis ses mains se posèrent sur mes hanches pour relever ma jupe. Il pressa le bout de son sexe contre moi. À présent, il n'était plus flasque, mais dur et prêt à entrer en action.

— Tu veux toujours que je te pénètre des deux façons ?

J'aurais dû dire non. J'avais déjà manqué une grande partie de la soirée. Mais je n'avais pas envie de dire non. J'avais envie de dire oui.

En temps normal, j'essaie de ne pas trop penser à Asher. Premièrement, parce que ça peut provoquer de mini-orgasmes à des moments mal choisis – c'est l'un des effets secondaires de son pouvoir. Deuxièmement, parce que je comprends pourquoi certaines personnes ont pu renoncer à tout pour une seule nuit du plaisir que lui seul peut procurer.

Le sexe métaphysique, c'est toujours génial, mais c'est l'affection que je porte à mes partenaires qui me donne envie de coucher avec la plupart d'entre eux – sauf dans les cas où je dois me nourrir en urgence. J'aime Asher, mais ce n'est pas pour ça que je désire coucher avec lui. Si j'étais moins têtue, je serais peut-être pendue à ses basques en permanence. Étant ce que je suis, je l'évite autant que possible, parce que son pouvoir m'effraie.

Voilà pourquoi je répondis :

— Contente-toi de me baiser.

— Tu ne veux pas que je te redonne de plaisir avec ma morsure ?

— Si, mais… nous n'avons pas le temps.

— Comme tu voudras.

Il manœuvra mes hanches contre son bassin et commença à s'introduire en moi. J'étais mouillée mais serrée ; des spasmes parcouraient encore mon bas-ventre, et Asher dut forcer pour me pénétrer.

— Tu es si étroite ce soir, commenta-t-il d'une voix étranglée. Tu m'obliges à lutter pour conquérir chaque centimètre de toi. J'adore ça.

Je me bornai à acquiescer – je n'avais plus confiance en ma voix. J'aurais dû refuser même pour le sexe. Nous nous étions nourris. Jean-Claude avait besoin de nous pour charmer la foule. Mais je ne voulais pas refuser. J'aurais pu me mentir et me dire qu'Asher avait besoin de ce moment, juste lui et moi, mais ce n'était pas pour ça que j'avais accepté. J'avais accepté parce que je voulais le sentir en moi. J'avais accepté parce que je devais faire de gros efforts pour ne pas le supplier de me mordre une seconde fois. Je voulais qu'il me pénètre des deux façons en même temps ; j'en avais tellement envie !

Nous étions emboîtés aussi étroitement que nos corps nous le permettaient. Un moment, Asher demeura immobile contre moi. Il se pencha pour plaquer sa poitrine contre mon dos. Sa peau était tiède à présent, vivante du sang qu'il m'avait pris. Ses cheveux tombèrent autour de moi tel un rideau scintillant.

— Mords-moi, soufflai-je.

— Quoi ?

— Mords-moi pendant que tu me baises. Prends-moi comme toi seul peux le faire.

Je parlais tout bas, comme si ça pouvait rendre ma capitulation moins grave – me donner l'air moins faible.

— Comme moi seul peux le faire ? répéta Asher sur un ton interrogateur.

— Oui. Oui.

Il passa ses bras autour de moi, me laissant supporter notre poids à tous les deux. Il me serra très fort contre lui.

— Tu sens mon pouvoir.

— Oui, soufflai-je.

— Tu as peur ?

— Oui.

— Peur de l'intensité de ton désir ?

— Oui !

— Ça me plaît, chuchota Asher. Ça me plaît beaucoup.

Il se redressa. Quand il ne me toucha plus que de son sexe plongé en moi et, très légèrement, des hanches et des cuisses, il commença à se retirer avec la plus grande lenteur.

— Je suis toujours étroite.

— Oui, en effet.

Lorsqu'il fut ressorti, il se servit de ses genoux pour m'écarter les jambes plus largement. Du coup, je me penchai en avant et pressai ma joue contre le cuir des coussins. Asher me pénétra à nouveau, sans aller jusqu'au bout cette fois – juste assez loin pour toucher mon point le plus sensible. Il se mit à aller et venir lentement contre ce point. Je m'attendais à ce qu'il accélère ou s'enfonce davantage, mais il continua au même rythme sans modifier l'ampleur de son mouvement.

Je voulus bouger le bassin pour l'aider. Il me prit fermement par les hanches pour m'immobiliser. Tout ça ressemblait étrangement aux danses de salon qu'on m'avait fait apprendre en vue de la réception. L'homme fléchit les poignets, vous pousse légèrement dans une direction ou l'autre, et vous savez ce qu'il veut – ou du moins, vous croyez le savoir. Asher voulait que je m'abstienne de bouger et que je le laisse faire tout le travail.

Il écarta encore davantage mes jambes.

— Redresse-toi, Anita, ordonna-t-il. Je te veux à quatre pattes.

J'obtempérai, mais mes genoux étaient si loin l'un de l'autre que mes hanches protestèrent. Ce n'était pas tout à fait douloureux, mais ça pourrait le devenir si je restais trop longtemps dans cette position. Et pendant que je me redressais, Asher continua à glisser doucement en moi et hors de moi.

Je sentis l'orgasme enfler dans mon bas-ventre, enfler à chaque caresse délicate que me prodiguait son sexe. La plupart du temps, c'est l'ardeur qui me commande quand je fais l'amour avec quelqu'un, et l'ardeur n'a rien de délicat. Je baise et je me nourris parce que j'y suis obligée. Mais tandis qu'Asher me prenait avec une infinie délicatesse, je mesurai que l'ardeur nous avait donné de mauvaises habitudes.

Je n'ai rien contre une certaine brutalité au lit ; je dirais même que ça me plaît plus qu'à la plupart des femmes. Pour autant, ce n'est pas toujours ce dont j'ai envie. Ce que me faisait Asher… c'était parfait. C'était ce qui m'avait manqué pendant toutes nos séances de baise frénétique. Devoir me nourrir en urgence m'avait fait oublier que la douceur aussi pouvait me donner du plaisir.

Je luttai pour conserver ma position sans bouger, garder les jambes écartées et retenir la jouissance qui montait.

—Je vais venir.

—Ne te retiens pas pour moi, dit Asher.

—Mais…

—Vas-y, insista-t-il.

J'aurais peut-être protesté, mais il donna une dernière poussée, et le plaisir me submergea. Seules ses mains qui me tenaient fermement les fesses m'empêchèrent de me tortiller autour de son sexe. Il me maintint en place et continua à aller et venir comme si je n'étais pas en train de hurler et de planter mes ongles dans le cuir. J'avais besoin de m'agripper à quelque chose, et comme je ne pouvais pas me retenir à Asher dans la position où j'étais, ce fut le canapé qui morfla.

—Anita, je t'aime, je t'aime, je t'aime !

Son rythme se modifia. Je le sentis lutter contre son propre corps pour ne pas jouir tout de suite. Il m'empoigna par les cheveux et me força à me dresser sur les genoux. Son angle de pénétration s'en trouva modifié. Il commença à s'enfoncer plus profondément, jusqu'au bout, mais toujours aussi délicatement. Oh, il avait envie de se lâcher, d'y aller plus fort. Je le sentis dans la tension de sa poitrine et de ses bras comme il tournait ma tête sur le côté afin d'exposer mon cou. Mais il se retenait.

— Maintenant, chuchota-t-il.

— S'il te plaît, répondis-je dans un murmure.

Il plongea ses crocs dans mon cou, ventousa sa bouche sur ma peau et se mit à aspirer. Cessant de lutter contre ses propres pulsions, il s'autorisa à aller et venir en moi aussi vite et aussi fort que possible. Il me fit jouir et crier de nouveau, me fit jouir avec son sexe, sa morsure et son pouvoir. D'un dernier coup de reins puissant, il se déversa en moi. Je lui labourai les avant-bras et hurlai à m'en casser la voix.

Tant qu'il continua à boire le sang de mon cou, les orgasmes se succédèrent – les miens, les siens, les nôtres. C'était l'une des choses qui rendaient Asher si dangereux. Quand vous êtes submergée par un tel plaisir, il est facile d'oublier. Oublier que c'était la quatrième fois que je servais de calice dans la même soirée. Oublier qu'Asher n'aurait pas dû ouvrir la bouche et laisser mon sang couler le long de ma poitrine et de mon dos parce qu'il était trop repu pour en avaler davantage. Oublier que nous étions censés garder des forces pour rejoindre Jean-Claude et nos invités. Oublier tout ce qui n'était pas la sensation du sexe d'Asher continuant à aller et venir en moi, jusqu'à ce qu'il s'échappe d'entre mes jambes et répande sa semence sur son bas-ventre. Oublier jusqu'à ce que mon corset soit trempé par mon propre sang. Oublier jusqu'à ce que des mains nous séparent et qu'Asher se détourne de moi en grondant.

Je ne grondai pas. Je m'effondrai sur le canapé parce que je ne pouvais rien faire d'autre. Je restai là comme une poupée désarticulée tandis que mes pensées tournoyaient paresseusement dans ma tête, blanches et effilochées sur les bords comme si le monde s'était changé en coton.

Quelqu'un me fit rouler sur le dos. Le visage semblable à un puzzle de Rémus se dessina dans la pénombre grandissante.

— Anita ! Anita, tu m'entends ?

Je voulus répondre par l'affirmative, mais le monde vira au noir. Je m'éloignai en flottant.

Chapitre 55

Je me réveillai à l'hôpital. Pas à l'hôpital des humains, mais à celui des lycanthropes – l'endroit que les métamorphes de Saint Louis entretiennent précisément pour ce genre de cas. Si on m'avait emmenée à l'hôpital des humains, un ordre d'exécution aurait pu être émis contre Asher.

L'inconvénient de l'hôpital des lycanthropes, c'est que le sang utilisé pour les transfusions n'est pas du sang humain. À condition que le groupe corresponde, les humains peuvent recevoir du sang de métamorphe et réciproquement, mais les métamorphes ont du mal à assimiler le sang d'un des leurs appartenant à une autre espèce animale. Comme je porte trois souches différentes du virus, je posais un problème inédit. Et comme en outre je suis O négatif… le choix était encore plus restreint. Ce n'est pas le groupe sanguin le plus commun, surtout dans un petit hôpital comme celui-là.

Lillian refusa de me dire quelle souche de lycanthropie elle avait décidé d'ajouter à mon cocktail, ou si elle avait pu trouver du sang d'une espèce que je portais déjà. Elle pensait que si j'étais au courant, ça pourrait avoir une influence sur la bataille entre mes bêtes intérieures et déterminer laquelle gagnerait. Comme j'ai toujours pensé que le processus n'avait rien de mental, je ne compris pas de quoi elle parlait. Il faudrait attendre la pleine lune suivante pour voir si un des ingrédients du cocktail finissait par l'emporter sur les autres.

Je dormis par intermittence. Quand je revins tout à fait à moi, Asher était assis près de mon lit. En le voyant, je sursautai et poussai un petit hoquet. Il détourna les yeux, laissant ses cheveux tomber en avant pour dissimuler son visage. Cette fois, il ne flirtait pas. Il ne me montrait pas son meilleur profil : il se cachait, tout simplement.

— Tu as peur de moi, maintenant.

Sa voix exprimait un regret pareil à une pluie persistante, une pluie dont vous savez qu'elle durera toute la journée.

J'ouvris la bouche pour nier, puis me ravisai. Avais-je peur de lui maintenant ? Oui. Mais pas pour la raison qu'il pensait.

Je touchai le pansement dans mon cou. Son épaisseur m'apprit que la morsure d'Asher ne s'était pas résumée à deux petites piqûres polies. Il s'était laissé emporter en haut comme en bas. Mon cou ne serait probablement pas aussi amoché que ma clavicule ou que le creux de mon coude, mais en principe, les vieux vampires se maîtrisent mieux que ça. Ce que je sentais vaguement à travers les compresses ressemblait à une erreur de débutant.

Asher se leva d'un mouvement qui me parut infiniment las.

— Je comprends, Anita. Je ne t'en veux pas.

Un mouvement du côté de la porte me fit tourner la tête. Deux gardes se tenaient là. Je n'en avais vu aucun pendant que les autres hommes de ma vie me rendaient visite. Rémus était l'un d'entre eux. Je me souvins d'avoir aperçu son visage juste avant de perdre connaissance dans le bureau de Jean-Claude.

Asher se dirigea vers la porte.

— Ne pars pas, dis-je d'une voix rauque.

Il ne se retourna pas. Simplement, il s'arrêta et attendit sans bouger.

— Reste.

Il risqua un coup d'œil par-dessus son épaule, à travers le rideau doré de ses cheveux. Au lieu d'être artistiquement décoiffés, ceux-ci étaient emmêlés et pendaient sur ses épaules comme s'il n'avait pas pris la peine de les brosser.

Je détaillai sa haute silhouette. En temps normal, Asher se tient toujours très droit, mais ce soir, ses épaules étaient voûtées, courbées comme sous le poids d'une défaite – ou comme s'il avait très froid. Ce qui ne pouvait pas être le cas, puisque les vampires ne sentent pratiquement plus le froid.

— Je sais que tu ne peux pas me pardonner, mais il fallait que je te voie. Il fallait que je…

Il n'acheva pas sa phrase. Il pivota vers moi, tendant ses mains d'ordinaire si gracieuses qui, ce soir, n'exprimaient que le chagrin.

Je voulais prendre ces mains, mais j'avais peur de ce qui se passerait si Asher me touchait. Oh, je n'avais pas peur qu'il se change en monstre assoiffé de sang : j'avais peur de me changer, moi, en monstre assoiffé de plaisir. J'avais failli mourir, et tout ce que je pensais en le regardant, c'était : *Il est si beau, et il a l'air si triste !* Je voulais le prendre dans mes bras pour le réconforter.

Il avait dit que je ne pouvais pas lui pardonner ; il se trompait. Je lui avais déjà pardonné, mais pas consciemment. Je n'arrivais pas à éprouver la moindre colère à sa vue, et ce n'était pas normal. C'était de la manipulation vampirique.

— Pourquoi les gardes ? demandai-je enfin, parce que je ne savais pas quoi dire d'autre.

Asher cligna des yeux derrière la cascade de ses cheveux.

— Je n'ose pas rester seul avec toi. Jean-Claude a approuvé ma prudence.

Je jetai un coup d'œil aux deux hommes plantés devant la porte.

— Salut, Rémus, Ixion.

Ils se regardèrent avant de me rendre mon salut.

— Rémus est la dernière personne que j'aie vue avant de me réveiller ici.

— Il est venu parce que je l'ai appelé, expliqua Asher, l'air malheureux.

— Parce que tu l'as appelé ? Comment ça, tu l'as appelé ? Tu n'as pas d'animal à appeler.

— Il en a un maintenant, déclara Rémus.

Il hésita, puis fit deux pas en avant. Ixion demeura près de la porte.

— Il nous a appelés pendant qu'il te baisait. C'était… Nous n'avons pas eu le choix. Nous avons été forcés d'abandonner notre poste pour le rejoindre. (Il jeta un coup d'œil à Asher, qui refusa de soutenir son regard.) Et je suppose que ça t'a sauvée, mais Jean-Claude pense que la raison pour laquelle la situation a dérapé entre vous deux, c'est que le nouveau pouvoir d'Asher s'est manifesté à ce moment précis.

— Tu n'as pas à me trouver d'excuses, dit Asher.

— Ce n'était pas mon intention, répliqua Rémus.

Il me dévisagea d'une façon que je ne parvins pas à interpréter, puis retourna près de la porte.

— Donc, tu as un animal à appeler maintenant ? demandai-je à Asher.

— Oui. (Il n'avait pas l'air de s'en réjouir.) Je sais que tu ne peux pas me pardonner. Je ne m'attends pas à ce que tu le fasses. Je ne te toucherai plus jamais, Anita. Tu as ma parole.

Je mis un moment à comprendre.

— Tu veux dire que tu ne coucheras plus jamais avec moi ?

Il acquiesça solennellement.

L'idée qu'il ne me touche plus jamais me remplissait de panique. Mon pouls s'accéléra, et je luttai pour ne pas hurler ma frustration. Comment pouvait-il se refuser à moi ? Je dus faire un gros effort pour maîtriser ma voix et dire calmement :

— Assieds-toi, Asher, s'il te plaît.

Il hésita avant d'obtempérer.

— Je t'offre la seule sécurité que je peux t'offrir, se justifia-t-il. Ma parole que je ne te toucherai plus jamais.

— Ce n'est pas ce que je souhaite, répliquai-je d'une voix que je ne pus empêcher de trembler légèrement.

Enfin, il leva les yeux vers moi.

— Quoi ?

— Je ne veux pas que tu t'abstiennes de me toucher à l'avenir.

— Anita, tu m'as déjà jeté hors de ton lit pour beaucoup moins que ça. J'ai failli te tuer. Tu ne peux pas me pardonner. Tu ne pardonnes jamais rien.

Là, il marquait un point.

— J'y travaille, d'accord ?

Sa bouche frémit comme s'il réprimait un sourire.

— Sais-tu pourquoi je n'ai pas pris tes mains tout à l'heure ?

— Parce que tu as peur de me toucher.

Sa voix déversa du désespoir sur ma peau comme celle de Jean-Claude pouvait y déverser du plaisir.

— Oui, mais pas pour la raison que tu crois.

Asher secoua la tête et se voûta davantage au-dessus de ses mains qu'il tordait entre ses genoux, les coudes posés sur ses cuisses.

— Je ne veux pas que tu aies peur de moi, Anita. En aucune façon. Mais je ne peux pas te le reprocher, après ce qui s'est passé.

— J'ai peur de te toucher parce que je crains de te demander un baiser.

Il acquiesça.

— Parce que tu ne sais pas jusqu'où ce baiser pourrait nous entraîner.

— Asher, dis-je fermement, d'une voix plus normale bien que toujours enrouée. Asher, regarde-moi.

Il secoua la tête.

— Putain, Asher, regarde-moi.

C'était difficile à dire avec ce rideau de cheveux et la pénombre dans la pièce, mais il me sembla qu'il me dévisageait.

— Qu'attends-tu de moi, Anita ? J'ai déjà dû renoncer à tout ce que j'aimais et désirais. Que veux-tu de plus ?

— Mon Dieu, mais tu es un vrai rayon de soleil aujourd'hui, raillai-je.

Piqué au vif, il redressa légèrement les épaules.

— Désolé d'être aussi déprimant, lâcha-t-il sur un ton rogue.

Un peu de colère transparaissait dans sa voix. C'était toujours mieux que du désespoir.

— Tu as raison, je devrais être furieuse contre toi. Et c'est vrai que j'ai éjecté des gens de ma vie pour beaucoup moins que ça.

Sa colère s'évanouit, laissant de nouveau la place à une profonde dépression. Ce fut comme s'il s'éteignait littéralement sous mes yeux.

— Tu m'as demandé de m'asseoir pour pouvoir retourner le couteau dans la plaie ?

— Si je voulais retourner le couteau dans la plaie, tu le saurais. J'essaie juste de discuter. (Je dus tousser pour m'éclaircir la voix.) Il y a de l'eau quelque part ?

Asher regarda autour de lui. Mais ce fut Rémus qui trouva un broc d'eau et un gobelet avec une petite paille coudée. Il remplit celui-ci, hésita et le tendit à Asher. Un instant, je sentis leurs volontés s'affronter en silence. Puis Asher prit le gobelet et s'approcha du lit. Sans me regarder, il me présenta le gobelet pour me faire boire.

L'eau avait stagné un moment dans le broc, mais à défaut de son goût, je savourai sa fraîcheur dans ma bouche et ma gorge. Je levai le bras dans lequel la perfusion n'était pas plantée pour soutenir le gobelet. Mes doigts effleurèrent la main d'Asher. Le vampire sursauta comme si je lui avais fait mal, mais je savais que ça n'était pas le cas.

— Je t'ai renversé de l'eau dessus ?

— Non, il y en a juste un peu sur les draps.

— Belle exceptée, tu es la seule femme qui me donne l'impression d'être maladroit.

Ixion s'approcha, un mouchoir à la main. Asher le prit et tamponna les quelques taches mouillées qu'il avait faites sur les draps.

— C'est un compliment ou une insulte ? voulus-je savoir.

Ma voix était moins rauque à présent. Je me demandai combien de temps j'étais restée dans les vapes. Mais je ne posai pas la question, parce que si la réponse était « longtemps », Asher se sentirait encore plus mal et moi je me retrouverais encore plus effrayée.

Il finit d'essuyer l'eau renversée et tendit le mouchoir sur le côté sans regarder si Ixion était toujours là pour le prendre. Et le garde du corps était bien là, mais la désinvolture du geste d'Asher me poussa de nouveau à me demander combien de temps j'étais restée hors jeu.

— Ni l'un ni l'autre : c'est juste la vérité. Je me sens maladroit face à toi depuis notre première rencontre.

— J'ai tendance à faire cet effet aux hommes à femmes, convins-je.

Asher me dévisagea avec une expression que je ne parvins pas à déchiffrer.

— Parce que je suis un homme à femmes ?

— Belle Morte a fait en sorte que vous sachiez tous séduire une femme.

— Ou un homme. Ne l'oublie jamais, Anita : elle a fait en sorte que nous sachions donner du plaisir aux hommes comme aux femmes.

J'acquiesçai et m'interrompis aussitôt parce que le pansement me pinçait le cou.

— J'avais pigé le concept, merci.

— Mais tu ne l'aimes pas beaucoup.

— Disons plutôt que je ne sais pas trop quoi en penser.

Asher lissa les draps à l'endroit où il les avait mouillés. Il cherchait quelque chose sur quoi se concentrer, n'importe quoi plutôt que la discussion en cours. Jamais je ne l'avais vu si mal à l'aise.

Alors, je fis ce que j'avais envie de faire depuis l'instant où j'avais ouvert les yeux et où je l'avais vu. Je posai ma main sur la sienne. Il se figea, s'abîmant dans cette immobilité surnaturelle qui vous donne l'impression que ce que vous touchez n'est pas vivant. Ainsi se déroba-t-il à mon contact. Mais je gardai ma main sur la sienne. S'il pensait que j'allais me laisser impressionner par ce minable petit truc de vampire, il se trompait lourdement.

— Anita, dit-il d'une voix qui se voulait aussi inexpressive que son corps, mais qui ne parvint pas à l'être tout à fait.

— Je n'ai pas peur parce que tu as failli me tuer. J'ai peur parce que tu as failli me tuer et que malgré ça, j'ai toujours envie de te toucher.

Asher retira sa main de la mienne et se rassit. Du moins n'esquivait-il plus mon regard maintenant.

— J'ai roulé ton esprit aussi complètement et absolument qu'il est possible de le faire. J'ai fait exactement ce que tu redoutais que je fasse.

— Et tu n'as plus envie de me toucher ?

— Si, chuchota-t-il.

— Tu as été le premier à te rendre compte que lorsqu'un vampire me mord, ça me donne du pouvoir sur lui. Je ne crois pas que tu sois le seul à m'avoir roulée.

— Qu'est-ce que tu insinues ? Que tu me dirigeais partiellement ?

— Je ne sais pas trop. Tout ce dont je suis sûre, c'est que je ne veux pas que tu disparaisses de ma vie. Je ne veux pas que tu t'abstiennes de me toucher à l'avenir. Je veux qu'on soit ensemble. Pour le reste… je ne sais pas.

— Ensemble de quelle façon, Anita ?

— Tout ce qu'il nous faut, c'est un pareur.

— Comment ça, un pareur ?

— Un pareur, comme la personne qui assure les gymnastes pour les empêcher de tomber des agrès ou de se faire mal. Le sexe avec toi, c'est si bon qu'il nous faut un pareur.

— Si bon ? Tu veux dire, si dangereux, rectifia Asher en regardant ses mains.

— Si c'était à refaire, je le referais, affirmai-je.

Alors, il leva les yeux vers moi. Mais il n'avait pas l'air content.

— Tu le penses vraiment ?

— Oui.

— Ça devrait te faire peur, et à moi aussi.

— Oh, moi, ça me fait peur. Mais toi… tu n'as pas vraiment peur, non ?

— Je suis terrifié par les risques que je te fais courir, mais…

— Tu as été très sage jusqu'ici, pas vrai, Asher ?

— Que veux-tu dire ?

Ce fut un de ces moments où je vois si profondément dans l'âme de quelqu'un d'autre que le reste du monde pâlit autour de moi. Il ne s'agissait pas d'un pouvoir vampirique ni de ma nécromancie : juste d'un éclair de lucidité, si vif et si douloureux que je ne pus fermer les yeux.

— Regarde-moi en face, Asher, et dis-moi que ça n'est jamais arrivé qu'une femme à qui tu avais fait la même chose qu'à moi n'y survive pas.

Il détourna la tête.

— Asher, insistai-je.

À travers la masse emmêlée de ses cheveux, il planta ses yeux pâles dans les miens.

— J'ai commis le crime dont tu m'accuses, admit-il, le visage parfaitement inexpressif.

— Ce n'était pas une accusation, juste une demande d'information.

Maintenant que tu sais, penses-tu que je suis un monstre ?

Je réfléchis. Pensais-je qu'Asher était un monstre ?

— Tu l'as fait exprès ?

— Tu veux dire, m'est-il arrivé de préméditer la mort d'un de mes partenaires ?

— Oui.

— Une seule fois.

— Mais encore ?

— C'était un noble dont Belle voulait s'approprier l'argent et les terres. Il était atteint d'un cancer. C'était un homme fort et fier ; il ne voulait pas mourir dans la souffrance et l'humiliation. Alors, il m'a demandé de le tuer. Il voulait partir dans le plaisir plutôt que dans la douleur. Et il lui semblait que si je prenais sa vie, ça ne serait pas un suicide – donc, que son âme serait sauve.

Asher avait raconté cette histoire d'une voix atone, comme si elle ne signifiait rien pour lui. C'est la voix avec laquelle les gens racontent les tragédies ou les traumatismes qu'ils n'ont pas encore surmontés.

— Tu l'aimais bien, devinai-je.

— C'était un type bien.

— Je ne crois pas que tu sois un monstre.

— Pourtant, n'est-ce pas monstrueux de tuer quelqu'un pour se donner du plaisir ?

— Présenté sous cet angle, oui. Mais ce n'est pas ce que tu as fait. Ni avec cet homme ni avec moi. Le plaisir forme une boucle, Asher. J'aurais pu dire non. À un moment, je me suis rendu compte que c'était trop, qu'on devait arrêter.

— J'avais roulé ton esprit. Tu n'étais plus maîtresse de toi-même.

— Tu peux rouler mon esprit, mais tu ne pourrais pas continuer à le faire si je décidais de briser ton emprise sur moi. Plus maintenant. Je ne voulais pas que ça s'arrête, Asher. Si je te dis que c'était une des expériences les plus orgasmiques que j'aie jamais connues, tu me trouves monstrueuse ?

— Non, pas monstrueuse.

— On pourra à nouveau coucher ensemble seuls tous les deux à l'occasion. Mais plus de morsure sans quelqu'un d'autre pour nous surveiller.

— Tu n'as pas confiance en moi.

— Je n'ai confiance en aucun de nous deux.

Il manqua de sourire.

— J'ai failli te tuer. J'ai failli te vider de ton précieux sang. Le canapé et la moquette ont dû être remplacés. J'ai failli te tuer, Anita, pas pour me nourrir, mais pour me donner du plaisir.

— Tu étais au beau milieu d'une montée en puissance majeure, Asher. Tu as enfin un animal à appeler.

Par-dessus son épaule, il jeta un coup d'œil aux gardes postés devant la porte.

— Les hyènes, oui.

— Jean-Claude dit que la première fois qu'un pouvoir se manifeste, il est toujours très difficile à maîtriser.

Asher me prit la main.

— Je n'échangerais pas ton amour contre un millier de pouvoirs. Je n'échangerais pas une seule mèche de tes cheveux contre un quelconque territoire.

Ses yeux brillaient, pas à cause de sa propre magie, mais parce qu'ils étaient pleins de larmes.

— Je te crois.

— Selon vos nouvelles lois, nous sommes des citoyens de ce pays. Mais nous restons des monstres, Anita. Si je t'avais tuée pendant la naissance de ce nouveau pouvoir, je t'aurais suivie de près dans la tombe.

— Veux-tu dire que tu te serais suicidé ?

Il acquiesça.

— Je n'aurais pas pu continuer à vivre.

— Je ne veux pas que tu meures.

— Et réciproquement. (Il s'agenouilla près de mon lit et posa la joue sur ma main.) Ce n'est pas ton sang qui a fait jaillir mon pouvoir, Anita. C'était le fait que tu me désires plus que n'importe qui d'autre. À cet instant, je l'ai senti. C'était moi que tu voulais. Pas Jean-Claude, pas Richard, pas Micah ni Nathaniel : moi. Tu avais soif de mon corps et de mes caresses plus que de ceux de n'importe qui d'autre. Je voyais dans ton cœur, et je n'y voyais personne d'autre que moi. (Il se leva, de légères traces rosâtres coulant sur ses joues.) Tu m'aimes vraiment. Pas par pitié, et pas parce que tu partages les souvenirs de Jean-Claude. Tu m'aimes pour moi.

— Oui, grimaçai-je. Sans ça, je t'en voudrais à mort de m'avoir pratiquement tuée.

— Je ne me le pardonnerai jamais. Jean-Claude aurait eu le droit de m'exécuter pour avoir fait preuve d'une telle négligence.

— Mais il t'aime.

Asher acquiesça.

— Oui, il m'aime. J'avoue que j'en doutais, jusqu'à ce que je comprenne qu'il n'allait pas m'exécuter. Jusqu'ici, j'ai douté de l'amour de tout le monde, Anita. Mais c'est fini. Jean-Claude m'aime. Sans ça, il m'aurait abattu dès qu'il est entré dans cette pièce et qu'il a vu ce que je t'avais fait.

Voici donc où nous en sommes. J'ai failli mourir. Asher a désormais un animal à appeler. Jean-Claude ne l'a pas supprimé pour le punir de m'avoir presque tuée – et moi non plus. Jean-Claude nous a interdit de coucher de nouveau ensemble pour nous nourrir, sans une tierce personne pour nous surveiller. Nous n'avons pas protesté. Nous sommes tous deux conscients du plus noir des secrets que nous partageons : c'était si bon, si incroyablement bon, que nous ne nous faisons pas confiance mutuellement pour ne pas recommencer.

Je suis un succube. Je suis une vampire. Je ne bois peut-être pas le sang d'autrui, mais je me nourris de sexe. Si je tente de m'abstenir, je ne drainerai pas seulement l'énergie et la vie de Damian. Nathaniel mourra, et moi aussi. Je crois que Jean-Claude peut se protéger contre moi, et protéger Richard en même temps, mais je risque de nous tuer tous si je n'apprends pas à gérer mon propre triumvirat.

Londres est arrivé en tête de la course qui visait à choisir ma nouvelle pomme de sang. Dommage qu'il ne me plaise pas vraiment. Oh, je ne le déteste pas, mais j'ai peur de le ramener à la maison. Il n'est pas assez domestiqué. Requiem aussi fait désormais partie de ma chaîne alimentaire, mais je ne peux pas le considérer seulement comme de la nourriture. Il cherche le grand amour, et je ne le lui reproche pas, mais je ne peux rien faire pour l'aider. Même si c'est un amant génial, il me fait un peu peur. Pour des vampires vieux de plusieurs siècles, Londres et lui me semblent bien fragiles émotionnellement. Bizarre, non ?

J'ai enveloppé une croix d'un mouchoir de soie et je l'ai glissée dans une bourse de velours, que j'ai elle-même fourrée dans une taie d'oreiller. Ça a l'air de marcher. Marmée Noire ne m'envoie plus de cauchemars, et ni moi ni mes amants vampires ne déplorons la moindre brûlure accidentelle. J'enverrais bien un mot de remerciement à Merlin s'il avait une adresse.

Sampson est resté en ville pour que je puisse tenir ma promesse de tenter d'éveiller ses pouvoirs. Il me laisse le temps de reprendre des forces et de me faire à cette idée. C'est gentil de sa part. J'ai forcé Auggie à remmener Haven à Chicago. Mes mains brûlaient de le toucher. C'était trop dangereux. Les lions-garous de Joseph tentent de me trouver quelqu'un d'autre, mais la vérité, c'est que Haven me manque. C'est un enfoiré et un tueur en puissance, mais il me manque. Il manque aussi à ma lionne intérieure. Le garder aurait été une très mauvaise idée.

Je n'étais pas enceinte, hourra ! Mais pendant que je me croyais enceinte, j'avais fait l'amour sans protection avec Nathaniel, Jean-Claude, Micah et Auggie. Et personne n'avait donné de préservatif à Londres quand je m'étais servie de lui pour nourrir l'ardeur. Mais là encore, j'ai réussi à éviter le pire. Dieu merci. Enceinte d'un de mes petits amis, ce serait une chose. Enceinte d'Auggie… ce serait une catastrophe que je ne pourrais pas gérer.

Je crois que je vais prendre l'habitude de me balader avec des capotes scotchées sur tout le corps. Comme ça, en cas d'urgence sexuelle, j'aurai de quoi me protéger. Je ne risque pas d'attraper une MST parce que mes partenaires ne sont pas humains, mais la grossesse, ça, c'est une maladie contre laquelle je ne suis pas immunisée.

Mes règles sont toujours portées disparues. Selon mon gynéco, je me porte comme un charme. Ça pourrait être le stress. Ou, étant donné que je suis un miracle métaphysique sur pattes, comme me l'a rappelé le bon docteur North, ça pourrait très bien être tout autre chose : une raison à laquelle nous n'avons même pas pensé. Il m'a recommandé de prendre de l'acide folique, parce qu'il existe des défauts de naissance sans rapport avec le virus de la lycanthropie ou du vampirisme. J'ai obéi. Il m'a également suggéré de commencer une thérapie ou de prendre des vacances. Des vacances, moi ? Pour aller où, et pour faire quoi ? Je ne saurais même pas qui emmener !

J'essaie de ne pas trop songer au fait que ce sont mes « pouvoirs vampiriques » qui m'ont donné Micah et Nathaniel – et qui m'ont donnée à eux. Pourquoi ça n'a pas marché sur Richard ? Jean-Claude pense que c'est parce qu'il ignore le plus cher désir de son propre cœur. Un souhait ne peut être exaucé que quand on a conscience de ce qu'on veut vraiment. Un jour, peut-être, Richard saura de quoi il a besoin. Moi exceptée, il ne sort plus qu'avec des humaines. Il m'a informée qu'il s'était mis en quête de celle avec qui il pourrait concrétiser son rêve de maison à barrière blanche.

Pour ma part, je suis très heureuse derrière ma grille en fer forgé noir, celle qui est garnie de pointes sur le dessus. De toute façon, le blanc n'a jamais été ma couleur.

Achevé d'imprimer en septembre 2012 par Hérissey à Évreux (Eure)

N° d'impression : 119374 - Dépôt légal : octobre 2012

Imprimé en France

81120843-1